Christine Brand

# DER FEIND

*Autorin*

Christine Brand, geboren und aufgewachsen im Emmental in der Schweiz, arbeitete als Redakteurin bei der »Neuen Zürcher Zeitung«, als Reporterin beim Schweizer Fernsehen und als Gerichtsreporterin. Im Gerichtssaal und durch Recherchen und Reportagen über die Polizei- arbeit erhielt sie Einblick in die Welt der Justiz und der Kriminologie. Neben der erfolgreichen Milla-Nova-Reihe erscheinen bei Blanvalet auch ihre True-Crime-Titel »Wahre Verbrechen« über Kriminalfälle, die sie als Gerichtsreporterin begleitete. Christine Brand lebt in Zürich und auf Sansibar.

*Von Christine Brand bereits erschienen:*
Blind · Die Patientin · Der Bruder · Der Unbekannte · Der Feind · Vermisst – Der Fall Anna

CHRISTINE BRAND

# DER FEIND

KRIMINALROMAN

blanvalet

Penguin Random House Verlagsgruppe FSC® N001967

1. Auflage
Copyright der Originalausgabe © 2023 by Blanvalet Verlag
in der Penguin Random House Verlagsgruppe GmbH,
Neumarkter Str. 28, 81673 München
Redaktion: René Stein
Umschlaggestaltung: www.buerosued.de
Umschlagmotiv: Stephen Mulcahey / Arcangel Images;
www.buerosued.de
JaB · Herstellung: DiMo
Satz, Druck und Bindung: GGP Media GmbH, Pößneck
Printed in Germany
ISBN 978-3-7341-1394-9

www.blanvalet-verlag.de

# Prolog

Sie glaubt ihr.

Sie erkennt es in ihren Augen: Die Frau glaubt ihr, obwohl sie eine miserable Zeugin in eigener Sache ist.

Ihre Schilderung ist lückenhaft, Erinnerungsfetzen wie verstreute Bruchstücke, die nicht zusammenpassen. Sie weiß nicht mehr, was zuerst war und was danach und was dazwischen. Sie weiß nur noch, dass sie sich wegdachte, als es unerträglich wurde. Sich abspaltete von ihrem Körper. Plötzlich passierte es nicht mehr ihr, sondern einer anderen, mit der sie nichts zu tun hatte. Er konnte ihr nicht mehr wehtun, weil sie weit weg war von ihrem Körper oder vielleicht auch ganz tief in ihm drin, damit er nicht an ihre Seele rankam. Sie hörte die Schreie dieser anderen Frau, ihr Ringen nach Luft, und obwohl etwas in ihr ahnte, dass sie selbst diese unmenschlichen Geräusche ausstieß, ging es sie doch nichts an. Weil es nicht sein durfte. Weil es zu schrecklich war. Ihr Kopf ließ nicht zu, dass ihr das hier und jetzt passierte. Dass jemand ihr das antat.

Doch dann kam der Moment, in dem sie begriff, dass es aus war. Dass sie im nächsten Augenblick sterben würde, obwohl sie ihr Leben erst noch leben wollte. Wie konnte es vorbei sein, wo es doch gerade erst richtig begonnen hatte? Auf einen Schlag war sie wieder da, sie war wieder sie selbst, steckte in ihrem Körper und spürte den brennenden Schmerz im Hals, schmeckte Eisen und Blut und bekam keine Luft. Luft, bitte! Sie brauchte Luft, Luft zum Atmen! Es kam nichts. Alles zu. Zu stark der Druck. Und diese Schmerzen; ein furchtbares Blitzgewitter in den grässlichsten Farben.

*So sieht also mein Sterben aus*, dachte sie in einer nüchternen Klarheit. Nur das, nur dieser eine Gedanke: *So sieht also mein Sterben aus. Das ist mein Tod.*

Die Blitze hinter ihren Augenlidern verblassten. In einer unerträglichen Langsamkeit tauchte sie ab in einen unendlich tiefen, dunklen Schlund.

Die Ohnmacht war eine Erlösung und vielleicht auch ihre Rettung. Mehr weiß sie nicht. Nur, dass das Erwachen danach schrecklich war.

Das alles berichtet sie der Frau, sie sieht das Entsetzen in ihren Augen. Schweigend hat sie ihr zugehört, und schweigen tut sie auch jetzt noch, als sie nichts mehr zu erzählen weiß. Die Stille legt sich schwer und zäh zwischen die beiden Frauen. Sie würde weinen, hätte sie noch Tränen übrig. Sie spürt Mitleid, obwohl die fremde Frau versucht, die professionelle Distanz zu wahren.

Einen Moment lang stellt sie sich vor, sie sei nicht die junge Frau mit dem zerschlagenen Gesicht und dem geschändeten Körper, hier auf diesem Stuhl – sondern die kleine Spinne in der oberen Zimmerecke in ihrem Netz, die auf sie beide herunterstarrt. Wie sie sich hier gegenübersitzen, sie und die Polizistin, am grauen Bürotisch mit der spiegelglatten Fläche, in diesem kargen Zimmer. Zwischen ihnen das Aufnahmegerät, das die Sekunden zählt, auch wenn keine Worte fallen. Der Kugelschreiber in der rechten Hand, mit dem sich die Polizistin Notizen macht, innehält, ihn weglegt, ihn wieder zur Hand nimmt. Ein kariertes Heft. Die Polizistin ist nicht viel älter als sie selbst, fünf oder zehn Jahre vielleicht. Womöglich denkt sie, sie habe Glück gehabt, dass er nicht sie erwischt hat.

»Sie sagen, er hat Sie gewürgt, während er Sie vergewaltigte?«

»Ja.« Ihre Stimme zittert noch immer.

»Wie stark hat er Sie gewürgt?«

»Ich weiß nicht, was soll ich sagen?«

»Brannte es in Ihrem Hals, wurde Ihnen schwarz vor Augen?«

»Ja. Ich meine, ich bin ohnmächtig geworden. Ich dachte, ich sterbe. Ich bin erst wieder aufgewacht, als er weg war.«

Noch nie hat sie sich so allein und klein gefühlt wie in jenem Augenblick, als sie merkte, dass ihr Körper zwar noch am Leben, ihre Seele aber zerstört war.

»Es ist gut, dass Sie zu uns gekommen sind. Ich weiß, wie schwierig das für Sie sein muss.«

Einen Scheiß weiß sie.

»Es ist wichtig, dass Sie eine Personenbeschreibung machen können.«

Sie denkt nach. Er hatte kein Gesicht, nur diese schwarze Maske. Die Augen, sie sah die Augen, aber sie erinnert sich nicht.

»Er war groß, kräftig, hatte Haare an den Armen.«

»Dunkle?«

»Ja, nein, ich weiß nicht. Es war dunkel.«

»Sie sagen, er sei in Ihre Wohnung eingedrungen, stand plötzlich vor Ihrem Bett, hat Sie sofort überwältigt.«

»Ja.«

»Das Fenster stand offen?«

»Ja.«

»Sind Sie sicher, dass es ein Fremder war? Könnte es jemand gewesen sein, den Sie kannten?«

Jemand, den sie kannte? Sie kennt keine Menschen, die so etwas tun würden. Niemals.

»Nein.«

»Es tut mir sehr leid, dass Ihnen das zugestoßen ist.«

»Werden Sie ihn kriegen?«

»Wir werden alles versuchen.«

Sie hört den Zweifel in der Stimme der Polizistin. Sie ahnt, dass sie ihn nie fassen werden. Und falls sie ihn doch fassen sollten, dass man es ihm nicht wird nachweisen können.

Es war falsch hierherzukommen. Die ärztliche Untersuchung; beschämend. Die vielen Fragen; eine Tortur. Das Ganze wieder und wieder zu durchleben … sie kann nicht mehr.

Sie will nie mehr an die Sache denken, nichts mehr damit zu tun haben, es ist nie passiert. Es ist nicht ihr passiert. Nicht ihr. Wenn sie sich nur stark genug einbildet, dass es jemand anderes war, der durch diese Hölle musste, dann wird es sein, als ob es nie geschehen wäre.

Die Polizistin sagt, sie könne gehen. Endlich. Sie verlässt das Gebäude, das wie ein altes Schulhaus riecht. Die Frau am Empfang lässt sie raus, die Glasschiebetür schließt sich lautlos hinter ihr, so wie sie dieses Kapitel in ihrem Leben schließt und gleichzeitig streicht. Gelöscht. Für immer. Es geht sie nichts mehr an. Es ist nicht ihr passiert.

Als sie draußen auf die Straße tritt, blendet sie die Sonne, viel zu hell, als wolle sie die Menschen glauben machen, es sei ein guter Tag. Was für eine Lügnerin. Und doch: In diesem Moment denkt sie, es ist vorbei. Aufstehen, Krone richten, weitergehen. Sie lässt es hinter sich, und es bleibt nichts zurück.

Sie ahnt nicht, wie sehr sie sich irrt. Es werden Wochen vergehen, bis sie realisiert, dass er mehr hinterlassen hat als die körperlichen und seelischen Verletzungen. Etwas, das für immer da sein und sie stets an ihn erinnern wird.
Sein Kind.
Ihr Kind.
Das Kind ihres Vergewaltigers.

# 1.

Rote, blaue und gelbe Lichtpunkte sprenkeln den Raum. Hoch oben im Gebälk dreht sich glitzernd die Discokugel, der wummernde Bass bringt den Dachstock zum Vibrieren, der Holzboden bebt unter den vielen Füßen. DJane Valeria hat Elektro House aufgelegt; Musik wie eine Droge, die die Tanzenden in Trance versetzt. Bettina hält die Augen geschlossen, den Kopf leicht in den Nacken gelegt, die Arme ausgestreckt. Ihr Oberkörper nimmt den Rhythmus auf und lässt sich von ihm tragen. Winzige Schweißperlen blitzen auf ihrer Stirn. Sie ist keine gute Tänzerin, das war sie noch nie, doch das spielt keine Rolle; hier wird keine schräg angeschaut, unabhängig davon, wie sie sich bewegt oder wie sie sich kleidet. Als der Song nahtlos ins nächste Stück übergeht, spürt Bettina, dass jemand sie von hinten umarmt. Petra legt ihr einen kleinen Kuss auf den Nacken, dort, wo die Schulter endet und in den Hals übergeht. Sofort richten sich Bettinas Härchen auf. Sie schaudert wohlig, dreht sich um, streicht Petra mit einer vertrauten Geste eine Strähne aus dem Gesicht.

»Noch einen Drink?«

»Gerne.«

»Das Gleiche?«

Petra nickt. Bettina löst sich von ihr, hält noch einen Moment lang ihre Hand fest, lässt sie los, ihre Fingerspitzen streifen und verlieren sich, dann taucht sie in die Menschenmenge ein und bahnt sich einen Weg zur Bar. Die Stimmung dampft, das Klima erinnert an eine Sauna, oder eher an ein Dampfbad. Bettina berührt nassgeschwitzte Haut, als sie sich zwischen den tanzenden Frauen durchzwängt. Plötzlich hält eine Hand ihren Arm fest, sie wendet sich um. Sonja. Bettina begrüßt sie mit einer flüchtigen Umarmung, neben Sonja winkt Nicole.

»Ihr seid in der Stadt?«, fragt Bettina.

»Noch bis Samstag.«

»Sehen wir uns auf einen Drink?«

»Klar, ich melde mich!«

Sie müssen schreien, um die Musik zu übertönen.

Als sich Bettina wieder umdreht, steht Regine vor ihr, sie lachen sich an, weisen auf die Ohren, zucken mit den Schultern, man versteht nicht mal sein eigenes Wort. Bettina wirft einen Blick Richtung Klo in der hinteren Ecke, doch sie unterdrückt das Bedürfnis gleich wieder; die Schlange ist zu lang. Neben den Wartenden kuschelt ein Paar auf einem alten Ledersofa. Hinter ihnen auf der weißen Mauer steht in blauen Buchstaben geschrieben: *Kein Rassismus, kein Sexismus, keine physischen, psychischen, sexuellen Übergriffe, keine Homophobie!* Bettina wendet sich ab und stellt sich an die Bar. Über der Theke hängt ein von Hand geschriebenes Schild: *Frauendisco.* Jeden Donnerstag steigt unter dem Dach des alternativen Kulturzentrums Reitschule eine Frauenparty, ein Treffpunkt der familiären Lesbenszene, aber auch für Hetero-Frauen, die keinen Bock auf männliche Anmache haben.

»Zwei Gin Tonic mit Pfeffer und Gurke!«, brüllt Bettina der Barkeeperin die Bestellung zu. Die Frau mit pinken

Zöpfen streckt den Daumen hoch und greift zum Hendricks Gin. Bettina lehnt sich an die Theke.

»Bist du nicht die Polizistin?«

Die fremde Stimme ist ganz nah an ihrem Ohr. Bettina schnellt herum. Die Frau, die neben ihr auf einem Barhocker sitzt, schaut sie fragend an. Bettina kennt sie nicht. Das Gesicht kommt ihr nicht einmal bekannt vor. Sie wüsste, wenn es ihr schon mal begegnet wäre.

»Du musst mich verwechseln.«

Die Fremde legt die Hand auf Bettinas Arm, die Geste wirkt zu vertraut, zu nah, Bettina schüttelt sie ab.

»Nein, echt, ich bin kein Bulle.« Sie legt einen Zwanziger auf die Bartheke, greift nach den Gläsern und dreht sich weg.

Bettina wundert sich, wie leicht ihr die Lüge über die Lippen ging. Sie will nicht, dass sich in der Szene rumspricht, wo sie arbeitet. Je weniger darüber Bescheid wissen, desto besser. Überdies ist das alternative Kulturzentrum der denkbar schlechteste Ort, um sich als Polizistin zu outen. Das Verhältnis der Betreiber zur Polizei ist … man könnte wohlwollend sagen: ambivalent. Auf jeden Fall ist man hier gut beraten, sich nicht als Bulle zu erkennen zu geben, wenn es nicht unbedingt sein muss.

Bettina schlägt die Richtung ein, in der sie gerade eben noch mit Petra getanzt hat. Der Sound ist krachender als zuvor. DJane Valeria hat ein Stück mit schwerem Bass und schnellen Trommelwirbeln aufgelegt. Bettina schiebt sich seitwärts an zwei tanzenden Frauen vorbei, als sie im rechten Augenwinkel eine Bewegung wahrnimmt, die sie herumfahren lässt. Da ist nichts, sie muss sich getäuscht haben. Sie will sich schon wieder abwenden, da fällt ihr auf, dass da doch etwas ist, etwas, das vorher nicht da war. Die Mauer mit dem blauen Schriftzug ist auf einmal vollgekleckert, als hätte jemand einen Farbbeutel dagegen geschmissen.

Bettina denkt im ersten Moment an Blut. Déformation professionelle. Sie schüttelt über sich selbst den Kopf und schiebt den Gedanken weg. Da hört sie das Knallen. Obwohl die laute Musik die Salven dämpft, erkennt sie sofort, worum es sich handelt: um Schüsse, aus einem Maschinengewehr.

Sie lässt die Gläser fallen, nimmt wahr, wie sie in Zeitlupentempo auf dem Boden aufprallen und in Scherben zerspringen.

»Petra!«

Bettina brüllt den Namen ihrer Freundin und stürzt los. Sie denkt nicht nach, sie folgt einzig dem Instinkt. Die Frauen um sie herum reklamieren verärgert, sie verstehen nicht, warum Bettina sie wegstößt, sie meinen, das Rattern gehöre zum Sound. Doch dann übertönt ein hysterisches Kreischen die Musik. Bettina sieht zwischen den Beinen der tanzenden Frauen hindurch einen Körper zu Boden sinken.

In jenem Bruchteil der Sekunde, in dem die Menge begreift, was passiert, scheint die Zeit kurz innezuhalten. Als sich die Welt einen Wimpernschlag später wieder in Bewegung setzt, kreischen und schreien alle auf einmal los. Eine Woge des Entsetzens überschwemmt die Frauen, jede beginnt zu rennen und zu stürzen und zu drängeln und zu weinen. Wer fällt, versucht sich wieder hochzurappeln, wird aber von den anderen einfach übertrampelt. Panik verzerrt die Gesichter der Fliehenden. Alle wollen weg vom Rattern der Schüsse, nur raus hier, doch die Tür, über der ein grünes Leuchtschild den Notausgang anzeigt und die direkt nach draußen führt, ist rasch verstopft, es gibt kein Durchkommen mehr. Auch über die steile Treppe hinab zum Haupteingang ist der Weg von zu vielen verängstigt drängelnden Frauen versperrt. Noch immer knallen Schüsse.

Bettina drängt dem Lärm entgegen, ohne Vernunft, alles ignorierend, was sie als Polizistin gelernt, geübt, verinnerlicht hat. Sie ist unbewaffnet. Sie müsste in Deckung gehen. Doch irgendwo da vorne ist Petra, dort, wo der Attentäter um sich schießt. Sie muss dahin, doch sie schafft es nicht gegen den Strom der flüchtenden Menschen an.

»Petra!« Bettinas Herz verkrampft sich, ihre Kehle ist auf einmal viel zu eng, der Mund so trocken, dass sie zu ersticken meint. »Petra, wo bist du? Petra!«

Auf einen Schlag geht die Musik aus. Auch die Schüsse sind verstummt. Ein schrecklicher Klangteppich breitet sich aus: Schmerzenslaute, Weinen, Klagen, ein Wimmern, das klingt, als käme es von einem Tier. Frauenkörper liegen neben- und übereinander auf der Tanzfläche verstreut, über der sich die Discokugel unaufhaltsam weiterdreht. Bettina schaut sich um, erfasst das Ausmaß des Verbrechens mit analytischem Blick: Mehrere Todesopfer, circa zehn bis fünfzehn Personen liegen reglos am Boden. Noch einmal etwa so viele sind verletzt. Bettina sieht Schusswunden und Blut, überall Blut, sie kann es auch riechen. Wo ist der Schütze?, fragt sie sich. Doch dann drängt erneut die viel wichtigere Frage in ihren Kopf: Wo ist Petra? Bettina weiß, sie muss den Rettungsdienst verständigen, die Kollegen rufen, sie brauchen hier ein Großaufgebot, Triage ... doch sie kann nicht. Sie muss erst ihre Freundin finden.

»Petra! Petra!«

Als Erstes sieht sie ihren Schuh. Lass sie nicht tot sein, denkt Bettina, als sie zu dem Bein hinrennt, das unter einem anderen Körper hervorschaut. Petra liegt unter einer Frau, deren Augen entsetzt und tot ins Leere starren. Bettina zerrt sie weg, um Petra zu befreien, doch auch Petra rührt sich nicht. Bettina fasst sie am Kopf, küsst sie auf die Stirn, flüstert verzweifelt ihren Namen. Sie fühlt sich warm an, aber da ist viel zu viel Blut. Bettina schiebt Petras blutgetränkte Bluse hoch. Ein Bauchschuss. Sie reißt sich das Shirt vom Leib, knüllt es zusammen und presst es auf die offene Wunde. Mit der anderen Hand tastet sie verzweifelt nach einem Puls.

Sie spürt ihn.

Das Herz schlägt.

Petra lebt.

»Ein Arzt! Jemand muss den Notruf wählen! Ein Arzt! Den Notruf!« Bettina schreit und schreit und schreit, und obwohl sie weiß, dass sie sich mitten unter vielen anderen schockierten Menschen befindet, fühlt sie sich doch, als gäbe es auf dieser Erde jetzt in dem Moment kein einziges anderes Wesen mehr, nur noch sie und Petra, die unter ihren Händen stirbt.

Verzweifelt presst sie das Shirt auf Petras Bauch. Bunte Lichtpunkte regnen auf ihre Geliebte. Auf einmal beginnt sich alles um sie herum zu drehen. Bettina verliert den Sinn für Zeit und Ort. Da hört sie draußen die Sirenen der ersten Einsatzwagen heulen.

»Es kommt Hilfe, Hilfe kommt«, flüstert sie Petra zu. »Alles wird gut, du schaffst das, alles wird gut.« Ein Schluchzen erschüttert Bettina, doch sie reißt sich sofort wieder zusammen. »Stirb mir hier jetzt nicht weg. Wir sind noch nicht fertig, wir zwei, wir haben noch vieles vor, so schnell kommst du mir nicht davon, du musst leben, du darfst nicht sterben, tu mir das jetzt nicht an, du musst leben!« Ihre Worte klingen wie ein Mantra oder wie ein Gebet. Vielleicht ist es das auch, ein Gebet, obwohl Bettina schon lange an keinen Gott mehr glaubt.

# 2.

»Auf dich!«

»Auf dich!«

Millas Lachen übertönt das Klingen der Weingläser. Es passiert ihr und Sandro immer öfter, dass sie zeitgleich exakt dasselbe sagen. Womöglich eine Begleiterscheinung des Alters – oder wohl eher ein Zeichen dafür, dass sie schon sehr lange zusammen sind.

»Also auf uns!« Sie prostet Sandro ein zweites Mal zu. »Obwohl ich finde, dass wir heute ein bisschen mehr auf dich anstoßen, es ist schließlich dein Geburtstag.«

»Einverstanden. Ausnahmsweise.« Auch Sandro lacht jetzt.

Sie sitzen im kleinen Sommerpark des Berner Restaurants Ringgenberg. Der Wind spielt mit den Blättern in den Ästen über ihren Köpfen. Gelächter und fröhliche Stimmen dringen vom Kornhausplatz herüber. Das Geräuschpotpourri klingt nach Ferienlaune und nach einer kollektiven Erleichterung, weil man endlich wieder draußen sitzen, weil man wieder sorgenfrei zusammen unterwegs sein kann.

Milla blickt in Sandros dunkle Augen. Selbst nach all den Jahren kann sie noch immer darin versinken. Jahre, in denen sie Höhen und Tiefen und beinahe tödliche Dramen miteinander erlebt haben. Es grenzt an ein Wunder, dass sie immer noch zusammen sind: Milla, die TV-Reporterin, und Sandro, der Polizeichef. Es ist eine berufliche Konstellation, die der harmonischen Zweisamkeit nicht gerade förderlich ist. Tatsächlich fühlt sich Milla aber seit ihrer letzten Versöhnung sogar wieder ein bisschen wie frisch verliebt. Ein Glück, dass auch das noch immer möglich ist; sich von Neuem in den Mann zu verlieben, den man seit Jahren liebt.

»Ich fühle mich …«

Patti Smiths *Break It Up* dringt aus Millas Handy und unterbricht sie, bevor sie zu ihrer Liebeserklärung ansetzen kann. Wie passend, denkt Milla sarkastisch. Sie hat sich den Song noch vor der Versöhnung mit Sandro als Klingelton hochgeladen, als sie dachte, dass es dieses Mal endgültig aus sei. Milla weiß, dass sie den Anruf ignorieren sollte; sie hat Feierabend, es ist Sandros Geburtstag, niemand soll sie stören. Dennoch schafft sie es nicht. Nur rasch schauen, wer es ist, denkt sie, bloß einen kurzen Blick aufs Display werfen. Sie sucht nach dem Gerät, und als sie es endlich zuunterst in dem tiefen Schlund ihrer Handtasche findet, schweigt Patti Smith bereits wieder. Es zeigt Milla einen unbeantworteten Anruf an.

»Wolfgang«, liest sie laut, während sie sich eine ihrer schwarzen Locken um den Zeigefinger kringelt.

»Ach, dabei ist es gerade so schön gewesen.« Sandro verdreht die Augen. Es wäre nicht das erste Mal, dass ihnen Millas Chef den Abend verdirbt.

»Ich hab ihn verpasst. Zum Glück!« Milla will das Handy wegstecken, da beginnt Patti Smiths Song wieder von vorne. Sie hält inne, schaut auf das Gerät in ihrer Hand. »Ich hör nur rasch, was er will …«

Sandro nickt wissend. Wenn abends um halb neun der Redaktionsleiter von Millas Sendung *Wochenthemen* anruft und sie *nur rasch hören* will, was er wünscht – dann bedeutet das in der Regel, dass sie innerhalb der nächsten zwei Minuten aufspringt, weil sie *wirklich dringend losmuss*, und dass sie Sandro alleine vor zwei vollen Tellern sitzen lässt.

»Keine Sorge, ich werde nicht ausrücken, es ist schließlich dein Geburtstag«, versichert Milla, während sie den Anruf entgegennimmt.

»Milla, du musst sofort los!«, hört sie ihren Chef Wolfgang rufen, bevor sie zu Wort kommt. »Ein Amoklauf!«

»Ein Amoklauf?«

»Oder ein Terroranschlag!«

In dem Moment schrillen Sandros Pager und sein Handy los. Milla und Sandro schießen gleichzeitig von den Stühlen hoch. Noch am Telefon winkt Milla der Kellnerin und hält ihr einige Geldscheine hin, um zu bezahlen, was sie bestellt, aber noch nicht gegessen haben. Mit dem einen Ohr hört sie Sandro Fragen und Befehle in sein Telefon rufen, mit dem anderen hört sie Wolfgang zu. Im Kulturzentrum Reitschule habe es eine Schießerei gegeben, sagt er, einen Terroranschlag, wie in Paris, es gebe Tote, sie müsse sofort da hin.

Sandro nickt Milla zu und rennt los. Milla verabschiedet sich von der Kellnerin und setzt ebenfalls zu einem Ausdauerlauf quer durch die Stadt an. Sie ist die Läuferin der beiden, im Nu hat sie Sandro eingeholt, überholt und abgehängt. Er ruft ihr etwas hinterher, doch sie hört weg, weil sie auch so weiß, was er ihr sagen will. Dass sie sich fernhalten soll. Dass es zu gefährlich ist. Aber nicht nur er, auch sie hat einen Job zu erledigen.

Milla braucht knapp fünf Minuten, bis sie das autonome Kulturzentrum erreicht, das unweit des Bahnhofs Bern in einer ehemaligen Reithalle einquartiert ist. Der historische Bau mit seinen Erkern und Türmchen liegt hinter einem großen Parkplatz unter einer Eisenbahnbrücke. Auf dem Vorplatz brennen zwei Feuer in schwarzen Tonnen. Sie lassen gespenstische Schatten über die Graffiti an der Hausfassade tanzen. Schon von Weitem hört Milla Schreie. Sie wünschte, Ivan wäre hier, ihr Kameramann, den sie bei ihren krassesten Einsätzen an der Seite hatte. Jetzt aber ist sie auf sich allein gestellt. Sie blickt sich um und versucht, sich eine Übersicht zu verschaffen; drei Streifenwagen sind bereits vor Ort, Sirenen nähern sich, sie sieht Menschen, fast ausnahmslos Frauen, die auf den Vorplatz strömen, manche rennen, hetzen, einige begeben sich ruhig nach draußen. Viele weinen, andere schweigen, allen ist der Schrecken anzusehen; blasse Gesichter, Panik in den Augen. Milla greift zum Handy und beginnt zu filmen. Wie auf Knopfdruck ist sie wieder ganz Journalistin: Sie muss all die Bilder einfangen, weil sie eine Zeugin ist, die berichten wird, was hier passiert. Sie wird das Geschehen zur besten Sendezeit in die Wohnzimmer der Nation tragen, wo die Menschen gemütlich in ihren Fernsehsesseln sitzen und ihre Kommentare zum Drama abgeben werden.

Obwohl die Situation chaotisch ist, hat Milla keine Angst; sobald ihr Kopf und ihr Körper in den Journalistenmodus schalten, scheinen ihr Furcht und mitunter auch die Vernunft abhandenzukommen. Was aber nicht bedeutet, dass sie unvorsichtig wird: Ihr Instinkt ist hellwach. Aber ihr Kameramann fehlt. Trotz aller Routine fühlt sich Milla unwohl, filmend auf die Menschen zuzugehen, die sich in einem krassen Ausnahmezustand befinden. Milla muss auf sie wie eine Schaulustige wirken, die ein Handyfilmchen dreht. Sie vermisst Ivan auch als verlässlichen Partner, der bislang immer bei ihr war, wenn es brenzlig wurde. Und *brenzlig* ist nur der Vorname dessen, was hier gerade abgeht.

»Was ist passiert? Sind Sie verletzt?«, fragt Milla eine Frau mit kurzem schwarzem Haar, die etwas abseits auf dem Boden sitzt und heftig atmet. »Ich bin vom Fernsehen, ich filme mit«, schiebt Milla nach.

»Ich bin okay, ich bin okay, ich bin okay, aber die anderen, es ist schrecklich.«

»Was ist passiert?«

»Ich glaube, es wurde geschossen. Sie sind einfach zusammengebrochen. Sie sind tot!« Die Frau stößt die Worte aus sich heraus, als würde ihr jedes einzelne Schmerzen bereiten.

»Wo wurde geschossen?«, hakt Milla nach.

»In der Frauendisco. Aber es war laut, die Musik, ich weiß nicht, ich glaube sie sind tot.«

»Haben Sie gesehen, wer geschossen hat?«

»Nein. Meine Freundin ist noch da drin. Ich habe sie im Getümmel verloren.«

Die Frau beginnt zu weinen. Milla legt ihr die Hand auf die Schulter, blickt sich um. Gerade fährt der erste Rettungswagen vor, noch ist kein Care-Team der Notfallpsychiater vor Ort. Aus dem Augenwinkel erkennt Milla, dass auch eine Spezialeinheit der Polizei eintrifft, bewaffnete Männer in Schutzwesten, Helmen und Schilden stürzen aus zwei Kastenwagen. Eine andere Gruppe von Polizisten beginnt, das Gebiet um die Reithalle abzusperren. Milla zögert, blickt noch einmal auf die Frau.

»Es tut mir leid, ich muss los, sonst komm ich nicht mehr rein.«

»Nicht dort rein! Nicht!«

Milla ignoriert die Warnung. Hastig eilt sie auf das Gebäude zu, das Handy hält sie vor sich, fängt Bilder der Menschen ein, die aus der Halle fliehen.

»Wird noch immer geschossen?«, fragt sie eine Jugendliche, die ihr entgegenstolpert. Die junge Frau reagiert nicht. Ihr Gesicht ist ausdruckslos, die Augen leer, sie steht unter Schock. Milla geht zögerlich weiter. »Wird noch geschossen? Sind die Täter noch drin?«, fragt sie immer wieder. Doch klare Antworten kriegt sie nicht.

»Wir müssen weg!«, ruft ein Mann.

»Die schießen«, sagt eine Frau leise, als wage sie es kaum laut auszusprechen.

»So viele sind tot!«, schreit eine andere.

Alles ist hier Chaos. Milla hat keine Ahnung, ob die Gefahr gebannt ist oder ob sie dem Attentäter direkt vor die Waffe laufen wird. Sie hält inne, horcht – es sind keine Schüsse zu hören. Was aber nichts bedeuten muss. Milla gibt sich einen Ruck und setzt sich wieder in Bewegung. Doch sie kommt nicht weit. Jemand packt sie am Arm. Milla schnellt erschrocken herum. Ein Polizist des Sonderkommandos hält sie fest.

»Kommen Sie, ich bringe Sie raus. Sie sind in Sicherheit.«

»Ich bin Journalistin, ich muss da rein!« Milla versucht, sich zu lösen. Doch in der gleichen Sekunde wird der Griff eine Spur stärker, auch die Freundlichkeit ist weg.

»Raus mit Ihnen, Sie haben hier nichts zu suchen. Hier herrscht höchste Gefahr!«, brüllt der Polizist sie an.

Als ob ich das nicht selbst sehen könnte, denkt Milla. »Ich habe einen Presseausweis, lassen Sie mich los!«

Das grunzende Geräusch des Polizisten klingt nicht nach Zustimmung. Flugs dreht er ihr den Arm auf den Rücken und schubst sie unsanft vor sich her, um sie schließlich an einen Kollegen hinter der inzwischen aufgebauten Absperrung zu übergeben.

»Presse.« Er spuckt das Wort aus wie ein lästiges Insekt und wendet sich wieder ab, um seine Arbeit zu erledigen.

»Ist er noch drin?«, fragt Milla den anderen Beamten.

»Wir wissen es nicht. Dahinten wird gerade ein Presseposten eingerichtet. Wenden Sie sich bitte an unseren Kommunikationschef.«

»In Ordnung.« Milla schlägt die Richtung ein, die der Mann ihr angezeigt hat, wendet sich aber nach wenigen Metern um. Der Polizist beachtet sie nicht mehr, also begibt sich Milla auf den Parkplatz. Sie filmt die Reitschule in der Totalen. Filmt die Polizisten in Schutzausrüstung, die das Gebäude sichern. Filmt die Sanitäter, die hineinrennen und mit Menschen auf Tragen zurückkehren. Sie geht so nah ran wie möglich, versucht alles aufzunehmen. Als sie sich einem Rettungswagen nähert, sieht sie, wie eine verletzte Frau herangetragen wird. Milla zoomt sie heran. Die Verwundete regt sich nicht. Es ist nicht auszumachen, ob sie bewusstlos ist oder tot.

»Nicht filmen!«

Milla blickt auf. Sie kennt die Frau, die die Hand vor ihr Handy hält, auch wenn sie ganz anders aussieht als sonst. Obenrum trägt sie nichts als einen BH, ihre Hände und Arme sind blutverschmiert. Es ist Bettina, die Polizistin. Sandros Kollegin.

# 3.

Bruno schnuppert seit gefühlten fünf Minuten an der Hausecke.

»Können wir mal weiter?«, fragt Jeremias Schildknecht seinen Rauhaardackel, der in Hundejahren etwa gleich alt ist wie er selbst. Der Dackel ist elf, Jeremias Schildknecht ist siebenundsiebzig. Bruno ist einzig um die Schnauze herum ergraut, Jeremias' Haar ist schlohweiß, überall dort, wo es noch vorhanden ist. Sie haben nur noch sich beide und pflegen einen höflichen Umgang miteinander. Jetzt aber zuckt Jeremias Schildknecht doch mal sanft an der Leine.

Bruno blickt auf, hebt im Zeitlupentempo sein Bein und setzt mit fünf spärlichen Tropfen seine Markierung. Dann setzt er sich endlich in Bewegung.

Jeremias Schildknecht vernimmt in der Ferne Sirenengeheul.

»Sirenen«, informiert er Bruno. Seine Ohren sind noch besser als die seines Hundes. »Viele Sirenen. Vermutlich ein Unfall auf der Autobahn. Hoffentlich nichts allzu Schlimmes.«

Jeremias Schildknecht und Bruno trotten langsam um den nächsten Häuserblock, so schnell, wie es Jeremias Hüfte und Brunos kurze Beine zulassen. Es ist ruhig in der Straße, hier kommt selten ein Auto vorbei. Sie biegen um die Ecke, um von der Rückseite her in ihr Wohnhaus zu gelangen. In der Parterrewohnung ihres Nachbarn brennt Licht. Es brannte schon gestern und vorgestern Abend, als sie von ihrem Spaziergang nach Hause kamen. Das ist ungewöhnlich, weil Jürgen Bräutigam, so heißt er wirklich, abends eigentlich nie zu Hause ist. Er legt als DJ auf, hat er Schildknecht mal erzählt, was immer das wohl heißen mag, auf jeden Fall ist er sonst nie da, und jetzt brennt seit Tagen Licht.

»Eigenartig«, sagt Jeremias Schildknecht zu Bruno. »Vielleicht ist er krank.«

Der alte Mann will gerade die Tür aufschließen, da hält er inne und wendet sich den Briefkästen zu, die in die Mauer eingelassen sind. Er schließt den seinen auf: leer. Seit er den Aufkleber *Keine Werbung* angebracht hat, erhält er gar keine Post mehr.

»Vielleicht sollte ich eine Zeitung abonnieren«, murmelt er, wie jedes Mal, wenn er vor seinem leeren Briefkasten steht.

Nicht, weil er neugierig ist, sondern aus nachbarschaftlicher Fürsorge sucht er nach dem Schildchen, auf dem der Name Bräutigam steht. Der Briefkasten ist direkt neben seinem. Er schaut sich um, dann hebt er vorsichtig die Klappe des Schlitzes hoch und späht hinein: voll. Er öffnet das Paketfach; auch darin liegen Briefe und Tageszeitungen, wohl weil sie oben keinen Platz mehr fanden.

»Das ist jetzt aber doch sehr eigenartig. Sehr eigenartig.«

Bruno setzt sich hin, schaut zu Jeremias Schildknecht hoch, stellt den Kopf schräg und spitzt die Ohren. Sein Herrchen blickt zu ihm hinab.

»Ich glaube, wir sollten etwas tun. Vielleicht liegt er wirklich krank im Bett, so krank, dass er unsere Hilfe braucht.«

Bruno wedelt drei Mal mit dem Schwanz, was Jeremias Schildknecht als Zustimmung auffasst. Er blickt auf die Uhr: Es ist zwanzig vor neun, seiner Ansicht nach etwas spät, um beim Nachbarn unangemeldet an der Tür zu klingeln, aber Bräutigam ist noch jung, und die jungen Leute ticken anders, die haben es nicht so mit der Etikette. Schildknecht öffnet die Haustür, sieben Stufen führen ihn hinauf ins Hochparterre. Doch statt links in seine Wohnung zu gehen, stellt er sich vor die rechte Tür und versucht, durch den Türspion hineinzugucken. Er erkennt einzig einen winzigen hellen Punkt, weil drinnen Licht brennt, mehr nicht. Also drückt er auf die Klingel und fährt erschrocken zusammen, als sie losschrillt. Sie klingt viel lauter als tagsüber, Schildknecht fürchtet, dass er gerade das ganze Haus geweckt hat.

Er wartet.

Eine Minute, zwei Minuten.

Drinnen regt sich nichts. Erneut drückt er auf die Klingel, etwas länger und kräftiger jetzt. Wieder zuckt er zusammen. Doch niemand öffnet.

Bruno hat es sich mittlerweile auf der Fußmatte bequem gemacht und den Kopf auf die Vorderpfoten gelegt.

»Was machen wir jetzt?«, fragt ihn Jeremias Schildknecht.

Bruno zieht die Augenbrauen in die Höhe.

»Du bist mir heute wahrlich keine große Hilfe.«

Zum zweiten Mal innerhalb von wenigen Minuten blickt Schildknecht auf die Uhr. Zwanzig Uhr fünfundvierzig. Vorsichtig klopft er an die Tür, er beugt sich vor, drückt sein Ohr an das Holz. Er hört nichts.

Jeremias Schildknecht kratzt sich an einer kahlen Stelle an seinem Schädel. Er ist zu weit gegangen, um jetzt einfach umzudrehen, seine Wohnungstür aufzuschließen, zu Bett zu gehen und das Ganze zu vergessen.

»Bruno, du wartest hier.« Schildknecht legt die Leine sorgfältig neben seinen Hund auf die Fußmatte, atmet zweimal tief durch und macht sich dann daran, die Treppe hochzusteigen. Seine Lunge funktioniert nicht mehr so gut. Er muss nur zwei Stockwerke hoch, aber ihm kommt es wie der Kilimandscharo vor; doch er weiß, dass er es schaffen kann, wenn er sich zur Langsamkeit zwingt. Im zweiten Stock wohnt der Hauswart Walter Meister, er wird wissen, was zu tun ist.

Als Jeremias Schildknecht an Meisters Tür klingelt, muss er nicht lange warten. Der Hauswart öffnet so schnell, dass sich Schildknecht fragt, ob er direkt hinter der Tür gestanden hat, in der Hoffnung, dass endlich mal Besuch kommt. Schildknecht entschuldigt sich für die späte Störung, doch der Hauswart zeigt ihm mit einer abwehrenden Geste, dass er gleich zur Sache kommen kann. Also schildert er ihm, was er beobachtet hat; dass bei Bräutigam seit Tagen Licht brennt, dass sein Briefkasten überquillt und dass er die Tür nicht öffnet. Walter Meister hört Jeremias Schildknecht aufmerksam zu.

»Dann schauen wir doch mal, was los ist.«

Meister klingt wie ein Bär, der das Sprechen erlernt hat; seine Worte sind ein tiefes, dunkles Brummen. Er ist ein Mann der Tat, und Schildknecht ist dankbar, dass er die Verantwortung abgeben kann. Als die beiden Männer wenig später vor Jürgen Bräutigams Tür stehen, scheint Meisters Tatendrang plötzlich doch etwas gebremst zu sein.

»Ich hoffe, ich handle mir keinen Ärger ein«, brummelt er, als er nach dem Generalschlüssel sucht. »Plötzlich verklagt der mich wegen Hausfriedensbruch. Alles schon passiert. Bloß, weil man sich um seine Mieter kümmert.«

»Aber vielleicht liegt er mit gebrochenem Becken im Badezimmer und kann nicht mehr aufstehen ...« Schildknecht bemüht sich um einen mutmachenden Tonfall.

»Schon gut, schon gut, ich schließe gleich auf.«

Noch einmal drückt Meister auf den Klingelknopf. Als sich nichts rührt, klopft er an die Tür und ruft laut: »Herr Bräutigam, sind Sie da drin? Wir kommen jetzt rein.«

Schildknecht denkt, das könnte auch eine Dialogzeile aus einem Vorabendkrimi sein. Walter Meister wirft ihm einen Blick zu, greift zum Schlüssel, steckt ihn ins Schloss, versucht aufzuschließen und stellt fest, dass gar nicht abgeschlossen ist. Er drückt die Klinke hinunter.

In der gleichen Sekunde, in der er die Tür aufstößt, springt Bruno auf, als wäre er keine elf Jahre, sondern erst elf Monate alt, und trabt zielstrebig in die Wohnung hinein, während er die Leine hinter sich herschleift.

»Bruno, warte!«, ruft Schildknecht. Doch sein Hund stellt sich wieder mal taub. Schnurstracks begibt er sich zum Schlafzimmer. Auf der Schwelle bleibt er stocksteif stehen, stellt die Nackenhaare auf und verfällt in ein hysterisches Kläffen.

»Bruno!« Jeremias Schildknecht will zu ihm eilen, doch Walter Meister streckt den Arm aus und hält ihn zurück.

»Warten Sie! Riechen Sie das? Lassen Sie mich vorangehen.«

Vorsichtig tastet sich Walter Meister durch den Flur in Richtung Schlafzimmer. Vor der Tür stoppt er, er reckt den Kopf vor und erstarrt mitten in der Bewegung.

»Gütiger Gott!«

Jeremias Schildknecht ahnt, dass er nicht sehen will, was sein Hauswart gerade erblickt hat. Aber er kann nicht anders; als würde er von unsichtbaren Fäden nach vorne gezogen, begibt er sich zur Tür, schaut hinein, sieht das Bett und was darauf liegt – und wünschte sich, er hätte nie an dieser Tür geklingelt.

# 4.

Sandro Bandini sitzt in der mobilen Einsatzzentrale im
Innern eines Polizeilastwagens, einen Steinwurf von der
Berner Reitschule entfernt. Kleine Schweißperlen glän-
zen auf seiner Stirn, sein Körper ist angespannt, die Augen sind konzentriert auf die Bildschirme vor ihm gerichtet; einer zeigt einen Übersichtsplan des Areals, auf
dem er sich befindet, andere übertragen Livebilder der
winzigen Bodycams, die die Männer des Sondereinsatz-
kommandos auf sich tragen. Neben Sandro sitzt deren
Chef Christian Tschabold, der seine Leute über Funk mit
knappen Befehlen durch die Reitschule dirigiert. Die Liegenschaft besteht aus vielen verschachtelten Räumen, es
ist schwierig, sich in der unübersichtlichen Situation ein
klares Bild zu verschaffen; nebst der großen Reithalle
gibt es ein Restaurant, ein Kino, einen Konzertsaal, mehrere Dachstöcke, die Discothek sowie etliche Neben-
räume. Tschabold hat alles in Zonen eingeteilt, und nun
wird eine Zone nach der anderen von den bewaffneten
Polizisten in Schutzmontur gesichert. Nach den vorlie-
genden Informationen wurde im hinteren Gebäudeteil
geschossen, aber der Täter kann überall sein. Die Mitglieder des Spezialkommandos dringen immer weiter
ins Gebäude vor, gerade kommt ein neuer Funkspruch
rein, dass der nächste Raum ebenfalls sauber ist. Was

gleichsam bedeutet: Vom Täter fehlt nach wie vor jede Spur.

Es ist möglich, dass er sich unter die Flüchtenden gemischt hat; das wäre die Schlechteste aller schlechten Varianten, denkt Sandro. Oder aber er hat sich irgendwo verkrochen und sich selbst gerichtet – das wäre eines der besseren Szenarien; dann wäre zumindest die Gefahr gebannt. Wenigstens haben die Rettungssanitäter nun Zugang zum Tatort. Der Täter scheint ausschließlich im zweiten Dachstock um sich geschossen zu haben, dort wo heute die Frauendisco stattgefunden hat. Die Sanitäter korrigieren die Zahl der Opfer laufend nach oben, im Moment liegt sie bei sieben Toten und zehn Verletzten, einige in kritischem Zustand. Ob sich der Täter noch auf dem Areal befindet oder längst auf der Flucht ist, ist völlig offen.

»Wir geben eine Großfahndung raus«, informiert Sandro seine Kollegen. »Wir brauchen alle Einsatzkräfte, die verfügbar sind. Wir werden die ganze Stadt, wenn es sein muss, den gesamten Kanton durchkämmen, wir werden in jeden verfluchten Keller steigen, um den Täter oder die Täter aufzuspüren, die das hier angerichtet haben.« Der oder die – nicht einmal das ist klar; Sandro hat keine Ahnung, mit wie vielen Schützen sie es hier zu tun haben. Die Aussagen der Zeuginnen und Zeugen ergeben kein einheitliches Bild. Die einen wollen nicht einmal gemerkt haben, dass geschossen worden ist, und hielten das Ganze für eine Massenpanik. Andere berichteten von einem Mann, der mit einem Maschinengewehr in die Frauendisco eingedrungen sei und sofort losgeballert habe. Einige behaupteten, die Schüsse seien aus verschiedenen Richtungen gekommen, es müssten mindestens drei Personen geschossen haben. Dass Zeugenaussagen so weit auseinanderdriften, ist nichts Ungewöhnliches, es ist vielmehr menschlich – aber hilfreich ist es nicht.

»Verdammte Scheiße!«, sagt Sandro laut. Um ihn herum ertönt zustimmendes Gemurmel. Sie wissen nichts, außer, dass da eine oder mehrere Personen frei herumlaufen, die gerade ein blutiges Massaker angerichtet haben.

»Hat jemand der Zeugen den Schützen erkannt?«, fragt Sandro in die Runde.

»Negativ«, antwortet Malou Löwenberg. Sie sitzt in einem engen roten Kleid im Einsatzwagen; offensichtlich hat auch sie heute Abend nicht mit einem Notfall gerechnet.

»Hat ihn jemand gesehen, der ihn beschreiben kann? Seine Erscheinung? War es ein Neonazi?«

»Nein. Niemand hat etwas in der Richtung gesagt.«

Dass Sandro auf Anhieb einen Täter aus der rechtsextremen Szene in Betracht zieht, hat mit der Geschichte der Reitschule zu tun: Für Neonazis und Ultrarechte ist sie ein rotes Tuch, eine Trutzburg ihrer größten Feinde. Selbst bürgerliche Politiker bezeichnen den linksautonomen Kulturtempel seit Jahrzehnten als Schandfleck der Stadt: Alle paar Jahre fordern sie in politischen Vorstößen dessen Schließung – nicht zuletzt, weil sich die Antifaschisten nach ihren nicht selten in Zerstörungsorgien ausartenden Demonstrationszügen durch die Stadt oftmals in die Reithalle zurückziehen, sich unter die Gäste mischen und dort Schutz vor der Polizei finden. Dass auf dem Vorplatz der Reitschule mit Drogen gehandelt wird, ist ebenfalls kein Geheimnis und dem Ruf des Kulturzentrums nicht gerade förderlich.

Falls sie es hier also mit einem politisch motivierten Angriff zu tun haben, wäre es für Sandro keine Überraschung, wenn der Täter aus der rechtsextremen Szene stammen würde. Oder aber es war ein islamistischer Terroranschlag, der sich generell gegen die westliche Lebensweise richtet. Denkbar auch, dass es sich um einen Anschlag auf die Schwulen- und Lesbenszene handelt; allerdings sind bei LGBT-feindlichen Taten meist Männer die Opfer. Sandro schließt auch eine weitere Option nicht aus: Dass der Massenmord von einem fanatischen Einzeltäter ohne politischen Hintergrund begangen worden sein könnte – einzig, weil er Amokläufe geil findet und selbst mal einen lancieren wollte. Es wäre nicht das erste Mal, dass aus derart nichtigem Grund gemordet wurde.

Aber das Motiv des Täters hat derzeit nicht höchste Priorität. Die wichtigste Frage, die sich Sandro stellt, lautet viel mehr: Wo steckt der Täter? Oder wo stecken die Täter, falls es mehrere sind.

»Die Täterschaft ist weg«, stellt Christian Tschabold in dem Moment fest.

»Bist du sicher? Ihr habt nichts übersehen? Das Areal ist riesig …«, hakt Sandro nach.

»Meine Leute haben den hintersten Winkel durchsucht. Es ist keiner mehr drin.«

»Scheiße.«

Sandro denkt sofort an den Terroranschlag von Paris, als Islamisten unter anderem im Konzertlokal Bataclan fast neunzig Menschen töteten. Einer der Attentäter hatte seinen Sprengstoffgürtel nicht gezündet und befand sich tagelang auf der Flucht. In seiner Heimatstadt Brüssel wurde die höchste Terroralarmstufe ausgerufen, alle Läden im Zentrum wurden geschlossen, alle Restaurants und Kulturlokale dichtgemacht.

Ist es das, was er jetzt tun muss?, fragt sich Sandro. Die höchste Terroralarmstufe auslösen und die Stadt Bern in eine Art sofortigen Lockdown versetzen? Ist das die adäquate Reaktion auf den Anschlag – oder wäre es eine krasse Überreaktion?

»Was machen wir?«, fragt Tschabold.

Sandro räuspert sich, blickt auf die Uhr.

»Terroralarm?« Tschabold klingt drängender jetzt.

Sandro hebt abwehrend die Hand. Er muss nachdenken. Es ist Donnerstagabend, fast halb zehn. Heute ist Abendverkauf, die Läden schließen erst in einer halben Stunde. Obwohl schon fast Sommer ist, wird es abends immer noch kühl. Trotzdem sitzen etliche Menschen draußen in den Gassen an den Tischen. Sandro sieht die Bilder aus Paris vor sich; die zerschossenen Scheiben, die Gläser, die halb voll stehen geblieben waren, die Blutlachen unter den Tischen. Die vielen Toten.

»Wir … haben … keine … Zeit!« Tschabold spricht überlaut und setzt eine kleine Pause zwischen jedes Wort.

Sandro schaudert innerlich. Wenn der Täter weitermordet und noch mehr Menschen zu Tode kommen, nur weil er nicht gehandelt hat – er würde sich das nie verzeihen. »Wir können kein Risiko eingehen.« Sandro hört Christian Tschabold erleichtert ausatmen. »Gleichzeitig müssen wir jede Panik verhindern.«

»Das heißt konkret?«, hakt Tschabold nach.

»Höchste Terroralarmstufe. Die Läden, Bars, Restaurants, Kinos, Theater et cetera in der Stadt müssen sofort schließen. Die Bereitschaftspolizei muss raus, wir lancieren Aufrufe in Radio und Fernsehen und auf unseren Social-Media-Kanälen.« Sandro nimmt wahr, wie der Medienverantwortliche Emilio Livingstone aufspringt, zum Telefon greift und hinauseilt. »Wir informieren die Behörden, die Berufsverbände, jeden, den wir erreichen können; sie sollen dafür sorgen, dass alle Gaststätten und Kulturbetriebe geschlossen und die Gäste heimgeschickt werden. Die Streifenwagen sollen Patrouille fahren und die Leute mit Lautsprecherdurchsagen auffordern, nach Hause zu gehen.«

»Und da kommt keine Panik auf?« Malou Löwenberg klingt skeptisch.

»Wenn wir ruhig und sachlich bleiben, werden auch die Menschen ruhig bleiben.« Hoffentlich, schiebt Sandro in Gedanken nach.

»Und das Fußballspiel?«, wirft Christian Tschabold ein. »Heute läuft ein Match?«

»Heimspiel gegen den FC Basel.«

»Verfluchter Mist!« Die Young Boys hatte Sandro völlig vergessen. »Wie lange dauert das Spiel noch?«

»Wohl noch etwa eine Viertelstunde.«

Sandro Bandini und Christian Tschabold schauen sich in die Augen und denken exakt dasselbe: Ein ausverkauftes Fußballstadion ist das perfekte Ziel für einen Terroranschlag – insbesondere nach dem Schlusspfiff, wenn alle nach draußen strömen und versuchen, sich in das erstbeste Tram zu quetschen.

»Das Match lassen wir laufen, das Risiko einer Massenpanik nach einem Spielabbruch ist zu groß. Aber wir instruieren sofort die Kollegen, die vor Ort im Einsatz sind, sie sollen insbesondere die Ausgänge und die Tramstation überwachen. Wir müssen Verstärkung hinschicken.«

»Wir haben nicht genug Leute, wenn wir gleichzeitig die Stadt sichern wollen«, wendet Tschabold ein.

»Wir bitten die Polizeikorps der Nachbarkantone um Hilfe.«

Tschabolds rechte Augenbraue schnellt in die Höhe, doch er nickt.

»Wie steht es um die Helikopter für die Suche nach dem Täter?«, fragt Sandro.

»Sind unterwegs.«

»Gut.«

Sandros Telefon klingelt. Er blickt auf das Display, sieht, dass es ein Anruf aus der Notrufzentrale ist, und geht ran. Einen kurzen Augenblick lang hofft er, dass ihm gleich mitgeteilt wird, der Täter habe sich gestellt. Doch das wahre Leben kennt in seinen Dramen selten solch glückliche Fügungen.

»Wir haben eine Leiche«, sagt der Kollege aus der Zentrale ohne Umschweife. »In der Militärstrasse, sieht nach einem Tötungsdelikt aus.«

Sandro schließt die Augen. Er fragt sich, warum in seinem Job immer alles gleichzeitig passieren muss.

# 5.

Bettina starrt auf den Boden und studiert die Fuge zu ihren Füßen. Die hellgraue Füllung zwischen den dunkelgrauen Platten ist an der einen Stelle breiter als an der anderen. Dort, wo sie zu schmal ist, hat sich Schmutz angesammelt. Brauner Schmutz im Zwischenraum. Zwischen dunkelgrauen Platten.

Warum ist sie die Drinks holen gegangen? Die Frage dreht Runden in ihrem Kopf. Hätte Petra die Drinks geholt, wäre sie nicht getroffen worden.

Brauner Schmutz im Zwischenraum. Auch die anderen Fugen sind nicht regelmäßig verarbeitet.

Warum nur ist sie die Drinks holen gegangen?

Die Linien verschwimmen vor Bettinas Augen. Weit weg hört sie das Geräusch von Schritten. Gummisohlen. Turnschuhe auf Plattenboden. Dunkelgraue Platten mit Schmutz in den Fugen.

Wäre sie die Drinks nicht ausgerechnet in dem Moment holen gegangen, wäre sie bei Petra gewesen und hätte reagieren können.

Die Schritte nähern sich, an der Ecke des Flurs biegen sie ab und werden wieder leiser.

Wenn sie sich nicht kurz mit Sonja unterhalten hätte, wäre sie rechtzeitig zurück gewesen. Wäre sie früher zurück gewesen, hätte sie sich auf Petra gestürzt, hätte sie mit sich zu Boden reißen und sich über sie legen können. Hätte sie schützen können. Sie retten können.

Wie kommt es, dass die Fugen schmutzig sind? In einem Spital, in dem es klinisch rein sein sollte.

Warum ist sie genau in dem Moment zur Bar gegangen? Warum hat sie so lange gebraucht? Warum?

Die Tür zur Notfallstation öffnet sich mit einem schleifenden Geräusch. Bettina schnellt herum, sieht einen Mann in grünem Kittel, eine knallbunte Operationsmütze auf dem Kopf, Brille auf der Nase. Sie sucht hinter den dicken Gläsern nach Augenkontakt und steht hastig auf.

»Petra, Petra Schmitz, wird sie es schaffen?«

Den Blick des Arztes kann Bettina nicht lesen. Mitleid?

»Es tut mir leid, ich kann Ihnen keine Auskunft geben. Ich behandle eine andere Patientin. Der zuständige Arzt wird sich bei Ihnen melden.«

Er wendet sich ab und lässt Bettina mit ihrer Verzweiflung allein zurück. Noch nie hat sie sich so hilflos gefühlt. Sie kann nichts Weiteres tun, als auf diesem Stuhl zu sitzen, den Boden anzustarren und damit zu hadern, dass sie nicht da war, als ihre Freundin, ihre Partnerin, ihre Liebe im falschen Moment am falschen Ort stand.

Petra darf nicht sterben.

Bettina hat vor Kurzem schon einmal einen Partner verloren, im Job. Ramon. Auch er starb im Kugelhagel. Auch damals war sie unmittelbar dabei gewesen.

Doch dieses Mal ist alles anders. Dieses Mal geht es um Petra. Bettina würde alles dafür geben, wenn sie mit ihr tauschen könnte, wenn jetzt sie da drinnen im Operationssaal liegen und ums Leben kämpfen würde, statt hier zu sitzen, unverletzt, ohne die kleinste Schramme.

Wie ungerecht das Leben ist. Der Tod holt sich immer die Falschen.

Ein schriller Ton lässt Bettina zusammenfahren. Wie in Trance greift sie nach ihrem Telefon. Es ist Sandro, ihr Chef. Sie steckt das Handy weg. Auch ihr Pager vibriert. Sie beachtet ihn nicht. Schon klar, dass sie jetzt gebraucht wird. Doch sie geht hier nicht weg, nicht bis sie weiß, ob Petra leben wird. Bettina fühlt sich auf einmal schrecklich einsam. Wenn es ums Existenzielle geht, ist man am Ende immer allein.

Während Bettina im graugekachelten Flur des Universitätsspitals sitzt und zum ersten Mal in ihrem Erwachsenendasein ein Gebet spricht, in dem sie um das Leben ihrer Geliebten bittet, flucht Milla leise vor sich hin. Warum muss sie hier alles allein machen? Wo bleibt das Kamerateam? Ist sie tatsächlich die einzige Journalistin des Schweizer Fernsehens, die ausgerückt und vor Ort ist? Sie hat mit der Handykamera einige gute Bilder einfangen können, hat mit ein paar Frauen gesprochen, die dem Anschlag völlig geschockt entkommen sind, dennoch ist fraglich, ob sich ihr Material zu einem stimmigen Beitrag zusammenschneiden lässt. Auch zu zweit, mit einem Kameramann an ihrer Seite, wäre die Arbeit hier schwierig. Allein ist sie kaum zu bewältigen. Milla will gerade die gedrehten Clips auf ihrem Handy durchgehen, da beginnt Patti Smith zu singen. Ein Anruf. Wolfgang.

»Milla, bist du dort? Es soll Tote gegeben haben!«, ruft ihr Chef aufgeregt ins Telefon.

»Ich weiß. Ich bin vor Ort. Aber ich bin allein hier, ich kann nur mit dem Handy filmen. Ich schicke dir gleich alle Aufnahmen, die ich habe. Ich brauche aber noch ein offizielles Statement der Polizei, das werde ich nachliefern.«

»Wann?«

Milla verdreht die Augen. »Sobald ich es habe.«

»Wir müssen sofort damit raus.«

»Ich schicke es ja gleich.«

Milla beendet das Gespräch ohne ein weiteres Wort. Manchmal kann ihr Chef ein gefühlskalter Mistkerl sein. Klebt im geheizten Büro mit seinem Arsch an seinem Stuhl fest und schert sich keinen Deut darum, mit was für einer Situation sie draußen konfrontiert ist und was sie gerade durchmacht. Hauptsache, die Bilder kommen rein, und zwar pronto, alles andere scheint ihm egal zu sein. Milla schiebt den Ärger weg, sie hat jetzt weder Zeit noch Energie dafür, und begibt sich zum improvisierten Medienzentrum, das aus dem Pressesprecher Emilio Livingstone besteht. Er versucht unter einem aufgestellten Zeltdach, die Journalisten mit Informationen zu versorgen, obwohl es kaum welche gibt. Als sich Milla zu ihm stellt, hält ihm bereits eine Reporterin des Lokalradios das Mikrofon unter die Nase, und einige Zeitungsjournalisten notieren das Gesagte mit. Milla hört zu, realisiert, dass er in etwa so viel weiß wie sie selbst; dass geschossen worden ist, dass es Tote gegeben hat, dass völlig unklar ist, wer dafür verantwortlich ist. Während er spricht, erkennt er Milla, nickt ihr zu, was bedeutet, dass er sich gleich für sie Zeit nehmen wird. Das ist der Vorteil, wenn man fürs Schweizer Fernsehen arbeitet; man wird sofort als wichtig erachtet – aber nur, weil sich jeder selbst wichtig nimmt, wenn sein Gesicht im landesweiten Fernsehen erscheint.

»Mehr kann ich im Moment noch nicht sagen«, schließt Livingstone. »Bitte entschuldigen Sie mich, das Schweizer Fernsehen wartet auf eine Aufnahme.« Damit wendet er sich von den anderen Journalisten ab.

»Frau Nova, Sie brauchen ein Statement?« Es ist eine rhetorische Frage, Milla hält ihre Handykamera bereits auf den Pressesprecher gerichtet. »Ohne Kameramann?«

»Es ist noch keiner da.« Milla zuckt mit den Schultern.

»Und das hier muss schnell raus, online und dann in die Tagesschau Nacht. Es wird eine Sondersendung geben. Sind Sie bereit?«

Livingstone nickt.

»Herr Livingstone, was ist hier heute passiert?«

Milla fragt, Livingstone gibt einige vage Antworten, doch viel holt sie nicht aus ihm heraus, um nicht zu sagen: gar nichts Neues. Dennoch hat sie, was sie braucht: Ein offizielles Statement, ganz egal, wie mager es ausgefallen ist.

Milla setzt sich auf eine Mauer, um ihrem Chef Wolfgang alle Clips zu senden, da tippt ihr jemand auf die Schulter. Sie dreht sich um.

Ivan Ivanovic. Ihr Lieblings-Kameramann, den alle Ivan nennen, obwohl er gar nicht Ivan heißt.

»Jetzt kommst du …« Milla rollt mit den Augen, doch die Erleichterung ist ihr anzusehen.

»Ging nicht schneller, ich war in Zürich, fangen wir an?«

Obwohl Milla genug gesehen hat, genug gehört hat, nur noch wegmöchte von diesem Ort des Schreckens, lässt sie sich von Ivan ein Mikrofon in die Hand drücken, während er die Kamera schultert. Diese Geschichte wird groß werden. Milla weiß, dass sie noch viel mehr Material brauchen, als sie bis jetzt zusammen hat; für die Sondersendung und all die Hintergrundbeiträge, die noch folgen werden. Sie klickt auf dem Handy rasch die letzten Clips an und drückt auf *Senden*. Dann gibt sie sich einen Ruck und macht sich auf, um gemeinsam mit Ivan möglichst viele Bilder und Stimmen einzuholen zu dem Unfassbaren, das sich diesen Abend zugetragen hat und die Stadt für immer verändern wird.

Zur gleichen Zeit sitzt Sandro Bandini nur wenige Meter von Milla und Ivan entfernt im Polizeilastwagen und versucht, den Großeinsatz zu koordinieren – und gleichzeitig jemanden auf den anderen Fall anzusetzen; die Leiche an der Militärstraße im Breitenrainquartier.

»Verflucht!«

Ein Klicken kündigt Sandro an, dass er erneut nur mit der Mailbox von Bettina verbunden ist statt mit ihr selbst. Ausgerechnet jetzt kriegt er sie nicht an die Strippe, Bettina, die sonst immer als Erste am Einsatzort ist. Sandro kann sich nicht erinnern, dass Bettina auch nur ein einziges Mal nicht erreichbar gewesen ist, in all den Jahren, in denen sie zusammenarbeiten. Wo steckt sie bloß? Sie ist doch nicht etwa …?

Der Gedanke trifft Sandro wie ein Blitz: Ist es denkbar, dass Bettina da drin war? Dass sie sich unter den Opfern befindet? Bettina, die aus ihrer Beziehung zu einer Frau nie ein Geheimnis gemacht hat. Hielt sie sich während des Attentats in der Frauendisco auf? Nein, unmöglich. Sandro schüttelt den Gedanken ab. Bettina in der Reitschule, als Polizistin, das passt nicht zusammen. Da ginge sie nicht hin.

»Malou?«

»Ja?«

»Ich kann Bettina nicht erreichen – könntest du …«

»Der Tote im Breitenrain?«

»Ja.«

»Ich fahre hin.«

»Danke.«

Hinter Sandro öffnet jemand die Wagentür. Die Geräusche, die vorher nur dumpf bis zu ihm vorgedrungen sind, die Sirenen, die Befehle, die gerufen werden, das Klagen und das Weinen, sind auf einen Schlag wieder laut und verstörend. Die kleine Distanz, die sich Sandro schaffen konnte, um einen Schritt zurückzutreten und aus der Einsatzzentrale heraus alles zu koordinieren, ist weg. Sofort ist er wieder mittendrin.

»Wir können rein«, ruft Christian Tschabold.

»In Ordnung.«

Sandro steht vom Stuhl auf. Er muss sich überwinden. Sein ganzer Körper fühlt sich auf einmal erschöpft an. Selbst mit normalen Tatorten tut Sandro sich schwer, auch nach all den Jahren noch. Aber das hier? Das ist eine andere Liga. Das hier will er nicht sehen. Doch er hat keine Wahl.

Unbewusst geht er zwei Schritte hinter Christian Tschabold her, als sie dicht der Mauer entlang zum hinteren Teil des Gebäudes vordringen. Über die Treppe gelangen sie in die Räumlichkeiten der Discothek. Sandro tritt in den hohen Raum unter dem Dachgiebel und weicht unwillkürlich wieder einen Schritt zurück. Der Anblick ist furchtbar.

Die mit weißen Planen zugedeckten Toten liegen durcheinander, elf oder zwölf müssen es sein, alle befinden sich nahe der Notausgangstür, die in den Hof hinausführt und durch die der Täter eingetreten sein muss. Auf bizarre Weise erinnern die Körper unter den Planen, die mal schräg, mal quer zur Tür und auch mal fast aufeinanderliegen, an eine groteske Kunstinstallation. Nichts wirkt echt in diesem Raum. Es ist die makabre Inszenierung eines Täters, von dem sie nicht wissen, wer er ist.

»Wie viele sind es?«, fragt Sandro.

»Dreizehn Tote, zwölf Frauen, ein Mann«, antwortet Christian Tschabold. »Zwei Schwerverletzte in kritischem Zustand. Achtzehn weitere Verletzte.«

Hinten im Raum erblickt Sandro Irena Jundt, die Rechtsmedizinerin, die sich in Schutzkleidung über einen der toten Körper beugt. Sie richtet sich wieder auf, diskutiert mit zwei Männern, die Sandro nicht kennt, das müssen die forensischen Ärzte vom DVI-Team sein. Es ist das erste Mal in seiner Karriere, dass Sandro das Disaster Victim Identification Team hat aufbieten müssen, und er hofft inständig, dass es auch das letzte Mal gewesen ist. Irena schaut zu ihm her, er winkt sie zu sich.

»Wir lassen die große Leichenhalle herrichten«, sagt Irena anstelle einer Begrüßung. »In einer Stunde sollten wir so weit sein, dann können wir die Opfer dorthin bringen.«

Erst jetzt fällt Sandro wieder ein, dass die Parkgarage unter dem Rechtsmedizinischen Institut im Notfall zu einer Obduktionshalle umfunktioniert werden kann, falls die zwei Obduktionstische im Haus nicht ausreichen. Irena will sich gerade wieder der Arbeit zuwenden, als Sandro sie zurückhält.

»Irena, wir haben noch einen weiteren Fall …«

»Das darf nicht wahr sein!«

»Ein Toter, sieht nicht gut aus, so wie der gefunden wurde …«

»Ich kümmere mich darum.«

»Kannst du denn hier weg?«

»Ja, das DVI-Team ist gut aufgestellt. Die Aufgaben sind verteilt. Im Moment steht die Identifikation der Opfer im Vordergrund – die Todesursache ist hier ja offensichtlich. Ich kann an den neuen Tatort fahren, mir den Toten ansehen und danach hierher zurückkehren.«

»Danke.«

Sandro leitet Irena die Nachricht mit der Adresse des Opfers und den Angaben zu dessen Fundsituation weiter. Er schrickt zusammen, als just in dem Moment unter einem weißen Tuch ein Handy zu läuten beginnt. Neben einer anderen Leiche setzt ein weiterer Klingelton ein. Als das erste Handy verstummt, beginnen ein drittes und ein viertes zu klingeln. Schon ist auch der erste Klingelton wieder zu hören. Es sind die Anrufe von Angehörigen, die vom Attentat erfahren haben, die fürchten, dass ihre Freundin, ihre Schwester, ihre Tochter sich in der Reitschule aufhielt, die hoffen, dass nicht ihre Lieben getroffen worden sind. Eine Hoffnung, die mit jedem unbeantworteten Anruf kleiner wird und irgendwann, spätestens wenn ein Polizist vor der Tür steht, der traurigen Gewissheit weicht. Weitere Telefone beginnen zu klingeln, jedes Mal zuckt Sandro zusammen.

Vielleicht wird er den Anblick der vielen Toten irgendwann aus seinem Kopf verdrängen können. Doch Sandro ahnt, dass der Klang der Handys und ihre Kakofonie des Todes für immer in seiner Erinnerung haften bleiben werden.

# 6.

Malou Löwenberg, die eigentlich Marie-Louise heißt, was aber kaum jemand weiß, schimpft innerlich mit sich selbst, weil sie keine Hose in ihre Handtasche gestopft hat. Das wird ihr eine Lehre sein. Sie ist noch nicht sehr lange im Team der Abteilung Leib und Leben mit dabei, und nie zuvor ist sie als erste und einzige Mordermittlerin an einem Tatort gewesen. Natürlich muss das erste Mal ausgerechnet heute sein – an jenem Abend, an dem sie sich für ein vielversprechendes Blind-Date in ihr kleines Rotes gequetscht hat, das genau zu ihrer Haarfarbe passt. Den Mann kann sie abschreiben, so viel ist klar; keine zehn Minuten nach dem Kennenlernen schrillte ihr Pager los. Als sie einen letzten Blick zurückwarf, sah sie ihn allein am Tisch sitzen, mit offenem Mund, wie ein Fisch, der dümmlich darauf wartet, dass ihm ein Wurm ins Maul schwimmt. Statt wie geplant ihre Flirtfähigkeiten an den Mann zu bringen, müht sie sich jetzt damit ab, mit ihrem eng anliegenden Kleid in den Schutzanzug zu steigen. Kurz entschlossen krempelt sie den Rock bis über die Hüfte hoch, damit sie in den Hosenanzug passt. Zum Glück ist keiner da, der ihr dabei zuschaut.

»Ich würde da nicht reingehen, wenn ich Sie wäre.«

Malou schnellt erschrocken herum, als sie hinter sich

eine dünne Stimme vernimmt. Sie muss zweimal hinsehen, bis sie im Dunkeln neben einem Baum einen alten Mann ausmacht. Er sitzt auf einer Gartenmauer, neben ihm liegt ein kleiner Hund. Der Mann streichelt ihm unablässig über den Kopf.

»Sie wissen, was passiert ist?«, fragt sie den Alten.

»Mein Name ist Schildknecht. Ich wohne hier. Bräutigam ist mein Nachbar. Ich meine, er *war* mein Nachbar.« Schildknecht fährt sich mit der freien Hand über die Augen, fasst sich aber gleich wieder. »Und das ist Bruno.«

Es dauert einen Moment, bis Malou in den unzusammenhängenden Sätzen einen Sinn erkennt.

»Ihr Nachbar ist das Opfer?«

»Bräutigam.«

»Sie haben ihn gefunden?«

»Nicht ich, Bruno. Ich glaube, er ist traumatisiert.«

Malou betrachtet den Hund, der fröhlich mit dem Schwanz wedelt. Dann blickt sie dem Alten in die müden Augen. Sein Gesicht ist aschfahl, als sei er gerade dem eigenen Tod begegnet. Sie wird ihn befragen müssen, später. Malou schaut sich um; neben dem Kastenwagen der Spurensicherung, aus dem sie sich den Schutzanzug und die Gummihandschuhe geholt hat, steht einzig ein Streifenwagen vor dem Mehrfamilienhaus. Malou greift zum Handy, hält inne, steckt es wieder weg.

»Bitte warten Sie hier, Herr Schildknecht, ich möchte Ihnen später gerne ein paar Fragen stellen.«

»Sie sind Polizistin?« Jeremias Schildknechts Blick wandert von Malous knallroten Haaren zu ihrem Mund, in dem er zuvor ein Zungenpiercing hat aufblitzen sehen. Kaum merklich schüttelt er den Kopf.

»Ich bin von der Mordkommission.« Malous Tonfall ist schärfer jetzt. »Bitte warten Sie hier und halten Sie sich zur Verfügung.«

»Sind Sie wirklich sicher, dass Sie da reinwollen?«

Ohne ein weiteres Wort wendet sich Malou ab und begibt sich ins Treppenhaus. Bereits beim Betreten der Wohnung muss sie sich wegen des Geruchs die Hand vor die Nase halten. Sie stellt sich bei den beiden Kollegen der Streife kurz vor und nickt Florian von der Spurensicherung zu.

»Im Schlafzimmer, du kannst reingehen«, sagt er anstelle einer Begrüßung.

Als Malou ins Schlafzimmer von Jürgen Bräutigam tritt, wünschte sie sich, Sandro hätte sie nie hierhergeschickt. Fuck, denkt sie, wie krank ist das denn?

»Heilandsack!«, sagt in dem Moment eine Frauenstimme hinter ihr. »Wie krank ist das denn!«

Malou dreht sich um und blickt der Rechtsmedizinerin Irena Jundt in die Augen, die mit ihrem langen schwarzen Haar und dem immerblassen Teint nicht zu Unrecht den Spitznamen Morticia trägt.

»Sieht aus wie eine Hinrichtung«, kommentiert Malou.

»Als wolle uns der Täter mit dieser makabren Inszenierung etwas sagen«, ergänzt Irena.

»Die Frage ist bloß: Was?«

Auf dem Bett liegt ein beinahe nackter Mann, der augenscheinlich schon eine ganze Weile tot ist; seine Haut ist grünlich verfärbt, der Fäulnisprozess hat bereits eingesetzt. Seine Hand- wie auch die Fußgelenke sind mit Kabelbindern an das Bettgestell gefesselt. Er liegt da wie gekreuzigt, oder eher wie eine Pop-Art-Version von Leonardo da Vincis vitruvianischem Menschen: Die Beine des Toten sind gespreizt, seine Füße stecken in Damen-Stöckelschuhen, über seinen Penis ist eine Kindersocke gestülpt. Am verstörendsten ist jedoch, dass er eine schwarze Schnabelmaske trägt.

»Ein gekreuzigter Krähenmann in Stöckelschuhen«, murmelt Irena.

Rote Stöckelschuhe! Auf einen Schlag ist Malou die Erinnerung wieder präsent. Vor etlichen Monaten hat sie sich schon mal mit roten High Heels beschäftigt: Unabhängig voneinander hatten sich drei Männer bei der Polizei gemeldet, weil sie einen Stöckelschuh im Paketfach ihres Briefkastens gefunden hatten – an dessen Absatz je eine Fotografie von ihnen aufgespießt worden war. Die Ermittlungen hatten damals nichts ergeben; sie haben nicht herausfinden können, wer der Absender – oder wohl eher die Absenderin – der eigenartigen Post gewesen ist. Der forensisch-psychiatrische Dienst hatte die unerwünschten Geschenke als harmlos eingestuft und auf eine verschmähte oder betrogene Geliebte getippt. Und jetzt also eine männliche Leiche in roten Stöckelschuhen. Zufall?

»Könnten wir es hier mit einem Schwulenmord zu tun haben?« Irena reißt Malou aus ihren Gedanken. »Ein queerfeindlich motivierter Mord, am gleichen Tag, an dem ein Terroranschlag auf die Frauendisco verübt worden ist? Besteht da ein Zusammenhang – oder ist das hier einfach das Werk eines schwer gestörten Täters?«

»Wir werden es rauskriegen.« Malou klingt überzeugter, als sie ist.

»Na, dann machen wir uns mal an die Arbeit.« Irena tritt an den Leichnam heran. »Ist der Fotograf mit allen Aufnahmen durch?«, fragt sie Florian, der gerade dabei ist, das Kennzeichnungsmaterial der Spurensicherung wegzuräumen.

»Ja, mit dem Toten sind wir fertig, du kannst ran.«

Bevor Irena mit der Leichenschau beginnt, schneidet sie mit dem Skalpell die Gummischnüre der Maske durch und löst sie vorsichtig vom Kopf des Opfers, um sie sogleich an Florian weiterzureichen. Das Gesicht, das darunter zum Vorschein kommt, gehört einem Mann Mitte dreißig. Die Augen sind geschlossen, die Gesichtszüge eingefallen. Florian reicht Malou ein Portemonnaie, das auf dem Nachttisch gelegen hat. Es sind drei Hunderter im Geldscheinfach – kein Raubmord. Sie vergleicht das Foto von Jürgen Bräutigam auf der Identitätskarte mit dem Gesicht des Toten, nickt und hält den Ausweis Irena hin. Auch sie bestätigt mit einem Nicken, dass Bräutigam das Opfer sein könnte. Ein Verwandter oder ein naher Bekannter wird seine Identität noch bestätigen müssen.

Irena zerschneidet die Kabelbinder, mit denen Bräutigam ans Bett gefesselt wurde, zieht ihm die um zwei Nummern zu kleinen Stöckelschuhe aus und entfernt die Socke von seinem Glied. Eine blau-grau geringelte Kindersocke mit rotem Fersen- und Ballenbereich, an deren Seite zwei weit aufgerissene Comic-Augen prangen. Auch diese Asservate reicht Irena der Spurensicherung weiter. Erst dann macht sie sich daran, den toten Körper, soweit dies noch möglich ist, nach äußeren Anzeichen von Gewalteinwirkung zu untersuchen. Sie trägt Merkmale wie Narben oder Verletzungen auf einem vorgezeichneten, schematischen Abbild eines Menschen ein, misst die Körpertemperatur, entfernt den Schmutz unter den Fingernägeln und versorgt ihn fein säuberlich in durchsichtigen Plastiksäckchen.

Währenddessen schaut sich Malou in der Wohnung um. »Ist eingebrochen worden?«, fragt sie Florian.

»Sieht nicht danach aus. Der Hauswart sagt, dass die Wohnungstür nicht abgeschlossen war. Das Schloss wurde nicht aufgebrochen, alle Fenster waren geschlossen.«

Er muss dem Täter die Tür geöffnet haben. Ob er Besuch erwartet hat? Das Schlafzimmer ist penibel aufgeräumt. Ein breites Bett, mindestens zwei Meter. Eine Spielwiese, denkt Malou, auf schwarz glänzendem Satin. Über dem Bett hängt ein fotografisches Gemälde eines Frauenmundes mit üppigem Lippenstift, daneben steht ein weißer Nachttisch mit geschwungener Designerlampe. Der Mann, der tot vor ihr liegt, scheint für die Inneneinrichtung viel Geld ausgegeben zu haben – während die Miete für die Wohnung in dem alten Mehrfamilienhaus nicht sehr hoch sein kann. Womöglich musste er von einer teuren in eine billigere Wohnung ziehen, weil er zu viel Geld ausgegeben oder verloren hat, überlegt Malou.

Sie begibt sich in die Küche. Auch hier: Alles feinsäuberlich aufgeräumt, man könnte es pedantisch nennen. Sie öffnet den Schrank mit dem Geschirr. Darin sieht es aus, als hätte jemand mit dem Lineal den Abstand zwischen den Tellerstapeln und den Schüsselchen ausgemessen. Nichts scheint verrückt zu sein, alles an seinem Platz. Malou zieht die Besteckschublade heraus. Die Löffel liegen eher gestapelt und scheinen nicht einfach hineingelegt worden zu sein. Malou fragt sich, ob der Mann hier wirklich gelebt hat.

In den anderen Zimmern herrscht ebenfalls Ordnung. Ein Raum ist als Homeoffice eingerichtet, das Wohnzimmer ist mit Designermöbeln ausgestattet: weißes Ledersofa, schwarze Corbusier-Liege. Auch der Perserteppich unter dem gläsernen Salontisch sieht teuer aus. Der Blick ins Badezimmer verrät Malou, dass es sich hier definitiv um den Haushalt eines Mannes handelt; neben dem Waschbecken sind mehrere Flakons mit Rasierwasser aufgereiht, in der Dusche stehen drei identische Flaschen Antischuppenshampoo und drei identische Duschgels, die einen unwiderstehlich männlichen Duft versprechen. Malou begibt sich ins vierte Zimmer, das so schmal ist, dass nicht mal ein Doppelbett hineinpassen würde. Hier hat Bräutigam ein Musikstudio eingerichtet: Eierschalenschachteln an der Wand dämpfen den Ton – in der Mitte des Raumes steht ein DJ-Pult mit zwei Plattenspielern und Hunderten von Schaltern und Knöpfen.

Arbeitete er als DJ?

Wieder klingelt da was bei Malou. Sie greift zum Telefon und ruft die Zentrale an.

»Malou Löwenberg hier, Abteilung Leib und Leben. Ich brauche dringend eine Auskunft.«

»Tschau Malou, hier Peter Schertenleib. Worum geht's denn?«

»Kannst du mir sagen, ob du im Aktenverzeichnis den Namen Jürgen Bräutigam findest? Der Name müsste in Zusammenhang mit einer Drohung stehen, eine Meldung, die vor ein paar Monaten bei uns eingegangen ist.«

»Ist es dringend?«

»Ja.«

»Du weißt schon, was hier los ist, ich habe im Moment wirklich …«

»Es ist sehr dringend. Es geht um einen Mordfall. Und ja, ich weiß, was in der Reitschule passiert ist, ich war dort.«

Mehr Worte braucht es nicht. Peter Schertenleib entschuldigt sich für einen Moment. Ungeduldig lauscht Malou der Musik, mit der sie in der Warteschleife berieselt wird und die plötzlich abbricht.

»Bist du noch da?«, fragt Schertenleib.

»Ja.«

»Ich habe was gefunden. Ein Jürgen Bräutigam hat uns gemeldet, dass er sich bedroht fühlte – er hatte in seinem Briefkasten eine Fotografie von sich gefunden, in seinem Gesicht steckte der Absatz eines Stöckelschuhs.«

»Danke.«

»War das alles?«

»Ja, das war alles. Mach's gut.«

»Du auch, viel Glück.«

Malou schließt für einen Moment die Augen. Ihr Gedächtnis hat sie nicht getäuscht. Jürgen Bräutigam hatte in seinem Briefkasten eine Drohung mit einem Stöckelschuh gefunden. Jetzt ist er tot – und seine Leiche trug Stöckelschuhe an den Füßen. Malou schaudert.

»Was hat das alles zu bedeuten?«, murmelt sie leise vor sich hin. Obwohl sie weiß, dass ihr Chef Sandro gerade einen Terroranschlag zu managen hat, muss sie dringend mit ihm sprechen. Denn Jürgen Bräutigam war nicht der Einzige, der makabre Post in seinem Paketfach fand. Zwei weitere Männer hatten sich bei der Polizei gemeldet, nachdem sie eine identische Drohung erhalten hatten. Gut möglich, dass es noch andere Empfänger von roten Stöckelschuhen gibt, die sich nie an die Polizei gewendet haben.

Malou würde tausend Franken darauf wetten, dass derselbe Täter wieder zuschlagen wird – wenn sie ihn nicht rechtzeitig kriegen.

# 7.

»Kamera läuft.«

Milla räuspert sich. Sie steht neben Ivan, der die Kamera geschultert hat, und hält einer Frau das Mikrofon hin, die zwar gefasst wirkt, deren Hände aber so sehr zittern, dass sie mit der einen die andere festhalten muss.

»Sie waren in der Reitschule. Können Sie uns erzählen, was dort geschehen ist?«

Die Frau könnte ihre Schwester sein, denkt Milla. Ähnliche grüne Augen, ebenfalls schwarze Locken, allerdings kürzer geschnitten, auch sie ist circa Anfang vierzig.

»Zunächst habe ich nicht realisiert, was passiert. Doch als die Ersten zu Boden gingen, war klar, dass da geschossen wird. Ich dachte, dass wir alle sterben würden.«

Was, wenn es umgekehrt wäre?, fragt sich Milla. Wenn die andere Frau die Reporterin und sie selbst das Opfer wäre? Warum hat es die Frau getroffen und nicht sie selbst? Glück oder Schicksal oder Zufall? Milla schiebt den Gedanken weg, um sich wieder auf das Interview zu konzentrieren.

»Wie sind Sie entkommen?«

»Gar nicht. Der Ausgang über die Treppe ins Freie war blockiert, ich wurde umgestoßen, jemand ist auf mich drauf getreten, es herrschte ein furchtbares Chaos.«

»Aber Sie haben überlebt.«

»Ja. Plötzlich war Schluss. Die Musik ging aus. Die Schüsse hörten auf. Ich habe mich umgeschaut und hinter mir all die Toten und die Verletzten gesehen. Es war grauenhaft.«

Bis jetzt hat die Frau mit fester Stimme gesprochen, doch nun fließen Tränen über ihre Wangen, sie versucht, noch etwas zu sagen, winkt aber ab und dreht das Gesicht zur Seite. Milla legt die Hand auf Ivans Arm, um ihm anzuzeigen, dass er nicht länger mit der Kamera draufhalten soll.

»Danke für das kurze Interview«, sagt sie zu der weinenden Frau. »Ich habe gesehen, dass Care-Teams im Einsatz sind. Sie sollten eines der Zelte aufsuchen.«

Die Frau schüttelt den Kopf. »Ich will nur noch nach Hause.«

Ich auch, denkt Milla. Sie fühlt sich unendlich müde und traurig. All die schlimmen Geschichten, die schrecklichen Bilder, das unsagbare Leid. Sie hat mit einem Mann gesprochen, dessen Schwester wahrscheinlich drinnen unter den Toten liegt – dem bisher aber niemand Gewissheit geben konnte, weil die Leichen noch nicht identifiziert sind. Sie haben von Weitem gefilmt, wie Verletzte abtransportiert worden sind. Eine noch sehr junge Frau hat vor Schmerzen geschrien. Sie haben Aufnahmen von den Leichenwagen gemacht, von den Rettungsfahrzeugen, die ankamen und wegfuhren und wieder ankamen und wieder wegfuhren, es schien kein Ende zu nehmen; vom Helikopter, der mit grellem Scheinwerfer über der Szenerie kreiste und ein Loch in die Dunkelheit fraß, auf der Suche nach einem Täter, von dem niemand weiß, wer er ist und wo er sich aufhält. Milla hat erneut ein Statement von Pressesprecher Livingstone eingeholt und dieses Mal erste Zahlen erhalten. Nach aktuellem Stand wurden bei dem Anschlag auf die Reitschule dreizehn Menschen getötet und rund zwanzig verletzt. Über Motiv und Täter gibt die Polizei weiterhin nichts bekannt, die einzige Information hierzu lautet, dass es eher nach einem Einzeltäter aussieht. Mehr hat Milla aus Livingstone nicht rausgekriegt.

Sie haben genug Material beisammen. Milla möchte gehen. Aber Ivan findet immer noch eine weitere Einstellung, von der er glaubt, dass er sie unbedingt haben muss, dabei ist Mitternacht längst vorbei. Das Ausmaß des Schreckens, was in den letzten Stunden in Bern geschehen ist, wird der breiten Bevölkerung erst beim Frühstück klar werden. Auch, dass der Täter noch irgendwo da draußen rumläuft, und zwar schwer bewaffnet. Frohes Erwachen, denkt Milla sarkastisch.

»Ivan, ich will nach Hause, ich brauche etwas Schlaf, ich muss das morgen alles zusammenschneiden, und wir werden bestimmt auch erneut drehen müssen.«

»Ich komm gleich!«

Schon wieder scheint Ivan etwas gesehen zu haben, das er noch filmen will. Milla lehnt sich an eine Hauswand und lässt sich mit dem Rücken daran zu Boden gleiten. Sie legt das Gesicht in die offenen Hände, ihr Kopf fühlt sich tonnenschwer an.

»Bist du Journalistin?«, fragt plötzlich eine Stimme von oben herab.

Milla blickt auf. Vor ihr steht ein Mann in Jeans und schwarzer Lederjacke. Er ist unrasiert, sein Haar sieht aus, als wäre es schon länger nicht gewaschen und schon gar nicht geschnitten worden, es steht wirr in alle Himmelsrichtungen ab. Die Wangen an seinem blassen Gesicht sind eingefallen, die Kieferknochen stehen hervor. Obwohl er viel älter wirkt, ist er wahrscheinlich keine dreißig Jahre alt. Sein Blick ist fahrig, die Hände zittern. Sie sind leer, registriert Milla erleichtert. Keine Waffe.

»Ja, ich arbeite fürs Schweizer Fernsehen.«

»Ich weiß, wer das war.« Mit einer unbestimmten Handbewegung weist der Mann auf die Reitschule.

»Sie wissen, wer der Täter ist?«

»Ja. Ich kenne diesen Typen.«

»Sie haben ihn gesehen?«

»Hier spaziert nicht jeden Tag einer mit einer geladenen Kalaschnikow vorbei.«

Milla schaut den Mann skeptisch an. Sie glaubt von sich, dass sie über eine gute Menschenkenntnis verfügt. Jetzt aber gelingt es ihr nicht, ihr Gegenüber einzuschätzen.

»Wie heißt der Täter?«

»Das weiß ich nicht. Ich weiß nur, dass ich ihn schon gesehen habe. Er ist in den letzten Tagen hier herumgeschlichen.«

»Sie müssen das der Polizei erzählen.«

»Spinnst du? Mit den Bullen rede ich nicht!«

Der Mann wendet sich ab und geht zügigen Schrittes davon, als habe Milla ihm gerade die Polizei auf den Hals gehetzt. Sie überlegt kurz, ob sie ihm nachrennen soll. Aber was würde das bringen? Kaum hat sie sich aufgerappelt, steht Ivan neben ihr.

»Hast du den Kerl gesehen?«, fragt Milla.

»Welchen Kerl?«

»Der hier bei mir stand, gerade eben!«

»Ich hab niemanden gesehen. Komm, wir sind fertig, fahren wir nach Hause.«

Milla schüttelt den Kopf und fragt sich, ob sie sich die Begegnung mit dem fragwürdigen Zeugen womöglich nur eingebildet hat.

Während Milla Ivan dabei hilft, die Filmausrüstung im weißen Kastenwagen zu verstauen, sitzt Bettina noch immer auf dem gleichen Stuhl vor derselben Notaufnahme mit dem panischen Gefühl von Verlust im Bauch. Sie wippt mit den Füßen, starrt auf die Bodenplatten, mittlerweile hat sie begonnen, sie zu zählen. Der Gang ist acht Bodenplatten breit und bis zur nächsten Ecke dreiundfünfzig oder neunundvierzig oder achtundvierzig Bodenplatten lang, so lang, dass sie sich immer wieder verzählt und erneut von vorne beginnen muss.

Die Flügeltür zur Notaufnahme öffnet sich, Schritte nähern sich, Bettina blickt auf. Den Arzt, der auf sie zukommt, hat sie noch nie gesehen, und er bleibt tatsächlich vor ihr stehen.

»Mein Name ist Martin Fischer. Sind Sie die Lebenspartnerin von Petra Schmitz?«

Bettina schnellt hoch.

»Ja, sie lebt, oder? Sie lebt?«

»Sie ist derzeit stabil. Wir müssen aber abwarten, bevor wir eine Prognose machen können.«

»Gott sei Dank, sie lebt! Kann ich zu ihr?«

»Wir haben sie ins künstliche Koma versetzt. Ich kann Sie jetzt nicht zu ihr lassen, das ist ein Bienenstock da drin, wir haben alle Hände voll zu tun. Gehen Sie nach Hause, gönnen Sie sich Ruhe, in ein paar Stunden können Sie Petra besuchen, da werden wir sie auf die Intensivstation verlegt haben.«

Während der Arzt spricht, mustert er Bettina. Sie blickt

an sich herab, sieht das Blut an ihrer Kleidung, es ist überall, es ist Petras Blut.

»Sie waren mit ihr da drin«, stellt der Arzt fest.

Bettina nickt und spürt, dass sich ihre Augen mit Tränen füllen. Sie war mit ihr da drin und hat sie doch nicht schützen können.

»Sind Sie verletzt? Hat Sie jemand untersucht?«

»Danke, ich bin in Ordnung. Das ist Petras Blut. Ich bin Polizistin.«

Sofort verändert sich etwas in der Art und Weise, wie der Arzt sie ansieht. Er nickt wissend.

»Fahren Sie nach Hause und ruhen Sie sich aus.«

»Das werde ich tun.«

Die Lüge geht Bettina leicht über die Lippen. Sie wird zwar tatsächlich nach Hause fahren, sich duschen und die Kleidung wechseln. Doch ausruhen wird sie sich nicht. Sie wird zur Einsatzzentrale fahren. Sie will wissen, wer auf ihre Partnerin geschossen hat. Und falls der Täter noch nicht gefasst ist, dann will sie ihn kriegen. Dieser Teufel darf nicht damit davonkommen. Sie greift zum Telefon, um sich bei ihrem Chef nach dem Stand der Dinge zu erkundigen.

Sandro vernimmt ein leises Klopfen im Hörer. Er schaut auf das Display, das ihm einen eingehenden Anruf von Bettina anzeigt. Endlich, denkt er erleichtert. Aber er kann jetzt nicht, er wird sie zurückrufen, er hat gerade Malou in der Leitung. Er hört ihr schweigend zu, hin und wieder gibt er ein zustimmendes Murmeln von sich, obwohl ihm ganz und gar nicht gefällt, was er zu hören kriegt. Er weiß vom ersten Moment an, wovon sie spricht, als sie die Fotos mit den Stöckelschuhen erwähnt. Er erinnert sich, dass er schon damals ein ungutes Gefühl hatte, als er den ersten Schuh mit dem aufgespießten Foto in der Hand hielt – der Absatz steckte zielgenau im Gesicht der abgelichteten Person. Doch der forensisch-psychiatrische Dienst gab Entwarnung, und es ist ja zunächst auch nichts passiert – bis heute, bis zu dieser fatalen Nacht.

»Ich fürchte, der Täter hat noch andere Opfer im Visier. Ich wäre nicht überrascht, wenn er weiter tötet«, hört Sandro Malou sagen.

»Oder sie, vielleicht ist es eine Täterin«, korrigiert er sie automatisch.

»Ich weiß nicht, einer Frau traue ich eine solche Tat nicht zu.«

»Frauen ist immer alles zuzutrauen.«

»Auf jeden Fall müssen wir die anderen Männer warnen, die ebenfalls einen Schuh erhalten haben.«

»Kannst du das übernehmen?«

»Klar. Jetzt gleich oder warten wir bis morgen früh?«

»Warte bis morgen früh.« Sandro blickt auf die Uhr und stellt fest, dass fast schon morgen früh ist. »Wir wollen sie nicht in Panik versetzen. Aber Vorsicht ist bestimmt angebracht.«

»Wie läuft es bei euch?«

»Nichts Neues, wir sind dabei, die Aufnahmen aller Überwachungskameras in der Gegend zu sichern und zu sichten, doch bis jetzt haben wir noch kein Bild eines möglichen Täters.«

Weder im wörtlichen noch im übertragenen Sinn, fügt Sandro in Gedanken an. »Wir halten morgen um acht auf dem Präsidium eine Lagebesprechung ab.«

»Ich werde da sein.«

In dem Moment klatscht hinter Sandro jemand in die Hände.

»Ich habe was!«, ruft Florence Chatelat, die zwei Stühle weiter rechts im Einsatzwagen sitzt.

»Ich muss aufhören, bis später.« Sandro klickt den Anruf weg. »Was ist?«, fragt er Florence. Sie ist die IT-Spürnase im Team, die sich als Hackerin längst ein Vermögen hätte verdienen können. Für Sandro ist es ein Glück, dass sie sich trotz des geringeren Lohns für die legale Seite entschieden hat.

Jetzt sitzt ein zufriedenes Grinsen in ihrem Gesicht.

»Ich glaube, ich habe ihn gefunden.«

# 8.

Nathaniel schlägt die Augen auf und sieht: nichts. Eine wehmütige Enttäuschung legt sich auf ihn. Gerade noch hat er geträumt, dass er wieder sehen konnte. So wie damals, als kleiner Bub, als er noch wie alle anderen war. Als er noch nicht blind war. Bevor er mit elf Jahren in einem Schusswechsel nicht nur seine Familie, sondern auch sein Augenlicht verlor. Wenn er davon träumt, ein Sehender zu sein, ist das Aufwachen als Blinder der Inbegriff von Traurigkeit. Dabei hat er sein Schicksal schon längst akzeptiert, hat sich eingerichtet in der schwarzen Welt, einer Welt, die sich für ihn so anders anfühlt als für die Menschen, deren Augen noch was taugen.

Er hat kein Gefühl für Tag und Nacht, für Morgen oder Abend, seine Jalousie ist immer unten, weil es für ihn keinen Unterschied macht. Er tastet mit dem linken Arm über die Matratze; er liegt allein im Bett. Also ist er bei sich zu Hause und nicht bei seiner Freundin Gundula. Er schläft mal bei ihr, mal daheim bei seiner Patchwork-Familie, sodass er sich manchmal nicht sicher ist, in welchem Bett er gerade liegt. Mit der anderen Hand tastet er nach seinem sprechenden Wecker, findet ihn und drückt auf die Taste in der Mitte.

»Es ist Freitagvormittag, sechs Uhr dreiunddreißig«, verkündet eine Frauenstimme.

Warum hat James ihn nicht geweckt? Nathaniel und sein neuer Blindenhund sind noch nicht das eingespielte Team, wie er und seine frühere Hündin Alisha es waren. Alisha hätte ihn längst mit einer Pfote auf seinem Gesicht aus dem Schlaf geholt, weil ihre Blase drückte. James hingegen wartet immer bis zur letzten Sekunde, bevor er sich bemerkbar macht, sodass sie es meist nicht mehr bis zum ersten Grünstreifen schaffen und er mitten auf dem Gehsteig eine Pfütze liegen lässt, oder etwas Größeres. Daran müssen sie noch arbeiten. Schließlich kann Nathaniel nicht mit James aufs Hundeklo joggen. In der Regel ist sechs Uhr früh James' Gassi-Geh-Zeit, und Nathaniel wundert sich, dass er so lange stillgehalten hat. Manchmal vermisst er Alisha, die sieben Jahre lang an seiner Seite war. Die ihn nicht nur durchs Leben geführt, sondern ihm dieses Leben auch gerettet hat: Sie hat sich auf einen Mann gestürzt, der ihn mit einem Messer angegriffen hatte – und wurde dabei so schwer verletzt, dass sie nicht mehr als Blindenhündin infrage kommt. Nathaniel weiß, dass sie bei ihrer neuen Halterin Veronika gut aufgehoben ist, hin und wieder besucht er die beiden. Trotzdem hätte er sie lieber hier, bei sich. Doch das geht nicht. Er hat jetzt James.

»James?«, fragt Nathaniel in den Raum hinein.

Als Antwort erhält er ein Hecheln. Es scheint von unten zu kommen.

»James, bist du okay?«

In das Hecheln mischt sich ein leises Winseln.

»James, wo bist du?«

Ein kleiner Japser von unten, aber kein Hund an seinem Bett, keine nasse Schnauze an seinem Arm, keine Zunge, die sein Gesicht sucht.

Nathaniel setzt sich auf, will die Füße auf den Boden stellen, doch da ist etwas, unter seinem rechten Fuß zuckt etwas weg.

»James?«

Nathaniel beugt sich vor, tastet den Boden ab und findet vier Pfoten an vier Beinen, die unter dem Bett verschwinden. Er kann sich zunächst keinen Reim darauf machen. Erst als James erneut zu winseln beginnt, realisiert er, was passiert sein muss. James liegt flach auf der Seite unter dem Bett und hat es irgendwie zustande gebracht, sich so weit darunter zu schieben, dass er nun nicht mehr aufstehen respektive darunter hervorkommen kann, weil er mittlerweile zu groß dafür geworden ist. Nathaniel zieht an zwei der vier Pfoten und befreit seinen tollpatschigen Blindenhund aus der misslichen Lage. James dankt es ihm mit einem Freudentanz und schließlich doch noch mit einer nassen Zunge im Gesicht. Nathaniel fährt dem langhaarigen Schäferhund durchs Fell und stellt fest, dass er schon jetzt fast gleich groß ist wie Alisha – obwohl er noch lange nicht ausgewachsen ist.

Nathaniel steht auf, begibt sich zum Stuhl, auf dem er seine Kleidung abgelegt hat. Er, der als Kind immer alles überall verstreut liegen gelassen hat, ist zu einem regelrechten Ordnungsfanatiker mutiert – aus dem einfachen Grund, weil er sonst nichts wiederfinden würde. Unordentlichkeit und Blindheit vertragen sich nicht. Er schlüpft in die blaue Jeans und in das schwarze Shirt – er besitzt fast nur noch blaue Jeans und schwarze Shirts, weil er dadurch Fehlgriffe und unvorteilhafte Farbkombinationen vermeidet – und tastet nach der Tür.

»Lass uns Gassigehen«, sagt er zu James, der sich an

sein Bein drängt. »Dachte ich mir doch, dass es mittlerweile dringend ist.«

Als Nathaniel aus seinem Zimmer in die Wohnung tritt, ist es seltsam still. Carole, mit der er eine Scheinehe eingegangen ist, und Silas, ihr Sohn und sein Adoptivkind, sind wohl bereits ausgeflogen. Eigenartig, dass er sie nicht gehört hat. Nathaniel hat Carole, seine lesbische Freundin, vor ein paar Jahren geheiratet, weil sie sonst das Sorgerecht für ihren Sohn Silas nicht zurückerhalten hätte. Mittlerweile sind sie eine eingespielte Patchwork-Familie. Er kümmert sich mindestens ebenso sehr um Silas, den er liebt, als wäre er sein Sohn.

Nathaniel zählt fünf Schritte ab, schon steht er neben der Wohnungstür und greift nach rechts zum Haken, an dem das Geschirr für seinen Blindenhund hängt. Ist er mit James unterwegs, verzichtet er auf seinen Stock – insbesondere, wenn er bloß mit ihm auf die Gassi-Runde geht.

Nathaniel lässt James in das Geschirr schlüpfen und öffnet die Tür, als er eine Stimme hinter sich vernimmt.

»Nathaniel?« Silas klingt anders als sonst. Verschlafen? Oder traurig?

»Guten Morgen, Silas, was ist los?«

»Weißt du, wo Mama ist?«

James zerrt am Geschirr, weil er Silas begrüßen gehen möchte. Nathaniel zieht ihn energisch zurück. Er muss ihm seine Spät-Welpen-Flausen endlich austreiben.

»Ist Carole nicht da?«

»Nein.«

»Vielleicht ist sie Frühstück einkaufen gegangen.«

»Hmm.«

»Sie ist sicher gleich zurück.«

»Ich glaube, sie ist schon lange weg.«

»Bist du denn schon früh aufgewacht?«

»Ja. Ich habe Spiderman gelesen. Peter wollte in den Urlaub fahren, er ist in Venedig, wo alle Straßen Flüsse sind, aber jetzt musste er schon wieder jemanden retten.«

Nathaniel muss schmunzeln. Silas begeistert sich für die gleichen Comic-Helden, die schon ihn als Jungen fasziniert haben.

»Vielleicht müssen wir auch Mama retten«, fährt Silas im gleichen Tonfall fort.

»Warum sagst du das?«

»Nur so.«

Nathaniel hält in der Bewegung inne.

»Warum glaubst du, dass wir Mama retten müssen?«

Silas kann nicht ahnen, warum Nathaniel sofort alarmiert ist. Denn er kennt nicht die ganze Wahrheit seiner eigenen Geschichte. Silas weiß zwar, dass er die ersten vier Lebensjahre bei einer anderen Familie gewohnt hat, weil seine Mutter schwer krank war. Doch er hat keine Ahnung, dass Carole ein Entführungsopfer war und bei seiner Geburt allein in einem Verlies saß und beinahe gestorben ist.

»Ich glaube, Mama ist gar nicht nach Hause gekommen«, erklärt Silas.

»Wie kommst du darauf?«

»Ihr Bett ist gemacht. Sie macht ihr Bett nie so früh am Morgen.«

Wo Silas recht hat, hat er recht, denkt Nathaniel. Es kommt vor, dass Carole nicht zu Hause schläft, dass sie mal eine Nacht bei einer Frau verbringt. Doch dann sorgt sie dafür, dass sie zurück ist, bevor Silas aufwacht – oder sie gibt rechtzeitig Bescheid und Nathaniel kümmert sich darum, dass Silas aufsteht und sein Frühstück kriegt.

Nathaniel überlegt, ob sie ihm gestern etwas gesagt und er es bloß vergessen hat – aber er kann sich beim besten Willen nicht erinnern. Sie ist ausgegangen, er hat erst mit Silas *Das verrückte 3-D-Labyrinth* gespielt, später, nachdem er Silas zu Bett gebracht hatte, hat er sich noch einen Podcast der BBC-Reihe angehört, danach ist auch er schlafen gegangen.

»Vielleicht hat sie bei einer Freundin übernachtet.« Nathaniel versucht, überzeugend zu klingen. »Wahrscheinlich hat sie einfach vergessen, es uns zu sagen. James muss dringend mal – kommst du mit raus?«

»Muss ich?« Silas klingt gar nicht begeistert.

»Komm doch mit, dann gehen wir auf dem Rückweg in der Bäckerei vorbei und trinken eine heiße Schokolade, bevor ich dich zur Schule bringe.«

Das Stichwort *Schokolade* funktioniert bei Silas immer. Nathaniel hört, wie er ins Zimmer rennt, um sich anzuziehen. Während er auf den Jungen wartet, greift er zum Telefon, tippt es an und sagt: »Carole anrufen.« Wenig später vernimmt er den unterbrochenen Summton. Es läutet fünf Mal auf der anderen Seite, bis die Mailbox rangeht.

»Carole, wo steckst du? Bitte melde dich, wir machen uns Sorgen.«

# 9.

Der große Zeiger der Uhr über der Zimmertür springt auf die Zwölf. Es ist acht Uhr früh, und obwohl die letzte Lagebesprechung im Einsatzwagen vor der Reitschule gerade erst vor knapp drei Stunden zu Ende gegangen ist, fühlt sich Sandro nach einem Powernap in seinem Büro wieder fit. Dem Adrenalin sei Dank. Er blickt sich um, sein Team ist vollständig, keinem ist die Müdigkeit anzusehen – keinem außer Bettina, denkt Sandro, obwohl sie gar nicht vor Ort war. Sie sieht aus, als hätte sie die Nacht durchgemacht. Neben Bettina Flückiger sitzen Malou Löwenberg, die vor ein paar Monaten von der Drogenabteilung zur Abteilung Leib und Leben gewechselt ist; außerdem Florence Chatelat, der IT-Nerd, und Bernard Blanc. Blanc ist nach Felix Winters vorzeitiger Pensionierung zu ihnen gestoßen, ein cleverer und erfahrener Fahnder, den Sandro von der Kriminalabteilung des benachbarten Kantons Aargau abwerben konnte. Auch die Rechtsmedizinerin Irena Jundt hat am Besprechungstisch Platz genommen, sie scheint überhaupt keinen Schlaf zu brauchen; selbst nach der vergangenen Horror-Nacht sieht sie aus, als käme sie direkt von einem Spa-Urlaub. Christian Tschabold, der Chef des Sonderkommandos, ist da, ebenso wie vier weitere Abteilungsleiter; es gilt, die verschiedensten Aufgaben zu koordinieren. Sandro nickt

Malou zu, damit sie die Tür schließt, doch just in dem Moment tritt Staatsanwalt Kai Langenberger ins Zimmer. Er nickt in die Runde und nimmt als Letzter Platz.

»Es war eine lange Nacht«, sagt Sandro zur Eröffnung der Sitzung. »Ich fasse kurz zusammen, was geschehen ist.«

Sandro schildert den Ablauf des Attentats auf das alternative Kulturzentrum Reitschule, soweit er die Ereignisse bis jetzt rekonstruieren konnte. Die Anwesenden hören zu, ohne Zwischenfragen zu stellen. Die meisten von ihnen waren in der Nacht vor Ort und haben den Einsatz miterlebt.

»Der Täter ist noch immer flüchtig«, schließt Sandro seine Ausführungen. »Aber wir haben einen Verdächtigen. Florence, übernimmst du?«

Florence steht auf und begibt sich zur Magnetwand hinter dem Tisch.

»Bei uns sind letzte Nacht zwei Hinweise aus der Bevölkerung eingegangen, die auf dieses Telegram-Profil aufmerksam machten.« Sie heftet ein Profilbild an die Wand, das einen Clown mit hässlich verzerrter Fratze zeigt. »Der Besitzer nennt sich Blackpill95, ich konnte seine Identität entschlüsseln; mit bürgerlichem Namen heißt er Sascha Vogt.« Sie hängt die Fotografie eines blassen, unauffälligen jungen Mannes neben die Clown-Fratze. Sein Gesicht scheint ungewöhnlich dreieckig, als wäre das Kinn zu schmal und die Stirn zu breit geraten. Schwarzes, gekraustes Haar, dunkle Augen, ein freundlicher Blick. »Er ist achtundzwanzig, Schweizer, wohnhaft in Bern. Gestern Abend um 19.33 Uhr hat er ein Bild von sich hochgeladen, auf dem er mit einem Schweizer Armee-Sturmgewehr posiert, dem SIG 550.« Florence heftet ein drittes Bild an die Wand. Der freundliche Blick ist einem düsteren gewichen. Doch trotz der schweren Bewaffnung wirkt der Mann noch immer seltsam harmlos – die Ordonnanzwaffe der Schweizer Armee passt nicht zu seiner Erscheinung. »Darunter schrieb er: *Heute werden sie das Fürchten lernen. Check the news: Die Reithalle brennt.* Das war zwei Stunden vor dem Attentat.«

Ein Raunen geht durch die Runde.

»Das Sonderkommando hat heute in den frühen Morgenstunden seine Wohnung in Bern-Bümpliz gestürmt«, informiert Sandro die Anwesenden. »Leider war er nicht zu Hause.« Er klingt sarkastisch, obwohl ihm nicht danach ist, Scherze zu machen. »In seiner Wohnung haben wir weitere Munition gefunden, und wir durchstöbern gerade die Festplatte seines Computers. Noch können wir nicht sicher sein, dass er der Täter ist, aber es spricht vieles dafür. Wir müssen ihn um jeden Preis finden, und zwar so schnell wie möglich.«

»Ist die Fahndungsmeldung schon raus?«, fragt Christian Tschabold.

»Die interne ja, die externe wird von Emilio Livingstone in diesen Minuten rausgegeben. Der Fahndungsaufruf wird in allen nationalen, regionalen und sozialen Medien erscheinen.«

»Weiß man schon etwas über seinen Hintergrund?«, erkundigt sich Bettina.

»Bis jetzt noch nicht. Wir sind auf nichts gestoßen, das auf eine Verbindung zu rechtsextremen oder anderen terroristischen Organisationen schließen lässt. Derzeit gehen wir davon aus, dass er allein gehandelt hat. Die Auswertung seines Computers wird mehr Klarheit bringen. Im Moment ist das Wichtigste, ihn zu finden und zu fassen. Wahrscheinlich sitzt er irgendwo in einem Versteck, oder aber er versucht, über die Grenze zu gelangen. Es ist kein Fahrzeug auf seinen Namen registriert. Obwohl der Verdächtige noch flüchtig ist, haben wir die höchste Terroralarmstufe wieder aufgehoben. Über die diversen Medienkanäle laufen aber weiterhin Warnungen und Zeugenaufrufe. Für die Fahndung nach Vogt haben wir auf verschiedenen Ebenen alle möglichen Maßnahmen eingeleitet. Kai, willst du gleich selbst?«

Staatsanwalt Langenberger räuspert sich. »Ich habe die Ortung von Vogts Handy bereits letzte Nacht bewilligt, und die Swisscom ist dem auch sofort nachgekommen – leider bislang ohne Erfolg. Das Gerät scheint nicht eingeschaltet zu sein. Die rückwirkende Erhebung der Randdaten seines Telefonverkehrs wie auch die Telefonüberwachung seines Anschlusses und jener seiner Verwandten habe ich beim Strafmaßnahmengericht beantragt, die Bewilligung ist gerade reingekommen. Wenn wir mehr Kontaktpersonen kennen, kann die Überwachung ausgeweitet werden. Unsere Leute sind alle im Einsatz – die Armee hat uns Hilfe zugesichert und wird uns Sicherheitspersonal zur Verfügung stellen. Auch zwei Hubschrauber des Militärs werden zur Fahndung eingesetzt.«

»Danke.« Bandini blickt auf die Uhr. »Sämtliche verfügbaren Streifen sind unterwegs. Mein Team wird sich nun auf Spurensuche in Sascha Vogts Privatleben begeben: Wen kannte er, wie sieht sein Beziehungsnetz aus, wo könnte er Zuflucht suchen, et cetera.«

Nach weiteren zehn Minuten sind die Aufgaben der verschiedenen Teams geklärt. Sandro verabschiedet die Abteilungsleiter und bittet seine Leute und die Rechtsmedizinerin, noch einen Moment zu bleiben.

»Wir haben noch einen weiteren Fall. Malou, kannst du …«

Malou hat sich schon erhoben, bevor Sandro zu Ende gesprochen hat.

»Ihr erinnert euch wahrscheinlich an die roten High Heels.«

Ein Blick in die Runde zeigt Malou, dass sie mit ihrer Vermutung falschliegt. Bernard Blanc schaut sie ratlos an, Bettina scheint ihr gar nicht zuzuhören und mit ihren Gedanken ganz woanders zu sein, Florence kratzt sich an der Stirn und scheint nachzudenken, wenigstens etwas. Einzig Sandro nickt zustimmend. Malou stellt den Schuh in der durchsichtigen Plastiktüte, den sie aus der Asservatenkammer geholt hat, auf den Tisch. Daneben hält sie eine vergrößerte Kopie der Fotografie von Jürgen Bräutigam in die Höhe, auf der er nicht zu erkennen ist, weil an der Stelle seines Kopfes ein Loch klafft.

»Vor drei Monaten hat sich Jürgen Bräutigam an die Polizei gewandt, weil er sich bedroht fühlte. Er hatte im Paketfach seines Briefkastens diesen Schuh gefunden. Am Absatz aufgespießt befand sich eine Fotografie Bräutigams, sein Gesicht war ausgestanzt.« Malou erkennt an der Mimik ihrer zwei Kolleginnen, dass sie sich nun wieder erinnern. Nur für Bernard ist die Information neu, er war damals noch nicht im Team. »Wir haben nicht ermitteln können, wer der Absender oder die Absenderin des unerwünschten Geschenks war. Gestern Nacht aber fanden wir Bräutigam tot in seinem Bett. Seine Leiche trug nicht viel mehr als rote High Heels.«

Der letzte Satz saß, spätestens jetzt hat sie die volle Aufmerksamkeit ihrer Kolleginnen und Kollegen.

»Und eine Socke«, schiebt Malou nach.

»Nur eine Socke?«, fragt Sandro.

»Eine Kindersocke. Sie war über seinen Penis gestülpt.«

»Scheiße«, entfährt es Blanc.

»Außerdem trug der Tote eine schwarze Schnabelmaske«, fährt Malou fort, während sie eines der Tatortfotos an die Pinnwand heftet.

»Das Symbol für die Pest oder besser gesagt den Pestdoktor«, kommentiert Bettina, die ihrem Spitznamen *The brain* einmal mehr alle Ehre macht.

»Irena?«, fragt Malou in Richtung der Rechtsmedizinerin, die sofort das Wort übernimmt.

»Jürgen Bräutigam ist schon länger tot. Der Todeszeitpunkt liegt vermutlich zwischen Montagnachmittag und Dienstagmittag. Die Fäulnis hatte zum Zeitpunkt des Auffindens bereits eingesetzt, was sowohl die äußere Leichenschau wie auch die Obduktion erschwert hat. Im Moment muss ich sagen: Aus rein rechtsmedizinischer Sicht gibt es keine eindeutigen Anzeichen, die auf ein Tötungsdelikt hinweisen – wobei die Auffindesituation natürlich sehr dafür spricht.«

»Heißt das, dass du die Todesursache nicht herausgefunden hast?«, fragt Sandro nach.

»Ja. Sowohl die Todesursache wie auch die Todesart muss ich nach jetzigem Stand als *unklar* bezeichnen. Es gibt keine Spuren, die auf Gewalt schließen lassen. Die einzige Auffälligkeit bei der Obduktion ist mikroskopischer Natur: Das Opfer weist im Lungengewebe gerissene Alveolarwände auf. Das könnte auf eine akute Lungenüberblähung, also auch auf ein mögliches Ersticken hindeuten.«

»Aber das ist doch ein deutlicher Hinweis«, widerspricht Sandro.

»Leider nein. Diese Erscheinung könnte ebenso gut eine Folge einer chronischen Lungenerkrankung oder der schon eingesetzten Fäulnis sein. Wird eine Person durch Verschließen der Atemwege erstickt, ist dies per se schwierig nachzuweisen – um eindeutige Spuren zu erheben, müsste man in einem solchen Fall so früh wie möglich untersuchen können.«

»Es ist also auch denkbar, dass er während Fetisch- und Fesselungsspielen eines natürlichen Todes gestorben ist?«, fragt Blanc.

»Ja, das ist theoretisch möglich.«

»Allerdings würde der Gespiele oder die Gespielin den Toten kaum einfach so liegen lassen. Jeder normale Mensch würde ihn doch losbinden und versuchen, ihn zu retten und ins Leben zurückzuholen.« Sandro realisiert im selben Moment, in dem er die Worte ausspricht, dass seine Definition von *normaler Mensch* womöglich realitätsfremd ist. Menschen handeln in solchen Extremsituationen ganz unterschiedlich und nicht selten alles andere als vernünftig.

»Vergesst nicht die roten High Heels, die er trug – und den Schuh, der in seinem Paketfach lag«, wirft Malou ein.

»Zufall?« Blanc klingt nicht sehr überzeugt.

»Falls es kein Zufall ist, könnte es bald weitere Opfer geben: Zwei andere Männer haben sich ebenfalls an die Polizei gewandt, weil sie Stöckelschuhe in ihren Paketfächern fanden. Wer weiß, wer sonst noch alles die unliebsame Drohung erhielt.«

Malous Worte bleiben kurz unkommentiert im Raum hängen. Ihr Gewicht ist spürbar.

»Die Resultate der toxikologischen Untersuchung stehen noch aus.« Irena bricht das Schweigen. »Wir suchen nach verschiedensten Stoffen, womöglich stoßen wir hier auf eine Antwort.«

»Solange nicht sicher ist, ob es sich um einen natürlichen oder um einen unnatürlichen Todesfall handelt, gehen wir von einem Tötungsdelikt aus«, stellt Sandro klar. »Allerdings haben wir im Moment nicht genügend Kapazitäten, um mehr als eine Person darauf anzusetzen. Bettina, würdest du ...«

»Nein. Ich ... es tut mir leid, ich möchte bei der Fahndung nach dem Attentäter eingesetzt werden.«

Sandro stutzt, er wollte den Fall Bettina übergeben, weil sie viel mehr Erfahrung hat als Malou. Doch er hat weder Zeit noch Energie für Diskussionen.

»Dann Malou?«

Malou nickt.

»Sobald wir den Attentäter aufgespürt haben, werden wir dich voll unterstützen. Wo stehen wir bei den Obduktionen der Reitschule-Opfer?« Sandro richtet sich wieder an Irena.

»Das DVI-Team hat gute Arbeit geleistet. Der Notfall-Obduktionssaal in der Parkgarage hat sich bewährt. Sämtliche Opfer sind aufgrund von Schussverletzungen gestorben. Zwei der Opfer konnten noch nicht identifiziert werden.«

Sandro denkt an die Angehörigen – an diejenigen, die letzte Nacht oder heute Morgen von einem Polizisten Besuch erhalten und über den Todesfall informiert worden sind, und an jene, die noch nicht einmal wissen, dass sie jemanden verloren haben.

»Gut.« Sandro räuspert sich. »Florence, kannst du dich um die Auswertung der beschlagnahmten Festplatte von Sascha Vogt kümmern? Der kleinste Hinweis in seinen

Social-Media-Profilen, in den E-Mails, in den Nachrichten kann uns zu seinem Versteck führen. Bernard, du nimmst dir die Daten der rückwirkenden und der aktuellen Telefonüberwachungen vor. Bettina, du suchst nach Verwandten und Bekannten, ehemaligen Schulkameraden, Arbeitskollegen – klappere ab, wen immer du finden kannst.« Bettina nickt und steht schon auf, obwohl die Sitzung noch nicht geschlossen ist.

»Wissen alle, was sie zu tun haben?«

Ein mehrstimmiges »Ja« kommt zurück. Sandro erhebt sich. Der Blick auf die Uhr zeigt ihm, dass in weniger als zehn Minuten ein weiteres Meeting mit dem Einsatzkommando ansteht. Er fasst sich an die Stirn, sie ist heiß. Schlaflose Nächte – früher hat er sie besser weggesteckt.

Sandro tut, was er immer tut, wenn ihn die Müdigkeit ausbremsen will: Er begibt sich in den Flur des Polizeigebäudes und steuert das Klo auf der gegenüberliegenden Seite an. Dort stellt er beim Waschbecken das Wasser auf kalt und hält den Kopf unter den eisigen Strahl. Er stöhnt auf, aber jetzt fühlt er sich wenigstens wieder wach. Mit den Handservietten trocknet er behelfsmäßig das Gesicht und rubbelt seinen schwarzen Schopf, sodass die Haare wild in alle Richtungen abstehen, was ihm noch immer ein jungenhaftes Aussehen verleiht. Doch als er sich im Spiegel ins Gesicht blickt, sieht er die Falten um seine Augen, die man nicht länger nonchalant als Lachfalten abtun kann, betrachtet die Lider, die irgendwie tiefer hängen, und die dunklen Schatten darunter. Sandro fühlt sich, als sei er in den letzten vierzehn Stunden um zehn Jahre gealtert. Und vielleicht ist er das auch. Womöglich ist es genau das, was dieser Beruf mit ihm macht: Er lässt ihn zu schnell altern.

# 10.

Milla öffnet das linke Auge und sieht zwei schwarze Pfötchen vor ihrer Nase. Sie schlägt auch das rechte auf, erblickt ihren Kater Iggy nun in ganzer Größe und erntet von ihm einen Blick, den sie sowohl als hungrig als auch als verständnislos deutet. Als könnte ihr Kater nicht begreifen, wie sie so lange schlafen kann, wenn er doch etwas zu fressen will. Iggy sitzt einfach nur da und starrt vorwurfsvoll auf sie herab. Seit dem gewaltsamen Tod seiner Schwester Pop ist er seltsam geworden, denkt Milla, als sie sich aus der Decke schält. Und alt, auch alt ist er geworden, ebenso wie sie.

Vor ihrem Vierzigsten konnte eine durchwachte Nacht ihr nichts anhaben. Das war einmal. Jetzt spürt sie es in allen Gliedmaßen, wenn sie nicht genug Schlaf bekommt. Heute fühlt sich ihr ganzer Körper eingerostet an. Sie ist nach dem Dreh in den frühen Morgenstunden mit ihrem Kameramann Ivan zurück nach Zürich gefahren, in ihr eigenes Zuhause, denn zu einer gemeinsamen Wohnung konnten Sandro und sie sich noch nicht durchringen. Sie haben dieses Ziel aus den Augen verloren, weil es immer wieder Zeiten gibt, in denen beide froh sind, sich in die eigenen vier Wände zurückziehen zu können.

Es ist nicht nur der Schlafmangel, der Milla zu schaffen macht. Obwohl sie jeweils in den Journalisten-Modus schaltet und das Mikrofon in ihrer Hand und die Kamera an ihrer Seite wie ein Schutzwall wirken, damit ihr das Geschehen nicht zu nahe gehen kann, hat der gestrige Einsatz doch auch mental Spuren hinterlassen. Die vielen Toten und Verletzten, die Gefahr durch den Attentäter, die nicht gebannt ist, die schockierten Menschen, dieses sinnlose Sterben und Leiden … warum? Und warum immer wieder? Sie kriegt es nicht in ihren Kopf hinein, dass Menschen anderen Menschen solches Leid zufügen, auch nicht nach all den Jahren im Beruf, in denen sie so vieles gesehen hat. Sie wird es nie verstehen.

Milla steht auf, blickt zum Handy auf dem Nachttisch und lässt es unberührt liegen, sie schlurft in die Küche, dicht gefolgt von Iggy, bereitet ihm sein Frühstück zu und füllt frisches Wasser in den Napf. Sie greift zum Espresso-Kocher, um sich Kaffee zu machen, überlegt es sich anders, öffnet den Kühlschrank und nimmt einen Energie-Drink heraus. Ultrastrong. Sie muss sich wachpushen, der Tag wird anstrengend werden. Erst nach drei Schlucken aus der Dose holt sie ihr Handy, um nachzusehen, wer sie schon alles zu erreichen versucht hat. Es sind einige. Bloß Sandro hat sich nicht gemeldet. Hoffentlich ist er in Ordnung. Zuoberst stehen sieben unbeantwortete Anrufe ihres Chefs. Mit einem Seufzen tippt sie die Nummer an.

»Milla, es ist schon fast halb neun, wo um Himmels willen steckst du?«, fragt Wolfgang zur Begrüßung.

»Dir auch einen guten Morgen«, gibt Milla zurück. »Ich bin erst um fünf Uhr früh ins Bett gekommen, etwas Schlaf wirst du mir ja wohl erlauben.« Ihr Tonfall ist giftiger als beabsichtigt.

»Natürlich, klar«, lenkt Wolfgang ein. »Wann kannst du hier sein? Sie haben einen Verdächtigen, es wird nach einem Sascha Vogt gefahndet. Wir müssen alles über ihn herausfinden.«

Wenigstens, denkt Milla, verlangt er nicht von mir, den Attentäter persönlich zu fassen.

»Oder noch besser: ihn aufspüren!«

Milla verdreht die Augen.

»Ich bin in einer halben Stunde im Büro.«

»Gut. Bis gleich. Beeil dich, es gibt viel zu tun.«

Manchmal könnte Milla ihren Chef erwürgen.

Als sie eine halbe Stunde später mit dem Badge die Tür zum Hochhaus öffnet, in dem die Redaktion der Sendung *Wochenthemen* untergebracht ist, ist sie auf dem neuesten Stand – obwohl für sie nicht vieles neu ist. Einzig der Name des mutmaßlichen Täters: Sascha Vogt. Milla hat sich im Tram durch alle dazu veröffentlichten Meldungen und Nachrichten gehört und gelesen, aber viel ist über den Attentäter nicht bekannt. Man weiß nur, dass es sich bei Sascha Vogt um einen achtundzwanzigjährigen Berner handelt, der bis dahin nie polizeilich aufgefallen ist. Das Fahndungsbild zeigt einen Mann, den sie auf der Straße nicht beachten würde; er wirkt käsig, unauffällig, die Proportionen des Gesichts haben sich irgendwie zu seinen Ungunsten verschoben, es wirkt zu dreieckig. Wie jung er aussieht, war Millas erster Gedanke, als sie das Fahndungsbild studiert hat, wie harmlos. Es ist kaum vorstellbar, dass dieses Babyface all die Menschen auf dem Gewissen hat. Die Zahl der Todesopfer musste mittlerweile auf vierzehn korrigiert werden. Eine verletzte Frau ist in den frühen Morgenstunden verstorben.

»Milla!«

Wolfgang brüllt ihren Namen, noch bevor sie im Flur die Tür zu seinem Büro passiert hat. Er muss über einen sechsten Sinn verfügen, der Alarm schlägt, sobald seine Lieblingsmitarbeiterin die Etage betritt. Oder er hat eine Überwachungskamera installiert, um zu sehen, wer wann kommt und wer wann geht. Milla wäre nicht mal überrascht.

»Wolfgang«, sagt sie zur Begrüßung, als sie in sein Büro tritt.

»Hast du schon etwas herausgefunden?«

»Nicht mehr als das, was heute früh online gegangen ist.«

»Danke für das Material, das du gestern selbst gedreht hast. Wir haben alles in der Nachtausgabe gebracht, hast du den Beitrag gesehen?«

Milla schüttelt müde den Kopf.

»Nein, natürlich nicht, du warst ja weiterhin unterwegs«, stellt Wolfgang fest. »Mit Ivan, richtig? Was habt ihr mitgebracht?«

»Wir haben viele Interviews mit Überlebenden gedreht und verschiedenste Bilder des Einsatzes aufgenommen. Wir können damit die Geschehnisse der Nacht eindrücklich nacherzählen.«

»Gut. Aber wir brauchen vor allem auch was zum Attentäter.«

Schon klar, denkt Milla. »Aye aye, Chef, ich mach mich schon auf die Jagd.«

»Großartig, Milla, großartig!«

Wolfgang setzt ein begeistertes Strahlen auf, als hätte er die Mimik in einem Motivationsseminar einstudiert.

»Wir werden sehen.« Milla sagt es eher zu sich selbst als zu ihrem Chef.

An ihrem Platz im Großraumbüro fährt sie den Computer hoch und macht etwas, das sie manchmal beinahe vergisst, weil es zu simpel und fast ein bisschen aus der Zeit gefallen wirkt: Sie schlägt im elektronischen Telefonbuch den Namen Sascha Vogt nach – und wird tatsächlich fündig. Zwei Einträge. Bingo, denkt Milla, und stellt die Festnetznummer ein, die neben dem ersten Namen steht.

»Sascha Vogt«, sagt ein Mann am anderen Ende der Leitung.

Milla zuckt zusammen. Sie hat nicht damit gerechnet, dass jemand rangeht. Was, wenn sie auf Anhieb beim richtigen Sascha Vogt gelandet ist und den Attentäter selbst am Draht hat? Nein, das ist unmöglich, denkt Milla.

»Guten Tag, Nova hier, sind Sie persönlich Sascha Vogt?«

»Ja, bin ich, wer sollte ich sonst sein?«

Da geschieht etwas, das Milla selten passiert: Sie ringt um Worte.

»Sind Sie noch dran?«

»Ja, Entschuldigung, ich bin Milla Nova vom Schweizer Fernsehen, Sendung Wochenthemen. Darf ich Sie fragen, wie alt Sie sind?«

»Sie wollen wissen, wie alt ich bin? Das geht Sie überhaupt nichts an!«

»Entschuldigung. Es ist nur … Ich bin auf der Suche nach einem Mann namens Sascha Vogt, achtundzwanzig Jahre alt.«

»Dann sind Sie bei mir falsch.«

Milla hält inne. Ist es möglich, dass …

»Herr Vogt, haben Sie wirklich noch nichts von der Großfahndung gehört?«, fragt sie vorsichtig.

»Welche Fahndung?«

»Es wird nach einem Attentäter gesucht, ein Mann aus Bern, der ...« Milla stockt. »... der Ihren Namen trägt: Sascha Vogt.«

Jetzt ist es Vogt, der ein paar Sekunden lang nicht weiß, was er sagen soll.

»Nach mir wird gefahndet?«

»Wohl eher nach einem Namensvetter.«

»Also nein, ich bin kein Attentäter. Ich hab noch nichts davon gehört. Wissen Sie, ich schaue nicht oft fern und lese keine Zeitung. Die Medien heute, Sie wissen schon ... Was hat der Attentäter denn getan?«

»Er hat in der Berner Reithalle mehrere Menschen erschossen.«

»Großer Gott!«

Spätestens jetzt ist Milla sicher, dass sie es bloß mit einem Namensvetter und nicht mit dem Attentäter selbst zu tun hat. Sein Entsetzen ist nicht gespielt.

»Es tut mir leid, dass ich Sie gestört habe. Nichts für ungut. Ich wünsche Ihnen noch einen schönen Tag.«

Milla klickt den Anruf weg, bevor Vogt etwas erwidern kann. Sie fragt sich, ob es ein schöner Tag für ihn werden kann – oder ob er von nun an nicht ständig mit einem brutalen Attentäter verwechselt werden wird.

Sie stellt die Handynummer ein, die unter dem zweiten Sascha Vogt eingetragen ist.

»Dieser Mobilfunkteilnehmer ist momentan nicht erreichbar. Bitte versuchen Sie es später noch einmal«, teilt ihr eine automatisierte Frauenstimme mit.

Das könnte ein Treffer sein! Milla schreibt die Nummer in ihr Notizheft – sie ist sicher, dass sie dem Attentäter gehört. Auch die Adresse notiert sie sich: Zwinglistrasse 33, Bern. Sie tippt die Karte an; sie kennt das Quartier und weiß, wo das Haus liegt. Sie wird heute Mittag hinfahren.

Als Nächstes gibt Milla den Namen *Sascha Vogt* in die Suchmaske im Internet ein – und erhält Hunderte Treffer. Sie flucht innerlich: Es gibt nicht nur einen deutschen Politiker, der denselben Namen trägt, sondern auch einen Fußballer namens Sascha Vogt. Das bedeutet, dass das Internet voll ist mit Beiträgen, die den Namen enthalten – darunter etwas über den unbekannten Sascha Vogt zu finden ist beinahe unmöglich, zumindest nicht ohne zeitintensive Sucharbeit. Und wenn Milla etwas nicht hat, dann Zeit. Unter *Sascha Vogt, Bern* findet sie hingegen gar nichts, nicht einmal ein Facebook- oder ein LinkedIn-Profil, auch keinen Twitter- oder Instagram-Account.

»Mist, Mist, Mist«, flüstert Milla vor sich hin.

Noch ein Versuch: Dieses Mal gibt sie die Handynummer ein, die mutmaßlich dem Attentäter gehört. Google spuckt dazu nur einen einzigen Link aus, der auf eine Verkaufsplattform von Occasion-Fahrzeugen verweist. Milla klickt ihn an – doch sie erhält bloß die Nachricht, dass die Seite nicht mehr angezeigt werden kann. Also tippt sie auf den *Zurück*-Button, klickt auf das kleine Pfeilchen neben dem angezeigten Link und öffnet damit die Seite im *Cache*. Dieses Mal hat sie mehr Erfolg: Sie gelangt auf das alte Inserat, das hier einst geschaltet war. Die Auktion ist zwar beendet, trotzdem ist der Eintrag noch immer online zu finden: Eine Person mit der Handynummer von Sascha Vogt hat vor zwei Monaten versucht, sein Suzuki-Motorrad loszuwerden. Standort des Fahrzeugs: Bern. Name und Adresse des Verkäufers sind im Inserat allerdings nicht angegeben – da steht nur ein Nickname: Blackpill95.

Die Ausbeute ihrer kleinen Internetrecherche ist mager. Aber eine Adresse und ein Nickname – das ist besser als nichts, versucht Milla sich selbst zu motivieren. Denn wer sich einmal einen Nutzernamen gegeben hat, hat den womöglich auch bei anderen Gelegenheiten verwendet. Also durchsucht Milla das Netz mit dem Stichwort *Blackpill95*. Sie stößt auf einen Song, auf eine sogenannte Blackpill-Theorie und auf irgendwelche Computer-Bausteine, doch auf nichts, das zu einem Personenprofil von Blackpill95 führen würde, hinter dem sie Sascha Vogt vermutet. Zuletzt versucht sie es mit *Blackpill95* und *Telegram*. Auch hier wird sie nur auf allgemeine Telegram-Kanäle verwiesen, unter anderem auf einen mit dem Titel: *Learn Best Hacking*. Vielleicht, denkt Milla, sollte sie sich hier weiterbilden, damit sie bei der nächsten Suche nach den Spuren eines Attentäters im Netz nicht erneut derart kläglich scheitert.

Kaum hat sie den Gedanken zu Ende gebracht, fällt ihr ein, dass sie nicht zur Hackerin werden muss; schließlich gibt es bereits einen solchen in ihrer Familie. Sie stellt die Nummer ihres Lieblingscousins Kaspar ein, der sich erstens sein Leben als ausgezeichneter Hacker verdient und der, zweitens, Milla nie einen Wunsch abschlagen kann. Als der Summton in ihrem Gerät erklingt, sieht sie Kaspar vor ihrem inneren Auge in seinem abgedunkelten Zimmer sitzen, einzig erleuchtet durch den schwachen Lichtschein des Bildschirms, umgeben von seinem Messie-Chaos, das immer größer und größer wird. Kaspar geht wie immer sofort ran.

»Milla, Herzchen!«, singt er ins Telefon. »Was kann

ich für dich tun? Ich gehe davon aus, dass du nicht anrufst, nur um deinem Cousin einen schönen Tag zu wünschen.«

Milla holt Luft, kommt aber nicht dazu, etwas zu sagen.

»Lass mich raten«, fährt Kaspar unbeirrt fort. »Du jagst gerade einen Terroristen und willst, dass ich ihn für dich finde.« Kaspar kichert sein Lachen, das Milla stets an den kleinen Jungen erinnert, der Kaspar vor vielen Jahren mal war.

Natürlich hat er recht, wie immer, doch das würde Milla niemals zugeben.

»Nein, nein, keine große Sache, echt nicht, ich möchte dich nur um einen kleinen Gefallen bitten, und dieses Mal darfst du mir deinen Aufwand auch in Rechnung stellen, denn ich wende mich beruflich an dich.«

»Also geht es tatsächlich um den Anschlag auf die Reitschule in Bern«, stellt Kaspar selbstzufrieden fest. »Ich sollte mich auf dem zweiten Bildungsweg zum Wahrsager ausbilden lassen.«

Jetzt muss auch Milla lachen, doch sie wird sofort wieder ernst. »Erinnerst du dich an unsere Recherche in der rechtsextremen Szene?«

»Wie könnte ich die vergessen haben.«

»Damals hast du doch in zahlreichen einschlägigen Foren inkognito Fake-Profile angelegt. Sind die immer noch aktiv?«

»Ja, sind sie. Es ist immer gut zu wissen, was wann wo abgeht und ob es irgendwo brennt. Ich habe mich auch bei radikal-islamistischen und antifaschistischen Seiten infiltriert.«

»Perfekt. Mein Problem ist: Ich finde praktisch nichts über den gesuchten Attentäter im Netz – aber ich habe einen seiner Nutzernamen herausgefunden, zumindest bin ich mir da ziemlich sicher. Könntest du die Foren nach seinem Nickname durchsuchen? Vielleicht beteiligt er sich dort an Diskussionen, womöglich findest du ein Profil, das etwas über ihn aussagt.«

»Ich kann's versuchen. Bis wann brauchst du was?«

»Eigentlich bis jetzt.«

»Warum nur bin ich nicht überrascht?« Kaspar stöhnt theatralisch auf. »Wie lautet der Nickname?«

»Blackpill95«

»Blackpill?«

»Ja, warum?«

»Allein der Name ist ja wohl schon Hinweis genug.«

»Wie meinst du das?«

»Du weißt schon, was hinter der Blackpill-Theorie steht?«

Milla ärgert sich, dass sie gerade eben nicht selbst darauf gekommen ist, den Link zu öffnen, der zur Blackpill-Theorie führte.

»Nein, weiß ich nicht.«

»Schon mal was von Elliot Rodger gehört?«

»Nein.«

»Oder von den Incels?«

»Ja, das sagt mir was, und zwar nichts Gutes. Das hat was mit Frauenhass zu tun.«

»Himmel, Milla, du bist Journalistin! Incel steht für *involuntary celibate*, also für unfreiwillig sexuell enthaltsam. Zu der radikalen Incel-Szene zählen sich Männer, die sich diskriminiert fühlen und der Gesellschaft, dem Feminismus, den Frauen im Allgemeinen die Schuld dafür geben, dass sie noch nie Sex hatten – obwohl sie meinen, ein Recht auf Geschlechtsverkehr zu haben. Weil sie keine *Foids* oder *Femoids* haben können, wie sie die Frauen abschätzig nennen, hassen sie sie. Keine freundlichen Gesellen, glaub mir.«

»Frauenhass als Mordmotiv?«, fragt Milla. Sie sieht die verletzten und toten Frauen vor sich, die auf Bahren aus der Reithalle getragen worden sind.

»Das wäre nicht das erste Mal.«

# 11.

»Nein, ich kann nichts Negatives über ihn sagen.« Der Mann am anderen Ende der Leitung schweigt, er scheint nachzudenken. »Es fällt mir nichts ein. Sascha war ein zwar schüchterner, aber unauffälliger Junge. Er hat uns nie Probleme bereitet. Das ist keine Selbstverständlichkeit in unserer Institution.«

Bettina Flückiger bedankt sich beim Heimleiter Lukas Stalder für die Auskunft und will sich gerade verabschieden, als er ihr ins Wort fällt.

»Sind Sie sicher, dass Sascha etwas mit dem Attentat zu tun hat? Ich kann mir das beim besten Willen nicht vorstellen.«

»Die Ermittlungen laufen. Ich darf Ihnen nicht mehr dazu sagen«, entgegnet Bettina knapp, obwohl sie Stalder am liebsten belehren möchte, dass man es einem Täter niemals ansieht. Dass sie den Satz – »Er war doch so ein netter Junge« – schon hundertmal gehört hat. Würde man es einem Täter ansieht oder ihm eine Tat zutrauen – dann gäbe es weniger Opfer, denkt sie bitter. Doch all das sagt sie nicht. Stattdessen verabschiedet sich Bettina vom Heimleiter und klickt den Anruf weg. Er hat ihr nicht viele, aber einige wichtige Informationen über Vogt liefern können – dass er als ungewolltes Kind zur Welt kam, den Vater nie gekannt hat, und dass die Mutter, selbst fast noch ein Kind, mit Sascha und vor allem mit sich selbst überfordert war. Es war meist die Großmutter Dorothea Vogt, die sich um den kleinen Sascha gekümmert hat, bis auch das nicht mehr ging und sie den Buben ins Heim abschoben; da war er neun Jahre alt. Die Schulferien verbrachte er in der Folge stets bei der Großmutter, die seine nächste Bezugsperson war.

Die Personensuche nach der Großmutter kann Bettina schnell wieder einstellen; sie ist vor neun Monaten gestorben. Als sie Dorothea Vogts letzte Wohnadresse in den Computer eingibt, zeigt ihr die Karte einen Weiler bei Utzigen an, zwanzig Minuten von Bern. Sie klickt auf *Satelliten-Ansicht* und vergrößert die Landkarte: Es handelt sich bei der Adresse um einen Bauernhof, der etwas abgelegen liegt.

Ein Kribbeln durchfährt Bettinas Körper. Sie kennt das Gefühl: Es ist der Adrenalinschub, wenn sie spürt, dass sie einem Täter nahekommt. Ein abgelegener Bauernhof, seit dem Tod der Eigentümerin verlassen, der Ort, wo sich Sascha Vogt als Kind am liebsten aufgehalten hat – gibt es ein naheliegenderes Versteck? Bettinas Herz hämmert. Ist es möglich, dass sie gerade den Attentäter aufgespürt hat, den Mann, der ihre Petra ins Koma geschossen hat?

Bettina lehnt sich im Stuhl zurück, blickt nach links, nach rechts. Florence starrt auf den Bildschirm, Bernard kämpft sich mit Leuchtstift durch zahllose Papierbögen, von Malou ist nichts zu sehen.

Sie müsste es ihnen sagen. Dass sie in der Reitschule war, dass ihre Lebenspartnerin ein Opfer ist.

Bettina hat es niemandem erzählt. Nicht ihren engsten Kolleginnen, nicht Sandro, ihrem Chef. Niemand hier ahnt, dass sie letzte Nacht in der Frauendisco tanzte, bis die Schüsse fielen. Dass sie nur durch Glück, Schicksal oder Zufall nicht verletzt oder getötet worden ist. Dass ihre große Liebe im künstlichen Koma liegt. Dass sie in dieser Sache wegen Befangenheit gar nicht ermitteln dürfte. Dass sie den Scheißkerl aber um jeden Preis fassen will. Auch wenn es das Letzte ist, was sie tun wird: Sie will ihn kriegen.

Bettina ist sich bewusst, dass sie sich inkorrekt verhält und dadurch ihre Stelle, ja ihren Beruf riskiert. Gleichzeitig spürt sie in sich drin die tiefe Überzeugung, dass sie niemanden einweihen darf, sondern handeln muss.

»Ich geh dann mal los«, sagt sie unbestimmt in den Raum hinein.

Die anderen heben nicht mal den Kopf. Bettina greift zur Jacke und macht sich auf, um sich den Bauernhof mal etwas genauer anzusehen.

Als sie kurz darauf mit ihrem Mini Cooper das Polizei-Areal verlässt, fährt sie nicht Richtung Westen direkt zur Stadt hinaus, sondern schlägt zunächst einen Umweg ein. Vor dem Haupteingang des Inselspitals stoppt sie den Wagen, legt das *Polizei*-Schild auf das Armaturenbrett, steigt aus und begibt sich zur Intensivstation. Nachdem sie sich als Lebenspartnerin von Petra vorgestellt hat, weist ihr eine Intensivpflegerin den Weg.

Bettina bleibt einen Moment lang am Bettende stehen. Petras Anblick zerreißt ihr das Herz. Eine Sauerstoffmaske bedeckt die Hälfte ihres blassen Gesichts; weiß die Haut, die geschlossenen Augenlider fast durchsichtig, als hätte sie all ihr Blut verloren. Als sei das Leben nicht mehr drin in diesem Körper, der an die Beatmungsmaschine angeschlossen ist. Bettina setzt sich auf die

Bettkante und versucht mit größter Vorsicht, wenigstens den Arm um ihre Freundin zu legen, was nicht wirklich gelingt; es sind zu viele Schläuche und Kabel im Weg. Bettina setzt sich wieder auf und hält Petras Hand.

Sie zuckt zusammen, als sie merkt, dass jemand hinter ihr steht.

»Frau ...«

Sie wendet sich um. »Flückiger. Doktor Fischer?«

»Genau.« Der Arzt nickt.

»Können Sie mir heute mehr sagen? Wird sie es schaffen?«

»Ihre Freundin ist stabil. Sie ist durch zwei Schüsse verletzt worden und hat sehr viel Blut verloren. Ihr Darm, ihr Magen und ihre Leber wurden beschädigt, eine Rippe ist zersplittert und hat die Lunge verletzt. Darum war nebst der Magen- und Darmoperation zusätzlich eine Lungenoperation und die Einlage einer Drainage nötig. Trotzdem ist die selbstständige Atmung noch ungenügend, wir müssen sie weiterhin künstlich beatmen. Wir haben getan, was wir konnten, jetzt gilt es, Infektionen zu verhindern.«

»Wird sie es schaffen?«

»Ich bin zuversichtlich.«

Bettina streicht Petra mit der Hand über das Haar, das sich ganz anders anfühlt als sonst.

»Kann sie mich hören, wenn ich mit ihr rede?«, fragt sie Martin Fischer.

»Sprechen Sie mit ihr. Sicher ist: Wenn Sie *nicht* mit ihr reden, kann sie Sie *nicht* hören. Wenn Sie aber mit ihr sprechen, ist es möglich, dass sie Sie hört.«

Bettina wartet, bis sich Martin Fischer einem anderen Patienten zuwendet. Dann beugt sie sich zu Petras Ohr.

»Petra.« Bettina hofft auf ein Zeichen, dass Petra sie hört. Ein leiser Händedruck, ein Zucken der Wimpern. Doch da ist nichts. »Du bist der stärkste Mensch, den ich kenne«, flüstert Bettina. »Du bist die größte Kämpferin, der ich je begegnet bin. Du wirst das hier überstehen. Du wirst aufwachen und gesund werden und weiter mit mir durchs Leben gehen. Wir werden wieder zusammen lachen und gemeinsam glücklich sein. Wir werden reisen. Ich komme auch mit dir nach Indien, das wünschst du dir doch schon so lange. Wir werden in vollgestopften Zügen sitzen und das ganze Land bereisen und tonnenweise Reis und Dal und Curry essen. Wir werden tanzen. Und im Meer schwimmen. Und auf Berge steigen. Du wirst nicht sterben. Du darfst nicht gehen. Das hier ist zwar eine riesengroße Scheiße, aber es ist nicht das Ende.« Bettina legt Petra einen Kuss auf die Stirn, verharrt in der Bewegung, ihre Lippen auf der kalten Haut, eine Berührung für die Ewigkeit. »Ich liebe dich. Ich liebe dich über alles. Ich liebe dich mehr als mich selbst. Bitte, lass mich hier nicht allein zurück. Ich brauche dich. Es ist das größte Glück meines Lebens, dass sich unsere Wege gekreuzt haben. Dass du mir deine Liebe geschenkt hast und ich dich lieben darf. Ich will dich nicht verlieren. Ich will für immer mit dir zusammen sein. Du bist mein Leben. Bitte, Petra, kämpfe. Kämpfe!«

Bettina will nicht weg. Sie möchte hierbleiben, nicht von Petras Seite weichen, sie nie mehr allein lassen. Aber sie muss gehen. Sie kann nicht zulassen, dass der Mensch, der Petra und ihr das angetan hat, auf freiem Fuß ist und womöglich entkommt. Es ist ein Kraftakt, aufzustehen und sich von Petra loszureißen. Der Abschied bereitet Bettina körperlichen Schmerz.

»Ich komme wieder. So schnell es geht«, sagt sie zu Petra, die reglos daliegt, als wäre sie schon tot. Bettina wendet sich ab, macht drei Schritte Richtung Tür, blickt noch einmal zurück. »Ich werde ihn kriegen.« Tränen nässen Bettinas Gesicht. »Ich werde ihn kriegen, das verspreche ich dir.«

# 12.

Malou steht vor einem Backsteingebäude am Ufer der Aare, über das mit einigem Lärm ein Zug hinwegdonnert. Ein verblasster Schriftzug an der Fassade verrät, dass es sich um eine ehemalige Fabrik handelt. Heute scheinen sich hier diverse Kleinbetriebe eingemietet zu haben. Malou hat versucht, Bendicht Kerner anzurufen. Doch unter seiner Handynummer kam sie nicht durch, und bei ihm zu Hause ging bloß seine Freundin ran. Wenigstens wusste sie, wo Kerner zu finden sein könnte, wenn er nicht erreichbar ist: In seiner Pinball-Halle in dem alten Fabrikationsgebäude unter der Eisenbahnbrücke, dort sitzt er nämlich in einem Funkloch.

Dem Gebäude ist von außen nicht anzusehen, dass sich darin ein aus der Zeit gefallener Spieltempel befindet. Pinball ... Malou wusste nicht einmal, dass es noch Flipperautomaten gibt. Als sie das letzte Mal die Silberkugeln mit den Flippern über die Spielfläche gegen Bumper und Targets jagte, muss sie ein Teenager gewesen sein. Schon eine Weile her.

Beim Eingang finden sich keine Klingeln, also drückt Malou auf die Klinke und stemmt sich gegen die schwere Tür; sie ist nicht abgeschlossen. Drei Stufen führen sie in einen langen Flur. Durch eine offenstehende Tür auf der rechten Seite fällt Licht auf den Steinboden, seltsame Geräusche dringen aus dem Raum. Schreie, Schläge, der dumpfe Klang von etwas, das zu Boden fällt. Was zum Teufel ..., denkt Malou, während sie sich vorsichtig der Tür nähert. Als sie hineinblickt, sieht sie, dass dort eine Aikido-Lektion im Gange ist. Der Leiter der Kampfsport-Stunde blickt zur Tür und schaut Malou fragend an.

»Bendicht Kerner?«, ruft sie in die Halle hinein.

»Zweiter Stock«, gibt der Mann im weißen Kittel zurück.

Auch im zweiten Stock ist nichts angeschrieben. Malou ahnt den Grund dafür: Wahrscheinlich hat der Betreiber der Spielhalle keine Genehmigung und führt sie darum im Versteckten. Ein Türschild mit der Aufschrift *Clublokal* bestätigt ihren Verdacht. Malou klopft an.

Der Mann, der kurz darauf sein Gesicht durch den Türspalt streckt, sieht aus wie ein zu groß geratenes Kind. Ein Lausbub in XX-Large, der zwar gewachsen, aber nicht erwachsen geworden ist. Einzig die lichten Stellen über seiner hohen Stirn verraten, dass er mindestens in Malous Alter sein muss.

»Bendicht Kerner?«

»Wer will das wissen?«

»Malou Löwenberg, Kantonspolizei Bern.«

Malou liest in Kerners Gesicht den Schrecken. Selbst jetzt sieht er aus wie ein Schuljunge, und zwar wie einer, der gerade beim Schummeln erwischt worden ist. Blitzschnell streckt Malou den Fuß aus, gerade noch rechtzeitig, um zu verhindern, dass Kerner ihr die Tür vor der Nase zuknallt.

»Ich bin nicht wegen Ihrem ... wegen Ihrem Clublokal hier«, sagt sie rasch. »Ich bin von der Mordkommission.«

Jetzt öffnet Bendicht Kerner die Tür ganz.

»Wow!«, entfährt es Malou, als sie die Halle betritt. Ihr Ausruf ist ehrlich gemeint. Noch nie in ihrem Leben hat sie so viele verschiedene Flipperautomaten auf einmal gesehen, es müssen über hundert sein. Ein Schwarm von fröhlich-bunt-leuchtenden Maschinen, die sich mit einem disharmonischen Konzert aus Piepsen und Rattern und Klirren auf die anstehende Spielsaison einstimmen.

»Wie viele Automaten besitzen Sie?«

»Exakt einhundert – aus fünfundsechzig Jahren.« Kerner grinst stolz. »Es ist die größte Sammlung in der Schweiz und bestimmt auch eine der größten in Europa.«

»Werden die Maschinen hier nur ausgestellt oder auch benutzt?«

»Wo denken Sie denn hin? Natürlich wird hier gespielt! Einer meiner Kunden ist der amtierende Weltmeister.«

»Es gibt einen Flipper-Weltmeister?«

Kerner schaut Malou entsetzt an, als könne er sich nicht vorstellen, dass man das nicht wissen kann.

»Ich bin eigentlich aus einem ganz anderen Grund hier«, sagt Malou rasch, bevor er zu einer Erklärung ansetzen kann.

»Was wollen Sie von mir?«

»Ich will nichts von Ihnen. Es geht um die Drohung, die Sie vor etwa zwei Monaten erhalten haben.«

Kerner denkt nach. »Drohung?«

»Der Stöckelschuh in Ihrem Paketfach. Mit der Fotografie.«

»Ach ja, genau, das. Wenn Sie jetzt nichts gesagt hätten, ich hätte es vergessen. Haben Sie den Absender gefunden?«

»Warum denken Sie, dass es ein Mann war?«

»Das weiß ich nicht, ich sag das nur so. War es denn eine Frau?«

»Wir wissen es nicht. Wir haben die Person noch nicht gefunden.«

»Warum sind Sie dann hier?«

»Sie waren nicht der Einzige, der einen Stöckelschuh mit aufgespießtem Foto erhalten hat – einer der Empfänger wurde gestern tot aufgefunden.«

»Was sagen Sie da? Tot?« Bendicht Kerner ist förmlich anzusehen, wie die Worte in seinem Hirn ankommen, wie er den Inhalt der Information erfasst und schließlich realisiert, was das bedeuten könnte. »Er wurde doch nicht etwa ermordet?«

»Wir wissen noch nicht, ob der Todesfall mit der Drohung in Zusammenhang steht.« Malou versucht instinktiv, Kerner zu beruhigen, besinnt sich dann aber anders. »Um ehrlich zu sein: Ich denke, der Absender, der die Schuhe verteilt hat, ist auch der Mörder. Ich bitte Sie daher, vorsichtig zu sein.«

»Was jetzt, das sagen Sie einfach so, und dann gehen Sie wieder? Teilen mir mit, dass ich von einem Mörder bedroht werde und stellen mich nicht unter Polizeischutz?«

»Wir wissen noch nicht, ob es wirklich ein Mord war und ob Sie in Gefahr sind. Ich wollte Sie lediglich informieren und Sie bitten, achtsam zu sein.«

»Achtsam sein? Was soll ich denn jetzt tun?«

»Bitte stellen Sie eine Liste zusammen mit jenen Personen, mit denen Sie in den Monaten vor der Drohung Kontakt hatten. Auch wenn Sie sich nicht vorstellen können, dass diese etwas damit zu tun haben könnten. Es muss zwischen Ihnen und den anderen Männern, die bedroht worden sind, einen Zusammenhang geben. Kennen Sie jemanden namens Jürgen Bräutigam?«

»Ist das der Tote?«

»Kennen Sie ihn?«

»Nein.«

»Sind Sie sicher?«

»Ganz sicher, an einen solchen Namen würde ich mich erinnern.«

»Sagt Ihnen der Name Thomas Sahli etwas?«

»Nein, den kenne ich auch nicht.«

»Ich rate Ihnen, eine Zeit lang nicht zu Hause zu wohnen. Sie leben mit Ihrer Freundin zusammen?«

»Ja.«

»Gibt es einen anderen Ort, wo Sie für zwei, drei Wochen hinziehen könnten?«

»Ich weiß nicht, ich muss das mit meiner Freundin besprechen.«

»Das erste Opfer wurde bei sich zu Hause umgebracht, wenn es denn ein Mord war. Die Person, die Ihnen den Schuh ins Paketfach gelegt hat, kennt Ihre Adresse. Seien Sie also vorsichtig.«

Je länger Malou spricht, desto kleinlauter und verunsicherter wirkt Bendicht Kerner. Malou kann das nachvollziehen. Sie weiß nicht, wie sie selbst auf eine solche Nachricht reagieren würde: Es ist ein Mörder am Werk, Sie könnten sein nächstes Opfer sein ... Sie muss mit Sandro darüber reden, ob sie Kerner nicht doch unter Polizeischutz stellen sollten. Nur: Woher sollen sie das Personal dafür nehmen?

»Falls Sie vorübergehend umziehen, teilen Sie mir die Adresse bitte umgehend mit.« Malou steckt Kerner ihre

Visitenkarte zu. »Da steht auch meine Handynummer drauf. Wenn Sie unsicher sind, rufen Sie mich an.«

»In Ordnung, das werde ich tun.«

Als Bendicht Kerner Malou zum Ausgang führt, wirkt er wieder gefasster.

»Sie werden ihn doch kriegen, oder?«, fragt er.

»Das hoffe ich doch sehr.«

Wenn Malou in ihrer Karriere als Polizistin etwas gelernt hat, dann dies: Mache nie jemandem ein Versprechen, wenn du nicht sicher bist, dass du es halten kannst. Und was in diesem Beruf ist schon sicher?

Wieder draußen im Wagen stellt Malou die Nummer von Thomas Sahli ein, der zweite Mann, der womöglich auf der Liste eines Mörders steht und gewarnt werden muss. Im Gegensatz zu Kerner ist er auf seinem Handy erreichbar und geht sofort ran.

Malou wählt die gleichen Worte wie gerade eben, Sahli reagiert indes viel gelassener als Kerner wenige Minuten zuvor.

»Sie meinen also, jemand könnte es auf mich abgesehen haben?«, fragt er halb zweifelnd, halb lachend. »Der kann gerne mal vorbeikommen, dann werden wir ja sehen.«

»Herr Sahli, ich meine es ernst, ich bitte Sie, die Gefahr nicht zu unterschätzen.«

»Machen Sie sich keine Sorgen, ich werde mir schon zu helfen wissen«, sagt Sahli trotzig.

Schließlich verspricht er Malou dennoch, vorsichtig zu sein und ihr eine Liste mit all jenen Personen zusammenzustellen, mit denen er Kontakt hatte, bevor ihm der Schuh ins Paketfach gelegt worden war. Er zeigt sich überzeugt, dass eine Frau die Absenderin sein muss, allerdings kann er sich nicht vorstellen, um wen es sich handeln könnte.

»Haben Sie einer Frau Leid zugefügt, sie enttäuscht oder betrogen?«, fragt Malou nach. »Gibt es jemanden, der einen Grund hat, sich an Ihnen zu rächen?«

»Wenn hier jemand enttäuscht wurde, dann ich. Wenn hier jemand einen Grund zur Rache hat … dann sicher nicht die Frauen!«

Sahli ist Malou auf Anhieb unsympathisch.

»Eine Frage noch: Sagen Ihnen die Namen Bendicht Kerner oder Jürgen Bräutigam etwas?«

»Nein, noch nie gehört.«

Irgendwo muss es einen Verbindungspunkt geben, denkt Malou. Die Frage ist nur, wo.

»Bitte halten Sie mich auf dem Laufenden, wo Sie sich aufhalten und wie ich Sie erreichen kann«, bittet sie Thomas Sahli. »Ich werde mich wieder mit Ihnen in Verbindung setzen.«

Als sie das Gespräch beendet hat, bleibt Malou einige Augenblicke reglos im Auto sitzen. Die Hände auf dem Lenkrad, den Blick geradeaus gerichtet. Sie weiß genau, was sie als Nächstes tun muss, doch sie zögert.

»Du schaffst das«, sagt sie laut zu sich selbst. »Du wirst das hinkriegen.«

Dann startet sie den Motor, um das hinter sich zu bringen, von dem sie hoffte, es niemals tun zu müssen.

Eine Viertelstunde später steht Malou in einem Laubengang vor der Eingangstür eines Berner Altstadthauses. Eine Wohnlage, die sich nicht jeder leisten kann. Sie drückt auf die Klingel neben dem Namen *Helene Bräutigam*. Wie ihr Bruder scheint auch sie nie geheiratet zu haben, auch wenn ihr Familienname etwas anderes versprach.

Es ist das erste Mal, dass Malou eine Todesnachricht überbringen muss. Sie wünschte, sie müsste es nicht alleine tun.

»Wer ist da?«, scheppert eine Stimme durch die Gegensprechanlage. Malou könnte nicht mal sagen, ob sie weiblich oder männlich ist.

»Malou Löwenberg, Kantonspolizei Bern, ich möchte mit Helene Bräutigam sprechen.«

Stille. Malou kann die Gedanken, die der Person auf der anderen Seite der Sprechanlage durch den Kopf gehen, förmlich fühlen. Nach einem Moment des Zögerns erklingt der Türsummer.

Malou atmet tief ein, stößt die schwere Holztür auf und steigt die knarrenden Stufen hoch bis in den zweiten Stock.

Helene Bräutigam sieht aus, als wäre sie direkt einem Vogue-Magazin entstiegen. Sie ist deutlich älter als ihr Bruder, was sie aber geschickt zu kaschieren weiß: Perfektes Make-up, gestyltes Haar, ein eierschalenweißes, eng anliegendes Kleid, passender Nagellack. Alles an Helene Bräutigam wirkt eine Spur zu perfekt.

»Wenn in den Filmen die Polizei unangemeldet an der Tür klingelt, bringt sie meistens schlechte Nachrichten.« Helene Bräutigam versucht, ihre Verunsicherung wegzulächeln, doch Malou registriert, dass ihre Lippen zittern.

»Es tut mir leid. Ich bringe Ihnen wirklich eine schlimme Nachricht. Wollen wir uns setzen?«

»Mein Bruder ist tot.«

»Wollen wir uns setzen?« Malou sieht, dass Helene Bräutigam wankt, sie fasst sie am Ellenbogen, um sie zu stützen, doch die Frau schüttelt sie ab. Statt zum nächsten Stuhl begibt sie sich zu einem alten Sekretär im

Wohnzimmer, öffnet ihn, greift zur Cognac-Flasche und füllt sich ein Glas halb voll. Sie nimmt einen Schluck, füllt noch einmal nach, erst dann wendet sie sich wieder Malou zu.

»Ich nehme an, Sie trinken nicht im Dienst.«

Malou nickt, während sie einen Stuhl in ihre Richtung schiebt. »Ihr Bruder ist Jürgen Bräutigam, richtig?«

»Was ist passiert?«

Endlich setzt sich Helene Bräutigam hin, auch Malou nimmt Platz.

»Wir haben Ihren Bruder letzte Nacht tot aufgefunden.«

Helene Bräutigam schließt die Augen, sie klammert sich so fest an das Cognac-Glas, dass sich ihre Fingerknöchel weiß verfärben und Malou fürchtet, es könnte zerspringen.

»Warum wussten Sie auf Anhieb, dass es um Ihren Bruder geht?«

»Weil es sonst niemanden mehr gibt in meiner Familie.«

»Sie leben allein?«

»Ja. Wir waren alle nie Beziehungsmenschen. Wurde mein Bruder getötet?«

Malou zögert. »Ich gehe davon aus. Der Befund der Rechtsmedizin ist allerdings noch nicht eindeutig. Die Auswertungen verschiedener Laboranalysen stehen noch aus.«

»Er war zu jung zum Sterben.«

»Darf ich Ihnen einige Fragen zu Ihrem Bruder stellen?«

»Fragen Sie.«

»Können Sie sich vorstellen, dass es jemanden gab, der ihn töten wollte?«

»Ihn töten? Nein. Er hat sich sicher nicht nur Freunde gemacht. Aber er hatte keine Feinde.«

»Er hat als DJ gearbeitet, richtig?«

»Ja, nebenher. Er war in erster Linie Grafiker, er hat sein Geld als Freelancer verdient.«

»Als DJ bewegt man sich in verschiedenen Szenen. Könnte er allenfalls in Drogengeschichten verwickelt gewesen sein?«

»Er hat bestimmt manchmal was eingeworfen, wenn er aufgelegt hat, wer tut das nicht? Aber er hat nicht damit gehandelt, falls Sie darauf hinauswollen. Jürgen ist keiner, der sich die Hände schmutzig macht.«

»War Ihr Bruder homosexuell?«

»Warum fragen Sie das?«

»Weil es relevant sein könnte.«

»Nein, Jürgen war nicht schwul.«

»Hatte er eine Freundin?«

»Nein. Er konnte es nicht so mit den Frauen. Aber schwul war er nicht.«

»Gab es eine Frau, die von ihm enttäuscht wurde, die einen Grund hätte, sich an ihm zu rächen?«

»Das kann ich mir nicht vorstellen.« Helene Bräutigam klaubt ein Taschentuch hervor und tupft sich die Tränen weg.

»Verkehrte Ihr Bruder in der Queer- oder in der Fetisch-Szene?«

»Warum fragen Sie das?«

»Frau Bräutigam, ich möchte Sie nicht unnötig mit Details belasten.«

»Sprechen Sie! Ich will wissen, was passiert ist. Warum stellen Sie solche Fragen?«

»Wir haben Ihren Bruder tot in seinem Bett gefunden. Er war gefesselt, und er trug Frauenschuhe.«

Helene Bräutigam blickt Malou verständnislos an.

Plötzlich passiert etwas mit ihrem Gesicht. Es verzieht sich zu einer Grimasse, und auf einmal beginnt die Frau zu kichern, ein bitteres, schmutziges Lachen. Malou versteht nicht. Doch dann geht das Lachen erst in ein Schluchzen und dann in ein Wimmern über. Malou legt die Hand auf den Arm der Frau, deren perfekte Fassade gerade zersprungen ist und den Menschen dahinter zum Vorschein gebracht hat.

»Gibt es jemanden, den ich anrufen kann, damit Sie nicht alleine sind?«, fragt Malou.

Helene Bräutigam entzieht ihr den Arm, richtet sich kerzengerade auf und blickt Malou direkt an. »Nein. Ich möchte, dass Sie mich jetzt in Ruhe lassen. Ich möchte allein sein.«

Malou steht auf und legt ihre Visitenkarte auf den Tisch.

»Es tut mir sehr leid. Rufen Sie mich an, wenn Sie jemanden zum Reden brauchen. Oder wenn Ihnen etwas einfällt, das für die Ermittlungen wichtig sein könnte.«

Malou geht zur Tür, wendet sich noch einmal um.

»Frau Bräutigam, sagen Ihnen die Namen Bendicht Kerner und Thomas Sahli etwas?«

»Nein. Gehen Sie jetzt, bitte!«

Malou schließt die Tür hinter sich und bleibt im Treppenhaus stehen.

»Scheiße.« Obwohl sie das Wort nur flüstert, scheint es von den alten Gemäuern auf sie zurückzufallen. Sie ist noch keinen Schritt weiter. Dieser Mordfall ist ein einziges Rätsel. Ein Puzzle, das sie zu einem Bild zusammensetzen müsste – nur fehlen ihr bis jetzt noch sämtliche Teilchen. Es gibt im Moment nichts als eine Leiche und drei Stöckelschuhe in Paketfächern.

Was, wenn das alles nichts anderes als ein großer Zufall ist? Wenn Bräutigam doch während eines Sex-Spiels einen Herzinfarkt erlitten und frühzeitig abgetreten ist? Malou verwirft den Gedanken. Sie ist gegen Zufälle. Kaum tritt sie aus dem kühlen Treppenhaus hinaus auf die Gasse, klingelt ihr Telefon.

»Löwenberg.«

»Ich weiß, woran er gestorben ist!«

»Irena, rück raus mit der Sprache.«

»Jürgen Bräutigam starb an einer Überdosis Morphin.«

# 13.

Ich blicke in ein farbloses Gesicht und erkenne mich selbst darin nicht wieder. Der Spiegel ist ein schlechter Lügner und hält mir schonungslos die Wahrheit vor.

»Was ist bloß aus mir geworden?«, frage ich mein Spiegelbild.

Es bleibt mir die Antwort schuldig.

»Und was wird aus mir noch werden? Wo auf meinem Weg habe ich mich verloren?«

Ich fahre mir mit der flachen Hand übers Gesicht. Wie müde ich bin. Die letzten Tage zehren an mir, und noch mehr die Zweifel, ob das alles überhaupt Sinn macht. Ob das Töten einen Sinn hat, wo doch die Welt um mich herum sowieso gerade zerbricht. Davor hat sich alles richtig angefühlt, doch im Danach bin ich auf einmal nicht mehr sicher. Habe ich einen Fehler gemacht, womöglich den größten Fehler meines Lebens? Es gibt kein Zurück, wird es nie mehr geben, so viel ist klar.

Als ich heute von der Arbeit zurückkam, überlegte ich, direkt zum Bahnhof zu gehen, mich in einen Zug zu setzen, in ein anderes Leben zu fahren, ohne jemals zurückzukehren. Ich habe es dann doch nicht getan.

»Ich Feigling!«

Aber wäre ich nicht erst recht ein Feigling, wenn ich einfach gehen würde, ohne die Mission zu beenden?

Wer von außen auf mein Leben blickt, sieht keinen Makel. Alles perfekt, ein engagierter Mensch, der aufrecht und anständig seinen Weg geht. Natürlich gab es immer wieder Niederlagen, auch solche, die wehtaten, aber ich habe es geschafft. Obwohl die Startbedingungen alles andere als gut waren. Das muss man erst mal hinkriegen.

Doch wenn ich selbst von innen heraus auf mein Leben blicke, denke ich: Scheißleben. Zu viele Schattentäler in meiner Seele. Die ständige Traurigkeit, die mich begleitet. Und dieser fremde Teil in mir, den ich nicht verstehe, der mich zerstören will. Der alles düster sieht und alles schlecht macht. Ich wünschte mir, ich könnte das Stück Seele, das vom Fremden vereinnahmt ist, mit einem Fleischermesser aus mir rausschneiden, es in die Flammen eines Feuers werfen und vergessen. Doch das geht nicht.

Ich hatte gedacht, dass es danach besser sein würde. Ich meinte sogar, es müsse sich gut anfühlen. Aber da ist nichts. Weder gut noch schlecht; keine Angst, kein Stolz, keine Erleichterung, keine Verunsicherung – ich fühle rein gar nichts. Alles leer und taub und grau in meinem Innern.

Bloß diese Zweifel, hartnäckig und giftig, die sich nicht verflüchtigen wollen.

Ob ich nicht doch einen Fehler gemacht habe?

»Nein, hast du nicht!«, sage ich laut zu meinem Spiegelbild.

Bräutigams Schicksal ist richtig. Die korrekte Lösung. Wer, wenn nicht er, hat es verdient, auf diese Weise zu sterben? Die Strafe ist mehr als gerecht.

Doch was, wenn jemand den Zusammenhang erkennt? Was, wenn *er* Verdacht schöpft? Das darf nicht passieren.

»Das wird nicht passieren.«

Ich muss die Zweifel abschütteln. Ich mache mir zu viele Sorgen. Wo es keinen Schuldigen gibt, gibt es keine Schuld. So wie es nicht immer einen Schuldspruch gibt, wenn sich jemand schuldig gemacht hat. Das Recht versagt, wenn es um Gerechtigkeit geht. Das ist das Problem.

# 14.

Silas sieht aus wie ein Clown, als er hinter Nathaniel und James die Treppe hochsteigt: Das Schokoladeneis, das er sich erfolgreich von Nathaniel erbettelt hat, hat seine Spuren hinterlassen und ihm einen großen braunen Mund um die Lippen gemalt. Keiner der beiden ahnt, dass Silas anzusehen ist, was er gerade gegessen hat.

Nathaniel ist nervös, als er die Tür zur Wohnung aufschließt. Er hat mehrmals versucht, Carole zu erreichen, doch sie ist weder ans Telefon gegangen noch hat sie auf seine Sprachnachrichten reagiert. Sein Versuch, sich keine Sorgen zu machen, ist definitiv gescheitert. Vielleicht ist bloß ihr Handy kaputt, versucht Nathaniel sich zu beruhigen, wahrscheinlich ist sie mittlerweile zurückgekehrt. Doch als er die Wohnung betritt, weiß er in derselben Sekunde, dass niemand zu Hause ist.

»Mama, ich hab Schokoladeneis gekriegt!«, ruft Silas fröhlich.

Die darauffolgende Stille fühlt sich an wie eine Ohrfeige.

»Mama?«

»Sie ist nicht da.« Nathaniel gibt sich Mühe, normal zu klingen, doch es gelingt nicht.

»Ist Mama etwas zugestoßen?«

»Ich hoffe nicht. Wir müssen sie suchen.«

Nathaniel weiß nicht, was er als Erstes tun soll. Die Spitäler anrufen und fragen, ob eine verunfallte Frau eingeliefert worden ist? Die Freundinnen von Carole abklopfen, ob sie etwas wissen? Die Polizei informieren, dass seine Ehefrau nicht nach Hause gekommen ist?

»Was machen wir jetzt?«, fragt Silas ungeduldig.

»Ich rufe erst mal Gundula an, damit sie herkommt und sich um dich kümmern kann. Du musst heute nicht zur Schule, Gundula wird dort anrufen und der Lehrerin sagen, dass du nicht kommen kannst. Und dann werde ich deine Mama finden.«

»Ich will suchen helfen«, widerspricht Silas. »Gundula muss mich nicht babysitten.«

»Du kannst mir am besten helfen, wenn du mit Gundula hier in der Wohnung bleibst und mich anrufst, sobald Mama nach Hause gekommen ist.«

»Das ist aber nicht Suchen. Das ist nur Warten.«

»Aber Warten kann manchmal auch wichtig sein.«

Nathaniel streicht Silas durch das wuschelige Haar, eine Geste, die er sich eigentlich schon lange nicht mehr gefallen lässt, doch dieses Mal wehrt er sich nicht, stattdessen sucht seine Hand jene von Nathaniel.

»Glaubst du, dass etwas Schlimmes passiert ist?«

»Ich weiß es nicht. Vielleicht kommt Mama in den nächsten Minuten munter zur Tür herein.«

Dass tatsächlich etwas Schlimmes passiert ist, erfährt Nathaniel Sekunden später, als er mit Gundula telefoniert und ihr erzählt, dass Carole nicht nach Hause gekommen ist.

»Was heißt, nicht nach Hause gekommen? Seit wann?« Gundula klingt höchst alarmiert.

»Seit gestern Abend.«

»O nein, das darf nicht wahr sein!«, ruft Gundula entsetzt.

»Was meinst du, wovon sprichst du?«

»Du hast es noch nicht in den Nachrichten gehört?«

Nathaniel wird augenblicklich kalt. Sein Puls beschleunigt sich, und er spürt, wie ihm das Herz bis zum Hals schlägt.

»Was ist passiert? Sag schon!«

»Ein Attentat. In der Reitschule. In der Frauendisco hat jemand um sich geschossen.«

Nathaniel hört zwar, was Gundula ihm sagt, doch verstehen tut er es nicht – weil sich sein Gehirn weigert, die Worte in den richtigen Zusammenhang zu bringen, weil er nicht wissen will, was geschehen ist, wo es geschehen ist, dass es dort geschehen ist, wo Carole gewesen sein könnte: in der donnerstäglichen Frauendisco, wo sie so gern tanzen ging.

»Hast du mir zugehört?« Nathaniel vernimmt Gundulas Stimme von sehr weit weg.

»Ich … ja. Du meinst … Hat es Tote gegeben?«

»Ja. Und viele Verletzte. Vielleicht ist sie nur verletzt«.

»Das darf nicht wahr sein.«

»Nathaniel, du musst die Polizei anrufen.«

Die Polizei anrufen. Ja, das muss er tun.

»Ja, das mache ich«, sagt er automatisch.

»Nathaniel, ich komme gleich vorbei. Ich schließe den Laden und bin in fünfzehn Minuten bei euch, in zehn, wenn ich das nächste Tram erwische.«

»Danke.«

Die Leitung ist tot. Nathaniel rührt sich nicht. Es ist unmöglich, dass Carole etwas zugestoßen ist, nicht Carole, die schon so viel durchmachen musste, so gemein kann

111

das Schicksal gar nicht sein. *Mein Leben verläuft immer nah an der Grenze zum Tod,* hat Carole mal über sich gesagt. Lass es nicht wahr sein, denkt Nathaniel. Lass Carole am Leben sein.

»Was ist?« Silas reißt Nathaniel zurück ins Jetzt, in dem er nicht nachdenken, sondern handeln muss.

»Ich muss die Polizei anrufen.«

»Warum?«

»Es ist ein Unglück passiert. Ich muss herausfinden, ob deine Mama betroffen ist. Gundula kommt gleich. Sie wird sich um uns kümmern.«

Erneut fährt er Silas durchs Haar. Dann stellt er sein Handy auf Sprachbefehl und sagt mit müder Stimme: »Kantonspolizei Bern anrufen.«

»Polizeinotruf Schertenleib, wie kann ich Ihnen helfen?«, meldet sich ein Mann am anderen Ende der Leitung. Nathaniel hat das Gefühl, schon mal mit ihm verbunden gewesen zu sein. Er erinnert sich nicht an den Namen, aber an die Stimme.

»Meine … meine Ehefrau ist nicht nach Hause gekommen.«

»Mit wem spreche ich, können Sie mir Ihren Namen und Ihre Adresse nennen?«

»Brenner, mein Name ist Nathaniel Brenner.« Nathaniel gibt dem Polizisten seine Anschrift durch. »Es ist möglich, dass sie gestern in der Frauendisco war. Ich habe eben erst von dem Attentat gehört, ich fürchte, dass ihr etwas passiert ist.«

»Ist Ihre Frau schon öfters über Nacht weggeblieben?«, fragt Schertenleib.

»Nein. Ja. Aber wenn, dann hat sie immer vorher Bescheid gegeben.« Auf jeden Fall fast immer, fügt Nathaniel in Gedanken an. Aber dieses Mal ist es anders. »Sie hätte sich längst gemeldet, wenn sie einfach weggeblieben wäre, vor allem nach dem, was heute Nacht passiert ist. Sie müssen wissen, sie hat einen kleinen Sohn.«

»Ich verbinde Sie mit unserer extra dafür eingerichteten Hotline, dort werden sie Ihnen weiterhelfen.«

Bevor Nathaniel etwas erwidern kann, vernimmt er eine Melodie, die ihm bekannt vorkommt, die er aber nicht einordnen kann.

»Guten Tag, Sie sind mit der Hotline zum Reitschul-Attentat verbunden. Wie kann ich Ihnen helfen?«, fragt eine Frauenstimme.

»Meine Frau ist heute Nacht nicht nach Hause gekommen«, sagt Nathaniel zum zweiten Mal. Es fühlt sich schrecklich an, diesen Satz laut auszusprechen. Ohne eine Antwort abzuwarten, stellt er sich vor, nennt seine Adresse und auch Caroles Namen und erzählt der Frau, dass Carole gerne in die Frauendisco tanzen ging.

»Wissen Sie mit Sicherheit, dass sie gestern dort war?«

»Nein. Aber es ist möglich. Und sie ist nicht nach Hause gekommen.« Seine Stimme hört sich plötzlich dünn an. Warum stellen sie all die Fragen, warum machen sie nicht endlich etwas? Warum sagen sie ihm nicht, dass mit Carole alles in Ordnung ist? Oder dass sie zwar verletzt ist, aber bald wieder gesund sein wird?

»Können Sie Ihre Frau beschreiben?«

»Nein.«

»Wie bitte?«

»Ich meine, ich weiß, dass sie etwa gleich groß ist wie ich und dass sie dunkelblonde Haare hat. Aber ich kann sie Ihnen nicht näher beschreiben. Ich bin blind.«

»Sag ihnen, Mama ist die schönste Frau von Bern«, hört Nathaniel Silas sagen. Auf einmal spürt er Tränen in den Augen.

»Es tut mir leid, wir brauchen eine Personenbeschreibung, sonst können wir Ihnen keine weiteren Angaben machen«, erklärt ihm die fremde Stimme.

Nathaniel möchte das Telefon auf den Boden knallen, sich hinsetzen und losheulen. In Momenten wie diesen verflucht er seine unbrauchbaren Augen.

»Sie ist neununddreißig Jahre alt. Und etwa einen Meter siebzig groß.«

»Was hat sie für eine Augenfarbe?«

»Ich weiß es nicht.« Nathaniel ist verzweifelt. Er könnte Caroles Stimme beschreiben, wie sie sich verändert, wenn sie wütend ist, oder wenn sie mit Silas spricht, er weiß, wie sich ihr Haar anfühlt und wie Carole riecht, er erkennt sie am Schritt, aber er kennt ihre Augenfarbe nicht.

»Hat sie ein besonderes Kennzeichen?«, fragt die Frau weiter.

Sie ist einer der wunderbarsten Menschen, denen ich je begegnet bin, und der allerbeste Kumpel.

»Silas, kennst du Mamas Augenfarbe?«

»Mama hat schöne, dunkle Augen«, sagt Silas lauter als nötig.

»Dunkle Augen«, gibt Nathaniel weiter.

»Herr Brenner, wir konnten zwei der Opfer noch nicht identifizieren, es ist möglich, dass eine davon Ihre Frau ist. Können Sie herkommen, um sie sich anzusehen?«

Wie kann sie ihn fragen, ob er sie sich ansehen kann, wo er doch blind ist?, denkt Nathaniel. »Sind die Opfer verletzt?«, fragt er, er will das Wort *tot* nicht in den Mund nehmen. Nicht vor Silas.

»Nein, die beiden Opfer sind leider verstorben.«

»Wie soll ich sie identifizieren können, ich habe Ihnen doch gesagt: Ich bin blind.«

»Wie alt ist Ihr Sohn?«, fragt die Frau.

»Himmel, Silas ist erst sechs!«

»Gibt es jemand anderen, den Sie vorbeischicken könnten? Eine Schwester, die Mutter?«

Caroles Verwandte sind alle tot – oder im Gefängnis, denkt Nathaniel bitter. Und wem kann man so eine Aufgabe schon zumuten? Ihm fällt nur eine Person ein, die Carole kennt und die dafür infrage käme: seine Freundin Milla.

»Ich kenne jemanden, der vorbeikommen kann. An wen soll sie sich wenden?«

»Ich diktiere Ihnen die Adresse, haben Sie etwas zum Schreiben?«

Nathaniel weist die Frau nicht zum dritten Mal darauf hin, dass er nichts sehen und er sich demnach auch nichts notieren kann.

»Diktieren Sie, ich kann mir die Adresse merken.«

Als er die Adresse hört, weiß er auf Anhieb, wo er Milla hinschicken muss: zum Polizeirevier. Dort soll sie sich beim Empfang melden.

»Wissen diese Leute, wo Mama ist?«, fragt Silas, als Nathaniel das Gespräch beendet hat.

»Nein, sie wissen es noch nicht.«

»Werden sie sie finden?«

»Wir werden Mama finden.« Nathaniel kann die Trauer in seiner Stimme nicht verstecken. »Ich muss rasch Milla anrufen, kannst du solange in deinem Zimmer warten?«

»Ich will nicht in mein Zimmer.«

»Okay. Aber könntest du James etwas zu fressen geben, der Arme ist schon ganz verhungert.«

Als James seinen Namen vernimmt, tapst er geräuschvoll heran.

»Komm James, du kriegst was zu fressen.« Nathaniel hört, dass Silas mit dem Hund Richtung Küche geht, und sagt zu seinem Telefon: »Milla anrufen«.

Nathaniel lässt es lange klingeln, doch Milla geht nicht ran. Also versucht er es gleich noch ein zweites Mal. Ohne Erfolg. Wahrscheinlich hat sie wegen des Attentats Arbeit bis über beide Ohren, denkt er. Aber das hier ist ein Notfall. Er braucht sie jetzt mehr denn je. »Milla, es ist der absolute Notfall, bitte melde dich«, spricht Nathaniel als Sprachnachricht aufs Handy. »Senden.«

Er wartet zehn Sekunden, die sich anfühlen wie zehn Minuten. Dann wählt er erneut Millas Nummer. Dieses Mal geht sie tatsächlich ran.

»Milla, ich brauche deine Hilfe.«

»Nathaniel, es tut mir leid, ich kann jetzt wirklich nicht, ich habe überhaupt keine Zeit.«

»Carole ist verschwunden. Wahrscheinlich war sie in der Frauendisco. Vielleicht ist sie tot!«, sagt Nathaniel schnell, bevor Milla ihn wegklicken kann.

»Was sagst du da?«

»Jemand muss sie identifizieren, in der Leichenhalle. Aber ich kann das nicht, ich …« Nathaniel beginnt zu schluchzen.

»Wo muss ich hin?«

Er nennt ihr die Adresse, die auch sie bestens kennt – es ist Sandros Arbeitsstelle.

»Ich bin schon unterwegs.«

# 15.

Die Straße liegt wie ein graues Band zwischen den grünen Feldern des Tals. Bettina hat die Stadt Bern gerade erst hinter sich gelassen, doch schon fühlt sie sich wie in einer anderen Welt. Sie durchquert die Gemeinde Utzigen, eine Handvoll Häuser, zwanzig Sekunden, und das Dorf liegt schon wieder hinter ihr. Die Adresse, die sie sucht, befindet sich weiter oben, dort, wo die Landschaft hügelig wird. Die Straße wird erst steiler, dann schmaler und geht schließlich in einen Feldweg über. Hier liegen die Bauernhöfe spärlich verstreut, als habe ein Künstler aus schierer Langweile einen mal hier, einen mal dort ins Bild gepinselt. Es dauert fünf weitere Fahrminuten, bis Bettina den Bauernhof von Saschas Großmutter erblickt. Er liegt am Ende eines Feldweges, der aussieht, als ob hier schon lange niemand mehr vorbeigekommen wäre. Bettina hält an, legt den Rückwärtsgang ein und fährt so weit zurück, dass sie den Hof nicht mehr sehen kann. Sie stellt den Wagen am Wegesrand ab.

Bettina zögert einen Moment, bevor sie aussteigt. Wenn sie etwas gelernt hat in ihrer Ausbildung und in all den Jahren, die sie nun bei der Polizei arbeitet, dann eines: Man begibt sich nie allein in eine Gefahrensituation, man wartet immer auf Verstärkung.

Bettina gibt sich einen Ruck, stellt ihr Handy auf lautlos, bindet sich das Pistolenhalfter um, steigt aus und macht sich zu Fuß auf den Weg zum Bauernhof, auf dem Sascha Vogt als Kind gespielt hat – und der ihm heute als Versteck dienen könnte, nachdem er vierzehn Menschen erschossen hat.

Als sie um die Kurve biegt, liegen der Weg offen und die Landschaft breit vor ihr. Bettina flucht innerlich: Es gibt keine Möglichkeit, sich ungesehen dem Hof zu nähern. Sie legt sich neben dem Weg flach ins Gras, sucht nach dem kleinen Feldstecher in ihrer äußeren Hosentasche und versucht zu erkennen, ob sich auf dem Bauernhof etwas regt. Doch sie sieht nichts; keine Bewegung, kein Lebenszeichen. Auch kein Laut ist zu vernehmen. Das Gebäude liegt verlassen da.

Trotzdem hat Bettina das Gefühl, dass sich jemand dort aufhält. Es ist zum einen ihr Instinkt, der ihr das sagt. Ihre Nackenhaare haben sich aufgerichtet, ihr Puls geht schnell, gleichzeitig ist sie hellwach. Zum anderen steht neben der Haustür etwas, das ihren Argwohn weckt: ein altes Motorrad.

Bettina bleibt nichts anderes übrig, als über den Feldweg zu gehen, als wäre sie eine Wanderin, die sich beim Kartenlesen vertan hat und aus Versehen in die Sackgasse geraten ist. Sie zwingt sich, langsam zu schlendern, obwohl sie am liebsten rennen würde, um schnellstmöglich irgendwo in Deckung zu gehen. Das Areal umfasst das Bauernhaus, zwei Ställe, zwei Silos, eine offene Garage und eine Tenne, auf der das Heu gelagert wurde. Kaum ist sie bei den Gebäuden angekommen, versteckt sie sich hinter dem Stall, der an das Wohnhaus angebaut ist. Das Fehlen der Geräusche eines Bauernhofes verleiht der Szenerie etwas Unwirkliches. Als wäre sie nach Drehschluss auf einem Filmset gelandet, wo alle längst abgereist sind. Allerdings riecht es hier nicht nur nach Verlassenheit – sondern ebenso eindringlich nach Gefahr.

Noch immer rührt sich nichts. Nur die Vögel in den Bäumen sind zu hören und das Rascheln von altem Laub, das der Wind in Wirbeln vor sich hertreibt. Bettina zuckt zusammen, als es über ihr plötzlich laut knackt. Sie blickt hoch; altes Gebälk. Das Holz arbeitet, hat ihr Vater früher stets gesagt, wenn sie sich als kleines Kind gefürchtet hat. Da ist nichts. Auf jeden Fall kein Mensch. Höchstens ein alter Geist, würde ihre Mutter sagen. Vater, Mutter, die ebenfalls Bauern waren, mit denen sie vor Jahren gebrochen hat, weil sie ihre Liebe zu einer Frau nicht akzeptieren wollten.

Konzentrier dich, sagt Bettina innerlich zu sich selbst. Auch wenn der Bauernhof Erinnerungen weckt – es ist nicht die Zeit für Nostalgie. Bettina konzentriert sich auf die Haustür; sie wird wie bei den meisten Bauernhäusern direkt in die Küche führen. Das Fenster neben der Tür ist blind; alter Staub klebt daran, kaputte Spinnweben hängen in Fetzen in den Fensterecken. Hier hat schon lange niemand mehr geputzt.

Vielleicht hat sie sich geirrt. Hier ist niemand.

Vorsichtig schleicht sich Bettina ans Wohnhaus heran. Sie hält sich dicht an der Wand und stellt sich neben das Fenster. Keine sieben Meter von ihr entfernt steht das Motorrad, eine gelbe Suzuki, sie muss aus den Siebzigern stammen; nicht gerade das Motorrad eines Achtundzwanzigjährigen.

Aber es hat ein Nummernschild.

Bettina greift zum Handy, gibt die Nummer in das Fahrzeugregister ein und erhält sofort einen Treffer: Das

Motorrad ist auf eine Natascha Bieri zugelassen, wohnhaft in Adelboden, hoch in den Bergen in einer ganz anderen Ecke des Kantons Bern.

Bettina stutzt und greift erneut zum Fernglas, obwohl der Töff zum Greifen nah ist. Durch die Vergrößerung erkennt sie, was ihr zuvor entgangen ist: Das Nummernschild ist nur gemalt. Ein Fake.

Bettina spürt ihr Herz schlagen. Jetzt ist sie sicher: Er ist hier.

So langsam, dass ihre Bewegung kaum wahrzunehmen ist, lehnt sie sich nach vorn, um durch das Fenster ins Innere des Hauses zu spähen. Die Küche ist unaufgeräumt. Eine Kaffeetasse steht auf dem Tisch, daneben liegt ein Magazin, Bettina glaubt, die Schweizer Illustrierte zu erkennen. Auf einem leeren Teller liegt ein Messer. Als hätte hier jemand gefrühstückt. Doch sogar durch das schmutzige Fenster sieht Bettina, dass auf dem Teller eine Schmutzschicht liegt. Es handelt sich wohl eher um das Geschirr eines letzten Frühstücks einer vor Monaten verstorbenen Bäuerin als um ein frisches Gedeck. Vielleicht hat er es einfach liegengelassen, als er letzte Nacht hier Zuflucht suchte.

Bettina greift zur Waffe und entsichert sie. Das Klicken klingt in der Stille viel zu laut. Sie hält inne, lauscht. Nichts regt sich. Sie macht einen weiteren Schritt zur Tür, legt die Hand auf die Klinke, drückt sie ganz langsam hinunter. Nicht abgeschlossen. Wer so abgelegen lebt, erwartet keine Besucher. Sie schiebt die Tür auf und verursacht ein Knarren, das ihr einen Schauer über den Rücken jagt. Wieder hält sie in der Bewegung inne. In dem Moment vernimmt sie noch ein anderes Geräusch. Ein schnarrendes Grunzen wie von einem Tier. Im ersten

Augenblick ist ihr nicht klar, was sie hört. Erst mit einer Verzögerung von mehreren Sekunden realisiert sie, dass es ein Schnarchen ist. Es kommt aus einem der hinteren Zimmer.

Bettina kann es nicht fassen: Das Arschloch liegt hier und pennt! Als wäre nichts gewesen.

Sie atmet langsam aus und wieder ein und wieder aus. Ruhig bleiben, denkt sie, ich muss ruhig bleiben. Ihr Herz rast, sie spürt kalten Schweiß an ihren Händen. Sie darf nicht wütend werden. Sie muss sich beruhigen. Fokussieren, sagt sie sich, ruhig bleiben. Bettina wiederholt die Worte in ihrem Kopf, während sie sich gleichzeitig auf ihr Atmen konzentriert: einatmen, ausatmen, ruhig bleiben. Das Geschnarche stockt. Stille. Bettina erstarrt. Ein japsendes Schnappen nach Luft, dann setzt das Schnarchen wieder ein.

Mit höchster Körperspannung und der größten Konzentration, darauf fokussiert, ja kein Geräusch zu verursachen, schleicht sich Bettina in die Stube. Die Waffe im Anschlag. Rechts von ihr steht ein Biedermeier-Sessel, links, unter dem Fenster, ein zerschlissenes Sofa. Daneben eine verstaubte Stehlampe. Vorhänge, die wahrscheinlich mal rot gewesen sind, und ein ausgetretener Teppich mit undefinierbarer Farbe. Darauf ein Esstisch mit vier Stühlen. An der Lampe darüber hängen klebrige gelbe Streifen; Fliegenfallen. Mehrere tote Insekten haften daran. Bettina nimmt jedes Detail im Raum überscharf wahr, fast so, als hätte sie LSD eingeworfen. Sie geht weiter, tritt auf ein Bodenbrett, das fürchterlich laut unter ihrem Fuß ächzt.

Wieder setzt das Schnarchen aus – um kurz darauf in unregelmäßigem Rhythmus wieder einzusetzen.

Die Tür zum Schlafzimmer ist nur noch zwei Schritte entfernt. Bettina ist jetzt ganz ruhig. Sie tritt nicht auf die Schwelle, um ein weiteres Knarren zu verhindern, sondern direkt in den Raum hinein, den Finger schussbereit am Abzug.

Das Bett steht rechts von ihr an der Wand. Darauf liegt ein junger Mann. Schwarzes Haar, dreieckiges Gesicht. Daneben: Schuhe, Pullover und Jeans, achtlos auf den Boden geschmissen. Sie sind blutverschmiert.

Sie hat ihn. Jetzt hat sie ihn. Sie hat ihn gefunden! Den Mann, der Petra niedergeschossen hat. In Bettina flammt eine Wut auf, wie sie sie noch nie zuvor empfunden hat. Nichts auf dieser Welt hasst sie so sehr wie den Menschen, der hier wehrlos vor ihr liegt. Sie atmet ein. Atmet aus. Atmet ein. Er schnarcht.

Sie hebt die Waffe an und zielt auf seinen Kopf.

# 16.

»Jürgen Bräutigam ist keines natürlichen Todes gestorben. Es war ein Tötungsdelikt.« Die Rechtsmedizinerin Irena Jundt zeigt mit dem Finger auf eine Zahl in einer Tabelle, die Malou Löwenberg auf den ersten Blick nichts sagt. »Das hier sind die Quick-Tox-Resultate. Bei unserem toxikologischen Screening können wir bei Bedarf sechstausend Substanzen erkennen. Der Wert ist eindeutig: Bräutigam starb an einer krassen Überdosis Morphin. Er hätte noch viele Jahre zu leben gehabt, hätte ihm nicht jemand mehrere Ampullen des Opiats verabreicht.«

»Das Morphin wurde ihm gespritzt?«

»Mit hoher Wahrscheinlichkeit. Eine Einstichwunde konnte ich zwar nicht finden, das ist bei dem Zustand der Leiche aber kein Wunder. Ich bin einzig auf zwei winzige Wundmale gestoßen, die ich nicht zuordnen kann, die aber nicht von einer Spritze stammen und schon älter sein könnten. Die Untersuchung des Mageninhaltes zeigte, dass sich darin nichts als die Reste der letzten Mahlzeit befanden, keine Tabletten, keine Kapseln, kein Morphin. Das konnte ich einzig im Blut feststellen. Daher ist der Befund eindeutig: Unser Mann wurde mit Morphin in den Tod gespritzt.«

»Jemand besucht Bräutigam zu Hause und setzt ihm eine Morphin-Spritze? Warum hat er sich nicht gewehrt?«

»Wir haben ebenfalls nach Rückständen von Betäubungsmitteln gesucht, aber nichts gefunden. Es gibt auch keine Verletzungen, die darauf schließen lassen, dass er niedergeschlagen wurde.«

»Dann muss er den Täter oder die Täterin gekannt haben.«

»Oder es war eine flüchtige Bekanntschaft.«

»Vielleicht.«

Malou studiert noch einmal die Tabelle.

»Auf jeden Fall wollte die Täterschaft, dass die Tat aufgedeckt wird. Sonst hätte sie die Leiche nicht auf diese Weise zur Schau gestellt. Sie hätte das Morphin spritzen und verschwinden können, vielleicht wäre das Delikt sogar unentdeckt geblieben.«

»Wäre er bei uns gelandet, hätten wir es gemerkt, das toxikologische Screening führen wir routinemäßig bei all unseren Klienten durch«, wendet Irena ein.

»Das konnte der Täter aber nicht wissen. Hier wollte uns jemand das Opfer auf dem Silbertablett servieren.«

Malou blättert durch die Bilder des Polizeifotografen, die den fast nackten Toten auf dem Bett zeigen. Auf einer Nahaufnahme ist das Handgelenk zu sehen, das mit einem Kabelbinder ans Bett gebunden ist. »Wurde Bräutigam vor oder nach der Injektion fixiert?«, fragt Malou.

»Ich vermute, er war schon nicht mehr bei Bewusstsein, als er gefesselt wurde – ich fand keine Abwehrverletzungen, auch waren die Hand- und Fußgelenke im Bereich der Fesselungen nicht aufgeschürft oder angeschwollen. Wie er außer Gefecht gesetzt wurde, kann ich aber nicht sagen. Vielleicht wurde er im Schlaf überrascht.«

»Oder er dachte, das alles sei Teil eines sexuellen Spiels.«

»Möglich.« Irena zuckt mit den Schultern. »Mehr kann ich nicht bieten. Von mir aus kann man den Leichnam zur Beerdigung freigeben.«

»Danke, Irena.«

Malou ist froh, dass sie das Rechtsmedizinische Institut wieder verlassen kann. Selbst wenn sie sich längst daran gewöhnt haben müsste: Die unmittelbare Präsenz des Todes an diesem unpersönlichen, sterilen Ort erträgt sie noch immer schlecht. Kaum schließt sie die Tür hinter sich, merkt sie, wie eine Anspannung von ihr abfällt. Sie bewundert Irena, dass sie diesen Job ausüben kann. Und wie sie ihn ausübt; nicht nur professionell mit höchstem Einsatz, sondern auch nach all den Jahren noch immer mit großem Ehrgeiz und ebensolcher Begeisterung. Eine Vielzahl der Fälle konnte ihr Team nur dank Irenas Hinweisen lösen.

Morphin also, denkt Malou, als sie ihren Wagen aufschließt und sich hinters Steuer setzt. Das Opiat als Mordmittel ist nichts Neues. Meist wird es aber bei Delikten verwendet, die in Krankenhäusern oder Altersheimen begangen werden – wenn eine machtversessene Pflegerin oder ein Pfleger das Gefühl hat, Gott spielen und einen Patienten von seinem Leid *erlösen* zu müssen. Wobei es sich bei dieser *Erlösung* um nichts anderes als Mord handelt. Malou erinnert sich an einen sogenannten Todesengel, der als Pfleger über dreihundert Patienten in den Tod gespritzt hat. Und da war doch auch dieser andere Fall in Deutschland, bei dem eine junge Ärztin ihren um Jahrzehnte älteren Ehemann mit Morphin getötet hat.

Eigentlich ist Morphin ein klassisches Mordinstrument einer Frau, denkt Malou; sauber, leise und diskret. Nur: Wie hat die Täterin es geschafft, ihrem Opfer eine Spritze zu setzen? Vielleicht hat Irena recht und Bräutigam schlief, als er in der Nacht ungebetenen Besuch erhielt. Aber er lebte allein, und es gab keine Einbruchspuren. Es gibt keine andere Möglichkeit: Er muss der Täterin oder dem Täter die Tür geöffnet haben.

Malou setzt den Blinker und biegt in die Militärstrasse im Berner Breitenrainquartier ein. Als sie den Wagen parkt, sieht sie, dass sie nicht als Einzige die Idee hatte, an den Tatort zurückzukehren: Vor Bräutigams Wohnung steht der Kastenwagen der Spurensicherung. Malou steigt aus und will gerade das Haus betreten, als sie um ein Haar mit einem kleinen Hund kollidiert: Bruno. Am anderen Ende der Leine steht Jeremias Schildknecht.

»Sie sind die Polizistin«, stellt er fest.

»Und Sie sind Herr Schildknecht.«

»Und Bruno.«

»Haben Sie einen Moment Zeit?«

»Wir wollten eigentlich gerade Gassi gehen.«

»Dann komme ich später zu Ihnen, sobald Sie zurück sind.«

»Nein, fragen Sie nur, wir haben es nicht eilig.«

Malou will Schildknecht gerade darum bitten, sich mit ihr bei ihm in der Küche zu unterhalten, da überlegt sie es sich anders. Sie hat nur wenige Fragen und fürchtet, dass sie, einmal in Schildknechts Wohnung, so schnell nicht wieder rauskommt. Ältere Menschen neigen manchmal dazu, sich an ihrem Besuch festzukrallen, weil sie so selten jemanden zum Reden haben. Darum entscheidet sie sich für ein Gespräch zwischen Tür und Angel.

»Haben Sie in den letzten Tagen jemanden bei Herrn Bräutigam ein und aus gehen sehen?«, fragt Malou Jeremias Schildknecht.

»Denken Sie, ich sei einer jener Nachbarn, der hinter dem Fenster sitzt und beobachtet, was im Haus vor sich geht?«, fragt er leicht empört zurück.

»Nein, keineswegs, aber vielleicht ist Ihnen ja jemand aufgefallen.«

»Herr Bräutigam hat keinen Besuch erhalten, nie.«

»Er hatte keine Freundin, keine Freunde?«

»Nein. Das wüsste ich. Das hätte selbst ich mitgekriegt.«

Weil er eben doch hinter dem Fenster sitzt und beobachtet, was im Haus passiert. Malou spricht den Gedanken nicht laut aus. Letztlich sind neugierige Nachbarn für die Polizei oft ein Segen.

»Waren Sie zwischen Montagnachmittag und Dienstagmittag zu Hause?«

»Wo hätte ich denn sonst sein sollen? Ist es da passiert, Montagnacht?«

»Haben Sie etwas gehört, Geräusche, die außergewöhnlich waren?«

»Nein. Hier im Haus war alles wie immer. Ich habe weder etwas gesehen noch etwas gehört. Sie müssen wissen, es ist ein ruhiges Haus. Es würde auffallen, wenn es irgendwo laut wäre.«

»Um wie viel Uhr gehen Sie abends normalerweise mit dem Hund raus?«

»Mit Bruno?«

Als der Rauhaardackel seinen Namen hört, bellt er einmal auf und beginnt so sehr mit dem Schwanz zu wedeln, dass sein ganzer Körper wackelt.

»Wir gehen gleich, Bruno, wir gehen gleich«, sagt Schildknecht zu seinem Hund.

»Um wie viel Uhr ist Gassi-Geh-Zeit?«, wiederholt Malou die Frage.

»Wir gehen jeden Abend pünktlich nach der Tages-schau auf unsere Feierabendrunde, also kurz vor acht, und je nachdem wie Brunos Laune ist, sind wir eine halbe bis eine Dreiviertelstunde später wieder zurück.«

»Danke«, sagt Malou, »ich will Sie nicht länger aufhalten.«

»Ich danke Ihnen, und einen guten Tag. Bruno, wir gehen Gassi.«

Als der Mann auf den Gehweg vor dem Haus tritt, hört Malou, wie er Bruno mit ernsthafter Stimme Wort für Wort erzählt, was er mit der »Polizistin, die gar nicht aussieht wie eine Polizistin« gerade eben besprochen hat.

Malou zieht Handschuhe und Schuhüberzieher an, die sie dieses Mal selbst mit dabeihat, und geht die paar Stufen hoch zur Wohnung von Jürgen Bräutigam, die jetzt ein Tatort ist.

»Wer ist da?«, ruft jemand aus der Küche, als sie die Wohnungstür öffnet.

»Malou. Bist du's, Florian?«

»Ich fürchtete schon, der Täter kehrt just dann an den Tatort zurück, wenn ich hier am Boden knie und nach seinen Spuren suche.« Florian lacht, obwohl sein Spruch ernst gemeint war.

»Schön wär's, wenn er es uns so einfach machen würde. Ich wollte mir nur noch mal einen Eindruck verschaffen.«

»Gut, dass du hier bist.« Florian wirft einen Blick auf Malous Füße, die in den blauen Plastikhüllen aussehen wie Entenflossen. »Hattest du die letzte Nacht auch an?«

Malou blickt an sich hinab. »Nein. Ich habe den Schutzanzug und Handschuhe getragen, aber Schuhüberzieher habe ich in eurem Wagen keine gefunden.«

»Aber es waren Schuhe mit Absätzen?«

»Ja.«

»Ich habe in der Wohnung an zwei Stellen auf dem Parkettboden mit Rußpulver und Gelatinefolie einen Schuhabdruck sichern können. Es handelt sich um einen Schuh mit Absatz, mit großer Wahrscheinlichkeit ein Damenschuh, ausgemessen ergibt sich Größe 39.«

»Ich habe siebenunddreißig. Könnten die Abdrucke von den Schuhen stammen, die das Opfer an den Füßen trug?«

»Negativ. Das habe ich gecheckt. Er trug Größe dreiundvierzig. Ich wusste nicht einmal, dass es so große High Heels gibt.«

»Ich kann dir meine Schuhe später für einen Abgleich ins Labor bringen. Aber ich denke, sie sind zu klein. Das würde bedeuten, dass wir es tatsächlich mit einer Frau als Täterin zu tun haben.«

»Es bedeutet vorerst mal, dass das Opfer in den letzten Tagen wahrscheinlich Frauenbesuch hatte – wir sehen der Spur leider nicht an, wie alt sie ist.«

»Aber sie war eher frisch?«

»Ja, sie war ziemlich vollständig. Sonst wäre sie wohl schon verwischt gewesen.«

Eine Frau, denkt Malou, als Florian sich wieder der Spurensuche zuwendet und sie sich zum Schlafzimmer begibt. Sie bleibt in der Tür stehen, blickt auf das leere Bett. Du hast also doch Besuch erhalten, sagt sie in Gedanken zu dem Mann, den sie zu Lebzeiten nie gekannt hat und auch nie kennenlernen wird. Du wohnst allein, bist kein Beziehungsmensch, Besuch erhältst du praktisch nie. Doch montagabends kurz nach der Tagesschau, Schildknecht und Dackel Bruno haben wahrscheinlich gerade das Haus verlassen, klingelt es plötzlich an der Tür. Oder hast du den Besuch erwartet? Du blickst durch den Türspion, du kennst die Frau, die draußen steht, also öffnest du. Es gibt keinen Kampf, sie springt dich nicht an, um dir eine Spritze in den Hals zu rammen. Was also passiert stattdessen? Nehmt ihr zusammen einen Drink? Oder ein gemeinsames Abendessen? Habt ihr Sex? Ist sie ein Callgirl? Oder eine Freundin, mit der du es dir auf dem Sofa bequem machst? Du hast selten Besuch, lässt die Frauen nicht zu dir kommen, das wäre aufgefallen hier im Haus, in dem die Fenster Augen und die Wände Ohren haben. Warum hast du eine Ausnahme gemacht an diesem Abend? Du kennst die Person und du vertraust ihr. Der Stich mit der Nadel kommt völlig unerwartet. Du bist zu perplex, um dich zu wehren. Du weißt nicht, was sie dir verabreicht hat. Du verstehst überhaupt nicht, was hier passiert. Vielleicht sagt sie dir noch, warum du sterben musst, bevor du das Bewusstsein verlierst. Entweder bist du schon nackt, oder die Frau mit Schuhgröße 39 zieht dich aus. Sie bindet dich ans Bett, zieht dir die Schuhe an, streift dir die Socke über das Glied, während du stirbst. Mit der Maske bedeckt sie dein Gesicht – weil sie den Anblick nicht erträgt? Bevor sie das Schlafzimmer verlässt, wirft sie einen Blick zurück, betrachtet ihr Werk. Sie ist stolz auf ihre morbide Installation, die nicht nur für ihre Augen, sondern vor allem für die Augen jener bestimmt sind, die dich finden werden. Und für die Ermittler. Sie will uns damit etwas sagen – eine Botschaft, die wir noch nicht verstehen.

»Wer war sie?«, fragt Malou laut in das stille Zimmer hinein. »Eine Geliebte?« Sie wünschte, Jürgen Bräutigam könnte ihr eine Antwort geben. Da taucht plötzlich ein anderes Gesicht vor ihrem inneren Auge auf. »Oder war es gar deine Schwester?«

# 17.

»Scheiße«, sagt Milla, als sie den Anruf mit Nathaniel beendet hat. Ihr ist auf einmal schlecht.

»Was ist?« Ivan schaut fragend zu ihr hinüber.

Sie sitzt neben ihm auf dem Beifahrersitz, beißt sich auf die Lippen und wickelt sich eine ihrer schwarzen Locken um den Zeigefinger. Wickelt ihn ein und wieder aus. Und wieder ein.

»Was ist passiert?«, hakt Ivan nach.

Sie sind unterwegs von Zürich nach Bern, um eine Aufnahme von jenem Haus zu machen, in dem der Attentäter wohnte, und um vor Ort mit Menschen zu reden, die ihn gekannt haben und möglicherweise etwas über ihn sagen können. Doch Ivan sieht Milla an, dass sie gerade dabei ist, die Pläne zu ändern. Eine Lieblingsbeschäftigung von ihr.

»Es ist etwas passiert.«

Ihrer Stimme ist anzuhören, dass es ernst ist. Ivan wartet, bis Milla von sich aus zu erzählen beginnt.

»Erinnerst du dich an Carole, die einst entführt worden ist? Die Mutter von Silas, mit der Nathaniel eine Scheinehe eingegangen ist.«

»Ja, natürlich.«

»Sie ist gestern Abend nicht nach Hause gekommen.«

»Scheiße«, sagt nun auch Ivan. »Sie war lesbisch, nicht? Glaubst du, sie war in der Frauendisco?«

»Es ist möglich. Nathaniel sagt, dass noch nicht alle Opfer identifiziert sind. Er müsste sich eines der Opfer, auf das die Beschreibung passen könnte, in der Leichenhalle anschauen.«

»Er sieht ja nichts, wie soll das denn gehen?«

»Eben, darum fahren wir hin.«

»Scheiße.«

Sie brauchen zwanzig Minuten, um zum Rechtsmedizinischen Institut zu gelangen. Zwanzig Minuten, in denen sie kein Wort mehr wechseln. Beide hängen ihren eigenen Gedanken nach. Ein Gefühl aber teilen sie: Wie anders es sich auf einmal anfühlt, über ein schreckliches Ereignis zu berichten, wenn man jemanden kennt, der davon betroffen ist.

»Kannst du auf mich warten?«, fragt Milla Ivan, als er den Wagen auf einem Parkplatz abgestellt hat.

»Klar. Ich bin froh, wenn ich nicht mitkommen muss.«

Milla nickt ihm zu und steigt aus dem Auto. Sie begibt sich zur Eingangstür des Rechtsmedizinischen Instituts, doch die ist verschlossen, und es gibt keinen Empfang, bei dem sie sich melden kann. Also sucht sie das Handy in ihrer Tasche und stellt Irenas Nummer ein. Sie hat die Rechtsmedizinerin schon eine Weile nicht mehr gesehen, aber sie beide verbindet eine besondere Freundschaft. Irena hat Milla vor vielen Jahren in letzter Sekunde das Leben gerettet, als sie von einem Serienmörder in eine Falle gelockt worden war.

»Jundt«, meldet sich die Rechtsmedizinerin.

»Irena, Milla hier. Ich stehe vor deinem Institut, weil ich für meinen blinden Freund Nathaniel ein Opfer des Attentats identifizieren muss. Es geht um seine Frau. Aber ich komme hier nicht rein.«

»Nathaniels Frau? O nein! Warte, ich hole dich ab, die Opfer des Attentats befinden sich woanders.«

Keine zwei Minuten später tritt Irena aus der Tür. Milla erzählt ihr, was sie von Nathaniel erfahren hat.

»Das klingt nicht gut. Komm mit, wir müssen zum anderen Gebäudetrakt, wir haben die Tiefgarage zu einer provisorischen Leichenhalle umgerüstet.«

Milla folgt Irena, die sie durch den Haupteingang des Nebengebäudes schleust und dann über eine Treppe ins zweite Untergeschoss führt. Als Irena die Tür zur Parkgarage öffnet, schaudert Milla. Nur aufgrund der weißen Linien, die am Boden die Parkfelder markieren, ist noch erkennbar, dass das hier eigentlich ein Parkhaus für Autos wäre. Milla fühlt sich in ein geheimes Bunkerspital versetzt mit dem Unterschied, dass hier nicht Krankenbetten stehen, sondern Obduktionstische. Die meisten davon sind leer, nur an einem Tisch weit hinten sind zwei Ärztinnen gerade dabei, ein Opfer nach der Obduktion wieder zuzunähen. Milla sticht sofort der süße Geruch des Todes in die Nase. Das installierte Licht ist grell, die Raumtemperatur kühl, jedes Geräusch hallt an den Betonwänden wider. Die gesamte Szenerie wirkt unwirklich – ebenso wie der Grund, warum Milla hier ist: um eine Leiche anzuschauen und sie möglicherweise als Carole zu identifizieren, die Frau ihres blinden Freundes. Das fühlt sich nicht an wie das wirkliche Leben. Milla wünschte sich, sie befände sich in einem idiotischen Traum, aus dem sie so schnell wie möglich wieder aufwacht.

»Zwei Frauen haben meine Kollegen noch nicht identifizieren können, sie trugen keine Ausweispapiere bei sich und wurden bislang auch noch nicht als vermisst gemeldet.« Irena begibt sich zum mobilen Kühlraum, der um einiges größer ist als jener im Institut. Sie sucht die zwei Schubladen, an denen kein Name, sondern nur eine Nummer angebracht ist, und zieht eine davon heraus.

»Bist du bereit?«

Milla nickt. Irena öffnet den Reißverschluss des Leichensackes. Schon bevor das Gesicht zum Vorschein kommt, schüttelt Milla den Kopf und wendet sich ab.

»Schwarzes Haar, das ist nicht Carole.«

Milla hört, wie der Reißverschluss geschlossen wird, und dreht sich wieder um. Sie sieht, wie Irena die eine Schublade zuschiebt und die nächste herauszieht. Nummer dreizehn. Sie öffnet den Reißverschluss.

Milla hält den Atem an. Caroles Gesicht sieht irritierend friedvoll aus. Die Augen geschlossen, die Gesichtszüge ganz weich. Eine Haarsträhne klebt an ihrer Stirn. Dunkelblond.

»Das ist Carole«, sagt Milla mit fester Stimme. »Das ist Carole Stein.«

»Es tut mir leid.« Irena schließt den Leichensack. »Sagst du es Nathaniel oder willst du, dass wir jemanden schicken, um ihm die Nachricht zu überbringen?«

»Nein, danke, ich mache das. Es ist besser, wenn er es von mir erfährt.«

»Was für ein seltsames Wiedersehen«, meint Irena, als sie Milla nach draußen führt. »Treffen wir uns wieder mal auf einen Drink? Wenn das hier …«, sie sucht nach den richtigen Worten, »… mal verarbeitet ist.«

»Gerne. Bis bald.«

Kurz darauf klopft Milla an das Seitenfenster des Kastenwagens, Ivan blickt auf und fährt die Scheibe runter. Er scheint in ihrem Gesicht lesen zu können, was sie gerade gesehen hat.

»Sie ist es«, stellt er fest.

»Ja, es ist Carole. Ich muss zu Nathaniel. Kannst du die ersten Aufnahmen ohne mich machen? Ich fahre mit dem Tram zu Nathaniel und melde mich, wenn ich wieder unterwegs bin, ich komme dann direkt zu Sascha Vogts Adresse, dann machen wir die Interviews.«

»Bist du sicher, dass du heute noch arbeiten willst?«

»Ja.«

Ivan widerspricht Milla nicht. Er weiß, dass es keinen Sinn macht, ihr vorzuschlagen, den Tag freizunehmen. Sie hat manchmal einen Sturschädel, härter als Granit, und er hört es ihrer Stimme an, dass diskutieren hier nichts bringt.

»In Ordnung.«

Keine zwanzig Minuten, nachdem sich Milla von Ivan verabschiedet hat, steht sie bei Nathaniel vor der Haustür. Doch sie braucht weitere fünf Minuten, um sich auf die Begegnung mit ihm vorzubereiten. Nathaniel, den sie vor vielen Jahren bei den Dreharbeiten für einen Beitrag über Familienmorde kennengelernt hat und der längst zu einem guten Freund geworden ist. Sie denkt an das vergangene Frühjahr zurück, als er völlig überraschend doch noch einen Teil seiner leiblichen Familie gefunden hat. Und sie erinnert sich an seine Hochzeit mit Carole vor eineinhalb Jahren. Sie weiß noch, wie sie sich mit ihm gefreut hat, dass er mit Carole und Silas eine eigene und ganz besondere Familie gegründet hatte.

Die jetzt auf einen Schlag zerstört worden ist.

Es bricht Milla das Herz, Nathaniel sagen zu müssen, dass Carole in einem schwarzen Leichensack in einem Kühlfach liegt und das Leben, das er sich mit ihr und Silas aufgebaut hat, vorbei ist. Milla richtet sich gerade auf, streckt den Rücken durch, als könne sie sich so besser für die bevorstehende Aufgabe wappnen. Statt zu klingeln, nimmt sie ihr Handy hervor und ruft Nathaniel an. Sie will ihm die schreckliche Nachricht nicht in Silas Gegenwart überbringen, das schafft sie nicht. Als Nathaniel rangeht, sagt sie ihm, sie stehe unten vor der Tür, und sie bittet ihn, rasch runterzukommen.

»Ich verstehe«, sagt Nathaniel. »Ich bin gleich da.«

Sein Gesicht ist aschfahl, als er vor die Tür tritt. Allein, ohne James, nur mit dem Blindenstock. Milla sieht, dass seine Hände zittern.

»Du warst dort«, stellt Nathaniel fest, während Milla ihn kurz umarmt.

»Es tut mir so leid. Carole ist bei dem Attentat gestorben. Sie ist eines der Opfer.«

»Bist du ganz sicher, dass sie es ist?«

»Ja, ich bin sicher. Ihr Gesicht sah friedlich aus.« Als ob es das besser machen würde, denkt Milla. Aber sie findet keine Worte des Trostes, weil es keine zu geben scheint.

»Danke, dass du bei ihr warst.« Nathaniel wirkt einigermaßen gefasst. »Ich geh jetzt wieder rauf. Ich muss es Silas sagen.«

»Soll ich mitkommen? Oder jemanden für dich anrufen?«

»Nein, danke, Gundula ist da. Sie kümmert sich um Silas, um uns.«

»Gut. Melde dich, wenn ich etwas tun kann.«

»Danke, Milla.«

»Ich wünsche euch viel Kraft.«

Nathaniel wendet sich ab und tastet mit dem Stock nach der ersten Stufe. Dann fällt die Tür hinter ihm ins Schloss.

# 18.

Schon seltsam, wie wenige Millimeter über Leben und Tod entscheiden, denkt Bettina, als sie den Lauf der Pistole auf den schlafenden Sascha Vogt richtet. Ihr Kopf fühlt sich leer an, obwohl sie gleichzeitig Hunderte Gedanken wälzt. Es wäre so einfach: Den Finger ein klein wenig krümmen, fertig. Wer, wenn nicht er, hat den tödlichen Schuss verdient? Bettina will ihn tot sehen. Er ist ein Mörder. Er hat vierzehn Menschen erschossen. Er hat Petra schwer verletzt. Sie könnte sterben.

Das hier ist kein Mensch. Das ist eine Bestie, die ihr Recht auf Leben verspielt hat. Abdrücken, rausgehen, behaupten, er habe sie angegriffen. Bettina zweifelt keine Sekunde daran, dass sie damit durchkommen würde. Nach alldem, was er getan hat. Und selbst wenn nicht: Was hat sie noch zu verlieren? Sie spürt, wie ihre Hand feucht wird und leicht zu zittern beginnt.

Schieß!

Plötzlich geht das Schnarchen in ein röchelndes Husten über, und der Typ erwacht. Er blickt zuerst in den Lauf der Waffe und dann direkt in Bettinas Augen. Sie sieht ihm an, dass er nicht auf Anhieb begreift. Dann aber rappelt er sich hoch in eine sitzende Position, kraxelt unbeholfen auf dem Bett rückwärts und drückt sich in die Zimmerecke.

»Nicht schießen!«

Bettina drückt ab. Der Knall zerreißt ihre Ohren, der Mann schreit wie ein Tier. Er reißt die Arme hoch, um sein Gesicht zu schützen, Holzspäne splittern und fliegen durchs Zimmer.

Auf einen Schlag ist es wieder still. Bettina hat in den Boden vor dem Bett geschossen. In ihren Ohren pocht ihr Puls. Er rast.

»Keine Bewegung, sonst sitzt die nächste Kugel zwischen deinen Augen!«, brüllt sie den Mann an. »Du gottverdammtes Arschloch, du Schwein, du verfluchte Bestie, erschießen sollte ich dich, verrotten solltest du, du himmeltrauriges Stück Scheiße!«

Jetzt brüllen sie beide, Sascha Vogt aus Angst, Bettina vor Wut. Doch mit jedem Wort, das sie aus sich hinausschreit, wird sie innerlich ruhiger, sie wird wieder Bettina, die Polizistin, und fühlt sich nicht mehr als Bettina, die Rächerin. Vogts Schreien geht in ein klägliches Wimmern über.

»Auf den Bauch!«, ruft Bettina.

Kaum hat er sich umgedreht, stürzt sie nach vorn, drückt ihm ihr Knie in den Rücken, reißt seine Hände nach hinten, greift nach den Handschellen und fixiert ihn.

»Liegen bleiben.« Sie ist außer Atem, versucht zu verhindern, dass er es ihr anhört. »Eine falsche Bewegung, und du bist tot.«

Erneut richtet sie die Waffe auf ihn. Mit ihrer Linken greift sie nach dem Funkgerät und ruft die Zentrale. Mit gefasster Stimme nennt sie ihre Funktion, ihren Namen und ihren Standort. Dann sagt sie: »Ich habe gerade den Attentäter Sascha Vogt überwältigt. Bitte schickt das ganze Aufgebot. Jetzt, sofort! Sonst jage ich dem Kerl noch eine Kugel in den Kopf.«

Während sie den letzten Satz ausspricht, beginnt Sascha Vogt zu schluchzen wie ein kleines Kind.

»Du erbärmliches, mickriges Würstchen!«

Bettina spuckt aus und trifft sein Ohr.

# 19.

»Mama ist tot?« Silas beginnt zu schluchzen. Nathaniel will ihn in die Arme schließen, doch der Junge stößt ihn weg. »Das stimmt nicht, du lügst! Ich will nicht, dass Mama tot ist! Mama darf nicht tot sein!«

Silas springt auf und rennt weinend davon.

»Silas!« Nathaniel erhebt sich ebenfalls, bleibt aber unsicher stehen. »Wo geht er hin?«, fragt er Gundula.

»In Caroles Zimmer.«

Als Nathaniel Caroles Zimmer betritt, hört er, dass Silas auf dem Bett liegt. Sein Schluchzen ist in ein leises Wimmern übergegangen. Nathaniel setzt sich auf die Bettkante, tastet nach dem Buben, legt sich neben ihn, streichelt ihm übers Haar. Er spürt, wie Silas seine Hand sucht und sie festhält, sie so sehr drückt, dass es fast wehtut. Lange liegen sie schweigend da, nebeneinander, sich aneinander festhaltend. Nathaniel würde viel dafür geben, wenn er seinem Patensohn jetzt, in dem Moment, nur für wenige Minuten in die Augen blicken könnte. Er hat versucht, die richtigen Worte zu finden. Aber wie erklärt man einem sechsjährigen Jungen, was es bedeutet, dass er gerade seine Mutter verloren hat?

»Das heißt, ich werde Mama nie mehr wiedersehen?«, fragt Silas plötzlich leise. »Sie wird nie mehr zu uns zurückkehren? Nie mehr?«

Nathaniels Kehle ist zu, er kann kaum atmen, das Leid ist zu schwer. Er glaubt, kein Wort herauszubringen, doch es gelingt dann doch.

»Deine Mama wird nicht mehr zu uns zurückkehren, aber sie wird trotzdem immer bei uns sein.«

»Das geht doch nicht. Mama kann nicht *nicht* hier sein und doch hier sein. Sie kann nicht bei uns sein, weil sie tot ist.«

Silas klingt auf einmal ganz sachlich, als würden sie über jemanden sprechen, den er nicht kennt. Das, was passiert ist, ist zu groß, als dass er es schon erfassen könnte, denkt Nathaniel, es ist auch unfassbar für ihn selbst.

»Doch, das kann sie, sie lebt in unseren Herzen weiter. Sie ist zwar im Himmel, aber gleichzeitig ist sie ganz nah bei uns. Denn sie hat jetzt eine wichtige Aufgabe: Sie wird unser Schutzengel sein und dafür sorgen, dass es uns gut geht und dass uns nichts passiert.«

»Warum hatte Mama keinen Schutzengel, der dafür gesorgt hat, dass ihr nichts passiert?«

Vielleicht, weil ihr Bedarf an Schutzengeln schon aufgebraucht war, denkt Nathaniel. Weil das Schicksal nicht fair ist. Weil manche Menschen nie Opfer werden und andere gleich mehrmals.

»Es ist ein großes Unglück geschehen. Da hat ein Schutzengel leider nicht ausgereicht.«

»Was für ein Unglück?«

Nathaniel war zunächst unsicher, ob er Silas die ganze Wahrheit sagen soll. Doch niemand weiß besser als er, wie es ist, mit einer falschen Wahrheit aufzuwachsen. Und wie schmerzlich es ist, wenn man später realisiert, dass alles falsch war, an das man sein Leben lang geglaubt hat. Auch besteht die Gefahr, dass sie in der Schule über das Attentat sprechen werden, da muss Silas nur eins und eins zusammenzählen. Darum will Nathaniel es ihm selbst sagen.

»Ein Mann hat die Disco überfallen, in der Mama tanzen war. Er hat deine Mama und viele andere getötet.«

»Ein Mann hat Mama getötet? Warum? Mama hat doch niemandem was getan.«

Nathaniel zögert. Die richtigen Worte fehlen. Wie soll er Silas erklären, was nicht zu erklären ist?

»Weil der Mann böse ist. Er ist überaus böse.«

»Aber warum Mama?«

»Ich weiß es nicht.« Nathaniel streichelt Silas übers Haar. »Manchmal geschehen Dinge ohne Grund. Man kann es nicht erklären, weil es keinen Grund gibt. Es passiert einfach, und niemand kann etwas dagegen tun, man kann es nicht mehr ändern.«

»Wird der Mann dafür ins Gefängnis kommen?«

»Ja, ganz bestimmt.«

»Aber Mama kommt trotzdem nicht mehr zurück?«

»Wir werden immer an sie denken. Sie wird in unserer Nähe sein und stolz auf uns sein, wie wir das Leben meistern.«

»Mama war schon einmal wie tot. Als sie so lange schlief, weißt du noch? Und dann ist sie doch wieder aufgewacht. Vielleicht wacht sie dieses Mal auch wieder auf?«

»Damals lag Mama im Koma. Dieses Mal ist es anders. Sie ist gestorben und wird nicht wiederkommen.«

»Nie mehr?«

»Nein, richtig zurückkehren wird sie nie mehr.«

Silas bleibt still. Nathaniel weiß nichts mehr zu sagen. Es gibt nichts, das den Schmerz des Jungen lindern könnte. Den Schmerz des Verlustes, dessen Ausmaß er noch nicht einmal erahnen kann. Seine Mutter wird fehlen, ein Leben lang, immer.

»Soll ich dich in den Arm nehmen, so wie es Mama immer bei dir getan hat, wenn du dir wehgetan hast?«

Silas murmelt etwas Unverständliches. Nathaniel umarmt ihn, hält ihn fest, der kleine Körper beginnt erneut zu beben, Nathaniel spürt, wie er weint, fühlt den Schmerz, die abgrundtiefe Traurigkeit. Er wiegt ihn leise und flüstert ihm zu, wie sehr Mama ihn liebt, wie sehr er selbst ihn liebt und dass er immer für ihn da sein wird, wiederholt die Worte wie ein niemals endendes Mantra, während ihm selbst die Tränen über die Wangen laufen. Nathaniel schwört vor sich und vor der ganzen Welt, dass er diesen Jungen nie mehr loslassen wird.

Während sich der blinde Mann und der kleine Junge aneinander festhalten wie zwei Ertrinkende, steigt Milla in Bern-Bümpliz aus dem Tram. Sie findet Sascha Vogts Adresse sofort; der Kastenwagen des Schweizer Fernsehens steht schräg geparkt auf dem Gehsteig vor dem Wohnblock. Die hintere Tür steht offen, Ivan ist gerade damit beschäftigt, eine Speicherkarte auszuwechseln.

»Bist du okay?«, fragt er, als er Milla erblickt.

»Danke, ich bin in Ordnung.« Sie klingt wenig überzeugend.

»Wie hat Nathaniel es aufgenommen?«

»Er war gefasst. Ich glaube, er wollte stark sein, weil er Silas die Nachricht überbringen musste. Vielleicht hilft es ihm, dass er für den Kleinen da sein muss.«

»Der arme Junge.«

»Es ist so unfassbar traurig.«

Milla schnäuzt sich die Nase, räuspert sich, löst ein Gummiband von ihrem Handgelenk und zurrt die wilden, dunklen Locken zu einem straffen Pferdeschwanz zusammen. Ein Ritual vor jedem Dreh, weil sie vermeiden will, dass ihre Haare ins Bild ragen, wenn sie neben der Kamera steht und die Interviews führt.

»Umso wichtiger, dass wir diese Geschichte erzählen.« Sie klemmt sich die letzte lose Strähne hinters Ohr. »Ich will wissen, wer Nathaniel und Silas das angetan hat. Wie kommt ein junger Mann dazu, in einer Frauendisco wahllos Menschen zu erschießen? Wie kann jemand an den Punkt kommen, dass er so sehr hasst? Ich verstehe es einfach nicht. Aber ich möchte versuchen, es herauszufinden. Konntest du das Haus filmen, in dem Sascha Vogt wohnt?«

»Ja, es gibt allerdings nicht viel her.« Ivan weist auf den Wohnblock hinter der Gartenmauer. »Es ist das alte Mehrfamilienhaus da drüben. Die Wohnung im dritten Stock rechts. Nichts Auffälliges. Ich habe die Straße, das Haus, die Wohnung, den Balkon und das Klingelschild gefilmt.«

»Danke. Dann nehmen wir uns jetzt doch mal die Nachbarn vor.«

»Bist du sicher?«

»So was von sicher.«

Klinkenputzen, wie dies im Journalistenjargon genannt wird, ist nicht Millas Lieblingsjob; es ist ihr zuwider, bei fremden Menschen zu klingeln und sie über ihren Nachbarn auszufragen, zumal sie dabei meist die immer gleichen Phrasen oder aber unhaltbare Gerüchte zu hören kriegt. *Nie hätten wir das Herrn Soundso zugetraut ... ich habe schon immer gesagt, dass mit dem etwas nicht stimmt* – Milla kann es nicht mehr hören. Aber das ist nun mal *part of the game*, wie ihr Chef Wolfgang sagen würde. Und manchmal, wenn auch selten, springt beim Klinkenputzen doch eine Information raus, die sie weiterbringt.

Milla versucht es als Erstes an der Wohnung, die jener von Sascha Vogt gleich gegenüber liegt. *Patricia Frisch* steht auf der Klingel. Auch nach einigem Warten regt sich nichts hinter der Tür. Milla blickt auf die Uhr: noch nicht ganz fünf. Die meisten Hausbewohner werden wohl noch bei der Arbeit sein.

Als sie und Ivan die Treppe weiter hochsteigen wollen, betritt unten jemand das Haus. Sie halten beide inne, lauschen, warten, bis das Gesicht einer jungen Frau über den Stufen erscheint. Sie stoppt abrupt, als sie Milla und Ivan mit der Kamera erblickt.

»Ihr wart aber schnell«, sagt sie in zynischem Ton.

»Patricia Frisch? Milla Nova von der Sendung Wochenthemen des Schweizer Fernsehens.«

»Na, dann geht's ja noch. Ich dachte, das Boulevardfernsehen ist schon auf der Jagd.«

Die Kollegen werden wohl auch bald hier sein, denkt Milla. »Sie haben also schon davon gehört, vom Verdacht, dass Sascha Vogt der Attentäter sein könnte?«

»Es wäre schwierig gewesen, *nicht* davon zu hören, der Fahndungsaufruf war heute den ganzen Tag auf allen Kanälen.«

»Können Sie uns etwas über Sascha Vogt sagen, darf ich Ihnen ein paar Fragen stellen?«

»Nein. Ich möchte nicht im Fernsehen erscheinen.«

Mist, denkt Milla, kein guter Anfang.

»Aber *off the record* kann ich Ihnen sagen, dass ich nicht überrascht bin. Vogt war ein peinliches Babyface, hat

145

immer versucht, witzig zu sein, dabei war er einfach nur erbärmlich in seinen Versuchen, mit mir anzubandeln. Er ist der Typ Mann mit käsiger Pickelhaut, ohne Haarschnitt und ohne Bartwuchs, dafür mit schwitzigen Händen und in Klamotten aus dem letzten Jahrzehnt. Er ist so verklemmt, dass er in die obere Zimmerecke blickt, wenn er mit dir spricht. Ich wusste schon immer, dass mit dem Kerl etwas nicht stimmt.«

Milla flucht noch einmal innerlich, zu gerne hätte sie dieses Zitat im Beitrag drin gehabt.

»Sie können mir das wirklich nicht in die Kamera sagen?«, hakt sie nach.

»Nein, wirklich nicht. Ich will nicht in Zusammenhang mit dem Attentat in den Medien erscheinen. Die Nachbarin des Attentäters … das hängt einem ewig nach.«

Eine klare Haltung, die Milla nachvollziehen kann, auch wenn es sie in dem Fall ärgert.

»Eine Frage habe ich noch. Vogt benutzte in Internetforen den Username Blackpill95, sagt Ihnen das was?«

»Nein, warum?«

»Könnten Sie sich vorstellen, dass er einer frauenfeindlichen Szene angehörte, deren Anhänger sich Incels nennen?«

»Vogt ein Incel?« Patricia Frisch lacht bitter auf. »Das könnte passen.«

In dem Moment dringt ein schriller Alarmton aus Millas Tasche, was ihr Ivans tadelnden Blick einträgt, weil sie einmal mehr vergessen hat, den Ton ihres Handys während der Arbeit auszustellen. Milla greift nach dem Gerät in ihrer Tasche. Es zeigt ihr eine Eilmeldung an.

»Ivan, wir müssen weiter«, sagt Milla, nachdem sie sie gelesen hat. »Sie haben ihn gefasst!«

Im gleichen Moment, als Ivan und Milla in Bern-Bethlehem die Türen des Kastenwagens zuschlagen, öffnet sich fünf Kilometer weiter östlich in der Tiefgarage des Berner Regionalgefängnisses die seitliche Schiebetür eines Gefangenentransporters. Schlüssel klimpern, mit einem eigentümlichen Rattern wird auch das Sicherheitsschloss der eingebauten Zelle aufgeschlossen. Darin befinden sich ein einziger Sitzplatz quer zur Fahrtrichtung, zwei seitliche Kopfpolster, eine Halterung für die Kotztüte und Sascha Vogt. Jemand packt ihn hart am Arm und zieht ihn aus dem Wagen. Vogt stolpert und kommt beinahe zu Fall, weil nicht nur seine Hände, sondern auch seine Füße zusammengebunden sind. Er kann nur kleinste Schrittchen machen.

»Vorwärts!«, brüllt einer von drei Männern, die in ihrer Schutzausrüstung kaum als Menschen zu erkennen sind. Einer hält die Waffe auf Vogt gerichtet, als ob er jetzt noch eine Gefahr darstellen würde, derartig verschnürt. Durch eine Sicherheitsschleuse bringen sie ihn vom Parkhaus direkt in ein Gebäude, das unverkennbar ein Gefängnis ist. Die Gänge sind lang und hoch, jedes Geräusch hallt überlaut von den Wänden wider. Der Geruch von Metall, Schweiß, Putzmittel und feuchtkaltem Beton vermengt sich zu einem undefinierbaren, aber unangenehmen Etwas, das in die Nase sticht. Sie passieren mehrere schwere Metall- und Gittertüren, aufschließen, zuschließen, ohne Schlüssel kommt man in dem Bau keine zehn Meter weit. Sascha Vogt wird in einen Raum gebracht, in dem ein überraschend kleiner Mann in ziviler Kleidung auf ihn wartet, keine Schutzweste, keine Uniform.

»Willkommen im Regionalgefängnis Bern«, sagt der Mann in einem Tonfall, den Sascha Vogt nicht deuten kann. »Ich äußere mich sonst nie zu den Delikten unserer Insassen, aber in Ihrem Fall muss ich sagen: Ich hoffe, Sie kommen nie mehr raus. Ich werde Sie jetzt fotografieren, danach muss ich Sie bitten, sich auszuziehen.«

Alles, was danach passiert, geht an Vogt vorbei, als würde es nicht ihn betreffen. Er denkt sich weit weg, als er sich ausziehen muss, als er sich bücken muss und als sie ihn durchsuchen. Er ist jemand anderes, als er die Gefängniskleidung überzieht und seine Sachen abgibt; die Uhr, das Kleingeld, das er in der Tasche hatte, die getragene Kleidung, mehr hat er nicht dabei. Es ist, als hätte er sich selbst auf Omas Bauernhof zurückgelassen, und der Mann in der Aufnahme des Gefängnisses, der genau das tut, was die Aufseher ihm sagen, sei ein Fremder, der ein anderes Leben führt. Das hat alles nichts mit ihm zu tun. Unmöglich.

»Da rein!«

Hinter ihm fällt die Tür ins Schloss. Er hört, wie sie verriegelt wird. Erst jetzt kehrt er zurück zu sich selbst, jetzt, wo es keinen Ausweg mehr gibt. Er will nur noch weinen. Doch seine Augen bleiben trocken.

Sascha Vogt setzt sich auf eine Pritsche; zu schmal, zu dünn die Matratze. Blickt zum Fenster; vergittert. Es liegt zu hoch, um hinauszuschauen, und doch sieht er eine kleine Ecke Himmel. Die Wand ist gelblich, die Metalltür dunkelgrün, das Guckloch geschlossen. Ein Waschtrog und eine Kloschüssel hinter einer Sichtschutzwand, auf die jemand in einer unverständlichen Sprache etwas hingekritzelt hat.

Sascha Vogt sitzt da, auf der Pritsche, der Blick geradeaus gerichtet, er regt sich nicht, macht keinen Wimpernschlag. Wie tot.

Doch in ihm drin tobt das Chaos.

Die Schlampe hat ihn angespuckt! Er hasst sie. Er hasst sie und alle anderen und die ganze Welt. Sie hat ihn gefangen genommen und ihn ausgeliefert. Wegen ihr ist er jetzt hier. Er hasst diese Femoid, hasst sie so sehr, wie er noch nie jemanden gehasst hat. Dabei ist er gut darin, im Hassen hat er Übung. Der Hass ist ihm zum Freund geworden, er steckt in ihm drin, solange er schon denken kann. Heute ist der Hass so groß und giftig, dass er schmerzt. Er brennt in ihm.

Es zerreißt ihn.

Er ist zerrissen von Freude und Stolz und Angst und Scham, von Panik und Verzweiflung und Befriedigung, und von eben jenem Hass, der ihn nie allein lässt und der sich noch immer gegen ihn selbst richtet, obwohl er sich jetzt doch endlich lieben müsste.

Weil er ein Held ist. Weil er es getan hat. Er hat ein paar von den Femoids ausgelöscht, die ihm das Leben zur Hölle machten. Er hat es ihnen allen gezeigt. In der Szene wird es jetzt nur noch ein Thema geben: Sascha Vogt, der Hero, der ganz Krasse, der es voll durchgezogen hat. Sein Name wird in einem Zug mit Elliot Rodger genannt werden, dem Heiligen, oder mit Marc Lépine und all den anderen, die nicht nur darüber geredet, sondern es wirklich getan haben. Sein Name wird groß in der Zeitung stehen. Seine Rache wird gefeiert werden, da ist er sich sicher.

Blackpill95 hat die Femoids abgeknallt, eine nach der anderen, er hat nicht mitgezählt, aber zwei Dutzend werden es gewesen sein. Und das sind immer noch zu wenige. Aber dennoch, er hat gerade Geschichte geschrieben. Mister Sinister muss stolz sein auf ihn. Er ist sein bester Soldat.

Aber zufrieden ist er trotzdem nicht. Es war anders geplant; die Tat als letzter Gruß an sein Leben. Ein Feuerwerk zum Abschluss. Er wollte im Kugelhagel heroisch untergehen. Denn nur die toten Helden sind unsterblich. Sie hätten ihn vor Ort erschießen sollen, doch er ist davongerannt, wie ein feiger Hase. Im letzten Moment hat er versagt, wie immer und wie überall, sein ganzes Leben lang. Er ist ein verdammter Verlierer, seit dem Moment, in dem die Mutter ihn in die verpestete Welt hinausgepresst hat, ihn, den vermaledeiten Sohn.

Er wollte es nachholen, wollte sich selbst erschießen. Denn wer würde schon sein Manifest lesen, solange er noch lebt? Als er zurück auf dem Bauernhof war, ging er hinüber in die Tenne, in der er als Kind am liebsten gespielt hat, wo er sich versteckt hat vor den Erwachsenen und der bösen Welt. Er hat noch einmal zum Sturmgewehr gegriffen, hat geflucht, weil es nicht ging, es auf sich selbst zu richten. Hat es ins Heu geschmissen, weil es eine Scheißidee war, sich damit erschießen zu wollen. Nicht einmal dazu war er im Stande. Er wollte stattdessen einen Strick holen. Ist einen suchen gegangen in der Wohnung. Doch die Erschöpfung wog so schwer, dass sie ihn lähmte. Er wollte sich nur kurz hinlegen. Warum bloß ist er eingeschlafen? Dann hat die Femoid ihn geweckt, die Drecksnutte, die ihn anbrüllte und ihn ein Würstchen nannte. Er hasst sie so sehr. Sie hat ihn angespuckt. Angespuckt! Hätte sie doch geschossen.

Er wünschte sich, er wäre tot.

# 20.

Der große Zeiger springt auf die Zwölf. Sandro hat das Debriefing auf fünf Uhr angesetzt, doch seine Leute schwirren noch immer draußen im Flur herum. Laute Stimmen sind zu vernehmen, Gelächter, Gratulationen. Selten zuvor hat eine Verhaftung derart zu feiern gegeben. Die Erleichterung ist riesig. Sie haben ihn. Sie haben ihn lebend gefasst. Respektive: Bettina hat ihn gefasst.

Sandro will es noch immer nicht in den Kopf, warum sie das im Alleingang durchgezogen hat. Bettina! Von ihr hätte er zuletzt erwartet, dass sie die internen Regeln so krass verletzt. Niemals hätte sie ohne Verstärkung den Bauernhof betreten dürfen. Keiner weiß das besser als sie, die ihren Partner Ramon bei einem ganz ähnlich gelagerten Einsatz verloren hat. Er versteht es einfach nicht. Sie muss nicht ganz bei Trost gewesen sein. Nie zuvor hat sie sich dermaßen unprofessionell, dilettantisch, ja dumm verhalten. Aber all das spielt im Moment keine Rolle, das Wichtigste ist, dass der Attentäter nicht länger frei herumläuft und die Gefahr gebannt ist. Sandro wird sich später mit Bettina über ihr unvernünftiges Vorgehen unterhalten. Zum Glück ist alles gut gegangen.

»Leute, können wir uns noch kurz für ein Debriefing zusammenraufen«, ruft Sandro in den Flur hinaus, als der

Minutenzeiger auf drei nach springt. Er kann nicht ewig warten, in einer halben Stunde muss er vor die Medien treten. *Darf* er vor die Medien treten – zum ersten Mal erscheint ihm dieser Teil seines Jobs tatsächlich eher als ein Dürfen.

Tröpfchenweise treten seine Kader-Kollegen und seine Teammitglieder durch die Tür, um im Besprechungszimmer Platz zu nehmen. Es dauert, bis sich alle gesetzt haben.

»Sascha Vogt, der mutmaßliche Attentäter, der letzte Nacht vierzehn Menschen getötet und zwanzig Personen verletzt hat, konnte heute Nachmittag um fünfzehn Uhr siebenundzwanzig verhaftet werden, nachdem er von Bettina Flückiger gestellt worden ist«, fasst Sandro zu Beginn der Sitzung zusammen.

»Bravo!«, ruft ein Kollege.

Andere klatschen in die Hände oder klopfen auf den Tisch.

Eigentlich würde Sandro das Wort nun jener Kollegin übergeben, die den Erfolg verantwortet hat. Doch er verweigert Bettina den Auftritt. Er will nicht, dass sie sich zu ihrem verantwortungslosen Vorgehen äußert, bevor sie miteinander darüber gesprochen haben.

»Der Verdächtige hielt sich auf dem Bauernhof seiner Großmutter auf, die vor neun Monaten gestorben ist, und wo er einen Teil seiner Kindheit verbracht hat.« Sandro schaut auf und Bettina in die Augen. »Es war ein cleverer Zug, den Hof als Versteck in Betracht zu ziehen – allerdings hättest du nicht allein dorthin fahren dürfen, darüber reden wir noch.« Bevor jemand etwas erwidern kann, fährt Sandro fort. »Für Vogt wurde umgehend Untersuchungshaft beantragt. Noch konnten wir die Tatwaffe nicht sichern, der Hof und das Areal werden derzeit durchsucht, aber seine Kleidung war blutverschmiert. Ich bin sicher, die Analyse wird zeigen, dass es sich dabei nicht um sein eigenes Blut handelt. Ich werde gemeinsam mit Staatsanwalt Langenberger in …« Sandro hält inne, blickt auf die Uhr über der Tür »… in siebzehn Minuten vor die Medien treten. Und ihr solltet, wie ich finde, erst mal auf den Erfolg anstoßen.«

»Jawohl!«, ruft Bernard Blanc.

»Das machen wir«, bekräftigt Christian Tschabold.

»Wir stoßen auf Bettina an!«, ruft Florence.

Bettina nickt ihr zu. Doch sie wird nicht feiern. Sie will kein Glas erheben. Sie will nur eines: weg von hier.

Fünf Minuten lang hält Bettina es aus, fünf Minuten lang lässt sie die Fragen der Kolleginnen und Kollegen auf sich einprasseln und versucht, ausweichende Antworten zu geben, fünf Minuten lang lässt sie sich zuprosten. Dann begibt sie sich Richtung Klo, biegt kurz vorher ins Treppenhaus ein und nimmt zwei Stufen auf einmal, um der Party zu entfliehen.

Sie muss Petra sehen. Sie kann nicht länger warten.

Mit überhöhter Geschwindigkeit rast Bettina wenig später Richtung Inselspital. Erneut steckt sie das Schild mit der Aufschrift *Polizei* hinter die Windschutzscheibe und lässt das Auto vor dem Haupteingang des Krankenhauses stehen. Kaum hat sie den Empfangsbereich hinter sich gelassen, fällt sie in den Laufschritt, als führe sie ein Wettrennen gegen die Zeit und jede verlorene Sekunde bedeute einen immensen Verlust. Denn ihr Gefühl sagt ihr, dass Petra aufgewacht ist, dass sie auf sie wartet, dass sie selbst Petra zurückgeholt hat aus der Zwischenwelt, zurück ins Leben, indem sie Vogt gefasst und überwältigt hat.

Erst als Bettina am Eingang der Intensivstation auf die Klingel drückt, bremst sie sich selbst. Sie zwingt sich, zweimal durchzuatmen, um sich zu beruhigen. Als endlich eine Intensivpflegerin die Tür öffnet, hält Bettina ihr den Ausweis hin, doch die Frau erkennt sie auch so wieder und lässt sie eintreten. Bettina drängt an ihr vorbei und eilt direkt zum dritten Zimmer auf der linken Seite, in dem ihre verletzte Geliebte liegt. Doch in der Tür bleibt sie wie versteinert stehen.

Das Bett ist leer.

»Petra!«, ruft Bettina verzweifelt. »Petra!« Hektisch schaut sie sich um. »Nein!«

Die Pflegerin stürzt herein.

»Wo ist Petra?«, brüllt Bettina sie an.

»Beruhigen Sie sich, bitte beruhigen Sie sich.« Die Frau fasst Bettina am Arm, so wie man eine verwirrte, alte Dame am Arm fasst, wenn man ihr über die Straße helfen will. Sie führt sie zwei Zimmer weiter zu einem anderen Bett.

»Alles ist gut. Ihre Freundin liegt jetzt hier.« Die Pflegerin blickt Bettina besorgt an. »Alles okay so weit?«

Sie muss ihr ansehen, dass sie mit den Nerven am Ende ist. Es war zu viel, das alles wird ihr viel zu viel.

»Ja, es geht. Kann ich einen Moment mit ihr allein sein?«

»Natürlich.«

Als die Pflegerin weg ist, sinkt Bettina neben Petras Bett auf die Knie, fasst jene Hand, die frei von Schläuchen ist, küsst sie, zweimal, dreimal, immer wieder, dann legt sie ihre Wange an Petras Hand, während endlich die Tränen fließen.

»Ich habe ihn erwischt. Er ist im Gefängnis.« Bettinas Schluchzen schluckt ihre Worte. »Er wird niemandem mehr etwas antun können. Er wird bestraft werden für das, was er dir angetan hat. Er wird nie mehr freikommen.«

Bettina richtet sich auf, ohne Petras Hand loszulassen. Die Angst und die Trauer sind so groß, dass sie ihr körperliche Schmerzen bereiten, in der Brust, im Herzen, auf der Lunge. Die Angst, die Trauer – und die Zweifel daran, ob sie das Richtige getan hat. Wem nützt es, dass der Täter verhaftet ist und vor ein Gericht gestellt werden wird? Dadurch wird keine der toten Frauen wieder lebendig. Dadurch geht es Petra nicht besser.

Und was, wenn Petra stirbt?

Auf einmal wünscht sich Bettina, sie hätte doch geschossen.

# 21.

Dieses Mal ist alles ein bisschen anders als sonst. Als Milla Sandro am Rednerpult sitzen sieht und die vielen Fragen der Journalisten beantworten hört, ist sie plötzlich stolz. Stolz auf Sandro, dass er den Kerl erwischt hat. Stolz auch darauf, dass sie die Frau an der Seite dieses Mannes ist, der dort vorne so souverän agiert.

Auch unmittelbar nach der Pressekonferenz passiert etwas Ungewöhnliches: Während Milla es bis zum heutigen Tage tunlichst vermieden hat, ihren Lebenspartner vor der Kamera zu interviewen, macht sie dieses Mal eine Ausnahme. Genauer gesagt: Sie muss eine Ausnahme machen, denn das Wort des Polizeichefs gehört in ihren Beitrag rein, anders geht es nicht.

Also wartet sie mit Ivan bei der bereits aufs Stativ montierten Kamera, bis der Medienverantwortliche Emilio Livingstone Sandro zu ihr bringt.

»Ich werde dich siezen für das Interview, okay?«, sagt Milla zu Sandro, den sie ausnahmsweise nicht mit einem Kuss begrüßt.

»Einverstanden.« Sandro lacht.

»Natürlich wäre es gut, wenn du mich auch siezen würdest.« Auch Milla muss jetzt schmunzeln über die absurde Situation. »Ivan, bist du so weit?«

»Läuft.« Ivan kann sich ein Grinsen nicht verkneifen.

»Herr Bandini, wie ist es Ihnen gelungen, den Attentäter zu überführen?«

»Aufgrund unserer Recherchen haben wir herausgefunden, wo sich der Tatverdächtige verstecken könnte. Dort ist dann der Zugriff erfolgt. Dass wir den Tatverdächtigen verhaften konnten, ist der guten Zusammenarbeit aller beteiligten Stellen zu verdanken.«

Milla verdreht die Augen. Sandro klingt trocken und emotionslos, als würde er ein offizielles Statement der Regierung verlesen. Auch hat sie gehofft, dass sie ihm mehr Details entlocken kann als die karge Schilderung, die er soeben vor dem Plenum abgegeben hat – vergebens.

»Wo genau ist der Zugriff erfolgt?«, hakt sie deshalb nach.

»Auf einem abgelegenen Bauernhof, mehr kann ich Ihnen dazu nicht sagen.«

»Das ist doch ein großartiger Erfolg! Ich bin sicher, Ihr Team hat jetzt etwas zu feiern. Wie fühlen Sie sich persönlich?« Milla versucht selbst begeistert zu klingen, um Sandro aus der Reserve zu locken. Sie wünschte sich etwas mehr Emotionen. Es gelingt nicht.

»Mir ergeht es wie wohl vielen in der Stadt Bern und im ganzen Land: Ich verspüre Erleichterung, dass wir den Tatverdächtigen haben verhaften können und dass keine Gefahr mehr von ihm ausgeht. Gleichzeitig bin ich erschüttert über das Attentat, unsere Gedanken sind bei den Angehörigen der Opfer.«

»Was hat Sascha V. nun zu erwarten?«

»Das, was jeden Straftäter erwartet: Er wird ein ordentliches Strafverfahren erhalten und vor Gericht gestellt werden.«

»Haben Sie Beweise, dass Sie den Richtigen gefasst haben, oder gibt es daran noch Zweifel?« Milla schaut Sandro neugierig an und hofft auf eine ehrliche Antwort.

»Die Tatwaffe konnte noch nicht sichergestellt werden, auch Laborauswertungen stehen noch aus, aber es gibt schon jetzt zahlreiche Indizien, die darauf hinweisen, dass Sascha V. der Täter sein könnte.«

»Können Sie etwas über die Hintergründe von Sascha V. sagen? Hat er allein gehandelt? Hatte der Anschlag einen terroristischen Hintergrund?«

»Das ist Gegenstand der laufenden Ermittlungen.«

Milla sieht und hört Sandro an, dass er das Gefühl hat, sie habe genug Fragen gestellt. Doch eine hat sie noch.

»Ist es richtig, dass Sascha V. Mitglied einer frauenfeindlichen Gruppierung war und Misogynie, also der Hass auf Frauen, sein Motiv gewesen sein könnte?«

»Auch das, Frau Nova, ist Gegenstand der laufenden Ermittlungen.« Sandro sagt es mit einem freundlichen Lächeln, das er augenblicklich ausknipst, sobald Ivan die Kamera ausgeschaltet hat.

»Vielen Dank, Herr Bandini«, sagt Milla, als sie das Mikrofon wegsteckt. Sie ist nicht wirklich zufrieden mit seinen Antworten, aber mehr war als offizielles Statement wohl nicht zu erwarten.

»Du bist aber hartnäckig«, reklamiert Sandro.

»Darum bin ich so erfolgreich in meinem Job«, gibt Milla kess zurück. »Gehen wir essen, wenn du hier fertig bist? Und anstoßen?«

»Du bist eingeladen.«

Zwei Stunden später sitzen Sandro und Milla im Ringgenbergpark unter den Bäumen. Er mit einem extrascharfen

Rindstartar vor sich auf dem Teller, sie mit einem gratinierten Ziegenkäse mit Thymianhonig auf warmem Linsensalat. Sie heben beide ihr Glas.

»Auf dich«, sagt Milla.

»Auf mein Team«, meint Sandro.

»Und auf uns.«

»Ja, auch auf uns.«

Als Milla den Rotwein auf der Zunge kostet, die Stimmen der Menschen vom gegenüberliegenden Kornhausplatz zu ihr herüberdringen, der Wind in den Blättern flüstert und sich die Spatzen in den Bäumen ein Wettzwitschern liefern, stellt sie sich vor, dass heute nicht heute, sondern gestern ist, als sie genau hier mit Sandro auf seinen Geburtstag angestoßen hat. Sie stellt sich vor, dass es den Anruf von Wolfgang – »Ein Amoklauf!« – nie gegeben hat, dass kein Funkspruch gefolgt ist, dass sie und Sandro nicht alles stehen gelassen haben und nicht losgerannt sind. Sie stellt sich vor, dass es die vierundzwanzig Stunden, die zwischen ihren zwei Besuchen im Restaurant Ringgenberg liegen, nicht gegeben hat und dass das alles nie geschehen ist. Kein Attentat. Keine Verletzten. Keine Toten.

Aber es ist passiert. Vierzehn Menschen sind gestorben. Bern hat durch den Anschlag seine Unschuld verloren. Die Stadt ist verwundet. Und Carole ist tot. Es wird Zeit brauchen, bis der Schmerz kleiner wird.

Obwohl Milla Fragen über Fragen an Sandro hat, obwohl er viel erzählen möchte, was er ihr nicht sagen kann, obwohl sie beide den Kopf voll haben mit den Erlebnissen der letzten Stunden und mit den Bildern, die sie nie vergessen werden, gelingt es ihnen, über anderes zu reden, sie können sogar einmal lachen, und Milla ist froh darüber. Sie nimmt es als Beweis, dass das Leben weitergeht und die Normalität zurückkehren wird.

Doch auf dem Nachhauseweg zu Sandros Altstadtwohnung, als Milla und Sandro Hand in Hand durch Berns Lauben gehen, hält er auf einmal inne.

»Weißt du, was das Schlimmste war?«

Milla dreht sich zu Sandro, sieht ihm in die Augen. »Nein.«

»Die Handys. Als ich im Dachstock war, dort, wo all die Leichen lagen, läuteten ihre Mobiltelefone, es war ein Klingelkonzert – weil ihre Nächsten versucht haben, sie zu erreichen, weil sie hören wollten, dass sie in Sicherheit sind. Doch sie konnten nicht mehr rangehen, und all die Telefone klingelten ins Leere.«

Milla umarmt Sandro. Sie weiß nicht, wie lange sie da stehen, eng umschlungen verlieren sie das Gefühl für die Zeit, sie hält Sandro, so fest sie kann. Da küsst er sie auf den Nacken, nur der Hauch eines Kusses, dann auf den Mund, tief und lange. Sie lösen sich voneinander und gehen los, weil sie auf einmal nicht schnell genug nach Hause kommen können. Weil sie sich brauchen jetzt, um all das andere hinter sich zu lassen. Sie müssen sich spüren, sich und das Leben, wie um sich zu beweisen, dass sie noch da sind. Lebendig sind. Dass sie sich nicht verloren haben.

# 22.

Malou träumt von Koffern mit Beinen. Die Koffer rennen und eilen und stürzen, sie befindet sich an einem Flughafen, alles ist hektisch und chaotisch, und auch sie rennt und wundert sich, woher all die trabenden Koffer kommen. Weit entfernt hört sie einen Alarm, doch sie beachtet ihn nicht, sie hetzt weiter, Haken schlagend, um nicht über die Koffer zu stolpern. Der Alarm klingt wie ihr Handy.

Malou schlägt die Augen auf, dreht den Kopf zum Nachttisch, ihr Handy läutet und leuchtet. Die roten Ziffern ihres digitalen Weckers zeigen zwanzig vor sechs an.

»Scheiße.«

Malou schüttelt den Kopf und stößt ein Schnauben aus, das an ein Pferd erinnert, damit sie ihr Hirn wachkriegt, für das, was jetzt gleich folgen wird, sie weiß, es ist nichts Gutes.

»Löwenberg.«

»Frau Löwenberg, entschuldigen Sie die Störung, aber ich – er hat mir Ihre Visitenkarte gegeben, ich weiß nicht, an wen ich mich sonst wenden kann.«

Eine Frauenstimme.

»Wer spricht da bitte?«

»Ach ja, Entschuldigung, hier ist Anne Tobler.«

Tobler, da klingelt etwas, doch Malou hat noch immer keine Ahnung, mit wem sie gerade redet.

»Ich bin die Freundin von Bendicht Kerner.«

Auf einen Schlag ist Malou hellwach. »Ist etwas passiert?«

»Beni ist heute Nacht nicht nach Hause gekommen.«

Verdammt. Malou schluckt den Fluch, lässt sich nichts anmerken. Sie stellt das Handy auf Lautsprecher, steht auf und schlüpft in eine Jeans, während sie spricht.

»Das ist beunruhigend, trotzdem muss es noch nicht heißen, dass etwas passiert ist. Wann haben Sie Ihren Freund das letzte Mal gesehen?«

Sie schließt den BH und zieht ein Shirt über.

»Gestern Nachmittag um fünf.«

»Wissen Sie, wo er den Abend verbracht hat?«

Socken an, Schuhe an, Schnürsenkel binden.

»Im Salon.«

»In der Pinball-Halle?«

»Ja, wie jeden Abend.«

Malou zieht die Jacke an, wo sind die verfluchten Autoschlüssel?

»Wann kommt er normalerweise nach Hause?«

»Die Halle schließt freitags um zwei Uhr früh. Dann macht er noch die Abrechnung. Aber später als vier Uhr wird es nie, meistens ist er kurz nach drei zurück.«

Bevor Malou die Wohnung verlässt, wirft sie noch einmal einen Blick auf den Wecker. Viertel vor sechs.

»Ich fahre sofort hin. Haben Sie einen Schlüssel für das Gebäude?«

»Nein. Aber es gibt einen versteckten Reserveschlüssel, er hängt im Gartenschuppen, wenn man reinkommt rechts oben am inneren Türrahmen. Beni hat seinen

Schlüssel immer mal wieder zu Hause vergessen, darum hat er dort einen deponiert.«

»Sie bleiben zu Hause. Rufen Sie mich sofort an, falls Bendicht heimkommt. Ich fahre zur Pinball-Halle.«

»Ich bin nicht zu Hause. Wir sind vorübergehend in ein Airbnb gezogen. Zur Sicherheit. Er hat mir vom Mord erzählt. Und von den Schuhen. Bitte sagen Sie mir, dass er nicht getötet worden ist, bitte!«

Malou schließt die Augen. »Ich hoffe es nicht. Ich melde mich.« Sie klickt den Anruf weg.

Es ist eine Minute nach sechs, als Malou ihren alten Peugeot 106 vor dem alten Backsteinbau abstellt. Sie steigt aus, geht auf den Eingang zu, hält inne. Es ist so still. Kein Luftzug ist zu spüren. Hinter sich hört sie das Rauschen der Aare, weit weg eine einsame Amsel in einer Baumkrone. Die Liegenschaft liegt ruhig und verlassen vor ihr, als hätte sie seit zehn Jahren kein Mensch mehr betreten.

Malou denkt an Sandros Worte während der letzten Sitzung: *Allerdings hättest du nicht allein dorthin fahren dürfen, darüber reden wir noch*, hat er zu Bettina gesagt. Es war eine krasse Verletzung der Vorschriften, dass Bettina das Bauernhaus allein betreten hatte. Müsste sie jetzt auch Verstärkung anfordern und warten, bis die Kollegen hier sind?, fragt sich Malou. Sie befindet sich in einer anderen Ausgangslage: Sie vermutet hier drin keinen bewaffneten Terroristen, sondern höchstens eine Leiche.

Was aber, wenn der Mörder noch da ist?

Malou richten sich bei dem Gedanken die Nackenhaare auf. Instinktiv greift sie zu ihrer Waffe im Halfter.

Spinn jetzt hier nicht rum, rügt sie sich selbst. Sie will nur rasch nachschauen, ob Bendicht Kerner da ist.

Wahrscheinlich hat er sich nach der Arbeit ein paar Drinks genehmigt und ist in einer Bar betrunken hängen geblieben. Sie wird nichts als eine menschenleere Halle voller ausgeschalteter Flipper-Automaten vorfinden.

Malou blickt sich nach dem Schuppen um, er wird wohl auf der anderen Seite des Gebäudes stehen. Als sie am Haupteingang vorbeigeht, hält sie mitten im Schritt inne. Sie muss den Schlüssel nicht holen gehen. Die Tür steht einen Spaltbreit offen.

Jetzt greift Malou doch zu ihrem Funkgerät und meldet sich bei der Einsatzzentrale.

»Könnt ihr mir mal eine Streife vorbeischicken?« Sie nennt dem Kollegen am anderen Ende die Adresse.

»Moment.«

Malou wartet.

»Es ist gerade niemand in unmittelbarer Nähe, aber in zehn bis fünfzehn Minuten wird jemand da sein.«

»Danke.«

Malou steht mit dem Rücken gegen die Hauswand gelehnt und wartet. Und denkt. Gäbe es keinen toten Jürgen Bräutigam und keine roten Stöckelschuhe, gäbe es keinen Grund zur Annahme, dass Kerner tot da oben in seinem Spielsalon liegt. Aber es gibt den toten Bräutigam und die roten Schuhe – darum ist die Wahrscheinlichkeit, dass Kerner ebenfalls ermordet wurde, um ein Vielfaches größer, als dass er besoffen unter einer Bartheke liegt. Wenn er tatsächlich getötet wurde, besteht die Gefahr, dass der Täter noch im Haus ist. Doch es ist schon nach sechs Uhr früh, bald werden die ersten Leute hier auftauchen, und selbst der dümmste Mörder weiß, dass er dann weg sein muss.

Und was, wenn das Opfer noch lebt?

Bräutigam wurde mit Morphin umgebracht. Je nach Dosierung tritt die tödliche Wirkung rascher oder langsamer ein. Womöglich stirbt Kerner, während sie auf die Streife wartet, die einfach nicht kommen will.

Malou blickt auf die Uhr. Fünf Minuten sind seit dem Funkspruch vergangen. Fünf Minuten, die entscheidend sein können, wenn es um Leben oder Tod geht. Ihr Kopf sagt ihr, dass sie nicht allein da reindarf. Ihr Bauchgefühl hingegen meint, sie dürfe nicht weitere fünf bis zehn Minuten abwarten, weil es sonst zu spät sein könnte. Sie war schon immer eher ein Bauch- als ein Kopfmensch.

Malou zieht die Waffe, entsichert sie und stößt die Tür auf.

Drei Stufen, der lange Flur liegt still vor ihr. Die Türen links und rechts sind geschlossen. Malou begibt sich zur Treppe und horcht in die oberen Stockwerke hinauf. Plötzlich erklingt ein Dröhnen. Sie zuckt zusammen, realisiert aber in der gleichen Sekunde, dass es nur ein Zug ist, der hoch über ihr über die Brücke braust. Fünf Sekunden, dann herrscht wieder Stille. Malou steigt in den ersten Stock hoch, so leise, dass ihre Schritte nicht zu hören sind. Als sie auf dem Treppenabsatz ankommt, nimmt sie rechts von sich eine schnelle Bewegung wahr. Etwas stürzt auf sie zu. Malou schnellt herum, zielt auf den schwarzen Schatten und lässt die Waffe sogleich wieder sinken. Erschrocken blickt sie der Katze nach, die die Treppe hinabrennt. Malous Herz rast. Sie wartet einen Moment, um ihren Puls runterzubringen.

Erst, als sie wieder ruhig atmet, steigt sie die letzten Stufen in den zweiten Stock hoch. Sie stoppt erneut, um zu horchen. Stille. Schon von Weitem erkennt sie, dass die Tür zum *Clublokal* geschlossen ist. Sie schimpft sich eine Idiotin; sie hätte den Schlüssel doch aus dem Schuppen holen sollen. Statt umzukehren, begibt sie sich zur Tür und drückt vorsichtig auf die Klinke.

Es ist nicht abgeschlossen.

Malou schiebt die Tür langsam auf, die Waffe im Anschlag, darauf gefasst, dass gleich geschossen wird oder dass jemand sie angreifen könnte. Doch das geschieht nicht. Der Empfangstisch steht aufgeräumt vor ihr, dahinter der leere Stuhl. Anders als bei ihrem ersten Besuch empfängt sie in der Spielhalle kein Klangkonzert aus Piepsen und Musik und elektronischen Stimmen; die Flipperautomaten liegen tot und dunkel da. Alle bis auf einen. Im Nebensaal hört Malou den Sound einer Maschine. »Hey, move your car!«, krächzt eine automatische Stimme. »Hey, move your car!«

»Hallo?«, ruft Malou in die Halle hinein.

Keine Antwort.

Langsam geht Malou auf den Eingang des Nebenraums zu, aus dem sie die Geräusche vernimmt. Es gibt keine Tür, nur eine große Maueröffnung. Sie lehnt sich an die Wand, macht einen Schritt vorwärts, zielt nach rechts, nach links, dann geradeaus in den Raum. Alles ist dunkel. Nur ein Flipperkasten blinkt. Darauf liegt bäuchlings ein nackter, toter Mann. Er trägt rote Stöckelschuhe an den Füßen und am Hinterkopf die schwarze Schnabelmaske.

»Move your car!«, plärrt der Automat.

# 23.

Scheißkatze. Das Vieh hätte mich beinahe verraten. Wie absurd, wenn ich wegen einer Katze erwischt worden wäre. Ich muss selbst darüber lachen. Zum Glück war ich mit allem fertig; alle Spuren beseitigt, alles geputzt, nichts bleibt zurück. Nichts als eine Leiche. Schön sah er aus, wie er da lag. Würdelos und lächerlich. Ich hätte ihn fotografieren und auf Insta stellen sollen. Wäre mal was anderes gewesen, als die schöngefilterten Strahlegesichter möchtegernberühmter Menschen.

Ich befand mich bereits im Treppenhaus, als ich unten jemanden reinkommen hörte, also versteckte ich mich in der Putznische im ersten Stock. Keine Ahnung, was die Katze dort zu suchen hatte. Sie rannte davon, als sei der Teufel hinter ihr her. Ist um ein Haar erschossen worden, das blöde Vieh.

Ich sah die Frau nur von hinten. Ein roter Kurzhaarschopf. Obwohl ich sie nicht richtig gesehen habe, werde ich das Gefühl nicht los, sie schon mal getroffen zu haben. Ich frage mich, was sie hier suchte, ob sie ihn suchte. Hat ihn schon jemand vermisst? Um ein Haar hätte sie mich bei der Arbeit überrascht. Noch mal Glück gehabt.

Auch Kerner war überrascht, das Schwein. Obwohl er wohl von der Polizei gewarnt worden ist. Auf jeden Fall war er nicht mehr zu Hause aufzufinden. Hat wohl versucht, sich zu verstecken, als er von Bräutigams Tod erfahren hat. Sein Fehler zu denken, in der Pinball-Halle sei er sicher.

Es ist erstaunlich; beim zweiten Mal war es viel einfacher. Der Mensch ist ein seltsames Wesen; wie schnell er sich an etwas gewöhnen kann, sogar ans Töten. Dieses Mal fühlte es sich an wie ein Spiel oder wie eine Szene in einem Film. Ein Action-Film, dessen Drehbuch ich selbst geschrieben habe und in dem jeder genau das macht, was ich will.

Ich habe nicht angeklopft, bin einfach reingegangen. Er saß an seinem Schreibtisch und zählte Geld, als ich den Raum betrat. Er blickte hoch. »Geschlossen«, sagte er und musterte mich mit diesem Blick. Es war ihm nicht bewusst, dass ich ihm den Tod bringen würde. Ich habe ihn freundlich angelächelt und ihm erklärt, warum ich hier bin und warum er jetzt gleich sterben wird. Zwei Sätze nur. Als die Angst doch noch in seinen Augen aufblitzte, habe ich ihn außer Gefecht gesetzt. Ihm das Gift zu spritzen war noch das kleinste Problem.

Während er starb, vertrieb ich mir die Zeit in seinem Spielparadies. Ich suchte mir *Creature of the Black Lagoon* aus – den erkannte ich sofort wieder. Als ich ein Kind war, hab ich den Flipper geliebt. Und ich war gut, konnte schon als Dreikäsehoch die Kugel stundenlang über die linke Rampe in die Spirale schießen, während ich mit dem linken Flipper die zweite Kugel blockierte.

Die Idee, Kerners Leiche auf dem Kasten mit dem grünen Monster zu inszenieren, kam mir spontan. Es schien mir passend. Das Unterfangen stellte sich dann aber als schwieriger heraus als gedacht. Ich zog ihn aus, quetschte seine Füße in die Schuhe, stülpte ihm die Socke über und schleifte ihn zum Automaten. Ich hievte ihn hoch, ein Kraftakt, er war viel schwerer als gedacht. Hat mich völlig außer Atem gebracht, aber aufgeben ging nicht. Wenn ich mir mal was in den Kopf gesetzt habe … Schließlich lag er bäuchlings auf dem Glas des Spielfelds, doch er rutschte immer wieder ab. Es war eine Geduldsprobe, bis ich es geschafft hatte, erst das eine Handgelenk mit dem Kabelbinder am Automatenbein zu fixieren, dann das andere. Dabei war Geduld noch nie meine Stärke. Ich habe viel zu viel Zeit verloren. Das nächste Mal muss ich schneller sein.

Dann noch die Maske überstreifen, dieses Mal über den Hinterkopf, weil es anders nicht geht, und den Tatort von möglichen Spuren säubern. Fertig. Am Schluss war ich zufrieden mit meinem Werk. Nur die Socke kam mir auf einmal lächerlich vor. Aber das ist ja der Sinn der Sache; ihn demütigen, ihn lächerlich machen in seiner Hilflosigkeit. Bewährtes soll man bekanntlich nicht ändern.

Jetzt, im Nachhinein, sind auch die Zweifel weg. Was ich nach der ersten Tat vermisst habe, ist endlich eingetreten: Befriedigung. Die Rache tut mir gut. Ich fühle mich leichter, als hätte ich mich von altem Ballast befreit. Ich bin jetzt überzeugt, dass es richtig ist. Mir allein ist zu verdanken, dass die beiden Schweine ihre gerechte Strafe erhalten haben. Sie werden kein Leid mehr anrichten. Ich habe geschafft, woran die Justiz und mit ihr die Gesellschaft kläglich gescheitert ist: Ich sorge für Gerechtigkeit.

Ein Lächeln liegt auf meinem Gesicht, als ich in einem Kleid und in Damenschuhen an der Aare entlang zurück in die Stadt und in den noch jungen Tag hineinspaziere.

Als ich sicher bin, dass ich allein bin, werfe ich die mit Steinen beschwerte Tasche, in der sich Kerners Kleidung und die Spritze befinden, ins Wasser und schaue zu, wie sie langsam versinkt. Ich sauge den moosig-feuchten Geruch des grünen Stroms in mich auf, spüre jeden einzelnen Strahl der Sonne auf meinem Gesicht. Wie schön das Leben auf einmal ist.

# 24.

Milla taucht aus einem Traum auf. Sie will nicht aufwachen, will weiterträumen, er hat sich gut angefühlt, der Traum, auch wenn sie sich nicht an dessen Inhalt erinnert. Nur einzelne Fetzen davon sind kleben geblieben; die Sonne, das Meer, lautes Lachen, Fröhlichkeit – sie war irgendwo, nur nicht hier. Hier geschah ein Attentat. In Bern, ihrer Lieblingsstadt, weil sie so gemütlich und so friedlich ist. Friedlich war. Milla wünschte, es wäre umgekehrt; das Attentat wäre ein Albtraum statt Wirklichkeit. Das Gedankenkarussell kommt in Fahrt, und an Schlaf ist nicht mehr zu denken. Milla weigert sich noch immer, die Augen zu öffnen. Neben sich hört sie ein vertrautes, ruhiges Atmen; Sandro. Jetzt ist auch eine andere Erinnerung wieder da. Wie sie gestern Abend beinahe nach Hause gerannt sind, lachend die Treppe hoch, direkt ins Schlafzimmer von Sandros Wohnung unter dem Dach eines renovierungsbedürftigen, aber charmanten Altstadthauses. Sie haben sich gegenseitig ausgezogen, gierig, ungeduldig, ungestüm, sie konnte ihn nicht genug berühren und streicheln und spüren, sie atmete ihn ein und löste sich in ihm auf. Sie haben sich leidenschaftlich und wild geliebt, später gleich noch einmal, aber nun langsam und zärtlich, bevor sie beide von der Erschöpfung übermannt wurden. Milla erinnert sich nicht daran, wie sie eingeschlafen ist. Sie muss innerhalb von Minuten weg gewesen sein.

Jetzt aber ist sie hellwach. Sie dreht sich behutsam auf die Seite, angelt nach ihrem Handy, tippt es an. Es ist erst zwanzig vor sieben. Nicht ihre Zeit, um aufzustehen. Trotzdem steigt sie aus dem Bett, darum bemüht, Sandro nicht zu wecken, selbst wenn die Gefahr gering ist; er ist schwer wachzukriegen, selbst dann, wenn man ihn wachrütteln will. Milla macht sich auf die Suche nach ihrer Kleidung, den Slip kann sie nicht finden, also schlüpft sie ohne in die Jeans. Irgendwann wird er bestimmt wieder auftauchen. Sie schleicht aus dem Zimmer und schließt leise die Tür hinter sich. In der Küche setzt sie Kaffee auf und fährt ihren Laptop hoch.

Eine Mail ploppt auf dem Bildschirm auf. Von ihrem Cousin Kaspar. Milla klickt sie an.

*Guten Morgen, liebe Lieblingscousine! Ich habe etwas gefunden. Es wird dir gefallen, obwohl es einem eigentlich nicht gefallen kann – aber in deinem Beitrag wird es für Aufsehen sorgen. Blackpill95 war in verschiedenen Foren aktiv. Das hier ist das Übelste, das er gepostet hat.*

Der Link, den Kaspar Milla geschickt hat, führt auf eine Webseite, die sich Incel-bp.is nennt. Die Seite lädt ein Video hoch, das Blackpill95 reingestellt hat. Es zeigt einen jungen Mann, der vor einer Holzwand sitzt. Das Gesicht ist unverwechselbar: dreieckige Form, breite Stirn und schmales Kinn, darüber schwarzes, gekraustes Haar. Sascha Vogt, der mutmaßliche Attentäter, den Sandro gestern gefasst hat. Die Sonne scheint ihn an, sodass er im Video leicht überbelichtet ist. Er hält die Hand ans Kinn und blickt halb nachdenklich, halb fordernd in die Kamera. Wüsste man nicht, was er getan hat, wäre er einem nicht unsympathisch. Milla drückt auf das Play-Symbol, um das Video zu starten.

»Wenn ich euch nicht haben kann«, sagt Sascha Vogt in die Kamera und macht eine Pause, »Girls«, Pause, »dann werde ich euch zerstören.« Pause. Und dann ein Lachen, das alles in Milla gefrieren lässt. Zuletzt schweift Vogts Blick von der Kamera weg nach rechts. Dann stoppt das Video.

Milla sieht es sich gleich noch einmal an. Und noch einmal. Das Verstörende daran ist, dass der Mann, der da redet, so normal wirkt, dass er die Worte in einem ruhigen, unschuldigen Tonfall spricht. Und dass man weiß, dass er nach diesem Video mit einem Sturmgewehr losgezogen und Amok gelaufen ist. Es war ein angekündigter Massenmord.

Erneut leuchtet ein Fenster auf Millas Bildschirm auf, das ihr eine weitere Mail von Kaspar ankündigt. Auch er scheint heute Morgen unter Bettflucht zu leiden. Wobei Kaspar, so wie sie ihn kennt, wohl noch gar nicht im Bett war; er ist ein Nachtfalter. In der Nacht, hat er ihr einmal erklärt, seien mehr Energien frei, darum könne er nachts besser arbeiten.

*Hier, noch mehr...* Auf diese drei Worte folgen weitere Links, die Milla in eine dunkle Welt tragen, von deren Existenz sie nichts geahnt hat. Als sie durch die verschiedenen Foren scrollt, gerät sie in einen Gewittersturm aus frauenfeindlichen Hassbotschaften. Da werden Frauenmörder wie Ted Bundy heiliggesprochen, die Verfasser der Posts feiern frenetisch frauenfeindliche Terroranschläge, stiften sich gar gegenseitig an, Frauen zu vergewaltigen oder auch Selbstmord zu begehen, nicht ohne ein paar Frauen mit sich in den Tod zu reißen. In den Chats ist die ganze Zeit von *Femoids* die Rede, es dauert einen Moment, bis Milla sich daran erinnert, dass so die Frauen genannt werden im Universum der Incels, *Femoids* oder *Foids*. Sie versteht den Ausdruck nicht und muss ihn googeln: Es ist ein Kofferwort aus *female* und *humanoid* – weiblich und menschenähnlich.

»Was zum Teufel ...«, flüstert Milla fassungslos, als sie sich weiter durch Kaspars Links klickt.

Zwei führen direkt zu Einträgen, die von Blackpill95 stammen. Sie erkennt Sascha Vogt auf einem Foto, auf dem er mit einem Sturmgewehr posiert. Darunter steht: *Heute werden sie das Fürchten lernen. Check the news: Die Reithalle brennt.*

Milla schaut auf Datum und Zeit des Eintrags: zwei Stunden, bevor er in der Frauendisco um sich schoss. Siebenundachtzig Likes hat er für den Post erhalten. *Go for it, der Rächer ist heilig!*, hat jemand darunter geschrieben. *Mach die Fotzen zur Schnecke, schieß sie alle tot!*, kommentiert ein anderer User.

»Schweine!«, sagt Milla laut. Sie blickt erschrocken zur Tür. Doch dahinter ist nichts zu vernehmen, Sandro hat einiges an Schlaf nachzuholen. Weiter unten im gleichen Forum findet sie zwei ältere Einträge von Blackpill95: *Wenn ich keine anständige Frau zum Leben finde, werde ich viele unanständige Frauen zum Sterben finden. Wenn sie mir das Leben verweigern wollen, das mir zusteht, werde ich keine andere Wahl haben, als ihnen das Leben zu verweigern. Wenigstens werde ich dann nicht länger in einer vom Feminismus beherrschten Welt leben müssen.* Und etwas weiter unten: *Ihre Arroganz, Gleichgültigkeit und ihr Verrat werden endlich aufgedeckt und bestraft werden. Ich weiß jetzt mehr denn je, dass ich nicht in eine Gesellschaft gehöre, die auf Entmannung aus ist. Ich werde es allen Femoids zeigen. Die Rache indes schmeckt bitter. Das ist nicht das, was ich wollte. Kein Kind sitzt nachts in seinem Zimmer und träumt von so etwas. Aber es ist so weit gekommen, ich habe keine andere Wahl.*

Milla kann nicht fassen, wie viele Warnungen Vogt ausgesprochen hat, wie viele Alarmlampen hätten aufleuchten müssen – doch passiert ist nichts. Wie kann das sein? Die Antwort auf ihre unausgesprochene Frage erhält Milla, als sie den letzten Link anklickt, den ihr Kaspar mit der Mail geschickt hat. Der Name des Forums heißt: *Sir Sascha Vogt alias Blackpill95 ist ein wahrer Held.* Milla liest nur die ersten drei Beiträge, mehr erträgt sie nicht: Es sind Lobeshymnen auf den Massenmörder, der aus reinem Hass auf Frauen wahllos getötet hat. Milla klappt den Laptop zu und greift zum Handy. Sie stellt Kaspars Nummer ein. Er geht sofort ran.

»Hast du's gelesen?«, fragt er, ohne sich mit den sonst für ihn üblichen überschwänglichen Begrüßungsfloskeln aufzuhalten.

»Ich könnte kotzen.« Das könnte Milla wirklich, ihr ist übel.

»Leider ist es real. Diese Typen leben mitten unter uns.«

»Kanntest du diese Incel-Szene bereits?«

»Ja, ich bin ihr bei meinen Recherchen im Netz schon mehrmals begegnet, es war mir aber nicht klar, dass es derart übel ist.«

»Wer sind diese Männer?«

»Die Incels? Das sind narzisstisch gekränkte Typen, für die Vogts Terroranschlag eine Form der Wiedergutmachung für die gefühlte Ungerechtigkeit ist, die ihnen angeblich widerfährt.«

»Ungerechtigkeit?«

»Die Tatsache, dass sie nicht die Anerkennung und die Liebe der Frauen erhalten, nach der sie lechzen, sondern tagtäglich erfahren, dass sie klägliche, unbedeutende Verlierer sind. Sie sehen sich als die größten Verlierer unserer Zeit, weil sie in der genetischen Lotterie die Niete gezogen haben.«

»Sie hassen sich eigentlich selbst und projizieren diesen Hass auf die Frauen?«

»Genau. Sie sagen, Frauen würden sie wegen ihrer Hässlichkeit nicht beachten, weil sie – so das Verständnis der Incels – allesamt oberflächliche Schlampen seien, die nur mit gottgleichen Klischeezeichnungen von Hypermaskulinität schlafen, mit Kens, um es in der Barbie-Sprache zu sagen. Sie selbst nennen die schönen und ihrer Ansicht nach verblendeten Männer *Chads*. Chad war in den USA der Neunziger ein Slang-Name für junge, erfolgreiche, weiße Männer.«

»Und Frauen nennen sie verächtlich Femoids.«

»Die haben eine ganz eigene Sprache entwickelt. Es gibt sogar ein Incel-Wikipedia. Schuld an der ganzen Misere sind natürlich nicht sie selbst, sondern die Frauen und der Feminismus. Die Welt sei eine Geisel des Feminismus'.«

»Seltsam, dass ich bisher kaum etwas davon gemerkt habe«, sagt Milla sarkastisch. »Ich verstehe nicht, dass es mitten unter uns eine derart frauenverachtende Subkultur gibt und dass kein Schwein darüber spricht.«

»In Amerika sind die Incels schon länger ein Thema, dort ereigneten sich auch die meisten frauenfeindlichen

Attentate. Marc Lépine zum Beispiel ermordete zwölf Studentinnen – die männlichen Studenten schickte er raus, bevor er losballerte. Der von den Incels heiliggesprochene Elliot Rodger tötete auf einem Universitätscampus sechs Menschen. In seinem Manifest rechtfertigte er seinen mörderischen Frauenhass als legitime Wiedergutmachung seiner Kränkung, dass er noch nie Sex mit einer Frau haben konnte. Auch Tim Kretschmer, der Amokläufer von Winnenden, attackierte gezielt Schülerinnen und weibliche Lehrkräfte. Die Liste lässt sich beliebig weiterführen.«

Milla hat genug gehört. Sie weiß jetzt, was sie zu tun hat. Sie wird versuchen, das Thema, das bis jetzt totgeschwiegen wurde, in der Sendung *Wochenthemen* groß rauszubringen. Es geht nicht an, dass diese frauenverachtenden Typen ihren Hass auf die Straße tragen und wahllos Frauen töten.

»Kaspar, danke, du warst mir eine große Hilfe.«

»Cousinchen, ich würde gerne sagen, es war mir ein Vergnügen. Aber um ehrlich zu sein: Das war es nicht. Es macht mich krank, wenn ich mir diesen Scheiß reinziehen muss. Gib ihnen Saures in deinem Beitrag.«

»Das mach ich. Versprochen.«

»Was versprichst du wem?«, fragt Sandro hinter Millas Rücken.

Sie legt das Handy weg und dreht sich zu ihrem Freund um. Sandro sieht völlig zerzaust und zerknittert aus.

»Ich habe meinem Cousin versprochen, dass ich in einer Reportage die Hintergründe der Incel-Szene aufdecken werde.«

»Der Incel-Szene?«

»Wusstest du, dass Sascha Vogt sein Attentat gleich mehrmals in Incel-Foren angekündigt hat – ohne dass jemand reagiert hat? Nicht einem einzigen dieser Frauenhasser ist es in den Sinn gekommen, die Polizei zu alarmieren. Hier!«

Milla zeigt Sandro auf ihrem Laptop die Posts, die Kaspar von Blackpill95 gefunden hat. Die meisten davon sind ihm neu.

»Kannst du mir das schicken?«

»Klar, Chef.« Milla küsst Sandro auf den Mund.

»Und tust du mir einen Gefallen?«

»Welchen?«

»Lass es bleiben.«

»Was?«

»Den Beitrag über die Incels – ich will, dass du die Finger davon lässt.«

»Wie bitte? Du willst, dass das unter Verschluss bleibt? Soll die Szene weiterhin totgeschwiegen werden?« Milla wird laut. Sie kann nicht glauben, was Sandro gerade gesagt hat.

»Milla, beruhige dich. Alles, was ich von dir verlange, ist: Berichte nicht über die Incels, recherchiere nicht in dieser Szene.«

»Warum nicht?« Milla ist fassungslos.

»Weil es zu gefährlich ist. Die werden dich zum Abschuss freigeben. Das kann ich nicht zulassen.«

Nicht schon wieder, denkt Milla. Sie ist dieser Diskussionen so müde. Sie weiß, dass er ihren Beruf nicht mag – aber sie hat sich Sandro auch nicht ausgesucht, weil er Polizist ist. Im Gegenteil; sie hätte einen Partner mit einem anderen Beruf bevorzugt. Immer wieder hat Sandro das Gefühl, sie in ihrer Arbeit bremsen zu müssen. Sie verbietet ihm schließlich auch nicht, gefährliche Terroristen zu jagen, obwohl er sich dabei in Gefahr begibt.

»Es tut mir leid, Sandro. Du machst deinen Job, ich mache meinen. Ich lasse mir von dir nichts verbieten!«

Sie packt ihre Sachen. Als sie die Wohnung verlässt, knallt sie die Tür hinter sich zu.

# 25.

Nathaniel hat nicht schlafen können. Er hat stundenlang mit Gundula geredet, das hat ihm gutgetan. Gundula, seine erste Freundin, seine erste Frau, seine erste große Liebe. Er hätte nicht gedacht, dass er nach so langer Zeit des Alleinseins doch noch eine Partnerin finden könnte, und er hat nicht geahnt, dass es gleich die beste Freundin sein würde, die man sich vorstellen kann. Gundula hat zwar mit zwölf Jahren aufgehört zu wachsen, aber sie ist um einiges größer als viele Menschen, die Nathaniel kennt. Und mutiger. Und vorlauter. Und liebenswerter. Und toleranter. Und lustiger. Seit letzter Nacht weiß er, dass sie auch die beste Trösterin der Welt ist.

Gundula hat ihm lange zugehört, hat sich Caroles Geschichte erzählen lassen. Er schilderte ihr, wie er vor Jahren via Zufallsgenerator mit Carole per Videochat verbunden wurde, als er über die App *Be my eyes* Hilfe eines Sehenden beanspruchte. Er wollte herausfinden, welches seiner Hemden das blaue war, und brauchte daher jemanden mit funktionierenden Augen. Er berichtet Gundula, wie er während des Gesprächs unfreiwillig Ohrenzeuge eines Verbrechens wurde – das er schließlich aufklären konnte. Nathaniel hat in Gundulas Armen geweint, sie hat ihn festgehalten, und als er keine Tränen und keine Worte mehr hatte, begann sie zu erzählen. Sie entwarf Szenarien, wie das Leben weitergehen könnte, ein Leben zu dritt, Gundula und Silas und Nathaniel. Sie hat ihm aufgezeigt, dass Caroles Tod nicht das Ende ist, sondern eine Zäsur, die einen Neuanfang zur Folge hat. Sie hat ihm Mut gemacht, bis sie dann irgendwann doch noch eingeschlafen ist. Was für ein Glück, eine Frau wie Gundula an seiner Seite zu haben.

Als hätte sie im Schlaf seine Gedanken gehört, dreht sie sich im Bett zu ihm um und schmiegt ihren Körper an ihn. Sie fühlt sich weich und warm an. Er legt den Arm um sie.

»Du bist schon wach?«, fragt sie verschlafen.

»Immer noch wach, ich konnte keinen Schlaf finden. Danke, dass du für mich da warst letzte Nacht. Du hast mir gutgetan.«

Er sucht ihr Gesicht und küsst sie sanft.

»Wann kommt Veronika?«

»Um halb neun.«

Nathaniel spürt, dass sich Gundula aufrichtet, um auf den Wecker zu schauen.

»Also in zehn Minuten.«

»Was? Dann müssen wir aufstehen!«

In dem Moment hört Nathaniel ein leises Klopfen, unmittelbar danach folgt das Geräusch der sich öffnenden Tür.

»Nathaniel?«

»Komm rein, Silas.«

»Hallo Gundula. Darf ich zu euch kommen?«

Ohne eine Antwort abzuwarten, kuschelt sich Silas zwischen Nathaniel und Gundula ins Bett. Sie halten sich aneinander fest, schweigend, weil es nicht immer Worte braucht. So, denkt Nathaniel, sieht unsere Zukunft aus.

Sie werden zu dritt durchs Leben gehen, er und Gundula werden für Silas da sein. Es fühlt sich richtig an.

»Mama ist immer noch tot.« Es ist Silas nicht anzuhören, ob es eine Feststellung oder eine Frage ist.

»Heute werden wir ein Abschiedsfest für Mama organisieren, einverstanden?«

»Einverstanden.«

Nathaniel hört, dass sich auch das vierte Familienmitglied dazugesellt, das wohl schon lange aufs Gassigehen wartet. James Pfoten verursachen ein leises, kratzendes Geräusch, als er das Zimmer betritt. Sobald er sieht, wer da alles liegt, stößt er einen freudigen Japser aus und landet mit den Vorderbeinen auf dem Bett.

»James!« Silas umarmt den Kopf des Hundes und drückt sein Gesicht in dessen Fell.

In dem Moment klingelt es. James beginnt zu kläffen, worauf vor der Tür ein altbekanntes Jaulen erklingt, das es mit jedem Sirenenalarm aufnehmen kann. Veronika und Alisha sind da. Silas flitzt zur Tür und lässt die beiden herein. Auch Nathaniel und Gundula stehen nun auf. Alisha überrennt Nathaniel um ein Haar und springt freudig an ihm hoch, bis Veronika die Hündin zur Seite schiebt und Nathaniel umarmt. Veronika, seine Freundin und seine Großmutter in einem. Wäre der Anlass nicht so traurig, wäre Nathaniel in dieser Sekunde glücklich, weil er seine Lieben um sich hat, in diesem chaotischen Durcheinander. Noch nie hat er sich so geborgen gefühlt.

Zur gleichen Zeit, keine zwei Kilometer entfernt, zuckt Bettina zusammen. Sie muss auf dem Stuhl neben Petras Bett eingenickt sein. Ihre Augen brennen, sie sucht nach Petras Hand, legt sie in ihre. Sie blickt auf den Menschen, der da liegt, den sie so sehr liebt und der ihr mehr und mehr entgleitet. Noch nie, denkt Bettina, hat sie sich so einsam gefühlt. Sie hat mit niemandem über ihre persönliche Situation gesprochen. Der einzige Mensch, der Bescheid weiß, ist Petras Mutter. Sie hat sie noch in der Nacht des Verbrechens angerufen. Petras Mutter lebt seit vielen Jahren in Tasmanien, im Moment befindet sie sich irgendwo in der Luft, um zu ihrer schwer verletzten Tochter zu reisen. Bettina hat Petras Mutter noch nie getroffen, die geografische Distanz war viel zu groß. Anders als ihre eigene Familie hat Petras Mutter deren Homosexualität von Anfang an nicht nur akzeptiert, sondern ihre Tochter auch in allem, was sie tat, unterstützt.

Mit ihren Freundinnen aus der Szene hat Bettina noch keinen Kontakt aufgenommen. Zum einen, weil sie nicht weiß und im Moment auch gar nicht wissen will, ob sie noch weitere Frauen kennt, die bei dem Angriff verletzt oder gar getötet worden sind. Es wäre zu viel. Zum anderen, weil sie nicht mit Fragen bombardiert werden möchte; Fragen, die von all jenen kommen würden, die wissen, dass sie Polizistin ist. Sonst hat sie niemanden, mit dem sie über die Geschehnisse reden könnte: Die Kollegen von der Polizei dürfen es nicht wissen. Sie hat sich mit ihrem Alleingang bei Vogts Festnahme schon zu weit hinausgelehnt. Wenn jemand erführe, dass sie gleichzeitig hochgradig befangen war, könnte sie ihren Polizeiausweis sofort abgeben. Und mit ihren Eltern … mit ihren Eltern hat sie schon seit Jahren nicht mehr gesprochen. Einen flüchtigen Augenblick lang überlegt sie sich, ihre Mutter anzurufen. Doch was soll sie ihr sagen? Hallo, meine Lebenspartnerin liegt im Koma, die Frau in meinem Leben, die ihr nie akzeptiert habt, bitte spendet mir etwas Trost? Undenkbar. Lieber würde sich Bettina eine Kugel ins Knie jagen.

Sie blickt auf die Uhr. Sie muss bald los. Sandro hat sie um neun zu einer Sitzung bestellt. Sie kann sich vorstellen, was er ihr sagen wird, mit welchen Worten er sie tadeln will. Aber er wird sich nach seiner Schimpftirade versöhnlich zeigen, zu groß ist ihr Verdienst, als dass er ihr Vorgehen abstrafen wird; schließlich hat sie allein herausgefunden, wo sich der Täter versteckt hielt, und ihn überwältigt. Wenn sie nicht wäre, wäre er womöglich weiterhin auf der Flucht. Vielleicht würde er wieder töten. Männer wie er kriegen nie genug.

»Petra«, flüstert Bettina. »Ich muss zur Arbeit.« Sie hält die Hand ihrer Freundin, streichelt mit dem Daumen den Handrücken. Petras Hand fühlt sich an wie ein feuchtes, kaltes Laubblatt. »Ich komme bald wieder. Ich lasse dich nicht lange allein. Bitte, lass auch du mich nicht allein. Ich kann ohne dich nicht sein. Ich liebe dich.«

Bettina erhebt sich, beugt sich über das Bett und gibt Petra einen Kuss auf die Schläfe. Keine Reaktion. Sie kämpft gegen die Tränen an; sie muss stark sein, wenn sie will, dass auch Petra stark ist.

Als Bettina die Station verlässt, überflutet sie eine Welle der Angst, ausgelöst durch eine diffuse Vorahnung, dass Petra es nicht schaffen wird.

»Wenn sie stirbt, bring ich ihn um«, sagt Bettina zu sich selbst.

Eine Pflegerin, die in dem Moment im Flur ihren Weg kreuzt, blickt ihr irritiert hinterher.

Draußen kündigt die Glocke des Kirchturms die neunte Stunde an, als Irena Jundt in ihrem Institut den toten Jürgen Bräutigam auf der Schublade aus dem Kühlfach zieht.

»Wer hat dich bloß umgebracht?«, flüstert die Rechtsmedizinerin.

Über ihr flackert nervös eine Neonröhre, das tut sie seit Jahren schon. Aus ihrem Tiny-Büro, das nachträglich in die eine Ecke des Instituts für Rechtsmedizin eingebaut worden ist, klingt leise Mozarts Requiem herüber. Sie hat rasch die Playlist gewechselt, bevor sie Bräutigam rausgeholt hat. Arbeitet Irena mit Leichen, hört sie klassische Musik, schreibt sie einen Rapport, darf es auch mal Punk sein. Sie wollte den Bericht für Sandro heut früh noch rasch fertigschreiben, bevor sie sich ins Wochenende verabschiedet, doch ein Anruf hat ihre Schreibarbeit unterbrochen: Der Bestatter Balthasar Abgottspon hat sich gemeldet. Irena ist überrascht, dass Abgottspon noch immer im Dienst ist. Nicht nur, weil er längst das Pensionsalter erreicht hat, sondern auch, weil er sich letzten Frühling einen ihres Erachtens unverzeihlichen Fehltritt geleistet hat. Doch das hat offensichtlich nicht ausgereicht, um seine Laufbahn als Bestatter zu beerdigen. Auf jeden Fall wird Abgottspon gleich hier sein, um Jürgen Bräutigam abzuholen. Irena hat dessen Körper gerade erst freigegeben, aber seine Schwester scheint es mit der Beerdigung eilig zu haben. Sie hat veranlasst, dass die Leiche ihres Bruders sofort ins Krematorium überführt wird.

Irena rollt die Bahre zur Kühlfachschublade, pumpt sie auf die richtige Höhe und zieht den Toten mit einem Ruck darauf. Sie wünschte sich, ihr Assistent Lang wäre hier, aber der ist noch immer im provisorischen Obduktionssaal beschäftigt. Er koordiniert dort die Zusammenarbeit mit den zugezogenen Kollegen. Morgen oder spätestens übermorgen werden sie wieder auf Normalbetrieb zurückfahren können.

Nun gut, sie wird mit Abgottspon allein klarkommen, sie haben das schon öfters zu zweit gemacht.

Die Klingel schrillt. Abgottspon ist da. Irena holt ihn am Eingang ab.

»Herr Abgottspon, ich hätte nicht gedacht, dass wir uns wiedersehen.« Irena sagt es mit überfreundlichem Lächeln, das noch etwas breiter wird, als sie sieht, dass Abgottspon sofort errötet. »Alles in Ordnung«, schiebt sie nach, um ihn zu beruhigen. »Ich bin nicht nachtragend.«

Sie hält ihm die Tür auf, während er den Sarg auf einer Rollbahre hineinstößt; ein weißer Sarg mit vergoldeten Kanten, wie sie ihn nicht oft zu sehen kriegt. Weiß wie die Unschuld, denkt Irena, garniert mit einer Portion Kitsch. Sie schüttelt unwillkürlich den Kopf.

»Hoffentlich haben die Angehörigen keine ausgefallenen Sonderwünsche.«

»Nein, nichts Besonderes, ich bin aber trotzdem froh, wenn Sie mir rasch helfen könnten.«

Irena hat nichts anderes erwartet, als sie gesehen hat, dass auch Abgottspon ohne einen Assistenten gekommen ist.

Es ist üblich, dass die Bestatter die Toten direkt im Institut anziehen und in den Sarg betten. Auch ist sich Irena nie zu schade mitzuhelfen. Es ist ein letzter Dienst an ihren Klienten. Glücklicherweise nimmt das Bekleiden von Bräutigams Leiche nicht allzu viel Zeit in Anspruch: Die Schwester hat sich gegen die Alltagskleidung und für ein Totenhemd entschieden, was Irena und Abgottspon die

Arbeit sehr erleichtert. Ein Totenhemd indes, das etwas eigenwillig anmutet: Auf das Hemd ist ein Anzug *aufgemalt*, Irena hat nicht einmal gewusst, dass es so etwas gibt.

»Ein Fake-Anzug? Echt jetzt?«

Balthasar Abgottspon zuckt mit den Schultern. »Das ist noch nicht alles.«

Er zieht ein schwarzes Samtsäckchen aus der Tasche, öffnet es und packt eine Krawatte aus funkelnden Steinen aus.

»Sind die echt?«, fragt Irena.

»Keine Ahnung. Es ist der letzte Wunsch der Schwester, dass er sie trägt.«

»Der Sarg wird doch während der Beerdigung nicht offen sein?«

Irena blickt auf die grünlich verfärbte Haut des Toten. Sie hat sich zwar bemüht, Jürgen Bräutigam sorgfältig herzurichten, nachdem sie seinen Körper wieder zugenäht hatte, aber sie würde die Leiche in diesem Zustand keinem Angehörigen zumuten.

»Nein, der Sarg wird geschlossen bleiben. Ach, jetzt hätte ich fast etwas vergessen.«

Abgottspon wühlt in seiner Tasche und zieht schließlich eine Armbanduhr hervor. Sie sieht nicht nur teuer aus, sondern auch massiv und riesig, sie könnte glatt als Totschläger durchgehen. Er bindet sie der Leiche um das rechte Handgelenk.

»Rechts?«

»Ausdrücklicher Wunsch der Schwester. Was für ein Zifferblatt; sieht aus, als wäre er weitsichtig gewesen.«

»Eine Uhr für einen Toten, als ob die Zeit jetzt noch wichtig wäre.«

»Die Wünsche der Hinterbliebenen sind oft unergründlich.«

Als sie fertig sind, liegt Jürgen Bräutigam in einem aufgemalten Anzug und mit Glitzerstein-Krawatte im mit Satintüchern ausgestatteten weißen Sarg.

»Hoffentlich werden wir deinen Mörder bald kriegen«, flüstert Irena ihm zu, als Abgottspon den Deckel hochhievt und den Sarg für immer schließt.

Als sich Irena vom Bestatter verabschieden will, klingelt ihr Handy. Sie nimmt den Anruf an und nickt Abgottspon zu, während sie ihm die Tür aufhält und er mit Bräutigam im Sarg das Institut verlässt.

»Irena, hier Malou Löwenberg. Wir haben eine neue Leiche.«

Irena schließt die Augen. Nicht schon wieder, denkt sie. Sie kann sich nicht erinnern, dass sie je so viele unnatürliche Todesfälle in nur einer Woche zählten. Das war's dann wohl mit dem freien Wochenende.

»Ein Tötungsdelikt?«, fragt sie Malou.

»Die Leiche trägt rote Stöckelschuhe ...«

# 26.

Als Malou das Gespräch mit Irena beendet hat, ruft sie Sandro an. Sie hat es so lange wie möglich hinausgezögert, weil sie ihn nicht wecken wollte. Er hat seit dem Attentat fast pausenlos durchgearbeitet. Jetzt aber kann sie nicht mehr länger warten.

»Ist es dringend?« Sandro klingt grantig, als er rangeht.

Sie hat erwartet, dass er verschlafen klingen würde, aber sie hat nicht damit gerechnet, dass er übellaunig ist. Auch dir ein schönes Wochenende, denkt Malou. »Ich fürchte ja, es tut mir leid, dass ich dich stören muss.«

»Okay, schieß los.«

»Bendicht Kerner ist tot.«

Stille.

»Der Mann, der wie Jürgen Bräutigam einen Schuh in seinem Paketfach fand«, schiebt Malou nach. »Den ich gestern noch gewarnt habe.«

»Das darf nicht wahr sein! Verfluchter Mist! Der gleiche Täter?« Endlich scheint Sandro ganz bei der Sache zu sein.

»Ich gehe davon aus. Nackte Leiche, Schnabelmaske, Socke über dem Penis, übrigens die gleiche wie bei Bräutigam, sowie rote Stöckelschuhe an den Füßen.«

»Warum hat er nicht auf dich gehört? Du hast ihm doch gesagt, was passiert ist?«

»Habe ich. Er hat auch reagiert: Er hat seine Wohnung verlassen und ist mit seiner Freundin vorübergehend in ein Airbnb gezogen. Leider hat er sich aber nicht von seinem Arbeitsplatz ferngehalten; eine Spielhalle mit Flipperautomaten.«

»Kannst du mir die Adresse durchgeben?«

Malou nennt Sandro die Adresse und ist erleichtert, dass sie endlich Unterstützung erhält. Das hier ist eine große Sache, und sie fürchtet, dass es noch schlimmer werden wird. Doch erst mal braucht Malou frische Luft. Während die Kollegen der Spurensicherung drinnen ihre Arbeit tun, hat sie sich nach draußen auf die Straße begeben, um mit Sandro und Irena zu telefonieren – drinnen im Haus ist der Handy-Empfang zu schlecht. Bevor sie wieder hochgeht, lehnt sie sich neben dem Hauseingang an die Mauer, legt den Kopf in den Nacken und spürt die Sonne auf dem Gesicht. Da hört sie Stimmen. Sie wundert sich, woher sie stammen, und blickt Richtung Fluss. Auf einmal sieht sie zwei Schwimmer in der Aare vorbeiziehen, zufrieden und ruhig lassen sie sich von der Strömung treiben. Malou wünscht sich plötzlich, sie wäre einer dieser Schwimmer und nicht die Polizistin, die gerade eine Leiche auf einem Flipperautomaten gefunden hat. Manchmal fragt sie sich, warum sie einen Beruf gewählt hat, der sie immer wieder mit dem Schlechten konfrontiert, statt mit dem Schönen im Leben. Du kennst die Antwort, sagt sie in Gedanken zu sich selbst.

In dem Moment fahren Irena und Sandro exakt gleichzeitig auf den Vorplatz – Irena mit ihrem Dienstwagen, Sandro mit dem Fahrrad. Er kettet es an den nächstgelegenen Zaun, während Irena sich umkleidet und sich für die äußere Leichenschau vorbereitet. Malou hält auch Sandro einen Schutzanzug hin.

»Warum bist du überhaupt hierhergekommen?«

Sandro schlüpft in den Anzug und schließt den Reißverschluss.

»Seine Freundin hat mich angerufen, weil er letzte Nacht nicht von der Arbeit zurückgekehrt ist.«

Malou reicht ihm Handschuhe und Füßlinge.

»Bist du …«, Sandro blickt sich um, »bist du etwa allein hier reingegangen?« Er zieht die Handschuhe an und streift die Füßlinge über.

»Ich habe eine Streife gerufen«, sagt Malou schnell. Das ist nicht mal gelogen, denkt sie.

»Gut. Gut gemacht.«

In dem Moment klingelt Sandros Telefon. Er blickt auf das Display und nimmt den Anruf entgegen. »Bettina, gut, dass du dich meldest. Wir brauchen dich hier.« Bevor sie etwas erwidern kann, nennt er ihr die Adresse. »Es gibt einen weiteren Toten in Stöckelschuhen«, fügt Sandro an und klickt das Gespräch weg.

Als auch Irena so weit ist, steigen die drei gemeinsam hoch in den zweiten Stock.

»Wow!«, entfährt es Sandro, als er die große Halle mit den Flipperautomaten betritt. Irena schnalzt beeindruckt mit der Zunge.

»Kerner liegt im Nebenraum.« Malou führt die beiden zum Durchgang in den zweiten Spielsaal, hin zum einzigen Flipperkasten, der vor sich hin surrt und plingt und eine immer wiederkehrende Melodie spielt, während alle anderen ausgeschaltet schweigen.

»The Creature of the Black Lagoon«, stellt Sandro fest.

Auf der Spielfläche liegt eine ganz andere Kreatur:

Kerners nackter Körper wirkt bizarr verdreht. Sandro realisiert erst im zweiten Moment, warum der Anblick so irritierend ist: Die Leiche liegt vornübergekippt auf dem Bauch, der breite Hintern ragt weiß in die Höhe, und der Kopf sieht aus, als wäre er um hundertachtzig Grad gedreht – weil die Schnabelmaske über seinen Hinterkopf gezogen ist.

»Seid ihr fertig?«, fragt Irena die Kollegen der Spurensicherung.

»Ja, du kannst ran.«

Irena begibt sich zu dem Toten, mustert ihn zunächst von hinten, durchtrennt dann mit dem Skalpell vorsichtig einen Kabelbinder an seinem Handgelenk, tütet ihn ein und reicht das Säckchen weiter. Sie fasst Kerner am Arm, um die Beweglichkeit zu prüfen.

»Die Totenstarre hat noch nicht eingesetzt.«

Als sie sich gegen den Kasten lehnt, spickt plötzlich eine Kugel los, die noch im Plunger gelegen haben muss. Irena schreckt auf. Die Kugel trifft eine Zielscheibe, die sofort hinunterklappt, gleichzeitig erklingt ein schriller Sound, und eine Stimme sagt: »Slide over, baby.«

Irena dreht sich zu Malou und Sandro um. Obwohl ihnen überhaupt nicht nach Lachen zumute ist, müssen sie alle drei grinsen, so makaber ist das Ganze.

Irena wird als Erste wieder ernst.

»Wo waren wir?«, fragt sie. Die Tage setzen auch ihr langsam zu.

»Totenstarre«, antwortet Malou.

»Noch nicht eingesetzt«, ergänzt Sandro.

»Genau, das bedeutet, er ist wohl noch keine zwei Stunden tot. Wann hast du ihn gefunden, Malou?«

Malou blickt auf die Uhr. »Vor etwa einer Stunde.«

»Dann musst du dem Täter fast noch über den Weg gelaufen sein.«

»Oder der Täterin«, sagt Sandro.

»Falls auch hier wieder Morphin als Mordmittel eingesetzt worden ist, trat der Tod je nach Dosierung allerdings womöglich nicht sofort ein, vielleicht war der Täter schon weg, während Kerner hier einen einsamen Tod starb. Ich mache mich mal an die Legalinspektion.«

Malou und Sandro verstehen den Wink; Irena möchte bei der äußeren Leichenschau ungestört sein.

»Wir sehen uns mal um«, meint Sandro. »Einbruchspuren?«, fragt er Florian von der Spurensicherung.

»Negativ. Die Fenster kann man nur kippen, alle sind intakt, die Tür wurde nicht aufgebrochen.«

»Es gibt einen Ersatzschlüssel im Schuppen«, fällt Malou ein. »Ich schau nach, ob er noch dort hängt.«

»Lass nur, ich erledige das.« Florian nickt Malou zu, sie erklärt ihm, wo er den Schlüssel finden sollte, dann verschwindet er zur Tür hinaus.

Währenddessen setzt sich Sandro an den Schreibtisch beim Eingang, der so etwas wie den Empfang in die Halle darstellt und gleichzeitig Kerners Arbeitsplatz gewesen zu sein scheint. Auf der Tischplatte liegen Geldnoten. Sandro zählt sie. Sechshundertfünfzig Franken. Er zieht die Schreibtischschublade heraus, darin sind Münzen aufgereiht, der Größe nach sortiert. Grob geschätzt befinden sich darin weitere fünf bis sechshundert Franken.

»Er hat nicht einmal das Geld mitgenommen.«

»Oder sie«, kommentiert Malou.

»Also ging es der Täterschaft einzig um Kerners Tod. Warum?«

»Rache?«

»Auf jeden Fall muss es etwas Persönliches sein.«

»Warum die Stöckelschuhe? Warum die Maske? Warum sind die Leichen nackt? Und warum diese lächerliche Kindersocke?«

»Er oder sie will uns damit etwas sagen, nur sprechen wir leider nicht seine Sprache. Wir werden den forensischen psychiatrischen Dienst miteinbeziehen. Du sagst, Kerner hatte eine Freundin?«

»Ja, sie wohnten zusammen«, bestätigt Malou. »Sie hat mich heut früh angerufen.«

»Bräutigam aber lebte allein?«

»Ja.«

»Hetero- oder homosexuell?«, fragt Sandro.

»Hetero, sagt zumindest seine Schwester.«

»Irgendwelche Verbindungen zur Trans-Szene?«

»Nein, sieht nicht so aus.«

»Ich vermute, wir haben es mit einer Täterin zu tun.«

»Ich auch. Florian hat bei Bräutigam in der Wohnung Spuren von Frauenschuhen gefunden, Größe …«

»… 39«, sagt Florian, der in dem Moment zurück ist. »Der Schlüssel hängt noch da. Staub und Spinnweben zeigen, dass er schon lange nicht mehr vom Nagel im Schuppen entfernt worden ist.«

»Danke.«

Sandro beugt sich auf dem Stuhl nach vorn, stützt die Ellenbogen auf den Tisch und verschränkt die Hände.

»Versuchen wir das mal zu rekonstruieren. Ich bin Kerner. Es ist zwei Uhr früh. Ich sitze hier, zähle die Einnahmen, alle Kunden sind schon weg. Fast schon Feierabend.«

»Dann klopft es«, sagt Malou.

»Ich bin gewarnt. Tags zuvor war eine Polizistin hier, die mir erzählt hat, dass ein anderer, in dessen Paketfach ebenfalls Stöckelschuhe lagen, tot aufgefunden worden ist. Ich weiß also, ich muss auf der Hut sein.«

»Aber es war ein toller Abend, volles Haus, du hast ein Supergeschäft gemacht und hattest erst noch Spaß dabei. Vielleicht hast du die Warnung längst vergessen.«

»Nein, denn ich weiß, dass ich nicht wie üblich nach Hause fahre, sondern dass meine Freundin in einem Airbnb auf mich wartet.«

»Das würde dir vielleicht später wieder einfallen, sobald du dich auf den Heimweg machen willst, aber im Moment hast du alles andere im Kopf, das nachhallt, du denkst nicht an die Warnung.«

»Also gut. Doch dass es um die späte Zeit an der Tür klopft, ist außergewöhnlich, ich muss misstrauisch sein.«

»Ein später Kunde, der meint, der Salon sei noch offen? Er will den Abend mit einem Spiel ausklingen lassen.«

»Ich stehe auf und begebe mich zur Tür, um nachzusehen, wer es ist.«

»Vielleicht hast du die Tür noch gar nicht abgeschlossen, und die Täterschaft tritt einfach ein.«

»Möglich. Ich lasse die Person herein, weil ich sie kenne?«

»Auf jeden Fall hast du keine Angst vor ihr. Wenn es jemand ist, den du kennst, vielleicht jemand, den du mal gekränkt oder verletzt hast – dann solltest du spätestens beim Anblick der Person realisieren, dass sie dir die Drohung geschickt haben könnte. Dann würdest du bestimmt erkennen, dass sie die Absenderin des Stöckelschuhs sein muss und dass du in Gefahr bist.«

»Aber vielleicht habe ich damals gar nicht gemerkt, dass ich jemanden gekränkt habe. Vielleicht bin ich ein narzisstischer Macho und kriege nicht mit, wenn ich Herzen breche.«

»Vielleicht.« Malou blickt Sandro zweifelnd an.

»Angenommen, es ist eine fremde Frau. Ich bin Kerner, ich bin ein Brocken von einem Mann. Vor einer Frau fürchte ich mich per se nicht.«

»Selbst wenn du keine Angst hast, reagierst du, wenn sie dich angreift. Was machst du? Der Fluchtweg ist versperrt.«

»Was, wenn sie mich gar nicht angreift – sondern mich verführt? Bräutigam lag nackt im Bett – vielleicht meinte er, ihm stehe eine heiße Nacht bevor, stattdessen endete sie mit einer Spritze Morphin in seinem Hals. Und Kerner könnte es gleich ergangen sein.«

»Du meinst, er wollte mal rasch auf dem *Creature of the Black Lagoon* eine Nummer schieben?«, fragt Malou.

Sandro zuckt mit den Schultern, und sie sieht ihm an, dass er die Vorstellung nicht abwegig findet.

»Ich bin Kerner, ich würde nicht Nein sagen. Als es zur Sache geht – zack – sticht sie zu.«

Malou ist nicht überzeugt.

»Hast du schon mal jemandem eine Spritze gesetzt? Würde ich einen Kerl auf diese Weise töten, würde ich ihn zuerst mit einem gezielten Schlag außer Gefecht setzen.«

»Da musst du aber gut sein. Und schnell. Falls du mich angreifst, wehre ich mich natürlich.«

»Kerner hat sich nicht gewehrt«, sagt Irena hinter ihnen.

Zeitgleich, wie zwei Synchronschwimmerinnen, drehen Sandro und Malou den Kopf.

»Keine Abwehrverletzungen?«, fragt Sandro.

»Negativ.«

»Das spricht für meine Verführungstheorie.«

»Wie kann es sein, dass er sich nicht gewehrt hat?«, will Malou wissen.

»Ich fürchte, er hatte keine Zeit dafür«, antwortet Irena.

»Wie meinst du das?«

»Kommt mit.«

Malou und Sandro folgen Irena in den Nebenraum. Kerner liegt nun nicht mehr auf dem Automaten, sondern auf dem Rücken auf der Bahre. Socke, Maske und Schuhe sind entfernt. Irena hat den Körper von außen genaustens begutachtet und jede Auffälligkeit in eine schematische Zeichnung übertragen.

»Hier.« Irena winkt Sandro und Malou noch etwas näher. »Seht ihr diese Punkte?«

Sie zeigt auf zwei kleine, rötliche Stellen, die etliche Zentimeter auseinanderliegen, die eine knapp neben der rechten Brustwarze, die andere etwas höher auf der anderen Seite des Brustkastens. Daneben sind einzelne winzige Einstichpunkte zu erkennen. Malou runzelt die Stirn. Für sie könnten das auch Mückenstiche sein, aufgekratzte Insektenstiche.

»Brandwunden. Ich habe bei Bräutigam eine ähnliche Verletzung gesehen, konnte sie aber aufgrund der bereits eingesetzten Fäulnis nicht klar deuten.«

»Das bedeutet?«, fragt Malou.

»Ihr kennt diese Wunde nicht, obwohl ihr die Waffe selbst einsetzt?«, fragt Irena überrascht zurück.

»Ein Taser«, sagt eine Stimme hinter ihnen.

»Exakt, hundert Punkte für Bettina, *the brain*.« Irena nickt ihrer Kollegin zu, auch Malou und Sandro begrüßen Bettina, die etwas außer Atem scheint.

»Kerner wurde mit einem Elektroschocker niedergestreckt, sodass er in einen Lähmungszustand geriet«, fährt Irena fort. »Dadurch war es auch nicht mehr so schwierig, ihm eine Spritze zu setzen. Die Einstichwunde ist winzig, wenn ich nicht gezielt danach gesucht hätte, hätte ich sie wohl übersehen.« Irena zeigt mit dem blauen Handschuhfinger auf eine Stelle an Kerners Hals. Zwischen zwei Falten verrät ein winziger Punkt den tödlichen Stich.

»Malou, wie lautet der Name des dritten Mannes?«, fragt Sandro.

»Thomas Sahli.«

»Ruf ihn an, wir werden ihn sofort unter Polizeischutz stellen. Er befindet sich in höchster Gefahr.«

»Ich muss draußen telefonieren, ich hab hier drin keinen Empfang.«

Als Malou unten auf der Straße steht, sucht sie in der Anrufliste ihres Handys nach Sahlis Nummer und wählt. Am anderen Ende klingelt es. Malou wartet und zählt bis fünfzehn. Noch immer hört sie einzig den unterbrochenen Summton. Sandro tritt neben sie, sie blickt ihn an.

»Thomas Sahli geht nicht ran.«

# 27.

Die Landschaft fliegt an Milla vorbei. Als sie ein Kind war und wie jetzt in einem Zug saß, stellte sie sich immer vor, dass sich nicht der Zug bewegte, sondern die Welt um sie herum. Die Bäume zogen sich in die Breite und verschmolzen zu einem grünen Wandteppich, weil sie so schnell an ihr vorbeirasten.

Auch heute kommt ihr die Welt da draußen unwirklich vor. Sie sieht zu friedlich aus, zu normal. Die Normalität erscheint Milla wie eine Beleidigung angesichts des Leids, das verursacht worden ist. Gleichzeitig ahnt sie, dass genau das die Menschen am Leben hält und sie nicht verzweifeln lässt: Das Festhalten an der Normalität, solange es möglich ist.

Milla reißt sich aus ihren Gedanken und zwingt sich in die eigene Normalität zurück. Fast schon normal ist, dass sie sich wegen ihres Jobs wieder einmal mit Sandro zerstritten hat. Sie verflucht ihn dafür. Normal ist auch, dass sie nicht kurz innehalten kann, sondern sich umgehend wieder in die Arbeit stürzen muss. Heute Abend ist die Sondersendung zum Attentat geplant, in der sie in einem Beitrag den Ablauf der Tat rekonstruieren und über den mutmaßlichen Täter informieren wird. Am Donnerstag wird sie dessen Hintergrund in der Sendung *Wochenthemen* vertiefen, sie hofft, bis dahin mehr über die Incels in

Erfahrung gebracht zu haben. Ihr Ziel ist, einen der unsympathischen Männer vor die Kamera zu kriegen und ihn und seine Weltsicht zu entlarven.

Wie ferngesteuert wechselt Milla am Bahnhof Oerlikon vom Zug aufs Tram, um sich Minuten später dem Menschenstrom anzuschließen, der im Zürcher Leutschenbach aus den blauen Waggons quillt und sich hinüber zu den TV-Gebäuden bewegt. Sie begibt sich nicht in ihr Büro, sondern in den Trakt, in dem die Schnittplätze untergebracht sind.

»Hi, Daniel«, ruft Milla, als sie den Schnittraum betritt und ihre Tasche in die Ecke knallt.

»Guten Morgen, Milla. Bereit für den Schnitt?«

»Bereit für den Schnitt.«

»Ich hab schon einmal vorsortiert.«

»Du bist ein Schatz.«

»Sieht nach einer üblen Sache aus.«

»Ist es auch.«

Milla und ihr Cutter Daniel kommen gut voran. Sie müssen sich keine großen Gedanken über das Storytelling machen; Milla hat sich entschieden, die Geschichte chronologisch zu erzählen, es ist nicht nötig, bei diesem Thema künstlich noch mehr Spannung einzubauen. Sachlich schildert sie mit den vorhandenen Bildern, was in der Nacht auf Freitag in Bern passiert ist. Der Notruf, die Menschen, die schockiert aus der Reithalle flüchten, die Statements der Frauen, die sie kurz danach befragt hat, das erste Zitat des Mediensprechers, mitten in der Nacht, als er noch keine Ahnung hatte, was genau passiert ist. Anschließend schneidet sie den Fahndungsaufruf und die Außenaufnahmen von Sascha Vogts Wohnhaus rein. Milla bedauert noch immer, dass seine

Nachbarin nur *off the record* mit ihnen gesprochen und sie sie nicht im Bild hat, es wäre ein schöner Übergang gewesen. Aber was sie nicht hat, hat sie nicht. Also schneidet sie direkt zur Pressekonferenz mit Sandro.

»Und jetzt kommt's«, sagt Milla zu Daniel. »Das, was jetzt folgt, hat bisher noch keiner.«

Sie klappt ihren Laptop auf, verbindet sich ins Netz und klickt den Link an, den Kaspar ihr geschickt hat. Sie startet das Video, das Sascha Vogt vor der Holzwand zeigt.

»Krass! Ist das der Typ?«, fragt Daniel.

»Ja, bevor er geschossen hat. Kannst du das von der Webseite runterziehen, oder sollen wir es abfilmen?«

»Das ziehen wir rein.«

Milla lässt Daniel ebenfalls einige Screenshots mit Textausschnitten machen, auch das Foto, auf dem Vogt mit den Waffen posiert, will sie im Beitrag bringen. Unterlegt mit dem Kommentartext: *Es war ein angekündigter Massenmord. Dutzende müssen die Warnung im Internet gesehen haben. Keiner hat Alarm geschlagen.* Anschließend wird Karin, die neue Moderatorin der Sendung, im Studio den forensischen Psychiater Franz Maniuk zum Thema Amoklauf und Misogynie befragen.

Milla klatscht zufrieden in die Hände, als sie fertig sind. Der Beitrag muss noch in die Vertonung, wo ein Sprecher ihren Kommentartext aufnimmt, dann kann er über den Sender gehen.

Als sich ihr Chef Wolfgang, die Regie, die Moderatorin, Kamera und Technik für die live ausgestrahlte Sondersendung bereit machen, zieht sich Milla an ihren Arbeitsplatz im Großraumbüro zurück. Sie will das Interview mit Maniuk nicht im Studio, sondern am Fernsehen mitverfolgen, dann kann sie nebenher am Computer ihre Recherchen für den nächsten Beitrag vorantreiben. Ihr bleibt nicht viel Zeit, wenn sie bis am Donnerstag genug Material über die Frauenhasser zusammenbekommen will.

Während die Sondersendung anläuft, macht sie das, was sie immer tut, wenn sie eine Recherche in den Untiefen des Internets beginnt: Sie legt sich einen Fake-Account zu.

Bevor sie sich auf der bekanntesten Webseite der Incels als Mitglied registrieren kann, muss sie sich durch die Regeln lesen. *Willkommen! Dies ist ein Forum für männliche, unfreiwillig Zölibatäre, Single-Männer, die keine Partnerin finden.* Schon im nächsten Satz erfährt Milla, dass sie alles andere als willkommen ist: Als Mitglieder zugelassen sind ausschließlich Männer, die sich selbst als Incel bezeichnen, die also unfreiwillig jungfräulich und ohne Partnerin durchs Leben gehen.

*Erlaubt: Männer, die sich eine romantische Beziehung wünschen, aber nicht fähig sind, eine Partnerin zu finden,* steht da.

*Nicht erlaubt:*

*- Frauen und LGBT-Personen (werden sofort gesperrt, keine Ausnahmen, das ist ein Forum ausschließlich für heterosexuelle Männer).*

*- Nicht-Incels (Selbst, wenn dich die Blackpill-Philosophie interessiert – die Gemeinschaft hat entschieden, dass Nicht-Incels hier nichts zu suchen haben.)*

Milla lässt sich dadurch nicht abschrecken. In der anonymen Welt des Internets kann sie sich problemlos als jungfräulichen Mann ausgeben. Allerdings muss sie sich eine geschickte Legende stricken, wenn sie nicht schon beim Antrag auf eine Mitgliedschaft auffliegen will. Auch muss sie ihren Schreibstil ändern, damit sie sich nicht verrät. Bevor Milla auf das Registrieren-Feld klickt, schaut sie sich in den öffentlich zugänglichen Foren und Chats zunächst die Profilbilder und die Benutzernamen der aktiven Mitglieder an. *Subhuman, Null, lifeisbullshit99, Incelsius, war_with_myself* oder *Höllenbruder* lauten die Namen. Die Profilbilder zeigen Totenschädel, eine Person, die an einem Galgen hängt, abscheuliche Monster und immer wieder auch Memes von dem allseits verehrten Massenmörder Elliot Rodger. Milla stößt erneut auf das Forum, das Sascha Vogt als Held feiert, mittlerweile zählt es über hundert Beiträge. Daneben wurden zwei weitere Foren eröffnet, die auf das Attentat Bezug nehmen. *Seit heute verstehe ich, warum Incels Attentate ausüben,* lautet der eine Titel. Darin gerät ein offensichtlich suizidärer junger Mann ins Schwärmen, dass auch er andere mit in den Tod nehmen wolle, statt allein und einsam an einem Strick zu hängen und unbeachtet zu verrotten. Milla kopiert rasch den Link und macht einen Screenshot, um ihn Sandro weiterzuleiten, damit sich die Polizei der Sache annimmt. Ein anderer User hat unter folgendem Titel eine Diskussion eröffnet: *Ich feiere jeden Tod einer Femoid, die unter vierzig ist.*

Das ist nicht auszuhalten, denkt Milla, als sie sich unter dem Namen *RAF* als Mitglied des schrecklichen Clubs registriert – RAF für: Rape all Femoids. Als Profilbild lädt sie ein Foto eines überwucherten Grabsteins hoch. Die Frage, ob sie ein Incel sei, beantwortet sie, ohne zu zögern, mit Ja. Bevor sie das Feld ausfüllt, in dem sie ihre persönliche Situation beschreiben soll, muss sie etwas länger überlegen. Schließlich bedient sie sich bei anderen Profilen, kopiert einige Sätze heraus und schustert sich so eine glaubwürdige Incel-Biografie zusammen: *Ich bin an einem Punkt in meinem Leben, an dem ich weiß, dass es immer scheiße bleiben und nicht mehr besser werden wird. In der Schule war alles noch easy, aber seit ich erwachsen bin, ist alles nur noch beschissen as fuck. Seit den Lockdowns bin ich ganz unten, ich komm nie mehr raus aus diesem Loch. Alle anderen haben jemanden, ich aber muss mich allein durch das Kackleben hartzen. Ich habe keine Freunde, und ich hatte noch nie eine Freundin. Selbst als ich kurz davor war, mir den Strick zu nehmen, behandelten mich die Weiber wie Dreck. Ich hasse sie. Ich hasse die Femoids und die ganze Welt.*

Milla tippt ihre anonymisierte Mailadresse ein, ein Konto, das sie immer wieder für Undercoverrecherchen verwendet. Dann klickt sie auf *Senden*.

Die erste Antwort folgt sogleich: *Willkommen bei den Incels, dein Profil wird überprüft und nach erfolgreicher Eignung in den nächsten Stunden freigeschaltet.*

Ein Glück, dass niemand weiß, dass ich Rumpelstilzchen heiß, denkt Milla, als sie den Fernseher einschaltet. Auf dem Bildschirm verabschiedet sich Moderatorin Karin gerade von Franz Maniuk. Milla blickt überrascht auf die Uhr. Sie hat total die Zeit vergessen und das Interview mit dem forensischen Psychiater verpasst. Egal, sie wird es später nachholen. Milla schaltet den Fernseher wieder aus, packt ihre Sachen zusammen, verlässt das Büro und das Gebäude. Als sie draußen auf den Gehweg tritt, sieht sie in einiger Entfernung ein Tram um die Kurve biegen. Sie weiß, wenn sie jetzt zum Galopp ansetzt, wird sie es gerade noch erwischen.

Mit sekundengenauem Timing treffen das Tram und Milla gleichzeitig an der Station ein. Milla lässt sich auf den harten Holzsitz fallen. Was für ein Tag, denkt sie.

Was für grässliche Themen, die sie umtreiben. Sie will nur noch schlafen. Müde legt sie den Kopf an die Fensterscheibe und schließt die Augen.

Da spürt sie, dass ihr Handy kurz vibriert. Sie hofft auf eine Nachricht von Sandro, wünscht sich, dass er sich für heute Morgen entschuldigt. Aber es ist nicht Sandro, es ist eine Mail, die über ihren Fake-Account reingekommen ist.

Der Absender heißt Mister Sinister.

# 28.

Es ist außergewöhnlich still im Gebäude der Kantonspolizei. Sandro steht am Fenster seines Büros, das er auch nach all den Jahren im Amt noch immer nicht gemütlich eingerichtet hat. Ein Schreibtisch, ein Besprechungstisch mit drei Stühlen, an beiden Wänden Regale, bis zum letzten Zentimeter mit Akten und Unterlagen vollgestopft. Neben sich auf dem Fenstersims die einzige Zimmerpflanze, die etwa vor zwei Jahren das Zeitliche gesegnet hat. Die Sonne steht tief und wirft dunkelorange Strahlen auf die Dächer der Stadt. Im Baum vor dem Fenster zanken sich Spatzen. Es ist Viertel vor acht, in einer halben Stunde hat Sandro zur Sitzung geladen.

Samstagabend kurz nach acht sollten wir keine Sitzungen abhalten müssen, denkt er müde. Vor allem nicht nach einer Woche wie dieser, in der sie gerade den ersten Terroranschlag in der Stadt zu bewältigen hatten. Ein Glück, dass sie den Attentäter so schnell gefasst haben – nicht auszudenken, wenn er immer noch auf freiem Fuß wäre.

Mittlerweile hat Irena alle Opfer des Attentats zur Beerdigung freigeben können. Der Einsatz der forensischen Ärzte des interkantonalen DVI-Teams hat sich bewährt. Alleine hätten sie diese Katastrophe nicht bewältigen können. Bis die Gesellschaft und insbesondere die Einwohnerinnen und Einwohner der Stadt Bern das Attentat verarbeitet haben und sich wieder sicher fühlen werden, wird wohl etwas mehr Zeit vergehen. Am morgigen Sonntag ist ein Gedenkmarsch durch die Stadt geplant, an dem vor allem auch viele Frauen und LGBT-Personen erwartet werden, die ein Zeichen gegen Gewalt, Misogynie und Homophobie setzen wollen. Die Kollegen des Sicherheitsdienstes haben ein Dispositiv erstellt, es wird von einer erhöhten Gefahrenlage ausgegangen, aber das ist im Moment nicht mehr Sandros Angelegenheit. Auch die Drohung im Incel-Chat, die Milla ihm soeben geschickt hat, hat Sandro an die entsprechende Abteilung weitergeleitet. Er selbst hat jetzt ein anderes Problem zu lösen: Sein Team muss einen möglichen Serienmörder jagen. Oder eine Serienmörderin, korrigiert sich Sandro in Gedanken selbst. Zwei Morde machen zwar noch keine Serie, er hegt aber nicht den geringsten Zweifel daran, dass es zu weiteren Tötungsdelikten kommen wird, wenn sie den Fall nicht schnell genug aufklären. Es ist ein Wettrennen gegen die Zeit.

Sandro blickt auf die Uhr. Zehn Minuten noch bis zur Sitzung. Sein Telefon läutet. Nicht jetzt, denkt er. Doch der Blick auf das Display zeigt ihm, dass er rangehen muss: Es ist Staatsanwalt Langenberger. Sandro hat auch ihm eine Einladung zur Sitzung geschickt, obwohl er nicht damit gerechnet hat, dass er daran teilnehmen wird. Wahrscheinlich will sich der Staatsanwalt nur rasch dafür entschuldigen, nicht teilnehmen zu können.

»Bandini.«

»Guten Abend, Sandro, hier Kai. Danke für die Informationen zum erneuten Leichenfund. Tatsächlich bin ich gerade in den Bergen und werde daher nicht an der

Sitzung teilnehmen können. Ich bin am Montag wieder da.«

»Kein Problem.« Sandro wünschte sich, er könnte auch mal sagen, er komme erst am Montag wieder, selbst wenn neue Leichen auftauchen.

»Aber ich habe einen Hinweis«, fügt Langenberger an.

»Einen Hinweis?«

»Ich habe das Gefühl, es könnte wichtig sein. Mir ist der Name von Anfang an bekannt vorgekommen, Jürgen Bräutigam, das hört man ja nicht alle Tage, aber ich konnte ihn nicht zuordnen. Darum bin ich meine Agenda-Einträge durchgegangen – zum Glück hat jemand die elektronischen Agenden erfunden! Ich musste nur das Suchwort *Bräutigam* eingeben.«

Sandro blickt auf die Uhr: noch vier Minuten bis zur Sitzung. Er klopft nervös mit dem Fingerknöchel auf den Tisch.

»Und tatsächlich: Ich habe mal in einem Fall Bräutigam die Anklage vertreten.«

»Bräutigam stand mal vor Gericht?«, fragt Sandro überrascht.

»In der Tat. Leider muss ich sagen, dass ich nicht reüssiert habe. Ich habe den Fall verloren.«

Sandro muss Malou fragen, ob sie das Vorstrafenregister Bräutigams überprüft hat. Allerdings wird sie keinen offiziellen Eintrag gefunden haben, wenn er freigesprochen worden ist.

»Weshalb war Bräutigam denn angeklagt?«, will Sandro wissen.

»Er wurde eines Sexualdeliktes beschuldigt. Vergewaltigung.«

»Und, hat er es getan?«

»Ich war mir sicher, dass er's getan hat. Aber was willst du machen? Im Zweifel für den Angeklagten. Wir hatten keine Beweise, dann hat man es schwer bei einem klassischen Vieraugendelikt. Das Gericht hat sich für einen Freispruch entschieden.«

»Das ist allerdings interessant. Hast du die Akten vor dir? Kannst du mir sagen, wer die Frau war, die ihn beschuldigt hat?«

»Sie heißt Annette Stern, geboren 1985, wohnhaft in der Sulgeneckstrasse 77 in Bern.«

Sandro schreibt sich alles auf.

»Kai, du bist super. Vielen Dank. Damit haben wir was! Ich trage das gleich in die Sitzung.«

Sandro verabschiedet sich von Kai Langenberger und nimmt auf dem Weg hinunter ins Sitzungszimmer zwei Stufen auf einmal. Als er durch die Tür tritt, sitzen Bettina, Malou und Florence bereits auf ihren Stühlen, Bernard Blanc hat es nicht rechtzeitig geschafft, er wird später zur neuen Sonderkommission stoßen. Sandro hat für sie rasch einen passenden Namen gefunden: Soko High Heels.

Malou weiß selbst am besten Bescheid, auch Bettina war am Tatort, trotzdem rekapituliert Sandro noch einmal die wichtigsten Fakten zum Fall, respektive zu den zwei Fällen, um auch Florence auf den neuesten Stand zu bringen. Er sieht den drei Frauen an, dass die Ereignisse der letzten Woche an ihnen gezehrt haben; sie sehen übermüdet und überarbeitet aus.

»Malou konnte den dritten Betroffenen, der sich wegen eines Stöckelschuhs in seinem Briefkasten bei uns gemeldet hat, heute Mittag doch noch erreichen, wir haben ihn unter Polizeischutz gestellt«, teilt Sandro mit. »Er hat eine temporäre Unterkunft bezogen, eine Streife steht vor seiner Tür.«

Erst als Sandro seine Zusammenfassung beendet hat, rückt er mit der wichtigsten Neuigkeit heraus. »Jürgen Bräutigam stand vor ein paar Jahren vor Gericht. Er wurde der Vergewaltigung beschuldigt.«

»Was?«, ruft Malou laut aus. »Ich habe sein Vorstrafenregister gecheckt, habe aber nichts gefunden.«

»Weil nichts drinstand. Kai Langenberger hat sich an den Namen erinnert; er hat damals die Anklage vertreten. Bräutigam wurde in allen Punkten freigesprochen. Im Zweifel für den Angeklagten.«

»Wow. Das ist …«

»… ein Motiv!« Bettina beendet Malous angefangenen Satz. »Wie hieß das angebliche Opfer?«

»Annette Stern, geboren 1985, wohnhaft in der Sulgeneckstrasse 77 in Bern«, wiederholt Sandro Kai Langenbergers Worte.

»Dann sollten wir ihr wohl mal einen Besuch abstatten.«

»Und was ist mit Kerner? Und mit Thomas Sahli? Sie werden wohl kaum zufällig die gleiche Frau vergewaltigt haben«, wirft Malou ein.

»Vielleicht kennen sie sich eben doch. Womöglich waren die anderen beiden dabei, oder sie waren Mitwisser. Wenn es eine Verbindung zwischen ihnen gibt, werden wir es herausfinden«, sagt Sandro. »Florence, hast du den Computer und das Handy von Bräutigam schon auswerten können?«

»Nein, tut mir leid. Ich habe mich intensiv mit Sascha Vogts Daten beschäftigt. Er verkehrte im Internet in Incel-Kreisen, und es ist grässlich, was er dort alles gepostet hat. Ich bin in seinem Laptop überdies auf eine Erklärung gestoßen, er nennt es *Manifest;* es ist nichts anderes als ein weinerliches, narzisstisches Schreiben, in dem er allen anderen die Schuld für seine Probleme zuschiebt. Es trieft vor Frauenhass und Selbstmitleid. Wir können nur hoffen, dass das nicht die Runde macht.«

Sandro denkt an Milla und ihre Recherchen und schließt sich im Stillen Florences Hoffnung an.

»Könntest du die Arbeit zum Fall Vogt an die IT-Forensik delegieren und dich der Daten von Bräutigam und Kerner annehmen? Wir müssen die Verbindung finden. Ich bin sicher, wenn wir die mal haben, stoßen wir auf die Spur, die zur Täterschaft führt.«

»Klar, mach ich. Ich nehme an, es eilt sehr?«

»Ja, tut mir leid, das Wochenende müssen wir leider streichen. Bettina, ich möchte, dass du die Fallleitung übernimmst.«

»Aber Malou …«

»Aber ich …«

Bettina und Malou reden gleichzeitig los. Beide sind davon ausgegangen, dass Malou die Fallleitung innehat.

»Es tut mir leid, Malou, das ist eine große Kiste, Bettina hat mehr Erfahrung, du bist noch nicht lange genug dabei. Aber du wirst mit Bettina zusammenarbeiten.«

Sandro ist anzuhören, dass er sich nicht auf Diskussionen einlassen will. Er hätte Bettina bereits in der Tatnacht auf den Fall ansetzen wollen, nur hat er sie nicht erreichen können. Der Blick, den sich Malou und Bettina zuwerfen, entgeht ihm nicht. Doch er zweifelt nicht an seiner Entscheidung. In Fällen wie diesen müssen persönliche Gefühle hintangestellt werden.

»Ich denke, als Erstes steht eine Unterhaltung mit Frau Stern an, könnt Ihr das morgen erledigen?«

Malou und Bettina nicken gleichzeitig.

»Ich werde mich mit Emilio Livingstone in Verbindung setzen. Ich will, dass er einen Aufruf über die verschiedenen Medienkanäle verbreiten lässt: Wer hat in den letzten sechs Monaten einen roten Stöckelschuh im Paketfach seines Briefkastens gefunden? Betroffene sollen sich bei uns melden.«

»Du denkst, es gab noch weitere Drohungen?«, fragt Bettina.

»Ich bin mir sogar ziemlich sicher. Denn nicht jeder, der einen Schuh und ein kaputtes Foto von sich erhält, rennt gleich zur Polizei. Es läuft nicht nur ein Mörder oder eine Mörderin draußen herum – sondern auch mögliche künftige Opfer, die nichts von der Gefahr ahnen. Wir müssen sie warnen. Ihr wisst, was es zu tun gibt. Gönnt euch heute zumindest einen freien Abend und genügend Schlaf. Es ist wichtig, dass ihr erholt seid, wenn wir uns morgen an die Fersen des Täters heften.«

Sandro bleibt noch einen Moment im Sitzungszimmer zurück, als die anderen gegangen sind. Auf einen Schlag überfällt ihn die Müdigkeit. Am liebsten würde er den Kopf auf die Tischplatte legen und sofort einschlafen. Scheißjob, denkt er. Doch im gleichen Moment spürt er trotz der Anstrengung der letzten Tage ein Kribbeln im Bauch, in den Armen, im ganzen Körper. Es ist diese innere Aufregung, die ihn immer wieder antreibt und wegen der er seinen Job trotz allem liebt. Es ist der Jagdtrieb in ihm, der gerade neuen Schub gekriegt hat: Er will den Täter kriegen. Und zwar schnell. Er will besser sein als er.

# 29.

»Nathaniel, warum haben sie den Mann so schnell gefunden?«

Silas sitzt zu Hause auf dem Sofa, neben sich sein Lieblingsbuch und ein paar Spielsachen, doch er lässt alles unbeachtet liegen. Stattdessen studiert er konzentriert Nathaniels Gesicht, als könnte er darin die Antwort lesen, schon bevor sein Patenonkel und Ersatzvater den Mund aufmacht.

»Weil die Polizei schlauer war als er.«

Nathaniel gehen bald die Antworten aus. Er ist froh, dass Silas mit kindlicher Neugier das Ganze zu verarbeiten versucht und dass sie offen miteinander reden können. Aber der Dauerfragemodus des Kleinen bringt ihn langsam an seine Grenzen.

»Aber wenn die Polizei schlauer ist als der Mann, warum haben sie ihn nicht gefangen, bevor er Mama getötet hat?«

»Weil die Polizei nicht schnell genug war.«

»Blöde Polizei. Und heute kommen all die Menschen wegen Mama nach Bern?«

»Wegen Mama und den anderen Frauen, die gestorben sind.«

»Es ist also ein Umzug auch für Mama?«

»Insbesondere für Mama. Darum gehen wir alle hin.«

»Wie viele werden denn kommen?«

»Ich weiß nicht, viele.«

»Wie viele?«

»Hunderte? Vielleicht auch Tausende.«

»Mama wird glücklich sein, wenn sie das von dort oben sieht.«

»Ja, das wird sie glücklich machen.«

Sie werden alle hingehen. Nathaniel und Silas, Gundula und Veronika, Alisha und James, so haben sie das gestern vereinbart, darum haben sie sich heute wieder in Caroles und Nathaniels Wohnung getroffen, in der ihre Abwesenheit so schmerzlich spürbar ist. Sie nehmen vor allem Silas zuliebe am Marsch gegen Gewalt teil, den mehrere Organisationen und Parteien organisiert haben; er soll sehen, dass die Menschen mit ihm fühlen und nicht akzeptieren, dass ein frauenfeindlicher Einzeltäter daherkommt und wahllos tötet. Veronika meinte, es sei wichtig für Silas, die Solidarität zu spüren.

»Können wir los?«, ruft Gundula, die erneut bei Nathaniel übernachtet hat. Auch heute Morgen ist Silas wieder in ihr Bett geschlüpft. Er ist anhänglicher als sonst und sucht ständig Nathaniels und Gundulas Nähe – als fürchte er, dass auch ihnen etwas zustoßen könnte, wenn er sie zu lange aus den Augen lässt.

Gestern noch war Nathaniel überzeugt gewesen, dass es richtig ist, am Marsch teilzunehmen. Jetzt ist er es auf einmal nicht mehr. Er, der sich in einer dunklen Welt bewegt, der die Angst aus seinem Leben vertrieben hat, weil sie nur ein Hindernis und niemals hilfreich ist, hat auf einmal ein mulmiges Gefühl. Was, wenn wieder ein Anschlag passiert?

»Seid ihr sicher, dass wir hingehen sollen?«

»Warum nicht?«, fragt Veronika, die bereits ausgehfertig neben der Tür steht.

»Was, wenn …« Nathaniel zögert. Was, wenn wir Silas in Gefahr bringen, denkt er. Laut sagt er: »… wenn etwas passiert?«

»Du fürchtest, es könnte ein neuer Anschlag verübt werden?«, fragt Gundula.

»Ich bin bloß etwas unsicher.«

»Sie haben das Schwein ja gefasst«, meint Veronika.

»Was ist mit Nachahmungstätern?«, gibt Nathaniel zu bedenken. »Ein Demonstrationsumzug gegen Gewalt ist ein perfektes Ziel für einen Attentäter.«

»Ich glaube, du machst dir unnötige Sorgen.«

»Ich denke nicht so sehr an uns, sondern an Silas. Es muss nur eine Massenpanik geben …«

»Das macht mir nichts aus«, wirft Silas ein.

Nathaniel versucht, ihm durch die Haare zu wuscheln, doch Silas ist schneller und duckt sich weg.

»Ich verstehe, dass du verunsichert bist. Wir fühlen uns alle nicht mehr sicher.« Veronika fasst Nathaniel am Ellenbogen, während sie mit ihm spricht. »Aber ist es nicht genau das, was Menschen wie Sascha Vogt erreichen wollen: Uns ängstigen, damit wir in unserem freiheitlichen Leben eingeschränkt werden? Und hat er nicht ein Stück weit gewonnen, wenn wir uns nicht einmal mehr trauen, raus auf die Straße zu gehen und gegen Täter wie ihn aufzustehen? Müssen wir nicht gerade jetzt stärker sein als die Angst und beweisen, dass er unsere Freiheit nicht töten kann?«

»Ihm und all den anderen, die meinen, dass sie uns mit kriminellen Taten einschüchtern und einschränken können«, schiebt Gundula nach.

Nathaniel weiß, dass die beiden Frauen recht haben. Er hasst sich selbst dafür, dass es der Attentäter geschafft hat, die Saat der Angst in seinen Kopf zu pflanzen. Das darf nicht sein. Das steht Vogt nicht zu, so viel Macht darf er nicht über ihn haben. Aber Nathaniel hat schon so viele Menschen verloren. Ihm wurden seine Liebsten genommen, seine Familie, als er ein Kind war. Und jetzt auch Carole. Er will nicht auch Silas noch verlieren, oder Gundula.

»Nathaniel, ich will gehen, du hast es versprochen.« Silas klingt enttäuscht.

Nathaniel gibt sich einen Ruck, obwohl das ungute Gefühl noch nicht verschwunden ist. »Okay, wir gehen. Dann mal los.«

Alisha kommentiert seine Worte mit zwei Mal bellen, was alle als Zustimmung auffassen. Nathaniel lässt James in das Geschirr schlüpfen, greift nach Silas' Schulter, um zu spüren, ob er die Jacke auch wirklich angezogen hat.

»Sitzt bei mir alles richtig?« Nathaniel spürt, dass der Kleine ihn mustert.

»Nun ja.« Silas zögert.

»Was ist?«, hakt Nathaniel nach.

»Deine Jacke sieht aus, als wäre sie älter als du. Also sehr alt.«

Gundula muss lachen. »Silas hat recht, wir müssen dir mal eine neue kaufen.«

Wenig später zieht die Patchworkfamilie los, die das Schicksal so bunt zusammengewürfelt hat. Sammelpunkt für die Demonstration ist der Bundesplatz. Doch schon als sie sich dem Hauptbahnhof nähern, merken sie, dass die Stadt viel voller ist als sonst. Unter dem Glasbaldachin über dem Bahnhofsplatz gibt es fast kein Durchkommen mehr.

»Nathaniel, was machen all die Leute hier?«, fragt Silas, der den Massenauflauf nicht auf Anhieb mit dem Anlass in Verbindung bringt, weil es schlicht zu viele Menschen sind.

»Das Gleiche wie wir: Sie kommen zum Marsch gegen Gewalt.«

»Die alle?«

Schon sind die ersten Sprechchöre zu hören.

»Stoppt die Frauenmorde!«, rufen mehrere Frauen. »Kein Rassismus, kein Sexismus, keine Homophobie!«

»Nathaniel, die Frauen tragen alle Schilder mit Sprüchen und Fahnen in den Farben des Regenbogens!« Silas ist hibbelig vor Aufregung. »Es sind sooooooo viele! Ich habe noch nie so viele Menschen gesehen!«

Schon bewegen sich der blinde Mann mit dem kleinen Jungen an der Hand, die Großmutter und die kleinwüchsige Frau gemeinsam mit den zwei Blindenhunden – der eine im Dienst, die andere im Ruhestand – inmitten eines immer größer werdenden Demonstrationsumzuges.

»Es ist überwältigend.« Veronika greift nach Nathaniels Schulter und hält sich daran fest, als müsse sie sich plötzlich von dem Blinden führen lassen. »So viele Menschen. Wenn Carole das nur sehen könnte!« Nathaniel hört Veronikas Stimme an, dass sie vor Rührung mit den Tränen kämpft.

Selbst Silas sind die Fragen ausgegangen, zu viele Bilder prasseln auf ihn ein, zu viele Eindrücke.

»Der Bundesplatz ist schon voll, da kommen wir gar nicht mehr hin«, kommentiert Gundula. »Es müssen mehrere Tausend Personen hier sein.«

Obwohl Nathaniel es nicht sehen kann, hört und fühlt er die Solidarität, die ihn wie eine Woge trägt und im

Innersten berührt. Gänsehaut überzieht seine Arme. Er verspürt eine tiefe Dankbarkeit für all die Menschen, die gekommen sind, um ein Zeichen gegen Gewalt zu setzen.

Da hört er weit weg die Sirenen eines Blaulichtfahrzeugs.

»Polizei?«, fragt er Gundula.

»Wahrscheinlich, es sind hier überall Polizisten. Sie passen auf, es wird nichts passieren.«

Hoffentlich behält sie recht.

Irgendwie schaffen sie es doch noch fast bis auf den Bundesplatz, auf dem die Berner Band Kummerbuben mit Mundartfolk gegen die Gewalt ansingt. Nathaniel spürt, wie Bewegung in die Masse kommt, die Menschen beginnen zu tanzen und zur Musik zu hüpfen. Er streicht sich eine Haarsträhne aus der Stirn und realisiert erst in dieser Sekunde, dass Silas' Hand nicht mehr in seiner liegt. Wo ist der Junge?

»Silas?«, fragt Nathaniel laut.

Er streckt den Arm aus und sucht nach Silas' Hand, greift aber nur ins Leere. Eben hat er doch noch seine Hand gehalten, das kann nicht sein!

»Silas?«

Nathaniel lässt James' Geschirr los, geht in die Knie, streckt nun beide Arme nach Silas aus. Doch da ist kein Kind.

»Gundula, Veronika, wo ist Silas? Silas ist weg!« Nathaniel hört die Panik in seiner Stimme.

»Silas?«, hört er nun auch Veronika fragen.

Augenblicklich beginnt Nathaniels Herz zu rasen, ein Film von kaltem Schweiß legt sich auf seine Stirn.

»Silas! Silas!« Nathaniel schreit jetzt.

Die Menschen um ihn herum scheinen zurückzuweichen. Aufgeregte Stimmen erklingen. Unruhe breitet sich aus.

»Silas, wo bist du?«

Da spürt Nathaniel auf einmal eine kleine Hand in seiner.

»Ich bin da«, sagt Silas.

»Gott sei Dank. Du darfst doch nicht einfach weggehen, du musst bei mir bleiben!« Nathaniels Erleichterung fühlt sich an wie ein Schmerz. Er will nicht schimpfen, aber er kann nicht anders.

»Ich wollte doch nur mit den anderen Kindern tanzen.«

»Alles gut, Silas«, beruhigt Gundula den Jungen. »Nichts passiert.« Sie legt den Arm um Nathaniel und drückt ihn kurz an sich.

»Es ist nichts passiert«, wiederholt Veronika. Auch ihr ist die Erleichterung anzuhören. »Es ist normal, dass wir nervös sind, aber wir dürfen der Angst nicht zu viel Platz einräumen. ›Die Furcht vor der Gefahr ist schrecklicher als die Gefahr selbst‹, besagt ein afrikanisches Sprichwort. Angst frisst die Seele auf.«

»Ich weiß«, sagt Nathaniel. »Ich weiß.«

Doch das Wissen im Kopf hilft nicht gegen die Angst im Bauch. Nathaniel fragt sich, ob sie ihn jetzt immer begleiten wird; die Furcht, dass auch Silas etwas zustoßen könnte. Er darf das nicht zulassen. Er muss loslassen können. Wie sonst soll er Silas lehren, mutig durchs Leben zu gehen?

»Du musst keine Angst haben«, sagt Silas in dem Moment. »Ich gehe nicht verloren. Und wenn doch, dann wird Mama im Himmel auf mich aufpassen.«

# 30.

»Dicki Meitschi – mir wärde gwinne!«, singt der Sänger auf der Bühne vor dem Bundeshaus in Bern. Milla summt den Song der Kummerbuben über die dicken Mädchen, die am Ende gewinnen werden, unwillkürlich mit. Sie verfolgt die Demonstration im Livestream auf ihrem Handy, während sie in einem Tram quer durch die Stadt Zürich fährt. Die Bilder, die über den Sender laufen, sind beeindruckend: Menschenmassen füllen die Altstadtgassen, Tausende Frauen, aber auch viele Männer, die Regenbogenfahnen schwenken und in Sprechchören gegen die Gewalt anbrüllen. Als müssten sie sich ihren Raum in der Stadt zurückerobern, nachdem jemand mit tödlichem Hass in sie eingedrungen ist und sie in ihren Grundfesten erschüttert hat. Milla kriegt Gänsehaut und wünscht sich, vor Ort zu sein. Aber sie hat keine Zeit. Die News-Journalisten decken die Demonstration ab, sie muss sich um ihre Reportage kümmern. Zweifellos kann sie mehr bewirken, wenn sie die Hintergründe der Incels aufdeckt und publik macht, als wenn sie in Bern mitmarschiert. Obwohl es Milla zuwider ist, in die Abgründe dieser menschenverachtenden Szene einzutauchen, ist sie doch zu sehr Journalistin, als dass sie es bleiben lassen könnte. Sie weiß, dass sie mit dem Beitrag Aufsehen erregen wird. Aber sie muss vorsichtig sein. Auch deshalb hat sie noch nicht auf die Mail von Mister Sinister von gestern Abend geantwortet. Sie will vorher einen Rat einholen.

Mit einem heftigen Ruck kommt das Tram zum Stillstand. Milla kann sich gerade noch an einer Stange festhalten und verhindern, dass sie stürzt. Wenig später steht sie vor einem alten Backsteinhaus und stellt fest, dass die Eingangstür noch immer nicht geflickt ist. Immerhin: Als sie auf die Klingel drückt, erklingt wenige Sekunden später der elektrische Summer. Milla stemmt sich mit ihrem gesamten Gewicht gegen die Tür, um sie aufzuwuchten. Sie braucht zwei Anläufe, dann aber ist sie drin. Die Stufen knarren unter ihren Schritten, als sie in den dritten Stock hochsteigt. Die Wohnungstür ist nur angelehnt. Ihr Cousin Kaspar erwartet sie, Kaspar und sein Messie-Chaos.

Als Milla eintritt, erstarrt sie. Sie macht einen Schritt zurück, weil sie sicher ist, sich in der Etage geirrt zu haben. Sie liest den Namen auf der Klingel: *Kaspar Abgottspon.*

»Bin ich hier wirklich richtig?«, ruft sie in die Wohnung hinein.

»Cousinchen, ich weiß genau, was du sagen willst. Du kannst dir die Worte sparen«, ruft Kaspar von Weitem zurück.

Milla begibt sich durch den Flur ins Wohnzimmer, das gleichzeitig auch als Schlafzimmer und Büro dient. Es sieht ganz anders aus als das letzte Mal und das vorletzte Mal, also eigentlich anders als es je ausgesehen hat. Die Türme aus DVDs, CD-ROMs, leeren Keksschachteln und Tetrapacks, die sie stets an die Skyline einer Miniatur-Stadt erinnert haben, sind verschwunden. Die Wohnung ist tipptopp aufgeräumt. Es sieht sogar aus, als wäre hier geputzt worden.

»Was ist passiert?«, fragt sie Kaspar, der wie immer auf seinem Stuhl am Schreibtisch vor seinem Computer sitzt. Zumindest das scheint sich nie zu ändern. Er wendet sich ihr zu und grinst.

Milla versteht. »Sag jetzt nicht …«

»Genau. Die Liebe versetzt bekanntlich Berge.«

»Was in diesem Fall wörtlich zu nehmen ist.« Milla lacht. Sie wundert sich, wohin Kaspar die Berge, die sich in seiner Wohnung getürmt haben, verschwinden lassen hat. »Du hast dich tatsächlich verliebt? So richtig?«

»Exakt. Ich kann dir hiermit mitteilen, dass ich neuerdings die eine Hälfte eines Liebespaars darstelle.« Kaspar grinst noch breiter.

»Ist sich die andere Hälfte dieses Liebespaares bewusst, auf was sie sich einlässt?«

»Tu nicht so!«, reklamiert Kaspar. »Auch wenn du es nicht glauben magst: Ich bin durchaus beziehungsfähig.«

»Ich will ihn kennenlernen, deinen Freund.«

»So weit sind wir grad noch nicht.«

Milla beschließt, das Thema nicht weiter zu vertiefen.

»Okay, okay, es eilt ja nicht.«

»Du hast also Post von einem Incel erhalten«, nimmt Kaspar den Faden auf. Dieses Mal hat Milla ihn telefonisch vorgewarnt.

»Genau.« Milla greift zum Handy und zeigt Kaspar die Mail von Mister Sinister. »Er schreibt mir, ich hätte Glück gehabt, per Zufallsgenerator sei ich auserwählt worden, den letzten Platz in seinem Seminar erwerben zu können. Er sei ein Pick-up-Artist und biete mir die Chance, meinem Dasein als Incel doch noch zu entfliehen.«

»Pick-up-Artist …«, grummelt Kaspar.

»Ich hab's mal recherchiert und bin dabei auf eine Seminararbeit mit folgendem Titel gestoßen: *Die Rolle von Pick-up-Artists und Incels in Bezug auf sexualisierte Gewalt gegen Frauen.* Demnach zielen die selbst ernannten Pick-up-Artists auf männliche Personen ab, die schüchtern sind und bei Frauen keinen Erfolg haben. Für Hunderte von Franken bieten sie Schulungen, Trainings, Bücher und Videos an, mit Anleitungen zum Frauenanbaggern – auf eine Art und Weise, wie Mann es genau nicht machen sollte. Sie zeigen die Schritte vom ersten Ansprechen bis hin zum sexuellen Akt auf, allerdings auf zutiefst misogyne Weise, sodass es sich teilweise liest wie eine Anleitung zu sexueller Gewalt.«

»Das will dir Mister Sinister beibringen, billige Frauenanmache zu einem hohen Preis?«

»Ja. Zumindest mal die ersten Schritte. Er lädt mich zu einem Seminar ein, bei dem mein Selbstbewusstsein aufgebessert und die Ansprechtaktiken in einem Supermarkt geübt werden sollen. Ich hab mir sein Promotion-Video angesehen. Unter Frauen anzusprechen versteht er rüde, übergriffige Anmache. Wer die meisten Frauen angrapscht, kriegt beim nächsten Mal Rabatt. Der Kurs besteht nämlich aus mehreren Modulen, das Endziel des sogenannten Spiels ist ein *Kiss Close* oder ein *Fuck Close*. Es soll sogar Pick-up-Artists geben, die ihre Jünger zum *Fuck Close* gegen den Willen der Frau anspornen, ergo zur Vergewaltigung. Natürlich muss ich das in meinem Beitrag über die Incels drin haben.«

»Warte, warte, warte«, unterbricht Kaspar Milla. »Mir schwant Böses.« Erst jetzt scheint er zu realisieren, warum Milla ihm das alles erzählt.

»Ich bin noch nicht fertig. Was glaubst du, was kostet das Seminar?«

»Wie lange dauert es?«

»Drei Stunden.«

»Hundert Franken?«

»Fünfhundert! Bei zwölf Teilnehmern. Der verdient sich mit der Kacke, die er erzählt, auch noch eine goldene Nase.«

»Wann findet das Seminar denn statt?«

»Übermorgen, am Dienstag.«

»Und warum erzählst du mir das alles?«

Es ist eine rhetorische Frage. Kaspar kennt Milla gut genug, um sich die Antwort darauf selbst geben zu können.

»Rate mal«, meint Milla keck.

»Du willst, dass *ich* den Anbaggerkurs des Frauenhassers besuche, der sich Pick-up-Artist nennt.«

»Gewonnen! Ich statte dich mit einer versteckten Kamera aus, damit du alles aufzeichnen kannst.«

Kaspar verdreht die Augen. »Milla, ich habe mich für dich in hochgeheime Netzwerke gehackt, richtig?«

»Ja.«

»Ich habe digitale Sicherheitsschlüssel geknackt und bin sogar in das System des Bundes eingedrungen, um dir Informationen zu beschaffen. Korrekt?«

»Ja.«

»Habe ich dir jemals eine Bitte ausgeschlagen?«

»Nein.«

»Dann ist es Zeit, dass ich das mal tue.«

»Kaspar!«

»Milla, ich bin ein Hacker, ich bin kein Undercover-Agent. Überdies bin ich schwul. Das merken die mir sofort an. Die hassen Schwule ebenso sehr wie Frauen.«

»Femoids, oder Foids.«

»Siehst du, ich spreche nicht mal ihre Sprache.«

»Aber was soll ich machen: Ich bin eine Frau, ich kann da nicht selbst hinfahren.«

»Mal ehrlich: Ich muss nur den Mund aufmachen, und jeder merkt, dass ich schwul bin. Ich bin kein guter Schauspieler, ich kann mich nicht verstellen. Dieses Mal musst du dir wirklich jemand anderes suchen.«

Milla schweigt und schaut ihren Cousin an. Sie kann ihm nicht einmal widersprechen. Womöglich würde er sich tatsächlich einer Gefahr aussetzen, wenn er den Kurs besuchen würde. Nur: Wenn nicht Kaspar, wer dann?

Für Milla steht außer Zweifel, dass sie jemanden dorthin schicken muss, der für sie die verdeckten Aufnahmen macht. Einen Kollegen ihrer Sendung kann sie nicht fragen, weil ihnen das Filmen mit versteckter Kamera eigentlich nicht mehr erlaubt ist – und sich alle außer sie selbst daran halten. Ben fällt ihr ein, eine vergangene Affäre, doch Ben kommt nicht infrage; er sieht viel zu gut aus, als dass er als Incel durchgehen würde, er fiele eher unter die Kategorie Chad. Milla geht in Gedanken die Männer durch, die sie kennt, und überlegt, welcher von ihnen die schlechtesten bis gar keine Chancen bei Frauen hat.

Es fällt ihr nur ein einziger Name ein. Aber diesen Mann kann sie jetzt nicht anrufen, unmöglich.

# 31.

Die Wohnung liegt in einem modernen Neubau nahe der Berner Altstadt und neben der Aare. Die perfekte Wohnlage, denkt Bettina mit leisem Neid, als sie an der Glasfassade hochblickt. Definitiv nicht ihre Preisklasse. Dafür reicht der Polizistenlohn nicht aus.

»Noble Adresse.« Malou findet das Klingelschild von Annette Stern, die hier allein zu wohnen scheint, und drückt einmal lange auf den Knopf.

Nichts rührt sich.

Bettina und Malou haben sich nicht angemeldet. Überraschungsbesuche bei Verdachtspersonen sind immer noch die effektivste Methode. Aber Annette Stern scheint nicht da zu sein. Bettina drückt die Klappe ihres Briefkastens auf. Eine dicke Zeitung liegt darin, Bettina fingert sie heraus; es ist die *NZZ am Sonntag*. Ansonsten ist der Briefkasten leer.

»Wollen wir später wiederkommen?«, fragt Malou.

Annette Stern nimmt den beiden Polizistinnen die Entscheidung ab: Sie kommt rasant um die Ecke geschritten, bestückt mit einer Regenbogenfahne und einem zusammengerollten Transparent. Bettina erkennt sie sofort, auch wenn sie in Wirklichkeit imposanter wirkt als auf den Fotografien, die sie von ihr gefunden hat. Annette Stern ist schlank, groß gewachsen, das mahagonifarbene

Haar fällt ihr offen über die Schultern. Sie ist nicht schön im eigentlichen Sinne, hat aber einen kantigen Charakterkopf, der Bettina an eine Hollywood-Schauspielerin erinnert, deren Name ihr nicht einfällt.

»Frau Stern?«

»Ja, das bin ich. Guten Tag, kennen wir uns?« Sie schaut von Bettina zu Malou und wieder zurück. »Sind Sie von der Polizei?«

»Wie kommen Sie darauf?«, fragt Malou überrascht. Sie ist stets darauf bedacht, dass man ihr die Polizistin nicht ansieht.

»Man sieht es Ihnen an«, antwortet Annette Stern. »Ich habe nichts Illegales gemacht, die Demonstration war bewilligt.«

»Wir sind nicht wegen der Demonstration hier.« Bettina zeigt Annette Stern ihren Dienstausweis. »Bettina Flückiger«, stellt sie sich vor. »Malou Löwenberg«, sagt sie mit einem Nicken in die Richtung ihrer Kollegin. »Können wir Sie kurz sprechen?«

»Worum geht es?«

»Können wir drinnen mit Ihnen sprechen?«

Erst jetzt wirkt Annette Stern verunsichert. »Ist jemand gestorben? Jemand aus meiner Familie?«

»Nein, es geht nicht um einen familiären Todesfall, ich wäre froh, wenn wir drinnen weiterreden könnten.«

»Bei mir ist es gerade nicht sehr ordentlich.«

»Wenn es Ihnen lieber ist, können wir uns auch auf dem Polizeipräsidium unterhalten.«

Der Satz verfehlt seine Wirkung nicht. Annette Stern verdreht die Augen, steckt den Schlüssel ins Schloss und führt die beiden Polizistinnen hinauf in ihre Penthouse-Wohnung.

*Nicht sehr ordentlich* war das krasseste Understatement, das sie in den letzten Jahren zu hören gekriegt hat, denkt Bettina, als sie durch die Tür tritt. Sterns Loft ist ordentlicher als ihre eigene Wohnung, nachdem sie sie drei Stunden lang aufgeräumt hat. Bettina fühlt sich, als würde sie eine Hochglanzfotografie einer Architekturzeitschrift betreten, die sich auf wundersame Weise in einen dreidimensionalen Raum verwandelt hat. Annette Stern begibt sich hastig zum Salontisch aus Glas, auf dem zwei Magazine liegen, und räumt sie in einen Design-Zeitungshalter. Sie wischt zwei, drei Mal mit der Hand über das Sofa, um den imaginären Staub wegzuwischen, dann bietet sie Malou und Bettina Wasser an. Beide lehnen dankend ab.

»Können wir uns an den Tisch setzen?«, fragt Bettina.

Annette Stern nickt und setzt sich auf einen der Eames-Stühle. Sie legt die ineinander verschlossenen Hände auf den Tisch, streckt die Finger, beugt sie wieder, streckt sie erneut. Ihr ist anzusehen, dass sie mit aller Kraft versucht, sich nicht anmerken zu lassen, wie unwohl sie sich fühlt. Große Hände, lange Finger, stellt Bettina fest. Überhaupt ist Annette Stern eine eindrucksvolle Frau, im Stehen hat sie sie um einen halben Kopf überragt, was Bettina selten passiert.

»Wir sind wegen Jürgen Bräutigam hier.«

Sofort passiert etwas mit Annette Stern. Ihr Körper zuckt, als hätte sie einen elektrischen Schlag erhalten. Dann versteift sie sich, drückt das Kreuz durch, als könnte sie sich dadurch noch größer machen. Locker ist anders.

»Was ist mit ihm?«

»Er ist tot.«

»Er ist tot?« Annette Stern lacht hysterisch auf, reißt sich aber gleich wieder zusammen. »Sie können sich nicht vorstellen, wie glücklich mich diese Nachricht macht!«

»Er wurde ermordet.«

Jetzt lacht Annette Stern nicht mehr. Wieder schaut sie von Bettina zu Malou und zurück, als wolle sie sichergehen, dass sie sich nicht verhört hat und dass sie hier nicht veräppelt wird.

»Er wurde ermordet?«

Annette Stern ist förmlich anzusehen, dass viele Gedanken auf einmal auf sie einstürzen. Sie braucht einen Moment, um sie zu sortieren.

»Darum sind Sie hier? Weil mein Vergewaltiger ermordet wurde?« Noch einmal vergehen ein paar Sekunden. »Sie denken doch nicht etwa … Wie wurde er getötet?«

»Wir dachten, vielleicht könnten Sie uns das erzählen«, sagt Bettina in sachlichem Ton.

»Nein, das kann ich nicht!« Annette Sterns Stimme klingt auf einmal kalt und zu laut. »Ich finde es großartig, dass jemand das Schwein aus der Welt geschafft hat, aber ich war das leider nicht.«

»Dann können Sie uns sicher sagen, wo Sie letzte Woche zwischen Montagnachmittag und Dienstagmittag waren.«

»Das weiß ich jetzt nicht auf Anhieb. Ich muss meinen Kalender checken.«

Annette Stern sucht eine gefühlte Ewigkeit in ihrer Tasche nach dem Handy, öffnet die Agenda-App und braucht wieder übermäßig viel Zeit, um darin zu lesen.

»Ich hatte montags einen Klienten, die Arbeit hat sich hingezogen.«

Die Art und Weise, wie sie es sagt, lässt Bettina plötzlich vermuten, dass Annette Stern als Escort-Dame ihr Geld verdient. Die teure Wohnung, die luxuriöse Einrichtung ...

»Was arbeiten Sie genau?«, fragt Bettina.

»Das haben Sie nicht als Erstes geprüft? Sie sind einfach hierhergefahren und dachten, wir klingeln jetzt mal bei der an der Tür und fragen sie, ob sie das Schwein umgebracht hat?«

»Bitte beantworten Sie unsere Fragen.«

»Ich bin Psychiaterin. Bräutigam war mein Klient.«

»Ihr Klient? Wo ist es zu der angeblichen Vergewaltigung gekommen? In Ihrer Praxis?«

»Sehen Sie?«

»Was?«, fragt Bettina zurück.

»Warum sagen Sie *angebliche* Vergewaltigung? Es *war* eine Vergewaltigung. Sie sind nicht besser als Ihre Kollegen und der Richter. Warum wird noch immer automatisch dem Mann geglaubt? Vieraugendelikt, Aussage gegen Aussage – dass ich nicht lache! Wenn einer Psychiaterin nicht mehr geglaubt wird, dass sie von ihrem Klienten vergewaltigt worden ist, dann stimmt etwas nicht mehr in diesem Land. Und mit seinen Richtern und seinen Polizisten – und wie mir scheint, auch seinen Polizistinnen.«

»Hören Sie, Frau Stern. Wir urteilen nicht, das hat das Gericht bereits getan. Wir sind heute nicht hier, um zu untersuchen, ob der Freispruch gerecht war oder nicht, ob sie vergewaltigt wurden oder nicht. Wir sind hier, weil wir herausfinden wollen, wer Jürgen Bräutigam getötet hat. Es geht um Mord. Sie als mutmaßliches Opfer von Bräutigam sind der Tat verdächtigt. Darum würde ich Ihnen dringend raten, mit uns zu kooperieren.«

»Ich habe den Glauben in den Rechtsstaat verloren. Warum sollte ich mit Ihnen kooperieren? Machen Sie, was Sie glauben, tun zu müssen. Aber ich warne Sie: Wenn Sie mich festnehmen und des Mordes beschuldigen, werde ich alle meine Beziehungen nutzen, damit Sie diesen Job nicht mehr lange ausüben werden. Ich spreche kein weiteres Wort mit Ihnen ohne meinen Anwalt. Und jetzt gehen Sie bitte.«

»Frau Stern …«

»Nein. Kein Wort. Gehen Sie. Sie finden die Tür.«

Bettina und Malou erheben sich. Annette Stern bleibt sitzen.

»Eine Frage noch …«, sagt Malou, die sich bisher zurückgehalten hat.

Annette Stern dreht demonstrativ den Kopf weg und sieht zum Fenster hinaus.

»Welche Schuhgröße haben Sie?«

»Fragen Sie meinen Anwalt!«

»Wir werden uns mit Ihnen – und Ihrem Anwalt – wieder in Verbindung setzen«, sagt Bettina in scharfem Ton. »Das nächste Mal sehen wir uns auf dem Präsidium.«

Keine drei Sekunden, nachdem die Wohnungstür hinter ihnen zugefallen ist, vernehmen sie das Geräusch des Schlüssels im Schloss.

»Keine angenehme Zeitgenossin«, kommentiert Bettina.

»Ich versteh sie irgendwie«, meint Malou. »Vielleicht hätten wir das Gespräch etwas vorsichtiger angehen sollen.«

»Es ist nicht erwiesen, dass sie wirklich vergewaltigt worden ist.«

»Ich habe das Gefühl, dass sie diesbezüglich die Wahrheit sagt.«

»Das macht sie nicht weniger verdächtig.«

Bettina wendet sich ab. Meryl Streep! In dem Moment fällt es ihr ein; Annette Stern erinnert sie an die junge Meryl Streep, mit dunklen Haaren.

Bevor Malou hinter Bettina die Treppe hinabsteigt, öffnet sie die Klappe des Schuhschranks, der neben Annette Sterns Wohnungstür montiert ist. Sie nimmt ein paar Frauenschuhe heraus, wendet sie, studiert die Sohle.

»Hab ich mir doch gedacht, dass die Frau auf großem Fuß lebt.« Malou hält Bettina den Schuh hin. »Größe 39 – passt genau zu den Spuren, die wir am Tatort gefunden haben.«

# 32.

*Wollen wir uns heut Abend sehen?*

*Gerne! Ich koche was.*

Sandros Antwort auf ihre Nachricht bringt Milla zum Lächeln. Klingt nach einem Friedensangebot. Doch selbst die beste Lasagne nach dem Rezept seiner sizilianischen Großmutter wird ihren Ärger nicht ganz vertreiben können. Sie hofft, dass er sich für sein Verhalten entschuldigen wird. Manchmal verflucht sie ihren Freund dafür, Polizist zu sein. Und was für ein Polizist: Er verkörpert seinen Beruf mit Leib und Seele. Sandro wäre nicht mehr Sandro, wenn er einen anderen Job ausüben würde. Genauso, wie auch sie nicht länger sie selbst wäre, wenn sie nicht mehr als Journalistin arbeiten könnte. Genau hier liegt aber der Unterschied zwischen ihnen beiden: Sie akzeptiert, was er beruflich macht – er hingegen lässt sie nicht nur spüren, dass er Journalisten grundsätzlich lästig findet, er versucht auch immer wieder, sie in ihrem Job zu bremsen. Dabei müsste er doch das Gegenteil tun: Als ihr Partner sollte er sie in allem unterstützen. Nun ja, in fast allem. Milla ist sich bewusst, dass sie hin und wieder Grenzen überschreitet, was Sandro in ein moralisches Dilemma stürzen würde, wenn er davon wüsste. Darum schweigt sie sich darüber lieber aus. Trotzdem: Sie wünschte sich, sie würde von Sandro mehr Support erfahren. Sie würde ihm zum Beispiel gerne von ihren Recherchen und dem Pick-up-Kurs von Mister Sinister erzählen. Sie möchte ihm auch berichten, wie sie mithilfe ihres Cousins Kaspar eine frauenfeindlich klingende Antwort geschrieben und sich für den Kurs angemeldet hat – obwohl sie noch immer keine Ahnung hat, wen sie hinschicken könnte. Doch all das wird sie Sandro leider nicht erzählen können, weil sonst der nächste Beziehungskrach losbrechen würde.

Als Milla endlich im Zug nach Bern sitzt, beginnt die Nacht den Tag bereits zu verdrängen. Es ist viel später geworden als geplant. Trotz ihres Ärgers ist sie froh, dass sie gleich bei Sandro in der Küche sitzen wird. Alles ist besser, als wenn sie erneut in ein tagelanges Schweigen verfallen. Überdies hat sie Hunger. Sie kann dem Sprichwort, dass Liebe durch den Magen geht, hundertprozentig zustimmen – was aber auch daran liegen mag, dass sie selbst eine miserable Köchin ist. Das bescheidene Essen ist die schlechteste Erinnerung an ihre Zeiten als Single.

Millas Zug braust durch einen Bahnhof, als sie ihre Gedanken wegschiebt und das Handy zur Hand nimmt, um die neuesten Nachrichten durchzugehen. Die Newsportale sind voll mit Berichten und Bildern über den Marsch gegen Gewalt in Bern. Mehrere Journalisten haben Texte über Sascha Vogt verfasst, die meisten zitieren Millas Beitrag aus der Sondersendung und zeigen Screenshots der Bilder, die sie gestern ausgestrahlt haben. Ihr Chef Wolfgang wird seine Freude daran haben. Milla klickt sich weiter, zu den anderen Nachrichten des Tages. Da stößt sie auf eine winzige Notiz, ein Zeugenaufruf, den die Kantonspolizei Bern lanciert hat. *Warnung wegen Stöckelschuhen*, lautet der Titel, der darüber steht. Der Text enthält einzig einen Aufruf, dass sich Personen, die in den letzten sechs Monaten einen Stöckelschuh ohne Absender im Paketfach ihres Briefkastens gefunden haben, dringend mit der Polizei in Verbindung setzen sollen. Gründe dafür werden keine genannt. Was zum Teufel? Milla fragt sich, ob die Polizei nach einem Schuhfetischisten fahndet. Sie hat mal gehört, dass die echt gefährlich werden können. Sie blättert weiter zu einem Artikel über die anstehende Hitzewelle, den sie desinteressiert wegschiebt, und bleibt bei einem Text über ein neues Virus hängen, das im Süden Tansanias erste Todesopfer gefordert hat und von dem niemand weiß, worum es sich handelt. Nicht schon wieder, denkt Milla.

In Bern angekommen, kauft sie im Supermarkt des unterirdischen Bahnhofs eine Flasche Wein und schlendert durch die Lauben der Altstadt zu Sandros Wohnung. In Gedanken heckt sie einen Plan aus, wie sie Sandro doch noch dazu bringen könnte, ihr zu erzählen, wie er und sein Team Sascha Vogt aufgespürt und überwältigt haben. Natürlich nur *off the record*, sie wird es nicht verwenden, aber Neugierde ist nun mal ihr zweiter Vorname. Milla wird sich hüten, bereits beim Essen danach zu fragen – sie wird bis nach dem Versöhnungssex warten, dann ist Sandro nachgiebiger und gesprächiger. Sie steigt die Treppe hoch, klopft an die Wohnungstür und schiebt sie auf. Der Duft, der ihr aus der Küche entgegenströmt, entlockt ihrem Magen ein lautstarkes Knurren. Sandro steht in der Kochschürze am Herd. Tatsächlich trägt er nichts als die Kochschürze. Er dreht sich zu ihr um, als er ihr Lachen hört.

»Ich dachte, eine Lasagne allein wird heute wohl als Entschuldigung nicht ausreichen«, sagt er, als er Milla entgegenkommt, um sie mit einem Kuss zu überzeugen, dass das Essen noch etwas warten kann.

Zur gleichen Zeit, als sich Milla und Sandro mit einem nicht enden wollenden Kuss begrüßen, liegt Bettina auf dem Bett und starrt die Decke an. Ihren rechten Arm ausgestreckt, fühlt sie die leere Seite neben sich. Sie fühlt die Leere auch in sich drin; sie vermisst Petra mit jeder Faser ihres Körpers. Heute Abend fiel ihr Besuch auf der Intensivstation nur kurz aus. Sie hat Petras Mutter getroffen, die ihrer Freundin so sehr gleicht, als sei sie eine Kopie, nur älter. Es war eine herzliche Begegnung, aber auch eine schmerzhafte. Petras Mutter wirkte gefasst und tapfer, doch Bettina war heute nichts dergleichen. Nach dreißig Minuten ist sie wieder gegangen, weil sie es nicht länger ertrug, weil sie weinen musste und nicht mehr aufhören konnte und weil sie Petra am liebsten wachgerüttelt hätte, weil es nicht sein darf, dass nur noch ihre Hülle da liegt und Petra selbst weit weg zu sein scheint. Bettina spürte auf einmal eine ungeheure Wut in sich hochkommen, darüber, dass Petra noch immer nicht selbstständig atmet, dass sie einfach nicht aufwacht und sie anlacht und wieder da ist, in Bettinas Welt, in der realen Welt, im Leben. Abgrundtief wütend ist sie aber vor allem noch immer auf Vogt, dieses Monster, der ihr und Petra das angetan hat. Der jetzt in seiner menschenrechtskonformen Zelle sitzt und mit seinem amtlich bestellten Pflichtverteidiger die Strategie für das Gerichtsverfahren bespricht. Der die Tat mit seinen irrwitzigen misogynen Verschwörungstheorien rechtfertigen und schließlich im Gefängnis reuelos weiterleben wird. Während Petra womöglich stirbt. Sie hasst ihn. Sie hat zuvor noch nie jemanden gehasst, aber Sascha Vogt hasst sie mit allem Hass, der ihr zur Verfügung steht.

Hätte sie ihn doch erschossen.

Sie denkt es nicht zum ersten und wohl auch nicht zum letzten Mal, obwohl sie weiß, dass gerade sie als Polizistin nicht so denken dürfte. Persönliche Rache ist nie eine Lösung. Es ist eine große Errungenschaft der Zivilisation, dass die Rache respektive die Strafe an den Staat delegiert worden ist, der mit seinem Strafrecht die Ordnung sichert und die private Rache verhindert. Obwohl Bettina das grundsätzlich richtig findet, fühlt es sich dieses Mal total falsch an.

Wie müde sie ist, denkt Bettina. Ihr Körper wiegt schwer, so bleiern, dass sie glaubt, sich nicht einmal mehr auf die andere Seite wälzen zu können. Trotzdem erscheint der Schlaf meilenweit weg. Sie versucht, ihre Gedanken in eine andere Richtung zu lenken, und kehrt im Kopf noch einmal zurück in die Wohnung von Annette Stern. Wie unpersönlich die durchgestylte Einrichtung wirkte. Fast so, als wäre die Wohnung nur eine Kulisse, die einem vorgaukelte, dass darin jemand lebte. Bettina fragt sich, ob sie Anette Stern zu hart angegangen ist. Hätte sie mit einer rücksichtsvolleren Taktik mehr aus ihr herausholen können? Ist die Psychiaterin tatsächlich ein Vergewaltigungsopfer und hat sich an Bräutigam gerächt, weil sie die Ungerechtigkeit nicht länger ertragen hat? Bettina könnte es sogar nachvollziehen, seit Kurzem kennt sie das Bedürfnis nach Rache nur zu gut. Auch traut sie Annette Stern den Mord ohne Weiteres zu. Aber was ist mit Kerner? Sie ist nicht einmal dazu gekommen, Annette Stern zu fragen, ob sie Bendicht Kerner gekannt hat. Und Thomas Sahli, der ebenfalls bedroht wurde? Ihn will sich Bettina morgen näher anschauen. Sie muss die Verbindung zwischen den drei Männern finden. Sahli ist der Einzige, der noch lebt. Womöglich liegt der Schlüssel zur Lösung des Falls in seiner Hand, ohne dass er sich dessen bewusst ist.

Da fällt Bettina der Zeugenaufruf ein, der heute an die Medien rausgegangen ist. Sie hat noch gar nichts gehört. Ein Blick auf die Uhr sagt ihr, dass es noch früh genug ist, um sich beim zuständigen Sachbearbeiter nach den Rückmeldungen zu erkundigen. Sie schickt ihm eine Textnachricht und sieht, dass er sofort online geht und zurückschreibt.

*Es haben sich zwei Männer gemeldet, die einen roten Stöckel-schuh im Paketfach fanden – plus Fotografie. Sie sind für diese Nacht in ein Hotel gezogen und melden sich morgen auf dem Präsidium.*

Bettina bedankt sich und legt das Handy weg.

»Scheiße!«, sagt sie laut zu sich selbst. Sie haben es hier mit einem Täter zu tun, den sie nur stoppen können, wenn sie cleverer und schneller sind als er. Doch sie fühlt sich im Moment weder clever noch schnell, sondern nur leer und erschöpft. Sie kann sich nicht vorstellen, woher sie die Kraft nehmen soll, diesen Fall zu leiten, den Serienkiller zu jagen und ihn zur Strecke zu bringen, bevor er wieder zuschlägt. Sie fragt sich, ob sie überhaupt genug Kraft haben wird, jemals wieder aus diesem Bett zu steigen.

Bettina drückt das Gesicht ins Kissen und beginnt zu weinen.

Im gleichen Moment, als Bettina das Kissen mit ihren Tränen nässt, wischt sich Nathaniel seine Tränen aus den

Augen. Silas ist längst im Bett, Gundula ist heute Nacht zu sich nach Hause gefahren, Veronika hat sich schon nach dem Demonstrationsumzug verabschiedet. Es ist das erste Mal seit der Tat, dass er allein ist. Kaum waren alle weg, brachen die Tränen aus ihm heraus, sintflutartig, er kann gar nicht mehr aufhören. Er weint um den Verlust, um seinen eigenen und noch mehr um den Verlust, den Silas erleiden muss. Er hat seine Mutter verloren, das letzte Familienmitglied, das er noch hatte. Fast wie Nathaniel selbst damals; er war elf, als er Waise wurde, fünf Jahre älter als Silas jetzt. Man sagt, dass sich in Familien Geschichten und Tragödien über Generationen hinweg wiederholen – aber er ist nicht einmal mit Silas verwandt. Es verletzt Nathaniel in seinem Innersten, dass Silas die gleiche schmerzhafte Erfahrung machen muss, die er selbst durchlebte.

Die Ereignisse am Nachmittag haben das Ihre dazu beigetragen, dass Nathaniel von seinen Gefühlen übermannt wird. Er war berührt von der Solidarität, die er gespürt hat. Aber er ist noch immer erschüttert von dem Schreckmoment, als er glaubte, Silas verloren zu haben. Selten war er so hilflos, selten verfluchte er seine unnützen Augen mehr. Die Angst um das Kind fühlte sich an wie ein kleiner Tod. Nathaniel will alles daransetzen, für Silas ein guter Familienersatz zu sein, doch die Furcht, daran zu scheitern, ist riesig. Niemand kann Carole ersetzen. Und was, wenn Silas etwas zustößt, weil er als Blinder versagt?

Nathaniel vernimmt ein leises Klopfen, zwei Mal. Rasch wischt er sich die Tränen aus dem Gesicht. Er hört, dass sich die Tür öffnet, die leisen Schritte, die sich nähern, gefolgt vom Tapsen von Hundepfoten. Er fühlt, wie jemand auf sein Bett kraxelt und sich neben ihn legt.

»Bist du wach?«, flüstert Silas.

»Ja, ich bin wach«, flüstert Nathaniel zurück.

»Ich kann nicht schlafen.«

»Ich auch nicht.«

»Warum machen wir morgen ein Fest für Mama, wenn doch heute schon alle Leute hier waren?«

»Morgen machen wir ein Fest nur für Mamas Familie und Freunde. Ein privates Fest, um Abschied zu nehmen.«

»Aber ich will nicht Abschied nehmen.«

»Ich weiß. Ich auch nicht.« Nathaniel nimmt Silas in den Arm und wiegt ihn sanft. »Aber Mama hat ein schönes Abschiedsfest verdient, findest du nicht?«

»Mmmmh.«

»Es ist fast wie ein Geburtstagsfest. Wir werden ein großes Feuer machen, und wir werden alle an Mama denken und unsere Erinnerungen an sie teilen.«

»Ich will meine Erinnerungen an Mama nicht teilen, die gehören mir.«

»Die kann dir niemand wegnehmen, niemals.«

»Dann ist ja gut.«

»Gut.«

»Wollen wir versuchen zu schlafen?«

»Also gut.«

»Gute Nacht, Silas.«

»Gute Nacht, Nathaniel.«


Während Nathaniel wach liegt und den schlafenden Silas festhält, lässt sich die Rechtsmedizinerin Irena Jundt schwer auf einen Hocker an der Theke im *Kreissaal* fallen. Theneyan, der Barkeeper, blickt sie an, ohne die Frage zu stellen. Irena nickt; das Übliche. Theneyan, Irenas bester Zuhörer und einziger richtiger Freund, schneidet ein Stück Gurke ab, greift nach einer Limette, gießt mit geübten Händen Gin und Tonic in ein Glas und würzt mit Pfeffer nach.

»Geht aufs Haus«, sagt er, als er den Gin vor Irena hinstellt. »Du musst die reinste Horrorwoche hinter dir haben.«

»Danke.«

Eine Weile reden die beiden kein Wort. Auch darum schätzt sie Theneyan sehr; weil sie nicht reden muss, wenn sie nicht reden mag. Jazz-Musik berieselt den Raum und sorgt für eine entspannte Stimmung. Es sind nicht viele Gäste da; der Schrecken des Attentats lässt die Menschen lieber zu Hause bleiben. Ein verliebtes Paar hinten an einem Tischchen, das die Finger nicht voneinander lassen kann. Ein etwas verwahrlost wirkender Mann am anderen Ende der Theke, der in sein Glas starrt und nichts um sich herum wahrzunehmen scheint. Irena nippt an ihrem Drink und beobachtet Theneyan, wie er die Arbeitsfläche putzt.

»Sag mal, kennst du dich in der Trans-Szene aus?«

Theneyans rechte Augenbraue schnellt in die Höhe. Als er lacht, blitzt der Edelstein an seinem rechten Eckzahn auf, von dem er hartnäckig behauptet, er sei echt.

»Ich mag dich, Irena. Niemand sonst stellt mir Fragen wie du.«

»Und, kennst du dich aus?«

»Sagen wir mal so: Ich habe ein paar Freunde ...«

Theneyan hat in jeder Szene ein paar Freunde, was sich für Irena schon öfter als Vorteil erwiesen hat.

»Und in der Fetisch-Szene?«

»Nun ja, dort auch.« Sein Grinsen wird noch breiter. »Möchtest du nicht mal auf den Punkt kommen und mir sagen, was du wissen willst?«

»Haben rote Stöckelschuhe eine spezielle Bedeutung?«

Theneyan macht sich mit dem Lappen am Spülbecken zu schaffen.

»Wie meinst du das?«

»Ich frage anders: Wenn du eine Leiche finden würdest, die nichts als rote Stöckelschuhe trägt, was käme dir als Erstes in den Sinn?«

Theneyan blickt auf. »Frau oder Mann?«

»Mann.«

»Nackt bis auf die Stöckelschuhe?«

»Ja.«

»Keine Ahnung. Es gibt Männer, die stehen drauf, in Frauenschuhen Sex zu haben, aber das müssen nicht unbedingt rote Stöckelschuhe sein.«

»Weckt das Bild einer über einen Penis gestreiften Socke bei dir eine Assoziation?«

Jetzt hält Theneyan mit der Arbeit inne und schenkt Irena seine volle Aufmerksamkeit.

»Die Leiche ist nackt, bis auf rote Stöckelschuhe an den Füßen und eine Socke am Penis?«

»Ja. Genauer gesagt: zwei Leichen.«

»Kling nach einem besonderen Fetisch. Ich kannte mal jemanden, der trug Schwimmflügel beim Sex.«

»Schwimmflügel? Die orangenen Dinger, die Kinder zum Schwimmen brauchen?«

»Genau die. Der konnte gar nicht mehr ohne.«

Irena nimmt nach dieser Information einen kräftigen Schluck und merkt, wie gut es tut, ein wenig abgelenkt zu werden, auch wenn ihr die Informationen über

Schwimmflügel-Sex wenige Erkenntnisse zur Leiche bringen die derzeit in ihrem Institut im Kühlfach liegt.

Als Theneyan in der Kreissaal-Bar Irena neue Einblicke in die Welt der Fetische eröffnet, brennt in einer alten Villa im Berner Brunnadernquartier in einem einzigen Zimmer noch Licht. Drei der vier Wände sind mit Bücherregalen vollgestellt. Eine Wand ist für Fachliteratur und Gesetzesbücher reserviert, eine für Kunst- und Fotobände und die dritte für Belletristik. In der Mitte des Raums steht ein schwerer Schreibtisch aus dunklem Mahagoni. Der Schein der Tischlampe fällt auf einen aufgeklappten Aktenordner und auf ein sorgenvolles Gesicht, das sich darüber beugt.

Kai Langenberger blättert sich durch den Fall Bräutigam. Es ist längst nicht der einzige Fall, den er als Staatsanwalt verloren hat. Aber ein Fall, der schmerzte – wie immer, wenn es um ein Sexualdelikt geht. Er weiß, dass er Niederlagen nicht persönlich nehmen darf. Aber in Fällen wie diesen – wie sollte er sie *nicht* persönlich nehmen? Unmöglich. Obwohl er bei jedem Sexualdelikt um einen Schuldspruch kämpft, als ginge es um ihn selbst, ist er doch in den seltensten Fällen erfolgreich. Es gibt keine Worte dafür, um das Ausmaß seiner Frustration darüber zu beschreiben. Aber Gesetz ist Gesetz. Auch wenn er in einigen Fällen das Gefühl hatte, dass das Gericht seinen Ermessensspielraum nicht vollständig ausgenutzt hat. Langenberger liest noch einmal die Einvernahmeprotokolle des Opfers durch. Annette Stern. Irgendwo in seinen Erinnerungen liegt ein verschwommenes Bild von ihr. Eine große, toughe Frau, alles andere als ein eingeschüchtertes Opfer. Eine Kämpferin gegen die Ungerechtigkeit, wie er selbst. Vielleicht ist ihr das zum Verhängnis geworden; dass sie zu stark und zu selbstbewusst auftrat, sodass das Gericht – zwei Männer und eine Frau – ihr nicht glaubten, dass sie zum Opfer geworden ist. Dabei kann jede und jeder zum Opfer werden, immer und überall. Es ist erstaunlich, wie sehr sich die Menschen in falscher Sicherheit wähnen. Alle denken, es trifft schon jemand anderen, wenn etwas passiert. Wie sehr sie sich irren.

*Jürgen Bräutigam hat nach dem Ende der Therapiesitzung das Zimmer nicht verlassen. Als ich aufstand, um die Tür zu öffnen und ihn hinauszubitten, hat er mich von hinten an den Haaren zu Boden gerissen und sich sofort auf mich drauf gekniet.*

Kai Langenberger schließt kurz die Augen, bevor er weiterliest.

*Ich habe mich zunächst gewehrt, versuchte, ihn wegzuboxen, ihn abzuschütteln, aber er hat eine unheimliche Kraft entwickelt. Er riss mir die Bluse auf und den Rock hoch. In dem Moment bin ich erstarrt. Ich konnte mich nicht mehr wehren, ich fühlte mich wie gelähmt. Ich habe mich aus meinem Körper weggedacht, darauf gewartet, dass es vorbeigeht, und gehofft, dass er mich wenigstens am Leben lässt.*

Kai Langenberger fühlt die Hitze, die in ihm hochkommt. Sie beginnt hinter den Ohren, kriecht in die Schläfen und treibt ihm schließlich den Schweiß auf die Stirn. Es ist die Wut in ihm. Sie wird nie versiegen.

Er greift zum nächsten Aktenordner. Ein anderer Fall, ein anderes Opfer, ein anderer Täter, und doch fast die gleiche Geschichte. Alles wiederholt sich immer wieder.

Zur gleichen Zeit an einem anderen Ort in derselben Stadt denkt Malou, ohne es zu ahnen, beinahe das Gleiche wie Staatsanwalt Langenberger, allerdings in einem völlig anderen Zusammenhang. Noch eine halbe Stunde dauert der alte Tag, bevor der neue beginnt. Sie hofft, es wird ein besserer werden. Sie hat sich gerade von einem Tinderdate verabschiedet, hatte sich gedacht, etwas Abwechslung würde ihr guttun, mal über was anderes reden als über Leichen und Todesursachen und Serienkiller, aber es stellte sich heraus, dass sich Inhalt und Ablauf dieser Dates trotz wechselnder Partner immer wiederholen. Abwechslung geht anders. Die zwei Stunden, die sie dem Mann in der Brasserie *Ratskeller* gegenübersaß, waren ein nicht enden wollendes Déjà-vu. Roland oder Rolf oder Robert, der auf dem Foto ganz nett ausgesehen und im Chat sympathisch geklungen hatte, erwies sich als überaus durchschnittlich und sehr langweilig, kurzum ein Klon der letzten fünf Männer, mit denen sich Malou zu einem Blind Date verabredet hatte. Sowohl äußerlich wie auch inhaltlich. Zuerst erzählte er von seinem Job – superanspruchsvoll –, dann von seinen Kindern – ebenfalls superanspruchsvoll –, und dann von seiner durchlebten Scheidung – supertraumatisch. Er war so sehr von sich und seiner Geschichte vereinnahmt, dass es ihm nicht einmal auffiel, dass er Malou weder nach ihrem Beruf, Nachwuchs oder sonst irgendwas gefragt hat. Er stellte überhaupt keine Fragen, denn für Antworten gab es in seinem Redefluss keinen Platz. Nach zwei Stunden wollte er dann doch mal etwas von ihr wissen: ob sie nun mit ihm nach Hause komme, sie verstehe schon … Malou hat abgelehnt und sich kurz überlegt, den Mann in Handschellen zu legen und an die nächste Straßenlaterne zu ketten. Sie hat es dann doch bleiben lassen. Roland oder Rolf oder Robert war ein Flop, einer mehr auf der Liste, den sie abhaken kann. Trotz allem hat sie die Hoffnung noch nicht ganz aufgegeben, dass sich irgendwann ein Blind Date doch noch als Sechser im Lotto, sprich als Mr. Right persönlich entpuppt. Allerdings ist sich Malou selbst nicht ganz sicher, welche Anforderungen ein Mann erfüllen müsste, um für sie als Mr. Right durchzugehen. Tief in sich drin ahnt sie, dass es ihn womöglich gar nicht gibt.

All diese Gedanken wälzt Malou, als sie durch die menschenleeren Lauben der Altstadt Richtung Bahnhof spaziert. Als sie an Sandros Adresse vorbeikommt, weiß sie nicht, dass ihr Chef nur ein paar Stockwerke über ihr erschöpft und erfüllt und eng umschlungen mit Milla im Bett liegt und ihr gerade erzählt, wie Bettina im Alleingang den Attentäter gestellt hat – nachdem Milla schwören musste, die Information für sich zu behalten. Malou ahnt ebenfalls nicht, dass sie etwas später nur wenige Meter an ihrer Kollegin Irena Jundt vorbeigeht, die im *Kreissaal* nach der Diskussion über Fetische Einblicke in die Trans-Szene erhält und ihren dritten Gin Tonic bestellt. Malou biegt in eine schmale Passage zwischen den Häusern ein, die zwei Hauptgassen miteinander verbindet, als sie hinter sich Schritte hört. Nahe hinter sich. Sie weiß nicht, ob sie schon vorher da gewesen sind, sie war zu sehr in Gedanken versunken und hat nicht darauf geachtet. Aber jetzt hört sie sie, und etwas an dem Geräusch, das in anderen Situationen alltäglich ist, lässt sie schaudern. Sie spürt, dass sich die Härchen in ihrem Nacken aufrichten. Ohne sich etwas anmerken zu lassen, nimmt sie eine andere Körperspannung an. Instinktiv rechnet sie mit einem Angriff von hinten und ist bereit, ihn abzuwehren. Sie hält nicht inne, nicht das kleinste Zögern, sie geht einfach weiter, lauscht, die Schritte sind zu nah, sie muss sich zwingen, nicht loszurennen. Im äußersten Blickwinkel nimmt Malou eine Bewegung wahr, sie schnellt herum, reißt das rechte Knie hoch und rammt es dem Kerl in die Weichteile. Dann umfasst sie mit beiden Armen seinen Kopf, drückt ihn nach unten, reißt das linke Knie hoch und stößt es ihm ins Gesicht. Mit einem Schmerzgrunzer geht der Typ zu Boden.

»Spinnst du?«, klagt er weinerlich.

Obwohl seine Stimme verzerrt ist, erkennt Malou sie wieder. Robert oder Rolf oder Roland. Der Scheißkerl hat ihr nachgestellt. Hätte sich vielleicht doch mal danach erkundigen sollen, was sie beruflich macht.

»Kannst es wohl nicht verkraften, wenn eine Frau Nein sagt.« Malou spuckt die Worte aus. Am liebsten würde sie ihm ins Gesicht treten.

»Ich wollte doch nur … ich hatte denselben Heimweg …«

»Verarschen kann ich mich selbst.« Malou merkt, dass sie zittert. Durchatmen, sagt sie sich, du hast die Situation im Griff. »Noch ein Wort, und ich lege dir Handschellen an und bringe dich aufs Revier.«

Er grinst sie dümmlich an und will sich aufrappeln. Im Bruchteil einer Sekunde kickt Malou ihr Bein gegen seine Schulter. Mit einem Jaulen geht er erneut zu Boden.

»Wage es ja nicht. Ich melde deinen Namen der Gewaltpräventionsstelle, die werden ein Auge auf dich haben. Wehe, wenn du jemals eine Frau anfasst!«

Malou lässt Robert oder Rolf oder Roland, der sich auf dem Boden windet und dessen Namen sie sich doch besser hätte merken sollen, einfach liegen. An der nächsten Station steigt sie in den Bus und sinkt müde und enttäuscht in den Sitz. Der Mann, der ihr gegenübersitzt, blickt sie an. Sie dreht den Kopf demonstrativ weg, ihr Bedürfnis nach sozialen Kontakten ist gerade auf den Nullpunkt gesunken.

»Scheißtag?«, fragt er.

»Scheißtag«, bestätigt sie.

»Morgen wird besser werden«, verspricht er ihr, bevor er sich wieder in sein Buch vertieft.

Malou muss den Kopf leicht schräg stellen, erst dann kann sie den Titel seiner Lektüre entziffern: *Am Arsch vorbei geht auch ein Weg.*

# 33.

Ich habe heute den Zeugenaufruf in der Zeitung gelesen. Fast hätte ich ihn übersehen, wollte schon weiterblättern, als mir das Wort »Stöckelschuhe« ins Auge stach. Es war zu befürchten gewesen, dass so etwas passieren könnte. Trotzdem hab ich mich maßlos geärgert. Das verkompliziert meine Mission massiv: Die Polizei ist wachsam, und die Opfer sind gewarnt. Ich frage mich, wer sich alles auf den Zeugenaufruf meldet. Ich wünschte mir, ich könnte nachfragen, wie viele Rückmeldungen schon eingegangen sind, und von wem. Aber ich darf mich nicht verdächtig machen.

Auf jeden Fall war der erste Ausflug letzte Nacht ein Reinfall. Ich bin vergebens zu seiner Wohnung gefahren. Dabei habe ich ihn mehrere Wochen observiert; ich wusste, dass er sonntagabends immer zu Hause ist. Doch gestern war keiner da. Ich habe bis nach Mitternacht gewartet, aber er ist nicht heimgekommen. Da habe ich es aufgegeben, vorerst aufgegeben, oder eher aufgeschoben. Wahrscheinlich hat er wegen des Zeugenaufrufs die Polizei angerufen, und die haben ihm gesagt, er solle das Weite suchen. Feigling. Die größten Arschlöcher sind die größten Schisser, wenn es ihnen selbst an den Kragen geht.

Doch nicht jeder wird die Notiz gesehen haben. Auch rennt nicht jeder gleich zur Polizei. Vor allem dann nicht, wenn er selbst kein reines Gewissen hat. Überhaupt, was will die Polizei schon machen? Jeden, der mal einen Schuh im Paketfach fand, unter Polizeischutz stellen? Auf Kosten der Steuerzahler und rund um die Uhr? Undenkbar. Auf jeden Fall nicht für lange. Ich weiß, dass dafür weder personell noch finanziell genügend Kapazitäten vorhanden sind. Wahrscheinlich werden sie einen Moment lang aufpassen, die Typen werden für ein paar Tage zu Hause ausziehen, doch wenn nichts passiert, wird bald wieder *courant normal* herrschen. Vielleicht sollte ich aufs Geratewohl ein paar rote Schuhe verteilen, um etwas Verwirrung zu stiften.

Ich muss über den Gedanken lachen. Doch das Lachen ist so schnell verschwunden, wie es gekommen ist. Ich werde sofort wieder ernst. Die Traurigkeit lässt sich nicht weglachen. Sie geht niemals weg, sitzt in mir drin, zeichnet sich selbst in meinen Gesichtszügen ab. Schon immer. Bereits in der Schule hatte ich stets das Gefühl, es sei mir anzusehen, dass ich kein Kind der Liebe bin. Kein Glückskind. Ein Schattenkind.

Das Beste wäre, etwas abzuwarten und geduldig zu sein. Geduld war noch nie meine Stärke. Auf jeden Fall muss ich vorsichtiger werden. Bei Kerner habe ich echt Glück gehabt, und das Risiko wird nur größer werden. Was, wenn sie mich doch erwischen? Das war bisher keine Option. Doch jetzt bin ich auf einmal verunsichert. Zum ersten Mal überhaupt regen sich leise Zweifel. Zweifel, ob es das wert ist. Der Preis, den ich bezahlen werde, falls man mich erwischt, ist hoch. Zu hoch. Lohnt sich der Einsatz?

Ich könnte einfach Stopp sagen, hier und jetzt in dieser Sekunde, mich zufriedengeben mit dem, was ich erreicht habe. Noch bin ich sicher. Niemand weiß, wer ich bin und was ich getan habe. Keiner kann den Zusammenhang erkennen. Ich könnte aufhören, einfach so tun, als wäre nichts gewesen. Könnte jeden Morgen weiterhin brav zur Arbeit gehen, im Hamsterrad meine Runden drehen und irgendwie weiterleben. Überleben. So, wie ich die letzten Jahre auch überlebt habe.

Aber das geht nicht, geht nicht mehr, das alte Leben ist vorbei. Die Zeit läuft nicht rückwärts. Selbst wenn ich es wollte: Ich kann nicht damit aufhören. Und vor allem: Ich will auch nicht damit aufhören. Es gibt für mich kein Überleben, wenn ich nicht tue, was ich tun muss.

Seit ich die Mission gestartet habe, fühle ich mich zum ersten Mal im Leben wie mich selbst. Vorher bin ich nur eine funktionierende Hülle gewesen, ein ferngesteuerter Roboter. Doch seit die Mission läuft, weiß ich wieder, wer ich bin. Ich hatte den Sinn aus den Augen verloren und bin jetzt daran, ihn wiederzufinden. Ich muss die Mission zu Ende führen, sonst werde auch ich nie vollendet sein und letztlich zugrunde gehen.

Doch das ist, um ehrlich zu sein, nicht der einzige Grund. Da ist noch etwas anderes, das mich antreibt, etwas, von dessen Existenz ich nichts geahnt habe. Ich wusste weder, dass es in mir steckt, noch woher es kommt. Es ist ein Drang. Ein Reiz. Die Lust am Töten. Dieser Moment, wenn er zu Boden geht und mir hilflos ausgeliefert ist. Diese Macht, über ihn zu verfügen. Dieses Gefühl, ganz allein über Leben und Tod eines anderen zu entscheiden. Ich allein habe es in der Hand, ob das Gift in ihn hinein- und das Leben aus ihm herausfließt. Ich habe die Macht. Ich bin größer als Gott. Das fühlt sich an wie der krasseste Drogentrip.

Aufhören ist nicht mehr drin.

# 34.

Bettina ist hellwach, als sie das Sitzungszimmer betritt. Es ist kurz vor neun, Montagmorgen. Sie ist schon seit sechs Uhr unterwegs. Über eine Stunde saß sie heut früh an Petras Bett, sie hat ihre Hand gehalten, hat ihr vom neuen Fall erzählt, hat ihr berichtet, dass ihr alles über den Kopf wächst, dass sie erschöpft ist und traurig und verzweifelt, dass sie nicht weiß, woher sie die Kraft nehmen soll, wie sie weitermachen soll, als wäre nichts passiert. Bettina hat auf Petras reglosen Körper geblickt und sich vorgestellt, was sie ihr raten würde, wenn sie jetzt bei ihr wäre und nicht weit weg.

Du schaffst das, würde Petra sagen. Die Arbeit gibt dir Halt und lenkt dich ab. Du bist gut. Sie brauchen dich. Krieg den Täter! Petra würde nicht wollen, dass sie Tag und Nacht an ihrer Seite sitzt und ihr normales Leben aufgibt. Sie hat sie immer unterstützt in dem, was sie tat, weil sie wusste, wie wichtig dieser Job für sie ist. Selbst als sie nahe dran war, ihn endgültig hinzuschmeißen, weil sie ihren Partner im Dienst verloren hatte, war es Petra, die ihr die Kraft gegeben hat weiterzumachen. Und irgendwie macht sie das noch immer, ihr Kraft geben. Obwohl sie sich nicht mehr in diesem Körper befindet, sondern irgendwo zwischen zwei Welten schwebt, wovon Bettina nur die eine kennt.

Als sie das Krankenhaus verließ, fühlte sich Bettina besser. Nicht gut, aber besser. Sie war als Erste im Büro und hat sich sorgfältig auf die Sitzung vorbereitet. Schon Minuten vor den anderen sitzt sie auf ihrem Platz. Sandro ist der Erste, der im Sitzungszimmer auftaucht, Florence folgt kurz darauf gemeinsam mit Bernard, auch die Rechtsmedizinerin Irena Jundt und Staatsanwalt Kai Langenberger treffen fast noch pünktlich ein. Langenberger schließt die Tür hinter sich. Der Zeiger der Uhr, die darüber hängt, zeigt drei Minuten nach. Da öffnet sich die Tür erneut.

»Entschuldigung«, murmelt Malou, als sie eintritt und geräuschvoll einen Stuhl unter dem Tisch hervorzieht, um sich zu setzen.

Noch bevor Sandro die Sitzung eröffnen kann, hebt Staatsanwalt Langenberger kurz die Hand, worauf Sandro ihm das Wort erteilt.

»Ich will mich gleich vorweg entschuldigen, ich verabschiede mich gleich wieder, ich muss danach zur Einvernahme von Vogt.«

Allein der Name verursacht bei Bettina Übelkeit, ihre Hand ballt sich zur Faust, sie verkrampft sich so sehr, dass die Knöchel weiß hervorstehen.

»Selbstverständlich«, sagt Sandro, bevor er die Soko High Heels offiziell zur Fallbesprechung begrüßt. »Wir haben zwei Tötungsdelikte, es ist davon auszugehen, dass beide von der gleichen Täterschaft verübt worden sind. Irena, kannst du diesen Verdacht bestätigen?«

»Auf jeden Fall sieht es so aus, als wären Jürgen Bräutigam und Bendicht Kerner auf die exakt gleiche Weise umgebracht worden.« Irena fasst für die Anwesenden das Fazit der Obduktionsberichte zusammen. Beide Männer starben an einer massiven Überdosis Morphin, die wohl innerhalb von weniger als sechzig Minuten zum Tod geführt haben muss. An Bendicht Kerner fand sie kleine Wundmale, die auf eine Attacke mit einem Distanz-Taser mit Pfeilelektroden zurückzuführen sind. Also nicht einer dieser kleinen Elektroschocker, die man sich ohne Weiteres zur Selbstverteidigung im Internet kaufen kann und die man direkt auf die Haut aufsetzt. Die Wunden sind jenen sehr ähnlich, die der Fünfzigtausend-Volt-Taser hinterlässt, den die Polizei einsetzt; nebst den Verbrennungen sind die kleinen Wunden erkennbar, die die Pfeile mit den Widerhäkchen hinterlassen. Die zwei kleinen Wunden an Bräutigam könnten auf die gleiche Ursache zurückzuführen sein. »Ich gehe davon aus, dass den Opfern das Opiat nach dem Taser-Angriff verabreicht worden ist, als sie wehrlos am Boden lagen. Denn keiner der beiden Toten weist Abwehrverletzungen auf.«

»Der Strom fließt nach dem Auslösen des Tasers fünf Sekunden, der Getroffene kann sich danach wieder bewegen«, gibt Bernard Blanc zu Bedenken. »Reicht das, um jemandem eine Spritze zu verabreichen?«

»Du kannst den Zyklus von fünf Sekunden mit der ARC-Taste verlängern«, hält Bettina entgegen.

»Aber es ist schwierig, jemanden mit dem Taser in Schach zu halten und ihm gleichzeitig eine Spritze zu setzen.«

»Es ist bestimmt nicht einfach, aber machbar. Vielleicht hat die Person Übung im Umgang mit Spritzen«, meint Bettina.

»Hast du bei Jürgen Bräutigam die möglichen Taser-Spuren noch genauer untersuchen können?«, fragt Sandro Irena.

»Nein. Ich hatte die Leiche bereits freigegeben, und die

Schwester hatte es mit der Kremation eilig. Aber ich habe die zwei verdächtigen Wundmale dokumentiert und fotografiert – es ist wahrscheinlich, dass sie ebenfalls von einem Taser stammten.«

»Danke, Irena. Bettina?«

Bettina nickt, erhebt sich, greift zur Kaffeetasse, die sie mit nach vorne nimmt, und stellt sich neben die Magnetwand. Gleichzeitig steht auch Kai Langenberger auf, um die Gelegenheit für seinen vorzeitigen Abgang zu nutzen, er winkt den Leuten zu und verlässt den Raum.

»Das sind unsere Opfer.« Bettina zeigt zunächst auf die Bilder von Jürgen Bräutigam. Auf dem einen liegt er nackt und tot auf seinem Bett, das andere stammt aus dem amtlichen Ausweis und zeigt einen unscheinbaren Mann mit ernstem Blick. »Jürgen Bräutigam. Zweiunddreißig. Freischaffender Grafikdesigner und DJ. Und Bendicht Kerner, genannt Beni, siebenunddreißig, Betreiber einer Flipperautomaten-Spielhalle.« Auch die zwei Bilder von Kerner unterschieden sich frappant: Auf einem lacht er vergnügt in die Kamera, auf dem anderen liegt er bäuchlings und nackt auf einem Flipperautomaten. Bettina greift nach weiteren Fotografien und hängt sie neben die morbide Galerie. »Das hier sind potenzielle künftige Opfer: Thomas Sahli, Peter Bannholzer und Klaus Tanner haben in den letzten Monaten alle einen roten Stöckelschuh erhalten, an dessen Absatz eine Fotografie von ihnen aufgespießt war. Sahli erhielt ihn bereits vor vier Monaten, Bannholzer etwa vor acht und Tanner vor dreieinhalb Wochen. Alle drei haben ihre Wohnung verlassen und stehen seit heute früh unter Polizeischutz.«

Die Gesichter der Männer könnten unterschiedlicher nicht sein. Thomas Sahli ist augenscheinlich der Jüngste unter ihnen. Er sieht aus wie ein zu groß gewachsener Schuljunge, der sich trotz seiner fünfundzwanzig Jahre noch nie rasieren musste. Die Haare trägt er lang und zu einem Pferdeschwanz zusammengebunden, sein Gesicht ist blass, als hätte er die Sonne schon lange nicht mehr gesehen, die Augen stehen zu nahe beieinander und blicken ausdruckslos, was ihm ein leicht dümmliches Aussehen verleiht. Peter Bannholzer, dreiundvierzig, rechteckige Brille mit Alugestell, wirkt wie ein nerdiger Intellektueller, der mit dem profanen Leben überfordert ist. Das Haar trägt er zur Seite gescheitelt und fettig, die Haut ist unrein. Er ist der Typ Mann, der stets allein an der Theke steht, weil die Frauen das Weite suchen, sobald er sie anspricht. Klaus Tanner, vierunddreißig, Vollbart, breite Stirn, imposante Nase, fordernder Blick, könnte als Bösewicht in einem Western durchgehen, man müsste ihm nur noch einen Cowboyhut über das borstig-gekrauste Haar stülpen.

»Irgendwelche Verbindungen zwischen den Männern?«, fragt Sandro.

»Negativ. Bis jetzt haben wir noch keine gefunden. Allerdings stehen die ausführlichen Befragungen noch aus, ich wäre froh, wenn wir die heute vornehmen und die Gespräche unter uns aufteilen könnten. Ich habe bereits alle Betroffenen auf mögliche Vorstrafen hin überprüft. Bannholzers und Sahlis Auszüge sind blütenrein, Tanner wurde einmal zu einer Geldstrafe und einmal zu einer Gefängnisstrafe auf Bewährung verurteilt, einmal wegen Konkursvergehens, einmal wegen Betrugs. Auch hier: keine Verbindung zu den anderen Männern ersichtlich. Im Fall Bräutigam haben Malou und ich gestern mit der ersten Verdächtigen gesprochen, mit Annette Stern, sie war diejenige, die Jürgen Bräutigam der Vergewaltigung beschuldigt hat.«

»Und?«

Bettina erzählt ihren Kollegen von dem Besuch und dass sie Stern für heute Nachmittag vorgeladen hat.

»Könnte sie es gewesen sein?«, fragt Sandro.

»Ich traue es ihr zu, dass sie sich an ihrem Peiniger rächt. Trotzdem erachte ich die These als eher unwahrscheinlich. Wenn wir davon ausgehen, dass Bräutigam und Kerner von der gleichen Person getötet wurden und dass diese auch Sahli, Bannholzer und Tanner bedroht hat, dann macht die These überhaupt keinen Sinn. Annette Stern ist ja wohl kaum von allen fünf Männern vergewaltigt worden. Nach ihrer Einvernahme werden wir hoffentlich mehr wissen.« Bettina räuspert sich, blickt in die Runde und gibt das Wort weiter an Bernard. »Du bist den Masken und den Schuhen nachgegangen?«

»Richtig. Leider ohne Erfolg. Es sieht danach aus, dass die Schnabelmasken in dieser Form in der Schweiz nirgends zu kaufen sind – aber in Venedig gibt es sie in jedem zweiten Touri-Shop. Es ist unmöglich, den Kauf zurückzuverfolgen. Interessant ist, dass die roten High Heels ebenfalls von einer italienischen Geschäftskette stammen. Aber auch sie sind Massenware, kosten gerade mal zwanzig Euro das Paar und sind von minderwertiger Qualität. Gehen in Italien weg wie warme Weggen. Auch hier keine Chance, unseren Käufer herauszufiltern.«

»Und die Socke?«

»Gibt es in einem Online-Shop zu kaufen. Es ist schwierig, einen Verantwortlichen auch nur an den Draht zu kriegen, aber da bin ich dran.«

»Danke. Florence, bist du auf etwas gestoßen?«

»Ich bin noch nicht ganz durch. Was ich schon sagen kann: Kerner und Bräutigam führten zwei völlig unterschiedliche Leben, wenn man ihre digitalen Spuren liest. Bräutigam bewegte sich in der Computerwelt. Er war ein Gamer, diskutierte in verschiedenen Foren mit, war im Netz gut verlinkt – schien aber im realen Leben kaum Freunde gehabt zu haben. Bei Kerner ist es gerade umgekehrt: Er hatte viele reale Kontakte, war aber im Internet kaum aktiv. Keine Profile in den sozialen Medien. Seine Online-Kontakte beschränkten sich auf die Pinball-Szene. Die meisten seiner Suchanfragen drehten sich um seltene Flipperautomaten und Pinball-Turniere. Ich bin auf keinen einzigen gemeinsamen Kontakt von Kerner und Bräutigam gestoßen, was eine Seltenheit ist in der heutigen digitalisierten und vernetzten Welt.«

»Danke für eure Arbeit«, sagt Sandro, der damit das Zepter wieder übernimmt. »Wir befragen heute die drei potenziellen Opfer. Alles ist wichtig: In welchen Clubs sind sie Mitglieder, ihre Stammlokale, wo haben sie gearbeitet, wo sind sie zur Schule gegangen, waren sie Pfadfinder? Vielleicht liegt die Verbindung tief in ihrer Vergangenheit verborgen. Womöglich geht es um eine späte Rache. Dreht jeden Kieselstein um. Auch was unwichtig erscheint, kann relevant sein. Irgendwo muss es eine Verbindung geben, wir müssen sie nur finden. Bettina …«

Es klopft an der Tür. Blicke werden gewechselt. Es ist nie ein gutes Zeichen, wenn die Sitzung unterbrochen wird. Ohne eine Aufforderung zum Eintreten abzuwarten, steckt Kollege Schmid den Kopf herein.

»Bitte nicht …«, murmelt Malou.

»Es tut mir leid, dass ich euch stören muss«, sagt Schmid. »Aber es gibt eine neue Leiche.«

# 35.

»Bitte, Jürg!«

»Nein. Sorry. Das mache ich nicht.«

Milla verschränkt die Hände. Jürg ist bereits der dritte Arbeitskollege, den sie mit Charme und Argumenten zu überzeugen versucht, morgen Nachmittag für sie das Pick-up-Artist-Training zu besuchen.

»Du kriegst Geld dafür! Und du hast bei mir einen gut!«

»Milla, vergiss es. Die Regeln sind klar; wir filmen nicht mehr mit versteckter Kamera. Hast du überhaupt versucht, dich anzumelden und offiziell als Journalistin teilzunehmen?«

»Okay, ich geb's auf, ich suche weiter.«

Milla ist genervt. Jürg hat nicht im Ansatz begriffen, worum es geht. Er hat ihr schlicht nicht zugehört. Undenkbar, dass die Incels sie als Journalistin akzeptieren würden. Frauen sind für sie keine menschlichen Wesen, sondern unmenschlicher Abschaum. Warum sollten sie sich von einer Femoid filmen lassen – ausgerechnet, wenn sie trainieren, wie sie Frauen drankriegen können? Es ist generell nicht vorstellbar, dass sie Filmaufnahmen zustimmen würden, selbst dann nicht, wenn die Anfrage von einem Mann stammte.

Jürg war der letzte Name auf der Liste der Kollegen, die sie um Hilfe fragen konnte. Es ist zum Verzweifeln. Auch ihre Bemühungen, ein Mitglied der radikalen Incel-Szene zu einem Interview vor der Kamera zu bewegen, sind bisher kläglich gescheitert. Zum ersten Mal in ihrem Leben wünscht sich Milla, ein Mann zu sein. Dann könnte sie einfach hingehen, den verzweifelten, unfreiwilligen Sexabstinenzler spielen, der die Frauen und die ganze Welt und wohl auch sich selbst abgrundtief hasst, sie könnte am Pick-up-Training teilnehmen, sich dort ein, zwei Incels rauspflücken und für ein Interview motivieren. Stattdessen ist sie auf die Hilfe eines Mannes angewiesen, um den Beitrag zu realisieren. Und keiner macht mit. Welch Ironie: Sie findet keinen Mann, um über Männer zu berichten, die keine Frauen finden. Sie müsste darüber lachen, wenn das Thema nicht so bitter wäre. Milla ist sich bewusst, dass nicht jeder, der sich Incel nennt, die Frauenverachtung im gleichen Maße teilt, und dass vor allem nicht bei jedem der Hass in Gewalt umschlägt. Doch nach allem, was sie in den Foren und Chats auf den Incel-Webseiten gelesen hat, steht für sie außer Frage, dass dort teils Verzweifelte, teils Wütende, teils Verblendete dazu angespornt werden, Gewalttaten an Frauen zu begehen. Immer wieder ist sie auf hetzerische Texte gestoßen, die Suizidwillige anstachelten und aufforderten, gleich noch ein paar Femoids mit in den Tod zu reißen und dadurch als Held zu sterben. Milla will diese bis heute im Verborgenen agierende Verbindung ans Licht bringen, sie will erwirken, dass die Behörden endlich einschreiten. Es kann nicht sein, dass im Internet Hass gegen Frauen verbreitet und zu Gewalt an ihnen aufgerufen wird, ohne dass auch nur jemand hinschaut. Aber genau das passiert hier und jetzt und jeden Tag. Das Attentat in der Reitschule muss ein Weckruf sein, damit sich ein solches nicht wiederholt.

In dem Moment fällt Milla Steve Berger ein. Er könnte ihr helfen. Sie kennt ihn seit Jahrzehnten, ein schmieriger Boulevard-Reporter der schreibenden Zunft, der seit jeher für sie schwärmt. Milla weiß, dass er ihr keinen Wunsch abschlagen kann. Auch würde er durch sein Aussehen und Auftreten perfekt in ein Pick-up-Artist-Training passen, keine Frage. Das einzige Problem: Wenn Milla Steve um den Gefallen bittet, wird sie die Story nicht exklusiv haben. Steve würde sich nicht davon abhalten lassen, die Geschichte selbst zu erzählen, und da er schneller schreibt, als sie Beiträge schneidet, würde er ihr sogar noch zuvorkommen. Das ist keine Option, zumindest noch nicht. Berger wird sie nur im äußersten Notfall um Hilfe bitten.

Milla schrickt zusammen, als ihr Telefon den Song *Sisters Are Doin' It For Themselves* von Eurythmics zu spielen beginnt. Sie hat ihn erst gestern als Klingelton hochgeladen. Als sie sieht, wer anruft, verdreht sie die Augen: Wolfgang, der nur zehn Meter weiter drüben in seinem Büro sitzt und zu bequem ist, seinen Hintern herzubewegen.

»Milla, kannst du mal rüberkommen?«

Ohne zu antworten, macht Milla sich auf den Weg.

»Was ist?«, fragt sie, als sie sich in Wolfgangs Büro in den Besucherstuhl fallen lässt.

»Wie weit bist du mit deiner Incel-Geschichte?«

»In der Mache«, antwortet Milla vage.

»Bist du sicher, dass es der richtige Hintergrund für die nächste Sendung ist? Ist das Thema nicht schon gegessen? Der Attentäter hasste Frauen – das war sein Motiv. Damit ist die Geschichte erzählt.«

»Nein, ist sie nicht.« Milla spürt den Ärger, der sich in ihr breitmacht. »Vogt nannte sich selbst einen Incel und war vernetzt in der Szene, in der Frauenhass geschürt und zu Gewalt an Frauen aufgerufen wird. Vogt selbst hat sein Attentat im Netz angekündigt, und keiner hat Alarm geschlagen.«

»Ich weiß, aber das hast du in deinem Beitrag in der Sondersendung alles schon erzählt. Gibt das Thema wirklich noch mehr her? Ich meine: Hast du genügend Stoff für einen Hintergrund?«

»Ja.« Milla würde Wolfgang gerne von ihrem geplanten Dreh mit dem Pick-up-Artist erzählen. Aber sie darf mit keinem Wort erwähnen, dass sie versteckte Aufnahmen machen will. Weil er es ihr sonst verbieten müsste. Sobald sie ihm aber das exklusive Material präsentiert, wird er nichts mehr dagegen einwenden, weil es zu gut und zu relevant ist, um es nicht zu veröffentlichen. Er wird notfalls geltend machen, dass ihm das Material anonym zugespielt worden ist. Sie kennt ihn zu gut. Doch einweihen darf sie ihn nicht. »Ich bin an etwas dran, das wir exklusiv haben werden. Es wird außerordentlich sein.«

»Kannst du bitte Klartext reden?«

»Nein.«

»Milla!«

»Es ist noch zu vage. Aber vertrau mir, ich werde eine spektakuläre Geschichte hinkriegen.«

Wolfgang blickt Milla misstrauisch an. Sie wird das Gefühl nicht los, er könne ihr ansehen, wenn sie etwas plant, womit er nicht einverstanden ist. Gleichzeitig liest sie den Zweifel in seinen Augen. Wahrscheinlich hört er ihr an, dass sie selbst nicht überzeugt ist, den Beitrag wirklich hinzukriegen.

»Gut. Ich gebe dir noch einen Tag Zeit. Morgen musst du aber etwas in der Hand haben. Es gibt da noch eine andere Geschichte. Ich bin nicht sicher, ob wir nicht doch eher auf die setzen sollten.«

»Welche andere Geschichte?«

»Die zwei Toten.«

»Zwei Tote?«

Vertieft sich Milla in die Recherche zu einem Thema, befindet sie sich in ihrem Tunnel und ist derart auf ihre Story fokussiert, dass alles andere unbemerkt an ihr vorbeigeht.

»Du hast davon nichts mitgekriegt?«, fragt Wolfgang. »Die zwei Tötungsdelikte im Kanton Bern. Reden du und dein Freund nicht mehr miteinander?«

Milla straft Wolfgang mit einem bösen Blick. Sie hasst Bemerkungen, die sich um ihre Beziehung zu einem Polizisten drehen. Erst recht, wenn ihr Chef sie äußert.

»Zwei verschiedene Tötungsdelikte? Warum glaubst du, das wäre was für uns? Die News werden das bestimmt abdecken.«

»Keine Ahnung. Bauchgefühl. Ich glaube, der eigenartige Zeugenaufruf mit den Stöckelschuhen hat etwas damit zu tun.«

»Stimmt, den habe ich gesehen.«

»Kannst du nicht mal deinen Freund danach fragen?«

»Wolfgang!«

»Nur so nebenbei, keine große Sache.«

»Vergiss es.«

»Okay, schon gut. Ich erwarte morgen ein Konzept zu deinem Beitrag, sonst schwenken wir auf die andere Story um.«

Falls es denn eine andere Story gibt, denkt Milla verärgert.

»Ich bin heut Nachmittag noch weg, ich muss zu einer

Beerdigung, ich hole die Arbeit am Abend nach«, kündigt sie an.

Wolfgang nickt nur, Milla sieht ihm an, dass er mit seinen Gedanken schon wieder woanders ist.

Zurück am Computer, ruft Milla die Webseite der Kantonspolizei Bern auf und tippt den Link zu den Medienmitteilungen an. Sie findet sofort, wovon Wolfgang gesprochen hat. Viel ist aus den wenigen Zeilen allerdings nicht zu erfahren.

*Mann in seiner Wohnung tot aufgefunden,* lautet der Titel einer Meldung, die am Freitagmorgen hochgeladen worden ist. Darunter steht, dass ein Zweiunddreißigjähriger tot in seiner Wohnung in der Stadt Bern lag und dass die Polizei ein Tötungsdelikt nicht ausschließt. Auch die zweite Nachricht findet Milla nicht gerade aufsehenerregend. *Mutmaßliches Tötungsdelikt im Spielsalon,* wird da vermeldet. Muss sich wohl um eine Abrechnung im Milieu gehandelt haben, denkt Milla. Sie fragt sich, warum Wolfgang dahinter eine Geschichte wittert. Sie liest auch noch einmal den Zeugenaufruf wegen der Stöckelschuhe durch, einen Zusammenhang kann sie aber beim besten Willen nicht erkennen. Da muss die Fantasie mit Wolfgang durchgegangen sein.

Milla blickt auf die Uhr. Sie muss bald los, heute findet das Abschiedsfest für Carole statt. Keine klassische Beerdigung, Carole war schon vor Jahren aus der Kirche ausgetreten, aber Nathaniel, Veronika und Gundula haben eine kleine Zeremonie an der Aare organisiert. Milla will auf keinen Fall zu spät sein.

*Ich fahre hier gleich los und bin in etwa neunzig Minuten in Bern. Wo wollen wir uns treffen?,* schreibt sie Sandro in einer Textnachricht. Er hat ihr versprochen, sie heute Nachmittag zu begleiten. Zu ihrer Überraschung liest Sandro die Nachricht sofort.

*Mist, die Beerdigung,* schreibt er zurück.

Milla müsste die zweite Nachricht gar nicht lesen, sie weiß auch so, was drinsteht.

*Es tut mir leid, ich schaffe es nicht.*

Bingo. Erneut erklingt der Signalton.

*Zu viel Arbeit. Wir haben eine dritte Leiche. Vielleicht können wir uns am Abend sehen?*

Milla hält inne. Eine dritte Leiche? Warum die dritte? Hängen die verschiedenen Tötungsdelikte doch zusammen? Drei Fälle innerhalb weniger Tage?

Milla überlegt, ob ihr Sandro gerade ohne es zu wollen verraten hat, dass er in einer Mordserie ermittelt. Sie wird sich hüten, ihn danach zu fragen. Aber herausfinden will sie es dennoch.

# 36.

Da sie fast zeitgleich losgefahren sind, treffen sie alle fast gleichzeitig am Fundort der Leiche ein: Die Spurensicherung, die Rechtsmedizinerin Irena Jundt und ihr Assistent Peter Lang sowie Sandro und Bettina. Die Liegenschaft, in der der Tote gefunden worden ist, liegt in Wohlen, einem Vorort von Bern, sie ist Teil einer Terrassensiedlung, die auf die Aare ausgerichtet ist. Wer hier wohnt, hat sich zurückgezogen vom Lärm der Stadt, um ruhig und friedlich zu leben. Aber das mit der ländlichen Idylle war schon immer eine Illusion.

»Wenn der Tote den Namen trägt, der auf der Türklingel steht, dann kennen wir ihn noch nicht«, sagt Bettina, bevor sie die Wohnung betritt und den Kollegen von der Streife begrüßt, der als Erster vor Ort war. »Wer hat den Mann gefunden?«, fragt sie ihn.

»Seine Frau.«

»Wo ist sie jetzt?«

»Sie wartet bei der Nachbarin.«

»Dann handelt es sich bei dem Toten um den hier Gemeldeten, um Stephan Arnold?«

»Gemäß der Ehefrau, ja.«

»Danke.«

Bettina folgt Sandro ins Wohnzimmer. Schon auf den ersten Blick erkennt sie, dass dieser Fall anders gelagert ist als die letzten beiden: zu viel Blut. Und doch … sie nähert sich dem Sofa, auf dem die Leiche halb liegt, halb sitzt. Der Mann scheint umgekippt zu sein, nachdem ihm jemand in den Kopf geschossen hat. Bis auf die Füße ist die Leiche fast nackt; sie trägt rote Stöckelschuhe und eine zu große schwarze Socke am Penis. Aber keine Maske, stellt Bettina sofort fest. Der Körper des Toten wirkt durchtrainiert, Bettina schätzt ihn auf höchstens Mitte dreißig. Aber das ist schwierig zu sagen. Ein Teil des Hinterkopfs fehlt, das Haar und auch sein Oberkörper sind voller Blut. Nicht die gleiche Handschrift, denkt sie.

»Nicht die gleiche Handschrift«, sagt Sandro in dem Moment laut. »Oder zumindest nur teilweise die gleiche Handschrift.«

»Vielleicht ist etwas aus dem Ruder gelaufen. Womöglich wurde der Täter gestört. Oder der Taser hat nicht funktioniert, und er musste zur anderen Waffe greifen.«

»Könnt ihr bitte nochmals rausgehen, wir sind hier noch nicht fertig«, reklamiert Florian, der mit seinem Team die Spuren sichert.

»Aber ich darf rasch.« Irena schiebt Sandro und Bettina zur Seite, um einen ersten Blick auf die Leiche zu werfen. Die Eintrittswunde der Kugel am Hinterkopf ist nicht zu übersehen. Klar ist auch, dass der Mann schon nackt war, als er getötet wurde; er ist mit Blut besudelt. Es wirkt noch frisch. Er ist noch nicht lange tot.

»Hat jemand den Schuss gehört?«, fragt Irena in den Raum, ohne eine Antwort zu erhalten.

»Ich werde mich mal mit der Ehefrau unterhalten«, sagt Bettina. »Falls sie dazu im Stande ist.«

Der Kollege von der Streife zeigt ihr die Wohnung, in der Stephan Arnolds Frau wartet. Sie liegt direkt über jener, die zum Tatort geworden ist. Die Augen der Frau, die nach dem Klingeln die Tür öffnet, sind geschwollen. Die verschmierte Schminke lässt sie aussehen wie ein Pandabär.

»Frau Arnold?«

»Nein, Schütz ist mein Name, ich bin die Nachbarin.«

Sie tritt einen Schritt zurück und lässt Bettina eintreten.

Frau Arnold sitzt auf dem Sofa und weint nicht. Sie starrt geradeaus und reibt sich die Hände, hält damit inne, reibt sie sich erneut, sodass ein leises, schleifendes Geräusch entsteht, hält wieder inne, um gleich von Neuem damit zu beginnen.

»Frau Arnold?«, fragt Bettina, als sie ihr gegenübersteht.

Die Frau blickt auf, schaut Bettina an, nickt, starrt wieder geradeaus und sagt kein Wort.

»Ich bin Bettina Flückiger, Kriminalpolizei, kann ich Ihnen ein paar Fragen stellen?«

Wieder nickt die Frau nur. Bettina ist nicht sicher, ob sie einvernahmefähig ist, vielleicht sollte sie warten, bis das Care-Team da ist. Trotzdem setzt sie sich neben die Frau auf das Sofa.

»Bitte sagen Sie mir, dass es nicht wahr ist. Dass das, was gerade passiert ist, nur ein schrecklicher Traum und nicht wirklich geschehen ist.« Während Frau Arnold spricht, verliert sich ihr Blick irgendwo im Raum. »Es kann nicht sein, dass Stephan in unserer Wohnung tot auf dem Sofa liegt. So etwas passiert nicht im richtigen Leben. So etwas geschieht nur in Krimis, aber doch nicht uns! Es ist nicht möglich, dass mein Mann getötet worden ist.« Erst jetzt wendet sie sich Bettina zu. »Wissen

Sie, ich habe ihn da liegen gesehen. Aber das Bild ist so unwirklich, ich bringe es nicht in meinen Kopf rein. Ich weigere mich, das anzunehmen.«

Bettina versteht, was Frau Arnold meint. Ihre Gedanken wandern unweigerlich zu Petra. Doch sie zwingt sich, sich wieder auf die Arbeit zu konzentrieren. »Sie haben ihn gefunden, als Sie nach Hause gekommen sind?«

»Ja.« Die Frau wirkt äußerlich sehr gefasst, obwohl sie in ihrem Innersten erschüttert sein muss. »Ich kam vom Einkaufen zurück. Er hätte schon unterwegs sein sollen.«

»Um wie viel Uhr haben Sie die Wohnung verlassen?«

»Um acht.«

»Und wann sind Sie zurückgekehrt?«

»Um halb zehn. Plus minus, ich habe nicht auf die Uhr geschaut.«

»War die Wohnung abgeschlossen, als Sie nach Hause kamen?«

»Nein. Ich glaube nicht, ich bin nicht sicher. Es kann doch nicht sein, dass alles normal ist, und eine Stunde später ist die Welt eine andere. Das ist doch nicht möglich.«

»Ich muss Ihnen noch ein paar weitere Fragen stellen. Wurde Ihr Mann in den letzten Monaten bedroht?«

»Nein. Ich weiß nicht. Nein.«

»Hat er von einem anonymen Absender rote Stöckelschuhe erhalten, womöglich zusammen mit einer Fotografie, wissen Sie etwas darüber?«

»Was reden Sie da? Sie meinen wegen der Schuhe? Wer hat ihm nur diese Schuhe angezogen? Und warum war er nackt? Was hat das alles zu bedeuten? Das ist doch nicht wirklich passiert. Das ist ein Witz.«

Bettina und die Nachbarin wechseln einen kurzen Blick.

»Hatte Ihr Mann Feinde, hatte er mit jemandem Ärger? Gibt es irgendjemanden, dem Sie diese Tat zutrauen würden?«

Die Frau legt das Gesicht in die Hände, ihr Schluchzen lässt ihren Körper erbeben, erst jetzt kommen die Tränen. Die Nachbarin legt den Arm um die Schulter von Frau Arnold und spricht beruhigend auf sie ein. Bettina verabschiedet sich mit einem leisen »Danke«. Im Moment sind weitere Fragen sinnlos, sie wird sich zu einem späteren Zeitpunkt mit ihr unterhalten müssen.

»Die Nachbarn haben nichts gehört«, erklärt Sandro, als Bettina zurück in Arnolds Wohnung ist. »Er muss einen Schalldämpfer verwendet haben. Den Knall hätte sonst jemand mitgekriegt. Was sagt Frau Arnold?«

»Nicht viel. Wir müssen sie später noch mal befragen. Sie hat um acht das Haus verlassen und kam etwa um halb zehn zurück. Sie scheint nichts von einer Drohung oder von Schuhen in einem Paketfach zu wissen. Sie kann sich die Tat nicht erklären.«

Wie sollte sie auch, schiebt Bettina in Gedanken nach. Eine Tat wie diese wird nie erklärbar sein, selbst dann nicht, wenn der Fall gelöst ist. Weil man nicht erklären kann, warum Menschen einem anderen Menschen so etwas antun.

»Ich bin auf etwas gestoßen.« Sandro reicht Bettina einen Stapel herausgerissener Zeitungsseiten. »Die lagen in seinem Arbeitszimmer, gesammelte Artikel.«

»Artikel worüber?«

»Über einen Strafprozess wegen fahrlässiger Tötung. Erinnerst du dich an die Seilschaft junger Männer von der Sportschule Magglingen, die bei einer Bergtour beim Eiger von einer Lawine in den Tod gerissen wurde? Der Bergführer, der überlebt hat, wurde deshalb vor Gericht gestellt.«

»Und freigesprochen?«, rät Bettina.

»Und freigesprochen«, bestätigt Sandro.

»Wie Bräutigam.«

»Allerdings ging es um ein ganz anderes Delikt.«

»Handelte es sich bei einem der freigesprochenen Bergführer um Stephan Arnold?«

»Das weiß ich noch nicht, aber ich vermute es ganz stark. Ich habe nachgesehen: Stephan Arnold arbeitete als Lehrer an der Sportschule Magglingen. Im Artikel ist der Name des Beschuldigten zwar nicht genannt«, Sandro weist mit dem Finger auf eine Stelle im Text, »aber es werden in allen Berichten die Initialen S. A. verwendet.«

# 37.

Nathaniel ist schrecklich nervös, obwohl er weiß, dass es keinen Grund dafür gibt. Niemand wird es ihm übel nehmen, wenn er sich in der kurzen Rede verhaspelt, die er vorbereitet hat. Gundula hat eine Ritualbegleiterin engagiert, die durch die Zeremonie führen wird. Am Fluss, mit einem Feuer, so wie es Carole gemocht hätte. Er selbst wird ein paar seiner Erinnerungen erzählen, die er an Carole hat, und dann die Gäste bitten, sich ihm anzuschließen, falls sie gerne etwas über Carole sagen möchten. Etwa zwölf Freundinnen werden kommen. Ihre Arbeitskollegin, mit der sich Carole das Grafik-Atelier geteilt hat, und einige der Freundinnen, die am Donnerstag ebenfalls in der Frauendisco getanzt haben. Die nur überlebt haben, weil sie im richtigen Moment am richtigen Ort standen – und nicht am falschen. Für sie wird es eine von vielen Abschiedsfeiern sein.

»Sollte ich nicht doch das andere T-Shirt anziehen?« Silas scheint noch nervöser zu sein als Nathaniel. »Mama hat doch das grüne T-Shirt mit dem Tiger so gemocht.«

Silas will, dass es ein schönes Fest für seine Mutter wird, und bemüht sich so sehr, alles richtig zu machen, dass mehr oder weniger alles schiefgeht. Sein Lieblingsshirt, das er unbedingt tragen wollte, hat er sich beim

Frühstück mit Konfitüre vollgekleckert. Gundula hat es im Spülbecken gewaschen und mit dem Haartrockner geföhnt, doch nun möchte Silas lieber das Tiger-Shirt tragen. Auch bei den Hosen ist er sich nicht schlüssig. Er hat sie schon zweimal gewechselt. Nathaniel hat es da einfacher: Er will keinesfalls in Schwarz gehen, aber da er fast nur schwarze Kleidung besitzt, hatte er keine große Auswahl. Er hat sich sein blaues Hemd angezogen und eine blaue Jeans, auf jeden Fall hat Silas ihm gesagt, dass die Sachen blau sind. Wer weiß das schon genau. Letztlich ist es auch gar nicht wichtig. Wichtig ist, dass sie mit ihren Gedanken bei Carole sein werden.

»Ihr seht beide super aus. Carole wäre stolz auf euch«, sagt Gundula, als sie das Zimmer betritt und den kleinen und den großen Mann begutachtet. Sie richtet Nathaniels Kragen und schließt den Reißverschluss an Silas' Hose. Sie selbst hat einen roten Sommerrock angezogen, fast denselben wie Veronika, wie sie zu ihrer Überraschung festgestellt haben.

Zum Glück ist Veronika da, um sich um Silas zu kümmern, denkt Nathaniel. Nie zuvor ist er so froh gewesen, eine Großmutter zu haben. Und zum Glück ist Gundula da, um sich um ihn und um die Organisation der Zeremonie zu kümmern. Sie war es auch, die seine Chefin im Restaurant *Blinde Kuh* angerufen und ihr erzählt hat, was geschehen ist. Er hat sofort zwei Wochen freibekommen. Gundula ist sein größtes Glück. Er wüsste nicht, wie er das alles ohne sie durchstehen könnte.

Eine halbe Stunde später kommen Nathaniel und Silas, die beiden Frauen und die beiden Hunde im Eichholz an. Sie überqueren die große Rasenfläche, um dort, wo der

Uferweg wieder in den Wald hineinführt, zum kleinen Sandstrand hinunterzusteigen. Nathaniel riecht den für die Aare typischen Geruch nach nassem Stein, Algen und einem Hauch von Moder. Er glaubt, dass kein anderer Fluss so riecht, er würde ihn aus allen heraus erkennen. Nathaniel spürt den Sand unter den Füßen, er hört das Wasser, das am Ufer leckt und die Steine streichelt, hört über sich den Wind, der mit den Blättern der Bäume spielt. Und vor sich das Knistern des Feuers. Unwillkürlich stoppt er in der Bewegung. Seit er blind ist, fürchtet er sich vor Flammen. Doch Silas an seiner Hand zieht ihn weiter. Rechts neben sich vernimmt Nathaniel ein Geräusch, das er nicht zuordnen kann. Ein Zischen, das durch ein Ploppen beendet wird, um dann wieder von vorne zu beginnen.

»Der Mann da bläst Luftballons auf!«, ruft Silas begeistert.

Nathaniel hat in dem ganzen Durcheinander vergessen, dass sie Luftballons steigen lassen werden, mit den letzten Worten an Carole, die sie auf einen Zettel schreiben können. Er sucht in seiner Hosentasche nach dem Papier. Er hat seinen Brief zu Hause mit dem Braille-Schrift-Drucker vorbereitet. Viel hat er nicht geschrieben.

*Danke, Carole, danke für alles. Ich werde immer auf Silas aufpassen. Gute Reise. N.*

Er hofft, dass er sein Versprechen wird halten können.

»Hallo Nathaniel.«

Nathaniel erkennt Millas Stimme, sie umarmen sich kurz. Weitere Freundinnen von Carole schütteln ihm die Hand oder klopfen ihm auf die Schulter, Menschen, die er selbst nicht kennt oder denen er nur hin und wieder begegnet ist und deren Stimmen er nicht wiedererkennt. Als weit weg die Glocken eines Kirchturms zu hören sind, werden alle gleichzeitig still, die Zeremonie beginnt. Die Worte der Ritualbegleiterin haben auf Nathaniel eine beruhigende Wirkung, auch wenn er ihnen nicht folgt. In Gedanken geht er noch einmal durch, was er gleich sagen will. Auf einmal wird es ruhig. Jemand zupft ihn am Ärmel.

»Du bist dran«, flüstert Gundula. Sie fasst ihn sanft an der Hüfte und dreht ihn ein wenig im Uhrzeigersinn, sodass er direkt zu den Leuten spricht.

Nathaniel erzählt, auf welche ungewöhnliche Art und Weise Carole und er sich kennengelernt haben. Wie er sie jeden Sonntag besuchte, als sie im Koma lag. Er schildert, was für eine starke Persönlichkeit sie war und was für eine Kämpferin. Er berichtet über ihre Hochzeit, zu der sie beide um ein Haar zu spät erschienen waren, worauf er hier und dort ein leises Lachen hört. Und er schildert, dass Silas und Carole zu seiner Familie geworden sind, und wie schmerzhaft es ist, sie loszulassen, wie unsagbar traurig er ist, dass Carole nicht erleben kann, wie Silas heranwächst. In dem Moment fühlt er, wie Silas nach seiner Hand greift. Er muss schlucken, Tränen nässen seine Augen und rinnen über seine Wangen. Er wischt sie sich nicht aus dem Gesicht.

»Danke, Carole, danke, dass wir ein Stück deines Weges mit dir gehen durften«, sagt Nathaniel zum Schluss, bevor er richtig weinen muss.

»Du hast das großartig gemacht«, flüstert Veronika in sein Ohr.

»Ich bin stolz auf dich.« Gundula umarmt ihn gemeinsam mit Silas, zu dritt halten sie sich fest.

»Bevor wir Caroles Asche dem Fluss übergeben, wollen wir die Luftballons steigen lassen«, erklärt die Ritualbegleiterin.

»Au ja«, ruft Silas, der sich aus der Umarmung löst. Kurz darauf reicht er Nathaniel einen Ballon, damit er ihm hilft, seinen Zettel an der Schnur zu befestigen.

»Ich habe ein großes Herz darauf gemalt und einen Engel«, erzählt Silas. »Was hast du geschrieben?«

»Ich habe deiner Mama Danke gesagt, für alles, und dass ich immer auf dich aufpassen werde«, antwortet Nathaniel, während er seinen eigenen Zettel an einen der Ballons knüpft.

»Du musst nicht auf mich aufpassen, ich bin jetzt erwachsen«, sagt Silas überzeugt.

Womöglich hat er damit recht, denkt Nathaniel. Ein Kind, das keine Eltern mehr hat, muss viel zu schnell erwachsen werden.

»Ich bin nur nicht sicher, ob Mama das lesen kann«, stellt Silas zweifelnd fest.

»Warum nicht?«

»Sie kennt doch die Blindenschrift nicht!«

Nathaniel muss lachen. »Sie weiß trotzdem, was da steht, sie kann jetzt nämlich Gedanken lesen.«

»Wirklich?«

»Nur, wenn wir es zulassen.«

»Gut.«

»Vier, drei, zwei, eins …«, zählt die Ritualbegleiterin.

Laute Rufe ertönen, als die Luftballons in den Himmel steigen. Einige rufen Caroles Namen, andere Worte des Abschieds. Ein Akkordeon erklingt, das Stück beginnt mit einer traurigen Melodie, wird aber schneller und munterer und hoffnungsvoller, und mit den Klängen der

Musik, mit den Ballons, die im Himmel tanzen, scheint auch eine Last und ein Teil der Traurigkeit davonzufliegen.

»Glaubst du, Mama hätte die Feier gefallen?«, fragt Silas Nathaniel.

»Ich weiß, dass sie ihr gefallen hat.« Irgendwie weiß Nathaniel das wirklich. »Wollen wir die mitgebrachten Würste über dem Feuer braten?«

»Ja!«, ruft Silas.

»Unbedingt«, sagt Gundula.

»Ich habe Halloumi dabei«, erklärt Veronika.

»Mist, ich habe vergessen, dass man etwas mitbringen sollte«, stellt Milla fest.

»Wir haben genügend, hier muss keiner hungern!«

Als die Würste gegessen sind und die Luft kühler wird, als sich auch die letzten Trauergäste langsam verabschieden und auf den Nachhauseweg machen, legt Milla ihre Hand auf Nathaniels Arm.

»Nathaniel, ich weiß, es ist ein blöder Moment.«

»Ein blöder Moment wofür?«

»Um dich um einen Gefallen zu bitten.«

»Ist es wichtig?«

»Ja.«

»Dann gibt es keinen blöden Moment dafür. Worum geht es?«

»Könntest du für mich morgen mit versteckter Kamera einspringen?«

»Undercover?« Nathaniel muss schmunzeln. Er würde es nicht zugeben, aber genau darum ist er froh, Milla zur Freundin zu haben: weil sie manchmal herrlich schräg ist, weil sie ihn immer wieder überraschen kann und vor allem, weil es mit ihr nie langweilig wird. »Etwas Abwechslung wird mir guttun«, sagt Nathaniel, was so viel wie eine Zusage bedeutet. »Worum geht es?«

»Ich will die Szene der Frauenhasser aufdecken, die Incels, denen auch Caroles Mörder angehörte.«

»Dann bin ich sogar liebend gerne dabei behilflich. Was muss ich tun?«

»Du musst ein Pick-up-Artist-Training besuchen.«

»Bitte ein was?«

»Ein Kurs, bei dem man dir zeigt, wie du auf möglichst üble Weise Frauen anbaggern kannst.«

Nathaniel glaubt, ein erstauntes Gesicht zu machen. Aber vielleicht ist ihm die Mimik, die er als sehendes Kind übernommen hatte, mit den Jahren doch abhandengekommen. »Ich bin erstaunt«, sagt er darum. Für sich denkt er, dass Millas Vorschläge manchmal vielleicht doch ein bisschen allzu schräg sind, zum Beispiel gerade jetzt. »Milla, du erinnerst dich schon, dass ich blind bin, oder?«

»Gerade darum! Als Blinder hast du es viel schwerer bei Frauen und gibst einen glaubwürdigen Incel ab! Weil du keine Frau abkriegst, hast du begonnen, sie zu verachten. Du bist ein hervorragender Kandidat für einen Pick-up-Kurs.«

Wo sie recht hat, hat sie recht, denkt Nathaniel. Trotzdem wird er das Gefühl nicht los, dass diese Mission zum Scheitern verurteilt ist, noch ehe sie begonnen hat.

# 38.

Malou steht unsichtbar hinter der Glasscheibe des Venezianischen Spiegels. Wobei die Frau auf der anderen Seite sehr wohl weiß, dass sie durch den Spiegel beobachtet wird – zumindest, wenn sie einmal in ihrem Leben einen TV-Krimi geschaut hat. Annette Stern scheint sich jedoch nicht darum zu scheren. Sie kaut unablässig auf ihren Fingernägeln herum. Obwohl Fingernägelkauen überhaupt nicht zu ihrer Erscheinung passt.

Malou muss Annette Stern allein befragen, alle Kollegen sind unterwegs, jeder hat eine andere Aufgabe übernommen. Die Einvernahme findet hier im Verhörraum statt, weil die Auskunftsperson und mögliche Verdächtige gestern auf stumm geschaltet hat. *Kino* nennen sie das Zimmer polizeiintern, weil die Menschen auf der anderen Seite des Spiegels immer wieder Spektakuläres bieten. Doch dieses Mal wird es keine Zuschauer geben, weil schlicht niemand Zeit hat.

Es klopft.

Kollege Schmid steckt den Kopf herein. »Er ist da.«

»Danke.« Malou greift nach ihrem roten Notizbuch, ihrem altmodischen, aber ständigen Begleiter.

Vor der Tür begrüßt sie Rechtsanwalt Baumann. Sie hatte schon mehrmals mit ihm zu tun. Er ist ein zäher Hund, aber einer, der fair bleibt und sich an die Regeln hält. Gemeinsam betreten sie das Zimmer. Er gibt auch Annette Stern die Hand.

»Sie haben sich mit Ihrer Mandantin bereits besprochen, ist das korrekt?«, fragt ihn Malou.

»Ja, das ist richtig.«

»Frau Stern, sind Sie bereit, mir heute meine Fragen zu beantworten?«

»Ja, sie ist bereit.«

Malou reagiert nicht auf die Antwort des Rechtsanwalts, sondern blickt weiterhin Annette Stern an.

»Ja, ich bin bereit«, wiederholt sie. »Tun Sie, was Sie nicht lassen können.« Ihr Ton ist keinen Deut freundlicher als am Vortag.

»Sie haben Jürgen Bräutigam beschuldigt, Sie vor fast zwei Jahren vergewaltigt zu haben?«

»Das ist richtig. Ich habe ihn nicht nur beschuldigt, er hat es auch getan.«

»Vor sieben Monaten fand die Gerichtsverhandlung statt, er wurde freigesprochen.«

»Nach dem Grundsatz: im Zweifel für den Angeklagten. Nicht, weil er unschuldig war.«

»Wie war das für Sie?«

»Was wollen Sie hören? Es war schrecklich.«

»Haben Sie das Urteil akzeptiert?«

»Ich bin nicht in Revision gegangen, wenn Sie das meinen, es hätte nichts gebracht. Aber persönlich habe ich es natürlich nicht akzeptiert. Es war ein Fehlurteil.«

»Denken Sie, dass es jemandem nach einem Fehlurteil zusteht, selbst für Gerechtigkeit zu sorgen?«

Annette Stern zögert. Sie schaut Malou an, mit einem Blick, der sich anfühlt, als könnte sie direkt in sie hineinsehen.

»Ja, das denke ich.«

»Haben Sie sich nach dem Freispruch überlegt, sich an Jürgen Bräutigam zu rächen?«

»Ja. Tausendmal.«

Rechtsanwalt Baumann hustet, legt die Hand auf Annette Sterns arm, doch sie schüttelt sie ab.

»Haben Sie Jürgen Bräutigam getötet?«, fragt Malou direkt.

»Ich wünschte, ich hätte es getan. Aber ich bin froh, dass es ein anderer gemacht hat.«

Malou kann nicht benennen wieso, aber sie glaubt Annette Stern jedes Wort.

Im gleichen Moment in einer anderen Ecke der Stadt. Malous Kollege Bernard Blanc sitzt in einer einfachen Blockwohnung an einem Küchentisch, der ihn an jenen in seinem Elternhaus erinnert. Die Kerben in der Tischplatte verraten sein Alter. Bernard bemüht sich, sie nicht zu berühren. Alles wirkt klebrig in Peter Bannholzers Küche. Er betrachtet sein Gegenüber und weiß nicht so recht, was er von ihm halten soll.

»Haben Sie den Schuh noch?«

»Nein, ich hab ihn weggeschmissen. Ich hab das nicht ernstgenommen. Ich dachte mir, dass er von einer Frau kommt, also …«

»Also was?«, hakt Bernard nach.

»Also *so what*! Es hat mich nicht gekümmert.«

Nein, Bernard Blanc mag sein Gegenüber nicht. Er weiß, dass das keine Rolle spielt. Er muss und wird ihn behandeln wie jeden anderen auch, der sich in potenzieller Gefahr befindet. Aber Bannholzer ist definitiv einer der unangenehmeren Sorte. Nicht nur, dass er unablässig an einer Zigarette zieht und die Küche in eine Raucherhöhle verwandelt. Er wirkt auch sonst ungepflegt. Käsige, unreine Haut, fettiges Haar, fahriger Blick. Wenn er mit Bernard spricht, schaut er an seinem Gesicht vorbei in die hintere Zimmerecke. Mehr als einmal dreht sich Bernard irritiert um, weil er sich fragt, ob jemand hinter ihm steht. Bannholzers Kleidung haftet der Geruch von altem Rauch und feuchtem Schweiß an. Auch die Wohnung wirkt schmutzig und lieblos eingerichtet. Nebst der Küche gibt es zwei Zimmer. Im einen stehen ein Arbeitstisch und ein schmales Bett, das mit Kissen zu einer Art Sofa umfunktioniert worden ist, daneben ein Büchergestell mit antiquiert anmutenden VHS-Videokassetten. Beim Blick in den Raum sind Bernard mehrere Kriegsfilme und Dokumentationen über den Zweiten Weltkrieg ins Auge gestochen. Keine Bilder an der Wand. Keine Pflanzen. Außer den Filmen gibt es nichts Persönliches, das etwas über den Bewohner verraten würde.

»Sie leben allein hier?« Es ist eine rhetorische Frage. Bernard bezweifelt, dass es eine Frau an diesem Ort lange aushalten würde.

»Ja.«

»Haben Sie eine Freundin?«

»Nein. Tut das was zur Sache?«

»Vielleicht. Haben Sie eine Ex-Freundin, die womöglich sauer auf Sie ist?«

»Nein.«

»Als Sie den Schuh in Ihrem Paketfach gefunden haben; was dachten Sie, wer ihn da hineingelegt haben könnte?«

»Ich hab mir gar nichts gedacht. Ich war genervt, irgendein Scheißstreich muss das gewesen sein. Ich hab ihn sofort entsorgt.«

»Gibt es jemanden, der wütend ist auf Sie?«

»Nein.«

Gesprächig ist anders, denkt Bernard. Da spürt er, dass in seiner Tasche das Handy vibriert.

»Darf ich kurz?« Auch diese Frage ist rhetorisch, pure Höflichkeit, die nicht nötig wäre.

Die Textnachricht in der Chat-Gruppe der Soko High Heels stammt von Bettina. Bernard liest sie sofort, vielleicht gibt es aufgrund der dritten Leiche neue Erkenntnisse.

*Bitte fragen: ob sie angeklagt waren – und freigesprochen wurden. Ob sie Stephan Arnold kannten. Danke, Bettina.*

Das Vergewaltigungsdelikt von Bräutigam – es scheint doch tatrelevant gewesen zu sein, denkt Bernard.

»Herr Bannholzer, ich bin nicht hier, um Sie zu ärgern oder Ihnen etwas vorzuwerfen. Ich bin hier, weil wir glauben, dass Sie sich in ernsthafter Gefahr befinden. Aber ich kann Ihnen nur helfen, wenn Sie kooperativ sind.«

»Ich bin doch kooperativ. Finden Sie, ich bin nicht kooperativ?«

»Sagen Ihnen die Namen Jürgen Bräutigam, Thomas Sahli, Klaus Tanner und Stephan Arnold etwas?«

»Nein.«

»Bitte denken Sie nach. Es kann auch sehr lange her sein, dass Sie ihnen begegnet sind. In der Schule, bei den Pfadfindern, bei einem früheren Arbeitgeber?«

»Nein, das sagte ich Ihnen doch bereits.«

»Sie arbeiten als Software-Entwickler?«

»Ja, bei einer kleinen Berner Firma.«

»Sind Sie schon einmal mit dem Gesetz in Konflikt geraten?«

»Ich bin bestimmt schon mal zu schnell gefahren, wenn Sie das meinen.«

»Nein, das mein ich nicht. Sind Sie vorbestraft?«

»Das wissen Sie besser als ich.«

»Ich frage anders: Waren Sie je in ein Strafverfahren verwickelt?«

»Muss ich dazu etwas sagen?«

»Warum wollen Sie dazu nichts sagen?«

»Weil es Sie nichts angeht.«

»Ich versuche nur herauszufinden, wer Sie möglicherweise umbringen will.« Bernard muss sich zusammenreißen. Langsam verliert er die Geduld.

»Mich will niemand umbringen.«

»Waren Sie in einem Strafverfahren involviert oder nicht?«

»Ich habe mir nie etwas zuschulden kommen lassen.«

Acht Kilometer weiter südlich in der Stadt sitzt in dem Moment auch Sandro einem jener Männer gegenüber, die vor einiger Zeit einen roten Stöckelschuh in ihrem Briefkasten gefunden haben und sich angeblich den Grund dafür nicht erklären können. Klaus Tanner ist nicht allein, rechts von ihm hat seine Freundin Platz genommen, er hat darauf bestanden, dass sie dabeibleibt, auch wenn Sandro ihn lieber unter vier Augen gesprochen hätte. Klaus Tanner ist ein Brocken von einem Menschen, seine Freundin Marlene hingegen ist schmal und unscheinbar, sodass man beinahe vergisst, dass sie da ist, solange sie nichts sagt. Doch hin und wieder murmelt sie ein leises, zustimmendes »Mmmh«, mit dem sie sich wieder in Erinnerung ruft.

Sandro führt mit Tanner beinahe dasselbe Gespräch

wie sein Kollege Bernard Blanc mit Peter Bannholzer, und er findet ähnlich wenig dabei heraus. Auch Tanner kann laut eigener Aussage mit den Namen der anderen Männer nichts anfangen. Es scheint auch hier keine Verbindung zu geben. Einen Unterschied gibt es aber doch; Tanner ist Sandro nicht unsympathisch. Er scheint sich ehrlich zu bemühen herauszufinden, wer ihm nicht gut gesinnt ist.

»Wir haben gesehen, dass Sie vorbestraft sind.« Sandro bemüht sich um einen möglichst neutralen Ton.

»Das ist korrekt. Ich bin nicht stolz darauf, aber mein Geschäft lief nicht immer gut, die Delikte sind aus der Not heraus entstanden.«

»Sie sind Transportunternehmer?«

»Ja, mit einer eigenen Firma.«

»Wie läuft es denn im Moment?«

»Besser. Aber wie gesagt, es waren harte Zeiten, das ging anderen ja ebenso.«

»Die zwei Schuldsprüche vor Gericht – gab es weitere Strafverfahren, an denen Sie beteiligt waren?«

Klaus Tanner zögert, er blickt zu Marlene, sie umfasst mit ihrer Hand die seine, als wolle sie ihm Mut machen.

»Es gab da noch etwas.«

Sandro wartet. Aber Tanner scheint sich nicht überwinden zu können.

»Ich bin nicht da, um Sie zu verurteilen«, versichert ihm Sandro deshalb.

»Es gab eine Frau in meiner Vergangenheit, die mir nichts Gutes wollte. Sie hat behauptet, dass ich sie vergewaltigt habe.«

»Aber Sie wurden freigesprochen?« Sandros Puls beschleunigt sich. Endlich kommen sie der Sache näher.

»Ja. Weil ich es nicht gewesen bin. Ich habe der Frau nichts getan.«

»Sie kannten sie?«

»Ja, wir haben uns ein paar Mal getroffen, aber mir war schnell klar, dass das nichts Ernsthaftes ist. Sie sah das anders. Sie wollte mein Nein nicht akzeptieren. Nachdem ich sie verlassen hatte, flatterte dann die Anzeige bei mir rein.«

Sandro macht sich hastig einige Notizen. »Wie hieß die Frau?«

»Anna-Barbara Grünig.«

»Wie lange ist das her?«

»Zwei Jahre? Nein, wohl noch nicht ganz, aber einein- halb Jahre wird es her sein.«

»Denken Sie, dass sie Ihnen den Schuh ins Paketfach gelegt haben könnte?«

»Das würde zu Anna-Barbara passen. Aber ich bin ganz sicher, dass es nicht sie war.«

»Warum sind Sie da so sicher?«

»Sie ist tot. Seit vier Monaten. Ein Autounfall.«

Während Malou sich auf dem Polizeipräsidium von An- nette Stern verabschiedet und dabei denkt, dass sie sie kaum wiedersehen wird, weil sie nicht Täterin, sondern Opfer ist, während Sandro den Namen Anna-Barbara Grünig in seinem Notizbuch wieder durchstreicht und während Bernard erleichtert die Tür zwischen sich und Peter Bannholzer schließt und angewidert feststellt, dass er nach diesem Besuch wie ein Aschenbecher riecht – während alldem steht Florence in einem Treppenhaus und verflucht ihren Job. Sie liebt es, in den digitalen Spu- ren von Menschen zu stöbern. Sie ist ein Genie darin, sich Zugang zu Daten zu verschaffen, zu denen niemand Zugang erhalten sollte. Sie ist begeistert, wenn sie jemanden austricksen und einen Trojaner installieren kann, womit sie auch intimste Einblicke in das Leben der Zielperson erhält, um sie damit schließlich zu überführen. All das macht ihren Beruf aus ihrer Sicht zum besten Beruf der Welt. Aber Florence hasst es, wenn sie in der Realworld mit analogen Menschen zu schaffen hat. Ganz besonders, wenn es Menschen sind, die sie nicht versteht. Wie viel einfacher es ist, digital und unerkannt zu Personen vorzudringen als von Angesicht zu Angesicht im direkten Gespräch.

Vor Florence steht Thomas Sahli in der offenen Wohnungstür und will sie nicht hineinlassen. Dabei sieht er gar nicht unfreundlich aus. Er wirkt noch sehr jung, wie ein zu groß geratenes Kind – im Moment allerdings gerade wie ein sehr unerzogenes, zu groß geratenes Kind.

»Ich will nicht mit Ihnen reden.« Sahli hält die Arme vor seiner Brust verschränkt und macht ein Gesicht, als wolle ihn jemand zwingen, vergorene Milch zu trinken.

»Warum nicht? Ich bin doch hier, um Ihnen zu helfen.«

»Ich rede nicht mit Ihnen, weil Sie eine Frau sind.«

»Echt jetzt?« Florence kann es nicht fassen. Einen kurzen Moment lang fragt sie sich, ob ihre Kollegen ihr gerade einen Streich spielen und hier irgendwo eine versteckte Kamera installiert ist. Unweigerlich schaut sie sich um. Da sind keine Kameras.

»Sie wollen nicht mit mir reden, weil ich eine Frau bin? Wenn ich jetzt ein Polizist wäre, dann würden Sie mit mir sprechen?«

»Ja.«

»Aber nicht mit einer Frau?«

»Nein.«

»Aus religiösen Gründen?«

»Nein.«

»Warum denn dann?«

»Weil ich grundsätzlich nicht mit Frauen rede.«

»Aber mit meiner Kollegin haben Sie doch auch gesprochen.«

»Das ging da grad nicht anders. Und das war nur am Telefon.«

»Und übrigens sprechen Sie jetzt schon etwa seit fünf Minuten mit mir.« Allerdings ohne etwas zu sagen, denkt Florence genervt. »Ich möchte Ihnen nur einige Fragen stellen, weil wir herausfinden wollen, wer Sie bedroht.«

»Können Sie nicht einen Kollegen vorbeischicken?«

Können schon, denkt Florence, nur von wollen kann keine Rede sein. Es ist ihr zwar bewusst, dass das hier nichts bringen wird. Dass Aufgeben klüger wäre als Streiten. Aber es will ihr einfach nicht in den Kopf, dass ihr jemand das Gespräch verweigert, einzig aufgrund ihres Geschlechts. Wo leben wir hier eigentlich?

»Nein, kann ich nicht. Wenn Sie nicht bereit sind, hier mit mir zu sprechen, werde ich Sie aufs Präsidium vorladen.«

»Ich werde auch dort nicht mit einer Frau reden.«

»Um Himmels willen, was ist bloß los mit Ihnen?«

»Ich erachte Frauen nicht als adäquate Gesprächspartner. Ich möchte mich auf Augenhöhe mit einem gleichgearteten menschlichen Wesen unterhalten.«

»Wollen Sie damit sagen, dass Sie mit mir nicht auf Augenhöhe sprechen können?«

»Nein, das geht nicht. Frauen sind Männern nicht ebenbürtig, das macht auch eine Polizeimarke nicht wett.«

Florence würde am liebsten laut herauslachen. Doch die Art und Weise, wie der junge Mann die Worte ausspricht, lässt sie innerlich gefrieren. So harmlos er gegen außen wirkt, so gefährlich ist seine innere Einstellung.

»Wissen Sie was?«, fragt sie auf einmal munter. »Ich will auch gar nicht mehr mit Ihnen reden. Mir doch egal, wenn Sie das nächste Mordopfer sind. Dann haben Sie sich das selbst zuzuschreiben.«

Sie kehrt dem überraschten Thomas Sahli den Rücken zu und steigt die Treppe hinab. Als sie die Haustür hinter sich schließt, weiß sie genau, was sie als Nächstes tun wird. Sie wird Thomas Sahli schon bald wieder einen Besuch abstatten, aber auf anderem Wege. Sie wird sich Zugang zu seinem Computer verschaffen und all das über ihn erfahren, was er ihr nun nicht sagen wollte. Florence zweifelt nicht daran, dass sie auf einige interessante Inhalte stoßen wird. Womöglich Inhalte mit strafrechtlicher Relevanz, so hofft sie. Dann könnte sie dieses kleine, arrogante, frauenverachtende Arschloch in die Mangel nehmen. Außer, der Mörder kommt ihr zuvor.

# 39.

Zum zweiten Mal innerhalb von sieben Stunden betritt Bettina das Haus, in dem heute Morgen ein Mann getötet wurde. Zum zweiten Mal setzt sie sich bei Arnolds Nachbarin auf das Sofa, um mit der Witwe über ihren Mann zu reden, der heute wie an jedem anderen Tag aufgestanden ist, von dem sie sich wie immer mit einem kurzen Kuss auf den Mund verabschiedet hat, und den sie bei ihrer Rückkehr mit einem Loch im Kopf auf dem Sofa wiederfand, nackt bis auf zwei Stöckelschuhe und eine Socke. Auf dem Sofa, das ein Stockwerk unter ihnen in der ebenso geschnittenen Wohnung liegt, die jetzt ein versiegelter Tatort ist.

Das Schicksal ist manchmal ein richtiges Arschloch, denkt Bettina, wie sie hier nebeneinandersitzen; die Frau, die ihren geliebten Mann durch einen Gewaltakt verloren hat, und sie, die ihre Geliebte ebenfalls durch die Tat eines Mörders beinahe verloren hätte. Es gibt zu viele Menschen, die anderen Leid zufügen. Das, was sie hier tut, kommt Bettina auf einmal wie Sisyphus-Arbeit vor; trotzdem muss sie weitermachen, will sie weitermachen, ihr Job ist das Einzige, das sie im Moment noch über Wasser hält.

Nadja Arnold hat sich umgezogen, offensichtlich hat sie jemand in die Wohnung begleitet, bevor sie versiegelt wurde, um die wichtigsten Sachen zu holen. Sie wirkt einigermaßen gefasst, auf jeden Fall hat sie sich zurechtgemacht, sich nicht gehen lassen, sie will Fassung bewahren, obwohl Fassungslosigkeit angesichts der Umstände angebrachter wäre.

»Es tut mir leid wegen heute Morgen, ich konnte nicht mehr, die Situation ist sehr schwierig«, entschuldigt sich Nadja Arnold.

»Ich bitte Sie, das ist verständlich, niemand erwartet von Ihnen irgendwas. Fühlen Sie sich gut genug, um das Gespräch fortzusetzen?«

»Ich glaube, ja.«

Bettina stellt Nadja Arnold dieselben Fragen, die ihre Kollegen heute Nachmittag den betroffenen Männern gestellt haben. Mit dem gleichen Ergebnis: Es scheint keine Verbindung zwischen Stephan Arnold und den anderen Männern zu geben – außer den roten Stöckelschuhen, die er nach seinem Tod trug, und der übergestülpten Socke am Penis. Nadja Arnold gibt sich indes überzeugt, dass ihr Mann vor seinem Ableben keine solchen Schuhe erhalten hat.

»Ich bin sicher, er hätte mir davon erzählt. Das hätte er niemals für sich behalten. Warum sollte ihm jemand solche Schuhe schicken?«

Bettina erzählt Nadja Arnold, dass andere Männer die Schuhe als Drohung erhalten haben – und dass zwei von ihnen ebenfalls gestorben sind. Nadja Arnold schlägt die Hände vor das Gesicht. Ihre Augenwinkel zucken, doch sie schluckt die Tränen runter. Bettina wünschte sich, Nadja Arnold würde sich zugestehen, weniger tapfer zu sein.

»Er ist nicht das einzige Opfer?«, versichert sich Nadja

Arnold. »Darum haben Sie mich nach den anderen Männernamen gefragt?«

Bettina nickt.

»Wer hat das getan?«

»Wir wissen es noch nicht. Es gibt eine mögliche Spur. Wir haben gesehen, dass Ihr Mann Artikel über das Gerichtsverfahren zum Lawinenunglück gesammelt hat.«

»Das Unglück. Das hat ihn gebrochen. Er war danach nicht mehr wie vorher.«

»Er war also der Bergführer der Gruppe, der überlebt hat?«

»Er hat immer gesagt, er hätte mit ihnen sterben sollen. Dabei war ich so glücklich, dass er vom Berg zurückgekommen ist. Und jetzt ... jetzt ist er trotzdem tot. Sie denken doch nicht etwa ... was denken Sie?«

»Können Sie mir von dem Strafverfahren erzählen? Gab es jemanden, der Ihren Mann wegen des Unfalls persönlich angegriffen hat?«

»Sie denken also, sein Tod könnte mit dem Lawinendrama zu tun haben?«

»Vielleicht.« Vielleicht auch nicht, schiebt Bettina in Gedanken nach. Aber womöglich mit dem Umstand, dass er freigesprochen wurde, was jemand als ungerecht empfand.

»Ich war beim Gerichtsprozess nicht dabei. Er wollte das nicht. Er hat die ganze Geschichte so gut wie möglich von mir ferngehalten. Ich denke, dass der Verlust für die Eltern der Jugendlichen höchst traumatisch war. Aber ob jemand meinen Mann deswegen angegangen ist, weiß ich nicht. Es war ein Unglück, eine Laune der Natur, das hat das Gericht festgestellt. Stephan trug keine Schuld.«

»Es gab also keine wütenden Reaktionen auf den Freispruch? Die Eltern der Verunglückten haben ihn akzeptiert?«

»Ich glaube ja, andernfalls habe ich nichts davon mitgekriegt. Ich bin sicher, Stephan hätte mit mir darüber geredet, wenn es anders gewesen wäre.«

Bettina fällt auf, wie Nadja Arnold bereits zum zweiten Mal betont, dass ihr Mann ihr bestimmt nichts verschwiegen hat. Sie weiß aber aus Erfahrung, wie oft Hinterbliebene damit falschliegen und wie überrascht sie manchmal sind, was sie alles nicht über den Verstorbenen gewusst haben.

»Frau Flückiger, bitte sagen Sie mir, wer tut so etwas? Wer bringt einen Mann um, der niemandem etwas zuleide getan hat? Auf diese Art und Weise? Es fühlt sich noch immer an, als wäre es gar nicht passiert, als wäre es nicht mir passiert. Ich wäre weniger überrascht, wenn Stephan in den nächsten Minuten fröhlich zur Tür hereinspazieren würde. Alles wäre realer, als das, was wirklich passiert zu sein scheint.«

Bettina würde am liebsten nach der Hand der Frau greifen, aber sie hält sich zurück. Sie hat in ihrem Beruf immer wieder mit Menschen in Ausnahmesituationen zu tun, mit Menschen, deren Leben gerade erschüttert wurde, weil ihnen jemand entrissen worden ist. Aber noch nie zuvor konnte sie sich so gut in die Person hineinversetzen wie jetzt. Allerdings weiß sie, wer Petra das angetan hat. Nadja Arnold hingegen hängt völlig in der Luft. Mehr denn je hofft Bettina, dass sie den Täter finden. Doch sie wird der Frau des Opfers nichts versprechen. Das macht sie nie – weil niemand weiß, ob sie das Versprechen halten kann.

Nachdem sich Bettina verabschiedet hat, steigt sie in ihren Mini Cooper. Nicht, um zurück ins Büro, sondern um direkt zu Petra zu fahren. Der Tag hat sie aufgewühlt. Zu viel Tod und zu viel Trauer. Sie hofft, dass sie bei Petra wieder Kraft tanken kann. Doch kaum steht sie am Bett ihrer Geliebten, verflüchtigt sich auch noch die letzte Kraftreserve. Bettina sinkt auf dem Stuhl in sich zusammen, hält Petras Hand, sie ist ganz kalt, doch Petras Gesicht sieht friedlich aus. Als würde sie schlafen. Als wäre sie tot, denkt Bettina, obwohl sie das nicht denken will. Petra darf nicht sterben, darf nicht sterben, darf nicht sterben. Bettina legt die Stirn auf Petras Arm, da spürt sie eine Hand auf der Schulter.

»Frau Flückiger?«

Bettina richtet sich auf.

»Guten Abend, Herr Doktor Fischer.«

»Ich habe gute Neuigkeiten für Sie.«

Bettina blickt wieder zum Bett, in der irren Hoffnung, dass Petra wach ist und sie es nicht gemerkt hat. Doch Petra ist nicht wach.

»Petras Lunge ist nach der Operation und der Drainage daran, sich zu erholen. Wir denken, dass sie bald stark genug zum selbstständigen Atmen sein wird. Der Verdacht auf eine Lungenentzündung, also eine Komplikation, die alles erschwert hätte, hat sich nicht erhärtet.«

Bettina begreift im ersten Moment nicht, was der Arzt ihr sagen will.

»Das heißt, dass wir in wenigen Tagen versuchen werden, die Beatmung zu beenden und Petra aus dem künstlichen Koma zu holen.«

»Sie meinen …«

»Das ist mit gewissen Risiken verbunden, aber wir sind zuversichtlich, dass Ihre Freundin es schaffen wird.«

Bettina würde dem Arzt am liebsten um den Hals fallen. Und Petra um den Hals fallen. Und einen Freudentanz aufführen. Doch all das macht sie nicht. Stattdessen bedankt sie sich bei Doktor Fischer, sie gibt Petra einen Kuss auf die Stirn und geht nach draußen zu ihrem Wagen. Kaum sitzt sie hinter dem Steuer, beginnt sie vor Erleichterung zu schluchzen.

# 40.

Auf dem Dachgiebel besingt eine Amsel einsam den neuen Tag. Milla lauscht mit geschlossenen Augen der lieblich-hüpfenden Melodie und fragt sich, ob sie sich daran erfreuen oder sich darüber ärgern soll, weil das Tier sie mit seiner Arie geweckt hat. Sie entscheidet sich für Ersteres. Milla hört der Amsel noch eine Weile zu, bevor sie die Augen öffnet und direkt in Sandros Gesicht blickt. Wenn er schläft, sieht er aus wie ein kleiner Junge im Körper eines Erwachsenen. Die ersten Falten um die Augen und die Mundwinkel herum ändern nichts an dem kindlichen, unschuldigen Ausdruck. Im Schlaf trägt Sandro das Gesicht eines Menschen, der nur die Sonnenseite des Lebens kennt und dem Bösen nie begegnet ist, denkt Milla. Was für ein Trugschluss. Sie lehnt sich nach vorn, sodass ihre Lippen Sandros Stirn beinahe und doch nicht ganz berühren, nur die Ahnung eines Kusses, sie will Sandro nicht wecken. Auch wenn sie zu gerne wissen würde, ob ihn wirklich eine Mordserie umtreibt. Sie hat schon geschlafen, als er gestern spätnachts nach Hause kam, und konnte ihn daher noch nicht fragen, was er damit gemeint hatte, als er von einer dritten Leiche schrieb. Sie wird es auch jetzt nicht tun; Milla weiß, dass Sandro jede Mütze Schlaf braucht, die er kriegen kann.

Ein Blick aufs Handy zeigt ihr, dass es erst kurz nach halb sechs ist. Vorsichtig steigt sie aus dem Bett, nimmt ihre Klamotten vom Stuhl und schließt leise die Tür hinter sich. Sie beschränkt sich auf eine fünfminütige Dusche ohne Haarewaschen, weil das mit ihrem Lockenkopf immer länger dauert, und auf eine Tasse schwarzen Kaffee, um eben diesen Lockenkopf wachzukriegen. Kurz nach sechs schließt sie die Wohnungstür hinter sich. Wenn sie den Zug um halb sieben erwischt, sitzt sie um acht im Zürcher Leutschenbach in ihrem Büro. Sie hat einiges vorzubereiten: Am Nachmittag steht Nathaniels Undercover-Einsatz auf dem Programm. Das heißt, sie muss ihn technisch und auch mental für seinen Einsatz briefen. Treffpunkt der Teilnehmer des Pick-up-Kurses ist das *Bahnhofbuffet* in Olten, dem Restaurant direkt am Bahnsteig. Milla hat sich eine Stunde vor Beginn in der Galicia-Bar in der Nähe des Bahnhofs mit Nathaniel verabredet, wo sie ihn instruieren wird.

Milla verfügt über zwei Kamera-Sets, die sie extra für solche Einsätze beschafft hat. Am besten funktioniert die Mini-Kamera, die in eine Brille mit Fensterglas eingebaut und nicht zu entdecken ist. Aber warum sollte ein Blinder eine Brille tragen? Sie kommt für Nathaniels Einsatz nicht infrage. Die zweite Kamera ist etwa so groß wie eine Geldmünze, allerdings etwas dicker, und kann mit geschickter Tarnung als Knopf durchgehen. Sie muss Nathaniel sagen, dass er ein Hemd anziehen soll, ein schwarzes, damit der Knopf nicht auffällt. Bevor sie in den Zug steigt, schickt sie ihm rasch eine Sprachnachricht.

Als Milla einen Platz gefunden hat, steckt sie sich zwei Kopfhörer in die Ohren und sucht auf ihrem Handy nach dem YouTube-Kanal einer amerikanischen Transfrau, die sich in ihrem Videoblog dem Thema der Incels angenommen hat. Milla ist in einem Artikel auf ihren Namen gestoßen und will sich anhören, was die YouTuberin zum Thema zu sagen hat. Vieles, stellt Milla schon nach wenigen Minuten fest. Sie stoppt den Film und schickt ihr eine Anfrage, ob sie Material aus dem YouTube-Video für ihren Beitrag verwenden kann. Milla tippt erneut auf *Play* und macht sich einige Notizen, während sie den Worten der Amerikanerin folgt. Eine halbe Stunde später hat sie sich zwei Bücher zum Thema auf ihren E-Reader geladen, sie wird sie aus Zeitgründen nur querlesen können, doch wenn sie sich mal in ein Thema verbeißt, saugt sie alle Informationen wie ein Staubsauger in sich auf. Eines der Bücher hat Maria Kant geschrieben, eine Deutsche. Auch ihr schreibt Milla umgehend eine E-Mail und fragt, ob sie mit ihr ein Interview als Expertin führen kann. Noch bevor Milla im TV-Studio ankommt, hat sie zwei schriftliche Zusagen auf ihrem Handy: Sie darf Ausschnitte des Videos verwenden, und Maria Kant ist für ein Interview zu haben, allerdings werden sie es per Skype führen und aufzeichnen müssen, weil sie gerade auf einer Nordseeinsel Urlaub macht. Besser als nichts, denkt Milla zufrieden. Zusammen mit dem Material, das Nathaniel ihr am Nachmittag liefern wird, hat sie fast schon einen kompletten Beitrag beisammen. Einzig ein Incel fehlt ihr noch, einer aus Fleisch und Blut, nicht nur ein anonymes Profil im Computer, ein junger Mann, der ihr einen direkten Einblick in seine Welt und die Ansichten der Incels gewähren kann.

Milla fährt nicht wie üblich mit dem Lift in die zwölfte Etage zum Bürotrakt der Sendung *Wochenthemen* hoch, sondern nur bis ins elfte Stockwerk. Dort durchquert sie die Büros der Newssendung *Zehn vor zehn*, begrüßt die Kolleginnen und Kollegen, geht an den Toiletten vorbei und öffnet die Tür zum Not-Treppenhaus zuhinterst im Gebäude. Sie steigt eine Etage hoch und schafft es so, an ihren Arbeitsplatz zu gelangen, ohne am Büro ihres Chefs vorbeigehen zu müssen. Und ohne vorne aus dem Lift zu steigen – falls er dort tatsächlich eine Mini-Kamera montiert haben sollte. Sie geht davon aus, dass er bereits da ist. Er ist eigentlich immer im Haus. Manchmal hegt sie den Verdacht, dass Wolfgang nicht nur in seinem Büro arbeitet, sondern auch hier lebt – und dass seine Frau und seine Kinder reine Erfindung sind, eine Schutzbehauptung sozusagen. Milla gelangt unbehelligt an ihren Platz, fährt den Computer hoch und will sich auf das Gespräch mit Maria Kant vorbereiten. Sie schreibt gerade die erste Frage auf, die sie ihr stellen will, als eine E-Mail aufpoppt.

»Verflucht!«, reklamiert Milla laut.

Sie stammt von Wolfgang. Sie muss sie nicht einmal öffnen, die Aufforderung steht bereits in der Betreff-Zeile: *Kommst du rasch rüber?*

Doch statt wie eine Soldatin brav zu ihm rüberzumarschieren, stellt sie für einmal auf zivilen Ungehorsam und schreibt stattdessen zurück.

*Sorry, ich kann grad nicht, ich hab in drei Minuten ein Interview. Kommt gut, habe alles, was ich brauche, um den Beitrag zu machen. Melde mich. Entspann dich, du Nervensäge.*

Milla muss schmunzeln. Sie löscht die vier letzten Worte wieder, erst dann klickt sie auf *Senden*.

Nicht nach den vorgeschwindelten drei, sondern nach dreißig Minuten ruft sie Maria Kant an. Drei Antworten braucht Milla, sie hofft, dass Maria Kant sie liefern kann.

Es gibt Begegnungen mit Menschen, selbst wenn sie nur virtuell per Videoanruf erfolgen, bei denen man in der ersten Sekunde weiß, dass man mit der Person befreundet sein möchte. Als sich Milla und Maria zum ersten Mal auf dem jeweiligen Laptop sehen und hören, ergeht es beiden gleichzeitig genauso: Sie sind sich sofort sympathisch, obwohl das Thema, das sie zusammengeführt hat, alles andere als erbaulich ist. Nach einem kurzen Vorgespräch beginnen sie direkt mit dem Interview. Milla drückt auf den Aufnahmeknopf.

»Frau Kant, Sie haben für Ihr Buch monatelang in der Incel-Szene recherchiert. Können Sie kurz zusammenfassen, was man sich unter Incels vorstellen muss?«

»Es handelt sich dabei um …« Dann rattert sie alles runter, was Milla bereits weiß: Die jungen Männer fühlten sich als größte Verlierer unserer Zeit, sie meinten, der Feminismus beherrsche die Welt, sie hätten ein Naturrecht auf Sex, und so weiter und so fort. Maria Kant redet sich in Rage, sie gestikuliert mit den Händen, als sie ihre Einschätzung abgibt. »Incels bilden sich ein, sie hätten genetisch ein schlechtes Los gezogen, würden darum für immer einsam bleiben und sollten sich eher früher als später die Kugel geben. Stellen Sie sich vor; es gibt Incels, die meinen ernsthaft, sie finden keine Partnerin, weil ihre Handgelenke zu schmal sind! Dass sie kein Glück bei Frauen haben, weil sie diese als minderwertig betrachten, kommt denen gar nicht in den Sinn! Ihre Sexlosigkeit empfinden sie als tiefe Kränkung, die nicht nur in abgrundtiefen Hass auf alle Frauen ausartet, sondern mitunter auch in Gewalt.«

»Dieser Hass entlädt sich in der Regel in den Incel-Foren im Internet. Wann aber macht jemand den Schritt vom Hass-Kommentar zur Gewalttat?«, fragt Milla nach.

»Das, was Incels so gefährlich macht, ist ihre eigene, vermeintliche Aussichtslosigkeit. Viele sind höchst suizidgefährdet, und sie werden sogar angestachelt, nicht allein und einsam zu sterben, sondern in einem Amoklauf gleich noch ein paar verhasste Frauen mitzunehmen.«

»Darüber zu reden ist aber etwas anderes, als es auch wirklich zu tun. Sind Attentäter wie Sascha Vogt eine krasse Ausnahme, oder geht von der Incel-Szene generell eine Gefahr aus?«, will Milla wissen.

»Schauen Sie …« Maria Kant sucht nach den richtigen Worten. »Ich bin nicht der Typ Frau, die ständig die Alarmglocken läutet. Tatsache aber ist: Diese Männer weigern sich, Frauen als gleichwertige, menschliche Wesen anzuerkennen. Sie belästigen Frauen, sie stalken Frauen, und ja, sie vergewaltigen und sie ermorden Frauen. Viele der Männer, die vereinsamt in ihrem Zimmer hinter dem Computer sitzen und sich gegenseitig zu Hass-Gewalttaten anstacheln, sind tickende Zeitbomben. Von den Incels geht eine Gefahr aus, die mit den Gefahren durch andere Terrororganisationen zu vergleichen ist. Nur hat das noch niemand gemerkt – oder noch niemand merken wollen, weil es bei den Opfern ja nur um Frauen geht.« Bei dem Wörtchen *nur* malt sie mit den Händen Anführungszeichen in die Luft.

»Frau Kant, besten Dank für das Gespräch«, sagt Milla, um zu signalisieren, dass sie mit dem offiziellen Teil durch sind. Ein Anliegen hat sie aber noch.

»Frau Kant, haben Sie im Rahmen Ihrer Recherchen einen Incel kennengelernt, der womöglich bereit wäre, mir vor der Kamera ein paar Fragen zu beantworten?«

»Offen oder anonymisiert?«

»Das Interview kann auch anonymisiert gedreht werden.«

»Ja, ich kenne da einen, der lebt sogar in der Schweiz. Ich sende ihm Ihren Kontakt, wahrscheinlich wird er sich bei Ihnen melden.«

»Ganz herzlichen Dank.«

»Danke Ihnen, dass Sie das Thema aufgreifen.«

Milla will die Verbindung gerade trennen, da ruft Maria Kant noch einmal ihren Namen.

»Frau Nova, noch etwas! Passen Sie auf sich auf. Sie werden mit dem Beitrag in ein Hornissennest stechen. Meiden Sie für eine gewisse Zeit Ihre Wohnung, und stellen Sie sicher, dass Sie für diese Leute nicht auffindbar sind. Es gibt mehr Incels, als wir meinen. Sie sind mitten unter uns.«

Milla bedankt und verabschiedet sich. Die Warnung in Maria Kants letzten Worten hätte genauso gut von Sandro stammen können. Doch ihre Wirkung ist anders, weil die Warnung von einer Frau kommt, die aus eigener Erfahrung spricht. Milla schaudert.

# 41.

»Er wollte nicht mit mir sprechen.«

Fünf Augenpaare richten sich auf Florence, die etwas ratlos und verloren wirkt, wie sie da am Tisch im Sitzungszimmer sitzt und als Einzige der Runde keinen Rapport über die gestrige Befragung abliefern kann.

»Warum nicht?«, fragt Bettina.

»Thomas Sahli sagt, er rede nicht mit Frauen.«

»Mit mir hat er gesprochen ...«, räumt Malou etwas verwirrt ein.

»Er sagte, das sei etwas anderes gewesen, nur kurz und am Telefon, aber er weigerte sich kategorisch, mit mir zu sprechen.«

»Dabei wollen wir ihn doch nur schützen.« Sandro schüttelt den Kopf. »Wie bist du mit ihm verblieben, hast du ihn einbestellt?«

»Ich war nahe dran. Dann hab ich ihm gesagt, ich wolle in dem Fall auch nicht mit ihm sprechen. Kein Interesse mehr.«

Die anderen blicken Florence verunsichert an und fragen sich, ob sie gerade einen Scherz gemacht oder ob sie das wirklich zu Sahli gesagt hat.

»Ich kann mir die Informationen, die ich brauche, auch anders beschaffen«, schiebt Florence erklärend nach.

»Florence!«, ruft Sandro aus. Er ahnt, was sie damit

sagen will, und er heißt es nicht gut. »Er ist kein Beschuldigter, er ist ein potenzielles Opfer.«

»Ich habe mich nur ein bisschen umgeschaut. Im Netz. Eines kann ich euch sagen: Harmlos ist der nicht. Er bewegt sich in der gleichen frauenverachtenden Szene wie unser Freund Sascha Vogt.«

»Nenn ihn nicht unseren Freund!« Bettina fällt ihrer Kollegin ins Wort. Ihre Stimme klingt schärfer als beabsichtigt.

»Entschuldige. Auf jeden Fall verbreitet Thomas Sahli in einschlägigen Foren ähnliche Hasskommentare wie der Attentäter.«

»Ist er jemals straffällig geworden?«

»Negativ. Auf jeden Fall habe ich nichts gefunden.«

»Bettina, willst du zusammenfassen?«, fragt Sandro, nachdem alle über die gestrigen Recherchen Bericht erstattet haben.

»Gerne. Ich bin mit Malou einig, dass wir Annette Stern mit größter Wahrscheinlichkeit als Täterin ausschließen können. Sie hätte zwar im Fall Bräutigam ein Motiv, aber wir konnten keine Verbindung zu einem der anderen Opfer oder zu den bedrohten Männern finden. Auffallend ist, dass zwei der Todesopfer und einer der bedrohten Männer bereits vor Gericht gestanden haben, aber freigesprochen worden sind. Was sagt unser Chef dann immer?«, fragt Bettina mit einem Zwinkern Richtung Sandro.

»Ich bin gegen Zufälle«, kommt es wie aus einem Munde zurück.

Sie müssen lachen, obwohl es nichts zu lachen gibt, weil Lachen immer, selbst in solchen Situationen, guttut.

»Also: Jürgen Bräutigam, beschuldigt wegen Vergewaltigung. Freigesprochen. Klaus Tanner, verurteilt wegen betrügerischem Konkurs und Betrugs, stand ebenfalls wegen eines Vergewaltigungsvorwurfs vor Gericht und wurde ebenso freigesprochen. Hier kann das mutmaßliche Opfer nichts mit seinem Ableben zu tun haben, weil die Frau bereits verstorben ist. Auch das dritte Todesopfer, Stephan Arnold, stand vor Gericht und wurde freigesprochen, allerdings nicht wegen eines Sexualdeliktes, sondern wegen mehrfacher fahrlässiger Tötung. In allen anderen Fällen sind uns keine Delikte bekannt. Trotzdem bin ich sicher, dass hier die Verbindung liegt, in den Gerichtsverfahren als auch in den damit verbundenen Freisprüchen. Vielleicht haben wir bei den anderen noch nicht tief genug gegraben.«

»Ein Freispruch als Mordmotiv?«, fragt Sandro.

»Ein vermeintlich falscher Freispruch als Mordmotiv«, präzisiert Bettina.

»Du meinst, jemand will in selbstherrlicher Eigenregie Gerechtigkeit sprechen, weil es der Richter seiner Meinung nach nicht getan hat?«

»Ja, genau, ein krasser Fall von Selbstjustiz.«

»Aber warum ausgerechnet diese Fälle – es wird kaum jemand von all den Delikten persönlich betroffen gewesen sein«, wirft Bernard ein.

»Wo fanden die drei Gerichtsverfahren statt?«, fragt Florence.

»Zwei am Gericht Bern-Mittelland, eines am Gericht Oberland, alle Verfahren in unterschiedlicher Besetzung.«

»Lasst uns noch einmal auf den Fall Arnold zurückkommen«, weist Sandro sein Team an. »Warum ist der Täter hier anders vorgegangen?«

Schweigen. Wenn sie darauf eine Antwort wüssten, wären sie schon einen Schritt weiter.

»Bettina, Frau Arnold hat dir gesagt, er habe vor der Tat keinen Schuh als Warnung erhalten, richtig?«

»Richtig, zumindest soweit sie es weiß. Aber Ehemänner informieren ihre Frauen nicht über alles.«

»Irena, wies Arnold abgesehen von der tödlichen Schussverletzung weitere Verletzungen auf?«, fragt Sandro die Rechtsmedizinerin.

»Nein. Keine Abwehrverletzungen, also das gleiche Bild wie bei Bräutigam und Kerner. Im Gegensatz zu den ersten beiden Leichen habe ich bei Arnold jedoch keine Spuren einer Taser-Verletzung gefunden, falls du darauf hinauswillst. Die Resultate der toxikologischen Untersuchung stehen noch aus.«

»Ich denke, der Täter hat Arnold erschossen, weil er ihm die Spritze nicht setzen konnte«, sagt Bettina.

»Wenn er denn überhaupt versucht hat, ihm eine Spritze zu setzen«, gibt Bernard zu bedenken.

»Vielleicht war der Taser kaputt, Akku tot«, meint Florence. »Also musste er zur Pistole greifen, die er als eine Art Back-up bei sich trug.«

»Was war es schon wieder für eine Waffe?«, fragt Sandro.

»Eine SIG P220«, antwortet Bettina. »Die Armee-Pistole.«

»Spricht für einen Täter und nicht für eine Täterin«, kommentiert Bernard.

»So wie auch die Tötungsart. Frauen vergiften, Männer erschießen«, bestätigt Irena.

»Nicht aber, wenn das Erschießen aus der Not heraus erfolgte, weil die bevorzugte Tötungsmethode nicht funktionierte«, widerspricht Florence.

»Ist es möglich, dass Arnold von jemand anderem getötet wurde als Bräutigam und Kerner?«, wirft Sandro ein.

»Unwahrscheinlich. Oder denkst du ernsthaft, es laufen zwei Verrückte herum, die ihren Mordopfern rote Stöckelschuhe anziehen und ihnen eine Socke über den Penis stülpen?« Bettina schüttelt den Kopf. »Das kann ich mir nicht vorstellen.«

»Vielleicht ein Helfer, der seinen Job nicht exakt nach den Anweisungen ausgeführt hat«, mutmaßt Bernard.

»Oder ein Nachahmungstäter«, sagt Florence.

»Ein Nachahmungstäter? Woher sollte er die Details zu den zwei ersten Mordfällen kennen?«

»Der Zeugenaufruf mit den Stöckelschuhen.«

»Ausgeschlossen«, sagt Sandro. »Niemand kann von dem Zeugenaufruf auf die Tötungsdelikte schließen. Da stand nichts davon, dass wir in dem Zusammenhang in Mordfällen ermitteln, geschweige denn, dass die nackten Leichen High Heels trugen.«

»Sie waren nicht ganz nackt, die Socke am Penis.« Bettina merkt in dem Moment, in dem sie den Satz ausspricht, wie absurd er sich anhört.

»Zweimal die gleiche Kindersocke. Beim dritten Mal eine schwarze Herrensocke. Wahrscheinlich sind ihm die Kindersocken ausgegangen?« Florence erntet skeptische Blicke.

»Warum trug die dritte Leiche keine Schnabelmaske? War da auch der Vorrat erschöpft?«, fragt Bernard.

»Möglich«, meint Bettina unbestimmt. »Wie bereits gesagt: Ich bin gegen Zufälle. Wir haben drei Leichen, jede war nackt, trug rote Stöckelschuhe an den Füßen sowie eine Socke über dem Penis. Darüber haben wir die Öffentlichkeit nicht informiert. Wir haben einzig einen

Zeugenaufruf herausgegeben, ob jemand einen Stöckel-schuh in seinem Paketfach gefunden hat. Da denkt sich keiner: Wow, hey, da ist ein Serienmörder unterwegs, der seinen Opfern rote High Heels anzieht, da schließ ich mich doch gleich mal an und drapiere mein Mordop-fer auf die gleiche Art und Weise ...«

»Es sei denn ...« Sandro hält inne.

»Es sei denn was?«, hakt Bettina nach.

»Ich dachte, wir seien das leidige Thema losgeworden. Aber ich muss es hier trotzdem ansprechen: Es sei denn, jemand von euch hat interne Informationen ausgeplau-dert.«

Vor einigen Jahren gab es in ihrem Korps eine un-dichte Stelle, die immer wieder brisante Informationen an einen Journalisten weitergegeben hatte. Sie haben nie herausgefunden, wer es gewesen ist. Ein Verdacht aller-dings ist hängengeblieben; seit ihr früherer Kollege Felix Winter in den vorzeitigen Ruhestand getreten ist, ist es nicht wieder vorgekommen.

»Vielleicht völlig unbeabsichtigt ausgeplaudert«, fährt Sandro fort. »Jemand hat zu Hause darüber gesprochen, seine Partnerin, sein Partner hat etwas mitgekriegt und weitererzählt.«

Auf seinen Satz folgt Stille. Eine Stille, in der die un-ausgesprochenen Worte fast greifbar sind. Bettina ist die-jenige, die sie bricht.

»Wir wissen alle, worüber wir reden dürfen und worü-ber nicht. Ich bleibe dabei: Ich halte es für unwahrschein-lich, dass ein Nachahmungstäter am Werk war. Ich denke, alle drei Opfer gehen auf die Rechnung desselben Täters. Und wenn ich gerade dabei bin: Ich bin mir mittlerweile ziemlich sicher, dass es eine Täterin ist. Eine Täterin mit einem übertriebenen Gerechtigkeitsempfinden und einem tödlichen Hang zur Selbstjustiz.«

Die Frage ist nur, wer das sein könnte, denkt Bettina, als sie nach der Sitzung zurück an ihrem Arbeitsplatz ist. Die These, die sie so überzeugt präsentiert hat, ist mehr als vage. Eine klare Verbindung zwischen den Opfern ist noch immer nicht ersichtlich. Denk nach, sagt sie zu sich selbst, denk nach, konzentrier dich. Schließlich trägt sie den Spitznamen *The brain* nicht ohne Grund. Nur scheinen ihre Hirnzellen nicht gleich gut zu funktionieren, wenn ihre Lebenspartnerin im Koma liegt. »Konzentrier dich!«, sagt Bettina laut.

Sie greift zu einem Papier und schreibt in einer Spalte alle relevanten Namen auf:

*Jürgen Bräutigam †*
*Bendicht Kerner †*
*Stephan Arnold †*
*Thomas Sahli*
*Klaus Tanner*
*Peter Bannholzer*

Bettina liest die Namen noch einmal durch. Sie muss herausfinden, ob auch gegen die anderen Anzeigen eingegangen sind und Verfahren geführt wurden – die in einem Freispruch endeten. Doch genau das ist die Krux: Freigesprochene werden in keinem Register geführt. Zwar werden die Gerichtsakten auch im Fall eines Freispruchs archiviert – nur hat die Polizei aus Datenschutzgründen darauf keinen Zugriff. Es sei denn … man nehme es mit den Vorschriften nicht allzu genau und habe gute Beziehungen zu einer Mitarbeiterin am Gericht, die einem noch einen Gefallen schuldig ist. Bettina sucht die Nummer ihrer Kollegin Melanie heraus und greift zum Telefon.

# 42.

Über der Theke hängt ein ausgestopfter Stierkopf. Auch wenn das massige Tier bestimmt einst furchteinflößend gewesen sein muss, hat Milla jedes Mal Mitleid, wenn sie in die Kulleraugen des schwarzen Torro blickt, der das Markenzeichen der Galicia-Bar von Olten ist. Wahrscheinlich sind die Augen aus Plastik, denkt Milla, trotzdem verleihen sie dem präparierten Tierkopf einen traurigen Gesichtsausdruck. Neben dem Stier hängen so viele Bilder, dass die Wand dahinter unsichtbar geworden ist. Mehrere Industrielampen hängen von der Decke, das hellste Licht aber strahlt über dem Billardtisch, von woher auch die lautesten Stimmen herüberdringen. Milla hat in der Nische hinter der zweiten Glastür Platz genommen. Erstens, weil sie hier Nathaniel sofort kommen sieht und ihm entgegengehen kann, zweitens, weil es in der Nische keine unerwünschten Zuhörer gibt, wenn man etwas besprechen will, das nicht für fremde Ohren bestimmt ist. Zum Beispiel einen Undercovereinsatz für das Schweizer Fernsehen, ausgeführt von einem Blinden. Würde ihr Chef Wolfgang davon erfahren, würde er zuerst tot umfallen und sich danach im Sarg umdrehen.

Bevor Nathaniel in ihr Blickfeld tritt, taucht James hinter der Glasscheibe auf. Nathaniel hat darauf bestanden, dass sie sich direkt in der Bar treffen und sie ihn nicht am Bahnhof abholt. Jetzt aber springt Milla auf, um Nathaniel zu begrüßen und ihn an den Tisch in der Nische zu führen. James kläfft kurz, um Milla Hallo zu sagen – kein Vergleich zu dem Begrüßungstanz und dem Jaulgesang, die seine Vorgängerin Alisha veranstaltet hat. Es ist Milla gerade recht, dass sie nicht wie früher fünf Minuten lang warten muss, bis sich das Tier beruhigt hat und man sein eigenes Wort wieder versteht.

Als Milla für Nathaniel eine Cola, für sich ein Ginger Ale und für James einen Wassernapf geholt hat, erkundigt sie sich nach Silas.

»Wie geht es ihm?«

»Er ist tapfer. Er stellt tausend Fragen. Und natürlich ist er sehr traurig, aber er wird es schaffen.«

»Das wird er. Es war ein schönes Abschiedsfest, gestern.«

»Danke. Milla, ich muss zugeben, ich bin ziemlich nervös.« Nathaniel kommt gleich zur Sache. »Ich habe mir das letzte Nacht noch einmal durch den Kopf gehen lassen. Ich nehme also an einem Pick-up-Kurs teil, der von einem Mann geleitet wird, der Frauen hasst, für Männer, die Frauen hassen. Ich frage mich, warum die dann überhaupt Frauen anmachen wollen. Die zweite Frage, die ich mir stelle: Wenn das Typen sind wie dieser Vogt … Ist es nicht gefährlich, wenn ich dort eine versteckte Kamera mit reinschmuggle? Ich will keine unnötigen Risiken eingehen. Silas darf nicht noch jemanden verlieren.«

Milla zögert. Sie ist hin- und hergerissen. Einerseits versteht sie Nathaniels Bedenken, andererseits glaubt sie nicht, dass er sich in Gefahr begibt. Täter wie Sascha Vogt sind selbst innerhalb der Incels krasse Ausnahmen. Und vor allem: Nathaniel ist ein Mann. Und keiner wird die Kamera entdecken. Also kann auch nichts passieren. Genau das sagt sie Nathaniel auch.

»Selbst wenn du auffliegen solltest, werden sie dir nichts tun. Sag einfach, du wolltest den Kurs aufzeichnen, weil du nichts aufschreiben kannst. Im Notfall händigst du ihnen die Speicherkarte aus. Deine Sicherheit hat Vorrang.«

Nathaniel muss lachen. »Ein Blinder, der für sich Videoaufnahmen macht, das werden sie mir garantiert abkaufen! Aber du hast recht, wahrscheinlich mache ich mir zu viele Sorgen. Es ist einfach einiges passiert. Ich mache mir mehr Gedanken, weil Silas außer mir nun niemanden mehr hat. Aber gut, ich werde das schon hinkriegen. Dann verstecken wir mal die Kamera, und du zeigst mir, wie sie funktioniert.«

In der Tat muss Nathaniel die Kamera gar nicht bedienen. Milla stellt das knopfgroße Gerät ein, die Batterie wird für mindestens zehn Stunden reichen, sie muss einzig noch eine unauffällige Stelle am Hemd finden, an der sie es befestigen kann.

»Darf ich dir den zweitobersten Hemdknopf abtrennen?«, fragt sie Nathaniel, der wie von ihr angewiesen im schwarzen Hemd erschienen ist.

»Wenn es nur der Hemdknopf ist …«

Milla säbelt den Knopf ab und befestigt an dessen Stelle mit einem Magneten die Kamera. Wenn man weiß, dass da auf Nathaniels Brust eine Kamera filmt, dann kann man sie schon als solche erkennen. Ist man aber ahnungslos, kommt man nicht darauf. Milla ist zufrieden.

»Die Undercover-Aktion kann beginnen.« Sie klopft Nathaniel auf die Schulter. Da fällt ihr etwas ein.

»Zeig mir rasch deine Hände.«

Nathaniel streckt die Arme aus.

»Du trägst einen Ehering«, stellt Milla überrascht fest.

»Der war, um den Schein der Scheinehe zu wahren.« Traurigkeit legt sich auf Nathaniels Stimme.

»Es tut mir leid, den musst du abstreifen, sonst gehst du nicht als Incel durch.«

»Es macht sowieso keinen Sinn mehr, ihn zu tragen.«

Nathaniel zieht am Ring, bringt ihn fast nicht über den Knöchel, zerrt daran und verzieht schmerzvoll das Gesicht, als er ihn endlich lösen kann. Er steckt den falschen Ehering ohne ein weiteres Wort in die Tasche seiner Jeans.

»Du solltest los, in zehn Minuten trefft ihr euch im Bahnhofbuffet.«

»Wenn das mal gut geht.« Nathaniel sagt es mit einem Grinsen, das Milla wissen lässt: Alles ist in Ordnung.

Sie begleitet ihn nach draußen und blickt ihm nach, als er mit James Richtung Bahnhof losmarschiert. Sie hofft, dass sie die Situation richtig einschätzt und ihn wirklich keiner Gefahr aussetzt.

Kaum ist Nathaniel aus ihrem Sichtfeld verschwunden, spielt ihr Handy den Eurythmics-Song. Die Nummer ist unterdrückt. Milla geht sofort ran.

»Nova«, sagt sie knapp.

»Guten Tag, Frau Nova. Ich habe eine Nachricht von Maria Kant erhalten. Sie sagt, Sie wollten mit mir sprechen?«

»Mit wem rede ich?«, fragt Milla nach.

»Mein Name tut nichts zur Sache. Ich bin der Incel, den Sie in Ihrem Beitrag haben möchten.«

Milla ist überrascht, wie klar und freundlich der Mann klingt. Sie weiß nicht warum, aber irgendwie hat sie einen minderintelligenten Pöbler erwartet und nicht jemanden, mit dem man sich vernünftig unterhalten kann.

»Sie wären bereit, mir Fragen zu beantworten?«

»Unter der Bedingung, dass meine Stimme verzerrt wird und mein Gesicht nicht erkennbar ist.«

»Das kann ich Ihnen zusichern.«

»Dann bin ich dazu bereit.«

Milla stutzt. Es geht zu einfach, und sie ist skeptisch.

»Warum sind Sie bereit, den Aufwand auf sich zu nehmen und mit mir zu sprechen?«, fragt sie deshalb direkt, wohlwissend, dass sie dadurch Gefahr läuft, den Mann zu vergrämen und den Interviewpartner gleich wieder zu verlieren.

»Weil ich will, dass die Leute wissen, dass es uns gibt. Dass wir diskriminiert werden. Dass wir zu Unrecht aus der Gesellschaft ausgeschlossen und in die Einsamkeit verbannt sind. Ich will uns eine Stimme geben – die Stimme, die wir verdient haben.«

»Sie selbst bezeichnen sich also als Incel, ist das korrekt?«

»Ich *bin* ein Incel, weil ich in unserer feministischen Gesellschaft dazu verdammt worden bin.«

Test bestanden, denkt Milla. »Ich würde Sie gerne interviewen, damit Sie Ihre Sicht der Dinge darlegen können. Mein Problem ist, dass der Beitrag bereits übermorgen eingeplant ist. Wann haben Sie Zeit für ein Treffen?«

Auf der anderen Seite bleibt es einen Moment lang still, wahrscheinlich checkt er seine Agenda.

»Sind Sie noch da?«, fragt er nach einer Weile.

»Ja.«

»Also, eigentlich geht es nur heute Nachmittag, sagen wir in einer Stunde?«

»Ich bin im Moment in Olten. Wo sind Sie?«

»In Bern.«

»Gut. Das schaffen wir. Ich bringe einen Kameramann mit. Ich schlage vor, wir treffen uns bei der Marzilibrücke an der Aare, ich kenne dort eine Stelle, die sich eignet, um ein anonymisiertes Interview zu drehen.«

»Einverstanden.«

Kaum hat Milla den Anruf beendet, stellt sie Ivans Nummer ein, um ihn zu bitten, sofort nach Bern zu fahren. Sie wird ihn vor Ort treffen, wahrscheinlich wird er etwas zu spät kommen, aber sie braucht sowieso vor dem Dreh noch Zeit für das Vorgespräch mit Mister Unbekannt.

Eine Stunde später stellt sich heraus, dass Mister Unbekannt nicht nur am Telefon total normal klingt, sondern dass er auch völlig normal aussieht. Warum er sich selbst angeblich als hässlich empfindet, ist Milla schleierhaft. Der Mann, der lässig an das Geländer der Marzilibrücke gelehnt auf sie wartet, ist etwa Mitte zwanzig, circa ein Meter siebzig groß, trägt dunkles, langes Haar, das Gesicht ist schmal geschnitten, seine Gestalt wirkt eher androgyn. Klar, er ist weder ein Muskelprotz noch durchtrainiert, aber er sieht nicht schlechter aus als die meisten Männer in dieser Stadt. Milla kann sich schwer vorstellen, dass jemand wie er unfreiwillig zölibatär lebt und das Gefühl haben muss zu vereinsamen. Aber die Selbstwahrnehmung ist selten deckungsgleich mit der Fremdwahrnehmung.

Allerdings erscheint Milla auffällig, dass der Mann ihr zur Begrüßung nicht die Hand reicht. Sie lässt ihre wieder sinken und tut es damit ab, dass seit der Pandemie nicht mehr alle den Handschlag mögen; zu große Viren-gefahr.

Milla erklärt dem Mann, dass sie für die Sendung *Wochenthemen* einen Hintergrundbeitrag über die Incel-Szene plane, hütet sich jedoch, die Stoßrichtung ihres Berichts zu erwähnen. Sie bleibt dabei, dass sie ihm als Vertreter der Szene eine Stimme geben will, damit die Zuschauer aus erster Hand zu hören kriegen, wie das Weltbild der Incels aussieht. Das ist nicht einmal gelogen. Sie will wirklich hören, was der Incel zu sagen hat – aber sie wird das Gesagte in ihrem Beitrag kritisch einordnen. Denn wenn sie eines nicht will, dann Menschen wie ihm unwidersprochen eine Plattform bieten.

Als Ivan eintrifft, übernimmt er für einen Moment das Zepter. Er setzt dem jungen Mann eine Perücke auf, damit er selbst von hinten nicht zu erkennen ist. Dann platziert er ihn so ans Flussufer, dass sein Kopf von hinten schräg in der Unschärfe gezeigt wird.

»Ich bin so weit«, verkündet Ivan schließlich.

Milla greift zum Mikrofon, schaltet es ein.

»Kann ich anfangen?«

»Kamera läuft.«

Milla beginnt mit ihren Fragen. Bereits als sie die erste Antwort hört, wird ihr klar, dass der Mann, der ihr gegenübersitzt, alles andere als normal ist. Er ist brandgefährlich.

# 43.

»Wer bist du?« Die Stimme schwebt unmittelbar vor Nathaniels Gesicht. Sie klingt männlich, eher hoch, gehört wahrscheinlich einer jüngeren Person.

»Ich bin Nathaniel.« Mist. Nathaniel würde sich am liebsten auf die Zunge beißen. »Ich meine, ich bin RAF.«

Milla hat ihm extra eingebläut, sich nicht mit dem richtigen Namen vorzustellen, und schon hat er sich verplappert. Fehler Nummer eins in der ersten Sekunde. »Die Buchstaben stehen für *Rape all Femoids*«, schiebt Nathaniel eifrig nach, um seinen Fauxpas wiedergutzumachen.

»Du bist RAF, der sich erst gestern angemeldet hat?«

»Ja, genau der. Du bist Mister Sinister?« Nathaniel ist froh, dass er sich wenigstens die unsinnigen Nicknames korrekt gemerkt hat.

»Ich bin Mister Sinister, richtig, der Pick-up-Artist.«

Mehr sagt er nicht. Es folgt ein Schweigen, das Nathaniel bestens kennt; der Moment, wenn ihn sein Gegenüber von oben bis unten mustert. Die Leute meinen, er merke es nicht, wenn sie ihn anstarren. Dabei fühlen sich die prüfenden Blicke an wie kleine, unangenehme Stiche.

»Du bist blind?«

Hundert Punkte für den Kandidaten, denkt Nathaniel. Gleichzeitig fragt er sich, ob Milla vergessen hat, Mister

Sinister gegenüber zu erwähnen, dass RAF blind ist. Fehler Nummer zwei geht auf ihre Rechnung.

»Kann man das nicht *sehen*?«, fragt er zurück, weil ihm nichts Besseres einfällt.

Mister Sinister beginnt zu kichern wie ein kleiner Junge.

»Guter Witz, haha! Der hat gesessen.«

Nathaniel hatte nicht die Absicht, einen Witz zu reißen. Er weiß, dass man ihm die Blindheit ansieht, anders als manchen blinden Kollegen, deren Augen ganz normal aussehen. Seine Augen wurden durch einen Kopfschuss unwiederbringlich zerstört; seither ist das eine immer halb geschlossen, während das andere tot ins Leere blickt.

»Warum hast du nicht geschrieben, dass du blind bist?«

Milla hat Mister Sinister die Information tatsächlich unterschlagen. Nathaniel muss improvisieren.

»Ich hatte Angst, dass ich als Blinder nicht mitmachen darf.«

Ein Schlag trifft ihn unvermittelt auf der Schulter. Er fährt erschrocken zusammen. Nathaniel hat den Arm von Mister Sinister nicht kommen hören.

»Du arme Sau!« Noch einmal klopft er Nathaniel allzu kräftig auf die Schulter. »Kein Wunder, dass du ein Incel bist. Ein klassischer Omega-Mann. Genetischer Müll. Ich will mal nicht so sein, du kannst mitmachen, aber zaubern kann ich nicht. Ich glaube kaum, dass für dich noch was zu retten ist.«

Mister Sinisters Worte fühlen sich an wie Ohrfeigen. Nathaniel weiß zwar nicht, was mit Omega-Mann genau gemeint ist, genetischer Müll hingegen war unmissverständlich. Er spürt seinen Augenwinkel zucken. Es ist nur eine Frage von Sekunden, bis er explodiert. Die Zeiten, als er Beleidigungen still geschluckt hat, sind schon lange vorbei. Doch er darf seinen Auftritt hier nicht gleich zu Beginn vermasseln. Nathaniel ruft sich das Gespräch mit Milla in Erinnerung, die ihm erzählt hat, dass sich Incels selbst hässlich und erbärmlich finden und sich gegenseitig noch kleiner machen. Er muss sich zusammenreißen. Nathaniel schluckt hörbar und hofft, dass ihm Mister Sinister seine Wut nicht ansieht. Er reibt sich die Augen, als müsse er sich Tränen wegwischen.

»Ich möchte es trotzdem versuchen. Auch ich habe ein Recht auf Sex mit den ganzen Schlampen. Das steht mir zu, selbst wenn ich blind bin.«

Ein naturgegebenes Recht, hatte Milla erklärt, daran glauben die Incels tatsächlich. Hätte jemand Nathaniel vorhergesagt, dass er dereinst einen solch abartigen Mist erzählen würde, er hätte die Person ausgelacht. Er kann nur hoffen, dass er heute Nachmittag niemandem begegnet, der ihn kennt.

»Bitte lass mich am Kurs teilnehmen. Ich hatte noch gar nie Sex. Ich habe noch nicht mal eine Femoid geküsst.«

Nathaniel findet, seine Lügen klingen echt. Er sagt sich, dass er hier Theater spielt, und zwar den Part des einsamen, gekränkten und gehemmten Einzelgängers ohne Sozialkompetenz, der noch nie eine Frau berührt hat. Zumindest Letzteres stimmte bis vor Kurzem sogar.

»Nun gut, versuchen wir's mal – auch wenn du der erste Blinde wärst, der eine Bitch abkriegt«, sagt Mister Sinister abschätzig, bevor er sich wegdreht.

Nathaniel hört, wie er jemanden begrüßt, nach und nach treffen weitere Teilnehmer des Pick-up-Kurses ein.

Heute wünschte sich Nathaniel eine kleine Fee, die auf seiner Schulter sitzen und ihm beschreiben würde, wie seine Kontrahenten aussehen und ob sie wirklich so hässlich sind, wie sie selbst meinen. Die Fee würde Nathaniel zuflüstern, dass dies nicht der Fall ist. Die jungen Männer, die sich für den Pick-up-Kurs angemeldet haben, in der Hoffnung, doch mal eine Frau ins Bett zu kriegen, sehen aus wie viele Männer in diesem Alter auch. Vielleicht sind sie etwas blasser, weil sie die meiste Zeit allein in ihrem Zimmer vor dem Computer sitzen, womöglich sind sie nicht ganz so modisch gekleidet, und vielleicht sind sie auch etwas kleiner oder dicker oder schlaksiger als der gestylte Jugendliche aus der Talent-Show im TV. Aber eines sind sie alle nicht: hässlich oder unansehnlich.

»Dein Handgelenk? Vierzehn Zentimeter?«, hört Nathaniel Mister Sinister fragen. »Scheiße, du bist ein verdammter Wristcel. Der durchschnittliche Umfang eines männlichen Handgelenks liegt bei über achtzehn Zentimetern. Du liegst im Bereich einer Femoid! Du weißt schon, dass du damit auch den Muskelaufbau vergessen kannst, da hilft das strengste Training nichts.«

Nathaniel findet es beinahe tröstlich, dass nicht nur er die beleidigende Unfreundlichkeit des Kursleiters zu spüren bekommt. Aber ist es wirklich möglich, dass sich ein Mann hässlich findet, nur weil seine Handgelenke zu schmal sind? Und was haben schmale Handgelenke mit Muskelaufbau zu tun? Er wird Milla fragen müssen, was ein Wristcel ist. Bereits nach wenigen Minuten ist ihm klar, wie das System funktioniert und wie toxisch es sich auf die betroffenen Männer auswirkt: Ihnen wird in der Incel-Szene – dem einzigen Ort, wo sie sich aufgehoben und gehört fühlen – vermittelt, dass sie zu hässlich, zu klein, zu dünn, zu unattraktiv sind, genetischer Müll. Sodass ihr eh schon angeschlagenes Selbstvertrauen noch mehr Schaden nimmt – statt dass ihnen jemand sagen würde, dass sie eigentlich ganz normal sind.

»Blinder!«

Nathaniel will gerade widersprechen, dass auch er einen Namen habe. Er besinnt sich eines Besseren. Er will lieber mit *Blinder* als mit *RAF* angesprochen werden, und schon gar nicht mit seinem richtigen Vornamen.

»Komm her, wir setzen uns alle an einen Tisch, damit ich euch erklären kann, worum es geht.«

Mister Sinister beginnt das Seminar mit einem Monolog über das Dasein der Incels. Er erklärt, dass achtzig Prozent der Frauen ausschließlich mit zwanzig Prozent der Männer ins Bett steigen, den gut aussehenden, gutgebauten Chads, die dafür aber auch dumm und verblendet und gehirngewaschen sind. »Sie merken nicht, dass sie von den Femoids bloß ausgenützt werden.« Die restlichen achtzig Prozent der Männer würden deswegen praktisch leer ausgehen. »Es gibt vier Typen von Männern«, referiert Mister Sinister. »Es gibt Alphas, Betas, Gammas und Omegas.«

Nathaniel versucht, seinen Oberkörper in Richtung des Vortragenden auszurichten, damit die Kamera ihn auch wirklich einfängt. Zwei, drei Mal dreht er sich, um auch die Zuhörenden im Bild zu haben. Milla hat ihm erklärt, dass der kleine schwarze Knopf an seinem Hemd über ein Weitwinkelobjektiv verfügt, trotzdem befürchtet er, dass er auf der Aufnahme Mister Sinister womöglich den Kopf wegschneidet. Obwohl das, wie Nathaniel findet, kein Verlust wäre.

»Alphas und Betas machen jene zwanzig Prozent aus, die über achtzig Prozent der Frauen abkriegen. Gammas sind unattraktive und sozial inkompetente Männer, die keine oder nur hässliche, fette Femoids bekommen, die sowieso niemand will. Und ihr alle ...«, Mister Sinister legt eine Spannungspause ein, »... seid ganz klar Omegas. Omegas haben die totale Arschkarte gezogen; ihr seid die absoluten Verlierer in unserer feministischen Gesellschaft.«

Nathaniel fragt sich, wo er hier bloß hineingeraten ist. Das Unwohlsein überträgt sich auf seinen Körper. Er merkt, dass er zu schwitzen beginnt.

»Omegas sind Incels und befinden sich in der Hierarchie der Männlichkeit auf der untersten Stufe, sowohl was Aussehen und Sexleben und Sozialisierung betrifft. Also im Keller. Es gibt keine Aufstiegsmöglichkeit. Das ist die Herausforderung eures Lebens. Auch dieser Kurs hier kann das nicht ändern, einmal ein Incel, immer ein Incel, aber ich kann euch mit ein paar Tricks, die wir heute lernen, das Leben etwas erträglicher machen. Beginnen wir mit der praktischen Übung.«

Die Aufgabe hat Mister Sinister schnell erklärt: Nathaniel und seine Mitstreiter müssen in einem Einkaufszentrum Frauen anquatschen.

»Wer am meisten Femoids anspricht, kriegt am meisten Striche. Wer die meisten Striche hat, ist eine Stufe weiter und kann zum halben Preis am Fortsetzungsabend teilnehmen. Dort werdet ihr lernen, wie man sich das Recht auf Sex nimmt, selbst wenn es einem niemand geben will.«

Nathaniel wiederholt Mister Sinisters letzten Satz in Gedanken. Er schaudert.

»Was ist, wenn ich weniger Frauen anspreche als andere, aber eine entscheidet sich, mit mir mitzugehen? Bin dann nicht ich der Gewinner?«, fragt eine dünne Männerstimme.

»Das wird nicht passieren«, antwortet Mister Sinister.

»Und wie genau sollen wir sie ansprechen?«, fragt ein anderer.

»Die wichtigste Regel lautet: Vergesst den Scheiß mit Komplimenten und Schmeicheleien – ihr müsst gegenüber Femoids nicht charmant sein, die stehen nicht auf Freundlichkeit. Geht die Femoid barsch an, stellt klar, dass ihr das Sagen habt, dass ihr allein bestimmt, wo es langgeht, eine andere Sprache versteht sie nicht.«

»Kannst du ein Beispiel bringen?«

»Klar, wie wäre es mit: ›Hey, Bitch, fett wie du aussiehst, sitzt du heut Abend bestimmt wieder allein zu Hause rum. Ich hab Mitleid. Geh mit mir aus, dann erlebst du die heißeste Nacht deines Lebens!‹«

Nathaniel verzieht das Gesicht, reißt sich in der gleichen Sekunde wieder zusammen, in der Hoffnung, dass ihn niemand angesehen hat.

»Echt jetzt?«, fragt die dünne Stimme.

»Natürlich. Merkt euch: Wenn ihr bei einer Femoid Erfolg haben wollt, müsst ihr drei Punkte erfüllen: Sei nicht hässlich, sei nicht farblos, sei nicht nerdig. Wenn ihr euch an diese Regeln haltet, kriegt ihr jedes Mal, wenn ihr einen Club betretet, gratis Sex.«

Die Männer um Mister Sinister bleiben stumm, weil sie glauben, dass sie alles, was sie nicht sein sollen, tatsächlich sind.

»Das Problem ist«, fährt Mister Sinister fort, »dass alle Incels blass, hässlich und nerdig sind. Ihr erfüllt alle

Attribute, mit denen man auch den gruseligen Serienkiller beschreiben könnte.« Mister Sinister stößt ein gemeines Fauchen aus, bevor er in ein falsches Lachen ausbricht. »Darum: Vergesst das mit der Freundlichkeit. Incels kriegen Frauen so nicht rum. So ernten wir nur Ablehnung und Erniedrigung. Sind sie nicht nett zu uns, sind wir auch nicht nett zu ihnen.«

Wüsste Nathaniel es nicht besser, würde er denken, er sei in eine satirische Komödie geraten. Die Gedanken und Worte von Mister Sinister sind zu schräg und zu weltfremd und zu frauenverachtend, um real zu sein. Doch Nathaniel ist sich sicher, dass Mister Sinister keine filmreife Rolle spielt, sondern dass er genauso ist, wie er sich gibt. Seine Worte sind seine Überzeugung.

»Also, los geht's, zeigen wir's ihnen.« Mister Sinister klatscht in die Hände, wie ein Fußballtrainer, der sein Team kurz vor dem Anpfiff anspornt.

In den folgenden zwei Stunden schämt sich Nathaniel so sehr, wie nie zuvor in seinem Leben und hoffentlich nie wieder danach. Er fühlt sich völlig verloren, als er im Bereich der Kassen des Supermarktes steht, dessen Namen er schon wieder vergessen hat. Er hofft, dass er – wenn das hier mal vorüber ist – auch diese zwei Stunden so schnell wie möglich aus seiner Erinnerung verdrängen kann. Er wird Milla zwingen, dass sie diesen Teil der Filmaufnahmen sofort löscht, ohne sie sich anzuschauen. Peinlicher geht nicht mehr. Niemand darf zu Gesicht bekommen, was er hier gerade treibt. Am liebsten würde sich Nathaniel unsichtbar machen, oder sich im nächsten Kühlfach verstecken, oder sich nackt auf das Kassenband legen – alles wäre ihm lieber, als unter Beobachtung der Incels Frauen auf unflätige Weise anzubaggern.

»Hallo, darf ich dich was fragen?«, fragt Nathaniel, als er merkt, dass jemand auf ihn zutritt.

»Klar, brauchst du Hilfe?«, fragt eine Männerstimme zurück.

»Nein, entschuldige, ich dachte, du seist jemand anderes.«

Hinter sich hört Nathaniel hämisches Gekicher.

Nächster Versuch.

»Hallo, darf ich dich was fragen?«

»Ja, klar.« Dieses Mal antwortet eine Frau. Hohe Stimme. Eher jung.

»Willst du mit mir ausgehen?«

Nathaniel merkt, dass die Frau einen Schritt zurücktritt. Eine Sekunde lang fürchtet er, sie sage ja. Ein Ja aus Mitleid, das wäre nicht das erste Mal.

»Nein, entschuldige, ich habe schon einen Freund.«

Er hört, dass sie sich entfernt.

Nathaniel fährt zusammen, als er Mister Sinisters Stimme direkt neben seinem Ohr hört.

»Du bist viel zu nett! Sei aggressiv! Sie muss mit dir ausgehen, es ist keine Frage, ob sie will!«, zischt er ihm zu.

Nathaniel wird unsanft am Ellenbogen gepackt, Mister Sinister zerrt ihn nach rechts, stoppt, Nathaniel fühlt, dass jemand unmittelbar vor ihm steht.

»Hey, Chick, der Behindi hier will mit dir ins Bett!«, hört er Mister Sinister sagen. »Blinde sollen wahre Sexgötter sein!«

Nathaniel schießt alles Blut in den Kopf. Instinktiv will er die Flucht ergreifen. Er fasst das Geschirr von James fester, bereit wegzurennen, nur wohin, welche Richtung, wo ist der Ausgang?

»Nathaniel, was geht hier ab? Wer ist das? Was macht der Mann mit dir?«, fragt ihn eine Frau, deren Stimme er nur allzu gut kennt.

Nathaniel ist überzeugt, dass er noch in derselben Sekunde tot umfällt.

# 44.

Aus der Musikbox erklingt Carl Orffs *Carmina Burana*. Irena Jundt greift zum Skalpell und schneidet mit geübter Hand den toten Körper auf. Ihre Bewegungen sind routiniert und strahlen eine verstörende Anmut aus. Stephan Arnold, dessen Leiche vor ihr liegt, ist muskulös, kein Gramm Fett zu viel. Lange her, dass sie einen solch makellosen Körper nackt vor sich sah. Was für eine Verschwendung, denkt sie, ohne es laut auszusprechen. Sie führt die Klinge von der rechten Schulter über den Brustkorb hinüber zur linken Schulter, setzt in der Mitte neu an und zieht eine gerade Linie vom Brustbein über den Bauch bis oberhalb des Schambeins.

»Sie denken wirklich, dass das derselbe Täter war?«, fragt ihr Assistent Peter Lang. »Der auch die beiden anderen umgebracht hat?«

Er ist bei der Obduktion Bräutigams und Kerners nicht dabei gewesen, Irena hat ihm aber von der Tötungsmethode wie auch von den Stöckelschuhen erzählt.

»Ja, weil er ebenfalls rote Schuhe trug. Und eine Socke am Penis.«

»Die Welt wird immer kränker.« Peter Lang schüttelt den Kopf.

Irena greift hinein in die Wunde, die nie mehr bluten wird, tastet das Brustbein und die Rippen nach Brüchen und Verformungen ab. Peter reicht ihr die Rippenzange. Sie trennt die Rippen entzwei, löst die anhaftenden Weichteile und hebt schließlich das Brustbein an. Sie reicht es ihrem Assistenten, der es auf den bereitgestellten Rolltisch legt. Irena und Peter sind ein eingespieltes Team, ihre Arbeit gleicht einer wortlosen Choreografie.

»Wer mit der Morphinspritze tötet, greift kaum bei der nächsten Tat zur Armee-Pistole«, brummelt Peter Lang vor sich hin.

»Mmh«, antwortet Irena. Hochkonzentriert trennt sie das Herz heraus, gibt es Peter in die Hand, der legt es in die Metallschale, es folgen Lunge, Leber, Milz, die Bauchspeicheldrüse, zusammen mit dem Magen. Peter Lang entfernt den Darm, und Irena entnimmt dem Körper die Nieren. Jedes Organ wird sorgfältig gewogen, Querschnitte gewähren Einblicke, Proben werden entnommen. Es ist jedes Mal die gleiche Prozedur und doch jedes Mal wieder anders. Peter Lang entnimmt Blut und Mageninhalt, beides wird von der toxikologischen Abteilung des Instituts auf Wirkstoffe untersucht werden.

»Vielleicht hat jemand von den ersten beiden Tötungen gehört und sich dadurch inspirieren lassen«, fährt Peter Lang fort.

»Die Informationen sind noch nicht öffentlich rausgegangen«, wendet Irena ein. »Und von selbst kommt keiner auf die Idee, sein Opfer nach der Tat in Stöckelschuhe zu stecken und mit einer Socke zu zieren, nur wenige Tage, nachdem das ein anderer vor ihm getan hat.«

Irena tritt einen Schritt zurück und schaut auf das, was einst ein attraktiver Sportlehrer war. Sie hat schon so viele Opfer von Tötungsdelikten unter ihren Händen gehabt, doch noch immer begreift sie nicht, dass ein Mensch einem anderen Menschen das Leben rauben kann und warum.

»Nicht öffentlich rausgegangen ... Das ganze Präsidium spricht über die Stöckelschuh-Morde. Da muss nur mal jemand seiner Frau zu Hause zu viel erzählen oder sich im Tram zu laut darüber unterhalten«, meint Peter Lang.

Oder in der Bar, schießt es Irena durch den Kopf. Theneyan. Sie hat den Barkeeper über die Trans- und Fetisch-Szene ausgefragt. Hat er womöglich ... nein, das kann nicht sein. Er weiß, dass die Gespräche über ihren Job so geheim sind, als hätten sie nie stattgefunden. Auf ihn ist Verlass. Nie würde er etwas nach außen tragen. Oder?

»Peter?«

»Ja.«

»Kannst du hier allein weitermachen?«

Peter Lang blickt Irena überrascht an, schaut auf den kaputten Kopf des Opfers, der schwierigste Teil der Obduktion, wendet sich wieder Irena zu.

»Bist du sicher, dass ich ...?«

»Danke, du bist ein Schatz, ich muss rasch weg, ich komme so schnell wie möglich wieder.«

Während sich Irena in der Umkleidekammer aus der Schutzkleidung schält, die Arbeitsschuhe aus und die Sommersandalen anzieht, versucht sie im Kopf die Bilder jener Nacht zurückzuholen, als sie bei Theneyan ein bis zwei Gin Tonic über den Durst getrunken hatte. Sie waren doch fast allein in der Bar gewesen, es kann keine Mithörer gegeben haben. Oder doch?

Es ist erst später Nachmittag, der *Kreissaal* ist noch geschlossen, aber Irena weiß, dass Theneyan immer frühzeitig dort ist. Theneyan – er ist sozusagen die einzige

Konstante in ihrem Privatleben, niemand kennt sie so gut wie er. Trotzdem hat sie keine Handynummer von ihm, was ihr bisher noch gar nicht aufgefallen ist. Sie haben sich immer nur in seiner Bar getroffen. Irena ist sich auf einmal gar nicht sicher, ob Theneyan außerhalb der Bar überhaupt existiert. Er scheint zum festen Inventar zu gehören.

Keine fünfzehn Minuten später klopft Irena an die geschlossene Tür der Bar. Als nichts passiert, hämmert sie kräftiger mit der Faust dagegen. Es ist nicht möglich, dass Theneyan nicht da ist. Er ist immer da.

»Theneyan, ich bin's, Irena!«, ruft sie laut, als sich hinter der Tür nichts regt.

Endlich hört sie etwas. Jemand ruft ein Wort, das sie nicht versteht. Dann dreht sich ein Schlüssel im Schloss.

»Um Himmels willen, Irena, ist etwas passiert?«

Irena stellt fest, dass Theneyan bei Tageslicht ganz anders aussieht als im schummrigen Blau der Barbeleuchtung. Irgendwie blasser, obwohl er dunkelhäutig ist. Auch er mustert sie erstaunt, als sähe er sie zum ersten Mal.

»Ich muss kurz mit dir reden.«

Theneyan nickt. Ohne ein weiteres Wort beschließen sie hineinzugehen, um die Vertrautheit wieder herzustellen, die für einen Moment verflogen war.

»Willst du einen Gin Tonic?« Theneyan blickt seine beste Kundin, die längst eine Freundin ist, besorgt an.

»Danke, auf meinem Obduktionstisch liegt noch ein Klient.«

»Ein Glas Wasser?«

Jetzt nickt Irena. Und damit ist auch die vertraute Ordnung wiederhergestellt: Irena sitzt auf dem Barhocker,

Theneyan steht hinter der Theke und hört zu, was ihr auf dem Herzen liegt.

»Ich war vorgestern hier bei dir in der Bar.«

»Ich weiß …«

»Wir haben uns über Fetische unterhalten.«

»Wegen dem Toten in den roten Stöckelschuhen und der Penis-Socke.«

Irena erinnert sich nicht, dass sie Theneyan derart detaillierte Informationen weitergegeben hat. Sie meinte, sie sei in ihren Ausführungen viel allgemeiner geblieben. Der verdammte Alkohol.

»Hast du jemandem davon erzählt?«

»Irena, wie kommst du dazu, so was zu fragen? Niemals würde ich etwas weitertratschen, das du mir anvertraust. Erstens, weil ich weiß, wie wichtig Verschwiegenheit in deinem Job ist. Zweitens, weil Diskretion der zweite Vorname eines jeden Barkeepers ist, sonst ist er nicht lange im Geschäft.«

Irena nickt schuldbewusst. »Es tut mir leid, es ist nur … Ich muss einfach wissen, ob die Information durch mich rausgetragen worden ist. Danke, dass du Stillschweigen bewahrst über die Dinge, die ich dir anvertraue.«

»Das ist für mich eine Selbstverständlichkeit.«

Theneyan und Irena schweigen einen Moment. Sie schwenkt das Glas und beobachtet die Bewegungen des Wassers, er wischt mit dem Lappen über den Tresen. Ohne Musik ist es ungewohnt still.

»Wir waren doch allein hier, Sonntagabend, oder? Dort hinten saß ein Liebespaar, aber sonst herrschte Flaute.«

Theneyan kneift die Augen zusammen, als wolle er sich selbst in Trance oder in der Zeit zurückversetzen.

»Da war noch jemand«, sagt er plötzlich. »Dahinten an der Theke saß ein verwahrloster Typ, der ganz in sich versunken war.«

Nun blitzt auch bei Irena eine Erinnerung auf. Sie hatte den Mann nicht beachtet, weil er in Gedanken weit weg gewesen schien, und sehr betrunken. Sie blickt hinüber zum letzten Hocker an der Theke, schätzt die Distanz ein, stellt sich die Musik vor. Ist es möglich, dass er etwas von ihrem Gespräch mitbekommen hat?

»Kanntest du den Mann?«

»Nein, ich habe ihn noch nie gesehen.«

»Denkst du, er hat mich gehört?«

»Ich weiß nicht. Ich habe nicht darauf geachtet. Es ist nicht auszuschließen.«

Scheiße, denkt Irena. Sie mag sich gar nicht vorstellen, was Sandro dazu sagen wird, dass sie selbst, wenn auch unabsichtlich, möglicherweise die undichte Stelle war.

»Hat der Mann bar bezahlt oder mit Karte?«

»Scheint wirklich wichtig zu sein, oder?«

»Ja, ist wirklich wichtig.«

»Warte einen Moment, ich schau rasch nach.«

Das *rasch* zieht sich in die Länge. Es dauert eine gefühlte Ewigkeit, bis Theneyan aus seinem Büro zurückkehrt.

»Es tut mir leid.«

Irena beginnt innerlich bereits zu fluchen.

»Der Mann hat bar bezahlt. Ich habe keine Ahnung, wer er war.«

# 45.

»Bei Frauen liegt wahrhaftig geistig etwas falsch. Sie sind zu rationalem Denken nicht fähig. Sie sind wie Tiere, komplett von ihren animalischen Instinkten geleitet – darum fühlen sie sich einzig zu barbarischen, wilden, tierartigen Männern hingezogen. Frauen sind wie Tiere, und Tiere sollten in einer zivilisierten Gesellschaft keine Rechte haben. Darum unterstütze ich die Idee, dass Frauen zu weiten Teilen ausgelöscht werden sollten. Nur ein paar wenige müsste man wohl oder übel behalten, damit sie, vielleicht in Gettos, unsere Kinder gebären können.«

Milla klappt der Kiefer runter. Wüsste sie es nicht besser, würde sie vermuten, dass der junge Mann, der zur Tarnung in Perücke mit abgewandtem Gesicht vor der Kamera sitzt, sie gehörig verarscht und gleich in lautes Gelächter ausbrechen wird. Doch sie hört seiner Stimme an, dass er tatsächlich glaubt, was er von sich gibt. Auch scheint er nicht die geringste Hemmung zu haben, sein abstruses und verachtendes Frauenbild vor ihr, einer Frau, darzulegen, ohne mit der Wimper zu zucken. Am liebsten würde sie dem Kerl eine reinhauen. Stattdessen versucht sie, die Fassung zu wahren.

»Sie meinen das ernst, was Sie sagen?«

»Ja. Das ist meine Meinung.«

»Denken Sie auch so über Ihre Mutter und Ihre Schwester?«

»Lassen Sie meine Mutter aus dem Spiel. Schwester hab ich zum Glück keine.«

Obwohl Milla in den Incel-Foren bereits auf ähnliche Aussagen gestoßen ist, ist sie doch erschüttert, sie aus dem Mund dieses Mannes zu hören, der bis gerade eben noch ganz normal auf sie gewirkt hat. Sie fragt sich, ob sie dieses Interview den TV-Zuschauern überhaupt zumuten darf.

»Sie geben also den Frauen die Schuld, dass Sie ein Incel sind?«

»Wem sonst? Sie sind am Unglück aller Incels schuld.«

»Haben Sie denn schon versucht, Frauen anzusprechen?«

Dem jungen Mann entfährt ein höhnisches Lachen. »Oh Mann, unzählige!«

»Was war das Resultat?«

»Hundertprozentige Ablehnung. Wenn ich eine Frau anspreche, gibt sie mir sofort Fuck-off-Signale, indem sie zum Beispiel zum Handy greift, Textnachrichten zu tippen beginnt und mich ignoriert. Es ist offensichtlich, dass sie hofft, dass ich mich verziehe. Ich habe im realen Leben etwa zweitausend Körbe erhalten und online etwa eintausend, das macht insgesamt dreitausend Körbe von Frauen.«

»Zählen Sie etwa mit?«, fragt Milla erstaunt.

»Ja, mehr oder weniger. Und ich muss sagen: Ich bin so bescheiden wie möglich. Ich quatsche nur kleine und dicke und hässliche und dumme Frauen an, weil ich weiß, dass ich selbst hässlich bin. Ich würde mich mit einer hässlichen Frau zufriedengeben! Aber ich bin ein Incel, ich kriege gar keine Frau. Nur die hübschen Jungs kriegen Frauen, so wie er da, der Kameramann. Ich bin eifersüchtig auf ihn!«

Unwillkürlich blickt Milla zu Ivan. Sie sieht ihm an, dass auch er das Gespräch fast nicht erträgt.

»Waren Sie denn noch nie mit einer Frau zusammen?«, fragt sie weiter.

»Hören Sie mir überhaupt zu? Ich bin ein Incel. Genetischer Abfall. Ich werde nie eine Femoid kriegen. Ich habe noch nicht einmal jemanden geküsst.«

»Sie haben also auch nie gelernt, wie man eine Frau verführt?«

»Meinen Sie Sex? Ich weiß schon, wie das geht. Ich stoße meinen Penis in ihre Vagina, ich stoße und stoße und stoße und profitiere.«

Bingo, denkt Milla. Sie hofft, dass dieser Mann tatsächlich nie in seinem Leben eine Frau in seiner Nähe haben wird.

»Glauben Sie, dass Sie jemals mit einer Frau zusammen sein werden?«

»Nein.«

»Und was ist mit Sex?«

»Ich habe noch nie etwas freiwillig gekriegt, und das wird sich auch nicht ändern.«

Milla hakt sofort nach: »Aber unfreiwillig, unfreiwilligen Sex haben Sie sich schon geholt?«

Der junge Mann setzt zu einer Antwort an, überlegt es sich im letzten Moment anders, schweigt einen Moment, beginnt dann trotzdem wieder zu reden.

»Diese Frage beantworte ich nicht. Aber ich kann Ihnen sagen: Was man mir nicht gibt, das hole ich mir. Das ist mein gutes Recht. Nur weil die Gesellschaft vom

Feminismus unterdrückt wird, heißt das nicht, dass man nicht für seine Grundrechte kämpfen kann. Ich hole mir nur, was mir zusteht.«

»Verstehe ich Sie richtig: Sie sagen gerade, dass es legitim ist, Frauen zu vergewaltigen?«

»Nein. Ich sage, dass ich haben darf, was mir zusteht. Ich denke, das reicht, das Interview ist hiermit beendet.«

Milla atmet hörbar aus. Das, denkt sie, ist das denkwürdigste und schrecklichste Interview, das sie je geführt hat.

Die Verabschiedung von ihrem Protagonisten fällt nicht gerade herzlich aus. Dennoch bedankt sich Milla bei ihm, dass er sich für das Interview zur Verfügung gestellt hat. Sie hilft Ivan dabei, Stativ und Kamera im Wagen zu verstauen, danach lässt sie sich erschöpft auf den Beifahrersitz fallen. Allein die Präsenz eines Menschen mit solchem Gedankengut empfand sie als bedrückend, übergriffig und ermüdend.

»Ich habe mich die ganze Zeit gefragt, ob der Kerl uns verarscht und eine Show abzieht. Aber so was kann man gar nicht spielen«, sagt Ivan.

»Am liebsten würde ich ihn bei der Polizei anzeigen. Der Fluch ist, dass Typen wie ihm selten etwas nachzuweisen ist. Schlecht über Frauen zu reden ist kein Straftatbestand. Leider.«

»Trotzdem cool, dass wir ihn im Beitrag haben«, meint Ivan. »Wenn der Attentäter nur annähernd so dachte wie er, dann erklärt das einiges. Auf jeden Fall hat man so was im Schweizer Fernsehen noch nie gehört.«

Milla nickt. Sie denkt genau das Gleiche: Der Typ ist zwar ein Arschloch sondergleichen, für die Sendung aber ist er ein Glücksfall. Er entlarvt sich vor laufender Kamera selbst. Dieser Beitrag wird zu reden geben.

»Und was jetzt?«, fragt Ivan.

»Jetzt fahren wir nach Zürich, mit einem Zwischenstopp in Olten.«

»In Olten, der Stadt, durch die man sonst immer nur durchfährt?«

»Genau die.«

Auf der halbstündigen Autofahrt erzählt Milla Ivan, dass Nathaniel für sie als Undercover-Agent unterwegs war. Dass er sich als Incel ausgegeben, ein Seminar eines Pick-up-Artists besucht und alles mit einer versteckten Kamera aufgenommen hat. Ivan grinst die ganze Zeit und schüttelt den Kopf.

»Milla, du bist ein irres Huhn, aber ich liebe es, mit dir zusammenzuarbeiten.«

Milla und Ivan fahren direkt zur Galicia-Bar, wo Nathaniel und James schon auf sie warten. Als Milla die Bar betritt, sieht sie auf Anhieb, dass etwas schiefgelaufen sein muss. Nathaniel sitzt hinter einem Glas Whisky, daneben steht ein zweites, das schon leer getrunken ist. Dabei trinkt Nathaniel gar keinen Alkohol. Sie macht sich mit einem lauten »Hallo, Nathaniel« bemerkbar, bevor sie an seinen Tisch tritt und Platz nimmt.

»Milla, Gott sei Dank bist du da, es war schrecklich, du hast mich durch die Hölle geschickt.«

Er greift zum Glas und nimmt einen großen Schluck. Milla merkt, dass er angetrunken ist.

»Nathaniel, ich bin mit Ivan hier, dem Kameramann.«

»Hallo Ivan.«

»Hallo Nathaniel.«

»Erzähl, was ist passiert?« Milla prüft Nathaniels Hemd-

saum und sieht, dass die Kamera noch da ist, zum Glück.
»Darf ich dir zuvor rasch die Kamera abmontieren, damit Ivan die Speicherkarte gleich einlesen kann?«

Nathaniel legt den Kopf in den Nacken, und Milla entfernt Magnet und Kamera von seinem Hemd, klickt die Speicherkarte raus, übergibt sie Ivan und wedelt mit der Hand, als wolle sie ihn wegscheuchen.

»Ich geh rasch nach draußen zum Wagen«, sagt Ivan überdeutlich, nicht ohne die Augen zu verdrehen und auf das Glas zu deuten; er findet, er hätte eine Pause verdient.

»Erzähl«, fordert Milla Nathaniel erneut auf, als Ivan verschwunden ist.

Nathaniel berichtet von seiner Begegnung mit Mister Sinister, wie er alle Incels systematisch zur Schnecke gemacht und sie dann zum »Übungsparcours« in das Einkaufszentrum geschickt hat.

»Das klingt doch großartig, das ist genau das, was wir haben wollten!« Milla ist begeistert.

»Das ist noch nicht die ganze Geschichte.«

»Was ist geschehen?«

»Milla, du musst mir eines versprechen: Sobald du im Film an jener Stelle ankommst, wo ich im Einkaufszentrum losgeschickt werde, um Frauen anzumachen, löschst du das folgende Material umgehend. Und zwar ohne es dir anzusehen!«

»Warum, hat dir jemand eine geknallt?« Milla muss schmunzeln und ist froh, dass Nathaniel es nicht sieht.

»Schlimmer.«

»Du wurdest niedergestreckt?«

»Milla!«

»Erzähl schon!«

»Ich wurde erkannt.«

»Was heißt, du wurdest erkannt? Du bist aufgeflogen?«

»Nein. Von einer Frau erkannt. Von jener Frau, die von Mister Sinister gefragt wurde, ob sie mal mit einem Blinden vögeln wolle.«

»Was hat er getan?«

»Er hat sie gefragt, ob sie mit mir Sex haben wolle.«

»Scheiße, und du kanntest sie?«

»Es war meine Kollegin! Die Köchin des Restaurants *Blinde Kuh*. Wenn ich meinen Kellner-Job dort los bin, musst du mich als Assistenten anstellen.«

Milla hält sich beide Hände vors Gesicht und kneift die Augen zusammen. Sie mag sich die Situation gar nicht vorstellen. Sie wäre vor Scham tot umgefallen.

»Nathaniel, das tut mir schrecklich leid. Ich komme mit dir mit, um ihr zu erklären, warum das passiert ist. Oder ich rufe sie an. Ich biege das wieder zurecht.«

»Danke. Ich wäre froh, wenn du sie anrufen könntest. Wenn ich es ihr zu erklären versuche, wird es zu sehr nach Ausrede klingen. Weißt du, was das Unglaublichste ist?«

»Nein.«

»Ich habe gewonnen.«

»Wie gewonnen?«

»Na, die Aufgabe. Ich glaube, Mister Sinister hatte tatsächlich Mitleid. Der Preis ist eine Einladung zu einem Vortrag, den er morgen halten wird. Nicht gerade der Sechser im Lotto, aber immerhin!«

Nathaniel lacht, und Milla ist froh darüber; die unangenehme Situation mit seiner Arbeitskollegin scheint ihn nicht mehr allzu sehr zu beschäftigen; vielleicht liegt es am Whisky.

»Um was für einen Vortrag geht es denn?«

»Er will aufzeigen, wie man sich das Recht auf Sex nehmen kann, auch wenn es einem keine Femoid geben will – ohne danach erwischt zu werden.«

»Echt jetzt?«

»Ich denke, es sind nur leere Worte, die sie sich da erzählen, um sich gegenseitig an ihren Fantasien aufzugeilen.«

»Da bin ich nicht so sicher.«

»Milla, die Typen sind die absoluten Loser.«

»Eben, darum! Morgen Abend findet das statt?«

»Ja. Morgen Abend um sieben.«

Mist, denkt Milla. Es wäre zu schön gewesen, diese Veranstaltung auch noch in den Beitrag mit reinzuschneiden, aber das reicht nicht mehr. Ihre Reportage geht morgen Abend bereits über den Sender und wird schnell die Runde machen. Es wäre daher gefährlich, Nathaniel ein zweites Mal zu diesen Typen zu schicken.

»Ich kann dort auch filmen«, sagt Nathaniel in dem Moment.

»Nein, lass mal. Du fährst da nicht hin.«

»Warum nicht?«

Milla zögert. Könnten sie es wagen? Was aber, wenn Mister Sinister bis dahin mitgekriegt hat, dass er heimlich gefilmt worden ist? Sie schaut Nathaniel an, denkt an Carole, an Silas, und schüttelt den Kopf.

»Das Risiko, dass du auffliegst, ist viel zu groß.«

# 46.

Der Mond steht voll am Himmel und macht die Nacht zu hell. Ich mag ihn nicht. Er peitscht mich auf, die Unruhe in mir wächst, rastlos meine Nervosität. Der Vollmond ist nicht das Einzige, das mich umtreibt. Meine Mission ist ins Stocken geraten. Vier Namen stehen noch auf meiner Liste, aber ich komme nicht weiter.

So wie's aussieht, bin ich heute bereits zum zweiten Mal vergebens losgezogen. Klaus Tanner ist nicht zu Hause. Die Zeitung von heute steckt noch in seinem Briefkasten, er ist also gar nicht von der Arbeit zurückgekehrt. Wahrscheinlich hat ihm die Polizei geraten, das Weite zu suchen. Schlecht für mich. Wenigstens tut es gut zu wissen, dass sie sich fürchten. Sie sollen sich vor Angst in die Hose machen! Was ist das bisschen Furcht verglichen mit dem, was sie verursacht haben; Panik und Schmerz und Leid, ein Leid, das nie vorübergeht und immer in einem drinbleibt. Ich weiß das. Mein Vater weiß das. Und so viele andere, die durch die Hölle mussten.

Die Stadt ist leer, ihre Stille ein Versprechen. Am Ende der Nacht, kurz bevor der Tag beginnt, zieht sich selbst das Böse in seine Nischen zurück. Nur weit weg höre ich hin und wieder ein Auto einer anderen verlorenen Seele, die noch unterwegs ist. Die Nacht ist meine Freundin und war bisher eine verlässliche Komplizin. Aber jetzt ist alles kompliziert geworden. Ich muss meine Pläne ändern, wieder von vorne beginnen, erneut unsichtbar werden und beobachten und herausfinden, wann der richtige Augenblick gekommen ist. Und vor allem: Wo ich das Urteil vollstrecken kann.

Noch mache ich es nicht für mich, ich mache es für die anderen. Ich bin nur ein kleiner Stern im Universum der Ungerechtigkeit, das ist mir bewusst. Aber ein Stern ist besser als absolute Finsternis. Mein Vater hat mir mal eine Geschichte erzählt, damals, als ich noch ein Kind war, als er noch die schönen Geschichten erzählte und nicht die schlimmen. Sie drehte sich um einen kleinen Jungen am Strand, er nannte ihn Flo.

Es war die Stunde nach dem Sturm. Die Wellen schäumten und bäumten sich auf und warfen Seesterne ans Ufer. Seesterne sterben, sobald sie nicht mehr im Wasser sind, das wusste Flo, obwohl er noch keine neun Jahre alt war. Also hob er einen Seestern auf und warf ihn zurück ins Meer. Fand den nächsten und schleuderte ihn ebenfalls weit ins Wasser hinaus. Auch einen dritten hob er behutsam auf, um ihn dem Meer zurückzugeben. Bald rannte er den Strand entlang und versuchte einen Seestern nach dem anderen zu retten.

»Was machst du da?«, fragte plötzlich eine Stimme.

Flo hielt inne. Ein alter, schwerfälliger Mann stand vor ihm und schüttelte tadelnd den Kopf.

»Das bringt nichts, wenn du die ins Wasser wirfst, sieh doch, die Wellen spülen sie immer wieder an Land zurück.«

Jetzt war es Flo, der energisch den Kopf schüttelte. »Möglich, dass es manche Sterne zurück an Land spült.

Aber wenn es ein einziger Seestern hinaus ins Meer schafft und überlebt, dann hat es sich schon gelohnt.«

Flo bückte sich, griff zum nächsten Seestern und ließ ihn zurück ins Leben fliegen.

Ich habe die Geschichte geliebt. Heute bin ich Flo. Ich weiß, ich kann nicht alle rächen, kann nicht wiedergutmachen, was geschehen ist. Aber wenn ich auch nur eine einzige weitere Tat verhindern kann, dann hat sich das alles gelohnt. Und zwar so was von!

Mit lautlosen Schritten mache ich mich auf den Nachhauseweg. Er führt mich über die Monbijoubrücke, kein Mensch ist zu sehen. Ich bin allein. Nur ich, eine winzige Person auf der hohen Brücke, die Aare in der Tiefe unter mir. Der Fluss ist ein breites schwarzes Band. Ich halte an, lausche dem unaufhaltsamen Strom. Wie beruhigend zu wissen, dass er schon floss, bevor es mich gab, und dass er noch immer fließen wird, wenn ich längst weg bin. Das Wasser als letztes Grab. Vor vielen Jahren hat die Stadt hier Netze montiert, um Selbstmörder am Springen zu hindern. Doch das stärkste Netz wird mich nicht fangen können, wenn es so weit ist.

Wie ferngesteuert schlage ich den immer gleichen Umweg ein. Obwohl ich gar nicht will, mache ich es trotzdem immer wieder. Wie um sicherzugehen, dass er noch da ist. Dass er nicht weggelaufen ist wie die anderen Feiglinge. Als ich vor dem alten Backsteinhaus stehe, schaue ich hoch zum dritten Stock. Das Fenster ein schwarzes Rechteck, vermutlich die Küche. Das Schlafzimmer wird auf den Innenhof ausgerichtet sein. Die Haustür liegt im Dunkeln, nur schemenhaft sind die Buchstaben auf den Klingelschildern zu erkennen. Doch seinen sehe ich sofort. Er ist noch da. Er ist nicht gewarnt. Sein Name steht auf keiner Liste. Der ist eingebrannt in meinem Kopf, unlöschbar. Er wird mein letztes Opfer sein. Ich atme ein. Drücke auf die Klingel, drücke so fest, dass der Finger schmerzt, zähle einundzwanzig, zweiundzwanzig, dreiundzwanzig, ich muss mich zwingen fortzufahren, vierundzwanzig, fünfundzwanzig. Jetzt. Ich löse mich vom Klingelknopf und renne los. Drei Sekunden, und ich bin um die Hausecke verschwunden. Niemand hat mich gesehen. Ich hoffe, dass er nicht mehr in den Schlaf zurückfinden wird. Dass er nie mehr Ruhe finden wird.

Seine Nächte sind gezählt.

# 47.

Bettina pfeift die Melodie eines Liedes, dessen Existenz sie völlig vergessen hatte. Es muss aus dem hintersten Winkel ihres Gedächtnisses hervorgekrochen sein. Sie erinnert sich weder an den Titel noch an den Interpreten, sie weiß nur noch, dass es in jenem Sommer die Hitparade stürmte, als sie das letzte Mal mit ihren Eltern in den Urlaub fuhr und sich das erste Mal in ein Mädchen verliebte. In einem anderen Leben. Dass sie überhaupt ein Lied pfeift, nimmt Bettina jedoch als Beleg dafür, dass es ihr endlich etwas besser geht. Verursacht hat das kleine Glücksgefühl Martin Fischer; der Arzt am Inselspital zeigte sich heute Morgen erneut zuversichtlich, dass sie Petra bald aufwachen lassen können. Sie wird es schaffen, denkt Bettina, sie wird leben. Sie werden wieder beisammen sein. Zum ersten Mal seit dem Attentat ist ihre Zuversicht größer als die Angst.

Bettina betritt das Großraumbüro, ruft Florence einen Gruß zu, die schon wieder am Bildschirm ihres Computers klebt, und nickt in Richtung Bernard und Malou, die aufblicken, als sie sie reinkommen hören.

»Gibt es schon etwas Neues?«, fragt sie in die Runde.

»Sascha Vogt verweigert jede Aussage«, erzählt Malou.

Bettina wird allein beim Klang seines Namens sofort wieder wütend.

»Kai Langenberger hat erzählt, dass er kein einziges Wort aus ihm herausgekriegt hat.«

»Und im anderen Fall, die Stöckelschuh-Morde?«

»Ich bin alle digitalen Daten der betroffenen Männer durchgegangen«, berichtet Florence. »Es scheint tatsächlich keine Verbindung zwischen ihnen zu geben.«

»Vielleicht sind sie Zufallsopfer«, kommentiert Bernard. »Womöglich hat der oder die Täterin sie zufällig gesehen, am Kiosk, im Flussbad, im Supermarkt, und beschlossen, ihnen zu folgen und sie auf eine Todesliste zu setzen.«

»Du liest zu viele Krimis«, wirft Malou ein.

»Ich verfolge da auch noch eine Spur«, sagt Bettina. »Ich hoffe, bald mehr zu wissen.«

Sie setzt sich an den Computer und fährt ihn hoch. Als Erstes checkt sie die E-Mails: Noch keine Nachricht von Melanie. Ihre Freundin, die als Gerichtsschreiberin arbeitet, war gestern nicht begeistert von Bettinas Anruf. Bettina hat ihr die sechs Namen der Männer genannt und sie darum gebeten, die Akten im Gerichtsarchiv danach zu durchsuchen. Melanie meinte zwar, das sei Anstiftung zum Amtsmissbrauch – doch als Bettina ihr erklärte, in welchem Fall sie ermittelt, und sie nebenbei daran erinnerte, dass auch sie sich damals weit in den Graubereich hineingewagt hatte, um Melanie nach einem selbst verschuldeten Unfall zu decken, war sie plötzlich durchaus hilfsbereit. Melanie hat Bettina allerdings gewarnt, dass sie für die Suche etwas Zeit benötige. Wenn sie sich bis jetzt nicht gemeldet hat, ist sie wohl noch nicht fündig geworden.

Vielleicht, denkt Bettina, haben sie Bernards Einwand zu schnell als unrealistisch abgetan. Womöglich ist genau das die Taktik der Täterschaft – dass es keine Verbindung zwischen den Opfern gibt. Damit man ihn oder sie nicht erwischt. Tatsächlich würde das ihre Suche extrem erschweren. Bettina begibt sich in die Kammer, die sich offiziell Küche nennt, und zieht sich ein dunkles Gebräu aus dem Automaten, das angeblich Kaffee sein soll. Während sie beobachtet, wie sich die Tasse tröpfchenweise füllt, überlegt sich Bettina die nächsten Schritte. Wo kann sie mit den Ermittlungen noch ansetzen? Was haben sie übersehen? Es kann doch nicht sein, dass jemand drei Menschen umbringt und nicht die geringste Spur hinterlässt. Unmöglich. Nichts als einen Abdruck eines Frauenschuhs, Größe 39.

Als Bettina wieder an ihrem Platz sitzt, sieht sie, dass eine Mail eingegangen ist, deren Absender sie nicht kennt, von der sie aber trotzdem weiß, wer sie geschrieben hat. Sie wurde von der Adresse *secret-mel@gmail.com* geschickt. Als Bettina zu lesen beginnt, ist sie auf einen Schlag hellwach.

*Ich habe einen der Namen gefunden. BANNHOLZER Peter, Jahrgang 1978, war vor drei Jahren als Beschuldigter in ein Strafverfahren involviert. Anklage: sexuelle Nötigung und Schändung. Er wurde in allen Anklagepunkten freigesprochen. Suche weiter. Gruß, M.*

Es gibt in jedem Kriminalfall einen Schlüsselmoment. Meist ist er erst im Nachhinein, wenn man zurückblickt, als solcher erkennbar. Manchmal aber weiß man in jener Sekunde, wenn man den Punkt erreicht, dass es so weit ist. Dass sich die Ermittlungen ab sofort in die richtige Richtung wenden. Bettina ballt eine Hand zur Faust, schaut sich um. Ob sie schon was sagen soll? Nein, sie beschließt noch abzuwarten. Sie will sich erst ganz sicher sein.

Bettina greift nach einem Blatt Papier. Man kann am Computer die schönsten Übersichten gestalten und entwerfen und zusammenstellen, doch manchmal ist es besser, auf altmodische Art und Weise Stift und Papier zur Hand zu nehmen – weil das Hirn anders arbeitet, wenn man etwas von Hand aufschreibt, statt es in die Tasten zu hämmern. Sie setzt einen Kreis in die Mitte des leeren Blattes, zeichnet einen Damenschuh hinein und schreibt darunter *Täter(in)*. In gleichmäßigen Abständen malt sie sechs weitere Kreise darum herum. Einen für *Jürgen Bräutigam*. Er stand wegen Vergewaltigung vor Gericht, wurde freigesprochen, erhielt einen Stöckelschuh, wurde getötet. Kreis Nummer zwei: *Stephan Arnold*. Stand wegen mehrfacher fahrlässiger Tötung vor Gericht, wurde freigesprochen, erhielt laut Aussage seiner Frau keinen Stöckelschuh, wurde getötet. Der dritte Kreis ist für *Peter Bannholzer* reserviert. Er war der sexuellen Nötigung und der Schändung beschuldigt und kam mit Freispruch davon. Auch ihm wurde ein Stöckelschuh ins Paketfach gestellt, mit aufgespießter Fotografie. Noch ist er am Leben. In den vierten Kreis schreibt Bettina den Namen *Klaus Tanner*. Er hat von sich aus eingeräumt, dass er sich wegen eines Sexualdeliktes vor Gericht verantworten musste. Ein Delikt, das er bestreitet und das er, so wie Sandro es einschätzt, wahrscheinlich wirklich nicht begangen hat. Auch er wurde freigesprochen und hat einen Stöckelschuh erhalten. Auch er lebt noch. Fünfter Kreis: *Thomas Sahli*. Der nicht mit Frauen redet. Roter Stöckelschuh im Paketfach, nichts über eine kriminelle Vorgeschichte bekannt. Bettina gelangt zum sechsten Kreis. Auch hier setzt sie ein Totenkreuz hinter den Namen: *Bendicht Kerner*. Etwaige kriminelle Vorgeschichte unbekannt.

Vier der sechs Männer sind von einem Gericht freigesprochen worden. Bettina streicht ihre Namen mit Leuchtstift an. Als sie ihn weglegen will, hört sie den Signalton, der ihr eine neue Nachricht meldet. Sie öffnet die E-Mail, liest sie und streicht den Namen *Bendicht Kerner* ebenfalls mit Leuchtstift an. Macht fünf. Fehlt nur noch Thomas Sahli.

Bettina muss nicht darauf warten. Sie weiß, dass ihre Freundin Melanie auch seinen Namen im Gerichtsarchiv finden wird. Sie würde ihr gesamtes Vermögen darauf verwetten. Bettina hängt ihre Tasche um, greift zum Autoschlüssel und verabschiedet sich mit einem »ich muss nochmals weg«. Die anderen sind zu beschäftigt, um sie zu fragen, wo sie hingeht.

Das Regionalgericht Bern-Mittelland ist im Amtshaus einquartiert und nur wenige Minuten entfernt. Wahrscheinlich wäre Bettina schneller gewesen, wenn sie zu Fuß gegangen wäre. Als sie die Treppe hochsteigt, öffnet sich die schwere Eingangstür des stattlichen Sandsteinbaus wie von Zauberhand von selbst. Bettina meldet sich beim Empfang, zeigt ihren Ausweis und sagt, sie wolle zu Gerichtsschreiberin Melanie Kunz.

»Sind Sie angemeldet?«

»Ja«, behauptet Bettina.

»Sie wissen, wo ihr Büro liegt?«

»Ja, im ersten Stock, dritte Tür links.«

»In Ordnung.«

Die Tür ist nur angelehnt, Bettina linst hinein; Melanie sitzt hoch konzentriert an ihrem Computer. Sie sieht aus wie eine Kopie der Anwältin Leo Roth aus der TV-Serie *Legal Affairs*: gleicher Haarschnitt, gleicher Blick, gleicher beigefarbener Hosenanzug. Unwillkürlich starrt Bettina auf Melanies Stöckelschuhe und versucht deren Größe zu schätzen. Sollte dieser Fall jemals gelöst werden, wird sie ein Schuh-Trauma davontragen – falls er nie geklärt wird, dann erst recht.

»Melanie?«

Melanie springt erschrocken auf, zerrt Bettina in ihr Büro und schließt die Tür hinter ihr.

»Bist du verrückt, hier aufzukreuzen?«

»Dein Büro wird kaum verwanzt sein.« Bettina muss über die Übervorsichtigkeit ihrer Freundin grinsen. »Es wird niemand merken, es wird eh niemanden interessieren, dass du im Archiv herumstöberst. Ich dachte, ich komme am besten vorbei, fotografiere die Akten von deinem Computer ab, dann musst du sie mir nicht schicken und machst dich nicht verdächtig, Secret-Mel.«

»Okay. Ich habe tatsächlich einiges gefunden. Die Fälle Bräutigam, Tanner und Arnold, von denen du mir erzählt hast, den Fall Bannholzer sowie den Fall Kerner, wie ich dir geschrieben habe, und gerade eben bin ich auf das hier gestoßen.«

Melanie zeigt auf die Anklageschrift auf dem Bildschirm. Bettina überfliegt die ersten Sätze, bis sie zum Namen des Beschuldigten gelangt: *Thomas Sahli.*

»Du bist ein Schatz!«, ruft Bettina aus.

»Psssst.« Melanie blickt verängstigt zur Tür.

»Ich fotografiere die Anklageschriften ab, dann bin ich hier weg, du hast sie nie ausgedruckt, nie verschickt, keiner wird was merken, außer wenn die IT explizit danach sucht. Aber warum sollte sie? Und mich bist du dann wieder los.«

»In Ordnung.«

Melanie öffnet die verschiedenen Anklageschriften, steht vom Schreibtisch auf, begibt sich zum Fenster und blickt hinaus, während Bettina hinter ihrem Rücken die Aufnahmen macht. Als sie damit fertig ist, drückt sie Melanie einen Kuss auf die Stirn.

»Danke! Jetzt hast du wieder was bei mir gut.«

Zurück im Büro verzieht sich Bettina in die kleine Schallschutzkabine, in die man sich für heikle Anrufe zurückziehen kann. Sie drückt auf den Schalter, der das rote Besetztzeichen einschaltet, und beginnt mit der Lektüre der Anklageschriften.

Die mutmaßlichen oder angeblichen, auf jeden Fall nicht gesicherten Tatorte sind unterschiedlich, die Art und Weise der von den Klägerinnen beschriebenen Übergriffe ebenso, und doch ähneln sich die Geschichten. Die Gemeinsamkeiten: Es gab nie einen Zeugen, es stand bei jedem Prozess das Wort der Klägerin gegen das Wort des Beschuldigten, und in keinem Fall genügten die Beweise, um ihn zu verurteilen. Als Bettina die wenig erbauliche Lektüre beendet hat, beginnt sie noch einmal von vorn, um auf Namen zu achten und auf Details, die irgendeinen Zusammenhang offenbaren könnten. Sie schreibt alle Namen heraus, Namen von Klägerinnen und Anwälten, von Richtern und Gerichtsschreibern wie auch von den Staatsanwälten – respektive … Bettina hält inne. Prüft noch einmal die Namensliste, gleicht sie mit den Anklageschriften ab. Sie hat sich nicht geirrt. Sie starrt auf die Liste, die Buchstaben verschwimmen vor ihren Augen, während sie im Kopf verschiedene mögliche Szenarien durchspielt. Sie kann es drehen und wenden, wie sie will: Bettina versteht nicht, was das zu bedeuten hat.

# 48.

»Großartig! Das ist der Hammer! Umwerfend! Du bist eine Wucht!«

Milla schaut ihren Chef Wolfgang skeptisch an. Sie fragt sich, ob er Drogen eingeworfen hat. Er neigt zwar hin und wieder zum Enthusiasmus, aber dass er bei der Abnahme eines Beitrages derart außer sich gerät, ist doch ziemlich außerordentlich.

»Danke.«

Milla muss zugeben: Auch sie ist zufrieden. Ihr Beitrag ist mehr als bloß eine Reportage – sie ist ein Zeitdokument, das aufdeckt, dass Frauenhass selbst im einundzwanzigsten Jahrhundert weit verbreitet ist und dass es eine Szene gibt, die Frauen nicht als gleichberechtigte Menschen akzeptiert, mehr noch, die Frauen Gewalt antun und sie gar töten will. Der zehnminütige Beitrag, der heute Abend zur besten Sendezeit in die Schweizer Wohnzimmer ausgestrahlt wird, kann niemanden kaltlassen. Es muss einen Aufschrei geben.

Milla nimmt gerade eine Änderung am Kommentartext vor, als ihr Telefon auf dem Tisch vibriert. Eigentlich lässt sie sich am Schnittplatz nicht stören. Trotzdem schielt sie auf das Display. Ihr Cousin Kaspar ruft an, und Milla geht ran.

»Hallo, liebe Lieblingscousine!«, singt Kaspar ins Telefon. »Ich habe schon lange nichts mehr von dir gehört und wollte mich vergewissern, dass du nicht von den Frauenhassern gefangen genommen und in Ketten gelegt worden bist.«

»Danke, Kaspar, alles gut, aber ich bin gerade im Stress und habe überhaupt keine Zeit.«

»Zeit ist ein rares Gut, meine Liebe. Man kann sie einfach nicht fassen und festhalten, Zeit ist wie Quecksilber.«

Milla blickt auf die Uhr. Sie hat wirklich keine Zeit, um über die Zeit zu philosophieren.

»Rufst du aus einem bestimmten Grund an?«

»Ich habe noch ein bisschen weiterrecherchiert.«

»Schön.« Milla ist in Gedanken schon wieder bei ihrem Kommentartext, an dem sie noch etwas feilen muss.

»Ich meine, richtig recherchiert.«

»Kaspar, könntest du bitte auf den Punkt kommen?«

»Okay. Ich habe Sascha Vogts Profil gehackt.«

»Oh.«

»Ich habe schon größere Komplimente für meine Arbeit erhalten.«

»Ich meine, super, gratuliere! Bist du auf etwas gestoßen?«

»Ja.«

Langsam verliert Milla die Geduld. Sie muss Kaspar jedes Wort einzeln entlocken.

»Auf was bist du gestoßen?«

»Auf seine Chats, die er in Privaträumen der Foren geführt hat. Dort, wo nicht jeder mitlesen konnte – sondern jeweils nur jene Person, die dazu eingeladen wurde. Er hat sich dort mit vier, fünf anderen Incels unterhalten. Ein Austausch fand regelmäßig statt.«

»Kaspar, mein Beitrag muss in die Vertonung, dabei bin ich noch nicht mal mit dem Kommentartext durch. Darum: Ist das, was du in diesen Chats gelesen hast, so relevant, dass ich es noch in den Beitrag einbauen muss?«

»Ja.«

»Bist du sicher? Das bedeutet nämlich eine ziemliche Hauruckaktion.«

»Das, liebe Milla, bist du doch gewohnt. Dein ganzes Leben erscheint mir manchmal wie eine große Hauruckaktion.« Kaspar lacht und steckt Milla damit an.

»Okay, kannst du mir Screenshots seines Chats schicken, bitte in hoher Qualität, damit wir das scharf rüberbringen.«

»In Ordnung. Ich schicke es dir in fünf Minuten.«

»Hast du ein Stichwort, worum es geht? Damit ich mir überlegen kann, wo es reinpasst?«

»Sagen wir mal so: Wir haben es schriftlich, dass Sascha Vogt zu seiner Tat angestachelt worden ist.«

»Es war ein Auftragsmord?«

»Nein, so kann man es nicht nennen. Ich bin mir nicht mal sicher, ob es strafrechtlich relevant ist. Aber der Chat macht klar, dass Sascha Vogt dahingehend bearbeitet wurde, dass er seinem Leben ein Ende setzen soll – ein fulminantes Ende, bei dem er Frauen mit sich in den Tod reißt.«

»Okay, das schneiden wir rein. Kompliment, wir werden dir ein Quellenhonorar bezahlen.«

»Schon in Ordnung, gern geschehen. Wenn es hilft, dass diese Typen gestoppt werden, ist das mehr wert als jedes Honorar.«

Milla will den Anruf gerade beenden, da fällt ihr noch

etwas ein. »Weißt du, wer der Chatpartner von Sascha Vogt war, der ihn aufgehetzt hat?«

»Ich habe seine Identität nicht herausgefunden. Nur seinen Nickname. Ich denke, du kennst ihn bereits.«

»Ich kenne ihn?«

»Er nennt sich Mister Sinister.«

# 49.

Das ist die Verbindung, denkt Bettina. Vor ihr liegen die Fotografien von sechs Anklageschriften. Auf fünf davon findet sich am Ende die gleiche Unterschrift: In den Verfahren gegen Jürgen Bräutigam, Bendicht Kerner, Thomas Sahli, Klaus Tanner und Peter Bannholzer hat Staatsanwalt Kai Langenberger die Anklage vertreten. Einzig im Verfahren gegen den Bergführer Stephan Arnold, das in einem anderen Gerichtskreis geführt wurde, war Staatsanwalt Michel Grütter der Ankläger. Dass Langenberger in fünf der sechs Fälle verantwortlich zeichnete, ist an sich nichts Besonderes: Bevor er das Ressort seines Vorgängers Diego Lopez übernahm, der zum Generalstaatsanwalt befördert worden ist, war Langenberger auf Sexualdelikte spezialisiert. Im Normalfall würde sich Bettina also nicht viel dabei denken, wenn sie fünf Anklageschriften in der Hand hielte, die alle von ein und demselben Staatsanwalt verfasst worden sind. Aber das hier ist kein normaler Fall. Das hier scheint der Auftakt einer brutalen Mordserie zu sein, in der trotz intensiver Suche bislang kein Zusammenhang zwischen den Opfern zu erkennen war – bis jetzt. Jetzt gibt es eine Verbindung: Sie heißt Kai Langenberger.

Bettinas erster Impuls ist, ihn anzurufen. Vielleicht kann er sich daran erinnern, dass in seinen Verhandlungen mehrmals die gleiche Zuschauerin auftauchte. Womöglich ist ihm etwas aufgefallen, das diese fünf Verfahren auf andere Art und Weise miteinander verbindet. Doch ein diffuses Gefühl hindert Bettina daran, zum Hörer zu greifen. Was, wenn er selbst in die Sache verstrickt ist? Das ist zwar kaum denkbar, aber nicht unmöglich. Nichts ist unmöglich, wenn es um Mord und Totschlag geht, das hat Bettina längst gelernt.

Sie versucht, sich zu erinnern, wie sie an die Information über Bräutigams Freispruch gelangt sind. Was hatte Sandro gesagt? Der Hinweis kam von Kai Langenberger persönlich; er hatte sich an den ungewöhnlichen Familiennamen erinnert und Sandro darauf aufmerksam gemacht, dass er gegen Bräutigam wegen Vergewaltigung Anklage erhoben und den Prozess verloren habe. Hätte Langenberger etwas mit Bräutigams Tod zu tun, hätte er Sandro kaum von sich aus darauf hingewiesen, denkt Bettina. Aber warum hat er in den vier anderen Fällen geschwiegen? Weil er die weniger einprägsamen Namen vergessen hat? Oder weil er etwas vertuschen will? Weiß Langenberger mehr über die grausamen Taten, als er zugibt? Spielt der ermittelnde Staatsanwalt in diesem Fall eine Doppelrolle?

Bettina kommt allein nicht weiter. Die Sache ist zu groß. Sie muss mit Sandro darüber reden, und zwar sofort.

Ohne sich bei ihrem Chef anzumelden, klopft sie wenig später an seine Bürotür.

»Herein!«, hört sie Sandro rufen.

»Sandro, ich muss dir …«

Bettina bricht mitten im Satz ab, als sie realisiert, dass Sandro nicht allein ist. Zu ihrer Rechten hängt der forensische Psychiater Franz Maniuk gerade eine Jacke an den Haken, er wendet sich um und legt seine Akten auf den Besprechungstisch, an dem bereits Kai Langenberger sitzt. Ausgerechnet.

»Bettina, gut, dass du hier bist, hol dir einen Stuhl, ich bin froh, wenn du grad mithörst, was Franz Maniuks Analyse ergeben hat.«

Franz Maniuk hat sich durch alle Berichte und Protokolle gelesen, die bis jetzt verfügbar sind. Aufgrund der Tötungsmethode, der Inszenierung der Leichen, der wenigen Spuren am Tatort, der Auswahl der Opfer sowie der speziellen Drohung oder Warnung mit dem Stöckelschuh-Geschenk hat er ein psychologisches Profil der mutmaßlichen Täterschaft erstellt.

»Die Art und Weise, wie die ersten beiden Opfer umgebracht worden sind, sprechen ganz klar dafür, dass wir nach einer Frau suchen«, stellt Maniuk gleich zu Beginn klar. »Der gefundene Schuhabdruck am Tatort eins mag dies bestätigen, die psychologischen Spuren, welche die Täterin hinterlassen hat, sind aber noch eindeutiger. Die Vorgehensweise, einen Mann mit einem Taser außer Gefecht zu setzen, um ihm dann eine Giftspritze zu verabreichen, trägt eine klar weibliche Handschrift. Die Frau, die wir suchen, ist zwischen fünfundzwanzig und fünfunddreißig, womöglich bis zu vierzig Jahre alt – also im gleichen Altersspektrum wie ihre Opfer. Sie hat nicht die billigsten, doch günstige Schuhe gekauft, vor allem aber hat sie sie in Italien erworben, sie hielt sich in Venedig auf; ich schließe daraus, dass sie mindestens aus der Mittelschicht stammt und über ein geregeltes Einkommen verfügt. Ich vermute, dass sie in einem medizinischen Beruf tätig ist – sie muss Zugang zu Morphin haben und hat vermutlich Erfahrung mit Spritzen. Es ist trotz allem nicht einfach, einen Mann mit dem Taser in Schach zu halten und gleichzeitig innerhalb weniger Sekunden eine Spritze zu setzen, die ihre Wirkung nicht verfehlt. Die Täterin verfügt über einen mittleren bis höheren Bildungsstand: Sie geht geschickt vor, hinterlässt keine Spuren – bis auf den Schuhabdruck – und scheint bislang auch keine Fehler begangen zu haben.«

»Falls der Schuhabdruck von ihr stammt«, wendet Sandro ein.

»Falls er von ihr stammt«, bestätigt Maniuk. »Zur psychiatrischen Komponente: Ich gehe davon aus, dass die Täterin aus Wut oder Rache handelt. Auf jeden Fall aus einem persönlichen Motiv heraus. Ich tippe auf eine Persönlichkeitsstörung mit mindestens narzisstischen Zügen und einer ausgeprägten Empathielosigkeit. Die Frau ist zutiefst verletzt worden und hat jetzt ihren Rachefeldzug gestartet – und zwar so, dass nicht nur wir, sondern jeder es mitbekommt: Sie würde die Leichen sonst nicht so inszenieren. Sie will, dass jeder weiß, dass sie am Werk ist. Kommen wir zur Schnabelmaske: Angeblich wurde sie im Mittelalter vom Pestdoktor getragen, auf jeden Fall steht sie symbolisch für die Pest. Das kann dahingehend gedeutet werden, dass die Täterin die Männer als eigentliche Pest betrachtet, wobei sich diese Haltung explizit auf ihre Opfer beziehen kann oder aber auf Männer im Allgemeinen.«

Bettina wirft unauffällig einen Blick auf Staatsanwalt Kai Langenberger, der den Ausführungen des Psychiaters gebannt folgt. Sie muss sich geirrt haben. Er weiß nichts. Auch kann er nicht der Täter sein, wenn Maniuk sich so sicher ist, dass es sich um eine Täterin handelt.

»Die Schuhe«, fährt Maniuk fort, »sind schon schwieriger zu deuten. Auch hier gehe ich davon aus, dass es sich um eine Gender-Angelegenheit handelt: Die Frau besiegt den Mann – die Schuhe sind das Zeichen für die weibliche Überlegenheit, den weiblichen Sieg. Womöglich ist es auch ein Versuch, den Mann als lächerlich und schwach darzustellen.«

»Und die Socke über dem Penis?«, fragt Sandro.

»Gehört ins gleiche Kapitel: Das Körperteil, das für Manneskraft steht, wird nicht nur abgedeckt, versteckt, sondern auch mit der Kindersocke als klein und lächerlich dargestellt. Es kann aber auch darauf hindeuten, dass die Täterin Traumatisches erlebt hat, vielleicht ist auch sie ein Opfer einer Vergewaltigung gewesen. Selbst wenn sie keinen direkten Bezug zu den Opfern gehabt haben sollte, kann sie sich doch stellvertretend an ihnen gerächt haben. Es geht auf jeden Fall um Rache und Strafe. Um ehrlich zu sein: Für mich ist Annette Stern, die Bräutigam der Vergewaltigung bezichtigt hat, noch immer hochverdächtig. Sie entspricht genau dem Profil.«

»Sogar die Schuhgröße passt«, murmelt Bettina.

Sie weiß, jetzt wäre der Moment, ihre neuesten Erkenntnisse zu präsentieren. Mitzuteilen, dass fünf der getöteten oder bedrohten Opfer tatsächlich alle wegen eines Sexualdeliktes vor einem Richter gestanden haben – und freigesprochen worden sind. Aber es geht nicht. Nicht, solange Kai Langenberger mit am Tisch sitzt.

»Was ist mit dem Bergführer?«, fragt sie stattdessen.

»Ich vermute, dass wir es im Fall Arnold mit einer anderen Täterschaft zu tun haben«, sagt Franz Maniuk.

»Weil er erschossen wurde?«

»Nicht nur. Die veränderte Tötungsmethode könnte auch darauf zurückzuführen sein, dass die Täterschaft gestört worden ist. Die Frage, die ich mir trotzdem stelle: Warum hat sie nicht schon früher zur Pistole gegriffen, was eine viel einfachere Art ist, um jemanden zu töten? Wenn du jemandem eine Spritze setzt und das Gift in ihn hineindrückst, ist das eine intime Art des Tötens; du kommst dem Opfer dabei sehr nahe, berührst es, du spürst den Tod. Mit der Pistole ist es ein Töten auf Distanz. Doch es sind vor allem auch die anderen Punkte, die für eine zweite Täterschaft sprechen.«

»Welche konkret?«

»Das Opfer trug keine Maske. Sein Penis steckte in einer anderen Socke. Eine schwarze Herrensocke. Das ist nicht die Sprache unserer Täterin, die in den beiden Fällen zuvor so viel Wert aufs Detail gelegt hat.«

»Das Problem ist, dass niemand davon gewusst haben kann, weder von der Socke noch von den Stöckelschuhen an den Füßen der Toten. Es kann kein Nachahmungstäter gewesen sein«, hält Sandro entgegen.

»Irgendwer hat geplaudert.« Es ist das erste Mal, dass Kai Langenberger das Wort ergreift. »Ich finde deine Analyse sehr schlüssig, Franz, auch ich vermute, dass wir nach zwei verschiedenen Personen suchen. Wie hoch schätzt du die Gefahr ein, dass die Täterin wieder zuschlagen wird?«

»Als sehr hoch. Sie wird es erneut versuchen, und zwar bald. Ich hoffe, dass sich alle potenziellen Opfer gemeldet haben und nicht noch weitere Männer ahnungslos ins Visier einer Mörderin geraten sind.«

»Wir müssen alles dransetzen, ihr zuvorzukommen.« Kai Langenberger sagt es in einer Entschlossenheit, die

Bettina ihre Zweifel an seiner Integrität lächerlich erscheinen lässt.

»Es tut mir leid, ich muss hier abbrechen, die nächste Sitzung wartet«, sagt Sandro. »Vielen Dank, Franz.«

Damit ist die Besprechung beendet. Sandro steht auf, greift zum Handy und steht schon in der Tür, als er sich noch einmal zu Bettina umdreht.

»Bettina?«

»Ja?«

»Du wolltest mir doch etwas sagen?«

»Ach …« Bettina blickt auf Maniuk und Langenberger, die noch immer am Tisch sitzen und miteinander reden. »Ich weiß nicht mehr, was es war, wird wohl nicht wichtig gewesen sein.«

Das Lügen fällt ihr von Mal zu Mal leichter, stellt Bettina fest. Sie lügt mittlerweile so gut, sie würde sich selbst Glauben schenken.

# 50.

»Du ... machst ... was?«

Gundula klingt, als würde sie in Großbuchstaben sprechen, mit Wörtern, die durch Gedankenstriche statt durch Leerschläge getrennt sind. Im Hintergrund zwitschern die Vögel in ihren Käfigen. Trotz ihres Flairs für Reptilien verkauft Gundula in ihrer Zoohandlung alle Arten von Kleintieren. Ein Papagei krächzt Nathaniel unangenehm laut ins Ohr.

»Ich muss das machen, es ist wichtig, diese Menschen müssen gestoppt werden.«

Nathaniel findet, er hört sich wie ein Schuljunge an, der sich rechtfertigen muss, obwohl es nichts zu rechtfertigen gibt. Zumindest aus seiner Sicht. Vielleicht hätte er besser einfach nichts gesagt – aber er kann Gundula nicht darum bitten, nach Silas zu schauen, und ihr nicht erklären, warum sie für ihn einspringen muss. Schon klar, dass sein Unterfangen in ihren Ohren etwas eigenartig klingen muss. Er hat sich nämlich trotz Millas klarem Nein dazu entschieden, Mister Sinisters Einladung an- und an seinem Vortrag teilzunehmen, den er heute vor seinen Incel-Genossen führen wird. Was hat er schon zu verlieren, abgesehen von einem freien Abend und womöglich ein paar Nerven? Zu gewinnen gibt es für Nathaniel freilich auch nicht viel, aber wenn alles klappt, wird er ein paar Bilder aufnehmen können, die besten-falls dazu führen, dass Mister Sinisters Machenschaften ein für alle Mal unterbunden werden. Sollte das gelin-gen, hätte sich sein Einsatz mehr als gelohnt. Milla wird sich nicht mehr sperren, wenn sie die Aufnahmen erst in den Händen hat, und falls doch, wird er damit direkt zur Polizei gehen.

Nathaniel versteht durchaus, dass es für Gundula nicht ganz einfach ist, ihren Freund zu einem Vortrag fahren zu lassen, der sich darum dreht, wie man Frauen zum Ge-schlechtsverkehr zwingt. Aber er macht das schließlich nicht für seine persönliche Weiterbildung.

»Ich begreife nicht, was diese Incels wollen: Einerseits hassen sie Frauen, andererseits wollen sie unbedingt eine abkriegen, das versteht doch kein Mensch«, meint Gundula. »Du sagst, auch der Attentäter war ein Incel?«

»Ja, er hat in den Foren verkehrt, zu denen man nur Zutritt hat, wenn man ein Incel ist. Dort wird er im Mo-ment auch wie ein Held gefeiert.«

»Das ist widerlich. Er ist also nicht eine einmalige Aus-nahme, es gibt weitere Typen, die so denken wie er?«

»Ich fürchte, mehr als uns lieb ist.«

»Und du hilfst Milla, das aufzudecken – obwohl es für dich mit einigen Peinlichkeiten verbunden ist.«

Nathaniel hört Gundula an, dass sie schmunzelt. Er hat ihr – wohlweislich ohne zu sehr ins Detail zu ge-hen – erzählt, dass er seiner Arbeitskollegin im Super-markt begegnet ist, in dem er einen Kurs der Incels ab-solviert hat.

»Ja. Heute geht Millas Beitrag über den Sender. Wenn der Vortrag etwas hergibt, kann sie das Thema nächste Woche noch mal aufgreifen.«

»Okay, ich sehe ein, dass es wichtig ist. Mir ist auch klar, dass du da nicht aus persönlichem Interesse hinfährst. Wer weiß besser als ich, dass du keine Anleitung dafür brauchst, wie man Frauen ins Bett kriegt.« Gundula lacht jetzt laut. »Ich finde, du bist darin geradezu ein Weltmeister.«

Nathaniel atmet beruhigt auf. Gundula ist nicht mehr sauer, und er hört auch noch etwas anderes in ihrer Stimme, etwas Vielversprechendes. Es wäre nicht das erste Mal, dass sie in der kleinen Kammer hinter dem Vorhang, die sie ihr Büro nennt, übereinander herfallen würden. Es scheint für sie beide einen besonderen Reiz zu haben, mitten in der Tierhandlung mit der Geräuschkulisse eines kleinen Dschungels und mit einigen tierischen Beobachtern Sex zu haben. Nathaniel verspürt sofort Lust, aber er hat keine Zeit. Er muss los, wenn er rechtzeitig zur Veranstaltung kommen will. Er sieht darum über die Andeutung in Gundulas Stimme hinweg.

»Könntest du mir mit der Kamera helfen?«

»Du musst schon los?«

»Leider.«

»Also gut.«

Nathaniel drückt Gundula die Kamera in die Hand. Es ist nicht Millas Knopfkamera, die hat sie wieder mitgenommen, sondern seine eigene Mini-Kamera, die er einst für versteckte Aufnahmen in einer Klinik für Medikamententests an Menschen beschafft hatte.

»Kannst du mir sagen, ob sie eingeschaltet ist?«

»Sie ist ausgeschaltet.«

Nathaniel tastet nach dem winzigen Schalter, schiebt ihn nach rechts.

»Jetzt nimmt sie auf?«

»Ja.«

»Die Batterie ist geladen?«

Wieder prüft Gundula das Display eingehend.

»Voll geladen.«

»Danke.«

Nathaniel klippt sich die Kamera an den Hemdkragen.

»So willst du losgehen?«, fragt Gundula.

»Zu auffällig?«

»Viel zu auffällig.«

Gundula entfernt die Kamera von Nathaniels Kragen, mustert ihn von oben bis unten und entschließt sich, die Kamera an jener Stelle am Hemd zu befestigen, wo ein Knopf fehlt.

»So sollte es gehen. Schwarz auf schwarz. Wenn man nicht explizit nach einer Kamera sucht, fällt sie so niemandem auf. Viel Glück, mein Undercover-Agent!« Gundula küsst Nathaniel zärtlich auf den Mund. »Pass auf dich auf.«

»Immer. Und sonst wird mich James beschützen. Wo steckt er eigentlich?«

»Er flirtet mit Churchill.«

Churchill, das Chinchilla, das Gundula schon x-mal hätte verkaufen können und es dennoch nie weggegeben hat. James düst stets schnurstracks in die Ecke mit Churchills Käfig, kaum haben sie Gundulas Zoohandlung betreten. Dort sitzt er dann, um das graue Knäuel pausenlos anzustarren, fast so, als hätte Churchill ihn hypnotisiert.

»James!«, ruft Nathaniel.

James denkt nicht daran, sich von Churchill zu verabschieden. Also geht Gundula zu ihm hinüber und zerrt ihn am Geschirr zurück zu seinem Chef.

»Ich bin nicht sicher, ob er dich beschützen könnte. Er hat noch viel zu lernen. Aber hoffen wir mal das Beste.« Gundula sagt es mit einem Schmunzeln, bevor sie sich von Nathaniel und seinem noch nicht allzu folgsamen Blindenhund verabschiedet.

Die Anreise dauert eine Dreiviertelstunde. Nathaniel hat die Adresse des Veranstaltungsortes in seine Navigations-App eingegeben und steht nun vor einem Gebäude in einem abgelegenen Quartier der Stadt Olten, ohne den Eingang zu finden.

»James, ricerca, wo ist die Tür?«

Erst, als ein weiterer Teilnehmer auftaucht, löst sich das Rätsel. Der Eingang ist nicht eine Tür, sondern ein riesiges Schiebetor, das James nicht als solches erkannt hat. Das Lokal, in dem Mister Sinister seine Weisheiten von sich geben wird, ist nicht ein Veranstaltungssaal, das merkt Nathaniel sofort, sondern wohl eine Art Lagerhalle, in der es nach Staub, Gummi, Öl und nach Benzin riecht und in der die Worte von den Wänden widerhallen.

Nathaniel hält sich an den Mann, der ihm den Eingang gezeigt hat. Sie haben sich nicht namentlich vorgestellt, aber der Fremde hat ihm seinen Ellenbogen angeboten, ihn hineingeführt und ihm schließlich auch einen Stuhl aus Stoff, wahrscheinlich ein Campingstuhl, in die Kniekehlen geschoben. Den Stimmen nach zu urteilen sind nicht viele Leute hier, wenn's hochkommt, ein Dutzend.

»Wie viele Leute sind denn da?«, fragt Nathaniel seinen unbekannten Begleiter.

»Neun, oder zehn, wenn du den Redner mitzählst.«

»Alles Männer?«

Das Zögern seines Gegenübers zeigt Nathaniel, dass das eine unkluge Frage war.

»Ich meinte, alles junge Männer oder sind auch ältere dabei?«

»Ich denke, du bist der älteste.«

Der Mann lacht. Nathaniel verzieht die Mundwinkel, aber ein Lächeln will ihm nicht gelingen. In dem Moment macht sich Nathaniels Handy bemerkbar. Die automatisierte Frauenstimme teilt ihm mit: »Milla ruft an! Milla ruft an!« Hastig sucht Nathaniel nach dem Gerät und schaltet den Ton aus.

»Eine Femoid ruft dich an?«, fragt sein Sitznachbar überrascht.

»Meine Schwester«, erwidert Nathaniel rasch. »Diese Nervensäge«, schiebt er nach, um seine Lüge möglichst glaubwürdig klingen zu lassen.

»Ach so. Um zu deiner Frage zurückzukommen: Die Jungs hier sind alle etwa zwischen zwanzig und vierzig, also ziemlich durchmischt, würd ich sagen.«

Wer alles mit ihm im Publikum sitzt, erfährt Nathaniel wenig später von Mister Sinister persönlich.

»Hallo Incels! Ich begrüße euch zu unserem heutigen Fortbildungsanlass. Ich sehe: Ich stehe vor einer Runde erstklassiger Verlierer. Omegas, so weit das Auge reicht. Gut, dass ihr hier seid. Denn freiwillig werdet ihr nie kriegen, was euch zusteht. Ich lehre euch heute, wie ihr es schafft, eine Frau so zu beeinflussen, dass sie am Ende trotzdem mit euch geht – und wenn nicht, wie ihr euer Recht auf Sex einfordern könnt, und was es dabei zu beachten gibt.«

Nathaniel wird bereits übel. Er findet den Typen zum Kotzen. Gleichzeitig ist ihm bewusst, wie wichtig seine

Aufgabe ist: Er muss das hier dokumentieren, es darf nicht im Verborgenen bleiben. Am liebsten würde er aufstehen, um sicherzugehen, dass Mister Sinister von der Kamera eingefangen wird. Aber das wäre zu riskant.

»Bevor ich mit meinem Exkurs beginne, wollen wir uns aber erheben und unserem Bruder Blackpill95 danken«, sagt Mister Sinister im selben Moment mit bedeutungsschwerer Stimme. »Er ist für uns aufgestanden und hat sich gegen Feministinnen gewehrt. Er hat Femoids ausgelöscht und sich zum Helden gemacht.«

Stühle werden gerückt, zustimmendes Raunen ertönt. Die Männer um Nathaniel herum stehen auf. Er will sich nicht erheben, er will um keinen Preis aufstehen, nicht für den Menschen, der Carole getötet hat, und doch zwingt sich Nathaniel, es zu tun. Er kann nicht *nicht* aufstehen und als Einziger sitzen bleiben. Er fühlt sich schrecklich und schämt sich vor sich selbst.

»Aber das«, bellt Mister Sinister in den Raum, »das war erst der Anfang!«

Er klingt ein bisschen wie Hitler, denkt Nathaniel. Sein Instinkt und jede Faser seines Körpers will nur noch eines: Raus hier. Doch er bleibt.

»Ihr könnt euch wieder setzen. Ich freue mich, hier ankündigen zu können, dass bald etwas Großes passieren wird. Jeder wird von uns reden, wir werden Helden sein, weil wir die feministische Weltordnung stürzen. Hunderte Frauen werden sterben! Nichts mehr wird sein wie zuvor! Wir werden endlich bekommen, was uns zusteht. Wir werden nicht länger Incels sein, weil die Zeit der Chads und Femoids abgelaufen ist. Wir – werden – siegen!«

Wo bin ich hier hineingeraten?, fragt sich Nathaniel, der sich so klein wie möglich macht. Hat Mister Sinister

gerade den nächsten Terroranschlag auf Frauen angekündigt? Nathaniel merkt, dass er zittert. Er muss sich zusammenreißen. Als ob nichts gewesen wäre, fährt Mister
Sinister mit allgemeinem misogynem Geplänkel fort, das
Nathaniel schon vom Vortag kennt. Er referiert über
Chads und über Femoids, über Alphas und Omegas und
das Leben als Verlierer. Nathaniel mag es nicht mehr hören, er denkt sich weg, sodass die Worte an ihm abpral-
len, bevor sie in seinem Hirn ankommen. Ich muss die
Polizei einschalten, denkt er verzweifelt. Am besten sofort, aber das geht nicht. Er wird unmittelbar nach der
Veranstaltung mit Sandro Kontakt aufnehmen. Nur: Was
soll er ihm sagen? Mister Sinister hat weder verraten,
wann noch wo ein Attentat geplant ist.

Plötzlich stellt Nathaniel fest, dass sich etwas verändert im Raum um ihn herum. Mister Sinister spricht nicht
mehr laut, sondern flüstert mit jemandem. Im Publikum
macht sich Unruhe breit.

»Was ist los?«, fragt Nathaniel seinen Sitznachbarn.

»Keine Ahnung, da ist wer auf die Bühne gegangen.
Scheint was passiert zu sein.«

»Wir machen fünf Minuten Pause«, verkündet Mister
Sinister in dem Moment. Anschließend ist nichts mehr
von ihm zu hören, er scheint den Raum verlassen zu haben.

Die Pause dauert länger als vorgesehen. Die Leute um
Nathaniel sind aufgestanden, manche haben sich nach
draußen begeben. Auch er erhebt sich, damit James rasch
seine Blase erleichtern kann. Er wird es schon mitkrie-
gen, wenn es drinnen weitergeht. Kaum betritt Nathaniel
den Vorplatz, tritt jemand an ihn heran.

»Wie alt ist er denn?«

»James? Noch nicht ganz ein Jahr alt.«

»Was bist du denn für ein schöner Kerl.« Die Stimme kommt jetzt von unten, der Mann ist anscheinend in die Hocke gegangen und streichelt James, Nathaniel hört, dass das Geschirr bewegt wird.

»Darf ich mal fühlen, wie das ist, wenn der Hund dich führt?«, fragt ein anderer Mann.

»Lieber nicht …« Bevor Nathaniel zu Ende gesprochen hat, wird ihm das Geschirr aus der Hand genommen und James von ihm weggezogen. In der gleichen Sekunde realisiert er, dass jemand hinter ihm steht, zu nah, schon wird er gepackt, seine Arme werden nach hinten gerissen und ihm auf den Rücken gepresst.

»Komm Blinder, wir haben etwas zu besprechen«, sagt Mister Sinister übertrieben freundlich, gleichzeitig klingt er, als würde er die Zähne aufeinanderpressen. Er schubst Nathaniel vor sich her, sodass er beinahe ins Stolpern gerät. Alles geht so schnell, dass Nathaniel im ersten Moment gar nicht reagieren kann.

»Lasst mich!«, ruft er, als er sich wieder gefasst hat. Er wird von draußen in einen Raum geführt, nicht derselbe wie vorher, er ist kleiner und riecht anders.

»Schnauze halten, du Scheißverräter!« Die aufgesetzte Freundlichkeit ist aus Mister Sinisters Stimme verschwunden. Nathaniel spürt eine Hand an seiner Brust, die Kamera wird weggerissen. Er ist aufgeflogen.

»Ich wollte das nur für mich aufzeichnen, weil ich mir keine Notizen machen kann«, sagt Nathaniel hastig.

»Jetzt lügt er auch noch!«

Nathaniel wird rückwärts auf einen Stuhl gestoßen, er ringt um das Gleichgewicht, wieder packt jemand seine Arme, reißt sie nach hinten und bindet seine Hände hinter seinem Rücken mit einem Plastikdraht zusammen. Kabelbinder. Wut und Angst und Verzweiflung überfluten Nathaniel. Wie tief er im Schlamassel steckt, realisiert er in dem Moment, als er Stimmen vernimmt, sie scheinen aus einem Handy zu kommen, das ihm jemand vors Gesicht hält.

»Ich habe noch nie etwas freiwillig gekriegt und das wird sich auch nicht ändern«, hört er einen Mann sagen. Dann vernimmt er eine Stimme, die er sehr gut kennt. »Aber unfreiwillig, unfreiwilligen Sex haben Sie sich schon geholt?«, hört Nathaniel Milla fragen. »Diese Frage beantworte ich nicht«, erwidert der Mann. Es dauert einen Moment, bis Nathaniel realisiert, dass es sich bei dem Video um einen Trailer für Millas TV-Beitrag handelt. Jetzt kündet die Kommentarstimme an, dass es der Sendung *Wochenthemen* gelungen ist, exklusiv an einem Seminar teilzunehmen, an dem Incels lernen sollen, wie man Frauen anbaggert. Kurz darauf hört Nathaniel, wie Mister Sinister im Bahnhofbuffet Olten die Kursteilnehmer mit wenig schmeichelhaften Worten begrüßt.

Das Video wird gestoppt.

»Willst du etwas dazu sagen?«, fragt Mister Sinister.

Nathaniel will gerade zu einer Erklärung ansetzen, doch Mister Sinister verweigert ihm das Wort.

»Vergiss es. Ich will deine Ausreden gar nicht hören. Die Beweise sprechen für sich. Du bist überführt. Dafür wirst du büßen.«

# 51.

*Szenario 1: Es hat nichts zu bedeuten, dass Kai Langenberger in fünf Fällen die Anklage vertrat.*

Bettina malt kleine Vierecke rund um den Satz, den sie in ihr Notizheft geschrieben hat. Je länger sie über ihn nachdenkt, desto mehr Muster kritzelt sie auf das Blatt, als würde ihr die kreative Tätigkeit der rechten Hand den Denkprozess erleichtern. Manchmal entsorgt sie wahre Kunstwerke, wenn sie ihre vollbemalten Notizzettel schreddert, sobald ein Fall gelöst ist. Das erste Szenario ist das wahrscheinlichste, aber es bringt Bettina nicht weiter. Staatsanwalt Langenberger war spezialisiert auf Sexualdelikte – also ist es kein Wunder, dass er in den fünf mutmaßlichen Sexualstraffällen der Ankläger war. Dass die fünf Beschuldigten nach ihren Freisprüchen auf der Todesliste einer Serienmörderin gelandet sind, hat gemäß Szenario eins nichts mit der Person Langenberger zu tun.

*Szenario 2: Bei Langenbergers Fällen saß immer dieselbe Person im Publikum, die sich selbst zur Rächerin ernannt hat.*

Bettina beginnt, Rechtecke um den Satz herum zu platzieren. Auch das zweite Szenario hat was für sich. Nicht selten werden Gerichtsverfahren von Besuchern mitverfolgt. Es gibt einen regelrechten Club von Senioren, die es sich zum Hobby gemacht haben, als Zuschauer bei den Gerichtsprozessen teilzunehmen. Vielleicht hat Langenberger einen persönlichen Fan, der bei all seinen Prozessen auf den Besuchersitzen Platz nimmt – und der nach einem Freispruch eigenhändig für vermeintliche Gerechtigkeit sorgt. Wer im Gerichtssaal sitzt, erfährt in der Regel bei der Befragung zur Person Name und Adresse des Beschuldigten. Es könnte auch eine Besucherin sein, die die Verhandlungen aus beruflichen Gründen mitverfolgt: eine Jura-Studentin, eine Journalistin. Allerdings haben die Medien – mit Ausnahme des Bergsteigerdramas – gar nicht über die Prozesse berichtet. Publikum und Studenten müssen sich meist nicht anmelden und auch nicht ausweisen, wenn sie einen Gerichtsprozess besuchen. Es gibt also keine Namensliste, die Bettina weiterhelfen würde. Sie denkt an die Überwachungskameras im Gerichtsgebäude; es wäre zu schön, wenn vor den jeweiligen Verhandlungen stets dieselbe Person das Amtshaus betreten hätte. Doch ein Blick auf die Prozessdaten zerstört Bettinas Hoffnung; sie liegen viel zu lange zurück. Die gesetzliche Aufbewahrungsfrist der Aufnahmen ist bereits abgelaufen. Bettinas Fazit: Das zweite Szenario ist denkbar, aber auch das bringt sie nicht weiter. Es sei denn … Sie muss mit Kai Langenberger sprechen. Falls immer wieder die gleiche Besucherin oder der gleiche Besucher an seinen Prozessen auftaucht, dann ist es ihm wahrscheinlich aufgefallen.

Bettina schreibt ein drittes Szenario in ihr Heft: *Kai Langenberger ist …* Sie hält inne. Der Satz ist zu abstrus, als dass sie ihn zu Papier bringen könnte. Sie streicht das Wort *ist* und schreibt stattdessen: *… hat etwas mit den Tötungsdelikten zu tun.* Die Vorstellung, dass Kai Langenberger, den sie als souveränen und seriösen Staatsanwalt kennt, selbst der Täter sein könnte, ist zu gewaltig. Die

These wirkt abstrus und unrealistisch. Trotzdem kann Bettina sie nicht ignorieren. Der Gedanke hat es sich in ihrem Kopf bequem gemacht, und sie weiß aus Erfahrung, dass er nicht von selbst wieder verschwinden wird – sondern erst, wenn sie überzeugende Argumente findet, die die These abwürgen.

Nun gut, Bettina zwingt sich, sich mit dem Gedanken auseinanderzusetzen. Angenommen, Staatsanwalt Langenberger ist ein schlechter Verlierer. Er verkraftet es nicht, wenn mutmaßliche Täter, von deren Schuld er überzeugt ist, freigesprochen werden. Also zieht er nachts los und stellt den Männern als Drohung rote Stöckelschuhe ins Paketfach. Später greift er zum Taser, spritzt sie mit Morphin zu Tode und setzt ihre Leichen aufwendig in Szene. Bettina muss beinahe laut lachen. Das innere Bild, das sich vor ihr abzeichnet, ist zu skurril – sie kann sich Kai einfach nicht als perfiden Serienkiller vorstellen. Es ist nicht nur die Absurdität, die gegen die dritte These spricht. Kai Langenberger ist sozusagen das Gegenteil von jenem Menschen, den der forensische Psychiater Maniuk in seinem Täterprofil beschrieben hat. Langenberger ist weder empathielos noch ein Narzisst, er hat weder eine medizinische Ausbildung noch Zugang zu Morphin, auch ist er älter als vierzig Jahre, Bettina schätzt ihn auf plus minus fünfzig. Und vor allem: Er ist keine Frau. Bettina streicht die dritte These durch. Somit ist sie zwar weg vom Papier, raus aus ihrem Kopf aber ist sie deswegen nicht. Solange sie da drin sitzt, muss Bettina vorsichtig sein. Es ist zum Verzweifeln – zum einen möchte sie dringend mit Kai Langenberger über die Fälle sprechen, auf der anderen Seite fürchtet sie, dass genau das ein Fehler sein könnte.

Zumindest eines ist jetzt sicher: Die Verbindung der Mordopfer und der Männer, die den Schuh erhalten haben, ist im Bereich der Justiz zu suchen. Alle standen vor Gericht. Alle sind freigesprochen worden. Daher hat Franz Maniuk das Motiv wohl richtig erkannt: Es geht um Rache oder um Strafe, die der Staat nicht ausgesprochen hat.

Bettina blickt auf die Uhr, dann schaut sie sich im Büro um und stellt fest, dass die anderen alle schon gegangen sind. Sie wird ihre Kollegen bei der nächsten Morgensitzung auf den neusten Stand bringen. Doch bevor sie sich selbst aufmacht, um ins Krankenhaus zu Petra zu fahren, will Bettina noch einen Anruf erledigen. Sie sucht im internen Telefonverzeichnis nach der Nummer. Max Spycher geht sofort ran. Er scheint immer an seinem Platz zu sein, seit Jahrzehnten schon, Bettina fragt sich, ob er überhaupt über ein Privatleben verfügt. Max Spycher ist so etwas wie der Materialwart der Kantonspolizei Bern, oder eher der Waffenchef; er ist derjenige, der weiß, wer mit welcher Waffe ausgestattet ist, er rüstet die neuen Polizisten aus, er bewahrt Waffen auf, wenn ein Kollege mal eine vorübergehend abgeben muss oder sie für immer abgeben will.

»Bettina, wo brennt's?«, sagt Max zur Begrüßung.

»Ich brauche nur rasch eine Auskunft. Es geht um einen Taser.«

Bettina erklärt Max, dass sie wissen muss, wie und wo man sich einen Taser beschaffen kann, und zwar den leistungsstarken Fünfzigtausend-Volt-Taser, der zwei Pfeilelektroden abschießt, die sich in die Haut oder in die Kleidung des Opfers bohren, sodass der Strom fließen kann.

»Wenn du einen brauchst, musst du es einfach sagen«, meint Max.

Bettina lacht. »Es geht nicht um mich. Ich muss wissen, wo man sich den besorgen kann, wenn man nicht Polizistin ist, sondern eine Zivilperson.«

»Wenn du eine Zivilperson bist, kann ich dir keinen geben: Elektroschocker sind in unserem Land verboten.«

»Aber angenommen, ich bin kriminell, dann finde ich bestimmt einen Weg, um an einen Taser zu kommen.«

»Im großen Markt des Darknets findest du alles. Wobei Taser wohl keine gefragte Ware sind; sie sind nicht tödlich. Wahrscheinlich kriegst du dort aber eher billige Kopien, keine Elektroschocker der Marke Taser, wie wir sie benutzen.«

»Könnte ich mir auch einen direkt beim Hersteller bestellen?«

»Nein. Die Hersteller unterliegen strikten Bestimmungen, an wen sie liefern dürfen. Ich denke, dort ist es schwierig, sich einen illegal zu ergaunern.«

Während Bettina Max zuhört, scrollt sie sich durch die Webseite der Firma, die den Taser herstellt.

»Wer wird denn bei uns mit Tasern ausgestattet, ich meine intern?«

»Vor allem die Kollegen im Streifendienst oder Mitglieder der Sonderkommandos. Beantragen können ihn aber grundsätzlich alle Polizisten, die eine Schusswaffe tragen. Sie müssen aber zuerst die Taser-Schulung besuchen. Also auch das Wachpersonal, Botschafts- und Grenzschutz, der sicherheitspolizeiliche Einsatzdienst, sowie teils die Justizvollzugsbeamten.«

Bettina hört nicht mehr konzentriert zu. Es streicht ein Gedanke nahe an ihr vorbei, den sie noch nicht ganz fassen kann.

»In Ausnahmesituationen haben wir auch schon an besonders gefährdete Personen Taser abgegeben, wenn es keine andere Möglichkeit gab, sie zu schützen«, fährt Max fort.

»Danke«, sagt Bettina.

»Einmal haben wir sogar einen Politiker mit einem Taser ausgestattet, weil er ausdrücklich nicht mit Polizeischutz auftreten wollte – er fürchtete, er würde als Feigling gelten.«

»Danke, Max«, wiederholt Bettina. »Das war's schon, schönen Feierabend.«

Sie klickt den Anruf weg. Wenn Max erst mal beginnt, von alten Geschichten zu erzählen, kann das Gespräch bis in die frühen Morgenstunden dauern, sofern man es nicht resolut beendet. Bettina kann jetzt nicht telefonieren, sie muss den Gedanken fassen, der ihr vorhin entwischt ist. Sie rekapituliert, was Max soeben gesagt hat. Jeder Polizist, jede Polizistin, auch das Personal des sicherheitspolizeilichen Einsatzdienstes, alle, die eine Schusswaffe tragen, können mit einem Taser ausgestattet sein.

Das ist es. Bettina fragt sich, warum sie nicht schon früher darauf gekommen ist. Im Gerichtssaal kreuzen sich nicht nur die Wege der Opfer und der Täter, der Anklage und der Verteidigung, der Richtenden und der Journalisten und des Publikums. Im Gerichtssaal ist immer auch jemand vom sicherheitspolizeilichen Einsatzdienst anwesend. Vielleicht ist Bettina der Täterin viel näher als sie denkt. Vielleicht ist sie eine von ihnen.

# 52.

Eigentlich müsste Milla zufrieden sein: Ihr Beitrag wurde gesendet, ihr ist trotz des hohen Zeitdrucks eine hervorragende Hintergrundreportage über ein hochbrisantes Thema gelungen. Aber Milla hat ein ungutes Gefühl. Das hat sie selten, doch wenn sie es mal hat, stellt sich meistens im Nachhinein heraus, dass es nicht unbegründet war. Ohne es zu ahnen, hat sie Nathaniel ausgerechnet bei jenem Incel in ein »Anmach-Seminar« geschickt, der den Attentäter zu seiner Mordtat angestiftet hat. Der Nachrichtenwechsel zwischen Mister Sinister und Sascha Vogt, den ihr Cousin Kaspar gehackt hat, gleicht einer veritablen Gehirnwäsche. Zwar fantasiert Sascha Vogt selbst von einem Attentat, davon, dass er möglichst viele Femoids mit in den Tod nehmen möchte, doch Mister Sinister stachelt ihn mit seinen Worten zusätzlich an, schimpft ihn einen Feigling, ein Opfer und einen Verlierer, der große Reden schwinge und es dann doch nicht durchziehen werde. In einer anderen Nachricht verspricht er Sascha Vogt Heldenruhm und Unsterblichkeit, wenn er ein Massaker anrichten werde. Mister Sinister ist ein hochgefährlicher Manipulator.

Milla hat vergebens versucht, Nathaniel zu erreichen. Sie muss ihn warnen: Wenn Mister Sinister den TV-Beitrag sieht, wird er wissen, dass einer seiner Kursbesucher in Olten die Aufnahmen heimlich gemacht hat. Nathaniel wird unter den Verdächtigen sein. Hoffentlich hat er niemandem seinen richtigen Namen genannt. Milla fürchtet, er könnte sich in ein Gespräch verwickelt und etwas erwähnt haben, das Rückschlüsse auf seine Identität zulässt, auf seinen Wohnort oder auf seine Arbeitsstelle – zum Beispiel, als er von der Köchin des Restaurants *Blinde Kuh* angesprochen worden ist. Es wäre fatal, wenn Mister Sinister herausfinden könnte, wer Nathaniel ist. Milla flucht innerlich. Es war ein Fehler, Nathaniel zum Pick-up-Seminar zu schicken. Erneut wählt sie seine Nummer, doch er geht immer noch nicht ran. Vielleicht macht sie sich vergebens einen Kopf, versucht sich Milla zu beruhigen. Wahrscheinlich sitzt Nathaniel mit Gundula und Silas zu Hause und spielt etwas mit ihnen, während er das Handy auf stumm geschaltet hat. Sie wird es morgen früh nochmals versuchen.

Milla packt ihre Tasche und wirft sie sich über die Schulter. Das nächste Tram, das sie vom Leutschenbach ins Stadtzentrum bringen wird, fährt in fünf Minuten. Sie will nur noch nach Hause. Die letzten Tage waren zu viel, zu viel von allem: zu viel Tod, zu viel Leid, zu viel Hass, auch zu viel Arbeit. Als sie in den Flur tritt, kommen ihr Karin, die Moderatorin, Marc, der Produzent, und ihr Chef Wolfgang entgegen. Die Sendung ist demnach vorbei.

»Da haben wir ja unsere Heldin«, ruft Wolfgang überschwänglich. Ein untrügliches Zeichen dafür, dass die Quote der Sendung über den Erwartungen lag. »Du kannst dich jetzt nicht nach Hause verkriechen, wir gehen noch ein Bier trinken«, verkündet er in einem Tonfall, der keine Widerrede duldet.

Milla schert sich nicht darum. »Wolfgang, ich bin hundemüde.«

»Ach, komm schon, wir haben so selten die Gelegenheit. Und wir wollen dich feiern. Hast du gesehen, die ersten Online-Medien haben deine Reportage bereits zitiert.«

Obwohl sich Milla gerade eben noch nichts sehnlicher wünschte, als einen Abend allein bei sich zu Hause auf dem Sofa zu sitzen und eine Serie reinzuziehen, im besten Falle mit einem schnurrenden Kater Iggy auf dem Schoß, lässt sie sich nun doch von Wolfgangs guter Laune anstecken und fragt sich: Warum eigentlich nicht? Ist lange her, dass sie mit ihrem Team auf eine Sendung angestoßen hat. Etwas Fröhlichkeit wird ihr nach all dem Üblen guttun, mit dem sie sich in den letzten Tagen beschäftigt hat.

»In Ordnung. Ich bin dabei.«

Zur gleichen Zeit in einer anderen Stadt macht sich auch Millas Freund Sandro auf, um sich einen Feierabenddrink zu gönnen. Irenas Nachricht kam überraschend. Sie fragte, ob er frei sei heute, ob sie sich im Kreissaal treffen könnten, auf einen schnellen Drink. Noch vor ein paar Monaten hätte Sandro Nein gesagt. Die eine Nacht, die er mit der Rechtsmedizinerin verbrachte und von der Milla bis heute nichts ahnt, wäre noch zu nah gewesen. Doch jetzt nimmt er die Anfrage als freundschaftlich an, er denkt nicht, dass Irena Hintergedanken hat. Zumal sie Milla sehr mag. Das damals war ein einmaliger Ausrutscher, als sie sich in einem Ausnahmezustand befand, den er, wie er nachträglich zugeben muss, womöglich ausgenutzt hat. Zwar war die Initiative von ihr aus gegangen. Doch er hätte, wäre er integer gewesen, ablehnen müssen. Aber zu Irena Nein zu sagen ist schwer. Lange vor Milla war Sandro mal in die Rechtsmedizinerin verliebt gewesen. Selbst jetzt noch fühlt er bei dem Gedanken, dass es für immer nur bei dieser einen Nacht bleiben wird, ein leises Bedauern. Trotzdem muss es möglich sein, sich mit seiner langjährigen Freundin und beruflichen Kollegin auf einen harmlosen Drink zu treffen.

Als Sandro den Kreissaal betritt, sitzt Irena bereits an der Bar. Vor sich einen Gin Tonic mit Gurke und Pfeffer. Ihr Lieblingsgetränk. Sie begrüßen sich mit zwei flüchtigen Küssen auf die Wange. So flüchtig, dass für Theneyan hinter der Bar zu erkennen sein muss, dass sie versuchen zu verbergen, dass da mal mehr war als flüchtige Küsschen. Sandro nickt dem dunkelhäutigen Mann zu und registriert den Edelstein, der an seinem Eckzahn aufblitzt, als er ihm zugrinst.

»Ich habe mir Mut angetrunken.« Irena streicht sich fahrig mit der Hand durchs Haar und bleibt mit einem Finger in einer Strähne hängen.

»Ist etwas passiert?« Sandro lässt sich seine Verunsicherung nicht anmerken. Er zeigt auf Irenas Drink und nickt Theneyan zu, auch er wird wohl einen brauchen können. Sandro hofft, dass es hier nicht um etwas Privates geht, insbesondere um nichts, das ihn und Irena betrifft.

»Darf ich vorstellen, das ist Theneyan.« Irena weist auf den Barkeeper, der nun nicht mehr grinst, jetzt scheint auch er nervös zu werden. »Theneyan ist nicht nur mein Lieblingsbarkeeper, sondern auch mein bester Freund. Und mein bester Zuhörer. Und verschwiegen wie ein Grab.«

Sandro versteht nicht.

»Wenn es schwierig ist in meinem Job – und du weißt, der ist nicht immer einfach –, ist Theneyan für mich da und hört mir zu«, setzt Irena ihren Monolog fort.

Einen Moment lang glaubt Sandro irritiert, sie werde ihm gleich berichten, dass sie und Theneyan heiraten wollen.

»Er würde nie, ich betone – nie – etwas weitererzählen, er weiß, dass alles unter uns bleiben muss.«

»Irena, was genau willst du mir sagen?«

Endlich stellt Theneyan Sandro den Drink hin. Er nimmt einen Schluck.

»Theneyan ist gut vernetzt mit der Szene, also eigentlich mit allen Szenen, um genau zu sein.«

»Irena, worum geht es?«

»Darum habe ich ihn nach unseren Stöckelschuh-Fällen über die Fetisch- und die Transszene ausgefragt.«

»Das heißt?«

»Ich habe im Gespräch mit Theneyan erwähnt, dass wir zwei Leichen haben, die in Stöckelschuhen und mit Penis-Socke aufgefunden worden sind.«

»Irena!« Sandro schaut seine Kollegin entgeistert an.

»Ich erzählte es ihm im Vertrauen. Theneyan würde nie etwas weitererzählen.«

Sandro blickt den Barkeeper an, der übertrieben nickt.

»Aber?«

»Aber an jenem Abend saß ein anderer Gast dort drüben, am Ende der Theke. Wir haben nicht auf ihn geachtet. Er saß in sich zusammengesunken und wirkte abwesend.«

»Konnte er euch hören?«, fragt Sandro.

»Ich bin mir nicht sicher …«

»… aber es könnte sein.« Theneyan beendet Irenas Satz.

»Scheiße.« Sandro nimmt einen zweiten, größeren Schluck. So hat er sich seinen Feierabenddrink nicht vorgestellt. »Wisst ihr, wer der Mann ist?«

»Leider nein«, antwortet Irena. »Wir haben versucht, es herauszufinden. Aber er hat bar bezahlt. Keine Kreditkarte, kein Twint. Kein Name.«

Sandro schweigt. Schwenkt sein Glas und starrt auf die Gurke, die darin schwimmt. Plötzlich steht er auf, geht zur Tür und tritt hinaus, um kurz darauf wieder zurückzukommen.

»Vor dem Eingang ist eine Überwachungskamera montiert.«

Sandro sieht, wie sich Irena und Theneyan anschauen, und erkennt in ihren Blicken, dass sie überhaupt nicht daran gedacht haben.

Nur wenige Hundert Meter vom Kreissaal entfernt, streicht Gundula mit der Hand über Silas' Stirn.

»Wann kommt Nathaniel nach Hause?« In Silas Stimme schwingt Besorgnis mit.

»Sicher bald. Er ist bestimmt schon auf dem Nachhauseweg.«

»Warum kann ich dann nicht aufbleiben, bis er wieder da ist?«

»Weil du morgen zur Schule musst. Und weil ich nicht sicher bin, wann genau Nathaniel zu Hause sein wird.«

Silas grummelt etwas Unverständliches vor sich hin, drückt seinen Stofftiger an sich und dreht sich der Wand zu.

»Ich will nicht, dass Nathaniel so lange wegbleibt«, schmollt er.

Noch einmal fährt Gundula Silas über den Locken-kopf.

»Gute Nacht, Silas, du musst dir keine Sorgen machen. Schlaf gut.«

Aber *ich* mache mir Sorgen, denkt Gundula, als sie die Tür zu Silas' Zimmer bis auf einen Spaltbreit hinter sich zuzieht. Es ist schon nach zehn, und Nathaniel ist noch immer nicht zurück. Auch hat er sich nicht gemeldet. Warum muss er sich immer und immer wieder in solch wilde Geschichten stürzen? Bereits kurz nachdem sie sich in ihrer Zoohandlung begegnet sind und sie sich in ihn verliebt hat – was praktisch zeitgleich geschah –, rea-lisierte sie, dass Nathaniel kein Mann ist, mit dem man die Sonntagabende gemütlich zu Hause vor dem Fernse-her verbringt. Sie kannten sich noch keine zwei Wochen, als sie sich plötzlich mitten in der Nacht gemeinsam in einer fremden Wohnung wiederfanden, wo sie einen Kinderschänder bewachen mussten, bis die Polizei ein-traf. Sie hatte das damals als krasse einmalige Ausnah-mesituation abgetan – nicht ahnend, dass *Ausnahmesitu-ation* ein Synonym für Nathaniels *Alltag* ist.

Gundula weiß, wie viel Nathaniel die Freundschaft zu Milla bedeutet. Aber sie könnte der TV-Journalistin den Hals umdrehen, wenn sie Nathaniel wieder in eine ge-fährliche Sache mit reinzieht, weil er sich jedes Mal dazu überreden lässt. Manchmal versteht sie diesen Mann nicht.

Gundula hat sich von Anfang an bemüht, Nathaniel nicht anders zu behandeln als alle anderen Menschen, sich also nicht mehr Sorgen um ihren blinden Freund zu machen, nur weil er eben blind ist. Doch jetzt ist sie auf einmal nicht mehr sicher, ob das richtig war. Es macht einen Unterschied, wenn sich ein Mensch in Gefahr begibt, der diese wenigstens *sehen* kann. Wenn er *sieht*, wo der Fluchtweg liegt, wenn es darum geht zu fliehen. Kommt hinzu, dass Nathaniel mit James unterwegs ist, dem Gundula noch nicht das nötige Vertrauen schenkt. Der Hund ist zu jung und hat zu viele Flausen im Kopf, sie wäre ruhiger, wenn Nathaniel heute von seiner früheren Blindenhündin begleitet würde.

Gundula blickt auf die Uhr. Viertel nach zehn. Sie will sich nicht wie eine überbemutternde Henne aufführen, doch sie kann nicht länger warten, greift zum Telefon und stellt Nathaniels Nummer ein. Sofort erklingt ein Piepsen, gefolgt von der Ansage der Mailbox. Es klingt, als wäre das Telefon ausgeschaltet oder als habe es keinen Empfang. Gundula erhebt sich, geht in die Küche, bleibt dort stehen, geht zurück ins Wohnzimmer, nimmt erneut das Telefon zur Hand, zögert. Dann wählt sie Millas Nummer. Sie hört, dass es am anderen Ende der Leitung läutet. Wartet. Lässt es klingeln. Doch Milla geht nicht ran.

Während Theneyan im Büro des Kreissaals nach den Aufnahmen der Überwachungskamera sucht und Irena und Sandro hoffen, dass sie nicht bereits gelöscht worden sind, während Milla mit ihrem Chef Wolfgang und dem Team in Zürich auf die erfolgreiche Sendung anstößt, während Gundula verzweifelt versucht, jemanden zu erreichen und sich zusammenreißen muss, um nicht vor lauter Sorge durchzudrehen, während die Welt unaufhaltsam durch das Universum rast und Schauplatz von Milliarden kleinerer und größerer Dramen ist, fragt sich Nathaniel, ob er das hier überleben wird. Die Kabelbinder, mit denen sie seine Hände hinter dem Rücken an den Stuhl gebunden haben, schürfen ihm die Haut auf. Immer wieder versucht er, die Fesselung zu lösen, doch sie lockert sich nicht, und der Schmerz wird nur noch größer. Auch die Beine sind mit Kabelbindern an den Stuhlbeinen fixiert. Sein Rücken schmerzt wie Hölle, ebenso der Hintern. Nathaniel ist sicher: Selbst wenn man ihn irgendwann wieder losbindet, wird er sich nicht mehr bewegen können und für immer in dieser Position verharren müssen. So fühlt sich sein Körper an. Am schlimmsten aber ist, dass sie ihm ein Tuch als Knebel in den Mund gesteckt haben. Zunächst meinte er zu ersticken, erst als er sich zwang, sich zu beruhigen, kriegte er genug Luft zum Atmen.

Er hat sie noch lange diskutieren hören, in einem anderen Raum, ohne die Worte zu verstehen. Irgendwann sind sie einfach gegangen. Nathaniel hat kein Gespür für die Zeit. Es kann noch immer später Abend sein oder schon mitten in der Nacht, vielleicht ist auch bereits ein neuer Tag angebrochen. Hoffentlich wird er besser als jener, der gerade hinter ihm liegt. Schlimmer geht kaum mehr.

Es war ein fataler Fehler, an jenem Abend auf Mister Sinister zu treffen, an dem Millas Reportage am TV ausgestrahlt wurde. Aber wie hätte er ahnen sollen, dass der Trailer zu ihrem Beitrag bereits am Nachmittag über den Sender gehen würde? Trotzdem flucht Nathaniel innerlich über sich selbst. Er hat Gundula nicht einmal die Adresse genannt, zu der er gefahren ist. Niemand weiß, wo er sich befindet. Er weiß es nicht einmal selbst genau. An einem Ort irgendwo in Olten, der nach Benzin und Öl und Gummi und kaltem Beton riecht. Eine Autowerkstatt vielleicht, am Rande der Stadt, die er überhaupt nicht kennt, weil er hier sonst immer nur mit dem Zug durchgebraust ist. Warum bloß ist er dieses Mal ausgestiegen.

Es ist kein Geräusch zu hören. Nur Nathaniels Atmen. Der Rücken schmerzt. Er will nicht einschlafen. Hoffentlich behandeln sie wenigstens James anständig. Silas darf sich keine Sorgen machen. Die Gedanken kommen und gehen völlig zusammenhangslos. Vermisst Gundula ihn schon? Wie müde er auf einmal ist. Hoffentlich kommt er hier lebend wieder raus. Wenn er bloß diese Fesseln aufkriegen würde.

Je länger das Gedanken-Pingpong andauert, desto mehr Raum nimmt ein anderes Gefühl ein, das er bis jetzt erfolgreich verdrängt hat: die Angst. Sie kriecht von den Füßen über die Beine durch seinen Körper hoch, setzt sich als Klumpen in seinen Bauch, drückt ihm den Hals zu und macht sein Herz zu schwer. Auf einmal gibt es nur noch vier Worte in seinem Kopf, vier Worte, die sich wiederholen, die auf ihn einhämmern, die alles übertönen: Ich will nicht sterben.

# 53.

In dieser Nacht küsst der Tod das Leben, und ich streiche wie ein Schatten durch die Straßen Berns. Ich muss mir nicht erst Mühe geben, unsichtbar zu sein. Ich bin ein Schattenkind. Selbst wenn ich wahrgenommen werden will, werde ich übersehen. So war es, als ich klein war und auch als ich größer wurde, so ist es bis heute geblieben. Manchmal fühle ich mich, als sei ich nur halb von dieser Welt, halb sichtbar, halb durchscheinend, sodass jeder durch mich durchblicken kann. Das mache ich mir jetzt zunutze.

Denn ich bin losgezogen, um zu töten. Ich werde nicht noch einmal unverrichteter Dinge nach Hause zurückkehren. Ich war heute Nachmittag an seiner Wohnung. Ich sah ihn heimkommen, früher Feierabend. Er ist nicht geflohen, nicht ausgezogen, sondern in seinem vermeintlich sicheren Nest geblieben. Vielleicht, weil der Aufruf der Polizei unbemerkt an ihm vorbeigegangen ist. Vielleicht, weil er sich zu sicher fühlt. Auf jeden Fall muss es heute geschehen. Morgen könnte zu spät sein. Zögern wird bestraft, diese Lektion habe ich gelernt.

Als ich in die Straße einbiege, sehe ich schon von Weitem, dass er zu Hause ist. In seiner Wohnung brennt Licht. Ich habe alles exakt vorbereitet, ich war schon immer sehr gewissenhaft. Was sich beim ersten Mal völlig fremd anfühlte, was mich hochputschte wie ein Drogen-trip, ist jetzt fast schon Routine, zumindest die Vorbe-reitung auf die Tat. Doch ich bin vorsichtiger geworden. Ich habe mir in einem afrikanischen Laden eine Perücke besorgt. Es ist ein gutes Gefühl, sie zu tragen. Fast so, als wäre ich nicht mehr ich selbst, als wäre ich jemand ande-res, der macht, was ich so lange für unmöglich hielt, und was mir nun Befriedigung und Erleichterung und Befrei-ung bringt. Und den ultimativen Kick.

Ein Mehrfamilienhaus. Ich gehe gleich vor wie bei Bräutigam und klingle im obersten Stock. Ich weiß, es ist schon spät. Aber noch nicht zu spät, um bei fremden Leuten zu klingeln, wenn man den Schlüssel vergessen hat.

»Ja?«, rattert eine Stimme aus der Gegensprechanlage.

»Hallo, hier ist Berger vom zweiten Stock, ich habe meinen Schlüssel in der Wohnung vergessen und komm unten nicht rein.«

Der Türöffner summt. Ich rufe »Danke!« und ver-schwinde im Treppenhaus. Ich gehe nicht hoch in den zweiten Stock, sondern steige hinab in den Keller. Ich werde mich eine Weile gedulden müssen, es muss genü-gend Zeit vergehen, die Nachbarn dürfen nicht mehr wachsam sein.

Wie ich da sitze, den Rücken an die Kellerwand ge-lehnt, stelle ich mir vor, was ich über mich denken würde, wenn ich jemand anderes wäre. Wenn ich zum Beispiel die Frau am Kiosk wäre, bei der ich immer Ziga-retten hole. Was würde sie über mich denken, wenn sie wüsste, dass ich in meiner Freizeit Männer töte? Nicht irgendwelche Männer. Böse Männer. Gewalttätige Män-ner. Vergewaltiger. Würde sie mich verstehen, wenn ich ihr erklären würde, warum ich das tue? Würde die Kiosk-frau zustimmend nicken und die Notwendigkeit meines Handelns anerkennen? Könnte sie nachvollziehen, dass ich es tun *muss*? Dass ich nicht anders kann? Dass ich keine Wahl habe?

Es sind zwanzig oder dreißig Minuten vergangen, vielleicht auch mehr, das Gefühl für die Zeit hat sich verflüchtigt. Ich stehe auf, streiche mir eine Strähne des falschen Haares aus dem Gesicht. Ich öffne die Handtasche, die Spritze liegt bereit. Ich greife nach dem Taser, nehme ihn in die rechte Hand, die ich in der Handtasche behalte, sodass er ihn nicht gleich sieht, wenn er die Tür öffnet, wenn ich eintrete, und ich bin sicher, dass er mich eintreten lässt. Dann: Taser ziehen, abdrücken, Tür schließen, nach fünf Sekunden die zweite Ladung Strom durch den Gelähmten jagen, Taser in die linke Hand wechseln, mit der rechten die Spritze aus der Tasche holen, sie so fassen, dass sie richtig in meiner Hand liegt, Spritze ansetzen und Morphin in seinen Körper drücken.

Warten.

Und wieder schießen, wenn er sich noch regen sollte. So lange, bis er sich nicht mehr bewegt, bis das Leben weg ist und der Tod sich seinen Körper genommen hat. Dann erst folgt die Belohnung. Dann mache ich ihn lächerlich und präsentiere ihn der Nachwelt in seiner ganzen Erbärmlichkeit.

Ich steige die Treppe hoch. Die Handtasche steht offen. Meine Hand umschließt den Griff des Tasers. Ich lege mir das bezauberndste Lächeln auf die Lippen und drücke auf den Klingelknopf.

# 54.

Milla ist betrunken. Sie hat gerade noch das letzte Tram erwischt und lehnt den Kopf müde an die Fensterscheibe, darum bemüht, nicht wegzudämmern. Dennoch reißt sie das Vibrieren ihres Handys aus den Anfängen eines Traumes. Bis sie es im Schlund ihrer Tasche findet, ist es schon wieder still. Erschrocken stellt sie fest, dass das Display sieben unbeantwortete Anrufe von Gundula anzeigt. Milla setzt sich gerade auf und fühlt sich sofort wieder brutal nüchtern. Es muss etwas mit Nathaniel passiert sein. Sie klickt auf *Rückruf.*

»Milla, endlich, Nathaniel ist nicht nach Hause gekommen«, sagt Gundula ohne Umschweife. »Du musst mir sagen, wo er ist! Welche Adresse? Ich fahre sofort hin!«

Das alles geht Milla zu schnell. Sie versteht nicht.

»Entschuldige, wovon sprichst du? Ich weiß nicht, wo Nathaniel ist.«

»Natürlich weißt du, wo er ist. Du hast ihn schließlich dorthin geschickt!« Gundula klingt nicht nur aufgewühlt, sondern auch wütend.

»Wohin geschickt?«, fragt Milla nach.

»Zu diesem Vortrag! Wo der Incel erzählen wollte, wie man Frauen zum Sex zwingt. Nathaniel sollte doch für dich dort filmen. Ich brauche die Adresse, verdammt noch mal!«

»Warte einen Moment«, wendet Milla ein.

»Milla, wir haben keine Zeit!«

»Willst du damit sagen, dass Nathaniel zum Vortrag von Mister Sinister gefahren ist?«

»Ich weiß nicht, wie der Mann heißt. Du hast ihn doch damit beauftragt!«

»Nein. Habe ich nicht. Ich habe Nathaniel gesagt, dass er es bleiben lassen soll, weil es zu gefährlich ist.«

Einige Sekunden lang sind beide Frauen still.

»Er ist trotzdem hingefahren.« Die Wut ist aus Gundulas Stimme gewichen, nur noch Angst und Verunsicherung sind herauszuhören. »Und er ist noch immer nicht zurückgekehrt. Wir müssen da hin! So schnell wie möglich. Bitte, wie lautet die Adresse?«

»Ich kenne sie nicht.«

»Du kennst sie nicht?«, ruft Gundula laut aus.

»Er wurde nach dem ersten Seminar direkt eingeladen, aber hat mir nicht gesagt, wo der Vortrag stattfindet. Ich bin davon ausgegangen, dass er nicht hinfährt«, antwortet Milla konsterniert.

»Dann finde heraus, wo der Anlass stattfand! *Du* bist die Journalistin. *Du* hast ihm das eingebrockt.«

Milla versucht, sich an das Gespräch mit Nathaniel zu erinnern, sie angelt in ihrem Gedächtnis nach den Worten, die er gesagt hat. Hat der den Veranstaltungsort genannt? Eine Stadt? Eine Adresse? Nein, Milla ist sicher, dass Nathaniel keine Angaben dazu gemacht hat. Hätte er eine Stadt genannt, hätte sie sich das gemerkt.

»Wie konntest du ihn bloß in diese Sache verwickeln«, klagt Gundula.

Milla widerspricht nicht. Wahrscheinlich hat Gundula recht. Selbst wenn sie Nathaniel gesagt hat, dass er nicht da hinfahren soll – hätte sie ihn nicht an den Pick-up-Kurs geschickt, wäre er nie auch nur auf die Idee gekommen, sich mit Mister Sinister zu treffen. Sie ist schuld daran, wenn ihm etwas zugestoßen ist. Das könnte sie sich nie verzeihen.

»Gundula, ich weiß nicht, wo wir suchen müssen. Hat er dir wirklich nicht gesagt, wo er hinging? Hat er den Zug genommen?«

»Ja, ich glaube, er sagte, er müsse nach Olten.«

Olten, denkt Milla, das macht Sinn. Dort fand auch der gestrige Kurs statt.

»Der Vortrag sollte um sieben beginnen, jetzt ist Mitternacht«, überlegt Gundula laut. »Es kann nicht sein, dass er immer noch dort ist.«

Milla überschlägt im Kopf rasch die Uhrzeiten: Fünf Stunden. Nathaniel müsste längst wieder in Bern sein.

»Vielleicht sind sie noch etwas trinken gegangen, und er wird mit dem letzten Zug nach Hause fahren.« Milla hört selbst, dass sie wenig überzeugend klingt.

»Er hätte mir Bescheid gegeben. Er wusste, dass ich mir Sorgen mache.«

»Vielleicht war sein Handy-Akku tot?«

»Vielleicht, vielleicht, vielleicht … Milla, ich bin sicher, dass er gegen seinen Willen aufgehalten wird. Oder dass ihm etwas zugestoßen ist. Die Krankenhäuser in der Region habe ich bereits abtelefoniert, dort wurde niemand eingeliefert. Bestimmt ist seine Tarnung aufgeflogen. Sie haben die Kamera gefunden! Vielleicht haben sie ihn umgebracht!«

»Unsinn! Und die Kamera war vom Sender, die hat er nicht dabei«, sagt Milla, um Gundula aber auch um sich selbst zu beruhigen.

»Doch, er hat jene dabei, die er damals bei den Medikamententests benutzt hat. Warum hat er die mitgenommen, wenn er nicht für dich filmen musste?«

Weil er ein verdammter Dickkopf ist, denkt Milla. Aussprechen tut sie es nicht.

»Er wollte sein eigenes Ding durchziehen. Gundula, ich rufe sofort Sandro an. Geh du zum Bahnhof, vielleicht sitzt Nathaniel im letzten Zug. Ich sollte ebenfalls den letzten Zug nach Bern erwischen und komme kurz nach ein Uhr an.«

»Ich geh nicht zum Bahnhof. Ich lasse Silas nicht allein.«

Silas. Milla schaudert, als sie an den Jungen denkt. Es darf nicht sein, dass nur eine Woche nach Carole auch Nathaniel nicht mehr nach Hause kommt.

»Okay. Du wartest zu Hause. Ich nehme den letzten Zug und informiere Sandro.«

»Danke.« Gundulas Stimme klingt plötzlich dünn.

»Nathaniel ist nichts passiert, wir werden ihn finden.« Milla hofft, dass sie das Versprechen halten kann, und ruft dann Sandro an. Das Summen in ihrem Handy bricht abrupt ab; das bedeutet, dass er noch wach ist, aber ihren Anruf weggedrückt hat. Milla wählt ihn gleich wieder an. Dieses Mal geht Sandro ran.

»Milla, ist es wichtig?« Milla hört im Hintergrund Stimmen und Jazzmusik. Sandro kann Jazz nicht leiden.

»Ja, wichtig. Wo steckst du?«

»Ich bin im Kreissaal, mit Irena«, sagt Sandro. »Beruflich.«

»Es geht um Nathaniel, er ist verschwunden.«

»Er ist *was*?« Milla hört Sandro an, dass auch er einen über den Durst getrunken hat. So viel zum Thema *beruflich*.

»Hör zu. Nathaniel hat heute mit versteckter Kamera an einem Vortrag eines Incels teilgenommen. Er ist nicht zurückgekehrt.«

»Was bitteschön macht Nathaniel mit einer versteckten Kamera bei einer Versammlung von Incels?«

»Er wollte dort wohl für mich Aufnahmen machen ...«

»Seid ihr eigentlich alle von Sinnen? Wie lange ist er jetzt weg?«

»Etwas mehr als fünf Stunden.«

»Hast du versucht, ihn anzurufen?«

»Gundula hat es versucht. Ich habe es versucht. Sein Handy ist nicht auf Empfang. Du musst ihn suchen lassen!«

»Milla, es ist gerade erst Mitternacht vorbei. Ich kann unmöglich eine Vermisstensuche starten, weil ein erwachsener Mann um Mitternacht noch nicht nach Hause gekommen ist.«

»Ein blinder erwachsener Mann, der mit einer versteckten Kamera an einer Veranstaltung von Frauenhassern teilnahm«, hält Milla entgegen.

»Hast du eine Adresse?«

»Nein.«

»Milla!«

»Es tut mir leid.«

»Mir sind die Hände gebunden. Ich kann keine Suchaktion beantragen, weil ein Erwachsener um Mitternacht noch nicht zu Hause ist. Das bewilligt keiner, da denkt doch jeder, Nathaniel ist einfach noch auf ein Bier in irgendeine Beiz gegangen. Vielleicht ist er das ja auch, weil er für dich Aufnahmen der biertrinkenden Incels machen will.«

Es bringt nichts zu streiten. Zumal Milla Sandro recht

geben muss. Es ist möglich, dass Nathaniel mit den Männern ein Bier trinken gegangen ist, dass sie ihn zum Zug brachten und er in diesem Moment in Bern aussteigt und sich von James nach Hause führen lässt. Es wäre auch nicht das erste Mal, dass er wegen eines leeren Handy-Akkus den Weg nach Hause nicht mehr findet.

»Ab wann kannst du etwas tun?«, fragt Milla Sandro.

»Wenn er morgen früh nicht zurück ist, geben wir die Vermisstenmeldung raus.«

Milla schweigt. Sie hat Sandros Tonfall angehört, dass es keinen Sinn macht zu insistieren.

»Ich sitze bereits im Zug nach Bern. Kann ich zu dir kommen?«

»Okay.«

»Bis gleich.«

Als Milla erneut Gundulas Nummer einstellt, schickt sie ein Stoßgebet gen Himmel, dass Nathaniel in der Zwischenzeit nach Hause gekommen ist.

»Hallo«, sagt Gundula knapp.

»Er ist noch nicht da?«

»Nein. Sie halten ihn gefangen«, sagt Gundula. »Ich bin ganz sicher. Sie halten ihn fest, und vielleicht werden sie ihn töten. Hast du die Polizei angerufen?«

»Ja, ich habe mit Sandro geredet. Gleich morgen früh werden sie eine Suchaktion starten.«

»Morgen früh? Warum nicht jetzt?«

»Ich konnte nichts machen, Sandro sagt, Nathaniel sei erwachsen, und bei Erwachsenen warte man ab.«

»Was soll ich bloß Silas sagen?«

Milla schweigt. Wenn sie an den Kleinen denkt, trifft sie das schlechte Gewissen mit einer Wucht, die sie aus dem Gleichgewicht bringt. *Silas darf nicht noch jemanden verlieren*, hatte Nathaniel zu ihr gesagt, als er den Undercoverjob übernahm.

»Gundula, es tut mir schrecklich leid, es war mir nicht klar, dass so etwas passieren könnte.«

»Wir können gar nichts tun?«

»Lass uns versuchen, etwas Schlaf zu kriegen. Damit wir morgen Kraft haben, wenn die Suche startet.«

»Wie soll ich denn schlafen können?«

Wieder weiß Milla keine Antwort.

»Ich melde mich gleich morgen früh.«

»Okay.«

»Okay.«

Vierzig Minuten später klopft Milla an Sandros Wohnungstür. Drinnen ist kein Geräusch zu vernehmen. Sie tritt leise ein und sieht, dass in der Küche Licht brennt. Sandro sitzt am Tisch und starrt hoch konzentriert in seinen Laptop.

»Hey, ich bin da.«

Sandro fährt erschrocken zusammen. »Himmel, Milla, hast du mich erschreckt.«

»Ich habe geklopft.«

»Ich hab's nicht gehört.«

Sandro steht auf und begrüßt Milla mit einem Kuss.

»Nathaniel ist noch immer nicht zurück.« Milla lässt sich schwer auf einen Stuhl fallen. Sandro stoppt das Video, das er auf seinem Computer angeschaut hat.

»Cola?«

»Gerne.«

Sandro nimmt die Cola-Flasche aus dem Kühlschrank, schenkt ein Glas voll, greift zu einer Limette, schneidet eine Scheibe ab, gibt sie der Cola bei, klaubt Eiswürfel aus dem Tiefkühlfach und drückt sie ins Glas. Während Milla ihm dabei zusieht, beginnt sie zu erzählen. Sie berichtet Sandro von ihren Recherchen, von ihrem Beitrag über die Incels, der derzeit für Aufsehen sorgt, und darüber, dass Nathaniel am Abend, als der Film ausgestrahlt wurde, einen Vortrag eines gewissen Mister Sinister besuchen wollte, der Anleitungen für »unfreiwilligen Geschlechtsverkehr« versprochen hatte. Sandro schüttelt während ihren Ausführungen immer wieder den Kopf. Milla ist froh, dass er sich kritische Kommentare verkneift.

»Kennst du Mister Sinisters richtigen Namen?«

»Leider nein.«

»Du hast einzig eine anonyme Mailadresse?«

»Ja.«

Millas Blick fällt auf Sandros Bildschirm. Er zeigt ein Schwarz-Weiß-Bild, das von einer Überwachungskamera zu stammen scheint.

»Doch, ich habe mehr als nur die Adresse!«, fällt ihr ein. »Ich habe sein Gesicht! Mister Sinister ist auf Nathaniels Aufnahmen vom ersten Tag drauf. Im Beitrag haben wir sein Gesicht verpixelt, aber auf dem Rohmaterial ist er erkennbar.«

»Gut. Lass dir das morgen früh schicken. Das könnte wichtig sein. Schicke mir auch die Mails, vielleicht kann Florence den Absender zurückverfolgen.« Sandro versucht ein Gähnen zu unterdrücken, was nur halbwegs gelingt. »Wollen wir ins Bett? Ich bin total am Ende.«

»Du siehst müde aus. Wie geht es dir?«

»Frag nicht. Immer muss alles gleichzeitig passieren. Als wäre ein Attentat nicht genug. Ich ermittle gleich in mehreren Tötungsdelikten. Wenigstens haben wir endlich eine Spur – einzig, weil der Barkeeper vom Kreissaal die Aufnahmen der Überwachungskameras nicht fristgerecht gelöscht hat.«

»Du hast den Täter auf Band?«

»Vielleicht. Zumindest einen Verdächtigen.«

Sandro zieht seinen Laptop näher zu sich, lässt die Sequenz von vorn laufen. Man sieht den Eingangsbereich der Bar. Ein Mann tritt ins Bild, der Milla an den amerikanischen Schauspieler Danny de Vito erinnert, nur dass dieser hier noch mehr Haare hat und etwas größer wirkt. Für den Bruchteil einer Sekunde blickt er nach oben, fast direkt in die Kamera.

»Ich glaub, ich kenn den!«, ruft Milla.

Sandro spult etwas zurück und friert das Bild ein.

Milla schaut genauer hin.

»Du kennst ihn?«

»Nein«, sagt Milla langsam. »Aber ich weiß, dass ich ihm schon mal begegnet bin. Nur habe ich keine Ahnung, wann und wo das gewesen ist.«

# 55.

Bettina geht im Zimmer auf und ab, stellt sich vor die Magnetwand, betrachtet sie, reibt sich die Hände, geht zurück zur Tür, schaut auf die Uhr, macht kehrt, stellt sich vor die Magnetwand, geht um den Tisch herum, begibt sich erneut zur Tür, blickt hinaus, noch immer liegt der Flur leer vor ihr, zurück zur Magnetwand, sie reibt sich die Hände, wo bleiben die bloß? Um fünf vor neun hört sie draußen etwas. Sie könnte darauf wetten, dass es Sandro ist; energische, große Schritte. Er ist es tatsächlich.

»Bettina, kannst du die Sitzung leiten?«, fragt er, ohne sich mit irgendwelchen Floskeln aufzuhalten. »Ich musste mich um einen Vermisstenfall kümmern und konnte mich nicht vorbereiten. Du bist voll im Thema drin.«

»Ein Vermisstenfall?«

Mit so wenig Worten wie möglich schildert Sandro seiner Mitarbeiterin, was sich in der letzten Nacht zugetragen hat. Bettina wird sofort hellhörig, als sie erfährt, dass die Vermisstenanzeige in Zusammenhang mit einer Reportage über Incels steht, die mit Sascha Vogt in Verbindung gestanden haben. Allein der Name jagt ihren Puls hoch. Sie muss sich die *Wochenthemen* unbedingt noch ansehen.

»Hat sich schon was ergeben?«, fragt sie Sandro.

»Negativ. Die Handyortung hat nichts gebracht, Nathaniels Gerät ist nicht eingeschaltet. Die nachträgliche Rückverfolgung der Handydaten muss erst noch bewilligt werden, das dauert ein paar Stunden.«

»Hoffentlich ist ihm nichts zugestoßen.«

Als hätte jemand auf einen unsichtbaren Startknopf gedrückt, strömen auf einen Schlag alle anderen Mitglieder der Soko High Heels ins Sitzungszimmer. Auch die Rechtsmedizinerin Irena Jundt ist anwesend sowie Staatsanwalt Langenberger persönlich, der Fall ist zu wichtig, als dass er ihn nur von Weitem mitverfolgen kann. Sandro nickt Bettina zu, sie begibt sich zur Magnetwand, räuspert sich, reibt sich die Hände erneut. Als Malou als Letzte die Tür hinter sich geschlossen hat und sich alle hingesetzt haben, eröffnet Bettina die Sitzung.

»Bevor ich das Wort in die Runde gebe und wir unsere Ergebnisse zusammentragen, möchte ich über meine neuesten Erkenntnisse berichten, ich denke, sie werden die weiteren Ermittlungen beeinflussen.«

Erneut räuspert sie sich. Normalerweise ist Bettina nicht nervös, wenn sie vor anderen Leuten sprechen muss. Erst recht nicht, wenn es sich dabei um ihr eigenes Team handelt. Überdies hat sie sich sorgfältig zurechtgelegt, was sie sagen wird – und was nicht. Doch genau dieser Punkt ist das Problem: Sie wird eben nicht alles sagen. Das Verheimlichen von wichtigen Informationen wird ihr langsam zur Gewohnheit, was es nicht besser macht. Das Erschreckendste ist, dass sie dabei nicht einmal mehr ein schlechtes Gewissen hat.

»Ich habe herausgefunden, was die Fälle miteinander verbindet.« Im Sitzungszimmer ist es totenstill. Einzig das Ticken der Uhr ist zu hören. Die angespannte Stimmung verleiht dem harmlosen Geräusch eine bedeutsame Schwere. »Nicht nur Jürgen Bräutigam, Klaus Tanner und Stephan Arnold standen bereits als Beschuldigte vor Gericht. Auch Peter Bannholzer, Thomas Sahli und Bendicht Kerner waren Beschuldigte und wurden von den Richtern freigesprochen.«

»Das ist es!« Bernard klatscht in die Hände.

Sandro nickt anerkennend.

»Wegen welcher Delikte?«, fragt Malou nach.

»Mit Ausnahme von Arnold handelte es sich bei allen um Sexualdelikte. Vergewaltigung, Nötigung, das ganze Programm.«

»Hängen die einzelnen Fälle zusammen?«, will Kai Langenberger wissen.

Bettina schaut ihn an. Sie kann seinen Blick nicht lesen. Erinnert er sich wirklich nicht daran, dass er selbst in den fünf Fällen die Anklage vertreten hat?

»Das weiß ich noch nicht«, sagt Bettina betont langsam. Noch immer ist Kai Langenberger äußerlich keine Reaktion anzusehen. Bettina zögert. Am liebsten würde sie ihm sagen: *Der einzige ersichtliche Zusammenhang bist du, deine Person.* Doch sie entscheidet sich dagegen. Es ist zu früh. Sie muss sich erst sicher sein, dass er wirklich nichts damit zu tun hat.

»Ich habe mich überdies wegen des Tasers mit dem Materialchef Max Spycher unterhalten«, sagt sie stattdessen. »Er meint, dass solche Taser im Darknet problemlos illegal beschafft werden können. Aber er sagte auch: Jeder Polizist und jede Polizistin, der Grenzschutz, der sicherheitspolizeiliche Einsatzdienst, das Gefängnispersonal – alle, die im Dienst eine Schusswaffe tragen, sind auch mit einem Taser ausgestattet oder können einen beantragen. Alle Opfer standen in Kontakt mit den Justizbehörden – und demnach auch mit der Polizei. Vielleicht ist die Täterin eine von uns.«

»Du meinst eine Polizistin?«, fragt Sandro.

»Ich denke in erster Linie an die Kolleginnen des sicherheitspolizeilichen Einsatzdienstes, die während der Gerichtsverhandlungen anwesend sind. Vielleicht war in all den Fällen die gleiche Kollegin im Einsatz – eine Kollegin, die die Verhandlung und den Freispruch mitverfolgt und ihn als nicht gerecht empfunden hat. Darum wurde sie zur selbst ernannten Rächerin; weil der Frust zu groß war, dass es nach all dem Aufwand und zum wiederholten Male zu einem Freispruch kam.«

So abstrus die Idee im ersten Moment klingen mag – seit letzter Woche kann Bettina ein solches Handeln sogar nachvollziehen. Noch immer steckt der Hass in ihren Knochen, in all ihren Zellen, er vereinnahmt sie als Ganzes; der Hass auf den Mann, der auf Petra geschossen hat. Auch sie würde ihn eigenhändig richten, wenn ein Richter auf die Idee käme, ihn freizusprechen. Doch das wird Gott sei Dank nicht passieren.

»Das hat was«, kommentiert Bernard. »Soll ich das prüfen? Es gibt bestimmt detaillierte Einsatzpläne, wer in welcher Verhandlung sitzt.«

»Gerne.«

»Ich habe eine Frage.«

Bettina nickt Kai Langenberger zu.

»War es immer das gleiche Gericht, das in all den Fällen auf Freispruch entschied?«

»Nein. Verschiedene Gerichtspräsidenten und verschiedene Beisitzende.«

»Ich sehe noch eine andere mögliche Verbindung«, fährt Kai Langenberger fort.

Einen Moment lang rechnet Bettina damit, dass er sich nun doch selbst ins Spiel bringt.

»Es gibt eine Opferhilfestelle speziell für vergewaltigte Frauen, sie nennt sich Femiscura. Die Sozialarbeiterinnen begleiten die Opfer vor Gericht, damit sie nicht allein hingehen müssen.«

»Die Vergewaltigungsopfer?«, fragt Malou nach.

»Ja.«

»Arbeiten viele Sozialarbeiterinnen bei Femiscura?«

»Nein, ich sehe immer wieder die gleichen Gesichter.«

»Das hat auch was«, kommentiert Bernard. »Eine Sozialarbeiterin, die es mit ihrem Einsatz für die Klientinnen übertreibt und sich selbst zur Richterin aufspielt, wenn der ordentliche Richter einen Freispruch verkündet.«

»Malou, könntest du dem nachgehen?«, fragt Bettina.

»Mach ich.«

»Ich habe auch noch etwas.« Sandro berichtet seinem Team vom psychiatrischen Profil, das Franz Maniuk von der Täterin erstellt hat. Er steht auf und schreibt die wichtigsten Stichworte auf den Flipchart. »Damit wir nicht aus den Augen verlieren, wen wir suchen. Überdies bin ich der These Nachahmungstäter im Fall Arnold weiter nachgegangen.«

Sandro befestigt eine qualitativ mangelhafte Fotografie an der Magnetwand. Allen ist sofort klar, dass sie von einer Überwachungskamera stammen muss. Ohne dass sie es voneinander wissen, ergeht es Sandro in diesem Augenblick genau so, wie Bettina vor einigen Minuten: Auch er hat eine Neuigkeit zu verkünden – auch er hält einen Teil der Informationen zurück. Allerdings aus anderen Gründen.

»Ich habe die Meldung erhalten, dass sich Kollegen in einer Bar über die Stöckelschuh-Morde ausgetauscht haben. Konkret sprachen sie über Leichen in Stöckelschuhen und auch über den Socken am Penis. Es tut hier nichts zur Sache, wer so unvorsichtig war, sich in einem öffentlichen Lokal über Interna zu unterhalten.« Sandro vermeidet es bewusst, zu Irena zu blicken. »Wenigstens wurde mir sofort Bericht erstattet. Es ist möglich, dass ein Mann, der ein Stück weiter weg an der Bartheke saß, etwas von dem Gespräch aufgeschnappt haben könnte. Mit der Auswertung der Aufnahmen der Überwachungskamera hatten wir ausnahmsweise mal Glück: Wir haben eine ziemlich gute Aufnahme des Mannes. Florence …«

»Ja, ich geb's ein ins Gesichtserkennungsprogramm und durchstöbere das Netz«, antwortet Florence, ohne die Frage abzuwarten.

»Ich frage mich …« Kai Langenberger scheint laut nachzudenken. Erst als alle um ihn herum schweigen, realisiert er, dass er laut gesprochen hat. »Die anderen Männer, die einen Schuh im Paketfach fanden – stehen die immer noch unter Polizeischutz?«

»Ja. Jene, von denen wir wissen, dass sie die Drohung erhalten haben. Womöglich gibt es weitere, die wir mit unserem Aufruf nicht erreicht haben«, antwortet Bettina.

»Gut.«

»Vielleicht genügt das nicht«, wirft Sandro ein. »Der Faktor Zeit arbeitet wie so oft gegen uns, aber in diesem Fall kann es dramatische Auswirkungen haben, wenn wir die Täterin nicht rechtzeitig finden.« Sandro muss nicht erläutern, was er damit meint. »Ich denke, wir sollten einen Lockvogel einsetzen.«

»Einen Lockvogel? Wie möchtest du vorgehen?«, fragt Bettina.

»Wir informieren die Medien offensiv über die Fälle, auch darüber, dass weitere Personen in Gefahr sind. Gleichzeitig verbreiten wir die Nachricht, dass potenzielle Opfer zunächst unter Polizeischutz standen, dass der aber aus Kostengründen eingestellt werden musste – was natürlich nur ein Bluff ist. Mindestens eines der potenziellen Opfer zieht sodann in die eigene Wohnung zurück, während wir im Haus ein Einsatzteam positionieren. Schlägt die Täterin zu, sind wir vor Ort und können sie in flagranti verhaften.«

»Interessante Idee. Sie birgt aber gleich mehrere Risiken«, gibt Kai Langenberger zu bedenken.

»Das Risiko, dass dabei etwas passiert, ist klein – die Chance aber, dass wir die Täterin erwischen, ist dafür umso größer«, hält Sandro entgegen. »Wir müssen ihr zuvorkommen, statt immer einen Schritt hinter ihr herzurennen. Natürlich muss die Zielperson sich damit einverstanden erklären. Was meint ihr?«

»Guter Plan«, sagt Bernard.

»Risikoreich, aber ich bin dafür«, meint Florence.

Kai Langenberger nickt zustimmend.

»Ja, das machen wir«, erklärt Bettina.

»Gibt es eine Zielperson, die sich besonders eignet?«

Malou zögert nicht den Bruchteil einer Sekunde. »Thomas Sahli. Allerdings muss ihm ein Mann unsere Idee verklickern.«

# 56.

Er muss eingenickt sein. Von irgendwoher hört er Stimmen. Nathaniel fällt sofort wieder ein, wo er sich befindet und was passiert ist. Alles fühlt sich falsch an. Als säße nicht er hier gefesselt und geknebelt, sondern ein schlechter Schauspieler einer billig produzierten Vorabendserie. Er wünschte sich, er könnte zur Fernbedienung greifen und den Sender wechseln. Die Schmerzen machen ihn kaputt. Er scheint nicht mehr auf den Pobacken, sondern auf den nackten Knochen zu sitzen, sein Rücken fühlt sich an, als hätte jemand das Rückenmark mit glühendem Blei ersetzt. Den Nacken spürt er kaum noch, auch die Oberarme scheinen nicht mehr zu existieren, alles ist taub. Die Hände hingegen, noch immer hinter dem Stuhl gefesselt, brennen wie Feuer. Die Handgelenke sind aufgescheuert. Nathaniel weiß nicht, wie lange er versucht hat, die Fesseln zu lösen. Er hat keine Ahnung, wie viele Stunden er schon hier sitzt, ob schon Tag ist oder noch immer Nacht. Seine Kehle kratzt, sie ist so rau und trocken, dass er meint zu ersticken.

Durst.

Das Ding, das sie ihm in den Mund gesteckt haben, ist staubtrocken. Wenn nicht bald jemand kommt, wird er verdurstet sein, bevor er erstickt. Mit Anlauf springt ihn die Panik an, die er bis jetzt im Zaum halten konnte.

Wenn niemand kommt, wird er hier sterben. Der Gedanke setzt sich in seinen Kopf, nimmt den ganzen Raum ein und geht nicht mehr weg. Es ist das Erkennen einer Tatsache, die ebenso unverrückbar ist wie jene, dass sich die Erde um die Sonne und um sich selbst dreht. Wenn keiner kommt, dann ist er tot. Fuck, ruft er in seinem Kopf. Fuck, fuck, fuck! So will er nicht sterben.

Die Stimmen werden lauter.

Nathaniel lauscht. Es kommt jemand. Sie kommen zurück. Er will erleichtert sein, doch die Panik weicht nicht von ihm, sie wird noch größer, breiter, erdrückender. Sie kommen, um ihn umzubringen.

Nathaniel vernimmt ein gieriges Quietschen einer ungeölten Tür. Zwei Männer reden miteinander, er hat die Stimmen gestern schon gehört, es sind Freunde von Mister Sinister. Der selbst scheint nicht dabei zu sein, seine Stimme hat sich Nathaniel eingeprägt, er wird sie immer und überall wiedererkennen.

»Hier ist er auch nicht«, sagt die höhere der beiden Stimmen überrascht.

»Verdammt, was machen wir jetzt mit dem hier?«

»Uummmpf«, macht Nathaniel.

»Er will was sagen.«

»Wir können ihn doch nicht einfach losbinden.«

»Uuuumpf.«

»Ich hab mal gelesen, dass Menschen ersticken können, wenn sie geknebelt sind, wenn sie zu kleine Nasenlöcher haben.«

»Aber der lebt ja noch.«

»Uuuumpf.«

»Vielleicht nicht mehr lange. Dann sind wir voll krasse Mörder. Das ist was anderes, als bloß Femoids auszulöschen. Der ist ein Mann. Und auch noch blind! Weißt du, wie lange wir dafür in den Knast kommen? Scheiße, stell dir vor, die fassen uns vor dem finalen Akt, dann war alles für die Katz.«

»Mach dir nicht in die Hose, wir bringen den ja nicht um.«

»Wenn er jetzt stirbt, hängen wir voll mit drin.«

»Also gut, mach ihm mal den Knebel weg. Müssen ihn ja nicht gleich losbinden, da wird Mister Sinister nichts dagegen haben.«

Nathaniel spürt, dass ihm einer der Männer nahekommt, das Ding, das in seinem Mund steckt, wird rausgezogen.

»Durst«, will Nathaniel sagen, aber er bringt nur ein unverständliches Krächzen raus.

»Er hat Durst.«

»Hol mal Wasser.«

Schritte entfernen sich. Nathaniel hört, wie ein Wasserstrahl in einen Spültrog plätschert. Die Schritte kommen zurück. Er fährt erschrocken zusammen, als er etwas Kaltes an der Lippe spürt, dann beginnt er zu trinken. Der Mann hält das Glas zu schräg, das Wasser läuft Nathaniel aus dem Mund und über das Kinn, er trinkt gierig, er will mehr. Doch der Mann stopft ihm erneut das Tuch in den Mund. Nathaniel ringt um Atem.

»Wo steckt er bloß, wir wollten doch noch die letzten Vorbereitungen für morgen treffen. Er wollte uns die Waffen geben.«

»Es muss etwas dazwischengekommen sein.«

»Wann starten wir morgen?«

»Der Anlass beginnt um sechs. Mister Sinister meinte, wir lassen es eine Dreiviertelstunde laufen, dann stürmen wir los, es sollen über hundert Femoids dort sein. Treffpunkt ist um halb sieben auf dem Parkplatz.«

»Und was, wenn er nicht mehr kommt, wenn Mister Sinister alles in die Wege geleitet hat und am Schluss kneift?«

»Er wird kommen.«

»Ach ja? Wo ist er denn jetzt? Ich kann nicht ewig hier warten.«

»Ich auch nicht.«

»Lass uns später zurückkommen.«

»Und was machen wir mit ihm?«

»Mit ihm machen wir gar nichts.«

»Wir gehen einfach?«

»Ja. Mister Sinister wird bestimmt mit uns Kontakt aufnehmen. Dann schauen wir weiter.«

»Ich bring dem Hund noch rasch Wasser.«

»Okay, ich hau ab. Wir hören uns.«

James, denkt Nathaniel. Er ist noch hier, irgendwo. Einen Moment lang wünscht sich Nathaniel Alisha zurück, die schlaue Alisha, die ihm so oft aus der Patsche geholfen hat. Aber selbst sie könnte hier nichts ausrichten. Er verflucht sich selbst darüber, dass er niemandem Bescheid gesagt hat, wo genau der Vortrag stattfindet. Ein fataler Fehler. Vielleicht war es sein letzter.

Aber das darf nicht sein. Er muss lebendig hier rauskommen. Wegen Silas. Als Nathaniel sicher ist, dass er wieder allein ist, beginnt er erst sanft, dann stärker zu schaukeln, bis sein Stuhl seitlich auf den Boden knallt. Ein Feuerball flammt durch Nathaniels Oberarm bis in die Schulter hinein. Er versucht, irgendwie in eine Richtung zu robben. Doch es gelingt nicht. Er kommt keinen Zentimeter vorwärts. Nathaniel möchte weinen, möchte verzweifeln. Doch er weiß, dass er verloren ist, sobald er dies zulässt.

Er legt den Kopf auf den kalten Betonboden, der nach Öl riecht und nach Stein und seltsamerweise auch nach Moder. Die Kühle fühlt sich auf seiner Wange angenehm an. Doch der Rest seines Körpers ist ein einziger Schmerz. Nathaniel wünscht sich einzuschlafen, damit er ihm entfliehen kann, er will einschlafen und aufwachen aus diesem Albtraum. Weit weg, in einer anderen Welt, hört er ein aufgeregtes Kläffen. James, denkt er, unsicher, ob er ihn wirklich hört oder nur träumt oder sich das Bellen einbildet, weil das Wachsein und der Schlaf sich nicht mehr klar trennen lassen.

Doch das gierige Quietschen der Tür ist echt. Nathaniel ist sofort wieder hellwach. Einer der beiden ist zurückgekehrt, denkt er panisch. Warum? Was hat er mit ihm vor? Oder ist es Mister Sinister, der gekommen ist, um ihn zu töten? Nathaniel will schreien, doch die Angst lähmt seinen ganzen Körper. Er hört Schritte, sie halten inne.

»Nathaniel!«

Gundulas Stimme. In der gleichen Sekunde beginnt Nathaniel zu schluchzen.

# 57.

Der Fall liegt wie ein Spinnennetz vor Bettina: Dutzende Fäden führen in verschiedene Richtungen, doch sie weiß nicht, welcher von ihnen ins Ziel führt, in die Mitte des Netzes, dorthin, wo die Spinne sitzt. Die Kolleginnen und Kollegen sind alle auf eine Spur angesetzt, bleibt nur zu hoffen, dass eine davon die richtige ist. Bernard kümmert sich um Thomas Sahli, den sie heute zum Lockvogel auserwählt haben. Bernard hat den Auftrag übernehmen müssen, einzig, weil er ein Mann ist, was völlig absurd klingt, aber nur so haben sie eine Chance, dass Sahli das Spiel mitspielt. Es wäre zu schön, wenn die Killerin in die Falle tappen würde. Florence wird sich an Bernards Stelle um die Kollegen kümmern, die bei Gericht für die Bewachung zuständig sind. Die Einsatzpläne sollten einfach zu beschaffen sein und werden sie hoffentlich einen Schritt weiterbringen. Malou ist auf dem Weg zur Organisation Femiscura, die Vergewaltigungsopfer begleitet, um dort die Sozialarbeiterinnen zu befragen. Sandro bereitet die Pressemeldung vor, mit der sie einerseits über die Mordserie informieren, andererseits den Köder für die Täterin auswerfen.

Sie selbst sitzt vor jenem Spinnenfaden, von dem sie sich wünschte, dass er sich wie von Zauberhand in Luft auflöste. An den sie eigentlich gar nicht denken mag und den sie dennoch nicht einfach übergehen kann. Am Anfang des Fadens steht der Name Kai Langenberger: Der Staatsanwalt, der das einzige verbindende Element zwischen den Opfern ist – mit Ausnahme von Stephan Arnold. Was nichts bedeuten muss, aber alles bedeuten kann. Nur weiß Bettina nicht so recht, wie sie diese Spur verfolgen soll. Also beginnt sie mit dem Naheliegendsten, was man tut, wenn man etwas mehr über einen Menschen erfahren will, den man kennt und doch nicht kennt: Sie gibt den Namen Kai Langenberger in die Suchmaschine ein.

Zuoberst auf der Resultate-Liste erscheint der Link zur offiziellen Webseite der Berner Staatsanwaltschaft, auf der Langenberger aufgeführt ist. Alle anderen Links führen zu Medienseiten und Artikeln, in denen Aussagen des Staatsanwalts zitiert werden. Die Interviews sind alle beruflicher Natur und drehen sich meist um Gewalttaten, die vor Gericht verhandelt wurden.

Ansonsten findet Bettina nichts. Kein LinkedIn- und kein Facebook-Profil des Staatsanwalts, kein Instagram-, kein Twitteraccount. Kai Langenberger scheint nirgends in den sozialen Medien aktiv zu sein. Das ist an sich nicht verwunderlich; die meisten Staatsanwälte schützen ihr Privatleben, weil sie sich in ihrem Job mehr Feinde als Freunde machen, und zwar die Art von Feinden, die vor nichts zurückschrecken. Doch Bettina stößt auch auf keine beruflichen Hinweise. Sie findet weder heraus, wo Langenberger studiert hat, noch stößt sie auf Fachpublikationen, die er verfasst hat, oder auf berufliche Stationen vor seiner Zeit als Staatsanwalt.

Bettina schlägt Kai Langenberger im polizeiinternen Personenverzeichnis nach. Die einzige zusätzliche Information, die sie hier findet, ist seine Festnetz-Telefonnummer und die Wohnadresse im Berner Brunnadernquartier. Sie tippt zuerst die Festnetznummer, dann die Adresse in das allgemeine elektronische Telefonbuch ein. Auch hier: kein Treffer. Also ist niemand sonst unter seiner Nummer oder seiner Adresse eingetragen, keine Familie. Bettina versucht, sich Kai Langenberger als Vater vorzustellen oder als späten Single, aber keines der Bilder will richtig zu ihm passen.

Sie hat damit gerechnet, dass sie auf diesem Weg nicht viel über ihn in Erfahrung bringen wird, aber so gut wie gar nichts? Irritierend. Selbst für einen Staatsanwalt ist es nahezu unmöglich, keine Spuren im Internet zu hinterlassen.

Eigenartig. Spontan greift Bettina zum Autoschlüssel. Wenige Minuten später fährt sie aus der Einstellhalle und lässt sich von ihrem Navi zu Langenbergers Wohnadresse dirigieren. Dort angekommen, stellt sie den Wagen auf einem Parkfeld am Straßenrand ab. Bettina blickt auf das zweigeschossige Einfamilienhaus, ein alter Sandsteinbau, wohl aus den frühen Neunzehnerjahren, umgeben von einem üppigen Garten. Die Villa liegt verlassen da. Kein Auto in der Einfahrt, keine Fahrräder, nichts, das auf ein Familienleben hindeuten würde. Für eine alleinstehende Person wirkt das Haus viel zu groß.

Bettina bleibt eine Weile sitzen und fragt sich, was sie hier genau macht. Was das bringen soll: Auf die verlassene Villa des Staatsanwalts zu starren, einzig, weil er in mehreren Vergewaltigungsdelikten die Anklage geführt hat. Auf einmal glaubt sie, sich verrannt zu haben. Sie wird tun, was sie von Anfang an hätte tun müssen: Sie wird ihn darauf ansprechen. Sie wird merken, dass sich in ihrem Kopf grundlos ein abstruser Verdacht zusammengebraut hat, der sich im Nu in nichts auflösen wird.

Trotzdem stoppt Bettina ihren Wagen auf dem Weg zurück zum Präsidium ein weiteres Mal – vor der Wohnung eines Mannes, der ebenfalls im Dienste des Rechts stand und der sich in falsch verstandener Pflichtausübung schuldig gemacht hat. Bettina steigt aus und drückt auf die Klingel ihres früheren Kollegen Felix Winter, der erst vor Kurzem unfreiwillig in den vorzeitigen Ruhestand geschickt worden ist.

Hinter der Tür vernimmt sie Musik, Verdi. Der Schlüssel dreht sich im Schloss.

»Bettina!«, ruft Winter laut aus, als er sie erblickt. Er sieht zufrieden aus und trägt zu ihrer Überraschung eine Kochschürze mit roten Herzen drauf. »Wie schön, dich zu sehen, komm rein, ich kann die Küche nicht verwaist lassen.«

Schon sieht sie nur noch seinen Rücken, der in der Wohnung verschwindet. Sie schüttelt amüsiert den Kopf und folgt ihm in die Küche, aus der ihr ein hervorragendes Duftgemisch entgegenströmt. Es riecht in Winters Küche wie auf einem Markt in Indien.

»Ich teste gerade ein neues Rezept. Indisches Butterhühnchen, begleitet von einem Palak Paneer, Dal und Chapati. Hätte ich gewusst, dass du kommst, hätte ich etwas mehr gemacht.«

»Ich hatte keine Ahnung, dass du kochen kannst.«

»Ich hatte ja früher nie Zeit dafür. Aber Kochen hat mich schon immer fasziniert. Wenn mich jeweils ein Fall umtrieb und um den Schlaf brachte, habe ich mir zur Entspannung Kochsendungen angeschaut. Jetzt komme ich endlich dazu, alles auszuprobieren.« Felix Winter sagt es mit einem Lachen im braun gebrannten Gesicht. Er sieht um Jahre jünger aus als früher, als er noch im Dienst stand. Bettina fühlt sich daneben alt und ausgepowert.

»Aber du bist wohl kaum wegen meiner Kochkünste hier.«

»Ich wünschte, es wäre anders, aber ich habe tatsächlich ein Problem.«

»Erzähl. Ich höre zu. Es stört dich doch nicht, wenn ich hier weiterarbeite?« Felix Winter rührt in der Pfanne, in der die Linsen kochen.

So erzählt Bettina ihrem früheren Kollegen von den Mordfällen, den Leichen, die nackt gefunden wurden, mit den roten Schuhen an den Füßen, während Felix Winter den Spinat mit dem Frischkäse würzt. Sie berichtet ihm, was sie über die Gerichtsverfahren und die Freisprüche herausgefunden hat, als er den Ingwer schält und die Frühlingszwiebeln schneidet. Sie schildert, dass Staatsanwalt Kai Langenberger in fünf der sechs Fälle die Anklage führte, und sieht zu, wie Winter aus verschiedenen Gewürzen eine Curry-Paste zaubert.

»Kai Langenberger ist der einzige Verbindungspunkt zwischen den Fällen«, schließt Bettina ihre Ausführungen. »Ich kann nicht benennen warum, aber ich habe ein seltsames Gefühl.«

»Du hast ihn noch nicht darauf angesprochen?«, fragt Felix Winter, ohne vom Schneidebrett aufzublicken.

»Nein.«

»Gut. Ich verstehe dein Gefühl. Wenn es keine andere Verbindung gibt, gehört Kai Langenberger zu den Verdächtigen.«

Bettina ist einerseits erleichtert, dass Felix Winter das ebenso sieht, andererseits beunruhigt. Insgeheim hat sie sich gewünscht, dass Winter ihren Verdacht als Unfug abtut und die Ermittlungen ihren normalen Verlauf nehmen könnten. Gleichzeitig fühlt sie sich bestätigt: Sie hat keine Hirngespinste. Ihr Verdacht ist nicht aus der Luft gegriffen – selbst, wenn es um einen Staatsanwalt geht.

»Was würdest du tun?«

»Hast du mit Sandro geredet?«

»Nein, noch nicht. Ich habe heute versucht, etwas über Kai Langenbergers Privatleben herauszufinden. Aber ich habe nichts gefunden. Ich weiß nicht einmal, wo Langenberger studiert oder gearbeitet hat, bevor er zu uns gestoßen ist.«

Jetzt blickt Felix Winter zum ersten Mal auf. »Du hast gar nichts gefunden?«

»Nein.«

Felix Winter legt das Messer beiseite, dreht sich zum Spülbecken und wäscht sich die Hände. Dann wendet er sich Bettina zu.

»Sei vorsichtig. Du verdächtigst jenen Mann eines Verbrechens, der die Ermittlungen zu eben diesem Verbrechen leitet. Bevor du den Verdacht aussprichst, musst du dir ganz sicher sein. Du musst etwas in der Hand haben, es braucht mehr als ein ungutes Gefühl. Denn wenn du mit deinem Verdacht falschliegst, kann das fatale Konsequenzen haben. Wenn er will, kann er erwirken, dass du vom Dienst suspendiert wirst.«

»Das scheint einem ja nicht schlecht zu bekommen, wenn ich dich so ansehe«, wirft Bettina ein.

»Ich kann mich nicht beklagen, mir geht es so gut wie schon lange nicht mehr.« Felix sagt es mit einem Lachen, doch er wird sofort wieder ernst. »Aber du bist nicht ich. Du bist zu jung. Du darfst nicht deine Karriere riskieren.«

»Aber wie soll ich etwas herausfinden, solange ich nicht offiziell gegen ihn ermitteln kann?«

»Setze jemand anderes auf ihn an.«

»Wie? Einen Privatdetektiv? Oder was stellst du dir vor? Ich kann doch nicht jemanden mit dem Job beauftragen, das Leben des Staatsanwalts zu durchleuchten.«

»Ich denke nicht an einen Auftrag.«

»An was dann?«

»Eine Mordserie und ein Staatsanwalt unter Verdacht – das klingt doch nach einer spannenden Geschichte.«

»Wie meinst du das?« Bettina zieht den Satz in die Länge, sie glaubt zu verstehen, ist aber nicht sicher, ob sie richtig liegt.

»Für gewisse Leute wäre das ein gefundenes Fressen.« Felix Winter schaut Bettina direkt in die Augen.

»Du denkst an jemand bestimmten«, stellt sie fest.

»Ja. Setze einen investigativen Journalisten auf die Story an.«

# 58.

Milla ist am Verzweifeln. Jetzt ist nicht mehr nur Nathaniel verschwunden, auch Gundula kann sie auf einmal nicht mehr erreichen. Sie hat heute Morgen Sandro alle Informationen weitergegeben, die sie hatte, es waren ernüchternd wenige. Aber er hat versprochen, alles in die Wege zu leiten, um Nathaniel zu finden. Unmittelbar danach hat sie mehrmals versucht, Gundula anzurufen. Sie ist nicht rangegangen. Milla kann es sich nicht erklären.

Sie will das Handy gerade weglegen, als es Bob Marley's *Everything's Gonna Be Alright* zu spielen beginnt. Ihr Mutmacherlied, wenn in ihrer Welt gerade wieder mal das Chaos herrscht. Auf dem Display steht Kaspars Name.

»Kaspar, guten Morgen!«

»Milla, es ist kein guter Morgen, gar kein guter Morgen. Ich bringe schlechte Nachrichten. Wo bist du?«

»Ich bin in Sandros Wohnung in Bern, wollte aber gerade los.«

»Sandros Wohnung. Das ist gut, das ist sogar sehr gut. Bleib, wo du bist.«

»Kaspar, was ist los, kannst du vielleicht mal Klartext reden?«

»Ich schick dir was, aber bitte nicht erschrecken.«

Millas Handy vibriert, sie stellt das Gespräch auf Lautsprecher und öffnet die Nachricht. Kaspar hat ihr einen

Screenshot geschickt. Darauf ist ein bearbeitetes Foto von ihr zu sehen; jemand hat ihr einen Galgen um den Kopf gezeichnet, in ihrer Brust steckt ein gemaltes Messer. Darunter steht: *Femoid Milla Nova ist die schlimmste Vertreterin ihrer Spezies. Wer sie eliminiert, wird zum unsterblichen Helden erklärt!*

»Scheiße!«, sagt Milla laut. Sie hat damit gerechnet, dass sie aus der Incel-Szene heraus angefeindet werden würde. Aber dass sie auf diese Weise zum Abschuss freigegeben wird, erschüttert sie gleichwohl.

»Du musst das ernst nehmen«, sagt Kaspar. »Dass ihre Drohungen mehr als leere Worte sind, hat das Attentat auf die Frauendisco wohl nur zu deutlich gezeigt.«

»Ich nehme das ernst.«

»Es kursieren auf den Incel-Seiten im Netz auch schon Memes von dir, die verbreiten sich wie ein Lauffeuer. Du solltest dich eine Weile zurückziehen, flieg auf eine schöne Insel, mach mal Ferien, die hast du dir auch verdient.«

»Danke, Kaspar, ich denke darüber nach.«

»Nicht nachdenken, machen!«, ruft ihr Cousin. Milla hört die Sorge in seiner Stimme.

»Ich passe auf mich auf, versprochen. Kannst du mir alles schicken, was du dazu findest, damit ich es der Polizei zeigen kann?«

»Mache ich.«

»Danke.«

»Milla?«

»Ja?«

»Bitte sei vorsichtig. Keine Geschichte ist es wert, dafür sein Leben zu riskieren. Ich will, dass du uns noch eine Weile erhalten bleibst.«

»Versprochen.«

»Mach's gut.«

Milla legt das Handy auf den Küchentisch. Sie wollte gerade los zu Gundula. Sie wollte Nathaniel suchen. Nathaniel, der womöglich von jenen Menschen gefangen gehalten wird, die ihr den Tod wünschen.

»Scheiße!«, sagt Milla noch einmal laut.

Da singt Bob Marley erneut *Everything's Gonna Be Alright*. Milla schaut auf das Display. Gundula.

»Gundula!«, ruft Milla in den Hörer.

»Nein, ich bin's, Nathaniel. Es ist alles okay. Gundula hat mich befreit.«

Eine Stunde später sitzt Milla nicht, wie Kaspar ihr geraten hat, auf einer schönen Insel, sondern in der Café-Bar *Adriano's* in Bern. Obwohl noch nicht einmal Mittag ist, stehen vor Nathaniel, Gundula und ihr selbst drei Gläser Prosecco, weil Gundula darauf bestanden hat, dass Nathaniels Rettung gefeiert werden muss, und weil Nathaniel um jeden Preis auf seine Retterin anstoßen wollte, er, der eigentlich nicht trinkt.

Milla kommt gar nicht dazu, ihre vielen Fragen zu stellen. Nathaniel und Gundula wechseln sich ab in ihrer Berichterstattung und klingen dabei wie zwei Co-Moderatoren, die gerade einen True-Crime-Podcast aufnehmen. Milla ist entsetzt, als Nathaniel erzählt, wie jemand Mister Sinister mitten im Vortrag unterbrach und ihm ihren Trailer zur Wochenthemen-Reportage zeigte. Und wie ihn die Männer daraufhin überwältigt, gefesselt und gefangen gehalten haben. Sie ist beeindruckt, als sie erfährt, wie Gundula ihren Freund eigenhändig befreit hat.

»Ich konnte doch nicht zu Hause sitzen und nichts tun!«, sagt Gundula.

»Aber wie wusstest du …«

»Ich weiß nicht, woher die Idee gekommen ist, plötzlich war sie einfach da. Weil es mir bei mir selbst schon aufgefallen ist: Gebe ich auf meinem Handy auf Google Maps eine Adresse ein, um mich mit dem Navigator dorthin führen zu lassen, dann erscheint die zuletzt gesuchte Adresse ebenso auf meinem Laptop, sobald ich Google Maps öffne und ins Suchfeld klicke. Unter dem Suchfeld werden dann etwa die letzten drei gesuchten Adressen aufgelistet, in chronologischer Reihenfolge, ungeachtet dessen, ob ich die Adresse auf dem Laptop oder auf dem Handy gesucht habe.«

»Das wusste ich nicht«, sagt Milla.

»Keine Ahnung, wie das funktioniert, wahrscheinlich weil alles über denselben Google-Account läuft, der die Geräte synchronisiert. Egal, ich ging also in Nathaniels Zimmer und setzte mich an seinen Computer, öffnete Google Maps und tippte oben links in das leere Suchfeld. Und da stand sie: Die Adresse, die Nathaniel eingegeben hat, um den Veranstaltungsort zu finden. Das Satellitenbild zeigte mir, dass es sich um eine abgelegene Werkhalle am Oltner Stadtrand handelte. Also fuhr ich hin.«

»Für einmal war es ein Segen, dass Google fast alles über uns weiß!«, kommentiert Nathaniel.

»Als Erstes entdeckte ich James, der draußen im Hof angebunden war.«

»Ich hörte ihn kläffen.«

»Und dann Nathaniel.«

»Du kannst dir nicht vorstellen, wie froh ich war, Gundulas Stimme zu hören.«

»Er lag gefesselt auf einem Stuhl auf dem Boden. Es war entsetzlich, ihn so zu sehen.«

»Für mich war es der schönste Moment in meinem Leben.«

»Die Schweine! Zum Glück war keiner da, ich glaube, ich hätte sie umgebracht«, sagt Gundula im Brustton der Überzeugung.

Milla schaut ihre Freunde an, die kleine Gundula, die einmal mehr bewiesen hat, dass sie die Allergrößte ist, und den blinden Nathaniel, der tapferste Mensch, den Milla kennt. Am liebsten würde sie die beiden lange und innig umarmen.

»Und jetzt müssen wir zur Polizei«, fährt Gundula fort, ohne eine Atempause einzulegen. »Dringend.«

»Ich habe Sandro bereits informiert, dass Nathaniel heil zurück ist.«

»Darum geht es nicht – wir müssen ein Attentat verhindern«, sagt Nathaniel.

»Wir müssen was?«, fragt Milla.

»Sie planen ein weiteres Attentat, und zwar schon morgen Abend.«

»Wo?«

»Das weiß ich nicht.«

»Auf wen?«

»Das weiß ich auch nicht.«

»Nathaniel, warum glaubst du, dass sie ein Attentat geplant haben?«, fragt Milla nach.

»Sie sprachen von einem Event mit über hundert Frauen. Sie sprachen von Waffen und von einem finalen Akt.«

»Aber du hast nicht gehört, wann und wo das stattfinden soll?«

»Ich weiß nur, dass es irgendetwas sein muss, das morgen um sechs Uhr beginnt.«

»Wir müssen sofort mit Sandro reden.«

Milla blickt auf die Uhr. Der Polizei bleiben genau achtundzwanzigeinhalb Stunden, um ein weiteres Attentat auf Frauen zu verhindern.

# 59.

»Sie können hochkommen«, sagt eine Stimme in der Gegensprechanlage. »Dritter Stock.«

Malou stößt die Tür auf, steigt zu Fuß die Treppe hoch und bleibt vor jener Tür stehen, bei der nichts angeschrieben ist. Sie hört, wie ein erstes Schloss aufgeschlossen wird, dann ein zweites, zuletzt wird ein Riegel weggeschoben. Als sich die Tür endlich öffnet und eine Frau sie hereinbittet, fühlt es sich an, als würde sie einen Hochsicherheitstrakt betreten.

»Ist leider nötig.« Die Frau mit dem langen dunkelroten Haar zuckt mit den Schultern. »Hier laufen immer wieder Männer Amok, die verhindern wollen, dass wir ihre Opfer beraten und ihnen helfen. Ich bin Fernanda.«

Die Opferberatungsstelle erinnert Malou an andere soziale Institutionen. Die Räume sind in Pastell gehalten, Informationsbroschüren liegen aus, der Wartebereich ist mit bequemen Sesseln ausgestattet, in einer Spielecke liegen Holzklötzchen und Malbücher auf einem Tischchen.

»Viele unserer Klientinnen sind Mütter, nicht selten sind die Täter ihre Partner«, sagt Fernanda, als sie Malous Blick folgt. »Polizistinnen hingegen haben wir eher selten zu Besuch.«

»Ich bin beruflich hier.«

»Das habe ich mir gedacht.«

Fernanda führt Malou in ihr Besprechungszimmer. Blumenbilder an den Wänden, womöglich sollen sie eine beruhigende Wirkung haben. Malou ist hier alles auf zu nett und zu schön und zu lieblich getrimmt, als könnte man den Schmerz und den Schrecken der Gewalttat mit Blumen und Pastellfarben lindern.

Malou setzt sich an den Tisch, Fernanda nimmt ihr gegenüber Platz.

»Um welchen Fall geht es?«, will die Sozialarbeiterin wissen.

»Wie viele Sozialarbeiterinnen arbeiten denn hier?« Malou geht nicht auf Fernandas Frage ein.

»Wir sind nur zu zweit. Wir finanzieren unsere Opferberatungsstelle teils mit öffentlichen Geldern, zu einem großen Teil aber auch aus Spenden. Mehr als zwei Vollzeitstellen sind leider nicht drin – obwohl wir notorisch unterbesetzt sind.«

»Sie und Ihre Kollegin begleiten die Klientinnen auch vor Gericht, wenn sie das wünschen?«

»Ja. Das heißt, das mache meistens ich. Meine Kollegin vermeidet es, wenn es möglich ist, es deprimiert sie zu sehr. Sie ist da nicht so hart im Nehmen, und wissen Sie, man muss eine dicke Haut haben, wenn man eine solche Verhandlung durchstehen will.«

Malou nickt nur. »Sagen Ihnen die Namen Jürgen Bräutigam, Bendicht Kerner, Thomas Sahli, Klaus Tanner und Peter Bannholzer etwas?«

»Bräutigam, da klingelt was. Aber die anderen … ich weiß nicht, sollten sie mir etwas sagen?«

»Das sind alles Männer, die wegen Sexualdelikten vor Gericht gestanden haben.«

»Haben Sie mal die Namen der Opfer?«

Malou greift zu ihrem Notizbuch, die Namen der Frauen weiß sie nicht auswendig. Sie muss einen Moment lang blättern, dann liest sie die Liste vor: »Annette Stern, Anna-Barbara Grünig, Klara Meyer, Lisbeth Kronig, Veronika Blatter.«

»Ich erinnere mich an Annette Stern, die unsere Hilfe in Anspruch nahm, sie war eine starke Frau. Auch Lisbeth Kronig habe ich begleitet. Die anderen müsste ich in unserem Archiv suchen. Ich kann mir nicht alle Namen merken. Es sind so viele Fälle – und niemand spricht darüber, dass Frauen in unserem Land tagtäglich Opfer von Gewalt werden.«

»Alle Fälle, die ich Ihnen genannt habe, endeten mit einem Freispruch.«

»Natürlich. Was erwarten Sie denn? Die meisten Verfahren zu Sexualdelikten enden mit einem Freispruch. Im Zweifel für den Angeklagten ... obwohl sie es in den meisten Fällen gewesen sind. Nur kann man es ihnen nicht beweisen. Steht Wort gegen Wort, ist die Frau fast immer die Verliererin. Es ist eine Schande.«

Malou hört Fernanda aufmerksam zu, als sie spricht, beobachtet ihr Gesicht, ihre Gestik, die Augen. Sie hört die Bitterkeit in ihrer Stimme, erkennt aber auch das Feuer, das in Fernanda brennt, ihren Gerechtigkeitssinn, der in ihrem Alltag wieder und wieder brutal enttäuscht wird.

»Was macht das mit Ihnen, dass die Männer freigesprochen werden? Sie kennen die Opfer, Sie kennen die Taten – und dann werden die Täter nicht zur Rechenschaft gezogen.«

Fernanda blickt sich um, als wolle sie sicherstellen, dass sich niemand anderes im Raum befindet.

»Soll ich ehrlich sein?«

Malou nickt.

Fernanda zögert. Als sie doch noch zu sprechen beginnt, merkt Malou sofort, dass sie nicht das sagt, was sie eigentlich hatte sagen wollen.

»Das ist unsere Justiz. Man kann's leider nicht ändern. Wir können es nur immer und immer wieder versuchen.«

»Um erneut zu scheitern.«

»Wir scheitern nicht immer. Manchmal erzielen wir auch Erfolge. Dann erhalten die Täter die gerechte Strafe.«

»Wie meinen Sie das?«

»Ich meine vor Gericht. Wie sollte ich das sonst meinen?«

Fernanda reckt das Kinn ein bisschen höher, sodass sie auf Malou herunterblickt. Ihre Augen blitzen provozierend, doch der Moment ist sofort wieder vorbei. In der nächsten Sekunde schaut sie Malou versöhnlich an und lächelt freundlich, als sei sie eine ihrer Klientinnen. Sodass sich Malou nicht mehr sicher ist, ob sie sich den seltsamen Blick gerade eben nur eingebildet hat.

»Können Sie in Ihrem Archiv nachschauen, ob Sie die anderen Frauen ebenfalls betreut haben?«

»Nein.«

Malou stutzt. »Warum nicht?«

»Ich habe Ihnen schon zu viel gesagt. Das alles unterliegt nämlich dem Berufsgeheimnis. Ohne richterlichen Beschluss kann ich Ihnen eigentlich keine Auskunft über unsere Klientinnen geben.«

»In Ordnung. Darf ich Ihnen noch eine letzte Frage stellen?«

»Nur zu, deshalb sind Sie ja hier.«

»Welche Schuhgröße tragen Sie?«

Unwillkürlich blickt Fernanda auf ihre Schuhe, als müsse sie sich erst selbst vergewissern, welche Größe sie trägt.

»Es kommt darauf an«, sagt sie unsicher. »Mal die 38, mal die 39. Und in den Laufschuhen die 40.«

Während Malou im Therapiezimmer der Opferhilfestelle für missbrauchte Frauen auf die Schuhe der Sozialarbeiterin blickt, nimmt Florence in einem Sitzungszimmer im Berner Amtshaus gegenüber einer jungen Beamtin des sicherheitspolizeilichen Einsatzdienstes Platz. Sie trägt Uniform, Waffe und Taser auf sich und schaut Florence interessiert an.

»Du bist Monika Amrein?« Es fühlt sich für Florence seltsam an, eine mögliche Verdächtige zu duzen, aber innerhalb der Polizei sind alle Kolleginnen und Kollegen per du. Plötzlich zum Sie zu wechseln käme beinahe einer Vorverurteilung gleich.

»Ja, das bin ich.«

»Ich bin hier, weil ich im Rahmen einer Ermittlung verschiedene, bereits abgeschlossene Gerichtsfälle noch einmal genauer anschaue.«

»Um was für eine Ermittlung handelt es sich? Geht es um Mord?«

»Dazu kann ich dir im Moment leider nichts sagen.«

»Ah so. Manchmal ist keine Antwort auch eine Antwort.« Monika Amrein grinst Florence verschwörerisch zu. Unter anderen Begebenheiten wäre ihr die junge Frau wahrscheinlich sympathisch. Sie erinnert sie ein bisschen an sie selbst, wie sie mal war, als sie voller Idealismus und Zuversicht in diesen Job gestartet ist.

»Ich habe den Einsatzplan über die Wachdienste am Gericht eingesehen«, erklärt Florence. »Ich interessiere mich für fünf Verhandlungen – bei drei dieser Verhandlungen hattest du Dienst.«

Monika Amrein hat einen neugierig-aufmunternden Blick aufgesetzt, als könne sie nicht erwarten, was Florence als Nächstes sagt.

»Es handelte sich um drei Sexualdelikte, die Beschuldigten hießen Jürgen Bräutigam, Thomas Sahli und Klaus Tanner.«

»O-kay.« Die junge Frau zieht das O in die Länge.

»Okay?«

»Also, ja, klar, das ist möglich.«

»Aber du erinnerst dich nicht.«

»Nein, jetzt nicht grad so konkret.«

»Die Fälle liegen alle zwischen vier und acht Monate zurück.«

»Es tut mir leid, ich erinnere mich wirklich nicht. Ich sitze in so vielen Verfahren im Gerichtssaal, da kann ich mich unmöglich an jeden einzelnen Beschuldigten erinnern.«

»Sagen dir die Namen Bendicht Kerner und Peter Bannholzer etwas?«

»Nein. Tut mir leid.«

»Auch sie standen wegen Sexualdelikten vor dem Richter.«

»Okay.«

»Kommt es vor, dass ihr manchmal auch Schichten tauscht, dass also jemand anderes im Gericht sitzt, als auf dem Dienstplan eingetragen ist?«

»Ja, kommt vor.«

»Aber du weißt nicht mehr, ob du gegebenenfalls auch

bei den Fällen Kerner und Bannholzer im Gericht Dienst hattest?«

»Nein. Wann soll das denn gewesen sein?«

Florence schlägt rasch die Daten nach, die sie sich notiert hat, und zeigt sie Monika Amrein. Diese zuckt bloß mit den Schultern.

»Kann ich jetzt echt nicht sagen.«

»Vielleicht mal in die Agenda gucken?«

»Das trag ich nicht ein, wenn ich kurzfristig Dienst tausche und einspringe.«

Florence möchte die junge Beamtin am liebsten schütteln. Sie merkt, dass sie so nicht weiterkommt. Also versucht sie es mit einem anderen Ton und mit einer anderen Sprache.

»Schon krass, dass du all die Fälle vor Gericht so intensiv mitkriegst. Macht dich das nicht völlig fertig?«

»Nein, ich finde das spannend. Vor allem, wenn es um schwere Delikte geht. Bei den kleineren Fällen schläft mir manchmal fast das Gesicht ein.«

»Warum die schweren Delikte?«

»Ist doch toll, ist wie ein Real-Crime-Movie. Ich muss nur dasitzen und zuhören und verdiene dabei mein Geld.«

Spätestens jetzt erinnert Florence nichts mehr an der jungen Frau an ihr früheres Ich. Im Gegenteil; jetzt ist sich Florence sicher, dass Monika Amrein nie eine gute Polizistin werden wird. Gleichzeitig beschleicht sie das Gefühl, dass ihr hier womöglich etwas vorgespielt wird. Tut die Frau nur so oder ist sie tatsächlich so? Und falls sie sich verstellt – warum macht sie das?

»Was läuft bei dir ab, wenn du da zuhörst und denkst, der Beschuldigte hat es getan – und dann wird er freigesprochen?«

»Dann kann ich das auch nicht ändern. Wie ist es denn so in der Abteilung Leib und Leben?«

»Anstrengend. Da ist nichts mit nur Dasitzen und Zuhören. Da hagelt es Überstunden ohne Ende.«

Monika Amrein reagiert nicht auf den kleinen Seitenhieb.

»Ich will da auch hin und Morde aufklären.« Sie hält inne, scheint nachzudenken. »Warum stellst du diese Fragen? Sind die Kerle, die du genannt hast, tot?«

»Dazu kann ich nichts sagen.«

»Du bist bei Leib und Leben, natürlich geht es hier um Mord.«

»Wie gesagt, dazu kann ich keine weiteren Ausführungen machen.«

»Warte mal. Sie wurden freigesprochen und dann umgebracht?«

»Bitte …«

»Denkst du etwa … ihr meint, ich hätte was damit zu tun?«

»Es geht hier nur darum, ob du an diesen Tagen Dienst hattest.«

»Ich fasse es nicht. Kommst hierher und machst voll auf Kollegin und sagst mit keinem Wort, dass ihr gegen mich ermittelt!«

»Wir ermitteln nicht gegen dich.«

»Ah nein, und warum bist du dann hier?«

Dieser Punkt geht an sie, denkt Florence, die sich schon zum zweiten Mal in diesem Fall leicht überfordert fühlt. Thomas Sahli wollte gar nicht erst mit ihr reden, weil sie eine Frau ist, und Monika Amrein kriegt sie überhaupt nicht zu fassen. Sie kann sie nicht einschätzen. Es ist möglich, dass sie hier eine Show abzieht, weil sie etwas zu verbergen hat – oder aber sie ist tatsächlich weder mit Sympathie noch mit Intelligenz großzügig ausgestattet worden.

»Ich habe nur noch eine Frage.« Florence versucht einen versöhnlichen Ton anzuschlagen.

»Ich beantworte keine Fragen mehr.« Alle Neugierde und Freundlichkeit ist weg.

»Ich möchte nur wissen, was du für eine Schuhnummer trägst.«

»Ich sage kein Wort mehr ohne einen Anwalt.«

Zur gleichen Zeit, nur wenige Hundert Meter entfernt, diskutieren Polizeichef Sandro Bandini, Kommunikationschef Emilio Livingstone, Staatsanwalt Kai Langenberger und der forensische Psychiater Franz Maniuk, wie sie mit dem Fall um die roten Stöckelschuhe an die Öffentlichkeit treten wollen. Es geht darum, wie viel sie preisgeben sollen, was sie bewusst unter Verschluss halten, und wie sie am geschicktesten schummeln, um die Täterin direkt anzusprechen und in die Falle zu locken.

»Wir dürfen auf keinen Fall sagen, dass wir von einer Täterin ausgehen. Sprechen wir von einem Täter, gibt ihr das ein Gefühl von Sicherheit«, erklärt Franz Maniuk. »Überdies würde ich den gesuchten Täter mit ein paar negativen Attributen ausstatten – denn unsere Täterin ist eitel und narzisstisch veranlagt. Gut möglich, dass sie das nicht auf sich sitzen lassen wird. Sie hat mit der Inszenierung ihrer Opfer gezeigt, dass sie mit uns kommunizieren will. Wenn wir sie mit Unwahrheiten herausfordern, ist es möglich, dass sie direkt reagiert.«

»Negative Attribute?«, fragt Kai Langenberger.

»Wir haben mal mit einem Phantombild nach einem Mörder gesucht. Wir zeichneten ihm ein paar Pickel ins Gesicht und schrieben, er sei ungepflegt, unrasiert und habe eine unreine Haut. Das hat er gar nicht gut vertragen: Er schrieb uns einen Brief, in dem er uns widersprach – daraufhin haben wir seine Handschrift veröffentlicht, und jemand hat sie wiedererkannt. So haben wir ihn schließlich überführt.«

»Ich erinnere mich«, sagt Sandro. »Gute Idee, aber dieses Mal haben wir kein Phantombild.«

»Wir könnten schreiben, dass der Täter einer unteren Bildungsschicht angehört und nicht sehr intelligent vorgeht«, schlägt Maniuk vor.

»Das machen wir. Veröffentlichen wir auch das Foto der Überwachungskamera?«

»Ja. Wir suchen den Mann, sagen aber nicht, warum. Wir schreiben, dass er womöglich etwas beobachtet haben könnte, etwas in der Art.«

»Okay.«

»Wichtig ist, dass klar wird: Es besteht eine Gefahr. Wir tun unser Bestes. Aber: Der Polizeischutz musste aufgrund mangelnder Kapazitäten wieder aufgehoben werden. Die Täterin soll glauben, dass sie wieder freies Spiel hat.«

»Geht klar.« Emilio Livingstone schreibt sich alles auf. »In einer halben Stunde lege ich dir den Text vor, wenn er in Ordnung ist, lassen wir ihn raus. Bist du für Nachfragen zu haben?«

Sandro schüttelt den Kopf. »Wir sagen, dass es zurzeit aus ermittlungstaktischen Gründen keine weiteren Informationen gibt.«

»Verstanden.«

Sandros Handy klingelt. Er schielt auf das Display, sieht, dass es Milla ist, und klickt den Anruf weg. Sekunden später kommt eine Textnachricht herein. Er klickt sie an.

*Superdringend. Absoluter Notfall. Wir sind auf dem Weg zu dir.*

Im gleichen Moment, als Sandro verstört auf sein Handy blickt, sitzt sein Kollege Bernard Blanc auf dem Sofa in Thomas Sahlis Wohnung und versucht, nicht die Geduld zu verlieren. Zwei Mal hat er Sahli alles ausführlich erklärt, zwei Mal ist er mit ihm alle Eventualitäten durchgegangen, doch jetzt stellt er die gleiche Frage noch ein drittes Mal.

»Sie sind hundertprozentig sicher, dass nichts passiert?«

»Hundertprozentig sicher.«

Bernard Blanc versucht, ihn zu beruhigen, was offensichtlich nur teilweise gelingt. Thomas Sahli nagt an der Unterlippe, bis sie blutet. Beinahe würde er Bernard leidtun. Beinahe, wenn der junge Mann nicht derart frauenfeindlich denken würde. Als er ihm den Vorschlag unterbreitet hat, in seine Wohnung zurückzukehren und dort den Lockvogel zu spielen – Bernard hat dafür natürlich andere Worte verwendet, inhaltlich läuft es aber aufs Gleiche hinaus –, hatte Sahli den starken Typen rausgehängt, der sich vor nichts fürchtet, schon gar nicht vor einer Frau. Jetzt aber wirkt er eingeschüchtert und geradezu geschrumpft, wie er da auf seinem Sofa kauert. Bernard betrachtet Thomas Sahli und denkt, dass er in diesem Augenblick genauso aussieht, wie er wirklich ist: ein unsicherer, blasser Jugendlicher, der seinen Platz im

Leben als Erwachsener noch nicht gefunden hat. In seiner Verletzlichkeit lässt er die Wut an den Frauen und der ganzen Welt aus, weil es für ihn zu schamhaft wäre, die Fehler bei sich selbst zu suchen. Doch sein Getue ist zum größten Teil Fassade. Und die bröckelt gerade.

»Hier.« Bernard hat einen Plan des Hauses und der Umgebung auf den Tisch gelegt und zeigt auf eine Stelle. »Und hier und hier sind unsere Leute platziert. Wenn etwas ist, sind sie innerhalb von Sekunden bei Ihnen.«

»Und wenn das zu spät ist?«

»Wir werden nicht zu spät sein. Sie gehen wie gewohnt zur Arbeit, kehren wie gewohnt nach Hause zurück, wir werden immer bei Ihnen sein. Das Mikrofon tragen Sie am Körper, dazu den kleinen Knopf im Ohr, damit bleiben wir in Verbindung. Wenn etwas ist, wenn etwas Sie verunsichert, wenn Sie Angst kriegen, dann melden Sie sich jederzeit.«

»Ich werde keine Angst haben.«

Bernard erkennt die Lüge in den Augen des jungen Mannes. Er macht sich schon jetzt fast in die Hose. Sie hätten nicht ihn als Lockvogel aussuchen sollen, das war eine Fehlentscheidung. Sahli ist zu labil. Aber jetzt ist es nicht mehr zu ändern. Alles ist durchdacht und organisiert. Wenn die Täterin auftaucht, wird Thomas Sahli nichts passieren. Stattdessen werden sie sie kriegen. Daran zweifelt Bernard nicht eine Sekunde. Die Frage ist nur: Kommt sie oder kommt sie nicht?

# 60.

Milla hofft, dass Sandro da ist. Er hat nicht auf ihre Nachricht geantwortet, aber er hat sie gelesen und nicht widersprochen. Also wird er im Büro sein, denkt sie, als sie das Polizeigebäude betreten. Die Frau hinter der schusssicheren Scheibe unten am Empfang hat Milla noch nie gesehen.

»Guten Tag, ich bin Milla Nova, ich habe einen Termin mit Sandro Bandini.«

»Sie sind nicht angemeldet.« Die Frau mustert erst Milla, dann Nathaniel, ihr Blick wandert zu James und dann hinüber zu der Frau, die nicht größer ist als ein Kind.

»Er weiß, dass wir hier sind, ich kann ihn sonst rasch anrufen.«

Die linke Augenbraue der Frau schnellt in die Höhe.

»Ich bin seine Lebenspartnerin«, schiebt Milla nach.

»Ich rufe ihn an.« Die Frau greift zum Hörer, sagt etwas von Besuch, drei Personen und ein Blindenhund. Sie nickt. Hängt auf. Schaut Milla über den Rand ihrer Lesebrille an, als wäre sie die Lehrerin und Milla die unfolgsame Schülerin.

»Sie können rein. Er sagt, Sie kennen den Weg in sein Büro.«

Der Türsummer ertönt, und Milla stapft mit ihrer bunten Entourage die Treppe hoch zu Sandros Büro.

Die Tür ist nur angelehnt, Milla klopft trotzdem kurz an. Sandros »Herein!« klingt nicht gerade freundlich.

»Milla, ich bin am Arbeiten. Ich habe wirklich keine Zeit. Wenn es um eine Anzeige geht, wende dich bitte an die Zentrale.« Sandro hält inne, nickt jetzt auch Gundula und Nathaniel zu. »Zum Glück ist alles gut gegangen, ich bin froh, dass dir nichts passiert ist«, sagt er zu Letzterem.

»Wir sind nicht wegen einer Anzeige hier. Wir sind hier, weil Nathaniel ein Gespräch zweier Incels mitgekriegt hat. Sie planen ein weiteres Attentat. Schon morgen!«

Sandro wechselt sofort den Modus. Von einer Sekunde auf die andere ist er todernst und hoch konzentriert. Er kennt Milla gut genug, um zu wissen, dass sie nicht überdramatisiert. Nie.

»Setzt euch«, sagt er, während er automatisch nach Nathaniels Arm greift und ihn zur Lehne des Stuhls führt. »Nathaniel, kannst du mir ganz genau erzählen, was du gehört hast?«

Nathaniel schildert Sandro die wenigen Einzelheiten: Dass Mister Sinister die zwei unbekannten Männer mit Waffen ausstatten wollte, dass morgen Abend ein Angriff geplant ist auf ein Event, an dem etwa hundert Frauen teilnehmen, dass die ganze Sache um sechs Uhr beginnt und dass sich die Angreifer auf einem Parkplatz treffen und dann zuschlagen wollen.

»Die Versammlung, die du besucht hast, und das Gebäude, in dem du festgehalten wurdest – das war in Olten?«

»Ja«, sagt Nathaniel.

»Ich habe die Adresse.« Gundula reicht Sandro ihr Telefon mit der Karte, auf der die Adresse gespeichert ist.

Sandro notiert sie sich. Das ist wenigstens etwas, er wird das Areal sofort durchsuchen lassen. Vielleicht können sie über den Besitzer der Lokalität herausfinden, wer den Saal für den Vortrag des Incels gemietet hat.

»Du weißt nicht, in welchem Kanton oder in welcher Stadt der Anschlag geplant ist?«

»Nein.«

Sandro muss sofort mit der Bundespolizei Kontakt aufnehmen, damit sie den Einsatz koordinieren.

»Auch weiß niemand von euch, wie Mister Sinister mit richtigem Namen heißt?«

Alle drei schütteln den Kopf. Milla denkt an ihren Cousin, sie muss ihn anrufen und fragen, ob er herausfinden kann, wer Mister Sinister ist.

»Ich habe dir alle Links zu den Posts geschickt, die ich von Misters Sinister kenne, vielleicht kann Florence die Spuren zurückverfolgen. Die Screenshots der unverpixelten Bilder von Mister Sinister habe ich dir ebenfalls zugestellt.«

Eigentlich wollte Milla Sandro auch die neuen Bilder zeigen, die sie heute von Kaspar erhalten hat; die Fotos, auf denen man ihr einen Galgen um den Hals gezeichnet hat, die Drohungen, die gegen sie ausgesprochen wurden. Doch das muss warten.

»Okay. Danke.« Er schaut auf die Uhr. »Noch haben wir knapp achtundzwanzig Stunden. Wir müssen herausfinden, wer Mister Sinister ist, wo er sich aufhält und wo genau der Anschlag geplant ist. Wir werden alles in Bewegung setzen, es darf zu keinem weiteren Attentat kommen. Nathaniel, ich setze hiermit eine der größten Polizeiaktionen der letzten Jahre in Gang, darum frage ich noch einmal: Bist du dir absolut sicher, dass du die

Männer richtig verstanden hast und sie nicht von etwas anderem sprachen?«

»Ich mag vielleicht blind sein, aber taub bin ich nicht.«

»So hab ich das nicht gemeint.«

»Ich bin mir absolut sicher, dass sie ein Attentat planen.«

»Gut. Dann lasst mich jetzt meine Arbeit tun. Und Milla …«

Milla weiß genau, was Sandro als Nächstes sagen wird.

»Nichts von dem geht raus an die Öffentlichkeit. Nichts, solange ich nicht etwas anderes sage. Jede Panik muss vermieden werden. Hast du das verstanden?«

»Aye aye, Chef«, sagt Milla mit tiefer Stimme. »Versprochen«, fügt sie in versöhnlichem Tonfall an.

Nachdem sich Milla vor dem Polizeipräsidium von Gundula und Nathaniel verabschiedet hat, ruft sie ihren Cousin Kaspar an.

»Milla, ist etwas passiert?« Er klingt alarmiert.

»Nein, alles gut, es geht mir gut. Ich habe eine Frage, oder eher eine Bitte: Kannst du herausfinden, wie Mister Sinister in Wirklichkeit heißt?«

»Ich habe es schon versucht. Leider bislang ohne Erfolg. Er bewegt sich sehr vorsichtig im Netz.«

Milla zögert einen Moment. Dann erzählt sie ihrem Cousin trotz ihres Versprechens an Sandro, was Nathaniel gehört hat; dass die Incels um Mister Sinister ein weiteres Attentat planen.

»Bloody Jesus!«, ruft Kaspar aus, als Milla ihre Ausführungen beendet hat. »Ich versuche noch einmal, Mister Sinisters Identität herauszufinden. Und ich halte die Augen offen – so wie ich die kenne, werden sie das Attentat kurz vorher ankündigen. Wir müssen einfach schnell genug sein.«

Schnell genug sein, wiederholt Milla in Gedanken. Tatsächlich fühlt sie sich im Moment völlig ausgebremst. Es ist schrecklich zu wissen, dass eine abscheuliche Tat geplant ist, und nichts dagegen tun zu können. Statt den Weg zum Bahnhof einzuschlagen und den Zug nach Zürich zu nehmen, setzt sich Milla draußen vor dem Adriano's an einen freien Tisch. Sie klappt den Laptop auf und versucht, mit verschiedenen Suchworten herauszufinden, wo ein Event stattfindet, der auf Nathaniels Beschreibung zutreffen könnte. Sie hat Sandro zwar versprochen, dass sie nicht über das Besprochene berichten wird, das bedeutet aber nicht, dass sie nicht recherchieren darf. Als sie das Datum von morgen Freitag in einen der vielen Online-Veranstaltungskalender eintippt, wird ihr beinahe übel: Allein im Kanton Bern sind es Dutzende, in der gesamten Schweiz Hunderte von Veranstaltungen, die am Freitagabend stattfinden: von der Velo-Disco über das Kirchenkonzert, von der Quartier-Feier bis zum Stadtfest, von der Ü-40-Party bis zum Rockkonzert im Stadion. Es ist unmöglich, aus all den Veranstaltungen jene herauszufinden, die das Anschlagsziel der Incels ist. Milla ändert die Strategie und sucht explizit nach LGBT-Partys, aber es gibt etliche, zu viele, es ist zum Verzweifeln.

Milla stellt fest, dass ihre Hand zittert. Sie hat Angst. Angst davor, dass niemand das Attentat wird vereiteln können, obwohl sie davon gewusst haben. Angst davor, dass sie zu spät kommen werden, um das Töten zu verhindern. Nie zuvor hat sich Milla so hilflos gefühlt.

# 61.

Er hat versucht, mich anzurufen. Ich bin nicht rangegangen. Ich kann jetzt nicht mit ihm reden. Unmöglich. Ob er etwas ahnt? Er wäre der Einzige. Die Polizei hat auf jeden Fall keine Ahnung. Sie glaubt, sie habe eine Spur. Dass ich nicht lache!

Ich habe heute in einer Online-Zeitung davon gelesen. Sie haben die Medien über die drei Morde informiert, ohne die Namen der Opfer zu nennen. Das ist eine Enttäuschung. Ihre Namen gehören an einen Pranger, inklusive ihrer Schuld und ihrem Verdikt: die Todesstrafe. Sie schreiben in dem Artikel von bisher drei Toten. Also haben sie ihn doch noch gefunden. Hat lange genug gedauert.

Sie haben drei Leichen, und sie fürchten, dass es weitere geben wird, gleichzeitig sind sie völlig ahnungslos. Sie haben jemanden im Visier. Sie haben sogar ein Bild von ihm veröffentlicht, die Aufnahme einer Überwachungskamera, man sieht ihn von oben herab. Natürlich haben sie geschrieben, das sei nicht der Mann, den sie als Täter verdächtigten. Sie behaupten, das sei jemand, der ein wichtiger Zeuge sein könnte. Bullshit. Es gibt keine Zeugen. Ich habe keine Ahnung, wer der Kerl ist, war wohl im falschen Moment am falschen Ort. Auf jeden Fall fürchte ich mich nicht. Ich weiß, dass auch dieser Mann nichts weiß, er stellt für mich keine Gefahr dar.

Gut für mich, wenn sie jemanden verdächtigen, der nichts damit zu tun hat. Ich frage mich, warum sie so sicher sind, dass der Täter ein Mann ist – wohl, weil sie einer Frau eine solche Mordserie nicht zutrauen.

Ich geh rüber in die Küche, fülle die Gießkanne, der Bauernkaktus auf dem Sims des Badezimmerfensters kriegt nur drei, vier Tropfen. Im Wohnzimmer gieße ich erst die Aloe Vera, danach die Amaryllis. Die Pflanzen mögen es nicht, wenn ich die Reihenfolge wechsle.

Sie haben in dem Artikel geschrieben, dass die Toten nackt waren und rote Stöckelschuhe trugen. Über die Socken und die Masken kein Wort. Dabei wäre das wichtig! Ich wollte sie bloßstellen, und jetzt sieht sie gar niemand, und die Polizei verschweigt das Essenzielle. Vielleicht sollte ich doch selbst Fotos von den Opfern machen, in ihrer lächerlichen Hilflosigkeit und männlichen Hässlichkeit, und die Bilder nach den Taten an die Medien schicken. Auch die Todesursache haben sie verschwiegen. Sie haben einzig berichtet, dass die Männer vor der Tat bedroht wurden, einen Stöckelschuh im Paketfach fanden, mit aufgespießtem Foto. Erneut haben sie dazu aufgerufen, dass sich melden soll, wer einen solchen Schuh erhalten hat. Sodass sie wie die anderen feigen Ratten gleich aus ihren Häusern flüchten können.

Die Polizei warnt davor, dass ich wieder zuschlagen könnte. Um das zu wissen, sind keine hellseherischen Fähigkeiten gefragt. Das Erbärmlichste ist ihre Täterbeschreibung: sozial verwahrloster, wenig intelligenter Narzisst, darum besonders gefährlich. Was fällt denen ein? Wie kommen die darauf? Verwahrlost und minderbemittelt! Als morde hier wahllos ein Psychopath! Nichts haben die verstanden, rein gar nichts. Es ist zum Heulen.

Ich muss mich beruhigen. Die Kanne ist leer, ich hole nochmals Wasser, gieße die Kentia-Palme und streiche ihr sanft über die Blätter.

Sie verkennen meine Mission. Ich töte nicht aus Lust, sondern aus Notwendigkeit. Im Namen der Gerechtigkeit! Weil diese Männer ihr Recht auf Leben vertan haben und die Polizei an ihnen gescheitert ist. Ich mache nur die Drecksarbeit, weil die Justiz versagt hat. Minderbemittelt! Dabei muss mir das erst mal einer nachmachen, so geschickt zu richten, dass keiner mich kriegt!

»Pachira, du Schöne«, sage ich zu meiner Pflanze im Schlafzimmer, während ich ihr Wasser gebe. Sie ist meine Liebste.

Und dann steht da noch dieser eine, kleine Satz in dem Artikel, der mich besänftigt und gleichzeitig in eine kleine Aufregung versetzt: Aus Kapazitätsgründen ist es der Polizei nicht länger möglich, die potenziellen nächsten Opfer unter Schutz zu stellen. Kein Polizeischutz. Keine Dauerüberwachung. Ich bin sicher: Wenn eine Weile nichts passiert, werden sie bald wieder in ihre Wohnungen zurückkehren. Der Mensch ist nicht so flexibel, wie er denkt. Er fühlt sich in seinem eigenen Schneckenhaus am wohlsten. Selbst wenn er ahnen müsste, dass das Schneckenhaus zur Falle wird.

# 62.

Sandro geht in seinem Büro auf und ab wie ein Tiger in einem viel zu engen Käfig. Er zwingt sich, vor dem Fenster stehen zu bleiben, blickt hinaus, sammelt seine Gedanken.

Es darf nicht zu einem weiteren Attentat kommen. Das muss um jeden Preis verhindert werden. Das ist im Moment das prioritäre Ziel.

Die Bundespolizei ist informiert und wird tun, was sie kann. Sandro hat den Kollegen auch die Chats und Mails von Mister Sinister zugestellt, die er von Milla erhalten hat, sowie das Bild von Mister Sinister, das sofort in alle Systeme eingegeben worden ist, allerdings ohne klares Resultat. Der junge Mann hat ein so durchschnittliches Gesicht, dass das Fotovergleichsprogramm gleich mehrere Dutzend Namen ausgespuckt hat von Männern, die ihm ähnlich sehen. Alle werden jetzt überprüft. Der Besitzer der Lagerhalle, in der Nathaniel den Vortrag besucht hatte und gefangen gehalten wurde, war auch keine Hilfe. Er hat die Halle gar nicht vermietet. Sie steht schon seit längerer Zeit leer – wahrscheinlich haben sich die Incels illegal Zugang verschafft. Fehlanzeige auch hier.

Sandro hat Florence damit beauftragt herauszufinden, wer der Mann hinter dem Pseudonym Mister Sinister ist. Sie ist besser und schneller als ihre Kollegen bei der

Bundespolizei, das war mit ein Grund, warum er sie ins Team geholt hat. Sandro überlegt unterdessen, welches das Ziel der Attentäter sein könnte. Er setzt sich an den Computer und scrollt durch alle Veranstaltungskalender des Kantons Bern. Er schreibt sämtliche Anlässe heraus, die morgen Freitag um achtzehn Uhr beginnen. Es sind viele. Die ganze Schweiz scheint an diesem Freitag irgendwo zu feiern oder ein Konzert zu besuchen oder ein Theater oder eine Disco. Trotzdem hat er das Gefühl, dass keiner dem Beuteschema der Incels entspricht. Gut möglich, dass sie nicht im Kanton Bern zuschlagen wollen, was das Ganze nicht besser macht. Seine Kollegen in den anderen Kantonen sind ebenfalls informiert, er kann nur hoffen, dass sie die Angelegenheit ernst genug nehmen. Er wünscht niemandem ein Massaker, wie sie es letzte Woche erlebt haben.

Auf einmal fühlt sich Sandro unendlich müde. Seit dem Attentat hat er sich nicht einmal zurücklehnen können. Erst die vielen toten Frauen, dann die Mordserie, in der sie immer noch keine Fährte haben, nur viele Spuren, die sich alle in nichts aufzulösen scheinen. Er möchte nur noch eines: Sich hinlegen, die Augen schließen, alle seine Sorgen vergessen und so lange schlafen, bis er ausgeruht und entspannt von selbst wieder aufwacht. Doch das ist nicht drin.

Vielleicht, überlegt Sandro, handelt es sich gar nicht um einen offiziellen Anlass, der im Veranstaltungskalender zu finden ist. Er öffnet eine Suchmaske und tippt die Begriffe *Veranstaltungen für Frauen Kanton Bern* ein. Schon der erste Blick auf die Liste der Ergebnisse zeigt ihm, dass er hier thematisch richtig liegt. Er klickt eine Webseite mit dem Titel *Zwölf Aktionstage gegen Gewalt* an. Darauf wird für morgen Freitag ein Selbstverteidigungskurs für Queers angekündigt. *Damit du wieder sicherer auf der Straße unterwegs sein kannst, genau so, wie du bist,* steht im Begleittext. Wie weit ist unsere Gesellschaft gekommen, dass solche Kurse nötig sind, fragt sich Sandro. *Ort wird nach Anmeldung bekannt gegeben.* Auch das verrät ihm, dass sich die Queer-Community nicht sicher fühlt; es steht da nur, dass der Kurs in der Stadt Bern stattfindet. Als Veranstalter ist eine Schwulen- und Lesbenorganisation angegeben. Sandro sucht nach einer Telefonnummer, findet sie im Netz und ruft an.

Es braucht einiges an Überzeugungsarbeit, bis ihm der Mann am anderen Ende der Leitung glaubt, dass er wirklich für die Polizei arbeitet und nicht unter Vorhalt falscher Tatsachen versucht, den Veranstaltungsort in Erfahrung zu bringen. Der Mann, der sich mit Giorgio vorgestellt hat, verrät ihm zwar »aus Sicherheitsgründen« noch immer nicht, wo der Verteidigungskurs stattfindet, aber immerhin bringt Sandro in Erfahrung, dass der Kurs erst um zwanzig Uhr beginnt. Auf die Nachfrage, ob er von Versammlungen oder Veranstaltungen explizit für Frauen oder Queers wisse, die Freitagabend um achtzehn Uhr begännen, verneint Giorgio. Eine große Hilfe ist er nicht.

Sandro arbeitet sich weiter durch die Liste der Suchergebnisse. Er stößt auf *Schulungen und Referate für Frauen* des Schweizerischen Bibelbundes, die aber allesamt erst am Wochenende stattfinden. Eine andere religiöse Gruppierung bietet unter dem Namen *Frauen- und Mütterliga* verschiedene Termine für *Begegnungen, Austausch und gemeinsames Sein* an, doch auch hier stimmen die Anfangszeiten nicht mit dem überein, was Nathaniel gehört hat.

Eine Webseite mit dem Namen *Frauen im Tourismus* lädt ebenfalls ausschließlich Frauen zu Veranstaltungen ein, die nächste findet am Freitag in einer Weinhandlung statt. Abends um sechs. Aber die Teilnehmerzahl ist auf zwanzig beschränkt; keine hundert Frauen, wie Nathaniel erzählt hat. Der nächste Link führt zur Partei *Die Bürgerlichen – Frauen:* Die Frauensektion der *Bürgerlichen,* die sich als Mittepartei verkauft, obwohl sie fast immer rechte Positionen vertritt. Auf der Seite der Bürgerlichen Frauen wird zur Delegiertenversammlung eingeladen: Freitagabend um achtzehn Uhr im Restaurant Bären in Belp.

Freitagabend um sechs. Eine Delegiertenversammlung einer Frauensektion. Könnte es das sein? Doch woher sollen die Incels von der Versammlung wissen? Sandro klickt das Programm an. Liest die Tagesordnungspunkte, beim siebten hält er inne: *Die Bürgerlichen Frauen wollen Frauen besser vor Gewalt schützen – Diskussion über Motion für eine Revision des Sexualstrafrechts.*

Sandro klickt auf die Zeile, die mit einem Artikel verlinkt ist. Er liest den kurzen Text, der zum Traktandum sieben aufgeführt ist.

*Allein im Kanton Bern kommt es fast jeden zweiten Tag zu einer Anzeige wegen Vergewaltigung. Dabei werden nur etwa zehn Prozent der Delikte auch angezeigt. Und nur wenige der Täter werden nach einer Anzeige zur Rechenschaft gezogen. »Zu Vergewaltigung kann man sagen: Es ist ein nahezu straffreies Delikt«, erklärt Brigit Vogel, Präsidentin der Bürgerlichen Frauen. »Das Problem ist, es handelt sich um ein Vier-Augen-Delikt, und das Gesetz verlangt heute ein ›Nötigungsmittel‹.« Der Täter müsse Druck oder Zwang ausgeübt haben, um verurteilt werden zu können, das Opfer müsse sich dagegen zur*

*Wehr gesetzt haben. Dabei werde verkannt, dass es viele Opfer gebe, die sich eben gerade nicht wehren könnten, aus Angst oder auch wegen eines Loyalitätskonflikts.* »Hier braucht es ganz klar eine Gesetzesänderung.«

Sandro spürt ein leichtes Kribbeln auf der Haut. Mister Sinister, der Vergewaltigungen als sein legitimes Recht ansieht und sogar Kurse anbietet, wie man dabei am besten vorgeht, um nicht erwischt zu werden, wird kaum Freude an einer angestrebten Gesetzesverschärfung haben. Es ist möglich, dass Sandro falschliegt. Aber ebenso besteht die Möglichkeit, dass er gefunden hat, wonach er sucht; dass Mister Sinister und seine Anhänger die Bürgerlichen Frauen im Visier haben, in einem Saal, der bestimmt dreihundert Leute fasst, ohne dass es polizeiliche Schutzmaßnahmen oder Eingangskontrollen gibt. Ein Ort, an dem jeder ohne Weiteres mit einem Gewehr hineinspazieren und wahllos um sich schießen kann. Die Wahrscheinlichkeit, dass Sandro recht hat, liegt vielleicht bei zwanzig Prozent. Das ist mehr als genug. Er greift zum Telefon.

# 63.

Aus Millas Handy erklingt Bob Marleys Stimme. Sie kennt die Nummer nicht, sie wird den Anruf nicht annehmen, nicht jetzt, sie will nicht gestört werden. Der Song verklingt – und beginnt gleich nochmals von vorne. Jetzt geht Milla doch ran. Als wäre sie so programmiert worden: Wenn jemand zweimal hintereinander versucht, sie zu erreichen, dann wird es wichtig sein.

»Nova«, meldet sie sich.

»Hallo Milla. Hier ist Bettina Flückiger.«

Milla geht in Gedanken blitzschnell alle Bettinas durch, die sie kennt. Sandros Kollegin?

»Ich bin Sandros Kollegin, Abteilung Leib und Leben.«

Millas Herz setzt einen Moment lang aus, um dann sofort in doppelter Geschwindigkeit weiterzurasen.

»Ist etwas passiert? Was ist mit Sandro?«

»Nein, keine Sorge, ich rufe nicht wegen Sandro an.«

Bettina, jetzt fällt es Milla wieder ein, ist jene Kollegin von Sandro, die vor der Frauendisco die verletzte Frau begleitet hat und die die Hand vor ihre Kamera hielt. Die Bilder der schrecklichen Nacht flammen erneut vor Millas innerem Auge auf.

»Ich melde mich privat. Also schon auch beruflich. Aber – Sandro weiß nicht, dass ich dich anrufe, und er sollte es auch nicht erfahren. Können wir uns treffen?«

»Gerne. Ich bin gerade in Bern. Wann und wo wollen wir uns sehen?«, fragt Milla kurz entschlossen.

Der Treffpunkt, den Bettina Milla genannt hat, ist unkonventionell, aber mit Bedacht gewählt; dass sie hier jemandem begegnen, der sie kennt, ist so unwahrscheinlich wie ein Sechser im Lotto. Als Milla die Heiliggeistkirche betritt, das Wahrzeichen unmittelbar neben dem Bahnhof Bern, versucht sie sich zu erinnern, wann sie zum letzten Mal ein Gotteshaus von innen gesehen hat. Es ist so lange her, dass sie es vergessen hat. Es muss bei einer Beerdigung gewesen sein.

Die Kirche ist viel heller, breiter und offener, als Milla es erwartet hat. Sie ist bestimmt schon Tausende Male draußen an der Kirche vorbeigegangen, ohne zu ahnen, wie sie im Inneren aussieht. Sie blickt sich um. Rechts, in einer Reihe etwa in der Mitte des Kirchenschiffs, sitzt eine Person auf einer Bank. Eine Frau. Milla geht auf sie zu und erkennt Bettina wieder, als sie sich neben sie setzt. Bettina, die burschikose, sportlich gebaute Polizistin, stark wie ein Mann, mit breiten Augenbrauen; ein Gesicht, das Milla an eine Skirennfahrerin erinnert, deren Namen ihr nicht einfällt.

»Hallo Bettina«, sagt Milla.

Die beiden Frauen geben sich die Hand.

»Du bist wahrscheinlich überrascht, dass wir uns hier treffen.«

»Geht es um das Attentat in der Reitschule?«, fragt Milla direkt. Das war das letzte Mal, dass sie sich gesehen haben. Milla kommt es vor, als sei es Monate her, dabei war es gerade erst letzte Woche. Die Zeit erscheint verzerrt, wenn zu viel Dramatisches passiert, alles gerät aus dem Rhythmus.

»Nein. Du hast Sandro nicht erzählt, dass du mich dort gesehen hast?«

»Nein.« Das war nicht mal Absicht. Milla hat schlicht nicht mehr daran gedacht, dass sie Bettina dort erkannt hatte.

»Bitte erzähle es ihm nicht, es wissen nicht viele, dass ich vom Attentat persönlich betroffen bin.«

»In Ordnung.«

Milla wartet. Das kann nicht alles gewesen sein.

»Es geht um die Mordserie«, sagt Bettina schließlich. »Du hast davon gehört?«

Milla nickt. »Aber ich weiß nicht viel, nur das, was heute in den Medien erschienen ist. Ich habe die Artikel gerade erst gesehen. Es gibt drei Opfer, sie waren nackt und trugen rote Stöckelschuhe?« Tatsächlich hat sich Milla erst vor weniger als einer Stunde kurz durch die Schlagzeilen des Tages geblättert, als sie versuchte, sich vom geplanten Attentat abzulenken. Auch das nun offiziell publizierte Bild der Überwachungskamera hat sie erneut studiert. Wiederum wurde sie das Gefühl nicht los, den gesuchten Mann von irgendwoher zu kennen. »Der Mann auf dem Bild – ist er verdächtig?«

»Jein, er könnte eventuell ein Nachahmungstäter sein, aber er ist nicht unser Hauptverdächtiger. Ich habe einen anderen Verdacht, der überaus heikel ist. Wenn ich ihn laut ausspreche, gegen die Person vorgehe und sich im Nachhinein herausstellen sollte, dass ich mich getäuscht habe, riskiere ich meinen Job. Darum sind wir hier.«

In der Sekunde, in der Bettina den Satz ausspricht, ist Milla überzeugt, dass sie von Sandro redet. Dass Bettina sie gleich bitten wird, ihren eigenen Freund auszuspionieren. Doch das kann nicht sein, unmöglich. Nie würde Sandro einen Mord begehen.

»Um wen geht es?«, fragt Milla unsicher.

»Um den verfahrensleitenden Staatsanwalt.«

»Um wen bitte?« Milla ist erleichtert, dass sich die Sache hier nicht um Sandro dreht, und doch kann sie nicht glauben, was sie gerade hört.

»Um Kai Langenberger«, sagt Bettina

»Du glaubst, der Staatsanwalt, der die Ermittlungen in dieser Mordserie leitet, ist selbst der Täter?«

»Ich bin nicht sicher, es ist nur ein vager Verdacht. Aber ich kann ihn nicht ignorieren. Alles, was ich dir jetzt erzähle, ist off the record. Wenn aber was dran ist an der Sache, hast du sie exklusiv. Einverstanden?«

»Einverstanden.«

In den nächsten fünfzehn Minuten erklärt Bettina Milla im Flüsterton, warum sie Kai Langenberger verdächtigt. Sie erzählt Milla von den Opfern, die alle bereits vor Gericht gestanden haben, fünf von sechs wegen Sexualdelikten. Sie berichtet, dass diese fünf alle freigesprochen worden sind und dass in jedem Fall Kai Langenberger die Anklage geführt hat.

»Das an sich ist zwar auffällig, es kann aber auch Zufall sein«, sagt Bettina. »Sehr seltsam aber mutet an, dass ich bei meiner Recherche über den Staatsanwalt nichts gefunden habe.«

»Wie meinst du das?«

»Es gibt keine Informationen über ihn. Ich habe nicht einmal herausgefunden, wo er studiert hat. Es ist, als würde er außerhalb seines Büros in der Staatsanwaltschaft nicht existieren, und als hätte er keine Vergangenheit.«

»Okay.« In Millas Kopf rotieren die Gedanken. »Ich sehe noch nicht ganz klar. Warum erzählst du mir das alles, und was erwartest du von mir?«

»Ich kann nicht von mir aus gegen den Staatsanwalt ermitteln. Nicht, bevor ich ganz sicher bin, dass mein Verdacht zumindest begründet ist. Du bist Journalistin. Ich weiß, dass du deine Quellen hast und dass du gut bist.«

»Du willst, dass ich in der Vergangenheit von Staatsanwalt Langenberger herumschnüffle?«

»Ich möchte, dass du herausfindest, ob er überhaupt eine Vergangenheit hat.«

# 64.

Die Sonne ist weg. Die Nacht legt sich über die Gassen der Berner Altstadt und füllt sie mit der sirrenden Energie, die manchen Nächten eigen ist und die den Schlaf vertreibt, sosehr er auch herbeigesehnt wird. Es ist eine jener Nächte, die ganze Städte unter Spannung setzen, in denen Dinge geschehen, die nicht geschehen sollten, und nach denen man am nächsten Morgen sagt: Ich habe geahnt, dass in dieser Nacht etwas passiert. In eben dieser Nacht, in der niemand Schlaf findet und sich alle fragen, woran es liegen mag, wo doch der Mond gar nicht mehr voll ist, lieben sich Nathaniel und Gundula in einer Heftigkeit, die sie beide nicht nur außer Atem bringt, sondern gleichsam in Erstaunen versetzt über sich selbst. Sie lieben sich, als würde noch in dieser Nacht ihr Leben ausradiert. Schwer atmend liegen Nathaniel und Gundula danach schweigend nebeneinander und halten sich an der Hand.

»Ich hoffe so sehr, dass morgen nichts passiert. Dass sie die Täter finden, bevor sie töten können«, sagt Nathaniel plötzlich ins Dunkel hinein, das ihn umgibt, egal ob Tag ist oder Nacht.

»Das hoffe ich auch. Aber sie werden sicher alles tun, was sie können. Zum Glück hast du das Gespräch mitangehört.«

Gundula fährt mit drei Fingern zärtlich Nathaniels Arm entlang.

»Zum Glück hast du mich gefunden. Ich glaube, du hast mir das Leben gerettet. Ich bezweifle, dass die mich einfach wieder hätten gehen lassen. Du bist nicht nur die intelligenteste Frau, die ich kenne, du bist die Größte und die Beste, und ich werde dich immer und immer noch und immer wieder lieben.«

»Ich finde, du neigst gerade ein bisschen zu Übertreibungen. Aber danke!« Gundula sucht im Dunkeln Nathaniels Mund, verfehlt ihn, sodass ihr Kuss feucht unter seinem Wangenknochen landet.

»Ich übertreibe nicht. Ich verdanke dir so viel. Ich liebe dich sehr.«

»Ich liebe dich auch. Auch sehr.«

Jetzt sind beide still, mehr Worte braucht es nicht. Eng umschlungen liegen sie da, warten darauf, dass der Schlaf sie zudeckt wie eine sanfte Welle. Bis es klopft, die Tür sich einen Spalt weit öffnet und eine leise Stimme fragt: »Nathaniel, kann ich zu euch kommen? Ich kann nicht schlafen.«

»Klar«, sagen Nathaniel als auch Gundula gleichzeitig und rutschen auseinander. Hinter Silas ist das leise Klacksen von James' Pfoten zu hören. Auch er wird rastlos bleiben in dieser Nacht.

In einem anderen Bett in der gleichen Stadt liegt ein junger Mann auf dem Rücken, starrt die Decke an und lauscht. Thomas Sahli weiß, dass draußen vor der Tür in einem Zivilfahrzeug zwei Polizisten sitzen. Er weiß ebenso, dass er nur ein Wort sagen muss, und sie werden innerhalb von Sekunden bei ihm sein. Trotzdem hat er

Angst. So sehr, dass er sich nicht mehr bewegen kann. Er liegt starr da und lauscht. Jedes Knarren in den alten Mauern des Hauses lässt ihn zusammenfahren. Er hört sein eigenes Herz schlagen. Es rast.

Was, wenn sie schon im Haus ist? Vielleicht versteckt sie sich seit gestern im Keller, und niemand hat sie reingehen sehen. Ich darf nicht einschlafen, ich darf nicht einschlafen, sagt er in Gedanken vor sich hin, ein stilles Mantra, das niemand hört. Nicht einschlafen. Nicht einschlafen. Denn sonst bist du plötzlich tot. Es ist eigenartig. Er hat immer geglaubt, dass er nicht an seinem Leben hänge. Mehr als einmal hat er sich überlegt, seinem kümmerlichen Incel-Dasein ein Ende zu setzen. Einmal hatte er sich sogar schon Tabletten gekauft. Doch da haben sie ihn ausgelacht in der Community; nur Femoids brächten sich mit Pillen um. Also besorgte er sich ein Seil. Nur hat er diesen Knoten nie richtig hingekriegt – oder vielleicht auch nicht richtig hinkriegen wollen. Und jetzt, wo er sein Leben plötzlich bedroht sieht, merkt er, dass er gar nicht sterben will, um keinen Preis, und wenn schon, dann nicht auf diese Art und Weise. Getötet durch die Hand einer Irren!

Er hört was. Sein Körper zuckt zusammen und wird im nächsten Augenblick zu Stein. Etwas hat auf einen Schlag alle Wärme aus ihm herausgesogen. Thomas Sahli ist überzeugt, dass er, wenn ihn nicht zuvor jemand ermordet, den Erfrierungstod sterben wird. Da ist es wieder, das Geräusch. Ein leises Schaben. Auf einmal ist er sicher, dass es Schritte sind, Schritte von jemandem, der will, dass man ihn nicht hört.

»Hallo Polizei!« Thomas Sahli will die Worte in das Mikrofon flüstern, doch sie bleiben in seinem Hals stecken und hören sich an wie ein Husten. »Alarm. Alarm!«

»Wir sind hier, Herr Sahli«, sagt eine Stimme in seinem Ohr, die er keinem der Polizisten zuordnen kann, sie klingt verzerrt, wie eine automatisch generierte Stimme. Was, wenn da draußen gar keiner sitzt?

»Was ist los?«, fragt die Stimme.

»Es ist jemand in meiner Wohnung.«

»Wir kommen.«

Sie werden zu spät sein. Thomas Sahli will aufspringen, will sich verstecken, will sich zur Wehr setzen gegen die Angreiferin, die er hinter der Tür vermutet. Doch er kann sich nicht bewegen. Es ist, als wäre er gelähmt, die Befehle seines Gehirns kommen nicht mehr in den Nerven an, Reizweiterleitung abgeschnitten, zerstört, zu spät.

Er hört, dass sich die Wohnungstür öffnet.

In dem Moment, in dem Bernard Blanc in Thomas Sahlis Wohnung stürmt, sitzt Bettina in einem dunklen Raum, das Licht ist ausgeschaltet, aber die Maschinen blinken und rauschen und piepsen. Die roten und grünen Lämpchen legen einen Hauch von Licht auf Bettinas Gesicht. Sie streichelt Petras Hand, die sich anfühlt wie die Hand einer Toten. Zwei Tage noch, dann will sie Martin Fischer zurückholen in die Welt der Lebenden, sie soll wieder allein atmen können, aufwachen, wieder Petra sein. Ihre Petra. Wie viel geschehen ist, seit Petra schläft. Einerseits ist sie gerade erst noch da gewesen, andererseits fühlt es sich an, als würde zwischen dem Davor und dem Danach ein halbes Leben liegen. Der Anschlag. Das Auffinden des Attentäters. Die Festnahme. Die Toten der Stöckelschuhmörderin. Der schwere Verdacht. Sie wird Petra drei Tage lang zutexten, sobald sie wieder wach ist. Bettina muss bei dem Gedanken lächeln.

»Bald wirst du wieder bei mir sein«, flüstert Bettina. »Bald werden wir wieder zusammen lachen. Du wirst gesund werden. Wir werden leben. Wir werden nur noch tun, worauf wir Lust haben. Ich schmeiße meinen Job hin, und wir gehen auf eine nie mehr enden wollende Reise.«

Bettina streichelt Petras Hand und wünscht sich in diesem Moment nichts mehr, als dass ihre Freundin sie hört und spürt. Nichts anderes ist wichtig. Nur Petras Leben zählt.

»Es darf niemand sterben«, sagt Sandro in eben diesem Moment zu Christian Tschabold, dem Chef des Sonderkommandos, der in seinem Büro sitzt. »Ich will das gesamte Aufgebot morgen Abend in Belp. Wir müssen das Attentat verhindern.«

»Auf die Quelle, die du genannt hast, ist Verlass?«

»Ja.«

»Aber du weißt nicht mit Sicherheit, ob tatsächlich die Parteiversammlung der Bürgerlichen Frauen das Ziel ist?«

»Nein. Gesichert ist: Freitagabend, sechs Uhr, um die hundert Frauen, und vor dem Gebäude muss es einen Parkplatz geben. Passt alles zur Parteiversammlung, überdies dreht sich ein Tagesordnungspunkt um die Verschärfung des Sexualstrafrechts.«

»Leuchtet ein.«

»Es kann sein, dass ich mich irre. Aber wir können kein Risiko eingehen.«

»Verdammt wenig Zeit, um ein Sicherheitskonzept zu erstellen, aber ich fahr heut Nacht noch hin und schau mir das Gelände um das Restaurant Bären an. Morgen früh stelle ich die Gruppen zusammen und informiere sie, ab vier Uhr sind wir bereit, um die Amokläufer in Empfang zu nehmen.«

»Danke. Mehr können wir nicht machen, oder?«

»Findet den Kerl, der dahintersteckt.«

»Die Suche nach seiner Identität läuft auf Hochtouren.«

»Wir sollten ihn fassen, bevor der Angriff beginnt.«

»Und wenn ich mich mit dem Zielort doch irre?«, fragt Sandro.

»Wir behalten die einschlägigen Foren im Auge, vielleicht stellt einer eine Ankündigung ins Netz. Wir müssen flexibel bleiben.«

»Wir könnten die Bevölkerung warnen. Oder alle Veranstaltungen für Frauen absagen lassen.«

»Dann suchen sie sich ein anderes Ziel oder warten drei Wochen. Wir können nicht wegen einer sehr vagen Drohung, die wir nur aus zweiter Hand haben, das ganze Land in Panik versetzen.«

»Auch wieder wahr. Ich hoffe immer noch, dass wir Mister Sinister enttarnen und festnehmen können.«

»Machen wir morgen weiter. Morgen wird ein langer Tag.«

Als Sandro seinen Computer hinunterfährt und sich endlich auf den Heimweg macht, sitzt Milla im Schein der Tischlampe in seiner Küche vor dem Laptop. Sie durchstöbert allerlei Archive, die online zugänglich sind, nach einem Namen, der zum Glück nicht allzu häufig vorkommt: Kai Langenberger. Doch es ergeht ihr genau gleich wie Bettina: Sie findet nichts. Was fast nicht möglich ist – heutzutage hinterlässt jeder irgendwo im Netz eine Spur, insbesondere wenn er an einer öffentlichen Universität studiert, einen juristischen Werdegang zurückgelegt hat und nun ein öffentliches Amt bekleidet. Die einzige Information, die Bettina Milla zu Kai Langenberger geben konnte, war seine Telefonnummer und seine Adresse. Nur bringt sie das keinen Schritt weiter. In der internen Datenbank des Schweizer Fernsehens stößt Milla auf ein Interview, das Langenberger vor drei Jahren einem Kollegen gegeben hat. Er wurde zu einem Urteil in einem Vergewaltigungsfall befragt, bei dem er die Anklage vertreten hat. Der Kommentar, den der Staatsanwalt dazu abgibt, ist inhaltlich für Milla nicht interessant, hingegen die Art und Weise, wie Langenberger spricht: Sie hört deutlich einen Berner Oberländer-Dialekt heraus. Den kann man sich nicht antrainieren, den kriegt man in die Wiege gelegt. Er stammt also aus dem Kanton Bern, und zwar unüberhörbar aus der Bergregion. Aber er ist nicht so weit hinten in den Tälern oder Höhen der Alpen aufgewachsen, dass er wegen seines Dialekts kaum zu verstehen ist, er muss aus der Voralpenregion stammen. Milla tippt auf Thun, Interlaken, Brienz, die Region um die zwei Seen, die sich vor den Alpen zwischen die ersten Hügelketten gebettet haben. Bettina schätzte Kai Langenberger auf etwa fünfundvierzig, auch Milla denkt, dass er Mitte, Ende vierzig sein muss. Also wird er Mitte der Neunzigerjahre das Gymnasium besucht haben, bevor er höchstwahrscheinlich an der Universität Bern Jura studiert hat. Milla sucht nach Gymnasien im Berner Oberland; es gibt nur deren zwei, eines in Interlaken, das andere in Thun. Milla erinnert sich an ihre eigene Zeit im Gymnasium; ihre Abschlussklasse wurde in der lokalen Zeitung mit Bild gefeiert. Damals gab es noch fast in jedem Dorf eine eigene Lokalzeitung, die mittlerweile alle von großen Verlagen aufgekauft und wenig später eingestellt worden sind. Was aber nicht bedeutet, dass auch ihre Archive verschwunden sind. Milla tippt ihr Passwort für die elektronische Mediendatenbank ein, beschränkt die Zeitspanne auf die Jahre 1995 bis 2005 und startet eine Suche mit den Stichworten *Matura, Abschlussklasse, Gymnasium Thun* und *Gymnasium Interlaken*.

»Yes!«, sagt Milla laut, als ihr die Suchmaschine eine Liste von Artikeln ausspuckt. Das Lokalblatt *Eiger-Zeitung*, das tatsächlich noch immer existiert, hat jeweils über die Maturafeiern berichtet und die Fotos der Abschlussklassen dazugestellt. Unter den Bildern sind sogar die Namen der Maturandinnen und Maturanden aufgeführt. Milla startet beim Jahr 2005, liest sich durch die Namen; kein Kai Langenberger. Als sie beim Jahr 1999 ankommt, stutzt sie. In der digitalen Mediendatenbank sind die Faksimile-Artikel nur bis 1999 abgelegt. Zu den älteren Einträgen erhält sie bloß noch Hinweise mit Stichworten zu den Artikeln, keine Bilder, kein Volltext. Wie ärgerlich. Sie öffnet noch einmal einen der Artikel jüngeren Datums. Unter dem Bild steht noch etwas anderes, in kleiner Schrift. Milla greift zum Handy, um den Text unter dem Bild zu fotografieren, damit sie das Foto auf ihrem Screen vergrößern kann. Just in dem Moment, in dem ihr Handy klickt, betritt Sandro die Wohnung. Milla klappt ihren Laptop zu und legt das Handy weg.

»Milla, du bist noch wach.« Sandro nimmt Milla in die Arme.

Wie gut es tut, seinen Körper zu spüren, denkt sie, als sie den Kopf hebt und ihr Mund den seinen sucht.

Nicht nur in der Küche von Sandros Junggesellenwohnung unter den Dächern der Berner Altstadt brennt zu dieser späten Stunde noch ein Licht, auch in einer alten Villa im Berner Brunnadernquartier ist es in einem einzigen Zimmer noch hell. Kai Langenberger sitzt an seinem Mahagoni-Tisch, die Hände vor sich auf die Tischplatte gelegt, die Augen starr geradeaus gerichtet. Er sieht nicht, welche Bücher dort im Regal stehen, er nimmt nichts wahr, nicht das Ticken der Uhr, das aus der Küche herüberdringt, nicht das Radio, das die letzten Nachrichten des Tages sendet. Kai Langenberger ist mit seinen Gedanken weit weg. Sie wiegen tonnenschwer. Das Leben selbst erscheint ihm auf einmal zu gewaltig, nicht mehr tragbar, zu erdrückend. Dabei hatte er gedacht, er hätte die Dämonen besiegt. Doch selbst wenn man meint, mit der Vergangenheit abgeschlossen oder gebrochen zu haben, so holt sie einen doch irgendwann wieder ein. Seinem früheren Ich entkommt man nicht. Erst wenn man stirbt. Der Tod ist auf einmal eine Verlockung. Der Schein der Tischlampe malt tiefe Furchen in Kai Langenbergers Gesicht. Er fragt sich, wie er das hier bloß überstehen soll. Und ob er das überhaupt überstehen will.

# 65.

Falls er geläutet hat, hat Milla den Wecker nicht gehört. Die Sonne hat sich durchs Fenster auf ihren nackten Rücken gelegt und sie mit ihrer Wärme aus dem Schlaf geholt. Milla setzt sich auf und stellt fest, dass die andere Seite des Bettes leer ist. Sandro ist schon weg. Ihre Augenlider wiegen schwer, sie kriegt sie kaum hoch und tastet halb blind nach dem Handy auf dem Nachttisch. Fast neun. Sie hat zu lange geschlafen. Das Display zeigt ihr drei eingegangene Nachrichten an. Alle von ihrem Chef Wolfgang.

*Wo steckst du?*

*Milla, melde dich!*

*Wir brauchen dich für den Stöckelschuh-Fall.*

Die Mordserie. Wenn Wolfgang wüsste ... Tatsächlich steckt sie schon mitten drin im Fall, und zwar tiefer als ihr lieb ist.

*Bin schon dran,* schreibt sie zurück. *Hatte gestern konspiratives Treffen. Falls ich auf der richtigen Spur bin, landen wir einen Coup, alles exklusiv.*

Senden. Das muss reichen, um ihren Chef erst mal zu beruhigen.

Milla geht kurz unter die Dusche, stellt das Wasser zunächst auf warm, dann auf eiskalt, und zum Schluss erneut auf warm. Die Haare wäscht sie nicht, dafür hat sie zu wenig Zeit, aber eine Tasse Kaffee passt noch rein. In der Küche sieht sie ihren Laptop auf dem Tisch, genauso, wie sie ihn gestern liegen gelassen hat, als Sandro plötzlich in der Küche stand. Sie fragt sich, wie lange Bettina die Heimlichtuerei durchhalten will; sollte sich ihr Verdacht gegen den Staatsanwalt erhärten, wird sie nicht umhinkommen, es Sandro zu sagen und offiziell gegen Langenberger zu ermitteln. Aber schon klar; Bettina will etwas in der Hand haben, wenn sie den obersten Ermittler mit einem solchen Vorwurf konfrontiert.

Milla klappt den Laptop auf. Die Seite der *Eiger-Zeitung* mit dem Klassenfoto füllt den Bildschirm. Sie erinnert sich, dass sie es gestern abfotografiert hat, um den winzigen Text neben der Bildlegende zu entziffern. Sie öffnet das Foto auf ihrem Handy, zoomt es mit den Fingern größer und kann so die Schrift entziffern: *Fotograf: Werner Abegglen*. Milla wiederholt das Prozedere bei den anderen Klassenfotos der Maturanden, die sie in der Mediendatenbank gefunden hat. Allesamt sind vom selben Fotografen aufgenommen worden. Ein Dorffotograf, einmal vom Gymnasium engagiert, und jedes Jahr wieder für das obligate Abschlussfoto aufgeboten. Milla sucht im elektronischen Telefonbuch nach dem Fotografen und wird sofort fündig: *Photo-Atelier Abegglen, Interlaken*. Es gibt ihn noch. Milla wählt die angegebene Nummer.

»Werner Abegglen«, meldet sich eine Männerstimme, die Milla sofort sympathisch ist.

»Guten Tag, Herr Abegglen. Hier ist Milla Nova von der Sendung *Wochenthemen*. Ich recherchiere in einem Kriminalfall und interessiere mich für alte Klassenfotos, die Sie in den Neunzigerjahren aufgenommen haben.«

»Da sind Sie bei mir an der falschen Adresse.«

Milla stutzt. »Sind Sie sicher? Unter den Fotos in der *Eiger-Zeitung* ist Ihr Name angegeben.«

»Mein Name gehört nicht mir allein. Mein Vater hat die Aufnahmen gemacht. Ich war in den Neunzigern noch ein Teenager.«

Milla hat nie verstanden, warum manche Eltern ihren Kindern den eigenen Namen geben, aber gerade in ländlichen Regionen war das lange Zeit üblich.

»Ist Ihr Vater ... könnte ich ihn nach den Fotos fragen?«

»Leider nein. Mein Vater ist vor fünf Jahren gestorben.«

»Das tut mir leid, entschuldigen Sie die Störung. Ich wollte nicht ...«

»Vielleicht kann ich Ihnen weiterhelfen. Was wollten Sie denn genau von meinem Vater?«

»Ich suche die Abschlussfotos der Maturanden der Gymnasien Interlaken und Thun aus den Jahren 1995 bis 1998. Im Medienarchiv sind die Bilder erst ab 1999 einsehbar. Wissen Sie, ob Ihr Vater die Fotografien aufbewahrt hat?«

»Das hat er bestimmt. Mein Vater hat nie etwas weggeschmissen. Sein Archiv belegt noch immer einen ganzen Raum im Atelier. Ich habe es noch nicht übers Herz gebracht, es aufzulösen. Sie werden nicht lange suchen müssen, ich bin sicher, er hat die Aufnahmen fein säuberlich nach Datum abgelegt und beschriftet. Ich kenne niemanden, der diesbezüglich pedantischer war als mein Vater.«

»Könnte ich vorbeikommen und mir die Aufnahmen ansehen?«

»Klar, ich bin da. Rufen Sie mich an, wenn Sie vor der Tür stehen. Die Klingel ist kaputt.«

Als Milla eineinhalb Stunden später vor dem alten

Häuschen in Interlaken steht, das aussieht, als hätte die Zeit es vergessen, presst sie ihren Finger mit aller Kraft auf den überdimensionierten, rostigen Knopf neben der Tür. Erst nach dem dritten Versuch fällt ihr wieder ein, dass die Klingel nicht mehr funktioniert. Kein Wunder beim Zustand des Hauses. Die Fensterläden hängen schief und sind verwittert, im ersten Stock über dem Atelier ist eine Scheibe eingeschlagen, und die Fotografien in der Auslage unter dem historisch anmutenden Schriftzug *Photo-Atelier Abegglen* sind so stark vergilbt, dass sich nicht mehr sagen lässt, ob es Schwarz-Weiß-Aufnahmen sind oder ob sie mal farbig waren. Falls Werner Abegglen junior wie sein Vater als Fotograf arbeitet, würde eine Schaufensterneugestaltung nicht schaden.

Milla ruft nochmals an, und der Mann, der kurz darauf die knarrende Holztür öffnet, ist alles andere als altmodisch. Er ist sportlich gekleidet, braun gebrannt und verwegen gut aussehend. Milla ertappt sich bei dem Gedanken, dass sie einen Kerl wie Abegglen nicht aus ihrem Bett vertreiben würde. Er begrüßt sie mit einer natürlichen Freundlichkeit. Milla weiß auf Anhieb, dass sie sich mit Werner Abegglen verstehen wird. Er gehört zu dieser Art von Menschen, bei denen man vom ersten Moment an das Gefühl hat, sie ein Leben lang zu kennen.

»Willkommen im Reich meines Vaters.« Werner Abegglen tritt einen Schritt zurück, um Milla eintreten zu lassen.

»Arbeiten Sie auch als Fotograf?«

»Wollen wir nicht Du sagen? Wir haben es hier nicht so mit dem Siezen.«

»Einverstanden, ich bin Milla. Arbeitest du auch als Fotograf?«

»Nein, das ist heute zu wenig lukrativ. Fotografieren ist nurmehr ein Hobby. Ich verdiene mein Geld als Gleitschirmpilot.«

»Als Gleitschirmpilot? Ich dachte, das sei ein Hobby.«

»Ich biete Tandemflüge an und bringe Touristen aller Art mit meinem Schirm ins Tal.«

»Dann melde ich mich mal bei dir, sobald ich meine Höhenangst überwunden habe.«

»Ich kann dir dabei helfen.«

»Wobei?«

»Beim Überwinden der Höhenangst.«

Milla muss lachen. Von Werner Abegglen würde sie sich in der Tat gerne durch den Himmel tragen lassen. »Vielleicht kannst du mir erst mal helfen, die richtigen Fotos zu finden.«

»Klar, genau, darum bist du ja hier.«

Als Milla hinter Werner Abegglen das Archiv im oberen Stock betritt, hat sie ein Grinsen im Gesicht. Er scheint tatsächlich für einen Moment vergessen zu haben, warum sie vor seiner Tür gestanden hat.

Wie Werner vorhergesagt hatte, ist es ein Leichtes, die Aufnahmen der Abschlussklassen der Gymnasien zu finden. Werner Abegglen Senior hat sie unter den Stichworten *Maturanden Interlaken* und *Maturanden Thun* in Hängeregistern eingeordnet und nach Jahrgang sortiert. Bei manchen Jahrgängen enthält das entsprechende Kuvert nicht nur Klassenfotos, sondern auch Einzelaufnahmen, die wohl auf Wunsch der Eltern angefertigt worden sind.

Milla dreht eine der Fotografien um. Mit feinem Bleistift sind auf der Rückseite die Namen der abgebildeten Personen notiert.

»Dein Vater hat sogar die Namen aufgeschrieben, das ist großartig.«

»Nach wem suchen wir denn?«, fragt Werner, als er die Kuverts der Jahrgänge 1995 bis 1999 heraussortiert hat.

»Nach Kai Langenberger.«

»Ich hole uns zwei Lupen.«

Die Schrift von Werner Abegglen senior ist nicht ganz einfach zu entziffern. Sie ist zwar wunderschön, aber ungewohnt altmodisch, und so klein, dass sich Milla wundert, wie er so überhaupt hat schreiben können.

»Hier! Gefunden!«, ruft Werner Abegglen junior. Er weist mit dem Finger auf einen Namen auf der Rückseite eines Klassenfotos. »K. Langenberger. Zweite Reihe, der Erste von links.«

Milla blickt ihm über die Schulter, als er die Fotografie wendet, mit dem Finger über die Aufnahme fährt und bei der ersten Person in der zweiten Reihe innehält.

»Moment, das kann nicht sein.« Er prüft noch einmal die Aufschrift auf der Rückseite, zählt erneut die Reihen ab. »Wenn mein Vater nichts verwechselt hat, muss es sich hier um jemand anderes handeln«, sagt er schließlich. »K. Langenberger ist eine Frau.«

# 66.

Zwei Stufen auf einmal nehmend, hastet Sandro zu seinem Büro hoch. Er steht so sehr unter Strom, als hätte er eine krasse Dosis Ecstasy eingeworfen. Auf dem Treppenabsatz streift ein Schatten an ihm vorbei, den er nur wahrnimmt, weil dieser ihn grüßt. Sandro stoppt, dreht sich um, erkennt, dass es Bernard war, den er eben gekreuzt hat.

»Bernard!«, ruft er ihm hinterher.

Sandro erschrickt, als sich Bernard zu ihm umdreht und er dessen Gesicht sieht. Er ist unrasiert, die Wangen wirken ausgehöhlt, seine Haut käsig. Als hätte er seit Tagen nicht mehr geschlafen. Da fällt Sandro ein, dass Bernard die Nachtschicht bei ihrem Lockvogel Thomas Sahli übernommen und wirklich nicht geschlafen hat.

»Alles in Ordnung?«, fragt Sandro besorgt. »Ist etwas passiert?«

»Nein, alles in Ordnung. Unser Lockvogel lebt noch, obwohl er wohl vor Angst ein Dutzend Tode gestorben ist.«

»Was war los?«

»Das Übliche: Jene mit der größten Klappe sind meist die größten Schisser. Sahli war derart eingeschüchtert, dass er wegen jedem Mäusefurz sofort Alarm schlug. Ich bin etwa alle dreißig Minuten zu ihm reingerannt, weil er irgendwo etwas knacken gehört hatte … dabei ließ sich niemand blicken. Es bestand nie eine Gefahr. Wir hätten es gemerkt, wenn sich jemand der Liegenschaft auch nur genähert hätte.«

»Danke. Wir behalten die Überwachung von Thomas Sahli bei. Dass die Täterin letzte Nacht nicht aufgetaucht ist, bedeutet nicht, dass sie gar nicht kommen wird. Übergib die Aufgabe aber den Kollegen, du siehst schrecklich aus.«

»Danke für das Kompliment.« Bernard lacht. »Es wäre praktisch, wenn man eine Portion Schlaf aus dem Kaffeeautomaten beziehen könnte.«

Sandro würde keine Nanosekunde zögern, einen solchen Automaten zu beschaffen, egal zu welchem Preis. Im Moment aber fühlt zumindest er sich hellwach, obwohl auch er nicht zu viel Schlaf gekommen ist. Er ist zu aufgeregt und in höchstem Maße angespannt. In der Regel liebt Sandro den Adrenalinkick bei der Arbeit, doch heute könnte er getrost darauf verzichten. Sein Job ist es, Verbrechen aufzuklären – von einem drohenden Verbrechen zu wissen, ohne sicher zu sein, ob er es verhindern kann, ist eine ganz andere Kategorie. Eine, in der er sich nicht wohlfühlt.

Kaum hat er die Tür seines Büros hinter sich geschlossen, klingelt das Telefon. Christian Tschabold – Sandro wüsste nicht, was er ohne ihn machen würde.

»Wir sind so weit, wir sind jetzt vor Ort«, sagt Tschabold.

Im Hintergrund hört Sandro die Stimmen von mehreren Männern, Autotüren, die zugeschlagen werden.

»Wir positionieren uns unsichtbar auf dem Areal rund um das Restaurant, aber wir haben auch Leute im Gebäude positioniert. Einige sind als Kellner getarnt, einer als Techniker. Nur die Besitzer des Restaurants und die Parteipräsidentin sind über den Einsatz informiert.«

»Wie hat die Präsidentin reagiert?«

»Mit stoischer Gelassenheit. Sie hat volles Vertrauen in uns, dass wir sie schützen werden, sollte tatsächlich ein Anschlag geplant sein – was sie indes bezweifelt.«

Sandro blickt auf die Uhr. Es ist schon fast fünf. Eine Stunde noch, bis die Versammlung beginnt. Eineinhalb Stunden, bis sich die Täter auf dem Parkplatz versammeln wollen.

»Okay. Ich mache mich auf den Weg und funke dich an, wenn ich da bin.«

»Bis gleich.«

Als die ersten Mitglieder der Bürgerlichen Frauen vor dem Restaurant Bären in Belp eintreffen, sitzt Sandro neben Christian Tschabold etwas abseits des Parkplatzes in seinem zivilen Wagen mit getönten Scheiben. Frauen jeden Alters begrüßen sich fröhlich, ihr Lachen ist zu vernehmen. Als Sandro ihre Gesichter sieht, ist er Milla auf einmal dankbar, dass sie nicht auf ihn gehört hat und doch in der Szene der Incels recherchiert hat, dass sie so unvernünftig war, Nathaniel zu diesem Mister Sinister zu schicken – denn wenn sie all das nicht gemacht hätte, wären sie jetzt nicht gewarnt.

Sandro greift zu seinem Handy und schreibt Florence an.

*Hast du etwas über Mister Sinister herausgefunden?*

Florence schreibt sofort zurück.

*Leider nein. Ich bin dran. Seine Spuren im Netz sind gekonnt verschlüsselt. Ich verfolge nun die verschiedenen Foren der Incels. Halte dich auf dem Laufenden.*

Kurz vor achtzehn Uhr verschwindet auch das letzte Rauchergrüppchen im Inneren des Gebäudes. Wie besprochen werden hinter ihnen die Türen abgeschlossen. Jeder Ein- und Ausgang wird von einem Polizisten geschützt. Christian Tschabold checkt über Funk immer wieder die Männer auf ihren Posten. Jeder ist bereit, sofort einzuschreiten, sobald sich etwas regt. Die Minuten dehnen sich. Sandro fällt es schwer stillzuhalten. Noch immer scrollt er auf seinem Handy alle möglichen anderen Veranstaltungen durch, panisch, die richtige übersehen zu haben.

»Von Bern her nähert sich ein Kastenwagen«, sagt eine Stimme in Tschabolds Funkgerät. »Er bremst ab. Ich habe ihn im Visier.«

Stille. Sandro schaut hinaus, er kann den Wagen noch nicht sehen.

»Der Wagen verlangsamt die Fahrt.«

Jetzt kommt das Auto in Sandros Gesichtsfeld. Ein armeegrüner Volkswagen. Sandro erkennt einen Fahrer, der Beifahrersitz ist leer. Schon ist der Wagen an ihnen vorbei und hält auf den Parkplatz zu. Er setzt den Blinker nicht und fährt geradeaus weiter.

Sandro atmet erleichtert aus – und realisiert in der nächsten Sekunde, dass Erleichterung fehl am Platz ist. Er schaut auf die Uhr. Exakt halb sieben. Wenn sie jetzt nicht hier sind, sind sie wahrscheinlich an einem anderen Ort.

»Fußgänger nähert sich von Osten«, sagt in dem Moment jemand anderes im Funk. »Biegt auf den Parkplatz ein.«

Sandro späht hinüber, sieht einen Mann mittleren Alters, der sich zwischen zwei Autos stellt.

»Was macht der?«, fragt er Tschabold.

Die Antwort liefert ein Kollege via Funk.

»Himmel, der pisst an einen Wagen.«

Der Mann tritt wieder hervor und schließt den Hosen-schlitz, während er davongeht.

In dem Moment vibriert Sandros Handy. Florence.

»Florence?«

»Wir haben uns geirrt!«, schreit Florence in sein Ohr. »Es ist nicht die Parteiversammlung! Wir sind am fal-schen Ort!«

# 67.

Milla betrachtet das Gesicht knapp über dem Nagel des Zeigefingers von Werner Abegglen. Die junge Frau auf der Klassenfoto hat einen überraschend modernen Kurzhaarschnitt, sie trägt trotz des festlichen Anlasses keinen Rock, sondern eine schwarze Hose und eine Bluse. Das Gesicht ist leicht abgewandt, sie blickt nicht in die Kamera.

»Bist du sicher, dass das nicht ein Junge ist?«, fragt Milla.

»Nein, das ist doch ein Mädchen«, meint Werner Abegglen. »Und schau, ich glaube, sie ist schwanger.«

Milla studiert die Figur der jungen Frau. Abegglen könnte recht haben. Unter ihrem T-Shirt scheint sich der Bauch zu wölben.

»Mit neunzehn? Du meine Güte. Nein, das kann nicht Kai Langenberger sein.«

Milla will sich gerade dem Umschlag mit den Fotografien des nächsten Jahrgangs zuwenden, da hält sie Abegglen am Ärmel zurück.

»Warte!«

Milla muss über ihn schmunzeln; sie hat ihn offensichtlich mit ihrem detektivischen Eifer infiziert, obwohl er keine Ahnung hat, dass sie im Auftrag einer Polizistin nach einem Staatsanwalt sucht, der womöglich ein

Serienmörder ist. Irgendwann wird sie ihm die Wahrheit sagen, aber nicht jetzt. Sie beobachtet, wie Werner weitere Fotografien aus dem Kuvert zieht; Einzelporträts von den Maturandinnen und Maturanden. Er blättert sie durch, hält beim Bild einer jungen Frau mit dunklem Kurzhaarschnitt inne. Auf dieser Fotografie blickt sie direkt in die Kamera. Milla stockt einen Moment lang der Atem. Werner dreht das Bild um.

*Karin Langenberger, Schwalmerenweg 33, Interlaken* ist in feinsäuberlicher Schrift auf der Rückseite festgehalten.

»Karin Langenberger!« Werner dreht das Foto wieder um.

Milla sucht auf ihrem Handy nach dem Interview mit Staatsanwalt Langenberger, das sie im Medienarchiv gefunden hatte. Sie hält das Bild des Staatsanwalts neben das Porträt von Karin Langenberger. Die Ähnlichkeit ist frappierend. Kai Langenbergers Gesicht ist nicht frontal gegen die Kamera gerichtet, sondern leicht abgewandt, auch ist er auf der Aufnahme bestimmt zwanzig Jahre älter als das schwangere Mädchen auf dem Foto zur Maturafeier. Dennoch sieht er aus wie ihr großer Bruder oder eher ihr Vater. Sein Gesicht ist etwas kantiger, die Schultern wirken breiter. Dennoch.

»Sie sehen sich sehr ähnlich«, kommentiert Werner.

»Schau dir mal die Nase an. Und die Lippen.«

»Es könnten Zwillinge sein. Kai und Karin.«

»Bub und Mädchen? Sind sie sich für zweieiige Zwillinge nicht fast allzu ähnlich? Kai und Karin …«

»Was überlegst du?«

»Vielleicht hat Karin einfach zwei Buchstaben aus ihrem Namen gestrichen.«

»Du meinst …«

»Ich glaube, ich habe Kai Langenberger gefunden – er war früher Karin Langenberger.«

Darum hat Bettina nichts über seine Vergangenheit gefunden, denkt Milla. Plötzlich ergibt alles einen Sinn. Er hat früher einen anderen Namen getragen und ein anderes Geschlecht.

Milla fotografiert die Fotos und deren Rückseiten.

»Der Schwalmerenweg ist nicht allzu weit von hier«, erklärt Werner, während er Milla zuschaut.

»Denkst du, dass ihre Eltern noch immer dort leben?«

»Die Alteingesessenen ziehen hier nicht weg.«

»Und die Nachkommen auch nicht«, sagt Milla und weist mit der Hand in den Raum.

Werner zuckt mit den Schultern. »Es gab für mich nie einen Grund, hier wegzugehen. Mich zieht es nicht in die Stadt. Ich würde die Berge vermissen.«

Milla öffnet die Webseite des elektronischen Telefonbuchs, gibt den Namen Langenberger und die Ortschaft Interlaken ein. Sie erhält einen Treffer: Anton Langenberger, Schwalmerenweg 33.

»Siehst du«, sagt Werner, der ihr über die Schulter blickt.

Milla muss sich nicht überlegen, ob sie die Eltern von Karin oder Kai Langenberger aufsuchen soll oder nicht. Sie kann sie nicht *nicht* aufsuchen. Kurz denkt sie darüber nach, vorher Bettina anzurufen. Doch im Moment hat Milla noch nicht viel Neues zu erzählen. Sie hegt einzig den Verdacht, dass Kai Langenberger in seinem früheren Leben Karin hieß und dass darum über seine Vergangenheit so wenig herauszufinden ist. Allein die Tatsache, dass der Staatsanwalt ein Transmann sein könnte, ist allerdings keine Erkenntnis, die Bettina groß weiterhelfen wird. Milla hofft, dass sie bei seinen Eltern etwas mehr über ihn in Erfahrung bringen kann.

Der Schwalmerenweg ist ein kleines Sträßchen, die Langenbergers wohnen in einem Chalet aus dunklem Holz. An die Hausfassade ist ein Brunnen angebaut, die Fensterläden sind frisch in Dunkelgrün gestrichen, und die Geranien auf den Simsen blühen rot und rosarot. Das Haus wäre ein perfektes Sujet für einen Wandkalender über das Berner Oberland. Neben dem Gartentor steht der Briefkasten. *A. und A. Langenberger* ist in das Namensschild eingraviert. Milla öffnet das Gartentor, und noch bevor sie an der Haustür angelangt ist, kommt ihr ein älterer Mann entgegen; im rechten Mundwinkel eine Tabakpfeife, ein wild wuchernder weißer Bart und listige, kleine Augen, die Milla unter buschigen, schwarz gebliebenen Augenbrauen mustern.

»Sie sehen nicht aus, als wären Sie von den Zeugen Jehovas. Falls ich mich irre, können Sie gleich wieder gehen, ich lasse mich nicht bekehren.«

Milla muss lachen. »Nein, bekehren will ich Sie nicht.« Aber belügen wird sie ihn trotzdem gleich, und sie schämt sich dafür, der alte Mann ist ihr nämlich auf Anhieb sympathisch. »Ich bin Milla Nova vom Schweizer Fernsehen, und ich arbeite an einem Porträt über Ihren Sohn.«

»Soso, vom Schweizer Fernsehen.« Er nimmt die Pfeife aus dem Mund, klopft sie gegen die Hauswand, steckt sie sich wieder in den Mund, dieses Mal auf der anderen Seite. »Und Sie machen ein Porträt über Kai.«

»Genau.«

»Weiß er, dass Sie hier sind?«

»Um ehrlich zu sein, nein. Ich spreche jeweils mit vielen Leuten, die die porträtierte Person kennen, um mir so ein gesamtheitliches Bild über den Menschen machen zu können.«

»Nun gut, dann schauen wir mal, was Sie über Kai wissen möchten.«

Mit einer Handbewegung bittet Anton Langenberger Milla näher zu treten und auf der Bank, die vor dem Haus steht, Platz zu nehmen.

»Ist Frau Langenberger auch da?«

»Frau Langenberger wird unser Gespräch bestimmt interessiert mitverfolgen, so wie ich sie kenne.«

Unwillkürlich blickt Milla sich um.

»Nein, nicht hier. Von dort oben.« Langenberger nickt mit dem Kinn Richtung Himmel. »Der Krebs hat sie geholt. Zu früh.«

»Das tut mir leid.«

»Also, junge Frau, fragen Sie.«

»Kai Langenberger ist ein angesehener und einflussreicher Staatsanwalt, er leitet Ermittlungen in den schwersten Delikten. Hat sich das schon früh abgezeichnet, dass er sich für die Justiz interessiert?«

Milla kann die Fragen ohne Vorbereitung aus dem Ärmel schütteln. Sie findet, sie hören sich authentisch an.

»Ja, Kai hatte schon als Kind einen ausgeprägten Gerechtigkeitssinn. Später dann hat ihn ein persönliches Erlebnis dazu bewogen, Jura zu studieren. Es war von Anfang an klar, dass er Staatsanwalt werden wollte, nicht Strafverteidiger oder Richter oder irgendwas anderes.«

»Was war das für ein persönliches Erlebnis?«

»Es war, wie gesagt, persönlich. Sie müssen ihn fragen, ob er darüber reden mag.«

Der Punkt geht an Anton Langenberger, denkt Milla.

»Ihr Sohn ist hier aufgewachsen, hat das Gymnasium in Interlaken besucht und dann in Bern studiert?«

»Ja, das ist richtig. Er ist der Erste der Familie, der ein Studium absolviert hat.«

»Wie würden Sie seine Kindheit beschreiben?«

»Aus meiner Sicht hatte er ... das müssen Sie ihn selbst fragen. Er wuchs auf, wie Kinder auf dem Land aufwachsen: viel in der Natur, draußen im Wald. Er war ein Wildfang, immer mit den Jungs unterwegs. Wenn er nach Hause kam, war er oft voller Schrammen und berichtete von den Abenteuern, die er erlebt hatte.«

»War er denn schon immer wie ein Junge?«, fragt Milla vorsichtig.

Plötzlich ist die Freundlichkeit aus Anton Langenbergers Augen verschwunden. Jetzt schaut er Milla misstrauisch an.

»Ist das der Grund, warum Sie hier sind? Weil sie eine Story über meinen Sohn als Transmann bringen wollen? Hören Sie: Mein Junge war immer ein Junge. Durch und durch. Da müssen Sie keine Story dazu machen. Ich beantworte Ihnen keine weiteren Fragen, solange mein Sohn nicht explizit wünscht, dass ich darüber rede.«

Sie hat recht gehabt. Kai Langenberger war früher Karin Langenberger. Das war die Bestätigung, die ihr noch fehlte. Milla lässt sich nichts anmerken.

»Nein, es geht nicht um eine Transgender-Geschichte, es geht einfach um Ihren Sohn.«

»Ich will nichts mehr sagen. Ich möchte, dass Sie jetzt gehen.«

»Es tut mir leid, dass ich Sie gestört habe. Trotzdem danke.«

Milla ist enttäuscht. Sie weiß zwar jetzt, dass sie mit ihrer Vermutung richtig lag. Dennoch hat sie der Besuch nicht weitergebracht. Im Gegenteil: Milla befürchtet, dass Anton Langenberger direkt zum Telefon greift, um seinem Sohn von der seltsamen Begegnung mit der eigenartigen Journalistin zu erzählen. Womit der Staatsanwalt gewarnt ist – falls er tatsächlich etwas zu verbergen hat.

Als Milla dem Haus entlang zurück Richtung Bahnhof spaziert, sieht sie durch das offene Fenster Anton Langenberger; er steht an einen Tisch gelehnt und hält einen Telefonhörer in der Hand.

Im gleichen Moment hört sie, dass auch sie einen Anruf erhält. Kaspar ruft an.

»Hast du etwas herausgefunden?«, fragt Milla ihren Cousin anstelle einer Begrüßung.

»In der Tat, liebe Lieblingscousine. Es war nicht einfach, aber dein überragender Hacker-Cousin hat es wieder mal geschafft.«

»Was?«

»Ich habe herausgefunden, wer Mister Sinister ist.«

# 68.

»Wir sind hier falsch!« Sandro sitzt auf dem Beifahrersitz im zivilen Einsatzwagen und brüllt Christian Tschabold ins Ohr, was er gerade von Florence erfahren hat. »Wir müssen so schnell wie möglich auf die Große Allmend in Bern. Alle Einsatzkräfte!« Sandro hält das Telefon von sich weg, um die Zeit zu checken. »Wir werden zu spät kommen!«

»Abzug!«, brüllt jetzt auch Christian Tschabold ins Funkgerät. »Verschieben nach Große Allmend Bern. Sofort. Anweisungen folgen!«

»Was findet auf der Allmend statt?«, fragt Sandro Florence, die noch immer in der Leitung ist. Er hört ihr zu. Kommentiert das Gehörte mit einem »Scheiße« und schließt mit einem Befehl: »Schick sofort alle verfügbaren Streifen hin. Sie wollen um Viertel vor sieben angreifen. Das ist in neun Minuten, wir werden zu spät kommen.«

»Was findet auf der Allmend statt?«, fragt nun auch Christian Tschabold, der nur die Hälfte des Gesprächs mitbekommen hat.

»Eine Sport-Veranstaltung. Ein Warm-up, in Zusammenhang mit der Startnummernausgabe für den Frauenlauf vom Sonntag«, antwortet Sandro.

»Ein Warm-up? Draußen auf der Allmend?«

»Ja.«

»Verdammt. Wir kommen zu spät, und das Gelände ist sehr weitläufig. Schwer zu sichern, selbst wenn wir rechtzeitig da wären.«

Sandro knallt das Blaulicht auf das Wagendach. Mit massiv überhöhter Geschwindigkeit rast er zurück nach Bern, verfolgt von den Kastenwagen der Einsatzkräfte. Christian Tschabold sitzt neben ihm und informiert während der Fahrt seine Truppe über die neue Ausgangslage, während Sandro in seinem Kopf das gesamte Arsenal an Flüchen durchgeht, das ihm zur Verfügung steht. Er wusste, dass am Sonntag der Frauenlauf stattfinden wird – aber eben: am Sonntag. Die gemeinsame Einstimmung auf den Frauenlauf während der Startnummernausgabe heute Abend hatte er nicht auf dem Radar. Natürlich eignet sich der Anlass hervorragend für misogyne Männer, die mit möglichst wenig Aufwand möglichst viele Frauen töten wollen. Die Wiese auf der Allmend ist groß und von allen Seiten frei zugänglich. Es gibt keinen Zufluchtsort, wo man Deckung suchen könnte. Es ist die reinste Katastrophe. Er blickt auf die Uhr im Auto. Achtzehn Uhr fünfundvierzig. Seit einer Dreiviertelstunde läuft das Event. Jetzt wollten sie zuschlagen. Über die Freisprechanlage ruft Sandro erneut Florence an.

»Weißt du schon was?«

»Wir sind vor Ort. Es sind mehrere Streifen da. Die Situation ist unübersichtlich, aber noch ist alles ruhig. Wenn die hier sind – ich weiß nicht, wo und wie wir die ausmachen sollen.«

»Wie viele Frauen sind dort?«

»Hundert, zweihundert, ich weiß es nicht, viele! Sie sind auf der Allmend verteilt und hopsen da rum.«

»Wir müssen das Areal evakuieren. Jetzt sofort. Wir sind in fünf Minuten da.«

»Wie sollen wir das denn machen?«

»Es muss eine Speakerin geben, die das Training leitet. Informiere die Frauen, dass ein Alarm eingegangen ist, dass kein Grund zur Panik besteht und dass Sie ruhig das Gelände verlassen und nach Hause gehen sollen.«

»In Ordnung.«

Sandro hört ein Klicken in der Leitung. Florence ist weg. Er spürt, wie ihm der Schweiß aus den Poren tritt. Es ist schrecklich, nichts tun zu können. Erst jetzt sieht er, dass Florence ihm vor dem Anruf einen Screenshot geschickt hat. Er reicht das Handy an Christian Tschabold weiter.

»Da steht: ›Mister Sinisters Jünger werden die Allmend mit Blut tränken‹«, liest Tschabold vor.

»Keine Fotografie eines bewaffneten Täters?«

»Nein, der Post ist mit einem Foto einer Frau unterlegt, der man die Kehle durchgeschnitten hat.«

»Stammt er von Mister Sinister selbst?«

»Nein, von jemandem, der sich *AllDead* nennt.«

»Siehst du, wann er gepostet wurde?«

»Heute Morgen.«

»Wahrscheinlich hat Florence ihn erst vorhin gefunden. Steht da etwas dazu, wie viele Angreifer dort sein werden?«

»Nein. Mehr Text ist da nicht.«

Mit quietschenden Reifen fährt Sandro beim Guisanplatz in die letzte Kurve, nur wenige Meter noch, er hält den Wagen am Straßenrand und springt hinaus. Da knallt es hinter ihm. Er schnellt erschrocken herum. Doch es sind bloß die Türen der Einsatzwagen, aus denen die

Männer in Vollmontur herausspringen. Per Funk weist Christian Tschabold sie an, sich auf den Seiten der Wiese zu verteilen. In geduckter Haltung rennen sie los.

Sandro versucht, sich eine Übersicht zu verschaffen. Von weit weg hört er eine Stimme, die durch ein Megafon verzerrt ist, die er aber trotzdem Florence zuordnen kann.

»Es besteht kein Grund zur Panik, verlassen sie zügig die Wiese, aber ohne zu rennen.«

Florence sagt es mit Nachdruck, doch die Worte verfehlen die Wirkung. Einige Frauen rennen so schnell, wie sie während des Wettkampfs nicht rennen würden, andere traben, schubsen, schreien, die wenigsten halten sich an die Anweisung, das Gelände ruhig zu verlassen. Sandro kann es ihnen nicht verübeln, zu gegenwärtig sind die Schreckensbilder aus der Frauendisco, die noch in den Köpfen haften. Die Sportlerinnen verlassen die Wiese in verschiedene Richtungen, einige haben sich in der Halle versammelt, die von Polizisten geschützt wird, die meisten strömen über die Straßen in die Quartiere, niemand stellt sich an die Tramhaltestation, um dort zu warten. Zum Glück, denkt Sandro. Er blickt sich um. Keine Autos auf den Straßen: Die Kollegen haben den Verkehr abgeriegelt.

Sie sind nicht da, denkt Sandro. Ist es möglich, dass sie nicht gekommen sind, oder hat die Polizeipräsenz sie vertrieben?

»Ich lasse meine Männer die Büsche im hinteren Bereich der Wiese absuchen«, teilt ihm Christian Tschabold mit. »Bis jetzt haben sie noch niemand Auffälliges entdeckt.«

Die Allmend leert sich, die letzten Frauen drängen

weg von der Wiese, auf der sie noch vor wenigen Minuten vergnügt und unbeschwert ihre Übungen gemacht haben. Die hinterste Person trägt ein Megafon und eine schusssichere Weste; Florence. Sandro schließt kurz die Augen, sieht das Massaker vor sich, das hier hätte angerichtet werden können, hört wieder das makabre Konzert der Handys der toten Frauen in der Reitschule, deren Klingeln unbeantwortet verhallte. Es ist zu früh, um sicher zu sein, dass es kein Blutbad geben wird. Vielleicht haben sie die Pläne geändert. Womöglich schlagen sie woanders zu. Trotzdem spürt Sandro, wie die Anspannung von ihm abfällt. Sein Körper fühlt sich auf einen Schlag viel leichter an. Er kann wieder freier atmen.

»Ich glaube, wir haben es geschafft«, sagt Florence, die vor ihm steht, als er die Augen wieder aufschlägt. »Zumindest vorerst.«

»Gott sei Dank.«

»Ich glaube, sie sind nicht aufgetaucht.«

»Lagen wir falsch? Gibt es noch eine andere Allmend? Hast du etwas gehört? Ist irgendwo etwas passiert?«

»Nein. Ich denke, dass wir richtiglagen. Vielleicht haben sie es sich anders überlegt.«

»Wir müssen die Incels im Auge behalten. Sie sind ebenso gefährlich wie andere radikale Gruppen, nur hat sich bis heute noch niemand um sie gekümmert. Danke, Florence, für deinen Einsatz. Du warst großartig heute.«

»Danke. Ich bin tatsächlich völlig fertig.«

Auch Sandro wünscht sich, nie mehr einen Tag wie diesen erleben zu müssen. Noch bevor er den Gedanken zu Ende gebracht hat, klingelt sein Telefon. Er erstarrt, kein Anruf jetzt, vor allem nicht schon wieder eine schlechte

Nachricht. Er schaut auf das Display. Es ist Milla. Wahrscheinlich will sie wissen, ob etwas passiert ist.

»Milla, es ist alles in Ordnung. Es hat kein Attentat gegeben«, sagt er ins Telefon.

»Sandro, ich weiß, wer Mister Sinister ist.«

»Bitte, was?«

»Ich weiß, wie Mister Sinister mit bürgerlichem Namen heißt«, sagt Milla etwas langsamer jetzt, als wäre Sandro schwer von Begriff.

»Wie hast du das herausgefunden?«

»Das tut nichts zur Sache. Sein Name lautet Clemens Eisenschmid.«

# 69.

Bettina liest Millas E-Mail bereits zum zweiten Mal.

*Liebe Bettina,*
*leider habe ich nicht viel herausgefunden.*

*Ich weiß einzig so viel: K.L. wurde als Karin L. geboren, wuchs in Interlaken auf, besuchte dort das Gymnasium und studierte in Bern. Ich habe seinen Vater aufgesucht, aber er war nicht sehr kommunikativ. Die Tatsache, dass L. ein Transmann ist und früher einen anderen Namen trug, erklärt, warum du nichts über seine Vergangenheit gefunden hast. In Bezug auf ein mögliches Delikt habe ich hingegen keine Neuigkeiten. Ich fürchte, ich bin keine große Hilfe. Liebe Grüße, Milla*

Doch, das bist du, denkt Bettina. Sie hat Kai Langenberger nie angemerkt, dass er ein Transmann ist. Ihr erster Gedanke war: Plötzlich passt das psychologische Profil von Franz Maniuk doch auf Kai Langenberger, da Maniuk explizit von einer Täterin ausgeht und Langenberger als Frau aufgewachsen ist. Aber das ist natürlich Unsinn: Wenn Kai sich schon immer als Mann gefühlt hat, wird er auch bei einem Delikt eher handeln wie ein Mann. Töten wie ein Mann. Oder? Bettina ist plötzlich unsicher, ob Franz Maniuk nicht völlig falschliegt; womöglich gibt es gar kein typisch männliches oder typisch weibliches Töten – so wie sich auch die Geschlechter nicht in ein Schwarz-Weiß-Schema pressen lassen. Aber der Schuhabdruck! Bettina muss unbedingt herausfinden, welche Schuhgröße Kai Langenberger trägt.

Langenberger ist einer jener Staatsanwälte, die, wenn immer möglich, den Tatort persönlich aufsuchen, er scheut sich auch nicht, bei Sturm und Regen auszurücken. Dafür muss man auch als Staatsanwalt gut ausgestattet sein. Bettina blickt auf die Uhr. Es ist schon spät. Trotzdem ist es einen Versuch wert. Sie stellt Max Spychers Handynummer ein. So wie sie den Materialchef kennt, geht er auch nach Dienstschluss ran.

»Bettina, guten Abend!«

Bettina hört, dass Max einen vollen Mund hat. »Ich störe gerade beim Abendessen, ich kann auch später oder morgen anrufen.«

»Wenn du um diese Zeit anrufst, wird es wohl dringend sein. Rück raus mit der Frage.«

»Danke. Ich mach's kurz: Stattet ihr auch die Staatsanwälte mit Material aus? Ich meine; Schutzkleidung, Schuhe et cetera, da sie ja oft mit uns an die Tatorte ausrücken.«

»Ja, machen wir. Läuft zwar über einen anderen Budgetposten, aber das Material wird bei uns bestellt.«

»Dann ist es theoretisch möglich, dass ein Staatsanwalt über deine Stelle Einsatzschuhe bestellt.«

»Das ist nicht nur theoretisch möglich, das ist meistens der Fall.«

»Die Bestellungen werden bestimmt irgendwo archiviert.«

»Darauf kannst du wetten. Hier wird kein Bleistift rausgegeben, ohne dass es notiert wird.«

»Auch die Schuhgröße?«

»Bettina, ich finde, jetzt könntest du langsam Klartext reden.«

»Also gut. Bitte behalte meine Anfrage für dich. Ich möchte wissen, ob Staatsanwalt Kai Langenberger bei dir Schuhe bezogen hat und wenn ja, welche Schuhgröße er hat.«

»Ich kann das nachschauen. Auswendig weiß ich das nicht. Hmmm … eine ziemlich spezielle Sache, um die du mich da bittest.«

»Ich weiß. Darum bin ich froh, wenn du darüber Stillschweigen bewahrst.«

»Ich schweige wie ein Schokoladenkuchen. Eigenartig ist die Frage auch, weil du dich gerade erst nach der Herausgabe der Taser erkundigt hast.«

»Warum? Ich versteh nicht.«

»Ich habe dir doch gesagt, dass wir in Ausnahmesituationen auch an besonders gefährdete Personen Taser abgeben.«

Bettina kann sich nicht daran erinnern, dass Max so etwas gesagt hat.

»Okay«, sagt sie zögernd.

»Eine dieser Ausnahmesituationen traf ein, als ein Staatsanwalt nach der Verurteilung eines 'Ndrangheta-Mitglieds massiv bedroht worden war.«

»Du hast einem Staatsanwalt einen Taser ausgehändigt?«

»Nicht, bevor er den Kurs dazu absolviert hatte.«

»Max, von welchem Staatsanwalt sprechen wir hier?«

»Na, rate mal?«

»Kai …«

»… Langenberger.«

Das ist es, denkt Bettina. Das ist das Puzzlestück, nach dem sie schon so lange verzweifelt sucht. Max präsentiert es ihr ungefragt auf dem Silbertablett. Hätte sie ihm das letzte Mal besser zugehört, hätte sie vielleicht schon früher darauf kommen können.

»Bettina, bist du noch da?«

»Ja, danke, ich bin noch da. Weißt du, ob Langenberger den Taser noch immer hat?«

»Soweit ich weiß, hat er ihn nie zurückgegeben. Aber auch das prüfe ich morgen nach, wenn ich wieder im Büro bin. Taser und Schuhgröße. Es geht hier um eine große Sache, richtig?«

»Ja.«

»Um eine heikle Angelegenheit.«

»Das kann man so sagen.«

»Bitte, pass auf dich auf.«

Als Bettina das Gespräch beendet hat, sitzt sie reglos da und denkt nach. Kai Langenberger besitzt einen Taser und hat einen Kurs besucht, wo er lernte, ihn einzusetzen. Kai Langenberger wurde als Frau geboren; es ist gut möglich, dass er Schuhgröße 39 hat. Und Kai Langenberger ist die einzige Person, die einen Bezug zu den Mordopfern und zu allen bedrohten Männern hat: Er hat vor Gericht die Anklage gegen sie vertreten und ist damit gescheitert. Nur bei Stephan Arnold fehlt die Verbindung, allerdings könnte er von einem Nachahmungstäter getötet worden sein.

Es gibt keinen Grund, länger zu warten. Bettina muss mit Sandro sprechen. Sie müssen Kai Langenberger sofort vom Fall abziehen und ihn befragen – als Verdächtigen einer Mordserie, bei der er der Leitende Staatsanwalt war. Und was, wenn sie falschliegt?

Ein Alarm schrillt. Bettina greift zum Handy und schaltet ihn aus. Sie muss los, wenn sie rechtzeitig bei ihrem Termin mit dem Arzt Martin Fischer sein will. Er hat sie um ein Gespräch nach der Abendvisite gebeten, um das weitere Vorgehen zu besprechen. Das weitere Vorgehen heißt: Petra zurück ins Leben zu holen.

Bettina gibt sich einen Ruck. Morgen. Morgen wird sie Sandro über ihren Verdacht informieren und alles Nötige in die Wege leiten. Sie werden nicht umhinkommen, den zuständigen Regierungsrat einzuschalten und einen außerordentlichen Staatsanwalt beizuziehen. Morgen. Das alles ist in diesem Moment nicht wichtig. Jetzt geht es um Petra.

Als Bettina eine halbe Stunde später die Intensivstation betritt, steht Martin Fischer an Petras Bett. Neben ihm sitzt Petras Mutter und hält deren Hand. Martin Fischer lächelt Bettina an. Wie vertraut ihr der fremde Mann geworden ist, wundert sie sich. Er ist neben Petras Mutter ihr einziger Verbündeter. Und er ist der Mann, der ihr Petra zurückgeben wird. Bettinas Augen werden feucht, die Gefühle überrollen sie wie eine Welle und bringen sie aus dem Gleichgewicht. Sie verspürt eine unermessliche Dankbarkeit und Zuneigung zu dem Mann, der nichts als seine Arbeit tut und doch Petra retten wird – und damit auch ihr Leben retten wird, Bettinas Leben, denn ohne Petra wäre ihr Leben leer.

Bettina und Petras Mutter umarmen sich. Erst danach legt Bettina Petra einen Kuss auf die kalte Stirn.

»Wir denken, Petra ist so weit«, sagt der Arzt. »In den kurzen Narkoseunterbrechungen – den sogenannten neurologischen Fenstern – hat sie auf Außenreize reagiert, die neurologischen Tests fielen zufriedenstellend aus, die Vitalwerte sind stabil. Ihre Lunge scheint stark genug zu sein, um bald wieder selbstständig zu atmen. Darum möchten wir morgen die Aufwachphase einleiten.«

»Was heißt das: Ihre Lunge scheint stark genug zu sein?«

»Die Atemmuskulatur ist durch die lange Zeit der künstlichen Beatmung geschwächt, Petras Körper muss sich erst wieder daran gewöhnen, selbstständig zu atmen, darum werden wir sie schrittweise von der maschinellen Beatmung entwöhnen und sie falls nötig noch unterstützend beatmen.«

»Wie lange dauert es, bis sie aufgewacht ist?«, fragt Petras Mutter.

»Wie lange die Aufwachphase dauert, ist individuell verschieden. Es kommt dabei auch darauf an, wie schnell ihr Körper die Narkosemittel abbaut. Ich rechne damit, dass es bei Petra ein bis zwei Tage dauern wird.«

»Wird sie uns erkennen?«

»Beim Aufwachen kommt es sehr oft zu einem Delir. Das heißt, dass Petra in einem Zustand zwischen Schlaf und Wachsein hängen bleibt, dabei kann es zu Wahrnehmungsstörungen kommen, das kann bis zu Halluzinationen führen. Höchstwahrscheinlich wird Petra im ersten Moment orientierungslos sein, und es ist möglich, dass sie Sie zunächst nicht erkennt. Es ist auch davon auszugehen, dass sie sich nicht an das Attentat erinnern wird.«

»Aber sie wird doch wieder ganz gesund werden?«, fragt Bettina.

»Das hoffe ich sehr.«

»Versprechen Sie es mir!« Bettina erschrickt über ihre Stimme. Sie klingt wie ein flennendes, flehendes Kind.

»Frau Flückiger, das Aufwachen aus dem künstlichen Koma ist immer mit einem gewissen Risiko behaftet. Ich kann Ihnen nichts versprechen. Aber wir hoffen, dass alles gut geht.«

# 70.

Clemens Eisenschmid, Hinterbergweg 37, Langenthal. Angestellter bei einem Schlüsselservice. Sechsundzwanzig Jahre alt, keine Vorstrafen, nicht einmal eine Geschwindigkeitsübertretung. Kein Waffenschein. Nichts.

Sandro studiert noch einmal alle Angaben, die er zu Clemens Eisenschmid finden konnte. Doch selbst wenn er sie mehrmals durchliest, bringt es ihn nicht weiter. Der Mann, der laut Milla angeblich hinter dem Nickname Mister Sinister steckt, hat sich noch nie etwas zu Schulden kommen lassen und hat sich auch noch nie verdächtig gemacht.

Sandro hat praktisch nichts gegen den jungen Mann in der Hand. Nichts außer einem blinden Zeugen, der behauptet, Mister Sinister habe einen Terroranschlag auf Frauen geplant – und eine Journalistin, zufälligerweise seine Freundin, die beteuert, Clemens Eisenschmid sei Mister Sinister. Milla wollte ihm partout nicht verraten, warum sie das zu wissen meint. Allerdings hat der Vergleich von Eisenschmids Personalausweis mit den Filmaufnahmen, die Nathaniel von Mister Sinisters Pickup-Seminar gemacht hat, Millas Aussage bestätigt: Der Kursleiter sieht aus wie der Mann auf dem Passfoto in Eisenschmids Ausweis. Aber hat er wirklich ein Attentat geplant? Mehr als einen Internet-Post eines unbekannten AllDead, der schrieb, Mister Sinisters Jünger würden die Allmend in Blut tränken, gibt es nicht. Und passiert ist auch nichts. Es ist nicht einmal bewiesen, ob es Mister Sinister war, der Nathaniel gegen seinen Willen festgehalten hat. Mit derart wenig in der Hand kann Sandro unmöglich Eisenschmids Wohnung stürmen lassen.

In dem Moment klingelt Sandros Telefon. Christian Tschabold ruft an, als hätte er seine Gedanken gelesen.

»Wir sind jetzt vor Ort.«

»Wie sieht's aus?«

»Ein einfaches Mehrfamilienhaus. Seine Wohnung liegt im dritten Stock. Es brennt Licht.«

»Er ist zu Hause.«

»Sieht danach aus. Sollen wir ihn festnehmen?«

»Ich habe zu wenig gegen ihn in der Hand. Ohne eindeutige Hinweise kann ich nicht behaupten, dass Gefahr im Verzug ist. Wir müssen auf den Haftbefehl warten.«

»Ich kann auch einfach mal klingeln und ihn freundlich fragen.«

»Ich will nicht, dass er gewarnt ist.«

»Dann warten wir ab und beobachten.«

»Sobald wir das Okay von oben kriegen, nageln wir ihn fest. Spätestens morgen früh, bevor er das Haus verlässt. Bis es so weit ist, lassen wir ihn nicht aus den Augen.«

»In Ordnung. Geh nach Hause und ruhe dich aus, ich melde mich, wenn sich hier etwas regt.«

»Danke.«

Als Sandro die Stufen im Treppenhaus hochsteigt, weiß er, dass Milla bei ihm in der Wohnung ist. Er kann nicht erklären, warum er es weiß. Er weiß es jedes Mal, und er hat sich noch fast nie geirrt. Er öffnet die Wohnungstür langsam, um zu vermeiden, dass sie knarrt, um Milla nicht zu wecken, falls sie schon schläft. Die Wohnung ist dunkel. Doch er sieht ihre Tasche auf dem Stuhl in der Küche stehen. Sie ist da, sie schläft. Obwohl Sandro sie am liebsten wecken und mit ihr reden würde, zieht er sich leise im Badezimmer aus und schlüpft so sachte wie möglich zu ihr ins Bett. Mit einem unverständlichen Murmeln dreht sich Milla auf die andere Seite und schläft weiter. Ihr regelmäßiger Atem beruhigt Sandro, doch Schlaf findet er nicht. Zu viele Gedanken drehen ihre Runden.

Nichts ist passiert heute Abend um Viertel vor sieben. Sandro fragt sich, ob sich Nathaniel im Tag geirrt hat. Oder ob er grundsätzlich etwas falsch verstanden hat. Wer wollte es ihm verübeln? Er war gefesselt und wurde gefangen gehalten. Da ist es schnell möglich, dass man etwas falsch interpretiert. Aber der Internet-Post von All-Dead – nichts als große Worte ohne etwas dahinter? Möglich.

Gleichzeitig verspürt Sandro eine unbeschreibliche Erleichterung darüber, dass nichts passiert ist. Es spielt keine Rolle, wo die Gründe dafür liegen; Hauptsache kein weiteres Attentat. Nicht wieder tote Frauen. Das disharmonische Klingeln der Handys im Dachstock der Disco hallt noch immer in seinem Kopf nach. Nicht auszudenken, was die Attentäter auf der Großen Allmend für ein Gemetzel hätten anrichten können. Sobald sie Mister Sinister festgenommen haben, wird Sandro jeden einzelnen Stein umdrehen, um auch die anderen Incels aufzuspüren, die gewaltbereit und hochgefährlich sind.

Auch der andere Fall bringt Sandro um den Schlaf: Die toten Männer, die makabre Inszenierung ihrer Leichen.

Noch immer haben sie keine Spur. Viele Verdachtsmomente, doch nichts, das zum Ziel zu führen scheint. Als wären seine Leute ein Haufen wilder Hühner, jeder findet mal hier, mal dort ein einzelnes Korn, doch es zeichnet sich kein Weg ab, der zur Täterin führt. Noch nicht. Früher oder später werden sie sie kriegen, daran zweifelt Sandro nicht. Das Wichtigste ist, dass sie sie kriegen, bevor es einen weiteren Toten gibt.

Die Müdigkeit macht Sandros Gedanken noch schwerer, als sie sonst schon sind. Irgendwann dämmert er dann doch langsam weg und spürt, dass er endlich einschlafen könnte. Doch beim Blick hinüber auf den Nachttisch leuchten ihn vier Zahlen an, die ihm den Schlaf verbieten. Zu spät. Es ist schon halb sechs.

Sandro setzt sich auf. Milla liegt noch immer in der genau gleichen Position am Rand seines Bettes wie vor ein paar Stunden, als er nach Hause gekommen ist. Er fragt sich, wie sie das macht, so reglos zu schlafen. Er wälzt sich immer von hier nach dort und wieder zurück. Leise steht Sandro auf, im Bad putzt er sich die Zähne und wäscht sich das Gesicht, schlüpft in seine Kleidung. In der Küche checkt er die Mails.

»Da haben wir ihn ja«, flüstert Sandro, als er Kai Langenbergers Haftbefehl in seinem Postfach entdeckt. Kaum steht Sandro draußen in der Gasse, ruft er Christian Tschabold an.

»Alles ruhig hier«, sagt der Einsatzleiter des Sonderkommandos auf Sandros Frage. »So ruhig, dass ich mir nicht mal mehr sicher bin, ob Eisenschmid überhaupt da ist. Das Licht in seiner Wohnung brannte die ganze Nacht. Am Fenster hat er sich nicht blicken lassen.«

»Wir haben den Haftbefehl.«

»Also Zugriff?«

»Zugriff.«

Sandro bleibt in der Leitung. Er hört, wie Christian Tschabold seinen Männern den Zugriff befiehlt, etwas leiser vernimmt er indirekt aus Tschabolds Funkgerät deren Antworten, dann ein Hämmern an die Tür, das Rufen: »Polizei, aufmachen!«, und schließlich ein Krachen und erneute Rufe. Plötzlich flucht jemand laut, es folgt ein nicht definierbares Rauschen.

»Was ist los?«, ruft Sandro ins Telefon.

»Warte einen Moment«, sagt Tschabold. »Ich gehe rein.«

Wieder ein Rauschen, das Schaben von Stoff, Schritte, hallende Worte in einem Treppenhaus, die Sandro nicht versteht, dann ist die Stimme von Christian Tschabold wieder ganz nah.

»Sandro, du musst herkommen. Und bring die Spurensicherung und die Rechtsmedizinerin mit.«

»Was ist los?«

»Wir sind zu spät. Jemand war vor uns hier.«

# 71.

»Everything's gonna be alright.« Bob Marleys Optimismus reißt Milla aus dem Schlaf. Sie schimpft mit sich selbst, weil sie vergessen hat, das Handy auf lautlos zu stellen. Milla lässt Bob weitersingen, setzt sich auf und stellt fest, dass die andere Seite des Bettes leer ist. Doch das Laken ist zerknüllt, Sandro hat hier geschlafen. Milla hat seine Gegenwart wortwörtlich verpennt. Er muss spät heimgekommen sein und musste wahrscheinlich früh wieder raus. Sie fragt sich, wann sie es das nächste Mal schaffen, sich im Wachzustand zu sehen. Bob Marley geht Milla auf die Nerven, sie muss den Klingelton ändern. Auf dem Display steht Wolfgangs Name. Alles andere wäre eine Überraschung gewesen. Milla räuspert sich, bevor sie rangeht.

»Ja, Chef?«

»Hab ich dich geweckt?«

»Nein«, lügt Milla.

»Wie sieht es aus mit deinem Beitrag über die Mordserie? Können wir damit rechnen?«

»Ja.« Milla fragt sich, ob sie gerade zum zweiten Mal an diesem Morgen gelogen hat. Die Sache mit Staatsanwalt Langenberger war ein Fehlschuss. Seine Vergangenheit lag im Dunkeln, weil er früher einen anderen Namen trug. Und wenn an Bettinas Verdacht nichts dran ist, hat sie keinen Stoff, um daraus eine Reportage zu bauen. Sie weiß einzig, was alle anderen Journalisten ebenfalls wissen: Die Toten trugen rote Stöckelschuhe, und ein Mann aus einem Überwachungsvideo wird gesucht. Der Mann, der ihr bekannt vorkommt.

»Wolfgang, ich bin am Thema dran. Ich habe noch nicht viel Material. Aber ich gebe mein Bestes.«

»Das weiß ich doch«, sagt Wolfgang versöhnlich. »Es wäre gut, wenn wir bald mehr haben«, schiebt er nach.

Er kann es einfach nicht lassen, denkt Milla. Gleichzeitig muss sie schmunzeln, Wolfgang ist Wolfgang, er kann nicht anders, und es wäre auch nicht gut, wenn es anders wäre.

Milla klickt ihren Chef weg, ohne sich von ihm zu verabschieden. Sie steht auf, schlurft in Sandros Küche, setzt Kaffee auf, setzt sich an den Tisch und fährt den Laptop hoch.

Was mach ich jetzt?, fragt sie sich selbst. Sie hat keine Ahnung, wie sie weiterkommen soll mit den Stöckelschuh-Morden, über die die Polizei kaum etwas sagt und über die auch sonst bisher nichts in Erfahrung zu bringen war. Außer, dass die ermittelnde Polizistin den eigenen Staatsanwalt in Verdacht hatte, was sich wohl als falsch erwiesen hat und was Milla vorerst sowieso nicht verwenden kann, weil all diese Informationen bloß *off the record* waren. Sie sucht im Medienarchiv die bisher erschienenen Meldungen über die Stöckelschuh-Morde, lädt sie herunter, klickt dann die Webseite der Kantonspolizei an, um auch die offiziellen Mitteilungen zu speichern. Erneut betrachtet sie den Zeugenaufruf mit dem Bild der Überwachungskamera: Der Mann, der durch die Tür tritt und nach oben blickt. Milla vergrößert die Fotografie auf dem Bildschirm. Die Aufnahme ist nicht von guter Qualität. Trotzdem ist sich Milla zu hundert Prozent sicher, dass sie den Mann schon mal gesehen hat. Sie muss versuchen, sich zu erinnern, muss die Möglichkeiten eingrenzen. War es eine private oder eine berufliche Begegnung?, überlegt sie. Beruflich! Keine Frage. Wie lange ist es her? Kein Jahr. Mehr als drei Monate. Eher sechs. Es war kalt, fällt Milla ein. Es war kalt, man trug Jacken und Mützen. Hat sie ihn interviewt? Ja. Hat sie. Er hat vor ihrer Kamera gestanden. Milla hat ihn im Rahmen einer Reportage befragt. Sie erinnert sich, dass er wütend war, doch sie kann nicht mehr sagen, ob sich seine Wut gegen sie richtete, oder ob es das Thema war, das ihn in Rage versetzt hat.

Milla tippt ihr Passwort für das elektronische Archiv des Schweizer Fernsehens ein und sucht nach ihren eigenen Beiträgen, die sie im letzten halben Jahr realisiert hat. Da war die Geschichte über die geflüchteten Ukrainerinnen, die sich auf den Rückweg in die zerbombte Heimat machten, die Reportage über ein neues Wasserkraftwerk in Zusammenhang mit der Energiekrise, eine Prozessberichterstattung über einen Mord in der Neonaziszene, die Sache mit den Ferienhäusern der russischen Oligarchen in den Alpen, ein Beitrag über den Bandenkrieg zwischen den Hells Angels und den Bandidos, das Gerichtsverfahren um die abgestürzten Sportstudenten am Eiger und der Report über den gewaltigen Bergsturz in Kandersteg. Milla hält inne.

Sie hat den Mann interviewt, und zwar vor einem Gerichtsgebäude, da ist sie sich auf einmal sicher. Sie klickt ihren eigenen Beitrag über den Neonazi-Prozess an, geht ihn im Schnelldurchlauf durch, stoppt bei den Interviewszenen. Sie hat mit dem Verteidiger gesprochen und mit dem Staatsanwalt, dann folgt ein Statement des Bruders des Opfers, doch niemand sieht so aus wie der Mann auf dem Bild. Milla wählt den anderen Beitrag aus: Der Gerichtsfall um das Lawinenunglück, bei dem die Sportstudenten ums Leben gekommen sind. Die Reportage dauert neun Minuten. Zunächst sieht Milla die Bilder der Lawine, die sich gelöst und die jungen Männer der Sportschule Magglingen in den Tod gerissen hat. Die Sucharbeiten im Lawinenkegel. Dann die erste Interview-Sequenz: Ein Mitarbeiter des Lawinenforschungsinstituts, der eine Einschätzung der Lawinengefahr abgibt. Es folgt auch hier ein Verteidiger, der für seinen Mandanten spricht, und der Staatsanwalt. Milla spult weiter. Plötzlich huscht das Gesicht über den Bildschirm, nach dem sie seit Tagen in ihrer Erinnerung sucht. Sie stoppt, fährt den Cursor zurück, drückt auf *Play*.

»Dieser Freispruch ist ein Skandal! Ich werde alles daransetzen, dass mein Sohn Gerechtigkeit erfährt. Er hätte nicht sterben müssen an diesem Tag. Der da ist schuld!«

Der Mann zeigt hinter sich, dreht sich weg und geht energischen Schrittes auf den Beschuldigten zu, der in diesem Moment das Gerichtsgebäude verlässt. Der Staatsanwalt persönlich geht dazwischen und hält ihn zurück, bevor er in seiner Verzweiflung auf den Bergführer losgehen kann.

Milla spult noch einmal zurück, um den Einblender zu lesen. Der Name des Vaters ist mit H. S. abgekürzt. Sie erinnert sich nicht mehr an den vollen Namen. Also öffnet sie im Computer den Ordner, in dem sie alle Dokumente und Recherchen zu ihren Beiträgen ablegt. Sie klickt das Fach *Bergführer-Prozess* an und findet darin die Anklageschrift. Auf der ersten Seite ist zunächst der Beschuldigte aufgeführt; ein Stephan Arnold aus Wohlen. Darunter folgen die Namen der Todesopfer und der Privatklägerschaften. Milla geht alle Namen durch. Nur ein Nachname beginnt mit S: Stucki, Adrian, wohnhaft in Biel. Privatkläger: Hans-Peter Stucki, sein Vater.

Milla begreift sofort, dass ihre Entdeckung wichtig ist. Nur erkennt sie den Zusammenhang noch nicht. Ist es möglich, dass eines der Opfer der Mordserie Stephan Arnold ist? Dann wäre Hans-Peter Stucki in der Tat hochverdächtig. Aber was ist mit den anderen Opfern? Und was hat es mit den roten Stöckelschuhen auf sich? Das ergibt doch keinen Sinn. Milla erinnert sich an Bettinas Worte, dass es womöglich einen Nachahmungstäter gebe. Das einzig Richtige, das Milla jetzt tun müsste, ist zum Hörer zu greifen und sofort Sandro oder Bettina anzurufen, um ihnen mitzuteilen, dass es sich bei dem Mann auf dem Fahndungsbild um Hans-Peter Stucki handelt. Doch sie zögert, denkt an ihren Beitrag, stellt sich vor, wie sie vor laufender Kamera einen Mann dazu bringt, einen Mord zu gestehen.

»Du spinnst«, sagt Milla laut und muss über sich selbst lachen. »Undenkbar.«

Milla greift zum Handy und sucht Sandros Nummer raus. Bevor sie auf *Anrufen* tippt, legt sie es wieder weg. Undenkbar?

# 72.

Sandro hat mit allem gerechnet, doch nicht damit. Er steht auf der Türschwelle und blickt auf den nackten Mann im Bett. Er liegt da wie gekreuzigt. Handgelenke und Fußgelenke sind mit Kabelbindern an das Bettgestell gefesselt. Neben seinem Gesicht liegt eine schwarze Schnabelmaske. Jemand muss sie ihm entfernt haben, vielleicht in der Hoffnung, dass der Mensch dahinter noch nicht tot ist und wiederbelebt werden kann. Eine Hoffnung, die enttäuscht wurde. Das Gesicht ist schon verfärbt, und doch ist der Mann noch erkennbar: Mister Sinister aus Millas TV-Reportage – Clemens Eisenschmid, wie auf dem Foto seines Personalausweises. Am Penis trägt der Tote eine Kindersocke mit grauen und blauen Streifen und zwei Comic-Augen. An den Füßen: knallrote Stöckelschuhe.

Allein am Geruch in der Wohnung erkennt Sandro, dass Eisenschmid nicht letzte Nacht gestorben ist, er ist schon länger tot. Sofort setzt sich ein Gedanke in Sandros Kopf: Ist es deshalb nicht zu einem weiteren Attentat gekommen – weil der Chef der Aktion vorher getötet wurde? Ist der Serienmörderin gelungen, was der Polizei allein missglückt wäre: Hat sie durch diesen weiteren Mord ein Massaker auf der Großen Allmend verhindert? Mit Absicht? Hat sie davon gewusst? Oder war es Zufall?

Wie schräg das Leben manchmal ist. Sandro blickt auf Clemens Eisenschmids Gesicht. Und wie kurz.

»Ich habe gerade ein Déjà-vu«, sagt Irenas Stimme hinter Sandros Rücken.

»Da bist du nicht die Einzige«, kommentiert Florian von der Spurensicherung.

Nach und nach treffen alle Experten ein, sie verwandeln die kleine Dreizimmerwohnung in ein Labor, in dem die Suche nach Spuren neu beginnt.

Nicht nur die Inszenierung des Toten, auch alles andere an diesem Tatort erinnert die Ermittelnden an den Fall von Jürgen Bräutigam. Die Tür ist nicht abgeschlossen, es wurde auch nicht eingebrochen. Wie Bräutigam lag das Opfer länger als einen Tag unentdeckt in seiner Wohnung – doch weil Irena dieses Mal weiß, worauf sie achten muss, sieht sie die zwei Wundmale sofort; verursacht durch einen Taser. Niemand in dem Raum zweifelt daran, dass im Blut des Toten Morphin gefunden werden wird. Obwohl die Spurensicherung erstklassige Arbeit leistet, findet sie nichts – keinen Schuhabdruck, wie in Bräutigams Wohnung, aber auch kein Haar, keine Hautpartikel, nichts, das die DNA-Spur der Täterin trägt, wie die Auswertung im Labor zeigen wird. Als handle es sich um ein Phantom, das sie einfach nicht zu fassen kriegen. Eine Unfassbare.

»Wieder der gleiche Täter?«, fragt Staatsanwalt Langenberger, als er die Wohnung betritt.

»Sieht ganz danach aus«, bestätigt Sandro.

»Wie ist der Name des Opfers?«

»Clemens Eisenschmid.«

Langenberger nickt. Sandro erzählt ihm, warum sie das Opfer überhaupt gefunden haben – weil sie Eisenschmid verdächtigten, unter dem Namen Mister Sinister zum Attentat auf die Frauen aufgerufen zu haben. Das dann aber nicht stattgefunden hat.

»Hat es nicht stattgefunden, weil er sozusagen rechtzeitig getötet worden ist?«, fragt Langenberger.

»Sozusagen. Aber wir sind noch nicht sicher. Das werden wohl erst die Auswertungen seiner digitalen Daten zeigen.«

Kai Langenberger, der in der Schutzkleidung nicht von den anderen Ermittlern zu unterscheiden ist, begibt sich ins Schlafzimmer. Sandro folgt ihm nicht, er hat genug gesehen, und er fragt sich, wo Bettina steckt. Er hat sie, kurz bevor er losgefahren ist, aus dem Schlaf geklingelt, sie sollte längst hier sein. Kaum hat er den Gedanken zu Ende gebracht, hört er Schritte im Treppenhaus. Laute Schritte, die unverkennbar zu Bettina gehören.

»'tschuldigung, ich habe es nicht schneller geschafft.«

Sie sieht müde aus, denkt Sandro. Als würde sie die Nacht nicht im Bett sondern irgendwo sonst verbringen.

»Ein Stöckelschuh-Fall?«, fragt sie.

»Ja, eindeutig. Sogar die Kindersocke ist identisch.«

»Scheiße«, flucht Bettina. »Sandro, ich muss mit dir reden, ich habe etwas herausgefunden.«

In dem Moment tritt Kai Langenberger zurück ins Wohnzimmer. »Diese Inszenierung! Warum die Maske, warum die Stöckelschuhe?« Er sieht, dass Sandro nicht mehr allein ist. »Hallo, Bettina.«

»Guten Morgen, Kai.«

»Was hast du herausgefunden?«, fragt Sandro Bettina ungeduldig.

»Ach, das kann warten … Ich schaue mich mal etwas um.«

Sandro blickt Bettina irritiert nach. »Ich warte draußen auf dich«, sagt er zögernd. Er wundert sich über seine Teamleiterin. Sie wirkt zerstreut, unkonzentriert, das passt nicht zu ihr. Er muss sie fragen, was mit ihr los ist. Nie findet er die Zeit für persönliche Gespräche; auch über Bettinas Alleingang bei der Festnahme von Vogt hat er aus zeitlichen Gründen noch nicht mit ihr reden können. Womöglich ein Fehler. Als Sandro aus dem Haus tritt, blendet ihn die Sonne. Es ist für ihn immer wieder verstörend, dass hinter einer Tür ein Leben zu Ende gegangen ist und draußen alles normal seinen Lauf nimmt, als wäre nichts geschehen. Sandro lehnt sich neben dem Eingang an die Gartenmauer.

»Wir sehen uns bei der Besprechung?«, fragt Kai Langenberger, als er aus dem Treppenhaus tritt und sich der Schutzkleidung entledigt.

»Ja, ich melde mich.«

Sandro verspürt den Drang, sich eine Zigarette anzuzünden. Dabei hat er nie geraucht. Nie richtig. Jetzt aber könnte er eine gebrauchen.

»Du bist noch da«, stellt Bettina fest, als sie endlich ins Freie tritt. »Wo ist Langenberger?«

»Zurück ins Büro. Bettina, was ist los? Was wolltest du mir vorhin sagen?«

Bettina blickt sich um. »Können wir im Auto reden?«

Sie nehmen beide im zivilen Einsatzwagen Platz, mit dem Sandro hergefahren ist. Einen Moment lang bleibt es im Innern des Autos totenstill.

»Was ist los?«, fragt Sandro schließlich.

»Es fällt mir schwer, den Verdacht auszusprechen. Aber ich bin mir sicher, dass ich richtigliege. Ich fürchte, wir müssen unseren Staatsanwalt festnehmen.«

Sandro glaubt im ersten Moment, sich verhört zu haben. Er ist nicht so leicht zu überraschen. Sein Beruf hat ihm immer wieder gezeigt, dass das Undenkbare eintreffen und das Unmögliche geschehen kann. Doch das, was Bettina gerade gesagt hat, ergibt überhaupt keinen Sinn.

»Sprichst du von Kai Langenberger?«

»Ja.«

»Du glaubst, dass er etwas mit der Mordserie zu schaffen hat?«

»Ja.«

»Bettina!«

»Es tut mir leid, ich kann es nicht ändern.«

»Bist du dir bewusst, was du da lostrittst?«

»Ja.«

»Okay, ich höre.«

Bettina beginnt ganz von vorne. Wie sie herausgefunden hat, dass Langenberger in den fünf Gerichtsverfahren, in denen die späteren Opfer freigesprochen wurden, die Anklage vertreten hat. Dass er als Einziger fünf der betroffenen Männer kennt und über deren Adressen verfügt. Dass er bei Max Spycher im Materiallager einen Taser bezogen und den dazugehörigen Kurs besucht hat. Und schließlich, dass Langenberger ein Transmann ist, was eigentlich nichts zur Sache tue, aber: »Ich habe vorher mal auf seine Schuhe geachtet. Sie sind kleiner als meine. Ich habe Größe 40.«

»Du meinst der Schuhabdruck in Bräutigams Wohnung.«

»Genau.«

»Aber warum sollte Kai so etwas tun?«

»Die Frage treibt mich seit Tagen um. Falscher Ehrgeiz? Rache? Ein Staatsanwalt, der zum selbst ernannten

Richter wird, weil der Frust zu groß ist, dass es nach all den Aufwendungen doch zu einem Freispruch kommt?« Bettina atmet tief ein. »Ich kann das sogar ein Stück weit nachvollziehen. Stell dir vor, jemand, den du liebst, wird getötet, und der Täter kommt ungestraft davon. Ich würde auch handeln, wenn das passieren sollte.«

»Bettina, von wem sprichst du?«

»Ach nichts. Ich kenne das Motiv Langenbergers nicht. Aber wir haben genügend Indizien, um ihn wegen Verdachts auf mehrfachen Mord festzunehmen.«

»Was ist mit Eisenschmid? Stand er ebenfalls vor Gericht? Und wurde die Anklage wiederum von Langenberger vertreten?«

»Das weiß ich noch nicht.«

»Finde es heraus – und wenn dem so ist, halte ich Rücksprache mit Regierungsrat Scherrer und nehme Kai fest.«

»Einverstanden. Ich weiß, wo ich diese Information herkriege. Ich melde mich.«

Bettina steigt aus dem Wagen, wechselt zu ihrem Mini, Sandro blickt ihr hinterher, als sie davonfährt. Dann schließt er die Augen. Kai Langenberger, ein Serienmörder? Noch nie hat Sandro so sehr gehofft, dass jemand aus seinem Team falschliegt.

# 73.

Milla steht vor einem Einfamilienhaus in einem ruhigen Wohnquartier von Biel. Der Rasen ist akkurat gemäht, die Hecke zu übereinandergestapelten Bällen zurechtgestutzt, sodass sie eher einer Reihe grüner Schneemänner gleicht als einer natürlichen Pflanze. Das Namensschild am Briefkasten ist leicht angerostet und nur noch knapp lesbar: H. P. Stucki. Milla fragt sich, ob es keine Frau Stucki gibt oder gegeben hat, sie wundert sich jedes Mal, wenn bei Familien einzig der Name des Mannes an der Klingel oder im Telefonbuch steht.

Milla hat ihre VJ-Kamera eingepackt. Sie wird vorsichtig vorgehen müssen, aber wenn ihr wirklich gelingt, was sie sich ausgedacht hat … dann wird Wolfgang ihr einen Sonderbonus zahlen müssen. Sie drückt auf den Klingelknopf und hofft, dass jemand zu Hause ist.

Der Mann, der die Tür öffnet, ist zweifelsfrei Hans-Peter Stucki – ihn hat sie interviewt, ihn hat sie auf dem Fahndungsbild erkannt. Er schaut erst Milla in die Augen, dann auf die Kamera in ihrer Hand, dann wieder in ihr Gesicht.

»Ist das ein Überfall?« Er fragt es mit einem Lachen, doch in seiner Stimme schwingt Verunsicherung mit.

»Es tut mir leid, ich hätte mich anmelden sollen, aber ich war gerade in der Gegend und dachte, ich versuche mal mein Glück. Wir hatten schon einmal miteinander zu tun, ich bin Milla Nova von der Sendung *Wochenthemen* und habe damals den Prozess begleitet.«

Milla redet ohne Punkt und Komma, in der Hoffnung, dass Hans-Peter Stucki ob ihres Redeflusses vergisst, dass er ihr einfach die Tür vor der Nase zuschlagen könnte. Das macht er nicht, im Gegenteil, er öffnet sie ganz und bittet Milla hinein. Sie hätte nicht gedacht, dass es so einfach sein würde.

»Nehmen Sie doch erst mal Platz«, sagt Stucki, während er mit der Hand aufs Wohnzimmer weist.

Der Raum ist altmodisch eingerichtet. Eine hellbraune Lederpolstergruppe, wie sie in den Neunzigern chic war, eine ockergelbe Wohnwand gefüllt mit Bildbänden, eine kugelrunde Deckenlampe, gebastelt aus verleimten Schnüren.

»Möchten Sie ein Wasser?«

»Ja, gerne.«

Während Milla im Wohnzimmer auf Stucki wartet, geht sie im Kopf noch einmal die Worte durch, die sie sich auf dem Weg hierher zurechtgelegt hat.

Hans-Peter Stucki stellt zwei Gläser auf die Marmorplatte des Salontisches, setzt sich auf den zweiten Sessel und schaut Milla mit einem Blick an, der schwierig zu deuten ist; eine Mischung aus neugierig, herausfordernd und ängstlich.

»Ich arbeite an einer Reportage über die Justiz und über fragwürdige Gerichtsurteile«, erklärt Milla. »Ich erinnere mich, dass Sie damals nach dem Prozess sehr aufgebracht waren über den Freispruch. Darum möchte ich mit Ihnen ein Interview dazu führen, was das Urteil mit Ihnen gemacht hat, ob sich Ihre Haltung gegenüber dem Rechtsstaat verändert hat. Wären Sie bereit dafür?«

»Ich habe dazu eine dezidierte Meinung. Ich bin bereit, mit Ihnen darüber zu reden.«

»Ist Ihre Frau auch da?«, fragt Milla.

»Nein, meine Frau ist nicht mehr da. Sie hat den Tod unseres Sohnes nicht verkraftet.«

»Das tut mir leid.«

Milla fragt nicht weiter nach. Auf einmal tut ihr der Mann schrecklich leid. Er hat alles verloren.

»Vielleicht wäre meine Frau noch hier, wenn der Richter damals Gerechtigkeit gesprochen hätte.«

Ein Gericht kann zwar Strafen aussprechen, aber nicht Gerechtigkeit schaffen, denkt Milla. Sie spricht den Gedanken nicht laut aus.

»Darf ich die Kamera einschalten?«, fragt sie stattdessen.

»Ja.«

Milla braucht einen Moment, um die Kamera auf dem Stativ zu fixieren und das Ansteckmikrofon an Hans-Peters Stuckis Pulloverkragen zu befestigen.

»Kamera läuft«, sagt sie schließlich, mehr zu sich selbst als zu ihrem Gegenüber.

»Ist das wirklich der Grund, warum Sie hier sind?«, fragt Stucki plötzlich, bevor Milla die erste Frage stellen kann.

»Ja.« Ihr Puls beschleunigt sich. Etwas an Stuckis Tonfall hat sie alarmiert. Vielleicht war es doch ein Fehler, allein herzukommen. Unwillkürlich blickt sie zur Glastür, die auf die Terrasse führt. Sie steht offen.

»Weil Sie eine Reportage über Stärken und Schwächen des Schweizer Justizsystems drehen?«, hakt Stucki nach.

»Ja.« Milla nestelt noch einmal an der Kamera herum. »Kann ich noch rasch auf die Toilette?«

»Klar, die zweite Tür links.«

Auf dem Klo versucht Milla hektisch, Sandro anzurufen. Es geht nur der automatische Anrufbeantworter ran. Sie verflucht ihren Freund innerlich, dass er immer dann, wenn es wirklich wichtig ist, nicht erreichbar ist. Sie will ihm gerade auf das Band sprechen, da hält sie inne, weil sie meint, vor der Badezimmertür ein Geräusch vernommen zu haben. Milla drückt die Spülung, sendet Sandro ihren Live-Standort, damit er wenigstens sieht, wo sie ist – sie hofft, dass er von selbst darauf kommt, dass es einen Grund geben muss, warum sie ihm den Standort schickt. Dann wählt sie erneut seine Nummer, hört, dass sie mit der Antwortbox verbunden ist, und lässt den Anruf laufen. Sie wäscht sich die Hände, schaut sich im Spiegel an, sieht ihr ernstes Gesicht, die Anspannung, versucht, sie zu vertreiben. Schließlich begibt sie sich zurück ins Wohnzimmer, wo Hans-Peter Stucki auf dem Sessel sitzt, als habe er sich nicht gerührt.

»Sind Sie jetzt so weit?«, fragt er Milla, obwohl in der Regel sie diejenige ist, die diese Frage stellt.

»Ja. Alles klar. Fangen wir an.« Milla räuspert sich. »Ihr Sohn kam bei einem Lawinenniedergang am Eiger ums Leben. Der Bergführer, der die Verantwortung für die Gruppe trug, wurde freigesprochen. Wie war das für Sie?«

»Es war der Beweis, dass die Schweizer Justiz nicht funktioniert. Es steht außer Zweifel, dass mein Sohn noch leben würde, wenn sich der Bergführer Stephan Arnold an die elementarsten Regeln gehalten hätte. Die Lawinengefahr war an jenem Morgen erheblich – und bei erheblicher Lawinengefahr begibt man sich nicht in einen Steilhang. Er hat bewusst das Leben der jungen Männer aufs Spiel gesetzt, er hat ihren Tod verschuldet – und was passiert? Nichts. Wir leben in einem Land der Justizwillkür. Wer sich einen guten Anwalt leisten kann, gewinnt.«

»Sie hätten das Urteil anfechten können.«

»Wissen Sie, was das gekostet hätte – um dann erneut zu verlieren, weil das Spiel auf allen Ebenen das gleiche ist? Man muss selbst für Gerechtigkeit sorgen in diesem Land. Darum sind Sie doch hier, oder?«

»Wie meinen Sie das?«

»Sie sind hier wegen des Fotos. Sie sind nicht die Einzige, die mich erkannt hat. Einige meiner Freunde haben mich darauf angesprochen, aber ich habe behauptet, dass ich das unmöglich sein könne.«

»Sind Sie denn der Mann auf dem Fahndungsbild der Polizei?«

»Ja. Aber ich habe mit der Mordserie nichts zu tun.«

Milla spürt, dass eine Anspannung von ihr abfällt. Sie glaubt dem Mann.

»Aber es ist gut, dass Sie da sind. Ich habe nämlich etwas zu erzählen. Ich habe tatsächlich einen Mord begangen, mit Betonung auf einen.«

Hans-Peter Stucki greift unter das Sofakissen und zieht eine Pistole hervor. Er muss sie geholt haben, als Milla auf dem Klo war. Er legt die Waffe neben sich auf den Beistelltisch, sodass Milla sie sieht, sie aber nicht im Bild ist. Milla stellt überrascht fest, dass sie ganz ruhig bleibt.

»Ich möchte, dass Sie alles aufnehmen. Ich möchte, dass die Leute begreifen. Sie müssen meine Worte weitertragen, damit die Menschen erkennen, dass meine Tat gerecht war.«

Milla weiß nicht, warum die Angst verschwunden ist. Als ob da keine Pistole läge, als ob es sie nichts anginge. Gleichzeitig ist sie hellwach und hoch konzentriert. Sie ist nicht mehr Milla, sie ist jetzt nur noch Journalistin – sie ist die Journalistin, vor deren Kamera ein Mann einen Mord gestehen will. Milla ist so sehr auf ihre Aufgabe und auf Hans-Peter Stucki fokussiert, dass sie alles andere um sich herum vergisst. Die Furcht hat im Moment keinen Platz. Es gibt nur noch die Journalistin, die Kamera und den Mörder, der vor ihr sitzt, um von seiner Tat zu berichten.

»Ich habe Stephan Arnold getötet, weil er meinen Sohn auf dem Gewissen hat und von der Justiz nicht zur Rechenschaft gezogen worden ist. Er hat meinen Sohn und seine Freunde in den Tod geführt, hat minimalste Vorsichtsregeln missachtet, und er hat sich nie mit einem einzigen Wort entschuldigt. Hat behauptet, ihn treffe keine Schuld. Das sei die Macht der Natur. Dabei war die Lawinengefahr erheblich! Das Gericht hat ihm geglaubt und ihn freigesprochen, er hat weitergelebt, als wäre nichts passiert, hat sogar weiterhin an der Sportschule unterrichtet – während meine Frau an ihrem Kummer zugrunde gegangen ist. Es gab für mich keinen anderen Weg, um mit dem Leben wieder Frieden zu schließen. Ich musste ihn töten.«

Hans-Peter Stucki hält inne, greift zum Glas, nimmt einen Schluck Wasser. Die kurze Pause stört Millas Konzentration. Erst jetzt stürzen die Gedanken auf sie ein, alle auf einmal. Warum erzählt er ihr das alles? Will er sich danach stellen? Ist das sein letztes Vermächtnis, bevor er sich selbst richtet? Will er nicht nur sich, sondern auch sie umbringen?

»Ich dachte, ich komme damit davon«, fährt Hans-Peter Stucki fort. »Ich hörte eine Frau von der Polizei über die Mordserie sprechen. Ich dachte, wenn ich den Toten so liegen lasse, wie der Serienmörder die Opfer zurücklässt, dann würde jeder denken, dass er auch in diesem Fall der Täter ist. Das war vielleicht naiv. Sie sind der Beweis dafür. Nach Ihnen wird die Polizei mich finden. Es gibt kein Davonkommen auf dieser Welt, Gerechtigkeit existiert nicht. Meine Tat hat meinen Sohn nicht wieder lebendig gemacht, aber wenigstens ist Stephan Arnold jetzt ebenfalls tot. Das ist gut so. Das bereue ich nicht.«

»Herr Stucki, warum erzählen Sie mir das alles?«, fragt Milla. »Was haben Sie jetzt vor?«

»Ich gehe davon aus, dass Sie vorhin im Badezimmer die Polizei gerufen haben.«

Milla spürt, dass ihr augenblicklich die Röte ins Gesicht schießt. Stucki blickt auf die Uhr.

»Ich denke, sie sollte bald hier sein, oder?«

Milla weiß es nicht. Sie hat keine Ahnung, ob ihr Handy in ihrer Tasche noch immer mit Sandros Antwortbox verbunden ist oder ob die Aufnahme gestoppt hat und Sandro sie abhören konnte. Sie kann auch nicht sicher sein, dass Sandro den Live-Standort als Hilferuf gedeutet hat. Vielleicht nimmt er gerade an einer Besprechung teil und kann gar nicht erst aufs Telefon schauen.

»Ich habe die Polizei nicht angerufen«, sagt Milla knapp.

»Haben Sie Angst vor mir?«

»Nein.«

»Warum nicht?«

»Sie werden mir nichts tun, weil ich Ihnen nichts getan habe.«

Hans-Peter Stucki beginnt zu lachen, laut zu lachen, er klingt hysterisch. Vorhin hatte Milla keine Angst, aber jetzt will sie nur noch raus hier. Sie springt hoch, bringt die Kamera zu Fall, sieht, dass auch Stucki aufsteht, sie rennt zur Terrassentür, doch bevor sie sie erreicht, schrillt die Türglocke durch das Haus. Milla erstarrt in der Bewegung, blickt zu Stucki, der sich ebenfalls nicht rührt.

»Herr Stucki! Polizei! Öffnen Sie die Tür!«

Es ist nicht Sandros Stimme. Aber er hat jemanden hergeschickt.

»Er hat eine Waffe!«, schreit Milla Richtung Tür, als sie sich wieder in Bewegung setzt und Richtung Gartenterrasse stürzt. Kaum ist sie draußen, erschüttert ein Knall ihren Körper. Sie schreit auf, setzt zu einem Sprung an, fliegt und landet auf dem Boden. Sie bleibt flach liegen und drückt ihr Gesicht in den akkurat gemähten Rasen.

# 74.

»Bettina, hier ist Melanie, ich rufe aus einer Telefonkabine an.«

Melanie ist kaum zu verstehen, sie flüstert mehr als dass sie spricht, fast so, als vermute sie, dass sie selbst in der Telefonkabine belauscht werden könnte. Bettina muss über den Eifer ihrer Freundin schmunzeln. Gleichzeitig ist sie Melanie dankbar, dass sie das Risiko auf sich nimmt und ihr mit internen Informationen aus dem Gerichtsarchiv weiterhilft.

»Ich finde, du übertreibst ein bisschen mit deiner Übervorsicht«, neckt Bettina ihre Freundin. »Ich wusste gar nicht, dass es noch immer Telefonkabinen gibt!«

»Ich übertreibe nicht«, entgegnet Melanie im Flüsterton. »Ich mache mich hier gerade strafbar, weil ich dir Einsicht in die Akten gewähre.«

»Ich werde dir dafür ewig dankbar sein. Hast du schon etwas gefunden?« Bettina ist überrascht, dass sich Melanie so schnell gemeldet hat. Es sind keine zwei Stunden vergangen, seit sie ihr ihre erneute Anfrage geschickt hat.

»In der Tat. Ich musste nicht mal lange suchen. Clemens Eisenschmid stand vor gut sieben Monaten wegen eines Sexualdeliktes vor Gericht, es wurde ihm sexuelle Belästigung und Nötigung vorgeworfen.«

Bettina ballt unter dem Tisch die Faust. Also war auch Mister Sinister vielleicht ein Täter, bevor er zum Opfer wurde.

»Wurde er freigesprochen?«

»Ja, ein glatter Freispruch.«

»Wer hat die Anklage vertreten?«

»Einen Moment ...«

Der Moment kommt Bettina wie eine Ewigkeit vor.

»... die Anklage führte Staatsanwalt Kai Langenberger.«

»Vielen Dank, Melanie, du warst mir eine große Hilfe. Der Einsatz hat sich gelohnt. Du stehst auf der guten Seite.«

Bettina beendet das Gespräch, bevor Melanie etwas erwidern kann. Sie atmet zweimal tief durch, dann geht sie hinaus auf den Flur, steigt eine Etage höher und klopft an Sandros Bürotür.

»Herein!«

Bettina blickt Sandro an und sieht, dass er schon ahnt, was sie ihm gleich erzählen wird. Sie setzt sich an den Besprechungstisch.

»Auch Eisenschmid wurde freigesprochen«, sagt sie ohne Umschweife.

»Und Kai hat die Anklage vertreten?«

»Korrekt.«

»Verflucht.« Sandro fährt sich in einer nervösen Geste durch die Haare. »Verflucht, verflucht, verflucht! Dass immer, aber wirklich immer alles gleichzeitig passieren muss!«

»Was ist geschehen?«

»Milla ...«

Bettina zuckt kaum merklich zusammen.

»Was ist mit ihr?«

»Ich glaube, sie hat herausgefunden, wer der Mann auf dem Überwachungsfoto ist. Und was macht meine Freundin? Informiert sie mich und gibt mir Name und Adresse durch?«

»Hat sie nicht?«

»Nein, sie fährt selbst hin, um sich gemütlich mit dem Mann zu unterhalten, der allem Anschein nach unser Trittbrettfahrer ist! Kannst du das glauben? Ich verstehe diese Frau nicht. Ich verstehe sie einfach nicht!«

»Ist sie in Sicherheit?«

»Ich weiß es nicht. Sie hat mir erst ihren Standort geschickt und mich danach angerufen und das Telefon angelassen. Der Anruf schaltete sich zum Glück nach wenigen Minuten aus, sodass ich die Nachricht abhören konnte – und was ich zu hören bekam, hat mir gereicht. Ich habe sofort eine Streife losgeschickt. Gerade eben haben sie mir mitgeteilt, die Situation sei geklärt, Genaues weiß ich aber noch nicht.«

»Es ist bestimmt alles gut gegangen.«

»Ich hoffe es. Sie ist einfach nicht zur Vernunft zu bringen! Und jetzt kommst du mit dieser Hiobsbotschaft. Langenberger! Ich kann nicht glauben, dass das wahr ist. Wie sicher bist du dir, dass Kai etwas mit der Mordserie zu tun hat?«

»Ziemlich sicher.«

»In Prozent?«

»Ich bin mir zu fünfundsiebzig Prozent sicher.«

»Du bist dir bewusst, was das bedeutet?«

»Ja.«

»Zuallererst muss ihm der Fall entzogen werden. Dann müssen wir wohl einen außerordentlichen Staatsanwalt eines anderen Kantons beiziehen und Kai Langenberger befragen.«

»Wir müssen ihn festnehmen. Er muss als Verdächtiger befragt werden.«

»In Ordnung, ich werde alles in die Wege leiten und melde mich, wenn wir so weit sind. Kannst du derweil die Einvernahme vorbereiten?«

»In Ordnung, mache ich.«

Das war einfacher gesagt als getan, denkt Bettina, als sie im Verhörraum sitzt, wo sie Kai Langenberger mit ihren Ermittlungsergebnissen konfrontieren wird. Vor ihr liegt ein Notizheft – sie will keinen Laptop auf dem Tisch stehen haben, wenn sie Langenberger befragt, keine zusätzlichen Barrieren. Sie kaut auf ihrem Kugelschreiber herum. Welche Vorgehensweise wendet man an, wenn man eine Person einvernimmt, die alle Einvernahmetaktiken bestens kennt und sie selbst schon Hunderte Male angewendet hat? Kai Langenberger wird sie sofort durchschauen. Es bringt nichts, ihm etwas vorzumachen. Also wird Bettina ihn auf die einzige Art und Weise befragen, die übrig bleibt: direkt und authentisch, sich auf ihr Gefühl verlassend. Sie schreibt sich die Fragen auf und bringt sie auf einer neuen Seite in die richtige Reihenfolge. Streicht einige wieder durch, schreibt neue, und stellt fest, dass sie nervös ist. Sogar schrecklich nervös ist – doch genau das darf sie sich nicht anmerken lassen.

In diesem Augenblick vermisst sie Petra. Sie fragt sich, ob sie schon erste Wachphasen hat, die Narkosemittel werden heute nach und nach reduziert, vielleicht wird sie heute Abend das erste Mal die Augen öffnen. Wäre Petra da, würde sie sie jetzt anrufen, ihr von der Einvernahme erzählen, Petra würde es schaffen, sie zu beruhigen, sodass sie ihre Nervosität ablegen könnte. Doch noch ist Petra nicht zurück. Sie kann sie nicht anrufen. Sie muss allein hier durch.

Bettinas Handy vibriert. Eine Nachricht von Sandro:

*Wir sind unterwegs. Ich bringe Langenberger in den Verhörraum. Sind in zehn Minuten da.*

»Okay«, sagt Bettina laut. »Okay, okay.«

Sie steht auf. Begibt sich zur Tür, reibt sich die Hände, geht zurück zum Tisch. Überlegt es sich anders. Zurück zur Tür, sie tritt hinaus und begibt sich ins Nebenzimmer, sie will den Verhörraum erst betreten, wenn Langenberger schon drin ist, sie will nicht, dass es aussieht, als ob sie auf ihn wartet.

Durch den Venezianischen Spiegel beobachtet sie, wie Sandro mit Kai Langenberger und einer Frau den Verhörraum betritt. Bettina kennt ihr Gesicht, es dauert nur eine Sekunde, bis sie Namen und Funktion dazu abrufen kann: Charlotte Knecht, die Generalstaatsanwältin des Nachbarkantons Aargau. Nur die drei, kein Rechtsanwalt. Langenberger muss sich sehr sicher fühlen.

Bettina räuspert sich und begibt sich hinüber in den Verhörraum, um die wohl schwierigste Einvernahme ihres Lebens zu führen. Als sie den Raum betritt, haben sich die drei anderen bereits hingesetzt. Der Platz genau gegenüber der Staatsanwältin hat Sandro für sie freigelassen.

»Staatsanwältin Knecht«, stellt Sandro sie vor. »Sie wird dieses Verfahren als außenstehende Staatsanwältin führen und deiner Befragung beiwohnen.«

Die beiden Frauen nicken sich zu.

»Ich hol uns noch rasch Kaffee«, sagt Sandro, als sich Bettina gesetzt hat.

»Du bist ohne Anwalt hier?«, fragt Bettina Kai Langenberger.

»Ich brauche keinen Anwalt.«

»Aber du weißt, warum du hier bist und weshalb wir dich befragen müssen?«

»Ja, ich weiß, worum es geht«, antwortet Langenberger ruhig und gefasst.

»Ich schalte die Kamera ein, die das Gespräch aufzeichnet.«

»In Ordnung.«

Auch Charlotte Knecht nickt. In dem Moment kehrt Sandro mit einem Tablett mit vier Kaffeebechern zurück. Bettina hasst Kaffee aus dem Automaten und insbesondere Kaffee aus einem Plastikbecher. Sie schiebt den Becher, den Sandro vor sie stellt, zur Seite.

»Fürs Protokoll«, sagt sie in professionellem Tonfall und mit kühler Stimme. »Es ist der achtundzwanzigste Juni, siebzehn Uhr fünfzehn. Mein Name ist Flückiger, Bettina Flückiger, polizeiliche Sachbearbeiterin Abteilung Leib und Leben. Einvernahme von Kai Langenberger, Staatsanwalt. Im Beisein von Sandro Bandini, Chef Abteilung Leib und Leben, und der außerordentlichen Staatsanwältin Charlotte Knecht. Kai, ich muss dir einige Fragen stellen. Ist es richtig, dass du auf die Anwesenheit eines Anwalts verzichtest?«

»Das ist richtig.«

»Ich befrage dich in diesem Verfahren als Tatverdächtigen. Als Tatverdächtiger bist du nicht zur Aussage verpflichtet. Hast du das verstanden?«

»Das habe ich verstanden.«

»Im Weiteren weise ich dich darauf hin, dass du das Recht hast, dir einen Anwalt zu nehmen und dass du dich strafbar machst, wenn du falsche Anschuldigungen aussprichst, die Rechtspflege irreführst oder jemanden begünstigst. Hast du das ebenfalls verstanden?«

»Auch das habe ich verstanden.«

Alles fühlt sich falsch an, denkt Bettina. Wie absurd es ist, einem Staatsanwalt diese Fragen zu stellen, als hätte er die gleichen Worte nicht schon selbst immer und immer wieder ausgesprochen.

»Also gut. Dann beginnen wir.« Bettina schlägt ihr Notizbuch auf.

»Kann ich vorher noch etwas sagen?«, fragt Kai Langenberger.

»Nur zu.«

»Ich möchte ein Geständnis ablegen.«

# 75.

Im ersten Moment dachte Milla, dass sich Hans-Peter Stucki erschossen hat – oder dass er auf die Polizisten geschossen hat. Doch es zeigt sich, dass der Knall, den sie gehört hat, von der Tür gestammt haben muss, als sie mit Wucht auf- und gegen die Wand geschlagen wurde.

Hans-Peter Stucki hat sich widerstandslos ergeben. Das Interview für die Wochenthemen sah er als sein Vermächtnis an, wohl auch um zu verhindern, dass man in ihm den kaltblütigen Serienmörder sieht – der er höchstwahrscheinlich tatsächlich nicht ist. Aber er ist ein Mörder, und nichts rechtfertigt seine Tat. Kein Schmerz, keine Trauer, keine Rache, keine Selbstjustiz.

Milla hat sich von ihm noch rasch eine Einverständniserklärung unterschreiben lassen, dass sie das Interview ausstrahlen darf; sie will auf der sicheren Seite sein. Hans-Peter Stucki hat noch einmal bekräftigt, wie wichtig ihm die Botschaft ist. Milla wird seine Worte einordnen müssen; sie will einem Mörder nicht unwidersprochen eine Plattform bieten, doch verwenden will sie das Interview unbedingt. Sie hat versucht, Sandro anzurufen, um sich zu entschuldigen und vor allem um ihm zu danken. Doch sie hat ihn nicht erreichen können. Jetzt, im Nachhinein, ist sie zwar sicher, dass sie nie in Gefahr gewesen ist – aber als Hans-Peter Stucki seine Waffe unter dem Kissen hervorgezogen hat, war völlig ungewiss, wie die Begegnung enden würde. Zum Glück ist alles gut gegangen.

Auf dem Weg zurück nach Bern überlegt Milla, ob sie genug Material beisammen hat, um über die Mordserie zu berichten. Obwohl sie über die meisten Taten fast gar nichts weiß, kann sie im Mordfall Stephan Arnold aus dem Vollen schöpfen. Sie hat damals über den Fall berichtet und kann das Archivmaterial verwenden. Sie kann erzählen, wie sie selbst den gesuchten Mann auf dem Überwachungsbild erkannt und ihn aufgesucht hat – und wie er ihr die Tat gestanden hat. Allein das Geständnis vor laufender Kamera ist eine Premiere im Fernsehen, die Aufsehen erregen wird. Sie wird den Fall als Mord eines Trittbrettfahrers herausgreifen – und sozusagen als Cliffhanger offen lassen, wer die anderen Morde begangen hat. Milla ist zufrieden mit dem, was sie hat. Daraus lässt sich eine spannende Reportage stricken.

*We are all fucked up* spielt in dem Moment Muse aus ihrem Handy. Milla muss über ihren neuen Klingelton schmunzeln. Der Songtext trifft die allgemeine Weltlage gerade sehr präzise. Sie sieht, dass Nathaniel sie sprechen will.

»Nathaniel, ich wollte dich auch schon anrufen«, sagt Milla zur Begrüßung. »Wie geht es dir? Hast du dich erholt?«

»Danke, mir geht es gut. Ich habe viel geschlafen und fühle mich besser. Ich war heute bei der Polizei, um gegen Mister Sinister Anzeige wegen Geiselnahme zu erstatten, also gegen Clemens Eisenschmid, wie du herausgefunden hast.«

»Danach wollte ich dich fragen.«

»Sie haben mir gesagt, dass Eisenschmid nicht ange-zeigt werden kann.«

»Bitte was?«, ruft Milla laut.

»Sie haben meine Anzeige nicht entgegengenommen, weil Clemens Eisenschmid nicht mehr lebt. Gegen Tote werde nicht ermittelt.«

»Mister Sinister ist tot?«

»Ich konnte es auch kaum glauben. Natürlich habe ich gefragt, woran er gestorben sei, er war ja noch jung. Die Polizistin erklärte, es sei kein natürlicher Todesfall gewe-sen.«

»Hat er sich umgebracht?«

»Vielleicht war's auch ein Unfall. Ich weiß es nicht, mehr wollte sie mir nicht sagen. Aber das muss der Grund sein, warum er an jenem Morgen nicht mehr in Olten aufgetaucht ist.«

»Und darum wurde kein Attentat verübt.«

»Weil der Anführer der Attentäter selbst gestorben ist.«

»Wie krass ist das denn. Danke, dass du mich infor-miert hast.«

»Kommst du mal vorbei?«, fragt Nathaniel. »Gundula und Silas und ich würden dich gerne zum Abendessen einladen.«

»Ich dachte schon, dass Gundula mich jetzt für immer und ewig hassen wird, weil ich dich mit den Incels be-kannt gemacht habe.«

»Ach, weißt du, Gundula ist kein nachtragender Mensch.«

Wie gut es tut, Nathaniel wieder lachen zu hören, denkt Milla.

Nachdem sie das Gespräch beendet hat, sucht sie in den Online-Medien nach Unfallmeldungen der letzten achtundvierzig Stunden, ein Suizid würde kaum vermeldet. Sie stößt auf mehrere Verkehrsunfälle mit Todesopfern, doch nirgends passen Alter oder Geschlecht mit Clemens Eisenschmid überein. Also öffnet sie die Webseite mit den Medienmitteilungen der Kantonspolizei. Auch hier findet sie nichts, das einen Bezug zu Clemens Eisenschmids Tod haben könnte. Doch just, als sie die Seite wieder schließen will, aktualisiert sie sich, und eine neue Meldung erscheint. Milla beginnt zu lesen.

*Tötungsdelikt in Langenthal*

*In Langenthal wurde heute Morgen ein junger Mann tot in seiner Wohnung aufgefunden. Die Polizei geht von einem Tötungsdelikt aus. Die Auffindesituation des Opfers lässt darauf schließen, dass das Tötungsdelikt auf dieselbe Täterschaft zurückzuführen ist, die in den vergangenen Tagen bereits mehrere ähnlich gelagerte Delikte begangen hat. Die Polizei bittet Zeugen, die sachdienliche Angaben machen können, sich mit der nächsten Polizeistelle in Verbindung zu setzen.*

Auch wenn die wichtigste Aussage der Medienmitteilung vor lauter Beamtendeutsch beinahe verloren geht, ist Milla sofort klar, dass der Stöckelschuh-Mörder wieder zugeschlagen hat – und wer sein Opfer war: Mister Sinister. Der Zynismus des Lebens. Oder das Glück! Wurde tatsächlich Clemens Eisenschmid getötet, hat sein Mörder womöglich vielen Frauen das Leben gerettet. Milla schämt sich ihres Gedankens; aber sie ist froh, dass es diesmal den Richtigen getroffen hat.

# 76.

»Du willst ein Geständnis ablegen?« Sandro schnellt so heftig vom Stuhl hoch, dass der beinahe umkippt.

Auch Charlotte Knecht gibt ein Geräusch des Erstaunens von sich, das wie das Prusten eines Pferdes klingt.

»Sandro, bitte«, sagt Bettina sachlich.

Auch sie ist überrascht von Kai Langenbergers Ankündigung, doch anders als ihr Chef lässt sie es sich nicht anmerken.

»Kai, bist du sicher, dass du nicht warten willst, bis dein Anwalt da ist?«, fragt sie den Staatsanwalt.

»Ja, ich bin sicher, Bettina. Ich will die Morde an Jürgen Bräutigam, Bendicht Kerner und Clemens Eisenschmid gestehen.«

Sandro setzt sich wieder hin, Bettina hört ihn laut einatmen, doch sie ignoriert ihn. »Okay, ich höre zu.«

»Am Abend des 17. Juni habe ich an der Tür von Jürgen Bräutigam geklingelt. Er hat sie geöffnet, ich habe ihn mit einem Taser außer Gefecht gesetzt und ihm die Spritze mit dem Morphin in den Hals gerammt. Er hat sofort das Bewusstsein verloren, eine halbe Stunde später war er tot. Ich habe ihn ausgezogen, ihn auf das Bett gefesselt, ihm die Maske und die Socke über- und ihm die Schuhe angezogen.«

»Woher hast du den Taser?«

»Ich habe ihn vor mehreren Jahren beim Materialchef der Polizei bezogen, nachdem ich von der Familie eines verurteilten Täters massiv bedroht worden bin.«

»Und das Morphin?«

Bettina meint ein kurzes Zögern zu bemerken.

»Aus der Asservatenkammer.«

Warum hat sie daran nicht gedacht? Bettina ärgert sich über sich selbst.

»Warum hast du Frauenschuhe getragen?«

»Du meinst den Schuhabdruck, der gefunden wurde?«

»Ja.«

»Ich habe mich als Frau verkleidet, weil ich falsche Spuren legen wollte. Ich trage Größe 39. Kleine Füße, ich weiß.«

»Kai, warum?«, fragt Bettina eindringlich. »Warum musste Jürgen Bräutigam sterben?«

»Ich habe es nicht ertragen, dass er freigesprochen worden ist. Dass ich als Staatsanwalt nicht genügte, um einen Schuldspruch zu erwirken. Bräutigam hat diese Frau vergewaltigt. Es ging nicht, dass er ungeschoren davonkam.«

»Aber Mord? Reine Selbstjustiz? Du, als Staatsanwalt?«, fragt Sandro dazwischen.

»Ich bin auch nur ein Mensch!«

»Und Bendicht Kerner?«, fährt Bettina fort.

»Da ging ich genau gleich vor. Aufgrund des Verfahrens wusste ich, dass er eine Flipperhalle betrieb und wo die liegt. Ich musste nicht viel Zeit in die Recherche investieren.«

»Hat er sich gar nicht gewehrt, als du spätnachts oder fast schon frühmorgens vor seiner Tür standest?«

»Wie gesagt, ich bin als Frau aufgetreten, er hat keine Angst gehabt.«

»Ist es richtig, dass du ein Transmann bist?«

»Ja, das ist korrekt.«

Falls Kai Langenberger überrascht ist, dass Bettina darüber Bescheid weiß, lässt er es sich nicht anmerken.

»Haben deine Taten etwas mit deiner Erfahrung als Transmensch zu tun?«

»Nein, haben sie nicht.«

»Warum hast du Bendicht Kerner auf einen Flipperautomaten gebunden?«

»Das war eine spontane Idee.«

»Töten mit Taser und Morphin ist eine ungewöhnliche Methode. Wie kamst du darauf?«

»Ich weiß gar nicht mehr genau. Den Taser hatte ich zur Hand, und das Morphin war leicht zu beschaffen. Es ist ein einfaches und sauberes Töten. Und ich wollte, dass sie realisierten, warum sie sterben mussten.«

»Du hast es ihnen gesagt?«

»Ich sagte, das sei die Strafe für ihre Tat.«

»Himmel, Kai, warum bist du nicht einfach Richter geworden, statt zu morden?«, fährt Sandro dazwischen.

»Warum die Socke?«, fragt Bettina.

»Ich habe die Toten so drapiert, um erkennbar zu machen, dass sie aus einem Grund gestorben sind. Weil sie nicht Opfer, sondern Täter sind. Sexualstraftäter. Ich wollte sie in ihrer vernichtenden Männlichkeit lächerlich machen.«

»Die Maske?«

»Männer wie sie sind eine Pest.«

»Und warum die Schuhe als Warnung?«

»Ich wollte ihnen ein bisschen Angst machen, aber offensichtlich habe ich sie mit der Warnung nicht groß beeindruckt.«

»Was ist mit Stephan Arnold?«

»Das war nicht ich.«

»Also ein Nachahmungstäter?«

»Ja, ich war das jedenfalls nicht.«

»Aber Clemens Eisenschmid hast du getötet. Wann war das?«

»Mittwochabend.«

»Früher Abend, später Abend?«

»Etwa einundzwanzig Uhr.«

»Warum er?«

»Auch er stand vor Gericht. Auch er wurde freigesprochen, obwohl meine Anklage wasserdicht war. Und wie wir gesehen haben, war er brandgefährlich. Allein deshalb hat es sich gelohnt. Dank meiner Tat ist es nicht zum Attentat gekommen, darum ist niemand gestorben! Ich war schneller.«

Langenberger lacht ein seltsames Lachen, das Bettina nicht einordnen kann.

»Und die anderen?«, fährt sie ohne weiteren Kommentar fort. »Peter Bannholzer, Klaus Tanner, Thomas Sahli, die alle ebenfalls den roten Schuh erhalten haben? Wären sie als Nächstes dran gewesen?«

»Ja, sie standen auf meiner Liste.«

»Gab es noch weitere?«

Wieder ein kaum wahrnehmbares Zögern.

»Nein, das sind alle.«

»Du wusstest, dass wir Thomas Sahli als Lockvogel eingesetzt haben, darum ist nie etwas passiert.«

»Das ist korrekt.«

Bettina zögert. »Ich habe so meine Mühe …«, sagt sie nach einem Augenblick. Sie hört zwar, was der Staatsanwalt ihr sagt. Alles in seiner Erzählung geht auf. Und doch bringt sie es nicht in ihren Kopf hinein, dass Kai Langenberger, den sie als Menschen und als souveränen Staatsanwalt geschätzt hat, als Racheengel umgeht, Männer tötet, sie auszieht, ihnen eine Socke über den Penis stülpt und sie in rote Stöckelschuhe steckt. »Ich habe Mühe mit dem Motiv. Ich verstehe es einfach nicht. Als Staatsanwalt hattest du doch alle Möglichkeiten, für das Recht und für Gerechtigkeit zu kämpfen.«

»Eben nicht!« Auch Kais Stimme wird lauter. »Die Verfahren gegen diese Männer sind der beste Beweis dafür: Ich habe es eben nicht geschafft, dass sie verurteilt wurden. Als Staatsanwalt konnte ich nicht für Gerechtigkeit sorgen. Dafür als … Privatmann. Ich war es den Frauen schuldig.«

»Du irrst dich. Du bist zum Mörder geworden und hast dadurch keine Gerechtigkeit geschaffen. Vielmehr hast du unser Rechtssystem verraten.« Bettina sagt es mit einer Schärfe in der Stimme, die nicht ihrer Gefühlslage entspricht. Selbst wenn sie Kais Taten ohne Zögern verurteilt – ein Teil von ihr versteht ihn.

»Ich denke, das reicht für den Moment.« Bettina fühlt sich auf einmal erschöpft. Sie sieht auch Sandro und Kai die Müdigkeit an. »Wir machen hier Pause. Ich fürchte, es ist an der Zeit, die Medien zu informieren, dass wir den Stöckelschuhmörder gefasst haben. Damit sich die Leute wieder sicher fühlen können.«

# 77.

Zuerst kam die SMS von Bettina. Dann die Push-Nachricht der Kantonspolizei. Noch vor weniger als einer Stunde hatte Milla Zweifel, ob sie genug Material für ihren Beitrag über den Serienmörder beisammen hat – jetzt fragt sie sich, wie sie all die Informationen in einen einzigen Beitrag packen soll. Bettina hat ihr mitgeteilt, dass der Serienmörder gefasst sei, ohne einen Namen zu nennen. Klar aber ist, dass sie nicht von Hans-Peter Stucki sprach, sondern von demjenigen, der die anderen Männer getötet hat. Gleichzeitig entschuldigte sich Bettina dafür, dass sie Milla trotz ihrer Mithilfe die Informationen nicht exklusiv zukommen lassen könne – die offizielle PK sei bereits angesetzt. Was Milla zwar ärgert, was aber wohl unumgänglich ist. Sie hat sofort ihren Kameramann Ivan aufgeboten, und weil sie schon in der Nähe war, sitzt sie jetzt zu früh im Saal der Kantonspolizei, wo die Pressekonferenzen abgehalten werden. Nur Pressesprecher Emilio Livingstone ist schon da, er stellt auf der Bühne die Namenskarten auf den Tisch und grüßt Milla mit einem Nicken. Neben Bettina Flückiger wird Sandro sitzen. Wenigstens wird Milla ihren Freund wieder einmal im Wachzustand sehen, wenn auch vorerst nur von Weitem, denkt sie sarkastisch. Emilio Livingstone stellt zwei weitere Namensschilder auf den Tisch; Regierungsrat Walter Scherrer, der Polizeivorsteher, und Charlotte Knecht, außerordentliche Staatsanwältin.

Es ist doch Kai Langenberger, denkt Milla in diesem Moment. Sie spürt, dass sie nervös wird. Nach und nach füllt sich der Saal mit Journalisten. Der Geräuschpegel steigt. Die Spannung ist spürbar. Milla zuckt zusammen, als ihr jemand auf die Schulter tippt.

»Himmel, Ivan, du hast mich erschreckt!«

»Ich bin hier!«

»Das sehe ich, danke, dass du so schnell kommen konntest.«

»Ich geh mal nach vorne.«

Ivan ist noch daran, vor der Bühne Stativ und Kamera aufzubauen, als Walter Scherrer, Charlotte Knecht, Bettina und Sandro auf die Bühne treten und hinter dem Tisch Platz nehmen, auch Emilio Livingstone setzt sich hin, begrüßt die Anwesenden und stellt die Runde vor.

»Wir haben heute über einen außerordentlichen Kriminalfall und einen Fahndungserfolg zu berichten«, eröffnet Walter Scherrer die Pressekonferenz. »Ein Fahndungserfolg, den unsere Behörde persönlich betrifft. Umso dankbarer bin ich, dass die Polizei keinen Aufwand gescheut und wertvolle Arbeit geleistet hat, um den Fall zu lösen. Danke auch an Charlotte Knecht, die als außerordentliche Staatsanwältin die Verfahrensleitung ab sofort übernommen hat und neutrale, unbefangene Ermittlungen gewährleisten wird. Ich übergebe das Wort dem Chef Leib und Leben, Sandro Bandini.«

Wer Sandro nicht kennt, merkt es ihm nicht an. Milla aber liest in seiner Gestik und hört in seiner Stimme, wie unwohl er sich fühlt. Weil das hier kein Fahndungserfolg ist, der ihm Freude bereitet, es ist ein Ergebnis, das ihn bedrückt. Sandro informiert so exakt wie nötig und so knapp wie möglich, dass die Polizei die Serienmorde, die unter dem Namen Stöckelschuhmorde bekannt geworden sind, gelöst hat.

»Wir haben einen Täter verhaftet, er ist geständig«, sagt Sandro. Geflüsterte Kommentare raunen durch den Saal.

»Bei der Täterschaft handelt es sich um Staatsanwalt K.L., der die Ermittlungen zu Beginn selbst geleitet hat. K.L. – ich bitte Sie, auf die volle Namensnennung zu verzichten – hat gestanden, am Abend des 17. Juni Jürgen B. in Bern umgebracht zu haben. In der Nacht auf den 21. Juni hat er den Spielsalonbetreiber Bendicht K. getötet, und am Abend des 25. Juni hat er Clemens E. umgebracht. All diese Taten hat K.L. gestanden. Als Motiv steht im Moment Rache im Vordergrund. Alle seine Opfer standen wegen Sexualdelikten vor Gericht und wurden in den Verfahren freigesprochen. K.L. hatte in allen Fällen die Anklage vertreten. Er gab in seinem Geständnis an, dass er die Freisprüche nicht ertragen habe und sich für die angeblichen Vergewaltigungsopfer rächen wollte. Das Opfer des vierten Tötungsdelikts, Stephan A. aus Wohlen, ist nicht der Serie zuzurechnen. Auch in diesem Fall konnten wir einen Täter überführen, der geständig ist. Wir sind tief betroffen, dass ein Staatsanwalt aus unseren Reihen, dessen Aufgabe es wäre, das Gesetz zu verteidigen, es nun auf schreckliche und unverzeihliche Art und Weise gebrochen hat. Gleichzeitig sind wir froh, dass unsere aufwendigen Ermittlungen zum Erfolg geführt haben und es keine weiteren Opfer mehr geben wird. Den Hinterbliebenen sprechen wir unser tiefstes Beileid aus. Mehr können wir zum jetzigen Zeitpunkt nicht sagen. Ich danke Ihnen für Ihre Aufmerksamkeit.«

Sandro hat den letzten Satz noch nicht zu Ende gesprochen, als die ersten Fragen auf ihn einprasseln und sich zu einem mehrstimmigen Hagelsturm entwickeln.

»Ruhe!«, ruft Emilio Livingstone in den Saal. »Wir werden heute keine weiteren Fragen beantworten, aber wir werden Sie wieder informieren, sobald wir mehr Details bekannt geben können. Ich bitte um Verständnis.«

Die Geräuschkulisse im Saal macht deutlich, dass es mit dem Verständnis nicht weit her ist. Doch Sandro und seine Leute scheren sich nicht darum, sie haben die Bühne bereits verlassen und sind im Backstagebereich verschwunden.

Was für eine Geschichte, denkt Milla. Den einen Mörder hat sie selbst überführt, was sie auf Band hat, und am anderen war sie so nahe dran. Jetzt, im Nachhinein, schimpft sie mit sich selbst, dass sie in Interlaken nicht gefilmt hat; das Fotoatelier, das Haus des Vaters, wo Kai aufgewachsen ist. Sie wird noch einmal hinfahren. Doch zunächst muss sie das Material verarbeiten, das sie hat.

Eineinhalb Stunden später sitzt Milla mit ihrem Cutter Daniel am Schnittplatz und versucht, einen Beitrag zusammenzustellen. Das Storytelling ist schwieriger als gedacht, weil es nicht nur um die Mordserie geht, sondern auch um den Mord des trauernden Vaters am Bergführer, und auch den Link zur Incel-Szene will Milla nicht weglassen. Dass ausgerechnet jener Mann eines der Mordopfer ist, der letzte Woche in ihrem Hintergrundbeitrag als Incel aufgetreten ist, will ihr noch immer nicht in den Kopf. Auch der Umstand, dass Mister Sinister getötet wurde, kurz bevor er und seine Leute ein Massaker anrichten wollten, ist kaum zu fassen. Das alles will sie in die Reportage hineinpacken. Um die Übersicht nicht zu verlieren, erstellt Milla eine Chronologie der Ereignisse, mit allen Daten, die sie kennt. Dann beginnt sie, die Bilder zusammenzuschneiden und den Kommentartext dazu zu formulieren. Schon jetzt ist klar, dass die Reportage einschlagen wird. Ihr Chef Wolfgang wird hochzufrieden sein.

Obwohl sich Milla darüber freuen sollte, hat sie während der Arbeit ein schales Gefühl. Der Hauch eines Unwohlseins. Eine unangenehme Druckstelle, als stecke ein winziges Steinchen in ihrem Schuh, das sie trotz mehrmaligem Suchen einfach nicht finden kann.

# 78.

Das Leben ist gut. Bettina summt zufrieden eine Melodie, als sie zwei Stufen auf einmal nehmend zum Sitzungszimmer eilt. Sie hat die Nacht im Spital verbracht. Sie hat nicht viel geschlafen. Aber sie hat sich schon lange nicht mehr so gut und so glücklich gefühlt. Noch bevor die Sonne aufging, hat Petra heute Morgen die Augen aufgeschlagen. Sie hat Bettina angeschaut und sie erkannt. Noch konnte sie nicht sprechen, aber sie hat ihre Hand gedrückt. Bettina hat Petra auf die Stirn geküsst, immer wieder, ihre Tränen haben Petras Gesicht genässt, Tränen der unfassbaren Freude. Petra kommt zurück. Petra wird leben. Sie werden wieder zusammen sein. Bettina wünschte sich, das Aufwachen würde schneller gehen, sie musste so lange warten, das letzte Fünkchen Geduld ist aufgebraucht. Sie wäre gerne bei Petra geblieben, aber sie ist nach dem kurzen, wachen Moment gleich wieder eingeschlafen. Martin Fischer hat Bettina beschworen, dass Petra Ruhe brauche und dass es noch dauern könne, bis sie richtig aufwache. Darum ist sie jetzt trotzdem hier, pünktlich zum Debriefing des spektakulärsten Kriminalfalls seit Jahren, zu dessen Lösung sie maßgeblich beigetragen hat. Das Leben ist gut.

Alle anderen sind schon da, als Bettina das Zimmer betritt, Sandro, Florence, Bernard, Malou, auch Staatsanwältin Charlotte Knecht und sogar Regierungsrat Scherrer sind gekommen, sie klopfen auf die Tische, als sich Bettina in die Runde setzt. Ein anerkennender Applaus, obwohl die Freude verhalten ist. Der Fall ist zwar gelöst, der Serienmörder gestoppt – doch der Täter war einer von ihnen, noch dazu einer, den alle mögen. Alle wünschten sich, dass es ein anderer wäre.

Das Debriefing verläuft denn auch nicht in gewohntem Rahmen. Zwar bedankt sich Sandro insbesondere bei Bettina, aber auch beim gesamten Team für die geleistete Arbeit. Die folgende Diskussion gleicht dann aber eher einer Supervision. Gemeinsam versuchen sie zu begreifen, was ihnen unfassbar erscheint: dass Kai Langenberger ein Mörder ist. Der Mann, mit dem sie zusammengearbeitet haben, um Tötungsdelikte zu klären, hat selbst drei Menschen getötet, aus niederem Motiv.

»Ich hätte das nie von ihm gedacht«, sagt Bernard. »Aber wenn ich ehrlich bin: Ich hatte auch nie das Gefühl, dass ich ihn wirklich kannte, ich bin ihm nie nahegekommen.«

»Wir kennen nie jemanden richtig, jeder hat verborgene Seiten«, wirft Malou ein.

»Ich verstehe nicht, wie ein Staatsanwalt ein derart schlechter Verlierer sein kann, dass er nach Freisprüchen als selbst ernannter und mörderischer Racheengel loszieht. Er ist doch ein intelligenter Mann!«, meint Florence.

»Ein intelligenter Transmann. Auch da wäre ich nicht drauf gekommen. Ich frage mich, ob er darum den Männern rote High Heels angezogen hat, weil er ein Transmensch ist«, kommentiert Bernard.

»Ich denke nicht. Er sagte, er wollte, dass die Morde als

Serie erkannt und dass die Opfer als eigentliche Täter entlarvt werden«, antwortet Bettina.

»Ich bin gespannt, was der Psychiater Franz Maniuk über Langenberger sagen wird. Ich vermute eine narzisstische Störung. Oder psychopathische Züge, wenn man bedenkt, wie die Opfer präpariert wurden. Man sagt doch, dass Kaderleute in Toppositionen nicht selten psychopathische Züge haben«, mutmaßt Sandro.

»Ich werde mir seine Computer und die anderen digitalen Geräte anschauen, vielleicht finden wir dort etwas, das sein Handeln erklärbarer macht«, sagt Florence.

»Und Stucki, der Vater?«

»Er hat Stephan Arnold aus Rache getötet, weil sein Sohn gestorben ist, als Arnold die Gruppe in den Bergen anführte.«

»Eigentlich haben beide Männer das Gesetz in die eigene Hand genommen«, meint Malou.

»Mit einem Unterschied: Die Tat Stuckis kann ich mit meinem Verstand und vom Gefühl her ein Stück weit nachvollziehen – das Handeln von Langenberger in keinster Weise.« Sandro fährt sich durch die Haare, die in alle Richtungen von seinem Kopf abstehen. Er sieht noch immer übernächtigt und ausgelaugt aus. »Nun, machen wir, was wir tun müssen. Wir durchsuchen Langenbergers Haus, Florence, du nimmst dich seiner Daten an. Auch wenn es uns schwerfällt und selbst, wenn ein Geständnis da ist, müssen wir das bestmögliche Beweismaterial zusammentragen. Es ist jederzeit möglich, dass er es sich mit seinem Geständnis auf einmal anders überlegt, dann dürfen wir nicht mit leeren Händen dastehen.« Sandro blickt zu Charlotte Knecht, die zustimmend nickt. »Wir müssen die Tatwaffen sicherstellen, den Taser, die

Spritzen, das Morphin. Vielleicht finden wir auch weitere Schuhe. Bernard, kannst du die Aktenarbeit übernehmen und alle angezeigten Sexualdelikte suchen, die Langenberger betreut hat und die in einem Freispruch endeten? Vielleicht hat er noch weitere Männer bedroht. Wir brauchen alles, was wir finden können. Malou, kannst du abklären, wie Langenberger an das Morphin in der Asservatenkammer gekommen ist, vielleicht müssen wir dort die Abläufe verbessern. Es kann doch nicht sein, dass solche Mengen an Morphin einfach verschwinden, und keiner merkt etwas. Bettina und ich, wir führen heute die Einvernahme fort. Mein Ziel ist es, dass wir den Fall möglichst rasch vom Tisch haben.«

Darin sind seine Kollegen mit ihm einig. Die Aufgaben sind verteilt, Sandro will die Sitzung gerade schließen, als es klopft. Alle im Raum erstarren, als Kollege Schmid den Kopf ins Zimmer streckt.

»Ich störe ungern.«

Hoffentlich nicht schon wieder eine Leiche, denkt Bettina. Alles, aber nicht einen weiteren Toten, insbesondere keinen mit Stöckelschuhen an den Füßen.

Als hätte Schmid Bettinas Gedanken gehört, nimmt er das Stichwort auf. »Es geht um die Stöckelschuhe.«

»Was ist passiert?«, fragt Sandro.

»Bei uns hat sich vor einer Dreiviertelstunde jemand gemeldet, der einen roten Stöckelschuh in seinem Briefkasten gefunden hat. Zwanzig Minuten später kam der zweite Anruf rein. Mittlerweile haben sich sieben Männer gemeldet, die das unerwünschte Geschenk erhalten haben.« In Schmids Hosentasche piepst ein Handy. Er zieht es hervor, liest die Nachricht. »Da kommen noch weitere Meldungen rein. Neun Männer.«

»Was zum Teufel?«, ruft Sandro laut aus.

»Sind es nur die Stöckelschuhe – oder stecken Fotografien der Männer an den Absätzen?«, fragt Bettina.

»Nur Stöckelschuhe, soweit ich weiß.«

»Ich glaube, da erlaubt sich jemand einen üblen Scherz«, mutmaßt Bettina.

Ein Scherz, über den niemand in der Runde lachen mag.

# 79.

»Wir hatten gestern Spitzenquoten! Gratuliere, Milla!«

Wolfgang strahlt. Millas Kollegen klopfen mit Kugelschreibern und Fingerknöcheln auf den Sitzungstisch. Sie ahnen nicht, dass kurz zuvor in einer anderen Stadt ein anderes Team einer Kollegin auf gleiche Art und Weise Anerkennung zollte – und dass es dabei um denselben Kriminalfall ging. Milla nimmt das Kompliment gerne an, doch wirklich zufrieden ist sie nicht. Der Beitrag ist zwar eindrücklich geworden – wenn da nur dieses seltsame Gefühl nicht wäre, dass sie etwas vergessen oder übersehen hat, dass sie einen Fehler gemacht haben könnte, ohne zu ahnen, wo und wie und wann.

»Deine Arbeit war großartig, die Geschichte ist ja aber auch unglaublich – der ermittelnde Staatsanwalt entpuppt sich als Serienmörder ... das kann man nicht mal erfinden«, fährt Wolfgang mit seiner Lobeshymne fort. »Und erst das Geständnis des Trittbrettfahrers vor laufender Kamera! Chapeau! Aber ihr wisst, nach der Sendung ist vor der Sendung. Milla, was machen wir als Nächstes? Diese Geschichte ist noch nicht zu Ende erzählt.«

Milla würde ihrem Chef am liebsten antworten, dass sie erst mal Urlaub brauche. Zuerst das Attentat auf die Reitschule, dann der Report über die Incels, jetzt die

Mordserie. Als sie gestern Nacht endlich im Bett lag, konnte sie lange nicht einschlafen, weil ihr linkes Augenlid unangenehm zuckte; ein untrügliches Zeichen, dass sie eine Pause nötig hat. Doch dieses Mal stimmt sie mit ihrem Chef überein; die Geschichte ist noch nicht zu Ende erzählt, die Pause muss warten.

»Ich war bereits in Interlaken, ich habe mit Langenbergers Vater gesprochen, ich hatte von dem Verdacht gehört – ich kann da wieder andocken und ein Porträt über Langenberger drehen: Wer ist der Mann, der zuerst als Vertreter des Staates das Recht durchsetzen wollte, das er danach selbst brach?«

»Find ich gut«, kommentiert Wolfgang.

Milla möchte anfügen, dass bei der Pressekonferenz nicht alles gesagt worden ist. Dass verschwiegen wurde, dass Langenberger ein Transmann ist. Aber sie sagt nichts. Wolfgang würde zweifellos sofort auf das Thema Transmenschen anspringen und das groß rausbringen wollen. Aber darum geht es hier nicht. Es geht um einen Staatsanwalt, der zum Mörder wurde, und um die Frage nach dem Grund – sein Geschlecht spielt hierbei keine Rolle. Milla ist sich nicht mal sicher, ob sie jemanden öffentlich als Transmann outen darf, nur weil er jetzt zum Straftäter geworden ist. Andererseits gehört die Geschlechtsumwandlung nun mal zu seiner Geschichte. Doch es ist etwas anderes, das Milla antreibt, noch einmal in Langenbergers Vergangenheit zu recherchieren. Sie möchte verstehen, was ihn antrieb – und sie will ebenfalls herausfinden, wer seine Opfer waren. Ob sie nur Opfer sind – oder ebenfalls Täter waren, Täter, die erst ungeschoren davongekommen sind, um dann ihre Schuld mit dem Tod zu bezahlen.

Wenig später sitzt Milla auf dem Beifahrersitz neben Ivan im Kastenwagen, sie durchqueren das Schweizer Mittelland, Ziel ist Interlaken im Berner Oberland.

»Wohin fahren wir genau?«, fragt Ivan.

»Nach Interlaken.«

»Wohin in Interlaken?«

»Das weiß ich noch nicht.« Milla dehnt die Worte in die Länge. »Lass mich erst mal in Ruhe recherchieren.«

Ivan verdreht die Augen, während Milla neben ihm auf ihren Laptop einhämmert, obwohl sie beide wissen, dass das nie gut geht: Spätestens nach fünfzehn Minuten wird ihr so übel werden, dass Ivan bei der erstbesten Raststätte einen Halt einlegen muss. Aber anders geht's grad nicht. Milla hat sich die Bilder angesehen, die sie vom Klassenfoto und von dessen Rückseite gemacht hat, und sich die Namen jener Mädchen und Jungen herausgeschrieben, die bei der Aufnahme direkt neben Karin Langenberger gestanden haben. Wenn schon der Vater nicht bereit ist, über Kai zu sprechen, dann sind es vielleicht die ehemaligen Klassenkameraden. Millas Recherche zeigt, dass Werner Abegglen, der Sohn des Fotografen, recht hatte: Man zieht nicht so schnell weg aus der Region, wenn man in den Bergen aufgewachsen ist. Sowohl Luciana Da Silva als auch Samuel Käser, die für das Klassenfoto neben Karin Langenberger posierten, sind noch immer in Interlaken wohnhaft, aus Luciana ist mittlerweile eine Meyer-Da Silva geworden. Milla versucht es zuerst unter ihrer Nummer, ein Festnetzanschluss. Sie lässt es eine Weile läuten, doch keiner geht ran. Also versucht sie es mit der Mobilnummer, die bei Samuel Käser im elektronischen Telefonbuch eingetragen ist. Dreimal erklingt der Summton, dann sagt eine tiefe Stimme: »Käser.«

»Guten Tag, Herr Käser, hier ist Milla Nova von der Sendung *Wochenthemen*, Schweizer Fernsehen. Ich rufe Sie an, weil ich ein Porträt über Staatsanwalt Kai Langenberger drehe, der einst Karin Langenberger war, mit der Sie zur Schule gegangen sind. Ich wollte …«

»Sagen Sie, dass das nicht wahr ist«, unterbricht sie Samuel Käser.

»Was meinen Sie?«

»Ich habe gestern die Nachrichten gelesen. Staatsanwalt K.L. Ich dachte, es müsse eine Verwechslung sein, jemand, der die gleichen Initialen hat. Es ist nicht möglich, dass Kai der Serienmörder ist. Aber Ihr Anruf jetzt – sagen Sie mir: Hat er das getan? Kai?«

»Es tut mir leid, ich fürchte, ja, zumindest ist es das, was die Polizei gestern berichtet hat. Ich möchte herausfinden, wer Kai Langenberger ist und warum er das getan hat. Wären Sie bereit, mit mir zu reden?«

»Schweizer Fernsehen, sagen Sie?«

»Ja.«

»Gut. Kommen Sie vorbei. Es wird sowieso viel Mist geschrieben werden, da kann es nicht schaden, wenn wenigstens jemand die Wahrheit erzählt. Meine Adresse haben Sie ja bereits herausgefunden, denke ich. Ich bin in drei Stunden zu Hause.«

»Bingo!«, ruft Milla laut, nachdem sie das Gespräch beendet hat. »Wir haben jemanden, der mit uns spricht – allerdings ist er erst in drei Stunden zu Hause.«

»So wie ich dich kenne, hast du schon eine Idee, was wir in den drei Stunden zu tun haben, sodass trotzdem keine Pause drin ist.«

»Genau. Wir fahren ins Foto-Atelier Abegglen, um die Schulfotos von Karin Langenberger sorgfältig abzufilmen. Dann machen wir eine Außenaufnahme von Langenbergers Elternhaus, und zwar aus der Distanz; der Vater ist nicht besonders gut auf mich zu sprechen. Ich versuche währenddessen noch weitere Personen aufzutreiben, die uns etwas über Karin oder Kai Langenberger erzählen können. Er muss ein Privatleben geführt haben, es gibt niemanden, der keines hat.«

»Und zwischendurch machen wir mal Pause?«, fragt Ivan.

»Zwischendurch machen wir mal Pause.«

Milla muss lachen. Wenn sie in die Arbeit eintaucht, vergisst sie immer, dass irgendwann Ivans Magen zu knurren beginnt, und zwar buchstäblich. Es ist teilweise so laut, dass das Bauchgrummeln manchmal auf der Aufnahme mit drauf ist. Darum ist es besser, wenn Ivan vor einem Dreh etwas zwischen die Zähne bekommt.

Heute sind es, wie so oft, Pommes und ein paniertes Schnitzel. Während Ivan isst, sitzt Milla bereits wieder hinter ihrem Laptop und studiert erneut die Chronologie, die sie zu den Ereignissen erstellt hat. Plötzlich schlägt sie mit der flachen Hand auf den Tisch, sodass Ivan erschrocken zusammenfährt und beinahe die Gabel fallen lässt.

»Geht's noch?«, fragt er aufgebracht.

»Ich wusste, dass es nicht aufgeht!«, ruft Milla aus. »Ich muss rasch etwas abklären.«

Sie greift zum Telefon und öffnet den Chat, den sie mit Bettina geführt hat, als sie in Sachen Langenberger für sie recherchierte.

*Liebe Bettina, ich weiß, dass du keine Interna rausgeben darfst,* schreibt Milla, *aber meine Frage ist ausgesprochen wichtig. Ich bitte dich einzig um diese eine Antwort.* Milla überlegt, ob sie anfügen soll, dass Bettina ihr die Antwort schuldig sei, nachdem sie der Polizei so sehr geholfen hat. Aber sie lässt es bleiben, den Joker wird sie erst ziehen, wenn Bettina nicht von selbst darauf kommt. *Bei der PK wurde mitgeteilt, K.L. habe C.E. am Mittwochabend, dem 25. Juni, getötet. Ich muss wissen: Um wie viel Uhr?*

Milla sieht, dass Bettina die Nachricht sofort liest. Doch auf die Antwort muss sie etwa fünf Minuten warten, die sie sich mit der Lektüre der aktuellen Meldungen in den Online-Medien vertreibt. Die Antwort kündigt sich mit einem Piepton an.

*K. L behauptet, er habe C.E. um einundzwanzig Uhr getötet.*

Milla liest die Nachricht, trägt die Uhrzeit in die Chronologie ein, prüft noch einmal die anderen Einträge. Dann ruft sie Nathaniel an.

»Nathaniel, wie geht es dir?«

»Danke, gut. Wir gewöhnen uns langsam an die neue Situation. Ich hoffe, das bleibt auch so, und dein Anruf bringt nicht wieder neue Schwierigkeiten.« Nathaniel sagt es mit einem Lachen, doch Milla merkt, dass er es durchaus ernst meint. Sie kann es ihm nicht verübeln.

»Nein, nein, keine Angst, ich habe keinen neuen Undercover-Auftrag für dich, nur eine Frage.«

»So fängst du immer an ...«

»Es ist wirklich nur eine Frage, aber sie ist wichtig: Der Vortrag von Mister Sinister in Olten, wann begann der am Mittwochabend?«

»Um sieben.«

»Und wie lange hat er gedauert?«

»Etwa nach einer Dreiviertelstunde war Pause, da haben sie mich dann gefangen genommen.«

»Ist Mister Sinister danach gleich nach Hause gefahren?«

»Nein, die haben noch lange diskutiert.«

»Erinnerst du dich, wann du Mister Sinisters Stimme zum letzten Mal gehört hast?«

»Als er und seine Kumpel gegangen sind. Sie waren die Letzten, die das Areal verließen.«

»Wie spät war es da etwa?«

»Ich kann dir das nicht mit Sicherheit sagen, ich war gefesselt und geknebelt.«

»Aber ungefähr – eher neun oder eher zehn Uhr?«

»Es ist auf jeden Fall nach zehn Uhr gewesen, eher elf. Es sind sicher drei Stunden vergangen, bis sie mich allein zurückließen. Warum ist das so wichtig?«

»Danke. Ich werde es dir ein andermal erklären. Bis bald!«

Milla klickt den Anruf weg. Wenn sich Mister Sinister an seinem angeblichen Todestag bis nach zweiundzwanzig Uhr, eher bis dreiundzwanzig Uhr in Olten aufhielt, dann kann er unmöglich um einundzwanzig Uhr von Kai Langenberger in Langenthal getötet worden sein.

# 80.

Bettina ist verunsichert. Zuerst die roten Stöckelschuhe, die scheinbar in der halben Stadt verteilt und in die Paketfächer von gut zwanzig Männern gelegt worden sind. Wer tut so was? Mit welchem Grund? Nimmt jemand einen solchen Aufwand auf sich, nur um sich einen Scherz zu erlauben? Oder steckt dahinter eine Botschaft, die sie nicht verstehen?

Dann Millas Nachricht.

*K.L. kann C.E. nicht zur besagten Zeit umgebracht haben. Ich habe einen Zeugen, der C.E. zwischen zehn und elf Uhr an diesem Abend noch gesehen oder besser gesagt gehört hat.*

Bettina war sofort klar, wer der Zeuge sein muss; Millas blinder Freund, was auf den ersten Blick nicht gerade dafürspricht, dass seine Aussage sehr verlässlich ist.

Doch vor wenigen Minuten hat Bettina eine weitere irritierende Nachricht erhalten: Die Spurensicherung konnte in Langenbergers Haus weder einen Taser noch Spritzen oder Morphin finden. Keine Beweise. Nichts, das auf seine Taten hindeutet.

»Kommst du?«, fragt Sandro.

Bettina blickt auf die Uhr. Langenberger wartet schon im Verhörraum auf sie.

»Einen Moment noch.«

Bettina fragt sich, wo Malou steckt, an ihrem Arbeitsplatz sitzt sie nicht, also ruft sie sie an.

»Malou, hast du schon was von der Asservatenkammer?«

»Ja, die Chefin hier behauptet, es fehle kein Morphin. Ich habe jedoch meine Zweifel, ob sie die Listen korrekt führen, scheint alles ein bisschen chaotisch zu sein hier.«

»Danke.«

Bettina steckt das Telefon weg und folgt Sandro die Treppe nach unten. Als sie die Tür zum Verhörraum öffnet, sieht sie, dass Langenberger wiederum alleine da sitzt. Nach wie vor scheint er auf einen Anwalt zu verzichten.

»Guten Morgen, Kai«, sagt Bettina, obwohl fast schon Mittag ist. Sie sieht ihm an, dass er nicht geschlafen hat. Er sieht schrecklich aus, ganz anders als gestern, als er sehr gefasst und bestimmt wirkte.

»Guten Morgen, Bettina, Sandro.«

In dem Moment tritt auch Staatsanwältin Charlotte Knecht in den Raum. Nach dem gleichen Prozedere wie am Vortag nimmt Bettina die nicht abgeschlossene Einvernahme wieder auf.

»Kai, ich möchte, dass du mir noch einmal näher beschreibst, wie du genau vorgegangen bist.«

»Beim Töten?«

»Ja, bei den Tötungsdelikten.«

»Ich bin immer gleich vorgegangen. Es ist viel einfacher, als man denken würde. Ich habe geklingelt, habe sofort mit dem Taser auf sie geschossen, und als sie zu Boden gingen, habe ich ihnen mit einer Spritze das Morphin verabreicht.«

»Hast du bei Bendicht Kerner auch geklingelt?«

»Nein, dort stand die Tür schon offen.«

»Wir haben in deiner Wohnung keinen Taser gefunden.«

»Ich habe ihn in die Aare geworfen.«

»Warum wirfst du den Taser in die Aare, wenn noch weitere Opfer auf deiner Liste stehen? Du sagtest, du warst noch nicht fertig.«

Kai Langenbergers kurzes Zögern entgeht Bettina nicht.

»Ich habe gemerkt, dass ihr mir näher kommt. Ich wollte kein Risiko eingehen.«

»Wie hättest du dein nächstes Opfer umgebracht?«

»Das weiß ich nicht, ich wollte eine Weile Pause machen, abwarten, bis sich die Aufregung gelegt hat. Ich hätte mir dann wohl einen neuen Taser beschafft.«

»Das gleiche Problem haben wir mit dem Morphin.«

»Welches Problem?«, fragt Langenberger.

»Wir haben in deiner Wohnung keines gefunden. Auch keine Spritzen. Und bei den Asservaten wurde kein fehlendes Morphin festgestellt.«

»In der Asservatenkammer herrscht ein Chaos, man kann dort die Listen selbst korrigieren. Sie merken nicht, wenn etwas fehlt. Das Material, das ich noch zu Hause hatte, habe ich ebenfalls in der Aare versenkt.«

Bettina blättert in ihrem Notizheft, blickt wieder auf, Kai direkt in die Augen.

»Ich möchte noch einmal mit dir über dein Motiv reden.«

»Das habe ich doch gestern schon alles erzählt.«

»Ich möchte trotzdem noch einmal darüber reden. Ich vermisse den persönlichen Bezug. Rachemorde geschehen aus persönlichen Gründen. Aber du warst nicht direkt von den angeblichen Delikten der Männer betroffen. Sie haben Frauen angegriffen.«

»Natürlich war ich persönlich betroffen.« Kais Stimme wird lauter. »Ich habe diese Fälle verloren. Nur weil ich nicht gewinnen konnte, kamen die Männer ohne Strafe davon. Das ist durchaus ein persönliches Motiv. Nennen wir es halt nicht Rache – sondern Wiedergutmachung, weil ich vor Gericht versagt habe.«

Bettina stellt fest, dass sich Kai Langenberger durch ihre Fragen nicht verunsichern lässt – was ihrer eigenen Verunsicherung jedoch keinen Abbruch tut.

»Was hast du gefühlt, als deine Opfer starben?«, fragt sie weiter.

»Befriedigung.«

»Hat dir das Töten Lust verschafft?«

»Nein, so weit würde ich nicht gehen. Es war einfach eine Notwendigkeit.«

»Hat es dir Lust verschafft, die toten Männer auszuziehen und zurechtzumachen?«

»Bettina, ich bitte dich.«

»Was? Du hast diesen Männern eine Socke über den Penis gestülpt und ihnen Frauenschuhe angezogen, das ist doch krank!«

»Ich wollte bloß ein Zeichen setzen – und sicherstellen, dass ihr die Taten als Serie erkennt.«

»Haben die Frauenschuhe an den Männerfüßen etwas mit deiner Vergangenheit zu tun?«

»Du meinst, weil ich ein Transmann bin? Nein. Ich bin ein Transmann, kein Transvestit, der sich verkleidet! Mir war schon mit vier Jahren klar, dass ich ein Junge im falschen Körper war. Ich habe mich nie als Mädchen oder Frau gefühlt, nie. Sobald ich alt genug war, habe ich die Transition durchgeführt. Erst dann fühlte ich mich als der Mensch, der ich bin. Als wäre ich von einer Schwarz-Weiß-Fotografie in der Farbfotografie angekommen. Das ist fünfundzwanzig Jahre her. Meine Geschlechtsumwandlung hat rein gar nichts mit meinen Taten zu tun.«

Bettina nickt, macht sich eine Notiz.

»Kommen wir zu Clemens Eisenschmid.«

»Auch er stand unter meiner Anklage. Auch er wurde freigesprochen. Es war ein Skandal. Und man hat ja gesehen, wozu das beinahe geführt hätte ...«

»Du hast uns gestern gesagt, du seist um neun Uhr abends am Mittwoch, 25. Juni, bei ihm zu Hause gewesen und hättest ihn dann umgebracht.«

»Das ist korrekt.«

»Wir haben einen Zeugen, der behauptet, Clemens Eisenschmid nach zehn Uhr noch gesehen zu haben, in Olten.«

Bettina registriert, wie Sandro als auch Staatsanwältin Knecht sie überrascht anblicken. Sie hat ihnen nicht gesagt, dass Sandros Freundin tiefer in diesem Fall mit drinsteckt, als er ahnt. Wahrscheinlich denkt er, dass sie nur blufft.

»Nach zehn?«

»Ja.«

»Dann habe ich mich wohl in der Zeit geirrt. Ich habe draußen gewartet, bis er nach Hause gekommen ist, und bin ihm dann gefolgt. Wahrscheinlich habe ich um neun das letzte Mal auf die Uhr geschaut und danach nicht mehr darauf geachtet.«

»Das klang gestern aber anders. Du hast überzeugt ausgesagt, dass es um neun gewesen sei.«

»Himmelherrgott, Bettina, man kann sich doch auch mal irren!«

Kai Langenberger wirkt zum ersten Mal fahrig, nervös. Bettina blickt zu Sandro, er schaut zu ihr. Ohne dass sie etwas sagen oder auch nur ihre Mimik ändern, wissen sie, dass sie in dieser Sekunde exakt dasselbe denken: Kai Langenberger lügt. Die Frage ist nur, inwieweit – und vor allem: warum?

Die Sekunde der Erkenntnis ist noch nicht vergangen, als es klopft. Wieder werfen sich Bettina und Sandro einen Blick zu. Sandro erhebt sich, geht zur Tür, tritt hinaus und schließt sie wieder hinter sich. Nur, um sie wenig später erneut zu öffnen.

»Bettina, Charlotte, kommt ihr mal?«

Bettina lehnt sich vor und sagt laut: »Protokoll-Notiz: Unterbruch der Einvernahme um vierzehn Uhr dreiundzwanzig.«

Die beiden Frauen erheben sich, Bettina nickt Langenberger zu, fast so, als müsse sie sich entschuldigen, weil sie sich aus einer Besprechung entfernt, und verlässt gemeinsam mit der außerordentlichen Staatsanwältin den Raum.

»Ihr werdet es nicht glauben«, sagt Sandro, als sie die Tür geschlossen hat.

»Was ist passiert?«

»Wir haben eine neue Leiche.«

Bettina schaut Sandro fassungslos an. »In roten Stöckelschuhen?«

»In roten Stöckelschuhen.«

# 81.

»Kai Langenberger sagte, er habe Clemens Eisenschmid um neun Uhr abends getötet«, sagt Milla zu Ivan, der ihr schräg gegenüber am Tisch sitzt und das letzte Stück des Schnitzels in seinem Mund verschwinden lässt. »Aber Clemens Eisenschmid war laut Nathaniel bis mindestens zehn, vielleicht sogar bis elf bei ihm in Olten. Also lügt Langenberger. Er kann Eisenschmid nicht getötet haben, auf jeden Fall nicht um neun Uhr abends.«

Ivans einziger Kommentar ist ein zustimmendes Schmatzen.

»Wenn Kai Langenberger Clemens Eisenschmid nicht umgebracht hat, wer dann?«, fragt Milla.

»Keine Ahnung, du bist hier die Detektivin«, antwortet Ivan mit vollem Mund.

»Und vor allem: Wenn er es nicht war – warum hat er den Mord dann gestanden?«

»Um jemanden zu decken?«

»Würdest du einen Mord gestehen, um jemanden zu decken?«

»Nein.«

»Eben. Und was ist mit den anderen Tötungsdelikten? Hat er die tatsächlich begangen oder hat er für alle Taten ein falsches Geständnis abgelegt?«

»Milla, du hast mir auch schon einfachere Fragen gestellt, ich kann dir wirklich nicht helfen. Aber es ist Zeit.«

»Zeit wofür?«

»Der Interviewtermin beim Käser.«

Samuel Käser, Milla hätte ihn beinahe vergessen.

»Er ist kein Käser, er heißt Käser. Du hast recht, wir müssen los.«

Es stellt sich heraus, dass Samuel Käser Bäcker ist. Als sie bei ihm eintreffen, hat er sich noch nicht umgezogen; in seiner weißen Arbeitskleidung sieht er aus wie ein Arzt, mit dem Unterschied, dass Mehl daran klebt und er nach frischem Teig riecht. Er entschuldigt sich für einen Moment. Kurz darauf erscheint er in der sportlichen Kleidung eines Bergsteigers, moderne Outdoor-Klamotten, die ihn zehn Jahre jünger erscheinen lassen, als er ist. Was für ein Unterschied zu seinem früheren Klassenkameraden Kai, den Milla bislang immer nur in Anzug und Krawatte gesehen hat und der erheblich älter wirkt.

»Ich bin Samuel«, sagt Samuel Käser, »wir haben es hier nicht so mit dem Sie.«

»Milla.«

»Ivan.«

Er reicht ihnen die Hand, die eher einer Pranke gleicht.

»Wie bist du auf mich gekommen?«, fragt er Milla, als sie in seinem Wohnzimmer Platz genommen haben.

Milla erzählt Samuel Käser von ihrem Besuch bei Werner Abegglen im Foto-Atelier des Vaters, sie zeigt ihm auf dem Handy die Bilder des Klassenfotos und der feinsäuberlichen Schrift von Abegglen senior, der Samuel Käsers Name neben denjenigen von Karin Langenberger geschrieben hat. Ohne große Worte beginnt Ivan zu filmen, wie Samuel das Foto lange anschaut.

»Ja, das bin ich, neben Kai.«

»Der damals noch Karin hieß.«

»Ich habe ihn oder sie immer Kai genannt, er hat das so gewünscht, bereits Jahre vor der Umwandlung. Wir waren auch in der Sekundarstufe befreundet, ganz früher besuchten wir sogar zusammen den Kindergarten. Schon damals war sie kein normales Mädchen, sie war wie ein Junge. Beim Raufen hat sie immer gewonnen. Sie spielte mit Matchboxautos statt mit Puppen, kletterte mit uns Jungs auf die Bäume und fand Mädchen doof. Die Mädchen riefen ihr oft *Jungenmädchen* nach, aber das hat sie nicht gestört. Kai war froh, dass sie mit uns Jungs unterwegs sein durfte. Dann kamen wir in die Pubertät: Das muss für sie die Hölle gewesen sein. Dass sie dann Mitte zwanzig mit der Geschlechtsumwandlung – oder wie sagt man heute, Transition? – begann, hat niemanden überrascht. Obwohl das damals andere Zeiten waren. Und wir leben hier auf dem Land! Für mich war Kai ein Junge im falschen Körper, der das dann geändert hat. Aber Sie können sich vorstellen, dass das nicht alle so sahen.«

»Wie hat sich das gezeigt?«

»Als Kai in die Pubertät kam und sich immer noch wie ein Junge verhielt, wurde sie von Schulkameraden gemobbt. Niemand wollte etwas mit ihr zu tun haben. Einmal haben die anderen Mädchen sie in der Turnhalle nackt in der Dusche eingeschlossen und die Jungs geholt, um sie bloßzustellen.«

»Gab es auch körperliche Gewalt?«

»Ich weiß es nicht. Wenn, dann hat Kai nicht darüber gesprochen. Aber im Ausgang gab es immer wieder Sprüche. Sie wissen schon …«

»Nein, weiß ich nicht, was für Sprüche?«

»Na ja, dass man es Kai nur mal … nun, richtig besorgen müsse, damit er merke, dass er eine Frau und kein Junge sei, in die Richtung halt.«

»Hat Kai sich gewehrt?«

»Er hat versucht, die verbalen Angriffe zu ignorieren.«

»Wie war Kai sonst so, hat es dich überrascht, als er die Juristenlaufbahn einschlug?«

»Nein. Er war ein schlauer Kopf. Eigentlich wollte er Pilot werden. Aber es hat sich dann alles geändert.«

»Wie meinst du das?«

»Es ist etwas passiert, über das Kai nie gesprochen hat. Auf einmal wurde er total radikal. Er hatte schon immer einen ausgesprochenen Gerechtigkeitssinn, aber kurz vor der Matura muss etwas geschehen sein, das ihn zuerst völlig aus der Bahn geworfen hat und ihn dann radikalisierte. Er begann schon damals, Unterschriften für Petitionen zu sammeln, die eine Verschärfung des Strafrechts verlangten. Wir waren nicht überrascht, als er sich schließlich an der Uni für Jura einschrieb. Allerdings hätte ich eher erwartet, dass er Richter wird.«

»Aber du weißt nicht, was der Auslöser für seinen Sinneswandel war?«

»Nein, aber eine Vermutung hab ich schon.«

Milla wartet. Samuel Käser schaut erst zu ihr, dann zu Ivan in die Kamera, dann wieder zu ihr.

»Ich möchte nicht, dass ihr das filmt.«

Im gleichen Moment, als Milla Ivan zunickt und er die Kamera ausschaltet, klickt in einer Zweizimmerwohnung in Bern die Kamera des Polizeifotografen, der den Tatort dokumentiert. Zuerst mit herkömmlichen Fotografien, anschließend mithilfe einer 3-D-Kamera, sodass der Tatort später jederzeit wieder virtuell begangen werden kann. Er lichtet den Mann ab, der tot und nackt an sein Bett gebunden vor ihm liegt, das Gesicht unter einer schwarzen Schnabelmaske versteckt, über dem Penis eine Kindersocke mit zwei Comic-Augen und an den Füßen rote Stöckelschuhe.

»Schon wieder ein Déjà-vu«, sagt die Rechtsmedizinerin Irena zu Bettina und Sandro, die neben ihr im Wohnzimmer warten, bis der Kollege mit seiner Arbeit fertig ist. »Es ist, als würde ich zum dritten Mal zum gleichen Tatort gerufen. Drei Männer auf dem Bett, ein weiterer auf einem Flipper, einer auf dem Sofa. Wann hört das endlich auf?«

Bettina und Sandro werfen sich einen Blick zu. Genau das fragen sie sich auch. Zumal sie direkt aus der Einvernahme jenes Mannes hierherbestellt worden sind, von dem sie dachten, dass er die Tötungsdelikte zu verantworten hat.

»Ist jemals etwas über die Socke nach draußen gedrungen, ich meine, über die Art der Socke, wie sie aussieht?«, fragt Bettina.

»Nein«, antworten Sandro und Irena wie aus einem Mund.

»Und über die Maske?«

»Ebenfalls nicht. Wir haben auch nie öffentlich gemacht, dass die Männer gefesselt waren.«

»Also kann es kein Nachahmungstäter sein«, folgert Bettina. »Wer hier getötet hat, war auch in den anderen Fällen der Täter. Dabei dachten wir, wir hätten sie gelöst.«

»Seid ihr so weit?«, ruft Irena ins Zimmer hinein.

»Ja, du kannst rein.«

Bettina folgt Irena ins Schlafzimmer.

»Wer hat den Toten gefunden?«, fragt sie Sandro.

»Es gab einen anonymen Anruf.«

Irena durchtrennt das Gummiband der Maske.

»Ein Telefonanruf, das ist neu«, kommentiert Bettina.

Vorsichtig hebt Irena die Maske vom Gesicht des Toten.

»Der Anruf stammte aus einer Telefonzelle. Florence ist dabei, die Gegend um die betreffende Kabine nach Überwachungskameras abzusuchen.«

»Er ist deutlich älter als die anderen Opfer«, stellt Irena fest.

Bettina tritt näher an die Leiche heran. Ein kantiger Kiefer, der leicht asymmetrisch verschoben wirkt, schmaler Mund, markante Nase, die Augen stehen eng beieinander und sind geschlossen. Er trägt einen Schnauzbart, ist am Kinn schlecht rasiert, das dunkelbraune Kopfhaar ist von grauen Strähnen durchzogen. Bettina vergleicht das Gesicht mit der Fotografie der Identitätskarte, die sie im Portemonnaie im Flur gefunden hat.

»Der Mann heißt Michael Megert, fünfzig Jahre alt, lebt hier zur Miete.«

Irena löst die Kabelbinder, mit denen Hand- und Fußgelenke an das Bett gebunden sind, lässt sie in ein Plastiksäckchen gleiten und übergibt sie Florian von der Spurensicherung. Dann bewegt sie die Arme des Toten. Keine Leichenstarre. »Er ist noch nicht lange tot«, kommentiert Irena. »Wann habt ihr Kai festgenommen?«

»Gestern Nachmittag.«

»Nun, dann habt ihr mit Kai wohl den Falschen erwischt.«

»Es sei denn …«, Bettina zögert, »es sei denn, er hat es nicht allein getan.«

»Die Kamera ist aus«, sagt Ivan in der Wohnung über der Bäckerei, in der es nach frischem Brot riecht.

Stille folgt. Samuel Käser streicht sich mit drei Fingern über die Nase, presst die Augen zusammen. Einen Moment lang befürchtet Milla, er habe es sich anders überlegt und wolle seine Vermutung doch nicht äußern.

»Auf einmal, das war im letzten Jahr am Gymnasium, war Kai sehr verschlossen.« Samuel Käser stockt, räuspert sich. Es ist ihm anzusehen, wie sehr ihn die Erinnerung berührt. »Zuvor konnten wir über alles reden, doch plötzlich zog er sich zurück. Ich dachte damals, dass das mit der bevorstehenden Transition zu tun hatte. Ich kam nicht mehr an ihn heran. Und dann war er, oder sie, plötzlich schwanger.«

Also doch, denkt Milla. Sie und Werner Abegglen haben sich nicht getäuscht: Auf dem Klassenfoto war tatsächlich ein sich abzeichnendes Schwangerschaftsbäuchlein zu sehen.

»War Kai zu dieser Zeit mit jemandem zusammen?«, fragt Milla.

»Nein. Ihr müsst verstehen: Kai steckte zwar noch im Körper einer jungen Frau, aber er war so sehr ein junger Mann wie ich. Und dann aus heiterem Himmel diese Schwangerschaft! Ich glaube nicht, dass das freiwillig war.«

»Wie meinst du das?«

»Nie im Leben hätte Kai schwanger werden wollen. Er hat auch als Karin nie etwas mit einem Mann gehabt. Ich glaube, Karin Langenberger wurde damals vergewaltigt«, sagt Samuel Käser. »Aber versteht mich nicht falsch. Es ist nur eine Vermutung, ich bin nicht sicher, er hat nie darüber geredet. Aber gerade dass er nie mit mir darüber gesprochen hat, lässt mich denken, dass ihm etwas Schlimmes zugestoßen sein muss. Sonst hätte er es doch einfach erzählt, oder? Ich habe natürlich nachgefragt, was los sei, aber er hat immer gleich abgeblockt.«

»Hat er das Kind bekommen?«

»Ja. Nach der Maturafeier haben wir den Kontakt verloren. Aber ich habe ihn zwei, drei Mal mit dem Kind im Dorf gesehen. Später war das Mädchen oft bei den Großeltern.«

Auf einmal ergibt alles einen Sinn, denkt Milla. Kai Langenberger war selbst ein Vergewaltigungsopfer – darum hat er sich für die anderen Frauen gerächt, deren Vergewaltiger vor Gericht freigesprochen worden waren, nachdem er als Staatsanwalt keinen Schuldspruch erwirken konnte. Es ging bei seinen Taten gar nicht um die Männer, die er tötete – es ging jedes Mal um seinen eigenen Vergewaltiger. Falls Samuel Käsers These stimmt.

Nachdem sie sich bei Samuel Käser bedankt und sich verabschiedet haben, lotst Milla Ivan zum Einwohnermeldeamt von Interlaken. Wenn sie Glück haben, ist noch jemand da, die Bürozeiten sind meist sehr übersichtlich. Sie haben Glück, und zwar in doppeltem Sinne: Es stellt sich heraus, dass die Frau hinter dem Schalter des Einwohnermeldeamts – auf ihrem Namensschild liest Milla *G. Rüfenacht* – kurz vor der Pensionierung steht und jede und jeden in der kleinen Stadt persönlich zu kennen scheint. Sie wirkt glücklich, dass endlich jemand den Schalter aufsucht, mit dem sie reden kann. Denn reden tut sie gerne und viel, das steht bereits nach ihrer überschwänglichen Begrüßung außer Frage. Milla ahnt, dass Frau Rüfenacht heute außer ihnen noch keine Kundschaft hatte und sich zu Tode langweilt, sodass nun all die Worte und Sätze, die sich den ganzen Tag in ihrem Kopf aufgestaut haben, aus ihr rausmüssen. Für Milla kann das nur von Vorteil sein. Sie hat sich eine Legende zurechtgelegt, die sich um ein Erbe, eine entfernte Cousine und um eine Verwandtschaftssuche dreht, doch die hat sie gar nicht nötig.

»Ich weiß nicht, ob Sie mir helfen können …«

»Natürlich kann ich Ihnen helfen, dazu bin ich schließlich da!«, fällt Frau Rüfenacht Milla ins Wort. »Sie müssen mir nur sagen, was Sie wissen wollen.«

Die ältere Dame hinter dem Schalter spricht zwar mit Milla, doch sie strahlt dabei Ivan an, als wolle sie mit ihm flirten. Milla räuspert sich, um die Aufmerksamkeit wieder auf sich zu lenken. »Ich interessiere mich für eine Geburtsurkunde aus dem Jahr 1998.«

»Das wird kein Problem sein. Wie heißt denn das gute Kind?«

»Ich kenne den Namen des Kindes leider nicht, nur den Namen der Mutter.«

»Das genügt. Wie hieß die Mutter?«

»Karin Langenberger.«

»Sie sind wegen Kai hier!« Frau Rüfenacht wirft die Hände hoch. »Das war ein Skandal damals!«

Zum gleichen Zeitpunkt, als Milla auf dem Einwohnermeldeamt in Interlaken alles über das damalige Drama erfährt, über das man in der Gemeinde stets geschwiegen hat und von dem trotzdem alle wussten, versucht Bettina an einem Tatort in Bern ebenfalls in die Vergangenheit einzutauchen; in die Vergangenheit von Michael Megert, der tot im Zimmer nebenan liegt. Sie schlägt ihn im Personenregister nach: keine Ehefrau, keine Kinder. Angemeldet in Bern, zugezogen aus Interlaken. Bettina stutzt. Interlaken, wie Langenberger. Zufall?

Sie schaut sich im Wohnzimmer um. Es ist einfach eingerichtet. Die Möbel sind alt. Der Stoff des Sofas ist abgewetzt, es wäre selbst in einem Brockenhaus ein Ladenhüter. Ein schlichter Salontisch aus Holz, der an eine Sitzbank in einer Sportgarderobe erinnert. Es gibt keine Bilder in der Wohnung und keine Bücher. Im einzigen Regal stehen drei nachgebaute Modelllastwagen. Bettina begibt sich in die Küche, öffnet den Kühlschrank. Augenscheinlich war Michael Megert kein großer Koch: Sie findet darin gut ein Dutzend Fertigmenus und noch einmal so viele Flaschen Bier. An der magnetischen Tür ist ein Zettel angebracht, sieht aus wie eine Abrechnung. Die Zahl steht im Minus. Eine Übersicht über unbezahlte Schulden? Bettina öffnet den Küchenschrank über dem Herd. Er ist halb leer: zwei Tassen, drei kleine Teller, ein großer Teller, eine Schale. Im Schrank neben dem Geschirrspüler: ein Kochtopf, eine Bratpfanne, ein Abtropfsieb. Sonst nichts. Entweder war Michael Megert ein sehr bescheidener Mensch, oder er ist gerade nach längerer Abwesenheit in die Schweiz zurückgekehrt und muss sich erst wieder einen Hausrat besorgen. Vielleicht war er im Ausland, überlegt Bettina. Oder im Gefängnis.

»Ich hab was!«, ruft Sandro aus dem Flur. Er steht neben einem Regal mit mehreren Schubladen. In einer hat er ein amtliches Schreiben gefunden. Bettina tritt neben ihn.

»Ein Entlassungsschein«, stellt Sandro fest. »Unser Opfer ist ein Täter, er saß bis vor zwei Jahren in der Strafanstalt Thorberg.«

»Wetten, der saß wegen Vergewaltigung?«

»Wenn er im Knast war, wurde er verurteilt – die anderen Opfer wurden alle freigesprochen. Das passt nicht ins Schema«, wendet Sandro ein.

»Wenn er einmal verurteilt wurde, heißt das nicht, dass er für all seine Delikte verurteilt worden ist. Ich weiß, wer uns da rasch und unbürokratisch weiterhelfen kann.«

»Wer?«

»Ich verrate meine Quellen nicht.«

Bettina zwinkert Sandro zu, obwohl sie es ernst meint. Niemals würde sie Melanies Namen nennen. Sie geht zurück ins Wohnzimmer, dreht sich in der Tür noch einmal um, um sich zu versichern, dass sich Sandro wieder den Papieren zugewendet hat. Sie greift zum Handy und schreibt Melanie eine Textnachricht.

*Ich brauche alles über Michael Megert, 11.9.1973, wohnhaft in Bern, aus Interlaken. Verurteilungen aber vor allem auch Verfahren, in denen er nicht verurteilt wurde, falls es solche gibt. Entschuldige, dass ich schon wieder ... es ist das letzte Mal. Ich schwöre! Und ich schulde dir was!*

Melanie liest die Nachricht sofort und schickt ein Daumen-hoch-Emoji zurück.

Zur gleichen Zeit erhält Milla auf dem Einwohnermeldeamt in Interlaken weit mehr Informationen, als sie sich erhofft hatte.

»Wissen Sie, ich kenne die Langenbergers persönlich. Jetzt ist ja nur noch der Hans-Peter am Leben, seine Frau ist schon gestorben, Krebs.« Frau Rüfenacht setzt einen betrübten Gesichtsausdruck auf.

»Und Kai hat dann ein Kind geboren ...« Milla versucht, die Frau dazu zu bringen, etwas schneller auf ihre Frage zurückzukommen.

»Sie waren so tapfer, die Langenbergers. Stellen Sie sich vor, was für ein Schicksalsschlag: Sie haben ein Mädchen geboren, das unbedingt ein Junge sein wollte. Das war zu jener Zeit etwas Außerordentliches, es gab ein Gerede, nicht vorstellbar. Aber die Eltern haben Karins Wunsch akzeptiert und all den Tratsch über ihre Familie stoisch ertragen.«

»Soviel ich weiß, war Karin etwa neunzehn, als das Kind geboren wurde ...« Milla versucht erneut, Frau Rüfenacht dazu zu bringen, auf den Punkt zu kommen. Sie nimmt aus dem Augenwinkel wahr, dass Ivan neben ihr schmunzelt.

»Die Nachbarn haben sich den Mund über die Langenbergers zerrissen, ach, was sag ich, das ganze Städtchen! Man hat sie ja gekannt im Ort. Sie waren die Pächter eines Restaurants.«

»Und dann wurde Karin schwanger ...«

»Karin hat das Gymnasium besucht und ...«

»Und wurde dann im letzten Jahr schwanger?«

»Ja. Das war eine Überraschung. Damit hatte niemand gerechnet.«

»Hatte sie denn einen Freund?«, fragt Milla.

»Nein. Das war das Problem: Wir konnten in der Geburtsurkunde keinen Vater eintragen. Das kommt nicht oft vor in einem kleinen Städtchen wie unserem, wo doch jeder jeden kennt. Aber Karin hat nie jemandem erzählt, wer der Vater ist. Alle haben versucht, sie dazu zu überreden, es wäre doch so viel einfacher gewesen – der Vater des Kindes hätte seinen Beitrag leisten müssen. Aber Karin hat geschwiegen.«

»Sie wissen also bis heute nicht, wer der Vater ist?«

»Es gab natürlich Vermutungen und Gerüchte. Als es heranwuchs, hat man das kleine Mädchen dann auch immer ganz interessiert angeschaut, weil man dachte, dass man den Vater vielleicht in ihm erkennen könnte. Aber herausgefunden hat man es nie.«

»Was waren das für Vermutungen und Gerüchte?«

Frau Rüfenacht blickt über ihre Schulter, als fürchtete sie, jemand stehe hinter ihr und belausche sie.

»Böse Zungen behaupteten, dass Karins Vater Hans-Peter der Vater des Kindes war, zumal das Mädchen dann auch praktisch bei den Großeltern aufwuchs. Aber das habe ich nie geglaubt. Nicht der Hans-Peter. Der hat doch nicht mit seiner Tochter ...«

»Uns wurde gesagt, dass Karin möglicherweise vergewaltigt worden sei.«

»Aber das hätten wir doch erfahren. So etwas kann man nicht unter dem Deckel halten, oder? Jemand hätte davon gehört, wenn eine Vergewaltigung bei der Polizei angezeigt worden wäre.«

Milla ist sich nicht so sicher wie die Frau hinter dem Schalter, selbst in einem Ort, in dem Gerüchte sich schneller verbreiten als Läuse im Kindergarten, kommt nicht alles ans Licht. Zudem ist sie sicher, dass die Vergewaltigung nicht angezeigt wurde.

»Lebt Kai Langenbergers Tochter noch hier?«, fragt sie stattdessen.

»Nein, schon lange nicht mehr. Während Kais Studium lebte sie bei ihren Großeltern. Doch irgendwann ist sie dann doch zu Kai nach Bern gezogen. Hans-Peter hat mir mal erzählt, dass sie am Universitätsspital Insel arbeitet, als Assistenzärztin. Aber mehr weiß ich nicht.«

»Können Sie mir sagen, wann Kai Langenbergers Tochter geboren wurde und wie sie heißt?«

»Aber natürlich, darum sind Sie ja hier, das hätte ich jetzt fast vergessen! Ich bin gleich zurück.« Mit einem Kichern verschwindet die Frau in einem Nebenraum. Sie muss nicht lange suchen.

»Hier haben wir es!« Frau Rüfenacht strahlt, als sie wieder hinter dem Schalter erscheint und ein Papier in den Händen schwenkt. Sie legt die Geburtsurkunde vor Milla auf den Tresen.

Während Milla in Interlaken das Papier entgegennimmt und sich von Frau Rüfenacht verabschiedet, meldet Bettinas Handy, dass eine Textnachricht eingegangen ist.

*Kannst du telefonieren?*, schreibt Melanie.

*Ja, in fünf Minuten.*

»Sandro, ich bin rasch draußen!«, ruft Bettina. Sie greift zu ihrer Tasche, geht über das Treppenhaus hinaus in den Garten, macht ein paar Schritte um die Hausecke herum, lehnt sich an die Mauer und wartet, bis das Telefon klingelt. Es zeigt eine unbekannte Nummer an. Melanie ruft wieder aus einer Telefonkabine an.

»Flückiger.«

»Bettina, hier Melanie. Also, Michael Megert wurde vor fünf Jahren wegen Vergewaltigung und sexueller Nötigung zu drei Jahren Gefängnis verurteilt.«

»Weißt du, wie das Opfer hieß?«

»Eine Esther Stamm, wohnhaft in Bolligen. Gemäß der Anklageschrift hat er sie nicht gekannt und auf ihrem Nachhauseweg überfallen.«

»Okay, danke.«

»Warte, ich bin noch nicht fertig. Das war nicht sein erstes Delikt. Er hat vor vielen Jahren schon mal vor Gericht gestanden.«

»Und ist freigesprochen worden?«, rät Bettina.

»Exakt. Ein Sexualdelikt. Ebenfalls Vergewaltigung. Aber es konnte ihm nicht nachgewiesen werden.«

»Wer war das Opfer?«

»Achtung, jetzt kommt's: Das Opfer hieß Karin Langenberger. Womöglich ist sie mit unserem Staatsanwalt verwandt! Eine Schwester?«

Sie sind sogar sehr nahe Verwandte, denkt Bettina, aber die Schwester ist es nicht. Laut sagt sie: »Wann wurde Karin Langenberger vergewaltigt?«

»Das Delikt soll am 30. Juli 1997 begangen worden sein.«

»Danke, Melanie, du warst mir eine große Hilfe. Ich weiß das sehr zu schätzen.«

Als Bettina den Anruf beendet hat, lehnt sie den Kopf gegen die Hausmauer und blinzelt in die Sonne. Sie versucht, ihre Gedanken zu ordnen. Der Mann, der hinter dieser Mauer tot in seinem Bett liegt, ist ein Vergewaltiger. Eines seiner Opfer war Kai Langenberger, als er eine junge Frau war. Derselbe Kai Langenberger, der bei allen anderen Opfern die Anklage führte. Der gestanden hat, die Männer umgebracht zu haben. Der aber seinen eigenen Vergewaltiger, der auf die gleiche Art und Weise getötet worden ist, nicht umgebracht haben kann – weil er die Tatnacht in einer Zelle im Untersuchungsgefängnis verbrachte.

Was für ein verrückter und verworrener Fall. Statt Klarheit zu gewinnen, blickt Bettina überhaupt nicht mehr durch; vor sich nichts als dichter Nebel, der sich schwer und grau ausgebreitet hat. Sie versteht nicht, was das alles zu bedeuten hat. Sie ahnt zwar, dass die Lösung zum Greifen nahe ist, doch alles, was auf den ersten Blick eindeutig erscheint, ergibt auf den zweiten plötzlich keinen Sinn mehr.

»Hier bist du!« Sandro tritt um die Ecke. »Florence hat sich gemeldet. Sie hat etwas gefunden. Die Überwachungskamera des Spielwarengeschäfts gegenüber der Telefonkabine hat eine Frau gefilmt, die zur fraglichen Zeit einen Anruf getätigt hat. Das muss unsere anonyme Anruferin sein, die das Delikt gemeldet hat.«

»Oder unsere Mörderin. Ist die Frau erkennbar?«

»Vage. Florence versucht, mit Gesichtserkennungsprogrammen herauszufinden, wer es sein könnte. Bisher ohne Erfolg. Es ist eher eine junge Frau, langes schwarzes Haar.«

Erneut klingelt Bettinas Telefon. Melanie, denkt sie, und nimmt den Anruf an.

»Flückiger.«

»Bettina, hier ist Milla, ich weiß nicht, ob es wichtig ist, aber ich habe noch etwas herausgefunden.«

Bettina blickt zu Sandro. Er kann nicht ahnen, dass sie seine Freundin in der Leitung hat. Sie tritt etwas zur Seite, um zu verhindern, dass er Millas Stimme durchs Telefon hört.

»Über Langenberger?«

»Ja. Ich war gerade in Interlaken auf dem Einwohnermeldeamt. Und bei einem Schulfreund Kais. Kai Langenberger hat eine Tochter. Sein Freund glaubt, dass die damalige Karin nach einer Vergewaltigung schwanger geworden ist.«

Bettina richtet sich auf, ihr Körper steht auf einen Schlag unter Hochspannung. Sie schaut Sandro in die Augen, während sie mit Milla spricht.

»Wann ist Kai Langenbergers Tochter auf die Welt gekommen?«, fragt sie Milla.

»Am 27. April 1998.«

»Und wie lautet ihr Name?«

»Hannah Langenberger.«

# 82.

Wie können sie so falschliegen? Wie konnten sie ihm das antun? Ihn verhaften, gefangen nehmen, er, der nie jemandem etwas getan hat! Sie werden für ihre Fehler bezahlen müssen! Und was für Fehler – das sollte ihnen spätestens jetzt klar sein. Ich habe versucht, ihnen zu zeigen, dass sie sich geirrt haben, ich wollte, dass sie ihn sofort freilassen. Doch meine Aktion mit den Schuhen hat sie nicht beeindruckt. Sie haben ihn einfach schmoren lassen, als wäre er ein Schwerverbrecher!

Also musste ich den Plan ändern. Ich konnte nicht länger warten und bin vorzeitig zum Finale geschritten. Zum wichtigsten Mord. Zu jener Tat, die die Krönung vieler Taten hätte sein sollen. Ich war noch nicht so weit, es war zu früh, aber ich musste sicherstellen, dass er nicht überlebt. Dass sie mich nicht fassen, bevor er tot ist. Er, der am Anfang des Bösen stand, hat am Ende die Strafe erhalten, die er verdient hat. Er war die Ursache allen Übels.

»Ich bin dein Blut«, habe ich zu ihm gesagt, als er hilflos am Boden lag und ich die Spritze ansetzte. »Du wirst durch die Hand deiner Tochter sterben, die du bei der Vergewaltigung gezeugt hast.« Ich sprach ruhig und war gefasst. Als der Stromstoß aus- und die Wirkung des Gifts einsetzte, las ich in seinen Augen zuerst Unglauben, dann Angst, schließlich Erkenntnis. Er verstand, bevor er starb.

Ich wünschte mir, es hätte ihn und somit auch mich nie gegeben.

Was wird Vater von mir denken? Er wird es geahnt haben. Sonst hätte er nicht gestanden.

Ich gehe in die Küche, fülle die Gießkanne mit Wasser, begebe mich ins Badezimmer. Ich halte mich immer an die gleiche Reihenfolge. Zuerst der Bauernkaktus auf dem Sims des Badezimmerfensters, nur ein paar Tropfen. Danach das Wohnzimmer. Die Aloe vera gieße ich zuerst, dann die Amaryllis.

»Meine Schönen, ich hoffe, dass es euch gut gehen wird«, flüstere ich ihnen zu.

Ich streichle der Kentia-Palme sanft über ein Blatt, als ich ihr Wasser gebe. Dann fülle ich die Gießkanne erneut und gehe hinüber ins Schlafzimmer.

»Pachira, meine Liebste.« Ich gebe ihr einen Kuss auf das oberste Blatt, gieße das Wasser langsam in den Topf. »Ihr werdet bestimmt an einen schönen Platz kommen, zu jemandem, der sich gut um euch kümmert.«

Ich stelle die Gießkanne weg, öffne die Schublade des Nachttisches, entnehme ihr eine neuverpackte Spritze und das Gläschen mit dem Morphin-Sulfat. Ich begebe mich wieder ins Wohnzimmer, setze mich an den Tisch. Packe die Spritze aus, schraube den Deckel vom Gläschen, stecke die Nadel hinein, ziehe das Gift in die Spritze, langsam, sorgfältig, keinen Tropfen verschwenden. Ich lege die Spritze neben mich auf den Tisch, greife nach dem Kugelschreiber und nach dem Blatt Papier. Wie seltsam es sich anfühlt, von Hand einen Brief zu verfassen, es ist so lange her, denke ich, als ich zu schreiben beginne.

*Ich, Hannah Langenberger, habe Jürgen Bräutigam, Bendicht Kerner, Clemens Eisenschmid und M. M. getötet, dessen Namen ich nie aussprechen oder aufschreiben werde. Ich allein habe es getan. Mein Vater Kai Langenberger hat weder etwas mit den Morden zu schaffen, noch hat er Kenntnis davon, dass ich die Täterin bin. Er ist unschuldig. Und ich bin es auch! Denn ich habe nicht aus freien Stücken gehandelt. Ich war gezwungen zu töten, weil die Justiz versagt hat und noch immer versagt. Ich tat es im Namen der Gerechtigkeit und opfere dafür mich selbst und mein Leben. Meine Mission war, die Schuldigen, die vom Staat zu Unrecht freigesprochen wurden, zu bestrafen und gleichsam zu verhindern, dass sie es wieder und wieder tun. Mit meinen Taten lehne ich mich im Namen aller Frauen dagegen auf, dass in unserer patriarchalen Gesellschaft Männer nach Lust und Laune Frauen unterdrücken und ihnen Gewalt antun können, ohne dass sie dafür zur Rechenschaft gezogen werden. Es ist unerträglich, in einer Welt zu leben, in der drei von vier Frauen sexuell belästigt werden, in einem Land zu wohnen, in dem täglich Frauen missbraucht und vergewaltigt werden, in dem neun von zehn vergewaltigte Frauen nicht wagen, Anzeige zu erstatten, weil sie wissen, dass es eh nichts bringt. Weil über achtzig Prozent der Anzeigen wegen Vergewaltigung in einem Freispruch enden, einzig weil die Richter, meist Männer wie die Täter selbst, der Frau zu wenig Glauben schenken, wenn ihr Wort gegen das Wort des Täters steht.*

*Jeden Tag wird in diesem Land eine schwere Straftat begangen. Verurteilt werden deswegen nur ein paar Dutzend Personen im Jahr. Die Straftat heißt Vergewaltigung.*

*Die Männer, die ich auslöschen musste, haben vergewaltigt und Seelen getötet, und passiert ist: nichts. Keine Strafe, keine Konsequenzen, Freisprüche im Zweifel für die Angeklagten. Ich scheiße auf die Zweifel der Männer in den Richterroben! Ich for-*

*dere die Frauen auf zum Widerstand! Ich will ihnen ein Vorbild*
*sein für den Kampf, der gerade erst begonnen hat. Kein Verge-*
*waltiger darf sich je wieder sicher fühlen.*

*Die Liste der Männer, die den Tod verdient haben, ist lang*
*und wird immer nur länger. Ich bedauere zutiefst, dass ich*
*meine Mission aufgrund der gegebenen Umstände und der fa-*
*talen Fehler der Polizei nicht zu Ende bringen kann. Mein Vater*
*Kai muss frei sein – frei sein für immer. Darum beende ich*
*meine Mission mit der Auslöschung jener Person, die das größte*
*Unheil brachte: meinen brutalen, gewalttätigen, widerwärti-*
*gen, lebensunwerten Erzeuger. Er ist die Pest, er hat das Böse in*
*mich gepflanzt – jener dunkle Anteil, der von Anfang an in mir*
*verborgen lag, den ich nie verstanden habe und der gewachsen*
*und gewachsen ist, in mir, dem Schattenkind, und der meine*
*Seele langsam aufgefressen hat.*

*Kai, du bist mein Muttervater, den ich über alles liebe. Es tut*
*mir leid, dass ich nicht bleiben kann. Kai, bitt…*

Ein Knall zerfetzt die Stille und versetzt meinem Körper
einen Schlag aus dem Nichts. Meine Ohren explodieren
vor Schmerz. Ich krümme mich auf dem Stuhl zusammen, halte mir den Kopf, rieche Rauch, versuche vorsichtig aufzublicken. Aus dem Augenwinkel heraus sehe ich
zwei schwarze Gestalten, die durch die zerstörte Tür
springen. Sie stürzen sich auf mich, stoßen mich vom
Stuhl und drücken mich zu Boden. Ich höre mich schreien
und schreien und schreien und denke: Die Spritze, ich
muss an die Spritze herankommen, die Spritze neben
dem Abschiedsbrief auf dem Tisch. Ich versuche mich
wegzudrehen, einer der Männer reißt meine Arme nach
hinten und fesselt meine Handgelenke. Er zieht mich
hoch. Ich strauchle. Er schiebt mich vorwärts.

Als sie mich aus der Wohnung zerren, drehe ich noch einmal den Kopf und sehe hinter der gesprengten Tür den Staub, der sich auf die Blätter meiner Zimmerpflanzen legt.

# 83.

»Wir haben Kai Langenberger vor einer halben Stunde entlassen.« Bettina liest Erleichterung in den Gesichtern ihrer Kolleginnen und Kollegen. Es wird die letzte Sitzung der Soko High Heels sein. Der Fall ist gelöst. Es gibt keine Worte, die beschreiben könnten, wie froh sie darüber ist, auch wenn sie sich eine andere Täterschaft gewünscht hätte. »Seine Tochter Hannah Langenberger konnte in ihrer Wohnung festgenommen werden. Sie war dabei, ihren Suizid vorzubereiten. In einem Abschiedsbrief hat sie alle Taten gestanden und ihren Vater entlastet. Die beiden haben sich offenbar rege über seine Fälle ausgetauscht. Er hat ihr teils auch Einblick in die Anklageschriften gewährt. So hat sie sich die Männer ausgesucht, die ihrer Ansicht nach mit dem Tod bestraft werden mussten. Das letzte Opfer von Hannah Langenberger war ihr eigener Vater, oder eher ihr Erzeuger: Der Mann, der vor fünfundzwanzig Jahren die damalige Karin Langenberger vergewaltigt hatte, bevor sie ihre Transition begann. Kai Langenberger hat sein Amt als Staatsanwalt niedergelegt. Er hat ausgesagt, er sei zunächst ahnungslos gewesen. Doch als er realisierte, dass er selbst all die Männer angeklagt hatte, kam ihm das Ganze doch komisch vor. Schließlich stellte er fest, dass sein Taser verschwunden war. Auch wusste er, dass seine Tochter als angehende Ärztin am Spital Zugriff auf Morphin hatte. Von dem Moment an hat er versucht, sie zu decken, darum auch das falsche Geständnis. Wir werden gegen ihn ein Verfahren wegen Irreführung der Rechtspflege eröffnen.«

»Es ist schrecklich. Die brutalen Delikte sind mit aller Schärfe zu verurteilen, und doch tut mir die Familie Langenberger leid. Diese Tragik!« Malou blickt in die Runde und schüttelt den Kopf. »Überdies hat Hannah Langenberger mit dem Mord an Clemens Eisenschmid höchstwahrscheinlich zufällig einen weiteren, gegen Frauen gerichteten Terroranschlag verhindert.«

Niemand widerspricht. Das Schicksal ist manchmal zu gewaltig, als dass man es verstehen könnte.

»Ich habe noch etwas zum Fall Eisenschmid.« Florence beendet die Stille, bevor sie zu viel Raum einnimmt. »Wir haben bei der Durchsuchung seiner Wohnung die Kamera gefunden, mit der Nathaniel Brenner seine eigene Geiselnahme filmte.«

»Die Aufnahme ist noch intakt?«, fragt Bettina.

»Eisenschmid hat sie nicht mal gelöscht, er fühlte sich wohl sehr sicher«, antwortet Florence. »Ich habe Nathaniel Brenner aufs Präsidium bestellt. Wenn er die Männer aufgrund ihrer Stimmen identifizieren kann, werden wir sie kriegen. Und zwar nicht nur wegen Geiselnahme und Freiheitsentzug, sondern auch wegen Vorbereitung eines Terroranschlags.«

»Großartig!« Bettina klatscht in die Hände.

»Gute Arbeit«, kommentiert Sandro.

»Auch Thomas Sahli wird nicht ungeschoren aus der Sache rauskommen«, fährt Florence fort. »Ich habe auf seinem Server einschlägige Chats gefunden. Anhand dieser können wir ihm zumindest Anstiftung zu einer Straftat vorwerfen. Wir müssen uns mit der nationalen Stelle für Cyber-Kriminalität in Verbindung setzen; wir sollten die Szene der Incels künftig genauer beobachten.«

»Das sind sehr gute ...« Bettina hält mitten im Satz inne und schaut auf ihr Handy, das auf dem Tisch vibriert. Sie erkennt die Nummer sofort. Es ist Doktor Fischer aus dem Inselspital. »Bitte entschuldigt mich, dieser Anruf ist wichtig, ich muss rangehen.«

Noch während Bettina spricht, verlässt sie das Sitzungszimmer. Petra, denkt sie. Petra muss aufgewacht sein. Kaum hat sie die Tür hinter sich geschlossen, drückt sie auf den grünen Punkt.

»Flückiger.«

»Frau Flückiger, hier Martin Fischer. Sie müssen sofort kommen. Es sind Komplikationen aufgetreten. Es sieht nicht gut aus. Bitte kommen Sie so schnell Sie können.«

Bettina rennt. Sie rennt so schnell wie nie zuvor in ihrem Leben. Ihre Hand zittert, als sie den Wagen startet. Sie sollte in ihrer Aufregung nicht fahren, doch sie drückt aufs Gas, rast wie eine Wahnsinnige zum Inselspital, lässt den Wagen vor dem Eingang stehen, stürzt hinein, rennt und rennt und denkt, es darf nicht sein, nicht sein, nicht Petra, keine Komplikationen, wo sie doch gerade erst dabei war, zu ihr zurückzukehren. Noch bevor sie bei Petra ankommt, tritt ihr Martin Fischer vor der Tür der Intensivstation entgegen, und sie sieht in seinem Gesicht, was sie nicht sehen will, was sie nicht wissen will, was nicht sein darf.

»Frau Flückiger, es tut mir leid.«

»Nein!« Bettina schreit und schreit und schreit und stürzt, weil ihre Knie sie nicht mehr tragen. Martin Fischer hält sie fest, drückt sie an sich, als sie zu schluchzen beginnt. Der Schmerz nimmt ihr den Atem und erschüttert ihren Körper. Ihr Kopf ist leer, ohne Worte, da ist nur noch eine abgrundtiefe Schwärze. Ein unendlich großes, undurchsichtiges Nichts.

»Nach der Stabilisierung von Petras Zustand und dem langsamen Aufwachen hat sich leider eine schwere Lungenembolie entwickelt«, sagt Martin Fischer, als sich Bettinas Atem etwas beruhigt hat. »Ein Blutgerinnsel in den Lungenarterien, was zu einem akuten Herzversagen geführt hat. Wir haben alles getan, um sie zu retten, aber wir haben den Kampf schließlich verloren. Es tut mir aufrichtig leid.«

Die Worte des Arztes kommen von sehr weit weg. Bettina versteht sie, aber sie begreift sie nicht. Sie weiß einzig mit jeder Faser ihres Körpers, dass Petra nicht mehr da ist, dass sie sie verloren hat.

»Möchten Sie zu ihr?«

Bettina hat keine Worte mehr. Sie nickt nur und lässt sich von Martin Fischer auf die Station begleiten. Petra liegt im Bett, sie haben sie noch nicht weggebracht, noch nicht ins Kühlfach gesteckt, noch nicht in den Sarg gelegt, noch liegt sie da, als würde sie nur schlafen. Die Schläuche sind weg. Sie sieht sehr blass und friedlich aus. Bettina tritt ans Bett, geht davor auf die Knie, hält sich an Petra fest und spürt, dass es nur noch ein toter Körper ist. Petra ist nicht mehr da, sie ist bereits gegangen. Bettina steht auf. Legt ihren Mund auf die kalte Stirn. Der letzte Kuss.

Sie wendet sich ab, reicht Martin Fischer stumm die Hand und verlässt die Station und das Spital und fährt wie betäubt nach Hause.

In der Wohnung, an deren Tür ihr und Petras Namen stehen, setzt sie sich an den Küchentisch. Bleibt sitzen, sie weiß nicht wie lange, Zeit hat keine Bedeutung mehr. Ihre Wohnung fühlt sich nicht mehr an wie ihr Daheim. Alles ist ihr fremd geworden. Irgendwann steht sie auf, begibt sich zum Computer, bearbeitet ein Formular, druckt es aus. Setzt sich wieder an den Tisch. Greift zum Handy. Sie muss die Nummer nachschlagen, sie weiß sie nicht mehr auswendig. Zu viele Jahre sind vergangen, seit sie das letzte Mal dort angerufen hat, seit ihr die Eltern gesagt haben, dass sie nicht mehr ihre Tochter sei, wenn sie eine Frau liebe. Weil sie sich schämten, in dem Dorf, sich dafür schämten, eine Tochter zu haben, die anders ist.

Sie gibt die Nummer ein. Lässt es klingeln.

»Flückiger.«

»Mama, hier ist Bettina.«

»Bettina! Klaus, es ist Bettina!«

»Geht es dir gut?«

»Ja, danke, es geht, uns geht es gut. Dass du jetzt anrufst! Wie geht es dir, es ist so lange her!«

»Ich wollte euch mitteilen, dass heute meine Lebenspartnerin Petra gestorben ist. Die Frau, mit der ich zusammenlebte, die die Liebe meines Lebens war.«

»Nein! Bettina, das tut mir …«

»Und ich wollte euch sagen« – Bettina fällt ihrer Mutter ins Wort – »dass ich euch verzeihe – und dass ich euch bitte, mir ebenfalls zu verzeihen.«

»Bettina …«

»Macht's gut.«

Bettina klickt den Anruf weg. Schaltet das Handy aus. Steht auf. Bindet sich die Waffe um. Geht raus, steigt in den Wagen, fährt los, parkt vor dem Amtshaus, in dem Gericht und Regionalgefängnis untergebracht sind.

»Hallo Martin, ich habe einen Vorführungsbefehl für Sascha Vogt«, sagt Bettina zum Kollegen, der neben der Schleuse des Gefängniseingangs sitzt. »Ich muss ihm nur kurz eine dringende Frage stellen, bevor wir morgen mit der Einvernahme fortfahren. Kann mich jemand zu ihm bringen?«

»Klar.« Der Summer der Schleuse ertönt. Martin hat nicht mal auf das Papier geblickt. Sie ist drin.

»Warte einen Moment, es kommt gleich jemand«, dröhnt Martins Stimme aus dem Lautsprecher.

Auch den Vollzugsbeamten, der Bettina abholt, kennt sie seit Jahren.

»Kurt, heute verpasst du ganz ordentlich die Sonne draußen«, sagt sie zur Begrüßung.

»Du kannst hier gerne für mich übernehmen«, lacht er. »Es geht um Sascha Vogt? Soll ich ihn holen lassen?«

»Nein, lass nur, bring mich zu seiner Zelle, es dauert nicht lange.«

Kurt geht voraus, er schließt erst ein Gitter auf, dann die Tür zum Treppenhaus. Sie gehen zwei Stockwerke hoch, wieder rasseln seine Schlüssel, ein anderer Gang, gesäumt von dunkelgrünen Eisentüren zur Rechten wie zur Linken.

»Unser ach so tougher Massenmörder führt sich bei uns auf wie ein verschrecktes Lämmchen«, hört Bettina Kurt vor sich sagen.

Er stoppt an der Tür mit der Nummer siebenundzwanzig und öffnet die kleine Klappe auf Augenhöhe.

»Vogt! Sie haben Besuch.«

Kurt schließt die Tür auf.

»Ich lasse die Klappe offen«, sagt er zu Bettina.

Sie nickt.

Als sie in die Zelle tritt, schnellt Sascha Vogt vom Bett hoch und blickt sie voller Entsetzen an, er rückt panisch von ihr weg, presst sich an die Wand. Genau wie damals im Bauernhaus seiner Großmutter, als sie ihn gefunden hat. Die Zeit verschwimmt. Bettina nimmt ihre eigenen Bewegungen wie in Slowmotion wahr. Wie sie zum Holster greift, die Waffe zieht. Entsichert. Den Arm hebt. Zielt. Den Finger auf den Abzug legt. Sie ist bereit für alles, was jetzt kommt.

# 84.

»Sie werden sie kriegen! Sie werden bestraft werden!«
Milla klatscht vor Begeisterung in die Hände, als sie auf
dem Bildschirm sieht, welche Aufnahmen Florence gesichert hat.

Nathaniel zuckt erschrocken zusammen.

»Entschuldige, Nathaniel.« Milla wollte es sich abge-
wöhnen, in seiner Gegenwart unvermittelt in die Hände
zu klatschen. Solche Geräusche triggern ihn noch immer,
das wird sich wohl nie mehr ändern.

Zu dritt sitzen sie im Polizeipräsidium an einem
Schreibtisch vor einem Bildschirm. Milla hat Nathaniel
zu seinem Termin bei Florence begleitet, schließlich hat
sie ihm das alles eingebrockt. Bis gerade eben wusste sie
allerdings nicht, was genau sich Nathaniel auf dem Revier anhören sollte.

»Das sind die Aufnahmen der versteckten Kamera, die
du während des Vortrags aufgenommen hast«, erklärt
Milla Nathaniel.

»Nicht nur das«, ergänzt Florence. »Auch die eigentliche Geiselnahme ist mit drauf. Aber schauen wir uns das
Ganze doch erst einmal in Ruhe an.« Sie hält inne, blickt
zu Nathaniel. »Oder besser: Hören wir es uns doch mal
an. Bitte sagen Sie mir, wenn Sie eine Stimme wiedererkennen.«

Nathaniels Gedächtnis für Stimmen ist ausgeprägt. Er kennt keinen Sehenden und nur wenige blinde Menschen, die darin besser sind als er. Er hat auch immer und immer wieder geübt; schließlich ist die Stimme fast das einzige Merkmal, an dem er einen Menschen wiedererkennen kann, neben dem Geruch; aber dafür muss man dem anderen schon sehr nahekommen. Manche Personen erkennt er auch am Klang der Schritte.

»Da spricht Mister Sinister«, sagt Nathaniel, als der Vortrag beginnt.

Clemens Eisenschmid, denkt Milla, der rechtzeitig getötet wurde. Obwohl sie weiß, dass sie nicht so fühlen sollte, empfindet sie seinen Tod als Glück. Seine Rede auf der Aufnahme zieht sich dahin. Da außer ihm niemand das Wort ergreift, stellt Florence auf Schnelldurchlauf; sie will sich und den anderen den Inhalt der Rede ersparen. Milla und Florence sehen, wie sich zwei Männer zu Clemens Eisenschmid auf die Bühne begeben. Florence stellt wieder auf Normalgeschwindigkeit. Einer der Männer zeigt Eisenschmid etwas auf dem Handy. Der Trailer zu Millas Beitrag. »Wir machen fünf Minuten Pause«, verkündet Eisenschmid. Dann schwenkt die Kamera weg, man sieht aus Nathaniels Perspektive, wie er sich zum Ausgang begibt und auf den Vorplatz tritt. »Wie alt ist er denn?«, hört man auf der Aufnahme jemanden fragen.

»Das ist einer der Helfer«, kommentiert Nathaniel sofort. »Er hat mich gefangen genommen.«

Die Kamera schwenkt zu der Person, die die Frage gestellt hat. Florence hält den Film an und macht einen Screenshot. Das Standbild zeigt einen etwa Dreiundzwanzigjährigen. Schmales Gesicht, kleine, eher schlitzförmige Augen, unrasiert, obwohl er nur einen sehr lückenhaften Bartwuchs hat.

»Das ist die Stimme, die am nächsten Morgen wiederkam und mit dem zweiten Helfer über das geplante Attentat sprach«, sagt Nathaniel überzeugt. »Er wunderte sich, wo Mister Sinister abgeblieben war, der sie mit den Waffen hätte ausstatten sollen.«

»Können Sie das auch vor Gericht bezeugen?«, fragt Florence.

»Selbstverständlich.«

»Wenn wir den zur Fahndung rausgeben, werden wir ihn finden. Wahrscheinlich ist er auch unter den Kontakten von Clemens Eisenschmid verzeichnet. Im Notfall machen wir eine Öffentlichkeitsfahndung. Spätestens dann wird ihn jemand erkennen; ein Arbeitskollege, der Chef, ein ehemaliger Schulfreund.«

Florence lässt den Film weiterlaufen.

»Darf ich mal fühlen, wie das ist, wenn der Hund dich führt?«, fragt eine andere Stimme.

»Das ist der zweite Helfer, der ebenfalls am Attentat beteiligt gewesen wäre«, sagt Nathaniel.

Die Kamera schnellt herum, als jemand Nathaniel den Griff von James' Geschirr aus der Hand reißt. Für den Bruchteil einer Sekunde ist im Film der zweite Mann zu sehen.

Florence fährt mit dem Cursor zurück, rückt Frame um Frame vor, hat den Mann im Bild. Die Aufnahme ist ein wenig verschwommen, für die Fahndung wird sie aber genügen.

»Perfekt, danke. Das hilft uns sehr weiter. Ich zweifle nicht daran, dass wir die beiden fassen und sie für lange Jahre ins Gefängnis wandern werden.«

Als Milla und Nathaniel und James wenig später aus dem Gebäude treten, scheint ihnen die Sonne ins Gesicht. Sie steht schon tief über den Dächern und taucht die Stadt in ein warmes, orangegelbes Licht.

»Das ist ein guter Tag«, sagt Milla. »Ich bin froh, dass du die beiden identifizieren konntest. Sie werden für die Geiselnahme und für die Vorbereitung eines Attentats hohe Strafen kriegen.« Milla greift nach Nathaniels Unterarm, hält ihn fest. »Nathaniel, ich möchte mich bei dir entschuldigen. Es war ein Fehler, dich zu den Incels zu schicken. Es tut mir leid, dass das alles passiert ist. Ich werde dich nie mehr um einen solchen Gefallen bitten.«

»Milla! Ich wäre enttäuscht, wenn ich nie wieder dein Undercover-Agent sein dürfte. Letztlich war es mein Fehler, dass ich ein zweites Mal losgezogen bin. Es war alles halb so schlimm.«

Milla umarmt Nathaniel.

»Danke.«

Nachdem sich die beiden voneinander verabschiedet haben, schlendert Milla über die Lorraine-Brücke zu Fuß zurück in die Altstadt. In der Mitte der Brücke bleibt sie kurz stehen, blickt auf die golden beschienenen Berge, Eiger, Mönch und Jungfrau zum Greifen nah, blickt hinab auf das dunkelgrüne Wasser der Aare, so tief unter ihr, dass sie leicht schaudert und rasch weitergeht.

In den Gassen der Altstadt sitzen die Menschen draußen an den Tischen. Ihre Stimmen, ihr Lachen und die Melodie eines Akkordeonspielers vermengen sich zu einem Klangteppich, der nach entspannter Zufriedenheit klingt. Nur zwei Wochen nach dem Attentat haben die Menschen die Angst vertrieben und sich ihre Freiheit zurückgeholt. Milla klaubt nach dem Handy und tippt Sandro eine Nachricht.

*Feierabendbier?*

Die Antwort kommt umgehend.

*Schon unterwegs. Ringgenberg?!*

»Nathaniel konnte die zwei Incels identifizieren, die das Attentat begehen wollten!«, sagt Milla Sandro zur Begrüßung, als sie wenig später an einem Tisch im Ringgenbergpark Platz nehmen.

»Heute haben wir demnach allen Grund, gemeinsam anzustoßen«, meint Sandro zufrieden.

Sie müssen nicht lange warten, bis die Kellnerin ihnen zwei Gläser Rotwein auf den Tisch stellt.

»Auf dich.«

»Auf dich.«

Milla und Sandro müssen lachen.

»Auf uns«, sagen sie schließlich beide, als die Gläser klingen.

In dem Moment klingelt Sandros Telefon.

»Bitte nicht!« Milla verdreht die Augen.

Sandro blickt auf sein Handy, murmelt »entschuldige« und klickt auf *Annehmen*.

Milla sieht Sandro sofort an, dass etwas passiert sein muss. Sein Gesicht verliert alle Farbe und scheint in sich zu zerfallen. Sie liest Entsetzen in seinen Augen, und Fassungslosigkeit.

»Ich bin in einer halben Stunde da«, sagt Sandro knapp. Er klickt den Anruf weg, legt das Handy auf den Tisch und den Kopf in seine Hände.

»Was ist passiert?« Milla erhebt sich, geht um den Tisch herum, umarmt Sandro.

»Bettina. Sie …«

»Was ist mir ihr?«

»Ich habe sie verloren.«

»Wie verloren?«

»Sie hat Sascha Vogt in seiner Zelle erschossen.«

»Sie hat *was*?«

»Sie hat ihn in der Zelle aufgesucht, ihn erschossen und sich anschließend widerstandslos festnehmen lassen. Ich verstehe das nicht.«

Milla hingegen versteht. Sie weiß sofort, was passiert sein muss.

»Ihre Freundin hat es nicht geschafft.«

»Wie meinst du das?«

»Ihre Freundin, ihre Lebenspartnerin – sie wurde bei dem Anschlag auf die Frauendisco angeschossen und schwer verletzt. Wahrscheinlich ist sie gestorben.«

»Woher … warum weißt du das?«

»Ich habe sie dort gesehen.«

»Bettina war in der Frauendisco? Ihre Partnerin wurde verletzt? Und du hast das gewusst? Himmel, Milla, warum hast du mir das nicht erzählt?«

Weil wir uns in letzter Zeit gegenseitig nicht gerade viel erzählt haben, denkt Milla. »Ich konnte ja nicht wissen, dass sie …«

»Ja, du hast recht«, lenkt Sandro ein. »Ich hätte schon lange mit ihr reden müssen. Darum war sie so seltsam. Niemand konnte ahnen, dass sie so etwas tun würde. Wie konnte sie nur?«

»Ihre Wut und ihr Schmerz und ihre Trauer waren zu groß.«

»Nichts rechtfertigt einen Mord.«

»Ich weiß.«

»An Tagen wie diesen hasse ich meinen Beruf.«

»Du bist nicht für die Taten von Bettina verantwortlich. Ihr habt den Attentäter gekriegt, ihr habt die Stöckelschuhmörderin gefasst, Nathaniel hat die Incels identifiziert, du hattest einen verdammt harten Job in den letzten zwei Wochen. Und du hast ihn super gemacht.«

»Danke, Milla.«

Sandro erhebt sich, sie umarmen sich, stehen einfach nur da und halten sich aneinander fest. Die Zeit scheint stillzustehen. Bis Sandro sich löst und sich auf den Weg macht, um eine neue Akte zu eröffnen und eine außerordentliche Untersuchung gegen seine eigene Mitarbeiterin zu veranlassen.

»Sehen wir uns zu Hause?«, fragt er Milla.

»Ich warte auf dich.«

# Epilog

Zwischen ihnen die Glaswand.

Kai hält die Hand an die Scheibe. Hannah drückt ihre dagegen. Gleich große Hände.

Einen Moment lang stellt Kai sich vor, er sei nicht der Mann hier auf diesem Stuhl, dessen Haare grau geworden sind und langsam schütter werden – sondern eine Fliege, die in der oberen Zimmerecke sitzt und auf sie herunterstarrt. Wie sie sich hier gegenübersitzen: er, der Vater, Hannah, die Tochter. Er, der ihre Taten gestanden hat und den man trotzdem gehen ließ. Sie, die nach den Taten sterben wollte und die man nicht hat gehen lassen.

Kai und Hannah greifen gleichzeitig zum Hörer, der neben ihnen hängt. Beide schweigen. Worte sind nicht groß genug, um ihre Gefühle zu erfassen. Sie schauen sich in die Augen, die sich mit Tränen füllen. Kai lässt sie fließen. Hannah wischt ihre energisch weg.

»Danke, dass du gekommen bist.« Ihre Stimme klingt brüchig.

»Ich bin froh, dass du noch lebst.«

»Ich wäre lieber gestorben.«

»Ich weiß.«

»Wirst du mir verzeihen können?«

»Dass du sterben wolltest?«

»Dass ich getötet habe.«

»Ich habe dir längst verziehen.«

»Es gab für mich keine andere Möglichkeit, ich musste diesen Weg gehen.«

»Ich habe den Brief gelesen. Ich verstehe es.«

»Du verstehst mich?«

»Ich kenne die Wut in dir. Ich weiß, was die Wut mit Menschen machen kann, die Wut und der Hass. Ich wünschte, ich hätte es eher erkannt. Ich wünschte, ich hätte dir helfen können.«

»Ich glaube nicht, dass du mir hättest helfen können. Der Weg war vorgezeichnet, als hätte es bereits bei meiner Geburt einen fertigen Plan gegeben. Es war nicht zu verhindern.«

»Nein, es ist mein Fehler. Ich hätte, ich … ich hätte dir besser zuhören sollen, ich hätte für dich da sein sollen. Ich hätte dir helfen sollen, die Dämonen zu vertreiben.«

»Da sind keine Dämonen. Das bin ich. Du hättest *mich* vermeiden sollen. Jetzt, im Nachhinein, jetzt, wo du das Ende kennst – wünschst du dir nicht, dass du mich damals abgetrieben hättest?«

»Nein.«

»Warum nicht?«

»Du bist meine Tochter. Du wirst immer meine Tochter sein. Ich bin glücklich, dass es dich in meinem Leben gibt.«

»Ich habe alles kaputtgemacht. Es tut mir leid.«

»Unsere Geschichte hat uns zu dem gemacht, was wir sind.«

»Wenigstens ist er tot.«

»Ich bin froh, dass er tot ist. Aber ich könnte mich nur freuen, wenn nicht du ihn getötet hättest.«

»Er wird nie wieder jemandem wehtun.«

»Ich werde dir den besten Anwalt besorgen.«

»Nein, lass es bleiben. Es ist in Ordnung, so wie es ist. Ich werde nun dieses andere Leben führen.«

»Hannah …«

Der Druck auf Kais Brust nimmt ihm den Atem. Der Schmerz in seinem Herzen ist schwarz und hässlich. Er gäbe alles dafür, um mit seiner Tochter tauschen zu können. Sie ist zu jung. Nicht sie, er sollte dort drüben auf der anderen Seite sitzen.

»Papa, es ist gut.«

»Hannah, ich bin stolz auf dich. Ich bin stolz darauf, dein Vater zu sein. Dein Muttervater. Ich liebe dich.«

»Ich liebe dich auch.«

Kai und Hannah erheben sich gleichzeitig vom Stuhl. Pressen zum Abschied die Hände aneinander, zwei gleich große Hände, einzig die Glasscheibe dazwischen. Die Glasscheibe, die Welten trennt.

*Ende*

# Nachwort und Dank

Ein Krimi kann viel mehr sein als reine Spannungsliteratur. Ein Krimi kann uns schonungslos einen Spiegel vorhalten, indem er aktuelle Themen aufgreift und die Schattenseiten unserer Gesellschaft ausleuchtet. Er kann auf Missstände aufmerksam machen und Tabus aufs Tapet bringen. Bevor ich mich an meinen Laptop setze und beginne, eine Geschichte zu ersinnen und zu erzählen, tauche ich darum zunächst tief in die Thematik ein, die im Zentrum des Krimis stehen soll.

Im Herzen bin ich noch immer die Journalistin, die ich fast mein ganzes Leben lang war. Ich liebe es, mich in ein neues Thema einzuarbeiten, Informationen dazu zu beschaffen, mit Menschen zu sprechen, die mir neue Sichtweisen aufzeigen, mir Wissen anzueignen und in Welten einzutauchen, die mir fremd sind und mir plötzlich näherkommen. Das Recherchieren für meine Bücher ist mir meist ein großes Vergnügen.

Dieses Mal war es das nicht.

Am Anfang stand ein Artikel des Onlineportals des NDR: »Zerrwelt der Frauenhasser – wie die Incel-Szene an Bedeutung gewinnt und wie gefährlich sie ist«. Nach der Lektüre war mir klar, dass ich das Thema in einem Kriminalroman aufgreifen und vertiefen möchte. Also studierte ich das Phänomen der Incels – der Bewegung der sogenannt unfreiwillig jungfräulich lebenden Männer, die getrieben sind vom Hass auf Frauen und ebenso vom Hass auf sich selbst. Zu gerne würde ich an dieser Stelle schreiben, es sei in der Realität alles nur halb so wild, ich hätte in meinem fiktiven Roman bloß ein bisschen dick aufgetragen – doch das habe ich nicht. Im Gegenteil. Ich übertreibe nicht, wenn ich hier erzähle, dass mir mehr als einmal schlecht wurde während meiner Recherche. Je tiefer ich in das Thema eintauchte, desto entsetzter war ich. Ich habe in Abgründe geblickt, von deren Existenz ich nichts geahnt habe; das Ausmaß von Frauenhass, Erniedrigung, Verachtung und Grauen ist einfach nur schockierend. Die Chats, durch die sich Milla Nova in *Der Feind* liest, sind nicht erfunden – sie sind eine Collage aus den harmloseren Einträgen der real existierenden Chats, die im Internet in Incel-Foren kursieren. Die Originale sind noch viel krasser – zu finden sind sie auf den Webseiten der Incels, die ich an dieser Stelle nicht namentlich nenne, weil sie keine Plattform verdient haben. Das Video, das der fiktive Attentäter Sascha Vogt vor seinem Angriff auf die Berner Reitschule ins Internet stellte, wo Milla es findet? Der Incel Elliot Rodger nahm es auf, kurz bevor er auf einem kalifornischen Universitätscampus ein Massaker anrichtete. Das Interview, das Milla mit den namenlosen Incel am Ufer der Aare führt? Die Antworten habe ich nicht selbst kreiert, sondern sie stammen aus Interviews, die mit echten Incels geführt worden sind.

Die Welt der Incels trieft vor Hass und Selbstmitleid, und wer sich zu lange darin aufhält, wird langsam aber stetig vergiftet. Zum Glück gibt es Frauen, die sich nicht einschüchtern lassen und wichtige Aufklärungsarbeit leisten. Die Bücher von Veronika Kracher (*Incels – Geschichte, Sprache und Ideologie eines Online-Kults*) und von Laura Bates (*Men who hate women – the extremism nobody is talking about*) waren mir bei der Recherche eine große Hilfe, ebenso wie der Dokumentarfilm *Shy Boys* von Sarah Gardephe. Sehenswert auch der Blog über Incels der transgeschlechtlichen YouTuberin Natalie Wynn. Obwohl ich mich eingehend mit den Incels befasst habe, stand ich am Schluss mit größeren Fragen da als zuvor: Wie kann es sein, dass junge Männer derart abwertend über Frauen denken und zum Teil zu Frauenmördern werden? Woher kommt dieser Hass auf das andere Geschlecht?

Hate-Crime – also Hass-Delikte – richten sich nicht nur gegen Frauen, sondern auch gegen LGBT+Menschen. Ich habe einen Moment gezögert, ob ich einen Transmenschen zu einem meiner Protagonisten machen sollte. Ehrlich gesagt fürchtete ich mich vor den Fettnäpfchen, in die man als Cisgender bei dieser Thematik treten kann. Doch Angehörige von Minderheiten in unserer Gesellschaft haben schon immer ihre Wege in meine Bücher gefunden – weil ich es wichtig finde, dass sie nicht nur in der realen Welt, sondern auch in der Literatur den Platz erhalten, der ihnen zusteht.

Mich in die Geschichten von Transmenschen einzulesen und mit ihnen Gespräche zu führen, war für mich nicht nur horizonterweiternd, sondern hoch spannend, lehrreich, anregend und inspirierend. Nebst der Lektüre vieler Zeitungsartikel waren die Bücher von Linus Giese (*Ich bin Linus*) und des Psychologen Udo Rauchfleisch (*Anne wird Tom, Klaus wird Lara – Transidentität/Transsexualität verstehen*) hilfreich, ebenso wie der Dokumentarfilm *Nennt mich Soraya* von Daniel Stadelmann. Eine besonders große Hilfe war mir Niklaus Flütsch, dessen Buch *Geboren als Frau, glücklich als Mann – Logbuch einer Metamorphose* ich unbedingt zur Lektüre empfehle und der mir als Erstleser mit Tipps und Anregungen zur Seite stand. Herzlichen Dank dafür!

Danken möchte ich auch all den anderen Menschen, die mich während der Arbeit an diesem Roman unterstützt und mir ihre Zeit, ihr Wissen, ihre Geduld, ihre Nachsicht geschenkt haben und für mich da waren.

Allen voran Marcel Suter, der mir in der intensivsten Schreibphase auf Lipari ein Zuhause gegeben hat. Merci pour ta patience, pour ton soutien, merci de m'avoir écouté et conseillé. Merci pour tout.

Ein großes Danke geht an Felix Wenger, den Fachmann erster Güte, der fast sein ganzes Berufsleben lang Mörder gefasst hat. Seine Tipps sind unersetzlich, schnell und präzise, er weist mich in die Schranken, wenn meine Gesetzeshüter es selbst mal mit dem Gesetz nicht allzu genau nehmen, und seine Polizistenaugen spüren selbst die kleinsten Widersprüchlichkeiten auf.

Danke Thomas Hasler fürs Mitdenken zu einem Zeitpunkt, in dem noch völlig unklar war, in welche Richtung die Geschichte sich entwickeln sollte.

Merci Ueli Zollinger, emeritierter Professor für Rechtsmedizin, der sein wachsames Auge auf meine Rechtsmedizinerin Irena Jundt gerichtet hält und mir mit Geduld, Nachsicht und Akribie deren Arbeitswelt erklärt.

In Sachen Morphin, Lungenverletzungen, künstliches Koma und Aufwachphasen konnte ich mich auf den Rat zweier Ärztinnen stützen: Danke an Monika Maritz und an ihre Tochter Stefanie Mosimann für die Unterstützung.

Merci Catherine Graber, die mir als forensische Psychologin dabei half, das Seelenleben der Täter zu verstehen, und die »meinem« forensischen Psychiater Frank Maniuk prüfend auf die Finger blickt.

Danke an Staatsanwalt Matthias Stammbach, der mir Einblick in die Abläufe hinter den Kulissen bei Staatsanwaltschaft und Gericht gewährte, an den Polizisten Christoph Tschabold für seine Lektionen in Sachen Taser, und an Marlise Pfander, die mir als ehemalige Direktorin des Regionalgefängnisses Bern verriet, was hinter Gittern geschieht und dass Polizisten und Vollzugspersonal durchaus einen kollegialen Umgang pflegen.

Merci an meine Schwester Franziska Brand, meine Informantin in Sachen Krankenhäuser, an meine Mutter Lilo Brand, der ich meine überbordende Fantasie verdanke, und an meinen Vater Peter Brand, der mir als Bestatter meine morbide Ader bereits in die Wiege gelegt hat.

Ein großes Danke auch an meine fantastischen und treuen Erstleser Gaby Holenstein, Ueli und Liliane Wenger, Claudio Jakob, Marion Sägesser, Anita Schnellmann und Beat Waldmeier, danke für die kritischen Rückmeldungen und die Unterstützung.

Thanks to my friends in Zanzibar, especially Theneyan, who is a role model for the character of my bartender, and to the entire team at Stone Town Café, which I briefly turned into my office and where I sat in the corner for hours like a nerd, hacking away at my laptop – while they bore me with patience and kept me alive with delicious food.

And last but not least: Ein riesengroßes Dankeschön an das Team von Blanvalet, das mich in meiner Arbeit unterstützt und trägt und immer an mich glaubt, an meinen Lektor René Stein, der sich unerschütterlich durch meine Zeilen kämpft, Verwirrungen löst und meiner Sprache den letzten Schliff verleiht, und an das ultimative Agentenpaar Nadja Kossack und Lars Schultze-Kossack – ohne die beiden würde ich nicht in diesem Moment in einem Strandcafé auf Sansibar sitzen und diese Zeilen schreiben. Danke für alles.

Letztes gilt auch für Sie, liebe Leserinnen und Leser: Vielen Dank, dass Sie dieses Buch in den Händen halten und mich in meiner Arbeit unterstützen. Ohne Sie wäre es mir nicht möglich gewesen, diesen Weg zu gehen. Sie sind mein Antrieb, immer weiterzuschreiben. Auf ein nächstes Mal!

Herzlich
Christine Brand

# Leseprobe

aus »Vermisst – Der Fall Anna«
von Christine Brand

# Prolog

Er macht sich so klein wie möglich. Die Beine angewin-
kelt, den Kopf gesenkt, die Augen zusammengeknif-
fen. Er presst die Hände auf die Ohren, so fest, dass es
schmerzt. Will nichts sehen, nichts hören, unsichtbar sein.
Er zittert am ganzen Körper, möchte weinen, aber die
Angst ist größer. Still sein. Sich nicht rühren. Wenn Papa
ihn nicht findet, vergisst er vielleicht, dass es ihn gibt.

Doch sein Herz schlägt viel zu laut, es wird ihn bestimmt verraten. Wenn du dich fürchtest, denk an etwas
Schönes, sagt Mama immer. Verzweifelt versucht er, sich
an etwas Schönes zu erinnern, doch es fällt ihm nichts ein.
Ohne dass er es merkt, beginnt er leise zu summen und
sich dabei kaum merkbar vor und zurück zu wiegen, vor
und zurück. Er muss an etwas Schönes denken. Sich nicht
rühren. Unsichtbar sein.

Obwohl er sich die Ohren zuhält, hört er ihn brüllen.
Es klingt, als wäre er weit weg, aber er weiß, dass er ganz
nah ist. Die Worte versteht er nicht, aber er spürt den
Hass darin. Dann plötzlich ein Schrei, der sich anfühlt
wie ein Schmerz. Er zuckt zusammen und unterdrückt
ein Wimmern.

Er will aufstehen, rausgehen, davonrennen, so weit weg wie möglich, doch er traut sich nicht. Sich nicht bewegen. An etwas Schönes denken. An Mama, die ihm die Gutenachtgeschichte vorliest. Ihm kommt das Märchen von Räuber Hotzenplotz in den Sinn, er denkt an das Feenkraut, das Kasperl unsichtbar macht. Er möchte wie Kasperl sein, der den Räuber überlistet. Aber er ist nicht Kasperl, er hat nicht so viel Mut. Könnte er sich doch nur verzaubern ... unsichtbar werden – oder fliegen können, das möchte er auch.

Geräusche dringen zu ihm durch. Etwas knallt gegen eine Wand, stürzt zu Boden. Er zuckt zusammen. Keinen Laut von sich geben. Unsichtbar sein.

Über seinem Kopf hängen Papas gebügelte Hemden. Er trägt sie nur im Büro. Wenn Papa von der Arbeit nach Hause kommt, hört er schon an seinen Schritten, ob es ein guter Abend wird oder ein schlechter. Heute waren seine Schritte schwer und schleifend. Es begann bereits, als er die Tür öffnete. Versteck dich, hat sie gesagt. Versteck dich, schnell!

Er ist wie immer in den Schrank gekrochen. Und wie jedes Mal wird ihm schon wieder schlecht vom Gestank der kleinen weißen Mottenkugeln, die Mama auf die Wäsche legt. Der Geruch wird ihm sein Leben lang Übelkeit verursachen, doch das ahnt er noch nicht. In seinem Jetzt existiert keine Zukunft – im Jetzt gibt es nichts anderes auf dieser Welt als ihn selbst, den kleinen Jungen, der regungslos im dunklen Schrank sitzt, obwohl er sich vor der Dunkelheit fürchtet, und der sich doch nicht raustraut, weil draußen alles noch viel schlimmer ist als drinnen.

In dem Augenblick erschüttert ein Knall das Haus. Er spürt ihn am ganzen Körper, es zerreißt seine Ohren. Er kreischt laut auf und hält sich schützend die Arme über den Kopf. Auf einmal ist da ein Rauschen wie ein Wasserfall, es dauert einen Moment, bis er begreift, dass der Lärm in seinen Ohren sitzt. Das Rauschen wird leiser, verschwindet, und plötzlich herrscht Stille.

Er wartet. Vielleicht möchte er doch lieber Räuber Hotzenplotz sein, der starke, böse Mann. Weil der sich vor nichts und niemandem zu fürchten braucht. Warum ist es so still? Vorsichtig öffnet er die Augen. Durch eine Holzspalte in der Schranktür fällt ein schmaler Streifen Licht. Er beugt sich nach vorn, hält sein Auge möglichst nahe an den Spalt und versucht hindurchzulinsen. Er erkennt den beigen Teppich, ein Bein des Bettgestells, mehr nicht. Er möchte nachsehen, doch er wagt es nicht. Wie versteinert kauert er im Schrank, selbst wenn er wollte, könnte er sich nicht rühren, er fühlt sich wie eingefroren. Sogar das Atmen fällt ihm schwer.

Es ist zu ruhig. Die Stille macht seine Angst noch größer.

*Wenn Sie wissen möchten, wie es weitergeht, lesen Sie*
Christine Brand
Vermisst – Der Fall Anna

ISBN 978-3-8090-2781-2 /
ISBN 978-3-641-31633-4 (E-Book)

Blanvalet